Zu diesem Buch

«Die ‹Times› war von P. D. James so angetan, daß sie die Intensität und Dichte ihrer Detektivromane mit der Musik von Brahms verglich. ‹Tod im weißen Häubchen› ist ein besonders typisches Beispiel für diese Exzellenz. Bei einer Lehrübung in einer Schwesternschule wird an einer Mitschülerin die künstliche Ernährung demonstriert. Das Mädchen stirbt. War es ein Unfall? Selbstmord? Mord? Als die zweite Leiche im Schwesternwohnheim gefunden wird, übergibt die Ortspolizei an Scotland Yard. Adam Dalgliesh, P. D. James' Detektiv, übernimmt den Fall ... Was P. D. James von allen anderen ‹queens of crime› – mit Ausnahme von Dorothy L. Sayers – unterscheidet ist die Wirklichkeitsnähe ihrer Geschichten. Zwar bedient sie sich der Spannungselemente der klassischen Detektivgeschichte, aber sie schreibt am Ende realistische Gesellschaftsromane.» (Nina Grunenberg in «Die Zeit»)

P. D. James (eigtl. Phyllis White), die unter ihrem Mädchennamen schreibt, kennt das Milieu ihrer Krimis aus eigener Erfahrung. Sie war in einer Krankenhausverwaltung tätig und mit einem britischen Arzt verheiratet. Nach dem Tod ihres Mannes wechselte sie den Beruf und arbeitete in der Kriminalabteilung des britischen Innenministeriums. «Im Reich des Krimis regieren die Damen», schrieb die «Sunday Times» in Anspielung auf Agatha Christie und Dorothy L. Sayers, «ihre Königin aber ist P. D. James.»

Von P. D. James erschienen als rororo-Taschenbücher außerdem: «Eine Seele von Mörder» (Nr. 4306), «Tod eines Sachverständigen» (Nr. 4923), «Ein reizender Job für eine Frau» (Nr. 5298), «Der schwarze Turm» (Nr. 5371), «Ein unverhofftes Geständnis» (Nr. 5509) und «Ein reizender Job für eine Frau / Tod eines Sachverständigen» (Nr. 13169).

P. D. James

Tod im weißen Häubchen

Roman

Deutsch von
Wolfdietrich Müller

rororo
Rowohlt

Die englische Originalausgabe erschien 1971
unter dem Titel «Shroud for a Nightingale»
im Verlag Faber & Faber, London

Umschlaggestaltung Werner Rebhuhn

103.–110. Tausend Februar 1993

Veröffentlicht im Rowohlt Taschenbuch Verlag GmbH,
Reinbek bei Hamburg, März 1981

Satz Aldus (Linotron 404)
Gesamtherstellung Clausen & Bosse, Leck
Printed in Germany
990-ISBN 3 499 14698 3

Für J. M. C.

Inhalt

Vorführung eines Todesfalls

1

Am Morgen des ersten Mordes wachte Miss Muriel Beale, Inspektorin der Krankenpflegeschulen bei der Allgemeinen Schwesternaufsicht, kurz nach sechs Uhr auf. Langsam wurde ihr bewußt, daß heute Montag, der zwölfte Januar, war und die Inspektion des John-Carpendar-Krankenhauses auf dem Programm stand. Sie hatte bereits die ersten vertrauten Geräusche des neuen Tages wahrgenommen: Angelas Wecker hatte zu läuten aufgehört, bevor ihr das Läuten bewußt geworden war; Angela schlurfte und brummelte wie ein schwerfälliges, aber freundliches Tier durch die Wohnung; das angenehme Klirren des Geschirrs sagte ihr, daß der Morgentee im Entstehen war. Sie zwang sich, die Augen aufzumachen, und widerstand dem Drang, sich tiefer in die schützende Wärme ihres Bettes zu kuscheln und die Gedanken wieder in glückliche Bewußtlosigkeit treiben zu lassen. Warum nur hatte sie Oberin Taylor mitgeteilt, sie würde kurz nach neun ankommen, um an der ersten Unterrichtsstunde des dritten Jahrgangs teilzunehmen? Es war lächerlich, unsinnig früh. Das Krankenhaus lag in Heatheringfield, an der Grenze zwischen Sussex und Hampshire, fast fünfzig Meilen von hier. Sie würde einen Teil der Strecke noch bei Dunkelheit fahren müssen. Und es regnete, wie es die ganze vergangene Woche mit trostloser Ausdauer geregnet hatte. Sie konnte das gedämpfte Zischen der Autoreifen auf der Cromwell Road hören, und ab und zu prasselte der Regen an die Fensterscheiben. Zum Glück hatte sie den Plan von Heatheringfield schon studiert und die genaue Lage des Krankenhauses ausfindig gemacht. Eine lebendige Marktstadt konnte einen Autofahrer, besonders wenn er fremd war, ziemlich viel Zeit kosten, bis er sich in dem Gewühl des Pendlerverkehrs an einem verregneten Montagmorgen zurechtgefunden hatte. Instinktiv fühlte sie, daß ihr ein schwieriger Tag bevorstand, und sie streckte sich unter der Bettdecke, wie um sich dafür zu wappnen. Sie dehnte ihre verkrampften Finger und genoß beinahe den kurzen scharfen Schmerz in den gespannten Gelenken. Ein leichter Anfall von Arthritis. Na ja, darauf mußte man gefaßt sein. Sie war schließlich neunundvierzig. Es war an der Zeit, ein weniger kürzerzutreten. Wie hatte sie nur meinen können, sie schaffe es, vor halb zehn in Heatheringfield zu sein?

Die Tür wurde aufgemacht und ließ einen Lichtstreifen vom Flur hereinfallen. Miss Angela Burrows schlug die Vorhänge zurück, warf einen Blick auf den schwarzen Januarhimmel und das regenverspritzte Fenster und zog sie wieder zu. «Es regnet», sagte sie mit der düsteren Genugtuung von einem, der Regen prophezeit hat und nicht dafür verantwortlich gemacht werden kann, daß seine Warnungen nicht beachtet wurden. Miss Beale stützte sich auf die Ellbogen, knipste die Nachttischlampe an und wartete. Einen Augenblick später war ihre Freundin wieder da und setzte das Frühstückstablett ab. Auf dem Tablett lag ein besticktes Leinendeckchen, die geblümten Tassen standen hübsch ausgerichtet, daß die Henkel parallel waren, auf den dazu passenden Tellern lagen vier Kekse ordentlich an ihrem Platz, und aus der Teekanne kam der köstliche Duft von eben bereitetem indischen Tee. Die beiden Frauen liebten ihre Behaglichkeit und hatten einen Sinn für Sauberkeit und Ordnung. Die Maßstäbe, die sie früher auf der Privatstation ihres Lehrkrankenhauses durchgesetzt hatten, legten sie jetzt für ihr eigenes Wohlbefinden an, so daß das Leben in ihrer Wohnung nicht viel anders als in einem teuren, großzügigen Privatsanatorium ablief.

Seit sie vor fünfundzwanzig Jahren dieselbe Schwesternschule verlassen hatten, wohnten Miss Beale und ihre Freundin zusammen. Miss Angela Burrows war Erste Tutorin an einem Londoner Lehrkrankenhaus. Miss Beale hielt sie für das Muster aller Schwesternlehrerinnen und maß bei ihren Inspektionen die Qualität des Unterrichts unbewußt an den häufigen Äußerungen ihrer Freundin über die Prinzipien einer korrekten und fundierten Ausbildung. Miss Burrows fragte sich ihrerseits, wie die Allgemeine Schwesternaufsicht zurechtkommen sollte, wenn sich Miss Beale einmal zur Ruhe setzte. Die glücklichsten Ehen werden von solchen tröstlichen Illusionen getragen, und das ganz anders geartete, im wesentlichen harmlose Verhältnis von Miss Beale und Miss Burrows hatte ähnliche Grundlagen. Sah man von dieser Fähigkeit zur gegenseitigen, wenn auch unausgesprochenen Bewunderung ab, waren die beiden sehr verschieden. Miss Burrows war derb, robust und stattlich und verbarg eine verwundbare Sensibilität hinter ihrem barschen und nüchternen Auftreten. Miss Beale war klein und zierlich, präzise in Sprache und Bewegungen und legte eine überholte vornehme Höflichkeit an den Tag, die manchmal schon beinahe lächerlich wirken mochte. Auch in ihren Lebensgewohnheiten unterschieden sie sich. Die schwerfällige Miss Burrows war beim ersten Ton des Weckers sofort hellwach, rettete ihre Energie bis über den Nachmittag und schlaffte dann rapide ab, je mehr der Abend fortschritt. Miss Beale öffnete allmorgendlich mit Widerwillen die verklebten Augenlider, mußte sich zuerst zu jeder Bewegung zwingen und wurde dann immer lebendiger und fröhlicher, je älter der Tag wurde. Es war ihnen aber gelungen, auch für diese unvereinbaren Gewohnheiten eine Lösung zu finden. Miss Burrows kochte nur zu gern den Morgentee, und Miss Beale wusch nach dem Abendessen ab und bereitete den abendlichen Kakao.

Miss Burrows goß Tee in beide Tassen, ließ zwei Zuckerstücke in die Tasse der Freundin fallen und nahm die eigene mit zu ihrem Stuhl am Fenster. Ihre Ausbildung gestattete ihr nicht, sich auf die Bettkante zu setzen. Sie sagte: «Du mußt zeitig los. Ich lasse besser schon das Badewasser einlaufen. Wann fangen die dort an?»

Miss Beale murmelte, sie habe der Oberin gesagt, sie komme möglichst bald nach neun. Der Tee war köstlich und anregend. Es war falsch gewesen zu versprechen, so früh loszufahren, aber inzwischen meinte sie, sie könne es vielleicht bis Viertel nach neun schaffen.

«Ist dort nicht Miss Taylor? Sie hat eigentlich einen ganz guten Namen, und dabei ist sie nur Oberin an einem Provinzkrankenhaus. Eigentlich komisch, daß sie nie nach London gekommen ist. Sie hat sich nicht einmal um die Stelle beworben, als Miss Montrose ausschied.» Miss Beale brummte etwas Unverständliches, aber da sie schon häufiger darüber gesprochen hatten, deutete ihre Freundin es ganz richtig als den Einwand, daß London auch nicht jedermanns Sache sei und daß die Leute zu leichtfertig behaupteten, aus der Provinz könne nichts Rechtes kommen.

«Sicher, da hast du recht», gab ihre Freundin zu. «Und das John Carpendar liegt in einem hübschen Fleckchen Erde. Ich mag die Gegend nach Hampshire hin. Schade, daß du nicht im Sommer hinfährst. Trotzdem, sie ist nun einmal nicht an einem größeren Lehrkrankenhaus, was sie bei ihrer Begabung leicht sein könnte. Sie hätte eine von den ganz großen Oberinnen werden können.» Während ihrer Ausbildung hatten sie und Miss Beale unter einer der ganz großen Oberinnen gelitten, aber sie waren nie müde geworden, das Ableben dieses schrecklichen Quälgeistes zu beklagen.

«Du solltest übrigens rechtzeitig abfahren. An der Straße wird gebaut, gerade wo sie auf die Umgehung von Guildford stößt.»

Miss Beale fragte nicht, woher sie wußte, daß dort eine Baustelle war. So etwas wußte Miss Burrows einfach. Die herzliche Stimme fuhr fort: «Letzte Woche traf ich Hilda Rolfe, ihre Erste Tutorin, in der Westminster-Bibliothek. Eine bemerkenswerte Frau! Klug natürlich und, wie man hört, eine erstklassige Lehrerin. Aber ich könnte mir vorstellen, daß sie ihren Schülerinnen angst macht.»

Miss Burrows machte ihren eigenen Schülerinnen häufig angst, ganz zu schweigen von den meisten ihrer Kolleginnen, wäre aber höchst erstaunt gewesen, wenn man es ihr gesagt hätte. Miss Beale fragte: «Sagte sie etwas von der Inspektion?»

«Ja, beiläufig. Sie brachte nur ein Buch zurück und hatte es sehr eilig, deshalb unterhielten wir uns nicht lang. Anscheinend hat eine Grippewelle die Schule erwischt, und die halbe Belegschaft ist krank.»

Miss Beale kam es komisch vor, daß die Erste Tutorin Zeit hatte, nach London zu fahren und ein Buch in die Bibliothek zurückzubringen, wenn es solche Personalschwierigkeiten gab, aber sie sagte nichts. Vor dem Frühstück verwandte Miss Beale ihre Energie lieber aufs Denken als aufs Sprechen. Miss Burrows ging um das Bett und füllte die Tasse zum zweitenmal. Sie sagte: «Bei diesem Wetter sieht es nach einem ziemlich trübsinnigen Tag für dich aus, noch dazu, wenn das halbe Lehrerkollegium krank ist.»

Sie hätte kaum etwas Unzutreffenderes sagen können, wie sich die beiden Freundinnen – mit der geschwätzigen Vorliebe für die Wiederholung von Altbekanntem, die zu den Freuden langer Vertrautheit gehört – in den kommenden Jahren immer wieder erzählen sollten. Miss Beale, auf nichts Schlimmeres gefaßt, als eine ermüdende Fahrt, eine anstrengende Inspektion und möglicherweise eine Kontroverse mit jenen Mitgliedern des Schwesternausbildungskomitees, die sich die Mühe machten zu erscheinen, warf sich den Morgenrock über, schlüpfte in ihre Hausschuhe und schlurfte ins Bad. Sie hatte die ersten Schritte gemacht, um einem Mord zuzusehen.

2

Trotz des Regens war die Fahrt nicht so anstrengend, wie Miss Beale befürchtet hatte. Sie fuhr einen guten Schnitt und war kurz vor neun in Heatheringfield, gerade noch rechtzeitig, um in die letzte Welle des morgendlichen Berufsverkehrs zu geraten. Die breite Hauptstraße mit ihren King-George-Häuserfronten war von Fahrzeugen verstopft. Frauen fuhren ihre Männer zum Bahnhof oder die Kinder in die Schule, Lastwagen luden ihre Ware ab, Busse spuckten Fahrgäste aus und nahmen andere auf. Es fiel immer noch ein leichter Nieselregen. An den drei Ampeln strömten Fußgänger mit aufgespannten Regenschirmen über die Straße: Die Kinder gingen in der geleckten Kleidung der Privatschulen, die meisten Männer trugen einen Bowler und hatten eine Aktentasche unter dem Arm, die Straßenkleidung der Frauen zeigte den typischen Kompromiß zwischen großstädtischem Schick und provinzieller Ungezwungenheit. Da Miss Beale genug damit zu tun hatte, auf die Ampeln und Fußgängerüberwege zu achten und einen Wegweiser zum Krankenhaus zu suchen, konnte sie nur einen flüchtigen Blick auf das schmucke Rathaus aus dem achtzehnten Jahrhundert, die gut erhaltene Reihe der Fachwerkhäuser und die großartige, mit Kriechblumen verzierte Turmspitze der Dreieinigkeitskirche werfen. Sie hatte dennoch den Eindruck von einer blühenden Gemeinde, die viel Sorgfalt auf die Erhaltung ihres baugeschichtlichen Erbes verwandte, wenn auch eine ganze Reihe von Filialgeschäften am Ende der Hauptstraße den Gedanken nahelegte, daß die Sorgfalt schon dreißig Jahre früher hätte beginnen sollen.

Aber da kam endlich der Wegweiser. Die Straße zum John-Carpendar-Krankenhaus zweigte als breite Allee von der Hauptstraße ab. Auf der linken Seite lief eine hohe Mauer, die das Krankenhausgelände eingrenzte.

Miss Beale hatte ihre Hausaufgaben gemacht. Die dicke Aktentasche auf dem Rücksitz des Autos enthielt einen umfassenden Abriß über die Geschichte des Krankenhauses, außerdem eine Kopie des Berichts von der letzten Inspektion durch die Allgemeine Schwesternaufsicht und eine Stellungnahme des Verwaltungskomitees, inwieweit die optimistischen Vorschläge der damaligen Inspektorin hatten berücksichtigt werden können. Das Krankenhaus hatte eine lange Geschichte, wie sie aus ihrer Lektüre erfahren hatte. Es war 1791 von einem wohlhabenden Kaufmann gegründet worden, der in der Stadt geboren und als mittelloser junger Mann nach London gegangen war, um dort sein Glück zu machen. Später war er hierher zurückgekehrt und hatte sich darin gefallen, als Wohltäter seine Nachbarn zu beeindrucken. Er hätte den Ruhm auch kaufen und sein Seelenheil sichern können, indem er die Witwen und Waisen unterstützt oder die Kirche renoviert hätte. Aber das Zeitalter der Wissenschaft und Vernunft hatte das Zeitalter des Glaubens abgelöst, und es war Mode geworden, ein Krankenhaus für die Armen zu stiften. Und so wurde bei der beinahe obligatorischen Zusammenkunft in einem Café des Ortes das John-Carpendar-Krankenhaus ins Leben gerufen. Das ursprüngliche, architektonisch einigermaßen wertvolle Haus war schon lange ersetzt worden: zunächst durch ein massives viktorianisches Denkmal demonstrativer Frömmigkeit und später durch die funktionellere Schmucklosigkeit des zwanzigsten Jahrhunderts.

Dem Krankenhaus war es immer gutgegangen. Die Bevölkerung gehörte vor allem der Mittelklasse an, sie war wohlhabend und gern bereit, etwas für wohltätige Zwecke auszugeben, fand aber nicht genug Objekte für ihre Spendenfreudigkeit. Kurz vor Kriegsausbruch war ein Flügel für eine gut ausgestattete Privatstation angebaut worden, die vor und nach der Schaffung des Staatlichen Gesundheitsdienstes reiche und folglich bedeutende Patienten aus London und aus noch größeren Entfernungen anzog. Miss Beale dachte, daß es schön und gut sei, was Angela über das Prestige eines Londoner Lehrkrankenhauses sagte, aber das John Carpendar hatte einen guten Ruf. Eine Frau konnte sehr wohl der Ansicht sein, es gebe schlechtere Stellen als die einer Oberin an einem allgemeinen Bezirkskrankenhaus, von dem man in der Stadt viel hielt, das annehmbar gelegen war und fest in der lokalen Tradition wurzelte.

Sie war inzwischen am Haupteingang angelangt. Links lag die Pförtnerloge, ein schmuckes Puppenhaus aus mosaikartig gesetzten Backsteinen, ein Überbleibsel des viktorianischen Krankenhauses, und rechts der Ärzteparkplatz. Ein Drittel der markierten Abstellplätze war bereits von den Daimler und Rolls besetzt. Es regnete nicht mehr, und die Dämmerung war der grauen Eintönigkeit eines Januartages gewichen. Alle Lichter im Krankenhaus waren angeschaltet. Es lag vor ihr wie ein großes Schiff vor Anker, hell erleuchtet, voller verborgener Aktivität und Macht. Linker Hand zogen sich die niedrigen Gebäude der ambulanten Abteilung mit ihren Glasfronten hin. Die ersten Patienten gingen in bedrückter Stimmung auf den Eingang zu.

Miss Beale lenkte ihr Auto vor das Fenster der Pförtnerloge, kurbelte die Scheibe herunter und meldete sich an. Der Pförtner ließ sich herab, ans Auto zu kommen, und baute sich gewichtig neben ihr auf.

«Sie sind sicher die Allgemeine Schwesternaufsicht, Miss», stellte er großsprecherisch fest. «Was ein Pech, daß Sie diesen Eingang gewählt haben. Die Krankenpflegeschule ist im Nightingale-Haus untergebracht, nur ungefähr hundert Meter vom Eingang an der Winchester Road entfernt. Wir benutzen zum Nightingale-Haus immer den Hintereingang.»

In seiner Stimme schwang vorwurfsvolle Resignation mit, als beklage er diesen einmaligen Mangel an Einsicht, der ihn einiges an Extraarbeit kostete.

«Aber ich kann doch wohl auch von hier aus zur Schule kommen?»

Miss Beale hatte weder die Nerven, sich noch einmal dem Gewühl der Hauptstraße auszusetzen, noch die Absicht, auf der Suche nach einem verborgenen Hintereingang auf dem Krankenhausgelände herumzukurven.

«Das können Sie, Miss.» Der Pförtner gab durch seinen Tonfall zu verstehen, daß nur ein ganz besonders Eigensinniger so etwas versuchen würde, und stützte sich auf die Autotür, als wolle er vertrauliche und komplizierte Anweisungen geben. Sie stellten sich jedoch als ziemlich einfach heraus. Das Nightingale-Haus lag innerhalb des Krankenhausgeländes hinter der Aufnahme.

«Fahren Sie hier die linke Straße, Miss, und dann wieder geradeaus an der Leichenhalle vorbei, bis Sie an die Wohngebäude des Klinikpersonals kommen. Dann halten Sie sich rechts. An der Straßengabelung steht ein Wegweiser. Sie können es nicht verfehlen.»

Dieses Mal schien diese offenbar nichts Gutes verheißende Versicherung berechtigt. Das Grundstück des Krankenhauses war ausgedehnt und hatte einen guten Baumbestand, eine Mischung aus richtigem Garten, Rasen und zerzausten Baumgruppen. Miss Beale fühlte sich an eine alte Nervenklinik erinnert. Ein so großzügig mit Grund ausgestattetes Krankenhaus war eine Seltenheit. Aber die vielen Straßen waren gut beschildert, und nur eine führte von der Ambulanz nach links. Die Leichenhalle war leicht zu erkennen, ein gedrungenes, häßliches kleines Gebäude, das taktvoll zwischen die Bäume gestellt war und durch seine absichtliche Isolierung noch düsterer wirkte. Das Ärztehaus war neu und unverkennbar. Miss Beale ließ ihrem üblichen, häufig ganz unangebrachten Unmut freien Lauf, daß Verwaltungskomitees von Krankenhäusern immer schneller bei der Hand waren, Häuser für die Ärzte zu bauen, als angemessene Räumlichkeiten für die Krankenpflegeschule bereitzustellen. Da sah sie auch schon den versprochenen Wegweiser. Ein weiß gestrichenes Brett zeigte nach rechts: «Nightingale-Haus, Krankenpflegeschule».

Sie schaltete herunter und bog langsam ein. Die neue Straße war schmal und gewunden. Das auf beiden Seiten aufgehäufte nasse Laub ließ kaum Platz für ein einziges Auto. Die Bäume standen bis dicht an den Weg heran, schlossen sich über ihm zusammen und bildeten mit ihren starken schwarzen Ästen einen dunklen Tunnel. Ab und zu ließ ein Windstoß Regentropfen auf das Autodach prasseln oder preßte ein fallendes Blatt an die Windschutzscheibe. Die Rasenkante wurde von Blumenbeeten mit kümmerlichen Büschen unterbrochen. Regelmäßig und rechteckig, sahen sie wie Gräber aus. Unter den Bäumen war es so dunkel, daß Miss Beale das Abblendlicht einschaltete. Die Straße vor ihr glänzte wie ein öliges Band. Sie hatte das Fenster unten gelassen. Ein widerwärtig süßlicher Modergeruch breitete sich im Auto aus und überdeckte sogar den normalen Autogeruch von Benzin und warmem Öl. Sie fühlte sich merkwürdig allein, und plötzlich überkam sie ein irrationales Unbehagen, ein wunderliches Gefühl, aus der Zeit in eine neue Dimension zu reisen und einem unfaßbaren und unausweichlichen Entsetzen entgegenzugehen. Der Spuk dauerte nur einen Augenblick, und sie schüttelte ihn schnell ab. Sie dachte an die fröhliche Geschäftigkeit auf der Hauptstraße, die nicht einmal eine Meile von hier weg war, und an die Nähe von Leben und Betriebsamkeit. Aber es war ein seltsames, verwirrendes Erlebnis gewesen. Sie ärgerte sich über sich selbst, daß sie sich dieser krankhaften Sinnestäuschung überlassen hatte, drehte das Fenster hoch und trat auf das Gaspedal. Der kleine Wagen fuhr mit einem Ruck weiter.

Kurz darauf hatte sie die letzte Kehre erreicht, und vor ihr lag das Nightingale-Haus. Sie stand fast auf der Bremse vor Überraschung. Es war ein außergewöhnliches Haus, ein erstaunlich großes viktorianisches Gebäude aus roten Ziegeln, burgartig angelegt und so überreich verziert, daß es schon versponnen wirkte. Die Krönung waren die vier großen Türme. Es war hell erleuchtet an diesem dunklen Januarmorgen, und nach der düsteren Straße glänzte es ihr wie aus Kinderträumen entgegen. An die rechte Seite des Hauses war ein riesengroßer Wintergarten angebaut, der für Miss Beale allerdings eher zu Kew Gardens als zu diesem Gebäude gepaßt hätte, das offensichtlich einmal ein privates Wohnhaus gewesen war. Er war nicht so hell wie das Haus beleuchtet, doch das gedämpfte Licht reichte aus, daß sie durch das Glas die glänzenden Blätter der Schildblumen, das grelle Rot der Weihnachtssterne und die gelben und bräunlichen Kugeln der Chrysanthemen erkennen konnte.

Die kurze Anwandlung von Panik unter den Bäumen war völlig vergessen, so sehr staunte Miss Beale über das Nightingale-Haus. Sie konnte sich zwar normalerweise auf ihren Geschmack verlassen, aber so ganz unempfänglich für modische Launen war sie nicht, und sie fragte sich beunruhigt, ob es in entsprechender Gesellschaft nicht angebracht sein könne, solche Spielereien zu bewundern. Es war ihr jedoch zur Gewohnheit geworden, jedes Gebäude nur auf seine Tauglichkeit als Schwesternschule hin zu betrachten – sie hatte einmal während eines Parisurlaubs zu ihrem eigenen Entsetzen den Elysée-Palast keines zweiten Blickes für wert gehalten –, und als Schwesternschule war das Nightingale-Haus schon auf den ersten Blick ganz einfach unmöglich. Die Gründe sprangen geradezu ins Auge. Die meisten Räume mußten viel zu groß sein. Wo konnte es zum Beispiel gemütliche Büros für die Erste Tutorin, die klinische Lehrkraft und die Sekretärin der Schule geben? Außerdem war es sicher äußerst schwierig, das Haus richtig zu heizen, und diese Erkerfenster ließen nicht sehr viel Licht herein, mochten sie noch so hübsch für jemanden sein, der an so etwas Gefallen fand. Noch schlimmer war, daß etwas Abstoßendes und Unheilvolles über dem Haus lag. Da der BERUF (Miss Beale schrieb ihn im Geiste immer in Großbuchstaben) mühsam seinen Weg ins zwanzigste Jahrhundert gefunden und die Hürden überholter Gepflogenheiten und Methoden überwunden hatte – Miss Beale mußte häufig Reden halten, und gewisse Lieblingssätze hafteten im Gedächtnis –, war es eine Schande, die jungen Schülerinnen in diesem viktorianischen Monstrum unterzubringen. Es würde nicht schaden, in ihrem Bericht auch die unbedingte Notwendigkeit einer neuen Schule zu betonen. Das Nightingale-Haus war auf Ablehnung gestoßen, bevor sie es überhaupt betreten hatte.

Doch an ihrem Empfang war nichts auszusetzen. Als sie die letzte Stufe genommen hatte, ging die Tür auf und ließ einen Schwall warmer Luft und den Duft frischen Kaffees ins Freie. Ein Mädchen in Schwesterntracht trat respektvoll zur Seite, und sie sah die Oberin Mary Taylor mit ausgestreckter Hand die breite Eichentreppe herunterkommen – vor der dunklen Täfelung erinnerte sie an ein Renaissanceporträt in Grau und Gold. Miss Beale setzte ihr strahlendes Berufslächeln auf, das sich aus fröhlicher Erwartung und allgemeiner Ermunterung zusammensetzte, und trat zur Begrüßung auf sie zu. Die unheilvolle Inspektion der John-Carpendar-Schwesternschule hatte begonnen.

3

Eine Viertelstunde später gingen vier Personen die Haupttreppe zum Übungsraum im Erdgeschoß hinunter, um bei der ersten Unterrichtsstunde des Tages zuzuhören. Man hatte im Wohnzimmer der Oberin in einem der Turmanbauten Kaffee getrunken. Miss Beale war dort der Ersten Tutorin, Miss Hilda Rolfe, und einem Chirurgen, Mr. Stephen Courtney-Briggs, vorgestellt worden. Sie kannte beide dem Namen nach. Miss Rolfes Anwesenheit war notwendig, und sie hatte sie erwartet, aber Miss Beale war ein wenig überrascht, daß Mr. Courtney-Briggs sich darauf eingestellt hatte, so viel Zeit für die Inspektion zu opfern. Er war ihr als Vizepräsident des Schwesternausbildungskomitees des Krankenhauses vorgestellt worden, und sie hätte eher erwartet, ihn zusammen mit den anderen Mitgliedern des Komitees bei der abschließenden Diskussion am Ende des Tages zu sehen. Es war ungewöhnlich für einen Chirurgen, an einer Unterrichtsstunde teilzunehmen, und sie begrüßte es, daß er so starkes persönliches Interesse an der Schule zeigte.

Auf den breiten holzgetäfelten Korridoren konnte man zu dritt nebeneinander gehen, und Miss Beale kam sich zwischen den großen Gestalten der Oberin und Mr. Courtney-Briggs' wie ein kleiner Missetäter vor. Mr. Courtney-Briggs ging auf der linken Seite. Er war eine beeindruckende Erscheinung in seinen überkorrekten gestreiften Hosen. Ein Duft von After-Shave umgab ihn. Miss Beale merkte es trotz des durchdringenden Geruchs nach Desinfektionsmitteln, Kaffee und Möbelpolitur. Sie fand es überraschend, aber nicht unangenehm. Die Oberin, die Größte von den dreien, strahlte heitere Ruhe aus. Ihr strenges graues Gabardinekleid war hochgeschlossen mit einem weißen Leinenbändchen am Hals und den Ärmelaufschlägen. Das strohblonde Haar hob sich kaum von ihrer Hautfarbe ab. Es war aus der hohen Stirn zurückgekämmt und von einem riesigen Dreieck aus Musselin gebändigt, dessen Spitze fast bis auf das Kreuz reichte. Die Haube erinnerte Miss Beale an die Kopfbedeckungen, die während des letzten Krieges die Schwestern der Heereskrankenpflege getragen hatten. Sie hatte sie seitdem selten gesehen. Aber in ihrer Schlichtheit paßte sie zu Miss Taylor.

Dieses Gesicht mit den hohen Backenknochen und den großen vorstehenden Augen – Miss Beale fühlte sich ganz unehrerbietig an helle geäderte Stachelbeeren erinnert – hätte unter den Rüschen einer orthodoxeren Kopfbedeckung vielleicht grotesk gewirkt. Hinter sich spürte Miss Beale die störende Anwesenheit von Oberschwester Rolfe, die ihnen in unangenehmer Nähe folgte.

Mr. Courtney-Briggs redete: «Diese Grippeepidemie ist uns denkbar ungelegen gekommen. Wir mußten die nächste Unterrichtsgruppe im Stationsdienst lassen und befürchteten sogar, die jetzige Gruppe müsse einspringen. Es hat gerade noch so geklappt.»

Wie gewohnt, dachte Miss Beale. Wenn die Lage im Krankenhaus kritisch wurde, hatten zuerst die Schwesternschülerinnen darunter zu leiden. Das Unterrichtsprogramm konnte jederzeit unterbrochen werden. Es war einer ihrer wunden Punkte, aber sie hielt es im Augenblick nicht für angebracht, dagegen zu protestieren. Sie murmelte irgend etwas Beifälliges. Sie kamen jetzt an die letzte Treppe. Mr. Courtney-Briggs fuhr in seiner Rede fort: «Ein Teil des Unterrichtspersonals ist ebenfalls ausgefallen. Die heutige Übung wird von unserer klinischen Lehrschwester, Mavis Gearing, übernommen. Wir mußten sie in die Schule zurückholen. Für gewöhnlich unterrichtet sie natürlich nur am Krankenbett. Es ist ein relativ neuer Gedanke, daß eine ausgebildete Lehrschwester die Mädchen auf den Stationen unterrichtet und die Patienten als klinisches Material benutzt. Den Stationsschwestern bleibt dazu heutzutage einfach keine Zeit. Die Einführung des Blockunterrichts ist ja überhaupt ziemlich neu. Während meiner Studentenzeit wurden die Lehrlinge, wie wir sie nannten, ausschließlich auf der Station ausgebildet und bekamen nur gelegentlich in ihrer freien Zeit ein paar Stunden von den Ärzten. Es gab kaum theoretischen Unterricht. Jedenfalls wurden sie nicht jedes Jahr eine Zeitlang aus dem Stationsbetrieb herausgenommen und auf die Schwesternschule geschickt. Das gesamte Konzept der Schwesternausbildung hat sich geändert.»

Miss Beale war die letzte, die es nötig gehabt hätte, sich über Funktion und Pflichten einer klinischen Lehrschwester oder die Entwicklung der Unterrichtsmethoden aufklären zu lassen. Sie überlegte, ob Mr. Courtney-Briggs vergessen hatte, wer sie war. Diese elementare Einführung wäre eher bei neuen Mitgliedern des Verwaltungskomitees angebracht gewesen, die von der Schwesternausbildung genausowenig wußten wie von allem anderen, was mit Krankenhäusern zusammenhing. Sie hatte das Gefühl, daß dahinter eine Absicht steckte. Oder das alles hatte gar keinen Bezug zum Zuhörer, sondern war nur das ziellose Geplauder eines Egozentrikers, der nicht ertragen konnte, auch nur einen Augenblick das angenehme Echo seiner eigenen Stimme zu vermissen. Falls letzteres zutraf, wäre es am besten für alle Betroffenen, wenn er möglichst schnell zu seinen ambulanten Patienten oder zur Visite ginge und die Inspektion ohne seine gnädige Anwesenheit über die Bühne gehen ließ.

Die vier gingen durch die mit Fliesen ausgelegte Halle auf einen Raum an der Stirnseite des Hauses zu. Miss Rolfe lief voraus, um die Tür zu öffnen, und ließ die anderen eintreten. Mr. Courtney-Briggs komplimentierte Miss Beale hinein. Sie war sofort in ihrem Element. Obgleich der Raum an sich ungewöhnlich war – die zwei großen Fenster mit den bunten Glasscheiben, der massive Marmorkamin mit dekorativen Figuren, die den Sims stützten, die hohe stuckverzierte Decke, die von drei Neonröhren entweiht wurde –, erinnerte diese durch und durch vertraute Welt sie anheimelnd an ihre eigene Ausbildungszeit. Da war alles Zubehör ihres Berufes: die Reihen von Glasschränken mit glänzenden Instrumenten, die fein säuberlich an ihrem Platz lagen; die Wandkarten mit gespenstischen Diagrammen, die den Blutkreislauf und die unglaublichen Verdauungsvorgänge erläuterten; die unordentlich gewischte Wandtafel, auf der die Notizen vom Vortag verschmiert waren; die fahrbaren Instrumententische mit den Leinentüchern; die lebensgroße Puppe in den Kissen eines der beiden Vorführbetten; das unvermeidliche Skelett, das in hilfloser Hinfälligkeit an seinem Galgen baumelte. Über allem lag der starke, durchdringende Geruch von Desinfektionsmitteln. Miss Beale sog ihn ein wie eine Süchtige. Welche Fehler sie auch immer an dem Zimmer, an der Zweckmäßigkeit der Unterrichtsmittel, der Beleuchtung oder der Einrichtung noch entdekken würde: sie fühlte sich von Anfang an in dieser einschüchternden Atmosphäre zu Hause.

Sie bedachte die Schülerinnen und die Lehrerin mit einem kurzen beruhigenden und aufmunternden Lächeln und setzte sich auf einen der vier Stühle, die an der einen Seite des Zimmers aufgereiht waren. Oberin Taylor und Miss Rolfe nahmen links und rechts von ihr Platz, so ruhig und unauffällig, wie es angesichts Mr. Courtney-Briggs' Absicht, den Damen übertrieben galant die Stühle zurechtzurücken, möglich war. Die Ankunft der kleinen Gesellschaft hatte trotz aller Rücksichtnahme die Tutorin anscheinend ein wenig aus dem Konzept gebracht. Eine Inspektion bedeutete zwar kaum eine normale Unterrichtssituation, aber es war immer aufschlußreich zu sehen, wie lange die Lehrkraft brauchte, um ihre Klasse wieder in den Griff zu bekommen. Miss Beale wußte aus Erfahrung, daß eine erstklassige Lehrerin sogar bei einem schweren Bombenangriff die Aufmerksamkeit einer Klasse fesseln konnte, geschweige denn bei dem Besuch einer Inspektorin der Schwesternaufsichtsbehörde. Sie hatte allerdings nicht das Gefühl, daß Mavis Gearing zu dieser seltenen begnadeten Gattung gehörte. Dem Mädchen – oder vielmehr der Frau – fehlte es an Autorität. Sie machte einen unterwürfigen Eindruck und sah aus, als tendiere sie dazu, einfältig zu lächeln. Außerdem war sie um einiges zu stark geschminkt für eine Frau, die ihre Gedanken auf weniger vergängliche Künste richten sollte. Aber sie war schließlich nur die klinische Lehrschwester und keine qualifizierte Tutorin. Sie hatte die Klasse kurzfristig und unter besonderen Umständen übernehmen müssen. Miss Beale beschloß für sich, sie nicht zu streng zu beurteilen.

Die Klasse sollte die Ernährung eines Patienten mittels einer Magensonde üben. Die Schülerin, die Patient spielen sollte, lag bereits in einem der Betten. Ein Gummilatz schützte ihr kariertes Kleid. Ihr Kopf lag auf einer Rückenstütze und einem Kissenpolster. Sie war ein unscheinbares Mädchen mit einem energischen, eigensinnigen, merkwürdig reifen Gesichtsausdruck. Das glanzlose Haar hatte sie unvorteilhaft aus der hohen unebenen Stirn nach hinten gekämmt. Sie lag ganz still unter dem harten Neonlicht und sah ein wenig lächerlich aus, doch seltsam feierlich, als konzentriere sie sich auf eine innere Welt und löse sich durch ihre Willenskraft von der ganzen Prozedur. Plötzlich ging es Miss Beale durch den Kopf, daß das Mädchen vielleicht Angst hatte. Der Gedanke war absurd, aber sie wurde ihn nicht los. Sie verspürte auf einmal eine Abneigung, dieses resolute Gesicht weiter zu betrachten. Verwirrt von ihrer eigenen Empfindlichkeit, wandte sie ihre ganze Aufmerksamkeit der Tutorin zu.

Oberschwester Gearing warf einen ängstlichen fragenden Blick auf die Oberin, erhielt ein bejahendes Nicken als Antwort und nahm die Stunde wieder auf.

«Schwester Pearce hat heute morgen die Rolle der Patientin übernommen. Wir haben gerade die Krankengeschichte durchgesprochen. Es handelt sich um Mrs. Stokes, fünfzig Jahre, Mutter von vier Kindern. Ihr Mann arbeitet bei der städtischen Müllabfuhr. Sie hatte eine Kehlkopfoperation wegen Krebs.» Sie wandte sich an eine Schülerin auf ihrer rechten Seite.

«Schwester Dakers, beschreiben Sie bitte Mrs. Stokes' bisherige Behandlung.»

Schwester Dakers begann pflichtbewußt. Das blasse, magere

Mädchen errötete unschön beim Sprechen. Sie sprach sehr leise, wußte aber über den Fall Bescheid und erläuterte ihn gut. Ein gewissenhaftes junges Ding, dachte Miss Beale, vielleicht nicht besonders intelligent, aber fleißig und zuverlässig; schade, daß sie nichts gegen ihre Akne unternimmt. Ihr Gesicht strahlte weiter berufliches Interesse aus, während Schwester Dakers Mrs. Stokes' fiktive Krankengeschichte vortrug. Inzwischen sah sie sich die übrigen Schülerinnen in der Klasse etwas näher an. Gewohnheitsmäßig schätzte sie für sich deren Charakter und berufliche Fähigkeiten ab.

Die Grippewelle hatte sicherlich ihre Opfer gefordert. Insgesamt waren nur sieben Mädchen im Übungsraum. Die zwei, die links und rechts neben dem Vorführbett standen, fielen sofort auf. Es waren offensichtlich eineiige Zwillinge, frische, kräftige Mädchen mit kupfernem Haar, das sich in einem dicken Pony über auffallend blauen Augen buschte. Ihre Hauben mit dem gefältelten Mützchen waren, wie es sich gehörte, nach vorn gerückt, die riesigen Flügel aus weißem Leinen standen nach hinten weg. Miss Beale wußte noch aus früheren Tagen, was man mit zwei Hutnadeln mit den weißen Spitzen fertigbringen konnte. Aber sie war dennoch von der Geschicklichkeit fasziniert, mit der ein derart bizarres und körperloses Gebilde so sicher auf einem widerspenstigen Haarschopf befestigt werden konnte. Die Tracht am John Carpendar fiel ihr als ganz besonders unzeitgemäß auf. Fast alle Krankenhäuser, die sie besuchte, hatten diese altmodischen Flügelhauben durch kleinere amerikanischer Machart ersetzt, die leichter zu tragen, schneller zu richten, für weniger Geld zu kaufen und einfacher zu waschen waren. Einige Krankenhäuser hatten sogar, allerdings zu Miss Beales Bedauern, Wegwerfhauben aus Papier eingeführt. Aber die Schwesterntracht eines Krankenhauses wurde immer eifersüchtig verteidigt und nur sehr widerwillig geändert, und das John Carpendar war offensichtlich seiner Vergangenheit besonders eng verbunden. Auch die Kleider waren nicht mehr ganz zeitgemäß. Die kräftigen sommersprossigen Arme der Zwillinge steckten in Ärmeln aus rosakarierter Baumwolle, die Miss Beale an die eigene Jugend erinnerte. Auch die Rocklänge verriet keine modischen Zugeständnisse, und ihre derben Füße steckten in flachen schwarzen Schnürschuhen.

Sie warf einen schnellen Blick auf die übrigen Schülerinnen. Da war zum Beispiel ein stilles bebrilltes Mädchen mit einem offenen, klugen Gesicht. Miss Beales erster Gedanke war, daß sie ein Glücksfall für eine Station sein mußte. Daneben saß ein dunkles, reichlich stark geschminktes Mädchen, das mürrisch dreinblickte und sich alle

Mühe gab, möglichst wenig Interesse an der Übung zu zeigen. Ziemlich gewöhnlich, dachte Miss Beale. Miss Beale liebte solche unmodernen Attribute und brachte ihre Vorgesetzten damit gelegentlich in Verlegenheit. Sie gebrauchte sie ganz selbstverständlich und wußte genau, was sie damit ausdrücken wollte. Ihr Spruch «Die Oberin stellt eine sehr nette Art von Mädchen ein» besagte, daß sie aus respektablen Familien der Mittelklasse kamen, eine höhere Schule absolviert hatten, ihre Röcke knielang oder länger trugen und genau wußten, welches Vorrecht es war, Schwesternschülerin zu sein, und welche Verantwortung das mit sich brachte. Die letzte Schülerin der Klasse war ein sehr hübsches Mädchen. Ihr blonder Pony über dem kessen Gesicht fiel bis auf die Augenbrauen. Sie war attraktiv genug für ein Werbeplakat, dachte Miss Beale, aber irgendwie war es das letzte Gesicht, das man für diesen Beruf wählen würde. Während sie noch überlegte, warum, war Schwester Dakers mit ihrem Vortrag fertig.

«Gut, Schwester», sagte Oberschwester Gearing. «Wir haben also eine postoperative Patientin, die bereits bedenklich an Gewicht verloren hat und jetzt keine Nahrung durch den Mund zu sich nehmen kann. Und das bedeutet? Ja, bitte?»

«Ernährung mit der Magensonde oder rektal, Schwester.»

Die Antwort kam von dem dunklen, mürrisch aussehenden Mädchen, das sich bemühte, nur keine Begeisterung oder gar Interesse durch seine Stimme zu verraten. Gewiß kein ansprechendes Mädchen, dachte Miss Beale.

Von der Klasse kam ein Murmeln. Oberschwester Gearing hob fragend eine Augenbraue. Die bebrillte Schülerin sagte: «Nicht rektal, Oberschwester. Das Rektum kann nicht genügend Nährstoffe aufnehmen. Ernährung mit der Magensonde durch Mund oder Nase.»

«Stimmt, Schwester Goodale, genau das hat der Chirurg für Mrs. Stokes verordnet. Fahren Sie bitte fort, Schwester. Und erklären Sie jeden Schritt.»

Einer der Zwillinge zog den Wagen nach vorn und führte die notwendigen Geräte auf dem Tablett vor: die Reibschale mit dem doppeltkohlensaurem Natrium zur Reinigung von Mund oder Nasenlöchern; den Kunststofftrichter mit dem zugehörigen Röhrchen; die Verbindungsklemme; das Gleitmittel; die Nierenschale mit Zungenspatel, Zungenhalter und Mundsperre. Sie hielt den Speiseröhrenschlauch hoch. Er baumelte ekelhaft wie eine gelbe Schlange von ihrer sommersprossigen Hand.

«Schön», sagte Oberschwester Gearing aufmunternd.

«Und jetzt zur Nahrung. Was geben Sie ihr?»

«In Wirklichkeit ist es gewöhnliche warme Milch, Oberschwester.»

«Aber wenn wir es mit einem echten Patienten zu tun hätten?»

Der Zwilling zögerte. Das Mädchen mit der Brille antwortete ruhig und bestimmt: «Wir können Protein, Ei, Vitaminpräparate und Zucker beigeben.»

«Richtig. Wenn länger als achtundvierzig Stunden künstlich ernährt wird, müssen wir dafür sorgen, daß die Diät die richtige Menge an Kalorien, Proteinen und Vitaminen enthält. Mit welcher Temperatur geben Sie die Nahrung?»

«Körpertemperatur, Oberschwester, 38° C.»

«In Ordnung. Und da unsere Patientin bei Bewußtsein ist und schlucken kann, geben wir ihr die Nahrung durch den Mund. Vergessen Sie nicht, Ihre Patientin zu beruhigen. Erklären Sie ihr ganz einfach, was Sie als nächstes machen werden und warum. Merken Sie sich das, fangen Sie nie etwas an, ohne den Patienten darüber aufzuklären.»

Sie sind immerhin im dritten Jahr, dachte Miss Beale. Das sollten sie mittlerweile wissen. Aber der Zwilling, der ganz sicher mit einem echten Patienten gut zurechtgekommen wäre, war verlegen und fand es schwierig, einer Mitschülerin die Prozedur zu erläutern. Sie mußte sich anstrengen, nicht loszukichern, sagte ein paar undeutliche Worte zu der reglosen Gestalt im Bett und warf den Schlauch beinahe nach der Patientin. Schwester Pearce blickte immer noch starr geradeaus. Sie tastete mit der linken Hand nach dem Schlauch und führte ihn zum Mund. Dann schloß sie die Augen und schluckte. Ihre Halsmuskeln zogen sich krampfhaft zusammen. Sie machte eine Pause, atmete tief und schluckte weiter. Der Schlauch wurde kürzer. Es war sehr still im Übungsraum. Miss Beale merkte, daß ihr unwohl wurde, aber sie wußte nicht, warum. Es war sicher etwas ungewöhnlich, die künstliche Ernährung auf diese Art an einer Schülerin zu erproben, aber es war nicht unbekannt. An einem Krankenhaus führte wohl eher ein Arzt den Schlauch ein, aber eine Schwester konnte doch auch einmal dafür verantwortlich sein; es war immerhin besser, das an einer Mitschülerin zu lernen als an einem Schwerkranken, und die Übungspuppe war kein wirklich zufriedenstellender Ersatz für das lebende Objekt. Sie hatte selbst einmal in ihrer Schwesternschule die Patientin gespielt und es erstaunlich einfach gefunden, den Schlauch zu schlucken. Während sie die krampfartigen Bewegungen von Schwester Pearces Kehle beobachtete und in unbewußter Sympathie mitschluckte, spürte sie beinahe wieder, nach dreißig Jahren, das plötzliche Kältegefühl, als der Schlauch über den weichen Gaumen glitt, und den leichten Schrekken vor Überraschung, wie einfach das alles ging. Aber es lag etwas Rührendes und Verwirrendes über dieser reglosen bleichen Gestalt auf dem Bett mit dem Babylatz. Sie hatte die Augen fest geschlossen, und der dünne Schlauch ringelte sich aus den Mundwinkeln. Miss Beale fühlte, daß sie einem unverdienten Leiden zusah, daß die ganze Vorführung entsetzlich war. Einen Augenblick lang hatte sie große Lust, dagegen Einspruch zu erheben.

Einer der Zwillinge steckte jetzt eine 20-ml-Spritze auf das Schlauchende, um Magensaft anzusaugen und so festzustellen, ob das andere Ende den Magen erreicht hatte. Das Mädchen hatte völlig ruhige Hände. Vielleicht bildete sich Miss Beale bloß ein, daß es unnatürlich still im Raum war. Sie warf einen Blick auf Miss Taylor. Die Oberin hatte ihre Augen auf Schwester Pearce geheftet. Sie runzelte leicht die Stirn. Ihre Lippen bewegten sich, und sie rutschte auf ihrem Stuhl hin und her. Miss Beale fragte sich, ob sie protestieren wolle. Aber die Oberin blieb stumm. Mr. Courtney-Briggs beugte sich auf seinem Stuhl nach vorn. Seine Hände umklammerten die Knie. Sein Blick war gespannt, aber er sah nicht Schwester Pearce an, sondern das Tropfrohr, als habe ihn das sanfte Pendeln des Schlauches hypnotisiert. Miss Beale hörte, wie er schwer atmete. Miss Rolfe saß kerzengerade, die Hände im Schoß gefaltet, ohne Ausdruck in den schwarzen Augen. Aber Miss Beale sah, daß ihr Blick nicht dem Mädchen im Bett galt, sondern der hübschen blonden Schülerin. Und einen winzigen Augenblick lang sah das Mädchen ebenso ausdruckslos zu ihr herüber.

Der Zwilling, der die Nahrung einflößen sollte, hatte offensichtlich festgestellt, daß das Schlauchende im Magen angekommen war, hob den Trichter hoch über Schwester Pearces Kopf und begann langsam die milchige Flüssigkeit einzugießen. Die Klasse schien den Atem anzuhalten. Und dann geschah es. Ein hoher, schriller Schrei, entsetzlich unmenschlich, und Schwester Pearce schnellte vom Bett hoch, wie von einer unwiderstehlichen Kraft getrieben. Einen Moment lag sie unbeweglich gegen den Kissenberg gestützt, im nächsten war sie aus dem Bett, machte ein paar schwankende Schritte auf gekrümmten Füßen wie in einer Ballettparodie und griff vergebens in die Luft, als suche sie verzweifelt den Schlauch. Und die ganze Zeit schrie sie, schrie unaufhörlich, wie eine festgeklemmte Klingel.

Miss Beale hatte vor Entsetzen kaum Zeit, das verzerrte Gesicht und den Schaum auf den Lippen zu registrieren, bevor das Mädchen auf den Boden schlug und sich zusammenkrümmte wie ein Reifen. Ihre Stirn berührte den Boden, der ganze Körper wand sich im Todeskampf.

Eines der Mädchen schrie auf. Einen Augenblick waren alle wie gelähmt. Dann sprangen sie auf einmal auf. Oberschwester Gearing zog dem Mädchen den Schlauch aus dem Mund. Mr. Courtney-Briggs schob sie mit ausgestreckten Armen resolut in das Durcheinander. Die Oberin und Oberschwester Rolfe beugten sich über den zuckenden Körper und verbargen ihn vor den Blicken. Dann richtete sich Miss Taylor auf und drehte sich nach Miss Beale um.

«Die Schülerinnen ... Könnten Sie sich bitte um sie kümmern? Nebenan ist ein leeres Zimmer. Halten Sie sie zusammen.»

Sie versuchte ruhig zu bleiben, aber die Eile gab ihrer Stimme einen scharfen Klang. «Bitte schnell.»

Miss Beale nickte. Die Oberin beugte sich wieder über die verzerrte Gestalt. Das Schreien hatte aufgehört. Man hörte jetzt nur noch ein klägliches Stöhnen und das schreckliche Stakkato von Absätzen, die auf die Holzdielen trommelten. Mr. Courtney-Briggs zog das Jackett aus, warf es in die Ecke und rollte sich die Hemdsärmel auf.

4

Miss Beale schob die kleine Gruppe vor sich her über den Flur und murmelte leise etwas Aufmunterndes. Ein Mädchen, sie war nicht sicher welches, sagte mit hoher Stimme: «Was ist ihr passiert? Was ist passiert? Was ist schiefgegangen?» Niemand gab eine Antwort. Sie gingen betäubt von dem Schock in das Zimmer nebenan. Es lag an der Rückseite des Hauses. Der kleine unproportionierte Raum war offenbar, wie man an der hohen Decke sah, von dem ursprünglichen Salon abgeteilt worden und diente jetzt der Ersten Tutorin als Büro. Miss Beale warf einen Blick auf die Einrichtung: ein großer Schreibtisch, eine Reihe grüner Aktenschränke aus Stahl, ein volles Schwarzes Brett, ein mit Haken befestigtes Schlüsselbrett. Eine ganze Wand wurde von einem Plan eingenommen, auf dem das Unterrichtsprogramm stand und die Fortschritte jeder einzelnen Schülerin eingetragen waren. Die Trennwand halbierte das unterteilte Fenster, so daß das Büro außer seinem ungefälligen Zuschnitt auch unzureichend beleuchtet war. Eine der Schülerinnen drückte auf den Lichtschalter, und die Neonröhre in der Mitte des Zimmers flackerte auf. Wirklich ein höchst ungeeignetes Zimmer für eine Erste Tutorin oder überhaupt für eine Lehrkraft, dachte Miss Beale, die verzweifelt versuchte, ihre Gedanken nicht von den gewohnten Bahnen abschweifen zu lassen.

Diese kurze Erinnerung an den eigentlichen Zweck ihrer Anwesenheit verschaffte ihr vorübergehend Erleichterung. Aber beinahe sofort war die furchtbare Realität wieder da. Die Schülerinnen, dieses klägliche, durcheinandergebrachte Häuflein, standen mitten im Zimmer, unfähig, etwas zu tun. Mit einem schnellen Blick sah Miss Beale, daß nur drei Stühle vorhanden waren. Einen Augenblick fühlte sie sich verlegen und verwirrt wie eine Gastgeberin, die nicht weiß, wie sie ihre Gäste unterbringen soll. Ihre Sorge war nicht ganz abwegig. Sie mußte zusehen, daß die Mädchen es sich bequem machen und sich entspannen konnten. Das war die einzige Möglichkeit, ihre Gedanken von den Vorgängen nebenan abzulenken. Und vielleicht würden sie eine Zeitlang hier eingesperrt sitzen müssen.

«Helfen Sie mir», sagte sie fröhlich. «Wir schieben einfach den Schreibtisch an die Wand, dann können sich vier daraufsetzen. Ich nehme den Schreibtischstuhl, und zwei können sich in die Sessel setzen.»

Jetzt gab es wenigstens etwas zu tun. Miss Beale sah, daß die magere blonde Schülerin zitterte. Sie schob ihr den einen Sessel unter, und das dunkle, mürrisch aussehende Mädchen setzte sich schnell in den anderen. Typisch für sie, sich gleich zu bedienen, dachte Miss Beale. Sie half den anderen Schülerinnen, den Schreibtisch abzuräumen und an die Wand zu rücken. Wenn sie doch nur eine wegschikken könnte, um Tee zu kochen. Obwohl Miss Beale moderneren Methoden der Schockbehandlung theoretisch zustimmte, setzte sie immer noch ihr größtes Vertrauen auf heißen, starken, süßen Tee. Aber es war keiner zu bekommen. Es kam nicht in Frage, auch noch das Küchenpersonal durcheinanderzubringen.

«Ich schlage vor, wir machen uns erst einmal miteinander bekannt», sagte sie fröhlich. «Ich bin Miss Muriel Beale. Ich brauche Ihnen nicht zu sagen, daß ich im Auftrag der Schwesternaufsicht hier bin. Ich kenne schon ein paar Namen, aber ich weiß nicht genau, zu wem sie gehören.»

Fünf Augenpaare starrten sie erstaunt und verständnislos an. Doch die tüchtige Schülerin, wie Miss Beale sie in Gedanken immer noch nannte, stellte sie mit ruhiger Stimme vor.

«Die Zwillinge sind Maureen und Shirley Burt. Maureen ist ungefähr zwei Minuten älter und hat mehr Sommersprossen. Ansonsten sind sie schwer auseinanderzuhalten. Neben Maureen sitzt Julia Pardoe. Christine Dakers sitzt in dem Sessel hier, das in dem anderen ist Diane Harper. Ich bin Madeleine Goodale.»

Miss Beale hatte nie ein gutes Namensgedächtnis gehabt und wiederholte wie gewöhnlich alles noch einmal im Geiste. Die Burt-Zwillinge. Nett und drall. Die Vornamen würde sie sich leicht merken können, aber es würde unmöglich sein zu sagen, wer zu welchem gehörte. Julia Pardoe. Ein attraktiver Name und ein attraktives Mädchen. Sehr anziehend für einen, der diese blonde, eher katzenhafte Schönheit mochte. Miss Beale sah ihr lächelnd in die veilchenblauen Augen und kam zu dem Schluß, daß sie einigen, und nicht nur Männern, wohl tatsächlich sehr gut gefallen mußte. Madeleine Goodale. Ein vernünftiger Name für ein vernünftiges Mädchen. Goodale würde sie wohl ohne Schwierigkeiten behalten. Christine Dakers. Da stimmte etwas ganz und gar nicht. Das Mädchen hatte während der ganzen Übung krank gewirkt und schien jetzt einem Zusammenbruch nahe. Sie hatte eine schlechte Haut, ziemlich ungewöhnlich für eine Schwester. Ihr Gesicht war jetzt gerötet, so daß die Flecken um den Mund und auf der Stirn wie ein entzündeter Ausschlag aussahen. Sie hatte sich tief in den Sessel gekauert, und ihre schmalen Hände glätteten und zupften abwechselnd an der Schürze. Schwester Dakers war sicher am meisten mitgenommen von der ganzen Gruppe. Vielleicht war sie eine enge Freundin von Schwester Pearce gewesen. Abergläubisch korrigierte Miss Beale schnell im Geiste die Zeitform: Vielleicht war sie eine enge Freundin. Wenn man dem Mädchen nur einen heißen, belebenden Tee geben könnte!

Schwester Harper, deren Lippenstift und Lidschatten in dem blaßgewordenen Gesicht noch stärker auffielen, sagte unvermittelt: «Irgendwas muß in der Nahrung gewesen sein.»

Die Zwillinge drehten sich gleichzeitig nach ihr um. Maureen sagte: «Natürlich! Milch war drin.»

«Ich meine, etwas außer der Milch.» Sie zögerte. «Gift.»

«Aber das ist ausgeschlossen! Shirley und ich haben als erstes heute morgen eine frische Flasche Milch aus dem Kühlschrank in der Küche genommen. Miss Collins war da, ihr könnt sie fragen. Wir trugen sie in den Übungsraum und ließen sie dort stehen und füllten sie erst unmittelbar vor der Übung in den Meßbecher um, nicht wahr, Shirley?»

«Doch, so war's. Es war eine frische Flasche. Wir haben sie gegen sieben geholt.»

«Und ihr habt nicht aus Versehen etwas dazugeschüttet?»

«Was denn? Natürlich haben wir nichts dazugetan.»

Die Zwillinge sprachen einstimmig, völlig selbstsicher, beinahe sorglos. Sie wußten genau, was sie getan hatten und wann, und wahrscheinlich, dachte Miss Beale, konnte sie niemand beirren. Sie waren nicht der Typ, der von unnötigen Schuldgefühlen geplagt wurde oder an dem die irrationalen Zweifel nagten, die weniger gleichgültige, mit mehr Phantasie ausgestattete Persönlichkeiten heimsuchten. Miss Beale glaubte, sie sehr gut zu verstehen.

Julia Pardoe sagte: «Vielleicht hat sich sonst jemand an der Nahrung zu schaffen gemacht.»

Sie sah ihre Mitschülerinnen herausfordernd und ein wenig amüsiert aus halb geschlossenen Augen an. Madeleine Goodale sagte ruhig: «Aber warum sollte jemand?»

Schwester Pardoe zuckte mit den Achseln und spitzte den Mund zu einem kleinen, verstohlenen Lächeln. Sie sagte: «Aus Versehen. Oder jemand wollte ihr einen Streich spielen. Oder es war vielleicht Absicht.»

«Aber das wäre versuchter Mord!» Diane Harper hatte das gesagt. Ihre Stimme klang ungläubig. Maureen Burt lachte.

«Sei nicht albern, Julia. Wer würde die Pearce ermorden wollen?»

Keiner antwortete. Es war anscheinend logisch und unwiderleglich. Man konnte sich unmöglich vorstellen, daß jemand Schwester Pearce ermorden wollte. Sie gehörte entweder zu der von Natur aus harmlosen Sorte, stellte Miss Beale fest, oder sie hatte zu wenig Persönlichkeit, um den wilden Haß hervorzurufen, der zum Mord führen kann. Schließlich sagte Schwester Goodale trocken: «Die Pearce war nicht jedermanns Kragenweite.»

Miss Beale sah das Mädchen überrascht an. Es war eine seltsame Bemerkung für Schwester Goodale, ein wenig gefühllos unter diesen Umständen. Das paßte eigentlich nicht zu ihr. Sie registrierte auch, daß sie in der Vergangenheit sprach. Sie erwartete also nicht, Schwester Pearce noch einmal lebend zu sehen.

Schwester Harper wiederholte hartnäckig: «Es ist Blödsinn, an Mord zu glauben. Niemand könnte den Wunsch haben, die Pearce umzubringen.»

Schwester Pardoe zuckte mit den Schultern: «Vielleicht war die Pearce gar nicht gemeint. Jo Fallon hätte doch heute Patient spielen sollen. Sie stand als nächste auf der Liste. Wäre sie nicht gestern abend krank geworden, hätte sie heute in dem Bett gelegen.»

Alle waren still. Schwester Goodale wandte sich an Miss Beale.

«Sie hat recht. Wir halten uns genau an die Reihenfolge. Die Pearce wäre heute tatsächlich nicht als Patientin drangewesen. Aber Josephine Fallon wurde gestern abend auf die Krankenstation gebracht – Sie haben sicher gehört, daß wir hier eine Grippeepidemie haben –, und die Pearce stand als nächste auf der Liste. Sie ist für die Fallon eingesprungen.»

Miss Beale geriet langsam in Verlegenheit. Sie fühlte, daß sie diesem Gespräch ein Ende setzen sollte, daß sie dafür verantwortlich war, die Gedanken von dem Unfall abzulenken, und es war ganz sicher nichts anderes als ein Unfall. Aber sie wußte nicht, wie sie das anstellen sollte. Außerdem hatte es einen schrecklichen Reiz, ein paar Fakten zu erfahren. So war es ihr immer gegangen. Vielleicht war es doch besser, wenn die Mädchen diesem unvoreingenommenen, nachforschenden Interesse nachgaben, anstatt hier herumzusitzen und unnatürliche und sinnlose Konversation zu machen. Sie sah bereits, daß der Schock nachließ und der ein wenig schamhaften Aufregung Platz machte, die einem schrecklichen Ereignis folgen kann, zumindest wenn es sich um das Unglück eines anderen handelt.

Julia Pardoe mit ihrer ruhigen, etwas kindlichen Stimme fuhr fort: «Wenn also das Opfer hätte Fallon heißen sollen, dann kann es jedenfalls keine von uns gewesen sein. Wir wußten alle, daß die Fallon heute morgen nicht die Patientin sein würde.»

Madeleine Goodale sagte: «Ich denke, das wußten alle. Wenigstens das ganze Nightingale-Haus. Beim Frühstück wurde lang und breit darüber geredet.»

Wieder waren alle still und überdachten diese Wendung. Miss Beale fiel auf, daß die Mädchen nicht protestierten, es hätte doch kein Mensch Interesse daran haben können, Schwester Fallon zu ermorden.

Schließlich sagte Maureen Burt: «So arg schlecht kann es der Fallon nicht gehen. Sie war nämlich heute morgen ungefähr um zwanzig vor neun hier im Nightingale-Haus. Shirley und ich sahen, wie sie durch den Nebeneingang hinausschlüpfte, kurz bevor wir nach dem Frühstück in den Übungsraum gingen.»

Schwester Goodale fragte rasch: «Was hatte sie an?» Maureen war von dieser anscheinend nicht unwesentlichen Frage nicht überrascht.

«Hosen. Mantel. Und dieses rote Kopftuch, das sie immer trägt. Warum?»

Schwester Goodale war sichtlich verwirrt, versuchte aber, sich nichts anmerken zu lassen. Sie sagte: «Das zog sie an, bevor wir sie gestern abend auf die Station brachten. Ich nehme an, sie holte etwas aus ihrem Zimmer, das sie dringend brauchte. Aber sie hätte ihr Bett nicht verlassen sollen. Das war der reine Leichtsinn. Sie hatte 39,9 Fieber, als sie eingeliefert wurde. Ein Glück, daß Oberschwester Brumfett sie nicht gesehen hat.»

Schwester Pardoe sagte gehässig: «Ziemlich seltsam, was?» Niemand antwortete. Es war tatsächlich seltsam, dachte Miss Beale. Sie hatte wieder den langen, naßkalten Weg vom Krankenhaus zur Schwesternschule vor Augen. Die Straße verlief in Serpentinen, und sicher gab es eine Abkürzung querfeldein durch die Bäume. Trotzdem war es so früh an einem Januarmorgen ein ungewöhnlicher Spaziergang für ein krankes Mädchen. Es mußte einen zwingenden Grund dafür gegeben haben, daß sie ins Nightingale-Haus gekommen war. Schließlich hätte sie doch bloß darum bitten müssen, wenn sie etwas aus ihrem Zimmer haben wollte. Ihre Mitschülerinnen hätten es ihr gern rüber ans Bett gebracht. Und das war nun das Mädchen, das an diesem Morgen eigentlich die Rolle der Patientin hätte übernehmen sollen, das folglich nebenan in dem Durcheinander von Schläuchen und Leintüchern liegen müßte.

Schwester Pardoe sagte: «Es gibt auf jeden Fall eine Person, die ganz sicher wußte, daß die Fallon heute morgen nicht als Patientin auftreten würde. Schwester Fallon selbst!»

Schwester Goodale sah sie mit weißem Gesicht an.

«Wenn du unbedingt dumm und boshaft daherreden willst, kann ich dich wohl nicht daran hindern. Aber an deiner Stelle würde ich den Mund halten.»

Schwester Pardoe schien ungerührt, eher ein wenig belustigt. Miss Beale fing ihr verstohlenes, zufriedenes Lächeln auf und entschied, daß es höchste Zeit sei, diese Unterhaltung zu beenden. Sie suchte krampfhaft nach einem anderen Thema, als aus dem Sessel die schwache Stimme von Schwester Dakers kam: «Mir ist schlecht.»

Sofort richtete sich das Interesse auf sie. Nur Schwester Harper machte keine Anstalten zu helfen. Die anderen standen um das Mädchen herum und waren froh, sich endlich mit etwas beschäftigen zu können. Schwester Goodale sagte: «Ich gehe mit ihr runter auf die Toilette.»

Sie führte das Mädchen aus dem Zimmer. Zu Miss Beales Überraschung ging Schwester Pardoe mit. Offenbar waren die Meinungsverschiedenheiten schon wieder vergessen, als sie Schwester Dakers in die Mitte nahmen. Miss Beale blieb mit den Zwillingen und Schwester Harper allein. Wieder trat völlige Stille ein. Aber Miss Beale hatte aus der Situation gelernt. Sie war unverzeihlich verantwortungslos gewesen. Es durfte nicht mehr von Tod und Mord geredet werden. Wenn sie schon unter ihrer Aufsicht waren, konnten sie genausogut arbeiten. Sie sah Schwester Harper streng an und forderte sie auf, die Anzeichen, Symptome und die Behandlung eines Lungenkollapses zu beschreiben.

Zehn Minuten später kamen die drei anderen wieder zurück. Schwester Dakers sah immer noch blaß aus, aber sie war jetzt etwas ruhiger. Dafür machte Schwester Goodale ein bestürztes Gesicht. Als könne sie es nicht länger für sich behalten, sagte sie: «Die Flasche mit dem Desinfektionsmittel ist nicht mehr im Waschraum. Ihr wißt, welche ich meine. Sie steht sonst immer auf dem kleinen Wandbrett. Pardoe und ich konnten sie nirgends finden.»

Schwester Harper unterbrach ihren gelangweilten, aber überraschend sachkundigen Vortrag und sagte: «Meinst du die Flasche mit dem milchigen Zeug? Gestern nach dem Abendessen stand sie noch da.»

«Das ist auch schon eine Weile her. War eine von euch heute morgen unten auf der Toilette?»

Anscheinend keine. Sie sahen sich schweigend an.

In diesem Augenblick ging die Tür auf, die Oberin kam leise herein und schloß sie hinter sich. Gestärktes Leinen knisterte, als die Zwillinge vom Schreibtisch rutschten und strammstanden. Schwester Harper erhob sich schlaksig aus ihrem Sessel. Alle sahen Miss Taylor erwartungsvoll an.

«Kinder», begann sie, und das unerwartete liebevolle Wort sagte ihnen die Wahrheit, bevor sie weitergesprochen hatte. «Kinder, Schwester Pearce ist vor wenigen Minuten gestorben. Wir wissen noch nicht, wie und warum, aber wenn etwas Unerklärliches dieser Art passiert, müssen wir es der Polizei melden. Der Verwalter ist gerade dabei, das zu tun. Ich möchte, daß Sie tapfer und vernünftig sind, aber darauf kann ich mich sicher verlassen. Bis die Polizei hier ist, halte ich es für besser, nicht über den Vorfall zu sprechen. Nehmen Sie Ihre Bücher mit und lassen Sie sich von Schwester Goodale in mein Wohnzimmer bringen. Ich schicke Ihnen gleich einen starken Kaffee nach oben. Sind Sie einverstanden?»

Ein leises, gemurmeltes «Ja, Oberin!» war die Antwort.

Miss Taylor wandte sich an Miss Beale.

«Es tut mir außerordentlich leid, aber Sie werden auch noch etwas hierbleiben müssen.»

«Natürlich, Frau Oberin, das versteht sich doch von selbst.»

Über den Köpfen der Schülerinnen trafen sich ihre Blicke in bestürztem Nachdenken und wortloser Sympathie.

Später bekam Miss Beale allerdings einen leichten Schrecken, als sie sich an die Banalität und Unwichtigkeit ihres ersten bewußten Gedankens erinnerte: Das wird mein kürzester Inspektionsbericht. Was um Himmels willen soll ich der Schwesternaufsicht bloß erzählen?

5

Ein paar Minuten zuvor hatten sich die vier Personen im Übungsraum aufgerichtet und einander mit weißen Gesichtern und bis aufs äußerste erschöpft angesehen. Heather Pearce war tot. Sie war tot nach klinischem und juristischem Befund. Sie hatten es während der letzten fünf Minuten gewußt, aber sie hatten weitergearbeitet, verbissen und stumm, als hätte noch eine Chance bestanden, das schlaffe Herz wieder zum Schlagen zu bringen. Mr. Courtney-Briggs' Weste war vorn voller Blut. Er starrte mit gerunzelter Stirn und krausgezogener Nase auf das verkrustende Blut, als sei Blut eine fremde Substanz für ihn. Die Herzmassage war so unästhetisch wie wirkungslos gewesen. Erstaunlich unästhetisch für Mr. Courtney-Briggs, dachte die Oberin. Aber der Versuch war doch sicher gerechtfertigt gewesen? Sie hatten zu wenig Zeit gehabt, sie in den Operationssaal zu schaffen. Dummerweise hatte Oberschwester Gearing die Magensonde herausgezogen. Es war vielleicht eine normale Reaktion gewesen, aber möglicherweise hatte sie Schwester Pearce um die einzige Überlebenschance gebracht. Wäre der Schlauch noch an seinem Platz gewesen, hätten sie wenigstens umgehend eine Magenspülung versuchen können. Wegen der heftigen Zuckungen des Mädchens war es unmöglich gewesen, einen anderen Schlauch durch die Nase einzuführen, und als die Krämpfe aufgehört hatten, war es zu spät gewesen. Mr. Courtney-Briggs hatte die Thoraxwand öffnen müssen und die letzte mögliche Maßnahme versucht. Mr. Courtney-Briggs' heroische Bemühungen wurden allgemein anerkannt. Nur war es ein Jammer, daß sie den Leichnam so kläglich entstellt hatten. Im Übungsraum roch es wie in einem Schlachthaus. So etwas ließ sich im Operationssaal besser an, wo es vom rituellen Zubehör der Chirurgie verschleiert und geweiht wurde.

Er sprach als erster: «Das war kein natürlicher Tod. In der Lösung war etwas anderes als Milch. Nun, ich meine, das ist uns allen klar. Wir sollten die Polizei verständigen. Ich benachrichtige den Yard. Zufällig kenne ich dort jemanden persönlich. Einen der Abteilungsleiter.»

Er kennt überall jemanden, dachte die Oberin. Sie spürte einen Drang zu widersprechen. Als der Schock nachgelassen hatte, kam ein Gefühl der Gereiztheit in ihr hoch, die sich grundlos gegen den Arzt richtete. Sie sagte ruhig: «Die hiesige Polizei muß geholt werden, und ich meine, das ist Sache des Verwalters. Ich versuche jetzt, Mr. Hudson über das Haustelefon zu erreichen. Die Polizei wird den Yard einschalten, wenn sie es für notwendig hält. Ich sehe allerdings keinen Grund, warum. Aber das muß der Polizeidirektor entscheiden, nicht wir.»

Auf dem Weg zum Wandtelefon mußte sie einen Bogen um die zusammengekauerte Gestalt von Miss Rolfe machen. Die Erste Tutorin kniete immer noch vor der Leiche. Mit ihren glühenden Augen in dem totenbleichen Gesicht, mit dem schwarzen Haar, das unter dem gefältelten Häubchen ein wenig durcheinandergeraten war, und den besudelten Händen erinnerte sie die Oberin an eine Gestalt aus einem viktorianischen Melodram. Sie kehrte langsam die Hände nach außen und betrachtete die rote Masse mit wissenschaftlichem Interesse, als könne auch sie kaum glauben, daß es wirklich Blut war. Sie fragte: «Wenn der Verdacht besteht, daß das nicht mit rechten Dingen zugegangen ist, dürfen wir denn dann die Leiche wegbringen?»

Mr. Courtney-Briggs erwiderte scharf: «Ich habe keineswegs vor, sie wegzubringen.»

«Aber wir können sie doch nicht hier liegen lassen, wenigstens nicht so!» widersprach Miss Gearing. Sie war nahe daran zu weinen. Der Chirurg starrte sie an.

«Gute Frau, das Mädchen ist tot! Tot! Spielt es eine Rolle, wo wir die Leiche liegen lassen? Sie fühlt nichts. Sie weiß nichts davon. Werden Sie um Gottes willen nicht sentimental, was den Tod angeht. Daß wir überhaupt sterben, ist unwürdig, nicht, was mit unserem Leichnam geschieht.»

Er wandte sich brüsk ab und ging hinüber zum Fenster. Oberschwester Gearing machte eine Geste, als wolle sie hinter ihm hergehen, dann ließ sie sich auf den nächsten Stuhl fallen und begann leise schnüffelnd vor sich hin zu weinen. Keiner achtete auf sie. Oberschwester Rolfe richtete sich steif auf. Mit vorgestreckten Händen ging sie in der rituellen Haltung einer OP-Schwester an das Waschbecken in der Ecke, drückte mit dem Ellbogen den Wasserhahn auf und begann sich die Hände zu säubern. Am Telefon wählte die Oberin eine fünfstellige Nummer. Sie hörten ihre ruhige Stimme.

«Verwaltung? Ist Mr. Hudson da? Hier spricht die Oberin.» Es dauerte eine Weile. «Guten Morgen, Mr. Hudson. Ich rufe vom Übungsraum im Nightingale-Haus aus an. Könnten Sie bitte sofort rüberkommen. Ja. Sehr dringend. Es ist leider etwas Tragisches, etwas Entsetzliches passiert. Sie werden die Polizei anrufen müssen. Nein, ich möchte Ihnen das nicht am Telefon erzählen. Danke.» Sie legte auf und sagte leise: «Er kommt sofort. Er muß auch den Vizepräsidenten ins Bild setzen – zu dumm, daß Sir Marcus in Israel ist –, aber als erstes muß die Polizei benachrichtigt werden. Und jetzt muß ich es wohl den anderen Schülerinnen sagen.»

Oberschwester Gearing versuchte sich zu fassen. Sie schneuzte lautstark in ihr Taschentuch, verstaute es in der Tasche und hob ihr verquollenes Gesicht.

«Es tut mir leid. Der Schock vermutlich. Es war alles so gräßlich. Daß so etwas Schreckliches passieren muß. Und wo ich gerade zum erstenmal eine Klasse hatte. Und alle haben sie dagesessen und es mit angesehen. Die Schülerinnen ja auch. So ein entsetzlicher Unfall.»

«Unfall, Oberschwester?» Mr. Courtney-Briggs wandte sich vom Fenster ab. Er ging langsam auf sie zu und beugte seinen bulligen Kopf über sie. Seine Stimme klang rauh, fast geringschätzig, als er ihr seine Worte ins Gesicht schleuderte. «Ein Unfall? Wollen Sie etwa behaupten, daß ein Ätzmittel zufällig in die Nährlösung gekommen ist? Oder daß ein Mädchen bei vollem Verstand sich ausgerechnet auf diese grausame Art und Weise umbringen würde? Kommen Sie, Oberschwester, machen wir uns doch nichts vor. Was wir gerade miterlebt haben, war Mord!»

Windstille um Mitternacht

1

Sechzehn Tage nach dem Tod von Schwester Pearce saß Schwester Dakers spätabends im Aufenthaltsraum der Schülerinnen im ersten Stock des Nightingale-Hauses. Es war der 28. Januar, ein Mittwoch, und sie schrieb, wie immer an diesem Tag, einen Brief an ihre Mutter. Gewöhnlich war sie früh genug damit fertig und konnte ihn noch vor der letzten Leerung einwerfen, aber diese Woche hatte sie weder die Energie noch die richtige Laune gehabt, sich an den Schreibtisch zu setzen. Im Papierkorb unter dem Tisch lagen schon die zusammengeknüllten Blätter der ersten beiden Entwürfe. Und nun nahm sie einen dritten Anlauf.

Sie saß an einem der Zweierschreibtische vor dem Fenster. Ihr linker Ellbogen streifte fast die schweren Vorhänge, die die naßkalte Schwärze der Nacht draußen hielten. Den Unterarm hatte sie schützend um den Schreibblock gelegt. Ihr gegenüber fiel das Licht der Schreibtischlampe auf den gebeugten Kopf von Madeleine Goodale. Sie saß so nahe, daß Schwester Dakers die saubere weiße Kopfhaut am Scheitel sehen und den kaum wahrnehmbaren antiseptischen Geruch des Shampoos riechen konnte. Schwester Goodale hatte zwei Lehrbücher aufgeschlagen und machte sich Notizen. Nichts kann sie beunruhigen, dachte Schwester Dakers mit neidischem Groll; nichts hier im Zimmer oder draußen kann ihre stille Konzentration stören. Die bewundernswerte, selbstsichere Goodale sorgte vor, daß die John-Carpendar-Goldmedaille für die besten Noten in der Abschlußprüfung endlich an ihre immer so makellose Schürze geheftet würde.

Schwester Dakers erschrak vor der Stärke dieses plötzlichen und beschämenden feindseligen Gefühls, das sich, wie sie meinte, Schwester Goodale mitteilen mußte. Sie wandte die Augen von diesem gesenkten Kopf, der ihr so verwirrend nahe war, und blickte sich im Zimmer um. Es war ihr nach fast dreijähriger Schulzeit so vertraut, daß sie architektonische Einzelheiten oder die Einrichtung normalerweise kaum wahrnahm. Aber an diesem Abend sah sie alles mit einer seltsamen Deutlichkeit, als hätte es mit ihr und ihrem Leben nichts zu tun. Es war zu groß, um gemütlich zu sein, und möbliert, wie wenn nach und nach einige sonderbare Stücke hineingestellt worden wären, die es sich angeglichen hätte. Früher mußte es ein eleganter Salon gewesen sein, aber die Wände hatten schon lange keine Tapeten mehr, sondern waren gestrichen und mittlerweile ziemlich schäbig. Es hieß, der Raum solle renoviert werden, sobald die nötigen Geldmittel zur Verfügung ständen. In den verzierten Kamin aus behauenem Marmor mit einer Eichenholzeinfassung war ein großer Gasofen eingebaut, der – äußerlich alt und häßlich, aber noch erstaunlich tüchtig – seine starke Hitze bis in die dunklen Ekken des Zimmers ausstrahlte. Der geschmackvolle Mahagonitisch an der gegenüberliegenden Wand mit dem Berg von Zeitschriften hatte vielleicht noch John Carpendar gehört. Aber jetzt war er ramponiert und schäbig, die zerkratzte Platte wurde zwar regelmäßig abgestaubt, aber vermutlich nie poliert. Links neben dem Kamin stand in unpassendem Kontrast dazu ein großer moderner Fernsehapparat, den die Gesellschaft der Freunde des Krankenhauses gestiftet hatte, davor ein kretonnebezogenes Sofa mit durchhängenden Federn und ein dazu passender Sessel. Die übrigen Sitzgelegenheiten sahen aus wie die Stühle im Wartezimmer der Ambulanz, aber sie waren zu alt und abgenutzt, als daß man sie den Patienten hätte zumuten können. Die Lehnen aus hellem Holz waren rauh und die bunten Kunststoffsitze ausgeleiert und zerbeult. Sie rochen unangenehm durch die Hitze vom Kamin. Einer der Stühle war leer. Es war der mit dem roten Sitzkissen, der Stammplatz von Schwester Pearce. Sie hatte die Intimität des Sofas verschmäht und sich dem Gedränge der Schülerinnen vor dem Fernseher immer ein wenig ferngehalten. Sie hatte meistens mit bewußt zur Schau getragenem Desinteresse zugesehen, als könne sie auf dieses Vergnügen leicht verzichten. Ab und zu hatte sie dann einen Blick in das Buch auf ihrem Schoß geworfen, als habe sie zeigen wollen, daß die dumme Handlung, die da zu ihrer Unterhaltung geboten wurde, mehr war, als sie ertragen konnte. Ihre Gegenwart, dachte Schwester Dakers, war immer ein wenig unerwünscht und bedrückend gewesen. Die Atmosphäre des Aufenthaltsraums war ohne diese kerzengerade, strenge Gestalt leichter und gelöster gewesen. Doch der leere Stuhl mit dem ausgebeulten Sitz war eher noch schlimmer. Schwester Dakers hätte gern den Mut besessen, ihn in eine Reihe mit den anderen Stühlen um den Fernseher zu rücken, es sich lässig auf seinem durchhängenden Polster bequem zu machen und damit ein für allemal dieses erdrückende Gespenst auszutreiben. Sie fragte sich, ob die anderen genauso empfanden. Sie konnte unmöglich fragen. Waren die Zwillinge, die eng nebeneinander auf dem Sofa saßen, wirklich so gefesselt von dem alten Gangsterfilm, den sie sich ansahen? Beide strickten, wieder einen dieser unförmigen Pullover, die sie den ganzen Winter über unentwegt trugen. Die Nadeln klapperten vor sich hin, aber die Augen wichen nicht von der Scheibe.

Daneben rekelte sich Schwester Fallon im Lehnsessel, das eine behoste Bein nachlässig über die Lehne gelegt. Sie war heute zum erstenmal nach ihrer Krankheit wieder im Unterricht gewesen und sah noch blaß und mitgenommen aus. Waren ihre Gedanken wirklich bei diesem geschniegelten Helden mit seinem übertrieben großen, lächerlichen Schlapphut und den ausgestopften Schultern, dessen heisere Stimme, unterstrichen von Schüssen, das Zimmer füllte? Oder war auch sie sich dieses leeren Stuhles krankhaft bewußt, des ausgebeulten Sitzes, der abgerundeten Enden der Lehnen, die Schwester Pearces Hände poliert hatten?

Schwester Dakers fröstelte. Auf der Wanduhr war es schon nach halb zehn. Draußen erhob sich der Wind. Es würde eine stürmische Nacht werden. In den seltenen Intervallen, wenn der Fernsehapparat leise war, konnte sie die Bäume knirschen und ächzen hören und sich vorstellen, wie die letzten Blätter leise auf das Gras und die Wege fielen und das Nightingale-Haus mit einem Wall von Stille und Verwesung umgaben. Sie zwang sich, den Federhalter wieder in die Hand zu nehmen. Sie mußte wirklich weitermachen! Es war bald Schlafenszeit. Die Schülerinnen würden sich bald gute Nacht sagen und hinausgehen, und sie würde sich allein auf die spärlich beleuchtete Treppe mit dem dunklen Flur darunter wagen müssen. Jo Fallon bliebe natürlich noch übrig. Sie ging nie ins Bett, bevor das Fernsehprogramm zu Ende war. Dann würde sie allein nach oben gehen, um sich wie jede Nacht ihren heißen Whisky mit Zitrone zu machen. Diese feste Gewohnheit war allen bekannt. Aber Schwester Dakers wollte auf keinen Fall mit der Fallon allein bleiben. Diese Gesellschaft würde sie zuallerletzt suchen, nicht einmal für diesen beängstigenden Weg vom Aufenthaltsraum in ihr Zimmer.

Sie fing wieder an zu schreiben.

«Und bitte, Mutti, mach dir keine Gedanken mehr wegen dieses Mordes.»

Sowie sie die Worte auf dem Papier sah, merkte sie, daß sie das unmöglich schreiben konnte. Irgendwie mußte sie dieses herausfordernde, blutbefleckte Wort umgehen. Sie versuchte es noch einmal. «Und bitte, Mutti, reg Dich nicht auf über das, was in den Zeitungen steht. Dazu hast Du wirklich keinen Grund. Ich fühle mich völlig sicher, und es geht mir glänzend. Niemand glaubt im Ernst, daß Schwester Pearce absichtlich umgebracht wurde.»

Das stimmte natürlich nicht ganz mit der Wahrheit überein. Ein paar Leute mußten doch annehmen, daß die Pearce absichtlich umgebracht worden war, oder warum wäre sonst die Polizei im Haus? Und es war unsinnig anzunehmen, das Gift sei durch einen unglücklichen Zufall in die Flasche gelangt, oder die Pearce, die fromme, gewissenhafte und im Grunde genommen langweilige Pearce, habe beschlossen, sich auf diese schmerzhafte, aufsehenerregende Weise das Leben zu nehmen. Sie schrieb weiter:

«Wir haben immer noch die hiesige Kripo im Haus, aber sie beschäftigen sich jetzt nicht mehr so oft mit uns. Sie sind sehr freundlich zu uns Schülerinnen gewesen, und ich glaube nicht, daß sie eine von uns verdächtigen. Die arme Pearce ist nicht besonders beliebt gewesen, aber der Gedanke, irgendeiner hier habe ihr etwas antun wollen, ist einfach lächerlich.»

War die Polizei wirklich freundlich gewesen? fragte sie sich. Sie hatten sich bestimmt sehr korrekt, sehr höflich verhalten. Sie hatten alle die üblichen nichtssagenden Phrasen vorgebracht, wie wichtig es sei, mit ihnen zusammenzuarbeiten, um diese schreckliche Tragödie aufzuklären, jederzeit die Wahrheit zu sagen, nichts zu verschweigen, wie trivial und belanglos es auch scheinen mochte. Kein einziger von ihnen war laut geworden; keiner war aggressiv oder einschüchternd gewesen. Und doch hatten sie ihr Angst eingejagt. Allein ihr männliches, selbstsicheres Auftreten in Nightingale-Haus hatte, wie die verriegelte Tür zum Übungsraum, ständig die Erinnerung an das Unglück wachgehalten und sie mit Furcht erfüllt. Für Schwester Dakers war Inspektor Bailey der Schrecklichste von allen gewesen. Er war groß, rosig und mondgesichtig, und seine ermutigende Stimme und das onkelhafte Benehmen standen in krassem Gegensatz zu seinen kalten Schweinsaugen.

Die Ausfragerei hatte kein Ende genommen. Sie hatte immer noch die endlosen Sitzungen vor sich, erinnerte sich noch an die Willenskraft, die sie aufbringen mußte, um seinem prüfenden Blick standzuhalten.

«Sie haben sich also am meisten von allen über den Tod von Schwester Pearce aufgeregt, habe ich gehört. Sie waren wohl besonders gut mit ihr befreundet?»

«Nein. Eigentlich nicht. Nicht direkt befreundet. Ich kannte sie kaum.»

«Na, das ist aber eine Überraschung! Nach fast drei Jahren in derselben Schule? Ich hätte eher angenommen, daß man sich ziemlich gut kennt, wenn man so eng zusammen wohnt und arbeitet.»

Sie hatte verzweifelt nach einer Erklärung gesucht.

«Natürlich, das wohl. Wir wissen, welche Gewohnheiten jeder hat. Aber ich wußte nicht, wie sie wirklich war, ich meine, als Mensch.» Eine törichte Antwort. Wie konnte man jemanden sonst kennen; wohl doch nur als Mensch. Und außerdem stimmte es nicht. Sie hatte die Pearce gekannt. Sie hatte sie sogar ziemlich gut gekannt.

«Aber Sie sind gut miteinander ausgekommen? Kein Streit oder so? Keine Unstimmigkeiten?»

Was für ein Wort. Unstimmigkeiten. Sie hatte wieder diese verzerrte Gestalt vor sich gesehen, wie sie sich vor Schmerzen zusammenkrampfte und mit den Händen sinnlos in die Luft griff, wie das dünne Röhrchen den Mund wie eine Wunde offenhielt. Nein, keine Unstimmigkeiten.

«Und die anderen Schülerinnen? Sind die auch gut mit Schwester Pearce ausgekommen? Hat es da kein böses Blut gegeben?»

Böses Blut. Was für ein dummer Ausdruck. Was war das Gegenteil? fragte sie sich. Gutes Blut? Es hat nur gutes Blut zwischen uns gegeben. Das gute Blut der Pearce. Sie hatte geantwortet: «Sie hatte keine Feinde, soviel ich weiß. Und wenn eine etwas gegen sie hatte, hätte sie sie deswegen nicht umgebracht.»

«Das sagen mir alle. Aber schließlich hat jemand sie umgebracht. Es sei denn, das Gift wäre nicht für Schwester Pearce bestimmt gewesen. Sie hatte nur zufällig die Rolle der Patientin übernommen. Wußten Sie, daß Schwester Fallon in der Nacht krank geworden war?»

Und so war es weitergegangen. Fragen über Fragen, nach jeder einzelnen Minute jener schrecklichen letzten Übung, nach dem Desinfektionsmittel im Waschraum. Die Polizei hatte die leere Flasche bald gefunden. Sie lag unter den Büschen hinter dem Haus, und die Fingerabdrücke waren sorgfältig abgewischt. Jeder konnte sie aus einem Schlafzimmerfenster oder von der Toilette aus in der schützenden Dunkelheit jenes Januarmorgens hinuntergeworfen haben. Fragen über jeden Schritt, seit sie aufgewacht war. Die ständige Wiederholung in diesem drohenden Ton, daß nichts verschwiegen, nichts verborgen werden durfte.

Sie fragte sich, ob die anderen Schülerinnen ebensolche Angst hatten. Die Zwillinge wirkten nur gelangweilt. Sie folgten ergeben den sporadischen Vorladungen des Inspektors mit einem Schulterzucken und einem brummigen «O Gott, nicht schon wieder!» Schwester Goodale hatte nichts gesagt, als sie zum Verhör gerufen wurde, auch nicht hinterher. Schwester Fallon war genauso schweigsam gewesen. Alle wußten, daß Inspektor Bailey mit ihr im Krankenhaus gesprochen hatte, sobald es ihr etwas besser gegangen war. Niemand hatte erfahren, was bei dem Verhör herausgekommen war. Es ging das Gerücht, sie habe zugegeben, früh am Morgen des Verbrechens im Nightingale-Haus gewesen zu sein. Aber sie hatte sich angeblich geweigert, einen Grund dafür anzugeben. Das sah der Fallon ähnlich. Und jetzt war sie wieder im Nightingale-Haus. Bis jetzt hatte sie den Tod ihrer Mitschülerin nicht einmal erwähnt. Schwester Dakers fragte sich, ob und wann sie das tun würde. Und überempfindlich auf mögliche Hintergedanken bei jedem Wort achtend, mühte sie sich weiter mit dem Brief ab:

«Wir haben den Übungsraum seit dem Tod von Schwester Pearce nicht mehr benutzt, aber davon abgesehen, arbeitet unsere Gruppe nach Plan weiter. Nur eine von uns, Diane Harper, hat die Schule verlassen. Zwei Tage, nachdem Schwester Pearce gestorben war, holte ihr Vater sie ab, und die Polizei hatte offensichtlich nichts dagegen. Wir dachten alle, es sei ziemlich dumm von ihr, so kurz vor der Abschlußprüfung aufzustecken, aber ihr Vater hat sowieso nie viel auf ihre Schwesternausbildung gegeben. Sie wird außerdem bald heiraten, und ich denke, es ist ihr deshalb ziemlich gleichgültig. Sonst hat keine die Absicht wegzugehen. Es besteht auch wirklich nicht die geringste Gefahr. Also bitte, Mutti, mach Dir meinetwegen keine Sorgen mehr. So, jetzt muß ich Dir noch etwas über das Programm von morgen schreiben.»

Jetzt mußte sie kein Konzept mehr machen. Der Rest des Briefes würde leicht sein. Sie überflog noch einmal, was sie geschrieben hatte, und meinte, es gehe so. Sie nahm ein neues Blatt und schrieb den endgültigen Brief. Wenn sie ein bißchen Glück hätte, würde sie es noch schaffen, bevor der Film zu Ende wäre, die Zwillinge ihr Strickzeug aus der Hand legten und schlafen gingen.

Sie schrieb den Brief schnell runter, und als sie nach einer halben Stunde fertig war, sah sie erleichtert, daß es im Fernsehen gerade zum letzten Massensterben und der abschließenden Umarmung gekommen war. Im selben Augenblick setzte Schwester Goodale die Lesebrille ab, hob den Kopf und klappte das Buch zu. Die Tür ging auf, und Julia Pardoe kam herein.

«Da bin ich wieder», verkündete sie und gähnte. «Ein doofer Film war das. Kocht noch jemand Tee?» Niemand antwortete, aber die Zwillinge spießten ihre Stricknadeln in die Wollknäuel, gingen zur Tür und schalteten im Vorbeigehen den Fernseher aus. Schwester Pardoe machte sich nie die Mühe, Tee zu kochen, wenn sie andere dafür finden konnte, und die Zwillinge waren meistens so nett. Als Schwester Dakers nach ihnen aus dem Aufenthaltsraum ging, drehte sie sich nach Jo Fallon um, die stumm und reglos dasaß. Außer ihr war nur noch Madeleine Goodale im Zimmer. Schwester Dakers verspürte plötzlich den Wunsch, Jo Fallon anzusprechen. Sie wollte ihr sagen, wie schön es sei, sie wieder in der Schule zu sehen, fragen, ob sie sich wieder gut fühle, oder einfach ‹gute Nacht› wünschen. Aber die Worte blieben ihr im Hals stecken, und der rechte Augenblick war verpaßt. Das letzte, was sie sah, als sie die Tür hinter sich schloß, war Jo Fallons blasses charaktervolles Gesicht. Sie starrte immer noch mit ausdruckslosen Augen auf den Fernsehapparat, als sei ihr nicht bewußt, daß der Bildschirm dunkel war.

2

In einem Krankenhaus wird die Zeit selbst dokumentiert, die Sekunden werden an einem Pulsschlag, dem Tröpfeln von Blut oder Plasma gemessen, die Minuten am Aussetzen eines Herzens, die Stunden am Steigen oder Fallen einer Fieberkurve, an der Dauer einer Operation. Als die Ereignisse der Nacht vom 28. auf den 29. Januar nachgezeichnet werden sollten, wußten nur wenige der Hauptpersonen am John-Carpendar-Krankenhaus nicht, was sie in jeder einzelnen Minute ihrer wachen Stunden getan oder wo sie sich aufgehalten hatten. Sie sagten vielleicht lieber nicht die Wahrheit, aber sie wußten zumindest, was die Wahrheit war.

In dieser Nacht zog ein heftiger, aber unregelmäßiger Sturm herauf, die Windstärke und selbst die Richtung änderten sich von Stunde zu Stunde. Um zehn Uhr war es kaum mehr als eine seufzende Begleitmusik unter den Ulmen. Eine Stunde später schwoll der Wind plötzlich zu einem wütenden Toben an. Die hohen Ulmen krachten und ächzten unter den heftigen Böen, das Heulen des Sturms klang wie das wiehernde Gelächter von Teufeln. Die noch regenschweren Laubwälle neben den verlassenen Wegen verschoben sich träge, zerrissen dann in einzelne Haufen, wirbelten wild auf wie verrückte Insekten und klebten sich an die schwarze Rinde der Bäume. Im Operationssaal im obersten Stock des Krankenhauses bewies Mr. Courtney-Briggs vor dem Assistenzarzt seine Gelassenheit in kritischen Momenten. Er murmelte etwas von einer stürmischen Nacht, bevor er sich wieder in die befriedigende Betrachtung des chirurgischen Problems vertiefte, das zwischen den klaffenden Wundrändern pochte. Unter ihm auf den stillen, schwach beleuchteten Stationen bewegten die Kranken im Schlaf die Lippen und wälzten sich hin und her, als spürten sie den Aufruhr draußen. Die Röntgenassistentin, die von zu Hause gerufen worden war, um rasch Aufnahmen von Mr. Courtney-Briggs' Patienten zu machen, deckte das Gerät wieder ab, schaltete das Licht aus und fragte sich, ob ihr leichtes Auto wohl sicher genug auf der Straße liege. Die Nachtschwestern bewegten sich leise zwischen den Krankenbetten, sahen nach, ob die Fenster richtig geschlossen waren, und zogen die Vorhänge noch dichter zusammen, als wollten sie eine bedrohliche, feindselige Macht fernhalten. Der diensttuende Pförtner am Haupteingang rutschte ungemütlich auf seinem Stuhl hin und her, stand dann verkrampft auf und warf ein paar Brocken Kohle aufs Feuer. Er brauchte Wärme und Behaglichkeit in seiner einsamen Behausung. Das kleine Haus schien bei jedem Windstoß zu erzittern.

Doch kurz vor Mitternacht flaute der Sturm ab, als spüre er die nahende Geisterstunde, die tiefste Nacht, wenn der Puls des Menschen am langsamsten schlägt und der Sterbende am leichtesten die Schwelle zur letzten Vergessenheit überschreitet. Die unheimliche Stille dauerte ungefähr fünf Minuten, dann hörte man wieder den Wind in den Baumkronen, aber er schien von der eigenen Wut erschöpft und seufzte nur noch in sanftem Rhythmus. Die Operation war beendet. Mr. Courtney-Briggs streifte die Handschuhe ab und ging in sein Umkleidezimmer. Sobald er sich umgezogen hatte, rief er im Nightingale-Haus an und bat Oberschwester Brumfett, die die Privatstation unter sich hatte, herüberzukommen und die Betreuung seines Patienten in den ersten kritischen Stunden zu überwachen. Er stellte zufrieden fest, daß der Wind nachgelassen hatte. Sie konnte allein herüberkommen, wie sie es auf seine Bitte schon unzählige Male zuvor getan hatte. Er brauchte sich nicht verpflichtet zu fühlen, sie mit dem Wagen abzuholen.

Kaum fünf Minuten später stiefelte Oberschwester Brumfett beherzt durch den Park. Ihr Mantel hing an ihr wie eine Fahne, die der Wind an den Mast schlägt, und die Kapuze verdeckte ihr gekraustes

Häubchen. Sie ging geräuschlos über das rutschige Gras und spürte durch die dicken Schuhsohlen den Sog des aufgeweichten Bodens. Ab und zu rissen sich vom Sturm geknickte dünne Ästchen vom letzten Rindenfädchen los und taumelten ihr wie aus Versehen vor die Füße. Als sie die in tiefer Ruhe liegende Privatstation erreicht hatte und sich daranmachte, mit der Schwester, einer Schülerin im dritten Jahr, das Bett zu richten und die Bluttransfusion vorzubereiten, begann der Sturm aufs neue. Aber die Oberschwester war so von ihrer Aufgabe in Anspruch genommen, daß sie nicht mehr darauf achtete.

Am Haupteingang machte Albert Colgate, der Pförtner, der hier Nachtdienst hatte, ein Nickerchen über seiner Abendzeitung. Kurz nach halb eins wurde er durch ein Lichtbündel, das über das Glas huschte, und das Surren eines näherkommenden Autos aufgeschreckt. Das muß wohl, dachte er, der Daimler von Mr. Courtney-Briggs sein. Die Operation war also vorbei. Er erwartete, daß das Auto durch den Haupteingang fahren würde, aber es hielt unerwartet an. Er hörte es zweimal energisch hupen. Vor sich hin brummelnd, warf er den Mantel über und ging nach draußen. Mr. Courtney-Briggs kurbelte das Fenster herunter und rief ihm durch den Wind zu: «Ich wollte eigentlich zur Ausfahrt an der Winchester Road, aber dort liegt ein Baum quer über der Straße. Ich wollte es Ihnen lieber melden. Kümmern Sie sich möglichst schnell darum.»

Der Pförtner steckte seinen Kopf durch das Autofenster. Ein luxuriöser Duft von Zigarrenrauch, After-Shave und Leder schlug ihm entgegen. Mr. Courtney-Briggs wich unwillkürlich ein wenig zurück. Der Pförtner sagte: «Das ist bestimmt eine von den alten Ulmen, Sir. Ich werde es morgen früh als erstes melden. Jetzt kann ich da nichts machen, Sir, nicht bei diesem Sturm.»

Mr. Courtney-Briggs begann das Fenster hochzukurbeln. Colgates Kopf machte einen schnellen Rückzug.

Der Chirurg sagte: «Heute nacht braucht man nichts mehr zu unternehmen. Ich habe meinen weißen Schal an einen Ast gebunden. Ich glaube nicht, daß jemand diesen Weg benutzt, bevor es hell wird. Falls doch, wird er den Schal sehen. Aber vielleicht können Sie jeden warnen, der hier hereinfährt. Gute Nacht, Colgate.»

Der schwere Wagen brummte durch das Haupttor, und Colgate ging in sein Häuschen zurück. Gewissenhaft sah er nach der Wanduhr über dem Kamin und trug eine Notiz in sein Buch ein. 0.32 Mr. Courtney-Briggs meldet umgestürzten Baum quer über dem Weg zur Winchester Road.»

Er hatte sich schon wieder auf seinen Stuhl gesetzt und die Zeitung in die Hand genommen, als ihm einfiel, daß es eigentlich seltsam sei, daß Mr. Courtney-Briggs durch das Winchester-Tor fahren wollte. Das war nicht sein kürzester Weg nach Hause, und außerdem benutzte er diese Ausfahrt selten. Vermutlich, dachte Colgate, hatte er einen Schlüssel für das Tor an der Winchester Road. Mr. Courtney-Briggs hatte Schlüssel zu fast allen Türen des Krankenhauses. Aber seltsam war es dennoch.

Im zweiten Stock des Nightingale-Hauses bewegte sich kurz vor zwei Uhr Maureen Burt im Schlaf, murmelte zusammenhanglos durch die gespitzten feuchten Lippen und erwachte in dem unangenehmen Bewußtsein, daß drei Tassen Tee vor dem Schlafengehen zwei zuviel gewesen waren. Sie blieb einen Augenblick still liegen und lauschte schläfrig dem Ächzen des Sturms. Sie fragte sich, ob sie vielleicht doch wieder einschlafen könnte, merkte aber, daß es zu quälend sei, um vernünftigerweise ertragen werden zu können, und tastete nach dem Schalter der Nachttischlampe. Die plötzliche Helligkeit blendete sie und machte sie vollends wach. Sie schlüpfte in die Hausschuhe, warf den Bademantel über und tappte hinaus auf den Flur. Als sie leise die Zimmertür hinter sich schloß, blähte ein heftiger Windstoß die Vorhänge des Fensters am entgegengesetzten Ende des Flurs. Sie lief hin, um es zu schließen. Durch das wildbewegte Netzwerk der Äste und die auf der Fensterscheibe hin und her springenden Schatten sah sie das Krankenhaus wie ein großes Schiff vor Anker, das der Sturm schüttelt. Die Fenster der Stationen schimmerten nur schwach im Vergleich zu der senkrechten Linie hell erleuchteter Augen, hinter denen die Räume der Stationsschwestern und die Stationsküchen lagen. Sie schloß das Fenster sorgfältig und tastete sich, vor Müdigkeit leicht wankend, vorwärts in Richtung Toilette. Weniger als eine Minute später kam sie wieder auf den Flur heraus und blieb kurz stehen, um die Augen an die Dunkelheit zu gewöhnen. Von den wirren Schatten am oberen Ende der Treppe hob sich ein dunklerer Schatten ab, bewegte sich auf sie zu und entpuppte sich als eine Gestalt in Mantel und Kapuze. Maureen war nicht ängstlich, und in ihrem schlaftrunkenen Zustand fühlte sie nur Erstaunen, daß noch jemand wach und auf den Beinen war. Sie erkannte Oberschwester Brumfett sofort. Zwei durchdringende, bebrillte Augen starrten sie durch die Dunkelheit an. Die Stimme der Schwester klang unerwartet scharf.

«Eine von den Zwillingen, nicht? Was machen Sie denn hier? Ist noch jemand auf?»

«Nein, Oberschwester. Wenigstens glaube ich es nicht. Ich bin nur auf der Toilette gewesen.»

«Ach so. Na, wenn sonst alles in Ordnung ist. Ich dachte, der Sturm hätte Sie alle vielleicht gestört. Ich komme eben von meiner Station. Ein Patient von Mr. Courtney-Briggs hatte einen Rückfall und mußte sofort operiert werden.»

«Ja, Oberschwester», sagte Maureen Burt. Sie wußte nicht recht, wie sie sich verhalten sollte. Es überraschte sie, daß Oberschwester Brumfett sich die Mühe machte, einer kleinen Schwesternschülerin ihre Anwesenheit zu erklären, und sie sah etwas verunsichert zu, wie die Schwester ihren langen Mantel fester um sich zog und mit energischen Schritten zur Treppe am anderen Ende des Flurs ging. Ihr Zimmer lag einen Stock höher, gleich neben der Wohnung der Oberin. An der Treppe angekommen, drehte sie sich noch einmal um und schien etwas sagen zu wollen. In diesem Augenblick ging Shirley Burts Tür langsam auf, und ein roter Wuschelkopf erschien.

«Was ist los?» fragte sie verschlafen.

Oberschwester Brumfett ging auf sie zu.

«Nichts ist los, Schwester. Ich will eben schlafen gehen. Ich bin gerade von meiner Station gekommen. Und Maureen mußte aufstehen und zur Toilette gehen. Sie brauchen sich keine Sorgen zu machen.»

Shirley gab nicht zu erkennen, ob sie sich Sorgen machte oder jemals gemacht hatte. Sie wickelte sich in ihren Bademantel und schlurfte auf den Flur. Resigniert, aber auch ein wenig selbstgefällig sagte sie: «Wenn Maureen aufwacht, werde ich auch wach. Das ist bei uns immer so gewesen, schon als Babys. Sie können unsere Mutter fragen!» Ein bißchen wacklig vor Schläfrigkeit, aber nicht unzufrieden, daß die magischen Familienbande noch intakt waren, schloß sie die Zimmertür hinter sich mit der Entschiedenheit einer, die, erst einmal aufgestanden, auch aufbleiben will.

«Bei diesem Wetter braucht man gar nicht erst versuchen, wieder einzuschlafen. Ich koche uns einen Kakao. Können wir Ihnen einen Becher raufbringen, Oberschwester? Dann schlafen Sie leichter ein.»

«Nein, danke, Schwester. Ich habe bestimmt keine Schwierigkeiten mit dem Einschlafen. Seien Sie möglichst leise, damit Sie die andern nicht wecken. Und daß Sie sich nicht erkälten.» Sie drehte sich wieder nach der Treppe um. Maureen sagte: «Die Fallon ist noch wach. Wenigstens brennt ihre Nachttischlampe noch.»

Alle drei blickten den Korridor hinunter auf die Stelle, wo ein

Lichtstrahl durch das Schlüsselloch von Schwester Fallons Zimmer fiel und einen kleinen hellen Kreis auf die Wandverkleidung warf.

Shirley sagte: «Dann bringen wir ihr auch einen Becher. Sie ist sicher noch wach und liest. Komm, Maureen! Gute Nacht, Oberschwester.»

Sie schlurften zusammen den Korridor hinunter zu der Teeküche an seinem Ende. Oberschwester Brumfett blieb noch einen Augenblick stehen und sah ihnen mit starrem, ausdruckslosem Blick nach. Dann drehte sie sich endgültig um und stieg die Treppe hinauf in ihr Schlafzimmer.

Genau eine Stunde später fiel – von keinem Menschen im Nightingale-Haus gehört oder gesehen – eine morsche Fensterscheibe, die die ganze Nacht krampfhaft geklappert hatte, nach innen in den Wintergarten und zersprang auf dem gekachelten Boden in tausend Splitter. Der Wind fegte durch die Öffnung herein wie ein stöberndes Tier. Sein kalter Atem raschelte durch die Magazine auf dem Korbtisch, hob die Palmwedel hoch und wiegte sanft die Blätter der Farne. Schließlich fand er den langen weißen Schrank unter den Blumengestellen. Am frühen Abend hatt der verzweifelte, eilige Besucher, der seine Hand tief in den Schrank gesteckt hatte, die Tür angelehnt gelassen. Die ganze Nacht über hatte sie offengestanden und sich nicht in ihren Scharnieren bewegt. Aber jetzt schwang der Wind sie leise hin und her und schloß sie schließlich, als sei er des Spiels überdrüssig, mit einem letzten, dumpfen Schlag.

Und alle, die unter dem Dach des Nightingale-Hauses lebten, lagen in tiefem Schlaf.

3

Das Schrillen des Weckers auf ihrem Nachttisch weckte Schwester Dakers. Die Zeiger auf dem schwach beleuchteten Zifferblatt standen auf 6 Uhr 15. Obwohl die Vorhänge zurückgezogen waren, lag das Zimmer noch in völliger Dunkelheit. Der quadratische helle Fleck kam, wie sie wußte, nicht von der Tür, sondern von den fernen Lichtern des Krankenhauses, wo das Nachtpersonal wohl bereits die erste Tasse Tee servierte. Sie blieb eine Weile still liegen, um sich an das Wachsein zu gewöhnen und zögernde Fühler in den Tag auszustrecken. Sie hatte gut geschlafen, trotz des Sturms, dessen sie sich nur flüchtig bewußt geworden war. Sie spürte mit einem plötzlichen

Glücksgefühl, daß sie dem Tag eigentlich zuversichtlich entgegensehen könnte. Die trübe Stimmung und ihre Befürchtungen während des letzten Abends, der letzten Wochen, schienen von ihr abgefallen zu sein. Sie kamen ihr nur noch wie die Auswirkungen von Müdigkeit und zeitweiliger Niedergeschlagenheit vor. Sie hatte seit dem Tod von Schwester Pearce den langen, dunklen Gang der Angst und Ungewißheit durchschritten, aber an diesem Morgen war sie wie durch ein Wunder wieder ans Tageslicht gelangt. Es war wie der Morgen des Weihnachtstages, als sie klein war. Es war der Anfang der Sommerferien in der Schule. Es war das frische Erwachen nach einer Fieberkrankheit in dem beruhigenden Wissen, daß Mutter da war und all die angenehmen Seiten der Genesung auf sie warteten. Es war der Wiederbeginn des vertrauten Lebens.

Der Tag lag in hellstem Licht vor ihr. Sie ging in Gedanken die Freuden durch, die er versprach. Als erstes hätte sie Arzneimittelkunde. Diese Stunde war wichtig. Arzneimittel und Dosierungen waren schon immer ihre schwache Seite. Nach der Kaffeepause würde dann Mr. Courtney-Briggs seine Chirurgievorlesung für den dritten Jahrgang halten. Es kam einer Auszeichnung gleich, daß ein Chirurg von seinem Rang sich solche Mühe mit der Schwesternausbildung gab. Sie hatte ein wenig Angst vor ihm, besonders, wenn er seine präzisen schnellen Fragen stellte. Aber heute morgen wollte sie ihren ganzen Mut zusammennehmen und frei und selbstsicher antworten. Dann, am Nachmittag, würde der Krankenhausbus die Gruppe zur städtischen Entbindungs- und Kinderklinik fahren, damit sie die Arbeit der örtlichen Behörde kennenlernten. Auch das war wichtig für ein Mädchen, das später Gemeindeschwester werden wollte. Sie dachte noch eine Weile über dieses zufriedenstellende Tagesprogramm nach, dann stand sie auf, steckte die Füße in die Pantoffeln, schlüpfte in ihren billigen Morgenmantel und ging durch den Korridor zur Teeküche der Schülerinnen.

Die Nightingale-Schwestern wurden jeden Morgen pünktlich um sieben Uhr von einem der Mädchen geweckt, aber die meisten Schülerinnen waren von der Arbeit auf den Stationen her an frühes Aufstehen gewöhnt und stellten ihre Wecker auf halb sieben, um noch Zeit zum Teekochen und für einen kleinen Plausch zu haben. Die Frühaufsteher waren schon versammelt. Der kleine Raum war hell erleuchtet, fröhlich familiär, es roch wie üblich nach Tee, gekochter Milch und Reinigungsmitteln. Der Anblick war beruhigend alltäglich. Die Burt-Zwillinge hatten noch verquollene Gesichter vom Schlaf. Beide steckten in knallroten Bademänteln. Maureen hatte auf ihrem Transistorradio das zweite Programm eingeschaltet und zuckte träge mit Hüften und Schultern zu den Rhythmen der frühmorgendlichen BBC-Musiksendung. Ihre Zwillingsschwester stellte zwei große Henkelbecher auf ein Tablett und kramte in einer Dose nach Keksen. Sonst war bis jetzt nur Madeleine Goodale da. Sie trug einen altmodischen karierten Morgenrock und wartete auf das erste Dampfwölkchen aus dem Kessel. In ihrer fröhlichen Stimmung hätte Schwester Dakers allen um den Hals fallen mögen.

«Wo steckt denn die Fallon heute morgen?» fragte Maureen Burt ohne besonderes Interesse.

Schwester Fallon war ein notorischer Spätaufsteher, aber normalerweise war sie eine der ersten in der Teeküche. Sie hatte sich angewöhnt, den Tee mit auf ihr Zimmer zu nehmen und gemütlich im Bett zu genießen, wo sie dann bis zur allerletzten Minute blieb, so daß sie gerade noch rechtzeitig zum Frühstück kam. Aber heute morgen stand ihre Teekanne samt dazu passender Tasse noch im Küchenschrank neben der Blechdose mit chinesischem Tee, den Schwester Fallon dem starken braunen Gebräu vorzog, das der Rest der Klasse für nötig hielt, um sich für den Tag zu wappnen.

«Ich sage ihr Bescheid», schlug Schwester Dakers vor, glücklich, sich nützlich machen zu können. Sie verlangte danach, ihre Befreiung von der Anspannung der letzten Wochen durch gute Taten zu feiern.

«Warte einen Augenblick, dann kannst du ihr eine Tasse aus meiner Kanne mitbringen», sagte Maureen.

«Indischen mag sie nicht. Ich sehe nur mal nach, ob sie wach ist und sage ihr, daß das Teewasser kocht.»

Schwester Dakers dachte kurz daran, selbst den Tee für Schwester Fallon zu bereiten. Aber diese Regung ging schnell vorüber. Nicht, daß die Fallon besonders launisch oder unberechenbar gewesen wäre, aber aus unbestimmten Gründen mischte sich niemand gern in ihr Privatleben ein oder erwartete, daran teilzuhaben. Sie besaß nicht besonders viel, aber was sie hatte, war teuer, elegant, sorgfältig ausgesucht und so sehr Teil ihrer Persönlichkeit, daß es unantastbar schien.

Schwester Dakers rannte beinahe über den Korridor zu Schwester Fallons Zimmer. Die Tür war nicht verschlossen. Das überraschte sie nicht. Seit vor ein paar Jahren eine Schülerin nachts krank geworden war und sich vor Schwäche nicht mehr durchs Zimmer hatte schleppen können, um die Tür aufzuschließen, war es den Mädchen ausdrücklich verboten, sich nachts einzuschließen. Nach Schwester

Pearces Tod hatten doch einige den Schlüssel herumgedreht, und falls die Oberschwestern es ahnten, sagten sie zumindest nichts. Vielleicht schliefen auch sie ruhiger und tiefer hinter verriegelten Türen. Aber die Fallon war nie ängstlich gewesen.

Die Vorhänge waren dicht zusammengezogen. Die Nachttischlampe brannte, aber der verstellbare Schirm war so gedreht, daß er einen hellen Kreis auf die gegenüberliegende Wand warf und das Bett im Schatten ließ. Ein Wust von schwarzem Haar lag auf dem Kissen. Schwester Dakers tastete an der Wand nach dem Lichtschalter und wartete ein wenig, bevor sie anschaltete. Dann drückte sie ganz sacht darauf, als sei es möglich, das Zimmer gedämpft und allmählich zu erleuchten, um Schwester Fallon nicht zu erschrecken. Die Lampe flammte auf. Sie mußte in dem plötzlichen grellen Licht blinzeln. Dann ging sie leise auf das Bett zu. Sie schrie weder, noch fiel sie in Ohnmacht. Sie stand eine Weile völlig reglos und sah hinunter auf die Gestalt. Sie lächelte ein wenig, beinahe staunend. Sie zweifelte nicht daran, daß Schwester Fallon tot war. Die Augen standen noch weit offen, aber sie waren kalt und glanzlos wie die eines toten Fisches. Schwester Dakers beugte sich über sie und starrte hinein, als wolle sie sie wieder zum Leuchten bringen oder als suche sie vergebens eine Spur ihres Spiegelbildes. Dann wandte sie sich langsam ab, knipste das Licht aus, ging hinaus und schloß die Tür hinter sich. Sie wankte wie ein Schlafwandler durch den Flur, ihre Hände versuchten an der Wand Halt zu finden.

Die anderen merkten nicht gleich, daß sie zurückgekommen war. Dann richteten sich plötzlich drei Augenpaare auf sie, standen drei Gestalten erstarrt und waren eine einzige verwirrte Frage. Schwester Dakers lehnte am Türrahmen und öffnete stumm den Mund. Die Worte wollten nicht kommen. Irgend etwas schien mit ihrer Kehle nicht zu stimmen. Die ganze Mundpartie zitterte unkontrollierbar, und ihre Zunge klebte am Gaumen. Ihre Augen flehten die andern an. Es schien Minuten zu dauern, während die drei ihrem Kampf zusahen. Als ihr die Stimme wieder kam, klang sie gefaßt, beinahe ein wenig erstaunt.

«Die Fallon. Sie ist tot.»

Sie lächelte wie jemand, der aus einem Traum erwacht, und erklärte ruhig: «Jemand hat die Fallon ermordet.»

Die Küche war leer. Sie merkte nicht, daß die andern zusammen auf den Korridor stürzten. Sie war allein. Der Kessel pfiff jetzt, der Deckel wurde vom Dampf angehoben und klapperte. Vorsichtig, konzentriert die Stirn runzelnd, drehte sie das Gas kleiner. Ganz langsam, wie ein Kind, das man mit einer wichtigen Aufgabe betraut hat, nahm sie die Blechdose heraus, die hübsche Teekanne, das dazupassende Gedeck, und bereitete, leise vor sich hin summend, den Tee für Schwester Fallon.

Fremde im Haus

1

«Der Arzt ist hier, Sir.»

Ein Polizist steckte seinen Kopf durch die Tür und zog fragend eine Augenbraue hoch.

Kriminalrat Adam Dalgliesh wandte sich um. Er hatte seine einsachtundachtzig unbequem zwischen das Fußende des Bettes und die Schranktür gezwängt und war dabei, die Kleider des toten Mädchens zu untersuchen. Er warf einen Blick auf die Armbanduhr. Acht Minuten nach zehn. Sir Milles Honeyman hatte es wie immer schnell geschafft.

«Gut, Fenning. Würden Sie ihn bitten, so nett zu sein und einen Augenblick zu warten? Wir sind hier gleich fertig. Dann können ein paar von unseren Leuten verschwinden und ihm Platz machen.»

Der Kopf zog sich zurück. Dalgliesh schaffte es mit einiger Mühe, sich aus seinem Gefängnis zu befreien und die Schranktür zu schließen. Ein vierter Mann paßte jedenfalls jetzt nicht mehr ins Zimmer. Die massige Gestalt des Spezialisten für Fingerabdrücke füllte den Raum zwischen Nachttisch und Fenster aus. Wegen der Enge mußte er sich unbequem zusammenkauern, während er die Whiskyflasche am Korken drehte und sorgfältig das Einstaubpulver auftrug. Neben der Flasche lag eine Glasplatte mit den Fingerabdrücken des toten Mädchens. Die Rillen waren deutlich sichtbar.

«Gibt es was?» fragte Dalgliesh.

Der Mann von der Spurensicherung unterbrach seine Tätigkeit und ging mit den Augen noch näher heran.

«Ein hübscher Satz von Fingerabdrücken kommt da heraus, Sir. Sind aber alles ihre eigenen. Sonst leider nichts. Sieht so aus, als hätte der Knabe, der ihr die Flasche verkauft hat, sie wie üblich abgewischt, bevor er sie einwickelte. Mal sehen, ob wir beim Becher mehr Glück haben.»

Er warf einen besitzergreifenden Blick darauf. Der Becher lag in der Schwebe auf einer Wölbung der Steppdecke, so wie er dem Mädchen aus der Hand gefallen war. Erst wenn alle Aufnahmen gemacht wären, würde er ihm zur Untersuchung überlassen werden.

Er beugte sich wieder über seine Arbeit an der Flasche. Hinter ihm rückte der Fotograf des Yard sein Stativ mit der Kamera – einer neuen Cambo für Großaufnahmen, wie Dalgliesh feststellte – an das rechte Fußende des Bettes. Es klickte, das Licht blitzte auf, und das Bild des toten Mädchens sprang ihnen entgegen, schwebte in der Luft und brannte sich in Dalglieshs Netzhaut ein. Diese grausame kurze Helligkeit steigerte und verzerrte Farbe und Umriß. Das lange schwarze Haar hob sich als zerzauste Perücke von dem Weiß des Kissens ab; die glasigen Augen waren hervorstehende Kugeln, als habe die Leichenstarre sie aus ihren Höhlen gedrückt; die Haut war sehr weiß und glatt, sah abstoßend aus, eine künstliche Membran, fest und undurchdringlich wie aus Plastik. Dalgliesh blinzelte und versuchte, das Bild dieses Hexenspielzeugs, dieser grotesken, achtlos auf das Kissen geworfenen Puppe auszuradieren. Als er dann hinsah, war sie wieder ein totes Mädchen auf einem Bett; nicht mehr und nicht weniger. Noch zweimal sprang ihm das verzerrte Bild entgegen und blieb erstarrt in der Schwebe, als der Fotograf zwei Aufnahmen mit der Polaroidkamera machte, um Dalgliesh sofort die Abzüge geben zu können, die er sich immer ausbat. Dann war es vorbei. «Das war das letzte, Sir», sagte der Fotograf. «Ich sage jetzt Sir Miles Bescheid.» Er streckte den Kopf durch die Tür, während der Spurensicherer, vor Genugtuung grunzend, den Becher mit einer Pinzette von der Steppdecke nahm und neben die Whiskyflasche stellte.

Sir Miles mußte auf dem Flur gewartet haben, denn er kam sofort hereinspaziert – eine wohlbekannte rundliche Gestalt mit seinem schweren Kopf, dem krausen schwarzen Haar, den lebhaften kleinen Augen. Er brachte einen Hauch von Operettengemütlichkeit mit herein, dazu, wie immer, einen dünnen herben Schweißgeruch. Die Wartezeit hatte ihn nicht verstimmt. Aber Sir Miles, Geschenk Gottes an die Gerichtsmedizin oder – wie man es nehmen wollte – ein dilettantischer Quacksalber, war auch nicht leicht zu kränken. Er verdankte seinen Ruf – und möglicherweise auch seine vor kurzem erfolgte Erhebung in den Adelsstand – zum Teil seinem treuen Festhalten an dem Prinzip, niemals jemanden absichtlich zu kränken, auch keinen, der unter ihm stand. Er begrüßte den weggehenden Fotografen und den Beamten von der Spurensicherung wie alte Freunde und nannte Dalgliesh beim Vornamen. Aber die Höflichkeiten waren belanglos; sein Vorhaben hatte ihn in der Gewalt wie ein Krankheitskeim, als er sich zum Bett durchschob.

Dalgliesh verachtete seine Nekrophilie, was allerdings, wie er sich eingestand, kein rationaler Grund für eine Abneigung war. In einer vollkommenen organisierten Welt würden Fußfetischisten zweifelsohne Fußpfleger werden, Haarfetischisten Frisöre und Nekrophile eben Leichenbeschauer. Es war erstaunlich, daß so wenige es tatsächlich wurden. Sir Miles allerdings legte diese Folgerung nahe. Er machte sich voller Eifer, beinahe mit Freude, an jede neue Leiche. Seine makabren Scherze waren in den meisten Londoner Clubs bekannt. Er war Experte in Todesfällen, und offensichtlich machte ihm seine Arbeit Spaß. Dalgliesh fühlte sich in seiner Gegenwart gehemmt, weil ihm seine Abneigung gegen den Mann bewußt war. Die Antipathie schien an ihm zu knistern; sie mußte sich einfach mitteilen. Aber Sir Miles war dafür blind. Er war zu sehr in sich verliebt, um auf den Gedanken zu kommen, andere Menschen könnten ihn weniger liebenswert finden. Und diese nette Treuherzigkeit verlieh ihm einen gewissen Charme. Selbst jene Kollegen, die seine Eitelkeit, seine Sucht nach Publicity und die Unverantwortlichkeit vieler öffentlicher Äußerungen zutiefst verachteten, fanden es deshalb schwer, so viel Abneigung gegen ihn zu empfinden, wie sie es eigentlich hätten tun sollen. Auf Frauen wirkte er angeblich attraktiv. Vielleicht übte er auf sie eine krankhafte Faszination aus. Mit Sicherheit verfügte er über die ansteckende gute Laune eines Mannes, der in der Welt unbedingt einen annehmbaren Ort sieht, weil sie ihn enthält.

Immer machte er sein «ts, ts», wenn er vor einer Leiche stand, auch jetzt wieder, als er die Decke mit einer komisch zimperlichen Geste seiner kurzen, dicken Finger zurückschlug. Dalgliesh ging zum Fenster und blickte hinaus auf das Netzwerk der Äste, durch die das entfernte, immer noch beleuchtete Krankenhaus wie ein unwirkliches, in der Luft schwebendes Schloß schimmerte. Er hörte das leise Rascheln des Bettzeugs. Sir Miles nahm hier nur eine vorläufige Untersuchung vor, aber allein der Gedanke an diese dicken Finger, die über die Weichteile des Körpers tasteten, genügte, sich einen friedlichen Tod im eigenen Bett zu erhoffen. Das eigentliche Geschäft würde erst auf dem Tisch der Leichenhalle stattfinden, in dieser Aluminiumwanne mit ihrem gräßlichen Zubehör von Gummiröhrchen und Sprays, in der Josephine Fallons Körper dann systematisch zerlegt würde – im Interesse der Gerechtigkeit oder der Wissenschaft oder der Neugier, wie immer man es sehen wollte. Und hinterher würde Sir Miles' Gehilfe sich seinen Geldschein verdienen, indem er alles wieder zu einer schicklichen menschenähnlichen

Gestalt zusammenflickte, damit die Angehörigen sie ohne Schock sehen konnten. Falls Angehörige vorhanden waren. Er fragte sich, wer, wenn es sie überhaupt gab, die offiziellen Leidtragenden sein mochten. Auf den ersten Blick gab es in ihrem Zimmer nichts – keine Fotos, keine Briefe –, was darauf hinwies, daß sie engere Bindungen an eine lebende Seele hatte.

Während Sir Miles schwitzte und vor sich hin murmelte, machte Dalgliesh eine zweite Runde durch das Zimmer, wobei er sorgfältig vermied, den Arzt vor die Augen zu bekommen. Er wußte, daß seine Überempfindlichkeit wider jede Vernunft war, und schämte sich beinahe deswegen. Eine Leichenschau brachte ihn an sich nicht aus der Fassung. Es war diese unpersönliche Untersuchung des noch warmen Frauenkörpers, die ihm Übelkeit verursachte. Einige wenige Stunden zuvor hätte sie das Recht gehabt, etwas Anstand zu verlangen, ihren Arzt selbst zu wählen, diese unnatürlich weißen, eifrig suchenden Finger zurückzuweisen. Vor ein paar Stunden war sie ein Mensch gewesen. Jetzt war sie totes Fleisch.

Es war das Zimmer einer Frau, die es vorzog, frei zu sein. Es enthielt, was unbedingt zum Wohlfühlen gehörte, und ein paar ausgesuchte verschönende Zutaten. Anscheinend hatte sie ihre Wünsche genau überlegt und sich erfüllt – teuer zwar, aber ihren Vorstellungen entsprechend und ohne Extravaganz. Der dicke Läufer vor dem Bett, dachte er, war nicht von der Sorte, wie sie das Verwaltungskomitee des Krankenhauses anschaffte. Es gab nur ein einziges Bild, allerdings ein Original, ein reizvolles Aquarell einer Landschaft von Robert Hills. Es hing so, daß das Licht vom Fenster es besonders wirkungsvoll zur Geltung brachte. Auf der Fensterbank stand als einziger Schmuckgegenstand eine Staffordshirefigur von John Wesley als Prediger auf der Kanzel. Dalgliesh nahm sie in die Hand. Ausgezeichnet, ein Sammlerstück. Aber er sah kein einziges Stück von diesen alltäglichen Kleinigkeiten, mit denen man sich in Wohnheimen gern umgibt, um ein wenig Gemütlichkeit und ein heimisches Gefühl zu schaffen.

Er ging hinüber zum Bücherregal neben dem Bett und sah sich noch einmal die Bücher an. Auch sie schienen ausgewählt, um in vorhersehbaren Stimmungen zu helfen. Viel moderne Lyrik, auch sein eigener letzter Band war dabei; eine vollständige Ausgabe von Jane Austen, ziemlich zerlesen, aber in Leder gebunden und auf Dünndruckpapier; ein paar philosophische Bücher, schön in der Mitte zwischen Wissenschaft und populärem Anspruch; ungefähr zwei Dutzend Taschenbücher mit modernen Romanen, Greene, Waugh,

Compton Burnett, Hartley, Powell, Cary. Aber doch in der Hauptsache Gedichte. Wir hatten dieselben Vorlieben, dachte er, während er die Bände musterte. Wenn wir uns je über den Weg gelaufen wären, hätten wir uns wenigstens etwas zu sagen gehabt. «Eines jeden Tod nimmt mir ein Stück.» Gewiß doch, Doktor Donne. Der überstrapazierte Spruch war ein modisches Schlagwort geworden in dieser überbevölkerten Welt, in der es eine soziale Notwendigkeit war, sich nicht hineinziehen zu lassen.

Aber manche Tode hatten immer noch die Kraft, mehr als andere wegzunehmen. Zum erstenmal seit Jahren verspürte er ein Gefühl des Verlusts, einer irrationalen persönlichen Einbuße.

Er ging weiter. Am Fußende des Bettes stand ein Kleiderschrank mit einer angebauten Kommode, eine ungewöhnliche Erfindung in hellem Holz, entworfen, falls jemand so ein häßliches Möbelstück bewußt entwerfen konnte, um auf möglichst kleinem Raum möglichst viel unterbringen zu können. Die Kommode sollte auch als Toilettentisch dienen. Ein kleiner Spiegel gehörte dazu, vor dem Kamm und Bürste lagen. Sonst nichts.

Er öffnete die kleine Schublade auf der linken Seite. Sie enthielt ihr Make-up, Töpfchen und Tuben, sauber geordnet auf einem kleinen Tablett aus Pappmaché, viel mehr, als er erwartet hatte: Reinigungscreme, eine Schachtel Papiertücher, Grundierungscreme, Puder, Lidschatten, Wimperntusche. Offenbar hatte sie sich sorgfältig geschminkt. Aber von allem hatte sie jeweils nur eine Sorte. Keine Experimente, keine halb verbrauchten und beiseite gelegten Tuben mit verklebten Verschlüssen. Die Auswahl besagte: «Das paßt zu mir. Das brauche ich. Nicht mehr und nicht weniger.»

Er zog die rechte Schublade auf. Sie enthielt nichts außer einem Ziehharmonikaordner mit beschrifteten Fächern. Er blätterte den Inhalt durch. Eine Geburtsurkunde. Ein Taufschein. Ein Postsparbuch. Name und Anschrift ihres Anwalts. Keine persönlichen Briefe. Er klemmte den Ordner unter den Arm.

Dann nahm er sich den Kleiderschrank vor und sah sich ihre Kleider an. Drei Paar Hosen. Kaschmirpullover. Ein Wintermantel aus leuchtend rotem Tweed. Vier gut geschnittene Kleider aus feinem Wollstoff. Man sah allem die Qualität an. Für eine Schwesternschülerin war es eine teure Garderobe.

Er hörte einen abschließenden zufriedenen Grunzlaut von Sir Miles und drehte sich um. Der Arzt richtete sich auf und zog die Gummihandschuhe aus. Sie waren so hauchdünn, daß es aussah, als streife er seine Haut ab. Er sagte:

«Ich würde sagen, sie ist seit etwa zehn Stunden tot. Ich gehe hauptsächlich von der Rektaltemperatur und dem Erstarrungsgrad der unteren Gliedmaßen aus. Aber mehr als eine Vermutung ist das nicht, mein Lieber. Diese Sachen sind eben unsicher, das wissen Sie ja. Wir müssen uns noch den Mageninhalt ansehen, vielleicht gibt der uns genauere Hinweise. Für den Augenblick jedenfalls und nach den klinischen Anzeichen, würde ich sagen, sie starb um Mitternacht, plus minus eine Stunde. Vom gesunden Menschenverstand aus gesehen, starb sie natürlich, als sie diesen Schlummertrunk zu sich nahm.»

Der Beamte von der Spurensicherung hatte die Whiskyflasche und den Becher auf dem Tisch stehen lassen und war jetzt mit der Türklinke beschäftigt. Sir Miles ging zum Tisch, beugte den Kopf über den Becher, ohne ihn zu berühren, und brachte seine Nase an den Rand.

«Whisky. Aber was außerdem? Das müssen wir uns fragen, mein Lieber. Das müssen wir uns fragen. Jedenfalls war es kein Ätzmittel. Keine Karbolsäure diesmal. Ich habe übrigens bei dem anderen Mädchen nicht die Leichenschau vorgenommen. Rikki Blake hat das damals erledigt. Eine böse Sache. Ich nehme an, Sie suchen nach einem Zusammenhang zwischen den beiden Todesfällen?»

Dalgliesh sagte: «Möglich wäre es.»

«Könnte sein. Könnte wohl sein. Das sieht überhaupt nicht nach einem natürlichen Tod aus. Aber wir müssen den toxikologischen Befund abwarten. Davon können wir uns etwas erhoffen. Es gibt keine Würgemale oder Anzeichen, daß sie erstickte. Auch keine äußeren Hinweise auf Gewaltanwendung. Übrigens war sie schwanger. Ungefähr im dritten Monat, würde ich sagen. Ich habe es durch Abtasten festgestellt. Habe ich seit meinem Studium nicht mehr versucht. Die Leichenschau wird es sicher bestätigen.»

Seine kleinen glänzenden Augen suchten das Zimmer ab. «Anscheinend nichts, worin Gift gewesen sein könnte. Falls es überhaupt Gift war. Und kein schriftlicher Hinweis auf Selbstmord?»

«Das ist doch wirklich noch kein überzeugender Beweis», sagte Dalgliesh.

«Weiß ich, weiß ich. Aber die meisten hinterlassen ein kleines *billet doux*. Sie möchten ihre Geschichte loswerden, mein Lieber. Sie möchten ihre Geschichte loswerden. Der Leichenwagen ist übrigens hier. Ich nehme sie mit, wenn Sie mit ihr fertig sind.»

«Ich bin fertig», sagte Dalgliesh.

Er wartete und sah zu, wie die Träger die Bahre ins Zimmer

schafften und mit geübten, flinken Händen die tote Last darauf fallen ließen. Sir Miles lief mit der ängstlichen Nervosität eines Kenners, der ein besonders gutes Exemplar gefunden hat und dessen sichere Überführung sorgfältig überwachen muß, um sie herum. Es war sonderbar, daß der Abtransport dieser passiven Masse von Knochen und erstarrenden Muskeln, bei dem jeder sich auf seine Art nützlich gemacht hatte, das Zimmer so leer, so öde zu hinterlassen schien. Dalgliesh hatte das schon öfter festgestellt, wenn eine Leiche weggetragen wurde: diese Vorstellung von einer leeren Bühne, von Kulissen, die wie zufällig abgestellt worden sind und ihren Sinn verloren haben, von aufgezehrter Luft. Frisch Verstorbene haben ihr eigenes geheimnisvolles Charisma; nicht umsonst unterhielten sich die Menschen in ihrer Gegenwart im Flüsterton. Doch nun war sie weg, und er hatte in ihrem Zimmer nichts mehr verloren. Er ließ den Kollegen von der Spurensicherung, der seine Fundstücke fotografierte und registrierte, allein und trat auf den Gang hinaus.

2

Es war inzwischen schon nach elf Uhr, aber der Flur lag noch immer im Dunkeln. Das einzige Fenster am anderen Ende war nur als etwas hellerer Fleck hinter den zugezogenen Vorhängen auszumachen. Dalgliesh erkannte zunächst nur Umrisse und Farbe von drei roten sandgefüllten Eimern und einem Feuerlöscher, die sich leuchtend von der geschnitzten Wandverkleidung aus Eichenholz abhoben. Die rücksichtslos in das wertvolle Holz geschlagenen Eisenhaken, an denen sie hingen, bildeten einen unvereinbaren Kontrast zu der Reihe von eleganten Wandleuchtern aus getriebenem Messing, die aus der Mitte der Vierblattschnitzereien hervorsprangen. Die Fassungen waren anscheinend ursprünglich für Gas entworfen, aber phantasielos und ohne Geschick dem Gebrauch von Elektrizität angepaßt worden. Das Messing war nicht poliert, und die meisten der zarten, wie Blütenblätter geschwungenen Glasschirme fehlten oder waren zersprungen. In jeder entblätterten Traube war nur eine einzige Fassung mit einer schmutzigen, matten Glühbirne versehen, deren schwaches und diffuses Licht Schatten auf den Boden zeichnete und die allgemeine Düsternis eher noch unterstrich. Außer durch das kleine Fenster am Ende des Flurs fiel wenig anderes natürliches Licht ein. Das große Fenster im Treppenhaus, auf dem in fahlen Farben die Vertreibung aus dem Paradies dargestellt war, erfüllte kaum einen praktischen Zweck.

Er warf einen Blick in die Zimmer, die an das des toten Mädchens angrenzten. Das eine war nicht belegt. Das Bett war abgezogen, die Schranktür stand offen, und die mit frischem Zeitungspapier ausgelegten Schubladen waren herausgezogen, wie um die Leere des Zimmers zu beweisen. Das andere war bewohnt, sah aber aus, als sei es in größter Eile verlassen worden. Die Bettdecke war unordentlich zurückgeschlagen, der Bettvorleger zerknüllt. Ein kleiner Stapel Lehrbücher lag auf dem Nachttisch. Er schlug das oberste auf und las auf dem Deckblatt den Namen «Christine Dakers». Hier wohnte demnach das Mädchen, das die Leiche gefunden hatte. Er untersuchte die Wand zwischen beiden Zimmern. Sie war dünn, eine leichte Trennwand aus gestrichener Hartfaser, die zitterte und einen hohlen Klang von sich gab, als er daranschlug. Er fragte sich, ob Schwester Dakers in der Nacht etwas gehört hatte. Falls Josephine Fallon nicht augenblicklich und fast lautlos gestorben war, müßte ein Zeichen ihrer Qualen durch das dünne Material der Trennwand gedrungen sein. Er war begierig darauf, sich mit Schwester Dakers zu unterhalten. Im Augenblick lag sie im Schwesternkrankenzimmer und stand, wie man ihm sagte, unter der Wirkung des Schocks. Der Schock war vermutlich echt, aber selbst, wenn dem nicht so gewesen wäre, hätte er jetzt nichts unternehmen können. Ihre Ärzte schützten Schwester Dakers vorerst vor polizeilichen Verhören.

Er dehnte seine Erkundungen ein wenig weiter aus. Gegenüber der Reihe von Schwesternzimmern lagen Badezimmer und Toiletten, in die man von einem großen quadratischen Waschraum mit vier, jeweils von einem Duschvorhang umgebenen Waschbecken gelangte. Jedes Bad hatte ein kleines Schiebefenster mit blindem Glas, das unbequem angebracht, aber nicht schwer zu öffnen war. Sie gaben den Blick auf die Rückseite des Gebäudes und auf die beiden kurzen Seitenflügel frei, die auf einen Backsteinkreuzgang gesetzt und unharmonisch an den Mitteltrakt gekleistert waren. Es schien, als habe der Architekt einem kontemplativeren und kirchlicheren Einfluß nachgegeben, nachdem er die Möglichkeiten von Neugotik und Barock ausgeschöpft hatte. Der Boden zwischen den Kreuzgängen glich einem wuchernden Dickicht aus Rhododendronbüschen und ungepflegten Bäumen, die so dicht an das Haus heranstanden, daß ihre Zweige die unteren Fenster berührten. Dalgliesh sah ein paar undeutliche Gestalten, die das Gestrüpp durchsuchten, und hörte leise Stimmen. Die weggeworfene Flasche mit dem Desinfektionsmittel, das Heather Pearce getötet hatte, war unter diesen Büschen gefunden worden, und es war denkbar, daß ein zweites Behältnis mit ebenso tödlichem Inhalt in der Nacht aus demselben Fenster geschleudert worden war. Auf der Ablage lag eine Nagelbürste. Dalgliesh holte sie und warf sie in hohem Bogen in die Büsche. Er konnte ihren Fall weder sehen noch hören, doch die Blätter teilten sich, ein fröhliches Gesicht tauchte auf, eine Hand winkte, dann drangen die beiden Konstabler tiefer in das Unterholz vor.

Als nächstes ging er zur Teeküche am anderen Ende des Korridors und traf dort auf Sergeant Masterson und Oberschwester Rolfe. Sie besichtigten gemeinsam ein Sammelsurium von Gegenständen, die vor ihnen auf der Arbeitsplatte ausgebreitet waren. Es schien, als seien sie in ein eben erfundenes Spiel vertieft. Da lagen zwei ausgepreßte Zitronen; eine Zuckerdose stand daneben; ein Sortiment von Henkelbechern mit kaltem Tee, der obenauf fleckig und blasig war; eine hübsche Teekanne aus Worcesterporzellan mit Tasse, Untertasse und Milchkännchen im gleichen Muster. Außerdem lag noch ein zerknülltes Stück dünnes weißes Packpapier da, das die Aufschrift «Scunthorpe, Spirituosen, 149 High Street, Heatheringfield» trug, und eine gekritzelte Quittung, glattgestrichen und von ein paar Teebüchsen festgehalten.

«Sie hat den Whisky gestern morgen gekauft, Sir», sagte Masterson. «Ein Glück, daß Mr. Scunthorpe es mit seinen Quittungen so genau nimmt. Hier ist die Rechnung, und das da ist das Einpackpapier. Anscheinend hat sie die Flasche erst aufgemacht, als sie gestern zu Bett ging.»

Dalgliesh fragte: «Wo bewahrte sie die Flasche auf?»

Oberschwester Rolfe antwortete ihm: «Schwester Fallon hatte den Whisky immer auf ihrem Zimmer.»

Masterson lachte.

«Kein Wunder, wenn eine Flasche von dem Zeug fast drei Pfund kostet.»

Oberschwester Rolfe sah ihn voller Verachtung an.

«Darüber hätte sie sich wohl kaum Gedanken gemacht. Es lag ihr nicht, den Flascheninhalt zu markieren.»

«Sie war großzügig?» fragte Dalgliesh.

«Nein, lediglich gleichgültig. Sie hob den Whisky in ihrem Zimmer auf, weil die Oberin sie darum gebeten hatte.»

Brachte ihn aber hierher, um ihren Schlummertrunk zu bereiten, dachte Dalgliesh. Er rührte mit dem Finger im Zucker.

Schwester Rolfe sagte: «Der ist harmlos. Die Schülerinnen sagten, sie hätten alle davon in ihren Morgentee getan. Und zumindest die beiden Burts haben auch etwas getrunken.»

«Wir schicken ihn aber trotzdem samt der Zitrone ins Labor», sagte Dalgliesh.

Er lupfte den Deckel von der kleinen Teekanne und sah hinein. Oberschwester Rolfe beantwortete seine unausgesprochene Frage: «Anscheinend hat Schwester Dakers heute früh Tee darin überbrüht. Die Kanne gehört natürlich Schwester Fallon. Niemand sonst trinkt den Morgentee aus altem Worcester.»

«Schwester Dakers kochte Tee für Schwester Fallon, bevor sie wußte, daß das Mädchen tot war?»

«Nein, hinterher. Eine rein mechanische Reaktion, denke ich. Sie muß unter einem Schock gestanden haben. Schließlich hatte sie gerade die Leiche von Schwester Fallon entdeckt. Sie nahm wohl kaum an, sie könne die Leichenstarre mit heißem Tee behandeln, nicht einmal mit der besten Chinamischung. Vermutlich möchten Sie jetzt die Dakers aufsuchen, aber Sie werden sich gedulden müssen. Sie liegt zur Zeit drüben im Krankenhaus. Das wissen Sie wohl schon. Sie hat ein Zimmer auf der Privatstation, und Oberschwester Brumfett kümmert sich um sie. Deshalb bin ich jetzt hier. Wie die Polizei sind auch wir ein hierarchischer Beruf, und wenn die Oberin nicht im Nightingale-Haus ist, besetzt Oberschwester Brumfett die erste Stelle in der Hackordnung. Normalerweise würde sie, Ihnen die Honneurs machen. Sie haben sicher gehört, daß sich Miss Taylor auf der Rückreise von einer Konferenz in Amsterdam befindet. Sie mußte überraschend den Bezirksvorsitzenden des Schwesternschulen-Komitees vertreten – ein Glück für sie. Da hat wenigstens eins der gehobenen Mitglieder unserer Mannschaft ein Alibi.»

Dalgliesh hatte es gehört, und mehr als einmal. Die Abwesenheit der Oberin schien eine Tatsache zu sein, die jeder, den er traf, für wert befunden hatte, zumindest kurz zu erwähnen, zu erklären oder zu bedauern. Aber Oberschwester Rolfe spielte als erste boshaft darauf an, daß Miss Taylor damit ein Alibi hatte, wenigstens für Schwester Fallons Todesstunde.

«Und was ist mit den anderen Schülerinnen?»

«Sie sind in dem kleinen Unterrichtsraum einen Stock tiefer und arbeiten für sich. Oberschwester Gearing, unsere klinische Lehrkraft, führt die Aufsicht. Ich kann mir nicht denken, daß viel dabei herausspringt. Es wäre besser gewesen, sie etwas Aktiveres tun zu lassen, aber so im Handumdrehen fällt einem meist nicht gleich das Richtige ein. Wollen Sie dort mit ihnen sprechen?»

«Jetzt nicht, später. Und in dem Übungsraum, in dem Schwester Pearce starb.»

Sie blickte ihn an und wandte dann schnell die Augen ab, aber nicht so schnell, daß ihm der erstaunte und, wie er meinte, mißbilligende Ausdruck entgangen wäre. Sie hätte von ihm etwas mehr Einfühlungsvermögen und Zartgefühl erwartet. Der Übungsraum war seit Schwester Pearces Tod nicht mehr benutzt worden. Die Schülerinnen so kurz nach dieser zweiten Tragödie dort zu verhören, würde die Erinnerung mit neuem Schrecken nähren. War eine unter ihnen, die vielleicht die Nerven verlieren würde, dann am ehesten an jenem Ort. Er hatte keinen Augenblick daran gedacht, einen anderen Raum zu benutzen. Oberschwester Rolfe, dachte er, ist wie alle anderen. Sie wollen, daß die Mörder gefaßt werden, aber nur mittels der vornehmsten Methoden. Sie wollen, daß Mörder bestraft werden, aber die Strafe durfte ihr eigenes Feingefühl nicht zu sehr verletzen.

Dalgliesh fragte: «Wie wird das Haus nachts abgeschlossen?»

«Oberschwester Brumfett, Oberschwester Gearing und ich sind jeweils für eine Woche verantwortlich. Diese Woche ist Miss Gearing an der Reihe. Wir sind die einzigen Oberschwestern, die hier wohnen. Wir verriegeln den Haupteingang und die Küchentür Punkt elf Uhr. Der kleine Seiteneingang hat ein Sicherheitsschloß und einen Riegel von innen. Wenn eine Schülerin oder sonst jemand vom Personal später als elf nach Hause kommt, lassen sie sich einen Schlüssel für diese Tür geben und legen dann innen den Riegel vor. Die Oberschwestern haben ständig einen Schlüssel dafür. Außerdem gibt es nur noch eine andere Tür, und die führt zur Wohnung der Oberin im dritten Stock. Sie hat eine private Treppe und natürlich ihren eigenen Schlüssel. Dann gibt es noch die Notausgänge, aber die sind immer von innen verschlossen. Es dürfte nicht besonders schwierig sein, hier einzubrechen, doch das wird bei den meisten Häusern nicht anders sein. Soviel ich weiß, haben wir aber noch nie einen Einbruch hier gehabt. Übrigens ist im Wintergarten eine Fensterscheibe kaputtgegangen. Stadtrat Kealey, unser stellvertretender Vorsitzender, nimmt anscheinend an, daß der Mörder dort hereingekommen ist. Er ist immer groß darin, bequeme Erklärungen für alle unangenehmen Probleme des Alltags zu finden. Mir sieht es eher so aus, als habe der Wind die Scheibe eingedrückt, aber Sie werden sich sicher Ihre eigene Meinung bilden.»

Sie redet zuviel, dachte er. Redseligkeit war eine der gewöhnlichsten Reaktionen auf Schock oder Nervosität und dazu eine, aus der ein Untersuchungsbeamter am meisten herausholen konnte. Morgen würde sie sich darüber ärgern und um so schwieriger, um so ablehnender sein. Inzwischen erzählte Oberschwester Rolfe ihm jedoch mehr, als ihr bewußt war.

Die zerbrochene Scheibe mußte er sich natürlich ansehen und den Holzrahmen auf Spuren untersuchen. Aber er hielt es für unwahrscheinlich, daß Schwester Fallons Tod das Werk eines Eindringlings war. Er fragte: «Wer hat letzte Nacht hier im Haus geschlafen?»

«Miss Brumfett, Miss Gearing und ich. Miss Brumfett war einen Teil der Nacht außer Haus. Mr. Courtney-Briggs hat sie auf die Station gerufen. Und dann die fünf Schwesternschülerinnen: Schwester Dakers, die beiden Burts, Schwester Goodale und Schwester Pardoe. Und Schwester Fallon schlief natürlich hier. Das heißt, falls sie Zeit zum Schlafen hatte. Übrigens brannte ihre Nachttischlampe die ganze Nacht. Die Zwillinge kochten sich kurz nach zwei einen Kakao und hätten Schwester Fallon beinahe eine Tasse aufs Zimmer gebracht. Wären sie hineingegangen, hätten Sie jetzt vielleicht einen genaueren Anhaltspunkt für die Todeszeit. Aber dann fiel ihnen ein, sie sei womöglich eingeschlafen, ohne das Licht auszumachen, und auch beim Anblick einer dampfenden Tasse Kakao nicht gerade erbaut darüber, noch einmal aufgeweckt zu werden. Die Zwillinge können sich mit Essen und Trinken über alles hinwegtrösten, aber sie sind wenigstens alt genug, um zu wissen, daß nicht jeder ihre Vorliebe teilt und daß ganz besonders Schwester Fallon Schlaf und Alleinsein einer Tasse Kakao und ihrer Gesellschaft vorzog.»

«Ich werde mit den Burts noch sprechen. Wie steht es mit dem Krankenhausgelände? Ist es nachts zugänglich?»

«Am Haupteingang ist immer ein Pförtner im Dienst. Wegen der Unfallwagen wird das Tor nie geschlossen, aber der Pförtner sieht jeden kommen und gehen. Das Nightingale-Haus liegt viel näher am Hintereingang des Geländes, aber wir gehen da gewöhnlich nicht zu Fuß, weil der Weg schlecht beleuchtet und ziemlich unheimlich ist. Außerdem mündet das Tor auf die Winchester Road, die fast zwei Meilen vom Stadtzentrum entfernt ist. Das hintere Tor wird sommers wie winters nach Sonnenuntergang von einem der Pförtner geschlossen, aber die Oberschwestern und die Oberin haben Schlüssel.»

«Und wenn die Schülerinnen spät nach Hause kommen?»

«Sie sollen den Vordereingang benutzen und auf dem Hauptweg gehen, der am Krankenhaus vorbeiführt. Es gibt eine Abkürzung durch die Bäume – dann sind es nur ungefähr zweihundert Meter –, aber die meisten kürzen nachts lieber nicht ab. Ich denke, Mr. Hudson – das ist unser Hausverwalter – kann Ihnen einen Plan des ganzen Geländes und des Nightingale-Hauses geben. Übrigens wartet er mit dem stellvertretenden Vorsitzenden in der Bibliothek auf Sie. Der Vorsitzende, Sir Marcus Cohen, ist zur Zeit in Israel. Trotzdem ist es beinahe ein Empfangskomitee. Mr. Courtney-Briggs hat sogar seine Sprechstunde für ambulante Patienten verschoben, um den Yard im Nightingale-Haus zu begrüßen.»

«Dann seien Sie doch bitte so nett und sagen ihnen, daß ich gleich rüberkomme», sagte Dalgliesh.

Sie war entlassen. Als wolle er diesen Eindruck abschwächen, sagte Sergeant Masterson unerwartet und laut: «Oberschwester Rolfe hat uns sehr geholfen.» Die Frau lachte höhnisch auf.

«Der Polizei helfen! Hat das nicht eine finstere Nebenbedeutung? Wie dem auch sei, ich glaube nicht, daß ich besonders nützlich sein kann. Ich habe weder die eine noch die andere umgebracht. Und letzte Nacht war ich allein im Kino für neue Filmkunst. Sie bringen jetzt eine Reihe von Antonionifilmen. Diese Woche *L'Avventura*. Ich kam erst kurz vor elf nach Hause und ging sofort ins Bett. Ich habe Schwester Fallon nicht einmal gesehen.»

Dalgliesh registrierte mit müder Resignation die erste Lüge und fragte sich, wie viele, wichtige und unwichtige, bis zum Abschluß der Untersuchung noch ausgesprochen würden. Aber jetzt war nicht der richtige Zeitpunkt, Oberschwester Rolfe zu verhören. Sie würde keine einfache Zeugin sein. Sie hatte seine Fragen vollständig, aber mit unverhülltem Widerwillen beantwortet. Er war sich nicht sicher, ob sie etwas gegen ihn oder gegen seinen Beruf hatte, oder ob jeder Mann diesen ärgerlichen und geringschätzigen Ton herausgefordert hätte. Ihr Gesicht, abweisend und auf Abwehr eingestellt, stimmte mit ihrer Persönlichkeit überein. Es war energisch und klug, aber ohne etwas Weiches und Frauliches. Die tiefliegenden, sehr dunklen Augen hätten anziehend wirken können, wären darüber nicht diese völlig geraden Augenbrauen gewesen, die so dunkel und buschig waren, daß sie das Gesicht ein wenig unproportioniert wirken ließen. Die Nase war breit und großporig, die Lippen waren eine dünne, harte Linie. Es war das Gesicht einer Frau, die nie gelernt hatte, das Leben zu nehmen, wie es war, und vielleicht aufgegeben hatte, es auch nur zu versuchen. Sollte sie sich als Mörderin herausstellen und ihr Bild in der Zeitung erscheinen, dachte er plötzlich, würden andere Frauen begierig in dieser unnachgiebigen Maske die Zeichen der Verderbtheit suchen und behaupten, sie seien keineswegs überrascht. Auf einmal tat sie ihm leid – mit dieser Mischung aus Verwirrung und Mitgefühl, die man empfindet, wenn man körperlichen Mängeln oder Mißbildungen gegenübersteht. Er wandte sich schnell ab, damit sie dieses aufflackernde Mitleid nicht bemerkte. Für sie wäre es, wie er wußte, die denkbar schlimmste Beleidigung gewesen. Und als er sich wieder umdrehte, um ihr förmlich zu danken, war sie schon hinausgegangen.

3

Sergeant Charles Masterson war breitschultrig und gut einsneunzig groß. Er trug seine Größe lässig und bewegte sich überraschend beherrscht und präzise für einen so ausgesprochen maskulinen und kräftigen Mann. Er wurde allgemein für gutaussehend gehalten – und mit seinem ausdrucksvollen Gesicht, den sinnlichen Lippen und den verschleierten Augen hatte er eine bemerkenswerte Ähnlichkeit mit einem populären amerikanischen Filmschauspieler des draufgängerischen Typs. Dem Sergeant war diese Ähnlichkeit – wie hätte es anders sein können – natürlich bewußt, und Dalgliesh hatte manchmal den leisen Verdacht, daß er ein wenig mit einem leichten amerikanischen Akzent nachhalf.

«Also, Sergeant, Sie haben Zeit gehabt, sich umzusehen. Sie haben mit ein paar Leuten gesprochen. Berichten Sie!»

Diese Aufforderung versetzte Dalglieshs Untergebene gewöhnlich in Furcht und Schrecken. Sie bedeutete, daß der Kriminalrat jetzt eine kurze, geraffte, exakte, gut ausgedrückte und gleichzeitig umfassende Darstellung des Verbrechens hören wollte, die dem neu Hinzukommenden alle bislang bekannten wesentlichen Fakten lieferte. Die Fähigkeit, zu wissen, was man sagen möchte, und das mit einem Minimum passender Worte zu sagen, ist bei der Polizei genauso wenig verbreitet wie bei anderen Mitgliedern der Gesellschaft. Wahrscheinlich jammerten Dalglieshs Untergebene, sie hätten, als sie bei der Kriminalpolizei eintraten, nicht gewußt, daß dafür neuerdings ein abgeschlossenes Englischstudium verlangt würde. Aber Sergeant Masterson war weniger leicht einzuschüchtern als die meisten seiner Kollegen. Er hatte sicher seine Schwächen, aber mangelndes Selbstvertrauen gehörte nicht dazu. Er freute sich, an diesem Fall mitarbeiten zu dürfen. Es war beim ganzen Yard bekannt, daß Kriminalrat Dalgliesh keinen Dummkopf in seiner Umgebung ertragen konnte und daß er für Dummheit seine höchstpersönliche Definition hatte. Masterson respektierte ihn, weil Dalgliesh einer der erfolgreichsten Kriminalisten des Yard war, und Erfolg war für Masterson das einzige wirkliche Kriterium. Er hielt ihn für sehr fähig, was allerdings nicht besagte, daß er Adam Dalgliesh für ebenso fähig wie Charles Masterson hielt. Meistens konnte er ihn herzlich wenig leiden – aus Gründen, die er einer näheren Überprüfung nicht für wert hielt. Er vermutete, daß die Abneigung auf Gegenseitigkeit beruhte, aber das machte ihm nicht viel aus. Dalgliesh würde der Karriere eines Untergebenen niemals im Wege stehen, weil er ihn nicht leiden konnte. Er verteilte vielmehr peinlich genau und wohlüberlegt seine Pluspunkte, wo sie angebracht waren. Aber die Situation erforderte Wachsamkeit, und Masterson hatte vor, auf der Hut zu bleiben. Ein ehrgeiziger Mann, der seinen Weg zu höheren Ehren sorgfältig vorausgeplant hat, wäre ein Narr, wenn er nicht frühzeitig erkannt hätte, daß es verdammt dämlich ist, einem höhergestellten Beamten zu widersprechen. Masterson hatte nicht die Absicht, sich so dumm zu verhalten. Aber ein wenig Kooperation von seiten des Chefs in seiner Kampagne des guten Willens wäre nicht unwillkommen. Und er war sich durchaus nicht sicher, ob er die bekommen würde.

Er sagte: «Ich werde die beiden Todesfälle getrennt behandeln, Sir. Das erste Opfer ...»

«Sie sprechen wie ein Reporter, Sergeant! Erst müssen wir einmal wissen, ob wir ein Opfer haben, bevor wir das Wort gebrauchen.»

Masterson begann: «Die erste Verstorbene ... das erste Mädchen, das starb, war eine einundzwanzigjährige Schwesternschülerin, Heather Pearce.» Er trug die den Tod der beiden Mädchen betreffenden Fakten vor, soweit sie bekannt waren, und achtete sorgfältig darauf, besonders himmelschreiende Beispiele von Polizistenjargon zu vermeiden, da er wußte, daß der Chef krankhaft empfindlich darauf reagierte. Er widerstand auch der Versuchung, seine soeben erworbenen Kenntnisse in künstlicher Ernährung auszubreiten. Er hatte sich der Mühe unterzogen, aus Oberschwester Rolfe eine umfassende, wenn auch widerwillig gegebene Darstellung herauszuholen. Er schloß: «Wir haben also die Möglichkeiten, Sir, daß es sich in einem oder beiden Fällen um Selbstmord handelt, daß einer oder beide Unfälle waren, daß der erste Mord war, aber das falsche Opfer getötet wurde, oder daß es zwei Morde mit zwei richtigen Opfern gab. Eine faszinierende Auswahl, Sir.»

Dalgliesh sagte: «Oder daß Schwester Fallon eines natürlichen

Todes gestorben ist. Solange wir nicht den toxikologischen Befund haben, bewegen wir uns in Theorien, die den Fakten voraus sind. Aber für den Augenblick betrachten wir beide Todesfälle als Morde. So, dann wollen wir mal in die Bibliothek gehen und sehen, was der stellvertretende Vorsitzende des Verwaltungskomitees uns zu sagen hat.»

4

Die Bibliothek, leicht zu finden durch ein auffälliges Schild über der Tür, war ein hoher freundlicher Raum im ersten Stock, direkt neben dem Aufenthaltsraum der Schülerinnen. Eine Wand wurde ganz von drei verzierten Erkerfenstern eingenommen, an den drei anderen reichten die Bücherregale bis unter die Decke. Die Mitte des Raums blieb frei. Vor den Fenstern standen vier Tische, außerdem gab es noch zwei schäbige Sofas zu beiden Seiten des gemauerten Kamins, in dem jetzt ein altertümlicher Gasofen seinen finsteren Willkommensgruß zischte. Davor, unter den zwei Leuchtröhren, unterhielt sich in verschwörerisch gedämpftem Ton eine Gruppe von vier Männern. Als die Tür aufging, sahen sie alle zugleich auf und betrachteten Dalgliesh und Masterson mit wachsamer Neugier. Für Dalgliesh war es ein vertrauter Anblick, wie immer eine Mischung aus Interesse, Befürchtung und Hoffnung – diese erste Begegnung der Protagonisten in einem Mordfall mit dem Außenseiter, dem fremden Experten für gewaltsamen Tod, der sich als unwillkommener Gast bei ihnen eingefunden hat, um seine beneidenswerten Talente zu beweisen.

Dann löste sich die Spannung, und die Gruppe geriet in Bewegung. Die zwei Männer, die Dalgliesh bereits kennengelernt hatte – Stephen Courtney-Briggs und der Krankenhausverwalter Paul Hudson –, kamen mit einem höflichen Lächeln auf ihn zu. Mr. Courtney-Briggs, der anscheinend an jedem Ort, den er mit seiner Anwesenheit beehrte, die Leitung übernahm, stellte die Herren vor. Der Personalleiter Raymond Grout reichte Dalgliesh eine feuchte Hand. Er hatte ein kummervolles Gesicht, voller Sorgenfalten wie das eines Kindes, das gleich zu weinen anfangen will. Sein Haar lag in silbernen Strähnen über einer hohen gewölbten Stirn. Wahrscheinlich war er jünger, als er aussah, dachte Dalgliesh, aber trotzdem mußte er kurz vor der Pensionierung stehen.

Neben Grouts großer, gebeugter Gestalt sah Stadtrat Kealey munter wie ein Terrier aus. Er war ein rotblonder listiger kleiner Mann, säbelbeinig wie ein Jockey, steckte in einem auffällig karierten Anzug, dessen scheußliches Muster durch den ausgezeichneten Schnitt besonders ins Auge sprang, und wirkte dadurch wie ein als Mensch verkleidetes Tier aus irgendwelchen Kindercomics. Dalgliesh rechnete fast damit, eine Tatze gereicht zu bekommen.

«Gut, daß Sie gekommen sind, und vor allem so schnell», sagte Mr. Kealey.

Anscheinend merkte er selbst, wie töricht diese Bemerkung war, kaum daß er sie gemacht hatte, denn er warf unter den stachligen roten Augenbrauen hervor einen schnellen Blick auf die andern, als wolle er ihnen ein Schmunzeln verbieten. Es schmunzelte keiner, aber Mr. Grout guckte unter sich, als habe er selbst den Schnitzer begangen, und Paul Hudson wandte sich ab, um ein verlegenes Grinsen zu verbergen. Er war ein angenehmer junger Mann, der auf Dalgliesh bei seiner Ankunft im Krankenhaus einen tüchtigen und entschlußfreudigen Eindruck gemacht hatte.

Jetzt schien ihm allerdings die Anwesenheit des stellvertretenden Vorsitzenden und des Personalleiters die Sprache verschlagen zu haben, und er hatte die entschuldigende Miene eines Mannes, dessen Gegenwart nur stillschweigend geduldet wird.

Mr. Courtney-Briggs sagte: «Es ist wohl noch zu früh, um etwas Neues zu erfahren, denke ich. Wir sahen den Leichenwagen abfahren, und ich wechselte ein paar Worte mit Miles Honeyman. Er konnte sich natürlich in diesem Stadium der Untersuchung nicht festlegen, aber er meinte, er wäre überrascht, wenn es sich als natürlicher Tod herausstellte. Das Mädchen hat Selbstmord begangen. Ja, ich meine, das dürfte jedem klar sein.»

Dalgliesh erwiderte: «Nichts ist bis jetzt klar.»

Darauf trat Stille ein. Der stellvertretende Vorsitzende fand das Schweigen anscheinend peinlich, denn er räusperte sich geräuschvoll und sagte: «Sie werden natürlich ein Büro brauchen. Die hiesige Polizei hat von ihrer Wache aus gearbeitet. Sie haben uns wirklich kaum Ungelegenheiten bereitet. Wir merkten kaum, daß sie im Haus waren.» Er sah Dalgliesh mit schwachem Optimismus an, als hege er nur wenig Hoffnung, daß das Team vom Yard ebenso entgegenkommend sein werde.

Dalgliesh antwortete knapp: «Wir brauchen ein Zimmer. Ist es möglich, uns eines im Nightingale-Haus zur Verfügung zu stellen? Das wäre am praktischsten.»

Dieses Ansinnen schien die Herren zu verwirren. Der Personalleiter sagte zaghaft: «Wenn die Oberin hier wäre ... Wir können nicht so leicht feststellen, was frei ist. Sie wird aber bald zurück sein.»

Stadtrat Kealey knurrte. «Wir können nicht alles liegen lassen, bis die Oberin wieder hier ist. Der Kriminalrat braucht ein Zimmer. Dann suchen Sie ihm eben eines.»

«Na ja, dann vielleicht Miss Rolfes Büro im Parterre, direkt neben dem Übungsraum.» Der Personalleiter sah Dalgliesh mit traurigen Augen an. «Sie kennen Miss Rolfe, unsere Erste Tutorin, ja schon. Falls Miss Rolfe vorübergehend in das Zimmer ihrer Sekretärin umziehen könnte ... Miss Buckfield ist an Grippe erkrankt, das wäre also frei. Es ist ziemlich eng, eigentlich nur eine Kammer, aber wenn die Oberin ...»

«Sagen Sie Miss Rolfe, sie möchte alles ausräumen, was sie braucht. Und lassen Sie die Aktenschränke hinaustragen.»

Stadtrat Kealey wandte sich an Dalgliesh und bellte: «Meinen Sie, das wird es tun?»

«Falls es ungestört, einigermaßen schalldicht, abschließbar und groß genug für drei Personen ist und dazu eine direkte Telefonverbindung zur Vermittlung hat, wird es gehen. Wenn es auch noch fließendes Wasser hat, um so besser.»

Die beachtliche Wunschliste dämpfte den stellvertretenden Vorsitzenden ein wenig. «Im Erdgeschoß, gegenüber von Miss Rolfes Zimmer, gibt es einen kleinen Waschraum mit Toilette, den man Ihnen zur Verfügung stellen könnte.»

Mr. Grout fühlte sich immer ungemütlicher. Er sah zu Mr. Courtney-Briggs hinüber, als suche er einen Verbündeten, aber der Chirurg war während der letzten Minuten merkwürdig schweigsam gewesen und schien seinem Blick auszuweichen. Dann läutete das Telefon. Mr. Hudson lief schnell hin. Offensichtlich war er glücklich, sich betätigen zu können. Er wandte sich an den stellvertretenden Vorsitzenden.

«Der *Clarion*, Sir. Sie möchten Sie persönlich sprechen.»

Stadtrat Kealey griff resolut zum Hörer. Nachdem er beschlossen hatte, sich hier Geltung zu verschaffen, war er offensichtlich bereit, das Kommando in jeder Situation zu übernehmen, und diese hier lag immerhin im Bereich seiner Fähigkeiten. Mord gehörte zwar nicht zu seinen normalen Beschäftigungen, aber mit der lokalen Presse umzugehen, darauf verstand er sich.

«Hier Stadtrat Kealey. Der stellvertretende Vorsitzende des Verwaltungskomitees. Ja, der Yard ist hier. Das Opfer? Oh, ich denke, wir sprechen lieber nicht von einem Opfer. Jedenfalls vorerst nicht. Fallon. Josephine Fallon. Alter?» Er legte die Hand auf die Sprechmuschel und drehte sich nach dem Personalleiter um. Seltsamerweise kam die Antwort von Mr. Courtney-Briggs.

«Sie war einunddreißig Jahre und zehn Monate alt», sagte er. «Sie war auf den Tag zwanzig Jahre jünger als ich.»

Stadtrat Kealey schien über die unverlangte Auskunft nicht überrascht und wandte sich wieder an den Anrufer.

«Sie war einunddreißig. Nein, wir wissen noch nichts über die Todesursache. Niemand weiß etwas. Wir warten noch auf das Untersuchungsergebnis. Ja, Kriminalrat Dalgliesh. Er ist im Augenblick hier, aber er hat keine Zeit, ans Telefon zu kommen. Ich hoffe, ich kann heute abend eine Pressemeldung herausgeben. Bis dahin dürften wir den Autopsiebefund haben. Nein, wir haben keine Veranlassung, von einem Mord auszugehen. Der Polizeichef hat den Yard nur sicherheitshalber gerufen. Nein, nach unserem derzeitigen Kenntnisstand haben die beiden Todesfälle nichts miteinander zu tun. Sehr traurig. Ja, wirklich. Wenn Sie gegen sechs Uhr noch einmal anrufen, kann ich Ihnen vielleicht bessere Auskünfte geben. Wir wissen im Augenblick nur, daß Schwester Fallon heute morgen kurz nach sieben Uhr tot in ihrem Bett aufgefunden wurde. Es könnte sehr wohl ein Herzanfall gewesen sein. Sie hatte gerade eine schwere Grippe hinter sich. Nein, es wurde keine Nachricht gefunden. Nichts dergleichen.»

Er hörte eine Zeitlang hin, deckte dann wieder die Sprechmuschel ab und sah Grout an.

«Sie fragen nach Verwandten. Wissen wir etwas von ihren Angehörigen?»

«Sie hatte keine. Schwester Fallon war Waise.» Wieder hatte Mr. Courtney-Briggs geantwortet.

Stadtrat Kealey gab diese Informationen weiter und legte auf. Grimmig lächelnd sah er Dalgliesh an, halb selbstzufrieden, halb warnend. Dalgliesh fand es interessant zu erfahren, der Yard sei nur sicherheitshalber geholt worden. Das war eine neue Auffassung von seinen Zuständigkeiten, nicht gerade geeignet, die Knaben von der Lokalzeitung zu täuschen, und erst recht nicht die Londoner Reporter, die bald hinter ihm her sein würden. Er fragte sich, wie das Krankenhaus mit dem öffentlichen Aufsehen fertig würde. Stadtrat Kealey hatte ein paar Ratschläge nötig, wenn die Nachforschungen nicht behindert werden sollten. Aber das hatte noch Zeit. Jetzt wollte er sie alle erst einmal loswerden, um mit der Untersuchung anfangen zu können. Diese Höflichkeitsformalien waren immer ein zeitraubendes Ärgernis. Und bald gäbe es dazu noch eine Oberin, die besänftigt und konsultiert werden mußte, wenn man nicht sogar gegen sie ankämpfen mußte. Nach der Abneigung des Personalleiters, auch nur einen Schritt ohne ihre Einwilligung zu tun, zu schließen, war sie wohl eine starke Persönlichkeit. Er freute sich nicht sonderlich auf die Aussicht, ihr taktvoll klarzumachen, daß es bei dieser Untersuchung nur Platz für *eine* starke Persönlichkeit geben würde.

Mr. Courtney-Briggs, der in Gedanken versunken am Fenster gestanden und in den sturmzerzausten Garten gestarrt hatte, drehte sich um und sagte: «Ich habe leider keine Zeit mehr. Ich muß mich um einen Privatpatienten kümmern, und dann ist die Visite fällig. Eigentlich hätte ich den Schülerinnen nachher einen Vortrag halten sollen, aber der wird jetzt ausfallen müssen. Sie lassen mich wissen, Kealey, wenn ich irgendwie behilflich sein kann.»

Dalgliesh ließ er links liegen. Er vermittelte, und das sicherlich mit Absicht, den Eindruck eines vielbeschäftigten Mannes, der schon viel zuviel Zeit mit Nebensächlichkeiten vergeudet hat. Dalgliesh widerstand der Versuchung, ihn aufzuhalten. So schön es gewesen wäre, dem arroganten Mr. Courtney-Briggs einen Dämpfer zu verpassen, war das doch ein Vergnügen, das er sich jetzt nicht leisten konnte. Es gab Dringlicheres zu tun.

In diesem Augenblick hörten sie ein Auto vorfahren. Mr. Courtney-Briggs ging wieder ans Fenster, sagte aber nichts. Die drei anderen erstarrten und wandten, wie von einer geheimen Kraft angezogen, die Köpfe zur Tür. Eine Autotür schlug zu. Ein paar Sekunden war es still, dann hörte man das Klappern von eiligen Schritten auf dem gekachelten Korridor. Die Tür ging auf, und die Oberin kam herein.

Dalglieshs erster Eindruck war der einer sehr persönlichen, doch beiläufigen Eleganz und eines Selbstvertrauens, das sich mit Händen greifen ließ. Er hatte eine große, schlanke Frau vor sich. Sie war ohne Kopfbedeckung, und ihr Haar zeigte fast die gleiche honiggelbe Farbe wie ihr blasser Teint. Sie hatte es aus der hohen Stirn zurückgekämmt und im Nacken zu einer raffinierten Rolle gedreht. Sie trug einen grauen Tweedmantel, dazu einen Schal in kräftigem Grün, und hielt in der Hand eine schwarze Handtasche und eine kleine Reisetasche. Sie kam wortlos in das Zimmer, stellte die Reisetasche auf den Tisch, streifte die Handschuhe ab und blickte die kleine Versammlung schweigend an. Fast instinktiv, als beobachtete er eine Zeugin, achtete Dalgliesh auf ihre Hände. Die Finger waren sehr weiß, lang und schmal, hatten aber ungewöhnlich knochige Gelenke. Die Nägel waren kurz geschnitten. Am dritten Finger der rechten Hand funkelte ein auffallend großer Saphir mit einer reich verzierten Fassung. Er fragte sich unwillkürlich, ob sie ihn im Dienst abnahm und, wenn ja, wie sie ihn über diese knotigen Gelenke brachte.

Mr. Courtney-Briggs ging nach einem knappen «Guten Morgen!» zur Tür und blieb dort wie ein gelangweilter Gast stehen, der demonstrativ seinen Wunsch zeigen will, schnell zu verschwinden. Aber die anderen drängten sich um sie. Eine plötzliche Erleichterung war zu spüren. Man machte sich miteinander bekannt.

«Guten Morgen, Herr Kriminalrat.» Ihre Stimme war dunkel, ein wenig rauh, etwas Besonderes wie ihre ganze Erscheinung. Sie schien kaum auf ihn zu achten, doch er fing einen schnellen abschätzenden Blick aus ihren grünen, leicht vorstehenden Augen auf. Ihr Händedruck war fest und kühl, aber so knapp, daß es ihm wie ein flüchtiges Berühren von Handflächen vorkam, nicht mehr.

Der stellvertretende Vorsitzende sagte: «Die Polizei braucht ein Zimmer. Wir dachten, vielleicht Miss Rolfes Büro?»

«Das ist zu klein, meine ich, und nicht ungestört genug so nah bei der Diele. Es wäre besser, wenn Mr. Dalgliesh das Gästezimmer im ersten Stock und den Waschraum daneben benutzen könnte. Das Zimmer kann abgeschlossen werden. Im Hauptbüro steht ein Schreibtisch mit verschließbaren Schubladen, den man nach oben schaffen könnte. Dort wird sich die Polizei einigermaßen ungestört fühlen und dem Schulbetrieb nicht ins Gehege kommen.»

Die Männer murmelten zustimmend. Sie sahen erleichtert aus. Die Oberin wandte sich an Dalgliesh: «Brauchen Sie ein Schlafzimmer? Möchten Sie im Krankenhaus übernachten?»

«Das ist nicht nötig. Wir werden in der Stadt wohnen. Aber arbeiten würde ich lieber von hier aus. Da wir wahrscheinlich bis spätabends hier sein werden, wäre es günstig, wenn wir Schlüssel bekommen könnten.»

«Für wie lange?» fragte der stellvertretende Vorsitzende plötzlich. Das war von vornherein eine dumme Frage, aber Dalgliesh merkte, daß ihn alle ansahen, als erwarteten sie, er könne darauf eine Antwort geben. Er wußte, daß er für schnelles Arbeiten bekannt war. Wußten sie das vielleicht auch?

«Für eine Woche etwa», sagte er. Selbst wenn sich die Geschichte länger hinziehen sollte, würde er alles, was er über das Nightingale-Haus und seine Bewohner wissen mußte, innerhalb von acht Tagen herausbekommen. Falls Schwester Fallon ermordet worden war – und das glaubte er –, gäbe es nur einen kleinen Kreis von Verdächtigen. Wenn der Fall nicht in einer Woche gelöst werden konnte, würde er vielleicht nie gelöst werden. Er glaubte einen leisen Seufzer der Erleichterung zu hören.

Die Oberin fragte: «Wo ist sie?»

«Sie haben sie in die Leichenhalle gebracht, Frau Oberin.»

«Das meinte ich nicht. Wo ist Schwester Dakers? Ich habe gehört, sie war es, die die Leiche gefunden hat.»

Stadtrat Kealey antwortete. «Sie liegt auf der Privatstation. Sie war völlig durcheinander, deshalb haben wir Doktor Snelling gebeten, nach ihr zu sehen. Er hat ihr ein Beruhigungsmittel gegeben, und Oberschwester Brumfett kümmert sich um sie.»

Er fügte hinzu: «Oberschwester Brumfett hat sich Sorgen um das Mädchen gemacht. Außerdem hat sie noch einen ziemlich schweren Fall auf ihrer Station. Sonst hätte sie Sie am Flughafen abgeholt. Es tat uns allen leid, daß Sie ankamen und niemand von uns da war, aber es schien uns am vernünftigsten, eine Nachricht für Sie durchzugeben, damit Sie uns gleich nach der Landung anrufen. Oberschwester Brumfett meinte, der Schock wäre weniger groß, wenn Sie es auf diese Art erführen. Andererseits war es wohl nicht richtig, niemanden hinzuschicken. Ich wollte, daß Grout ...»

Ihre rauhe Stimme unterbrach ihn mit einem mißbilligenden Unterton: «Das hätte ich für Ihre letzte Sorge gehalten, mir einen Schock zu ersparen.» Sie wandte sich an Dalgliesh: «In etwa einer dreiviertel Stunde bin ich in meinem Wohnzimmer im dritten Stock. Falls es Ihnen paßt, würde ich gern mit Ihnen sprechen.»

Dalgliesh widerstand der Regung, mit einem gehorsamen «Ja, Frau Oberin» zu antworten, und sagte nur, daß es ihm passe. Miss Taylor sah Stadtrat Kealey an.

«Ich sehe jetzt nach Schwester Dakers. Nachher möchte mir der Kriminalrat ein paar Fragen stellen, und danach werde ich mich in meinem Büro im Krankenhaus aufhalten. Selbstverständlich bin ich den ganzen Tag erreichbar.»

Ohne einen weiteren Satz oder Blick nahm sie Reisetasche und Handtasche und ging aus dem Zimmer. Mr. Courtney-Briggs öffnete ihr mechanisch die Tür und machte dann ebenfalls Anstalten zu gehen. In der offenen Tür stehend, sagte er aufgeräumt und angriffslustig: «So, jetzt, wo wir unsere Oberin wieder hier haben und die höchst wichtige Angelegenheit der Unterbringung der Polizei geregelt ist, dürfen wir die Krankenhausarbeit vielleicht wieder aufnehmen. An Ihrer Stelle ginge ich nicht zu spät zu dem Rendezvous, Dalgliesh. Miss Taylor ist Ungehorsam nicht gewohnt.»

Er schloß die Tür hinter sich. Stadtrat Kealey guckte verdutzt, dann sagte er: «Er ist natürlich aus dem Gleichgewicht. Ist ja verständlich. Ging nicht das Gerücht ...»

Dann fiel sein Blick auf Dalgliesh. Er besann sich plötzlich eines anderen und wandte sich an Paul Hudson.

«Also, Mr. Hudson, Sie haben gehört, was die Oberin gesagt hat. Die Polizei soll das Gästezimmer auf diesem Stock bekommen. Kümmern Sie sich bitte darum. Nun machen Sie schon!»

5

Miss Taylor schlüpfte in die Tracht der Oberin, bevor sie zur Privatstation hinüberging. Im Augenblick schien es eine instinktive Haltung zu sein, als sie dann aber, fest in sie gehüllt, mit flinken Schritten den schmalen Fußweg vom Nightingale-Haus zum Krankenhaus entlangging, wurde ihr bewußt, daß der Verstand dem Instinkt nachgeholfen hatte. Es war wichtig für das Krankenhaus, daß die Oberin zurück war, und wichtig, daß sie auch gesehen wurde.

Am schnellsten gelangte man durch die Vorhalle der Ambulanz zur Privatstation. Die Abteilung war schon voller Aktivität. Die Gruppen von bequemen Sesseln, die bewußt so gestellt waren, daß sie die Illusion von Zwanglosigkeit und Gemütlichkeit vermittelten, füllten sich rasch. Freiwillige vom Damenkomitee der Gesellschaft der Freunde hatten bereits die Teemaschine in Gang gesetzt und bedienten die Dauerpatienten, die sich lieber schon eine Stunde vor ihrem Termin einfanden, um gemütlich im Warmen zu sitzen, Zeitschriften zu lesen und mit den anderen Stammgästen zu plaudern. Als die Oberin vorbeiging, spürte sie, wie sich alle Köpfe nach ihr drehten. Einen Augenblick war es still, dann folgte das übliche Gemurmel respektvollen Grüßens. Sie nahm die jungen Assistenzärzte in ihren weißen Kitteln wahr, die kurz zur Seite traten, um sie vorbeizulassen, und die Schwesternschülerinnen, die sich an die Wand drückten.

Die Privatstation lag im zweiten Stock des Gebäudes, das immer noch das neue Haus hieß, obwohl es bereits 1945 fertiggestellt worden war. Miss Taylor nahm den Aufzug, in dem noch zwei Röntgenassistenten und ein junger Dienstbote mitfuhren. Sie murmelten ein förmliches «Guten Morgen, Frau Oberin», und blieben dann unnatürlich schweigsam, bis der Lift hielt. Sie warteten, um der Oberin den Vortritt zu lassen.

Die Privatstation bestand aus zwanzig Einzelzimmern, die zu beiden Seiten eines breiten Mittelgangs lagen. Das Zimmer der Stationsschwester, die Küche und der Wirtschaftsraum kamen gleich nach der Eingangstür. Als Miss Taylor hereinkam, tauchte eine Schwesternschülerin aus dem ersten Jahrgang in der Küchentür auf. Sie wurde rot, als sie die Oberin erblickte, und stotterte, sie wolle die Stationsschwester holen.

«Wo ist die Oberschwester?»

«Im Zimmer 7 bei Mr. Courtney-Briggs, Frau Oberin. Seinem Patienten geht es nicht gut.»

«Stören Sie sie nicht. Sagen Sie ihr nur, wenn sie herauskommt, daß ich Schwester Dakers besuchen will. Wo liegt sie?»

«Zimmer 3, Frau Oberin.» Sie zögerte.

«Schon gut, Schwester, ich finde mich allein zurecht. Machen Sie nur Ihre Arbeit weiter.»

Zimmer 3 lag am anderen Ende des Gangs. Es war eines von sechs Einzelzimmern, die gewöhnlich für erkrankte Schwestern freigehalten wurden. Nur wenn diese Zimmer belegt waren, wurden Angehörige des Personals in den Räumen zu beiden Seiten des Flurs untergebracht. Zimmer 3 war das hellste und gemütlichste der sechs Zimmer für die Schwestern. Vor einer Woche hatte dort eine Schwester mit Lungenentzündung nach einer Grippe gelegen. Miss Taylor, die jede Station des Krankenhauses einmal am Tag besuchte und sich täglich über jede erkrankte Schwester berichten ließ, hielt es für unwahrscheinlich, daß Schwester Wilkins schon wieder so weit hergestellt war, daß sie entlassen werden konnte. Oberschwester Brumfett mußte sie umgebettet haben, um das Zimmer für Schwester Dakers freizumachen. Miss Taylor konnte sich denken, weshalb. Das Fenster ging auf den Rasen und die glattgeharkten Blumenbeete vor dem Krankenhaus; von dieser Seite der Station aus war es trotz der kahlen Äste der winterlichen Bäume unmöglich, das Nightingale-Haus zu sehen. Die Brumfett, die treue Seele! So unbeweglich und dickköpfig sie in ihren Ansichten war, so erfinderisch zeigte sie sich, wenn es um Wohlbefinden und Behaglichkeit der Patienten ging. Die Brumfett, die bis an die Grenze der Peinlichkeit von Pflicht, Gehorsam und Treue sprach, aber genau wußte, was sie unter diesen unpopulären Begriffen verstand, und auch danach lebte. Sie war eine der besten Stationsschwestern, die das John Carpendar hatte und jemals haben würde. Aber Miss Taylor war froh, daß das aufopfernde Pflichtbewußtsein Oberschwester Brumfett davon abgehalten hatte, sie am Flugzeug in Heathrow abzuholen. Es war auch ohne die zusätzliche Belastung von Oberschwester Brumfetts hündischer Anhänglichkeit und Anteilnahme schlimm genug, nach Hause zu kommen und von dieser zweiten Tragödie zu erfahren.

Sie zog den Schemel unter dem Bett hervor und setzte sich zu dem Mädchen. Trotz Dr. Snellings Beruhigungsmittel schlief Schwester Dakers nicht. Sie lag reglos auf dem Rücken und starrte ins Leere. Jetzt sah sie die Oberin an. Aus ihren Augen sprach das nackte Elend. Auf dem Nachttisch lag ein Lehrbuch: Arzneimittelkunde für Krankenschwestern. Die Oberin nahm es in die Hand.

«Das ist zwar sehr gewissenhaft, Schwester, aber warum lesen Sie nicht in der kurzen Zeit, die Sie hier sind, einen Roman aus der Leihbücherei oder eine anspruchslose Zeitschrift? Soll ich Ihnen etwas bringen?»

Ein Tränenstrom war die Antwort. Der magere Körper wand sich krampfhaft im Bett, und sie vergrub ihren Kopf im Kissen, das sie mit zitternden Händen festhielt. Das Bett bebte unter diesem Ausbruch von Schmerz. Die Oberin erhob sich, ging zur Tür und klappte den Spion zu. Sie setzte sich rasch wieder hin, legte ihre Hand auf den Kopf des Mädchens und wartete ab, ohne etwas zu sagen und ohne sich zu rühren. Nach ein paar Minuten wurde Schwester Dakers ruhiger, und das schreckliche Zittern hörte auf. Sie begann, von Schluchzen unterbrochen und durch das Kissen gedämpft, zu stammeln: «Ich fühle mich so elend, ich schäme mich so arg.»

Die Oberin beugte sich hinunter, um die Worte zu verstehen. Ein eisiges Gefühl kroch an ihr hoch. Sie sollte doch nicht etwa ein Mordgeständnis hören? Halb unbewußt fing sie flüsternd an zu beten.

«Lieber Gott, bitte nicht. Nicht dieses Kind! Doch bestimmt nicht dieses Kind?»

Sie wartete, wagte nicht zu fragen. Schwester Dakers drehte sich im Bett herum und starrte sie an. Ihre Augen waren gerötet und verquollen wie zwei mißgestaltete Monde in einem vor Elend fleckigen und verzerrten Gesicht.

«Ich bin schlecht, Frau Oberin, schlecht. Ich habe mich gefreut, als sie starb.»

«Schwester Fallon?»

«O nein, nicht die Fallon! Das mit der Fallon hat mir leid getan. Schwester Pearce.»

Die Oberin legte ihre Hand auf die Schultern des Mädchens und drückte sie gegen das Bett. Sie hielt den Körper mit festem Griff und blickte hinunter in die in Tränen schwimmenden Augen.

«Ich möchte, daß Sie mir die Wahrheit sagen, Schwester. Haben Sie Schwester Pearce umgebracht?»

«Nein, Frau Oberin.»

«Oder Schwester Fallon?»

«Nein, Frau Oberin.»

«Oder haben Sie sonst etwas mit ihrem Tod zu tun?»

«Nein, Frau Oberin.»

Miss Taylor atmete hörbar aus. Sie ließ das Mädchen los, und ihre Spannung ließ nach.

«Ich denke, Sie erzählen mir am besten alles.»

Und dann kam, ganz ruhig jetzt, die jammerwürdige Geschichte. Es war ihr damals nicht wie Diebstahl vorgekommen. Es hatte wie ein Wunder ausgesehen. Mutti hatte so dringend einen warmen Wintermantel gebraucht, und Schwester Dakers hatte jeden Monat dreißig Schilling von ihrem Lohn zurückgelegt. Aber es hatte so lange gedauert, das Geld zusammenzusparen, und das Wetter war kälter geworden; und Mutti, die sich nie beklagte und sie nie um etwas bat, mußte morgens manchmal fast eine Viertelstunde auf den Bus warten und erkältete sich so leicht. Und wenn sie tatsächlich eine Erkältung bekam, konnte sie nicht zu Hause bleiben, weil Miss Arkwright, die Einkäuferin in dem Kaufhaus, nur auf eine passende Gelegenheit wartete, sie rauszuwerfen. Die Arbeit in einem Warenhaus war nicht die richtige Stelle für Mutti, aber wenn man über fünfzig war und nichts gelernt hatte, war es nicht leicht, eine gute Arbeit zu bekommen, und die jüngeren Angestellten in dem Kaufhaus waren auch nicht nett. Sie tuschelten ständig hinter ihrem Rücken, daß Mutti sich nicht genug ins Zeug lege, aber das stimmte nicht. Mutti war vielleicht langsamer als sie, aber sie gab sich wirklich Mühe mit den Kunden.

Dann hatte Schwester Harper ihr die zwei brandneuen Fünf-Pfund-Scheine fast vor die Füße fallen lassen. Schwester Harper, die so viel Taschengeld von ihrem Vater bekam, daß sie zehn Pfund verlieren konnte, ohne sich groß darum zu kümmern. Das war ungefähr vier Wochen vor Schwester Pearces Tod gewesen. Schwester Harper war mit der Pearce vom Nightingale-Haus zum Frühstück im Speisesaal des Krankenhauses gegangen, und Schwester Dakers war ihnen im Abstand von ein paar Schritten gefolgt. Die zwei Scheine waren aus Schwester Harpers Manteltasche gefallen und auf den Boden geflattert. Zuerst hatte sie den beiden nachrufen wollen, aber irgend etwas hatte sie beim Anblick des Geldes davon abgehalten. Die Scheine hatten da so unerwartet gelegen, so unwirklich, so schön und so unverdorben neu. Sie war stehengeblieben und hatte sie einen Augenblick betrachtet, und da hatte sie gemerkt, daß sie in Wirklichkeit Mutters neuen Mantel vor sich sah. Und inzwischen waren die beiden anderen schon fast außer Sicht, die Scheine lagen zusammengefaltet in ihrer Hand, und es war zu spät.

Die Oberin fragte: «Wieso wußte Schwester Pearce, daß Sie das Geld hatten?»

«Sie sagte, sie hätte mich gesehen. Sie drehte sich zufällig um, als ich mich gerade bückte, um die Scheine aufzuheben. Damals dachte sie sich nichts dabei, aber als Schwester Harper herumerzählte, daß sie das Geld verloren hatte und daß die Scheine auf dem Weg zum Frühstück aus ihrer Manteltasche gefallen sein mußten, ahnte Schwester Pearce, was passiert war. Sie und die Zwillinge suchten mit Schwester Harper den Weg nach dem Geld ab. Ich nehme an, ihr fiel dabei wieder ein, daß ich mich nach etwas gebückt hatte.»

«Wann hat sie zum erstenmal etwas zu Ihnen gesagt?»

«Eine Woche später, Frau Oberin, vierzehn Tage bevor unsere Gruppe mit dem theoretischen Unterricht begann. Wahrscheinlich hat sie es zuerst nicht recht glauben können. Sie mußte sich wohl erst darüber klarwerden, ob sie mich daraufhin ansprechen sollte.»

Schwester Pearce hatte also abgewartet. Die Oberin fragte sich, weshalb. Sie konnte nicht eine ganze Woche gebraucht haben, um sich über den Verdacht klarzuwerden. Es mußte ihr gleich eingefallen sein, daß sie gesehen hatte, wie sich Schwester Dakers bückte, als sie von den vermißten Scheinen hörte. Warum hatte sie dann das Mädchen nicht sofort gestellt? War es für ihr verqueres Ich vielleicht eine größere Genugtuung gewesen, zu warten, bis das Geld ausgegeben und die Schuldige fest in ihrer Hand war?

«Hat sie Sie erpreßt?» fragte sie.

«O nein, Frau Oberin!» Das Mädchen war entsetzt. «Sie verlangte nur fünf Schilling pro Woche, und das war keine Erpressung. Sie schickte das Geld jede Woche an eine Gesellschaft für ehemalige Inhaftierte. Ich habe die Quittungen gesehen.»

«Und erklärte sie zufällig, warum sie es nicht Schwester Harper zurückzahlte?»

«Sie meinte, es sei schwer zu erklären, ohne mich mit hineinzuziehen, und ich bat sie, es nicht zu tun. Damit wäre alles aus gewesen, Frau Oberin. Ich möchte die Kurse für Gemeindeschwestern mitmachen, wenn ich hier meine Prüfung hinter mir habe, damit ich mich besser um meine Mutter kümmern kann. Wenn ich einen Bezirk auf dem Land bekommen könnte, wäre es vielleicht möglich, für uns beide ein Häuschen zu mieten und vielleicht sogar ein Auto anzuschaffen. Mutti könnte dann ihre Arbeit im Kaufhaus aufgeben. Ich habe darüber mit Schwester Pearce gesprochen. Außerdem sagte sie, die Harper ginge so achtlos mit ihrem Geld um, daß es ihr nicht schaden würde, Lehrgeld zu zahlen. Sie schickte meine Rückzahlungen an diese Gesellschaft, weil das am angemessensten schien. Schließlich hätte ich ja auch ins Gefängnis kommen können, wenn sie mich nicht gedeckt hätte.»

Die Oberin sagte trocken: «Das ist natürlich Unsinn, und Sie hätten wissen sollen, daß es Unsinn war. Schwester Pearce scheint eine dumme und anmaßende Person gewesen zu sein. Stellte sie bestimmt keine anderen Forderungen an Sie? Es gibt noch andere Arten von Erpressung.»

«Aber das hätte sie niemals getan, Frau Oberin!» Schwester Dakers hob mit Mühe ihren Kopf vom Kissen. «Schwester Pearce war ... ja, sie war gut.» Sie fand das Wort anscheinend nicht ausreichend und runzelte die Stirn, als suche sie nach einer besseren Erklärung.

«Sie redete oft mit mir und gab mir eine Karte mit einem Abschnitt aus der Bibel, den ich täglich lesen mußte. Einmal in der Woche fragte sie mich danach.»

In der Oberin stieg ein moralischer Zorn hoch, der so stark war, daß sie etwas tun mußte, um sich Erleichterung zu verschaffen. Sie stand auf und ging zum Fenster, um ihr brennendes Gesicht an der Scheibe zu kühlen. Sie spürte ihr Herz heftig klopfen und registrierte mit beinahe klinischem Interesse, daß ihre Hände zitterten. Nach einer Weile ging sie wieder an das Bett.

«Sagen Sie nicht, daß sie gut war. Pflichtbewußt, gewissenhaft und wohlmeinend, wenn Sie wollen, aber nicht gut. Sollten Sie jemals wirkliche Güte kennenlernen, werden Sie den Unterschied begreifen. Und ich würde mir keine Gedanken darüber machen, mich über ihren Tod zu freuen. Unter den gegebenen Umständen ist es normal, daß Sie so empfinden. Mit der Zeit werden Sie fähig sein, sie zu bedauern und ihr zu vergeben.»

«Aber, Frau Oberin, ich bin doch die, der man vergeben muß. Ich bin der Dieb.» Lag da eine Andeutung von Masochismus in der weinerlichen Stimme, die perverse Selbstbeschuldigung des geborenen Opfers?

Miss Taylor sagte energisch: «Sie sind kein Dieb. Sie haben einmal gestohlen; das ist eine ganz andere Sache. Jeder von uns hat einen wunden Punkt in seinem Leben, etwas, weswegen er sich schämt, was ihm leid tut. Sie haben kürzlich etwas über sich selbst erfahren, etwas darüber, wozu Sie fähig sind, und das hat Ihr Selbstvertrauen erschüttert. Jetzt müssen Sie mit diesem Wissen leben. Wir können andere Menschen erst verstehen und ihnen verzeihen, wenn wir gelernt haben, uns selbst zu verstehen und zu verzeihen. Sie werden nicht noch einmal stehlen. Das weiß ich, und Sie wissen es auch. Aber Sie haben es einmal getan. Sie sind fähig zu stehlen. Dieses Wissen wird Sie davor bewahren, zu selbstgefällig, zu selbstzufrieden zu sein. Es kann dazu beitragen, daß Sie ein toleranter und verständnisvoller Mensch und eine bessere Schwester werden. Aber nicht, wenn Sie in Schuldgefühlen, Gewissensbissen und Verbitterung schwelgen. Diese tückischen Gefühle mögen sehr schön sein, aber sie helfen weder Ihnen noch sonst jemandem.»

Das Mädchen blickte zu ihr auf.

«Muß die Polizei das erfahren?»

Das war natürlich die Frage. Und es konnte nur eine Antwort geben.

«Ja. Und Sie müssen es ihr erzählen, wie Sie es mir erzählt haben. Aber ich werde zuerst mit dem Kriminalrat reden. Es ist ein neuer Detektiv, diesmal von Scotland Yard, und ich glaube, er ist ein intelligenter und verständnisvoller Mann.»

War er das wirklich? Wie konnte sie das überhaupt sagen? Diese erste Begegnung war so kurz gewesen, nicht mehr als ein Blick und eine flüchtige Berührung ihrer Hände. Machte sie sich vielleicht nur selbst Mut mit der voreiligen Meinung, er sei ein Mann mit Autorität und Einfühlungsvermögen, der das Rätsel um die beiden Todesfälle möglichst schmerzlos lösen würde, sowohl für die Unschuldigen als auch für die Schuldigen? Instinktiv hatte sie das gespürt. Aber war dieses Gefühl rational? Sie glaubte Schwester Dakers ihre Geschichte; aber sie wollte sie auch glauben. Was würde ein Kriminalbeamter davon halten, der zwar eine Vielzahl von Verdächtigen vor sich hatte, aber keine andere mit erkennbaren Motiven? Und hier gab es ein echtes Motiv. Es ging um die ganze Zukunft von Schwester Dakers und um die ihrer Mutter. Und die Dakers hatte sich wirklich seltsam verhalten. Sicher, sie war am meisten von allen Schülerinnen verstört gewesen, als Schwester Pearce starb, aber sie hatte sich schnell wieder gefangen. Sogar bei dem gründlichen Verhör durch die Polizei hatte sie ihr Geheimnis für sich behalten. Was hatte dann diesen Zusammenbruch bewirkt, was dieses Geständnis und die Gewissensbisse? War es nur der Schock, als sie die Leiche der Fallon fand? Und warum sollte Schwester Fallons Tod das alles ausgelöst haben, wenn sie nichts damit zu tun hatte?

Miss Taylor dachte noch einmal über die Pearce nach. Wie wenig wußte man tatsächlich von seinen Schülerinnen. Schwester Pearce war, wenn man überhaupt an sie dachte, die typische langweilige, gewissenhafte, unattraktive Schülerin gewesen, die den Schwesternberuf wahrscheinlich dazu benutzte, um den Mangel an herkömmlicheren Befriedigungen zu kompensieren. Eine von der Art gab es gewöhnlich an jeder Schwesternschule. Man konnte sie kaum ablehnen, wenn sie sich um die Aufnahme bewarben, denn sie brachten eine überdurchschnittliche Schulbildung und einwandfreie Zeugnisse mit. Und insgesamt gaben sie auch keine schlechten Schwestern ab. Allerdings wurden sie auch selten besonders gute. Aber nun war sie ihrer Sache nicht mehr so sicher. Wenn die Pearce von einem solchen heimlichen Machtstreben erfüllt war, daß sie die Schuld und Verzweiflung dieses Mädchens ausgenutzt hatte, um ihr eigenes Ich zu stärken, dann war sie alles andere als gewöhnlich und bedeutungslos gewesen. Dann war sie eine gefährliche junge Frau gewesen.

Und sie hatte sich alles so fein ausgedacht. Indem sie eine Woche abgewartet hatte, bis sie einigermaßen sicher sein konnte, daß das Geld ausgegeben war, hatte sie der Dakers keine Wahl mehr gelassen. Das Kind konnte dann kaum noch geltend machen, sie habe einem plötzlichen Impuls nachgegeben, aber das Geld zurückgeben wollen. Und selbst wenn Schwester Dakers beschlossen hätte, es zuzugeben, vielleicht gegenüber der Oberin, hätte es Schwester Harper auf jeden Fall erfahren: dafür hätte die Pearce gesorgt. Und nur Schwester Harper hätte entscheiden können, ob die Sache weiter verfolgt werden sollte. Sie hätte möglicherweise dazu gebracht werden können, Gnade vor Recht ergehen zu lassen. Aber gesetzt den Fall, es wäre nicht möglich gewesen? Schwester Harper hätte es mit einiger Gewißheit ihrem Vater erzählt, und die Oberin konnte sich nicht vorstellen, daß Mr. Ronald Harper gnädig mit einem verfuhr, der sich an seinem Geld bedient hatte. Miss Taylors Bekanntschaft mit ihm war nur sehr flüchtig, aber sie glaubte ihn gut genug zu kennen. Zwei Tage nach dem Tod von Schwester Pearce war er ins Krankenhaus gekommen, ein großer, wohlhabend wirkender, aggressiver Mann, gewichtig in einem pelzbesetzten Automantel. Ohne lange Vorreden oder Erklärungen hatte er seine einstudierte

Tirade vom Stapel gelassen und mit der Oberin in einem Ton gesprochen, als sei sie ein Lehrling in seiner Werkstatt. Er habe nicht die Absicht, seine Tochter einen Augenblick länger in einem Haus zu lassen, wo sich ein Mörder frei bewegte, Polizei hin, Polizei her. Diese Schwesternschule sei von Anfang an eine blödsinnige Idee gewesen, und nun sei Schluß damit. Seine Diane brauche sowieso keinen Beruf. Sie sei ohnehin verlobt. Eine verdammt gute Partie noch dazu! Mit dem Sohn seines Geschäftspartners. Sie könne die Hochzeit vorverlegen statt bis zum Sommer zu warten, und in der Zwischenzeit könne sie zu Hause bleiben und im Büro helfen. Er werde sie jetzt mitnehmen, und er wolle den sehen, der versuche, ihn aufzuhalten.

Niemand hatte ihn aufgehalten. Das Mädchen hatte keine Einwände vorgebracht. Sie hatte freundlich und zurückhaltend im Büro der Oberin gestanden, aber ein wenig gelächelt, als freue sie sich über die ganze Aufregung ihretwegen und über die selbstsichere Männlichkeit ihres Vaters. Die Polizei konnte sie nicht daran hindern zu gehen, aber sie versuchte es auch gar nicht. Es war merkwürdig, dachte die Oberin, daß niemand ernsthaft die Harper verdächtigt hatte; und wenn die zwei Todesfälle das Werk einer Hand waren, war dieses Gefühl richtig gewesen. Sie hatte das Mädchen zum letztenmal gesehen, wie sie in das überdimensionale, häßliche Auto ihres Vaters einstieg – mit ihren dünnen Beinen unter dem neuen Pelzmantel, den er gekauft hatte, um sie für den vorzeitigen Abbruch ihrer Ausbildung zu entschädigen. Sie hatte sich noch einmal umgeschaut und ihrer Gruppe zugewinkt, herablassend wie ein Filmstar gegenüber seinen versammelten Fans. Nein, keine besonders sympathische Familie: Miss Taylor hätte mit jedem Mitleid, der mit ihnen zu tun bekäme. Und doch, da sah man die Launen der Natur. Diane Harper war eine begabte Schwester gewesen, in mancher Hinsicht eine bessere als die Pearce.

Aber eine Frage war noch offen, und sie brauchte eine Weile, um ihren Mut zusammenzunehmen und sie zu stellen.

«Wußte Schwester Fallon von dieser Sache?»

Das Mädchen antwortete sofort, selbstsicher und ein wenig überrascht.

«Nein, nein, Frau Oberin! Ich glaube es wenigstens nicht. Schwester Pearce versprach, es keiner Seele zu erzählen, und sie war ja auch nicht besonders befreundet mit der Fallon. Ich bin sicher, daß sie es Schwester Fallon niemals erzählt hätte.»

«Nein», sagte die Oberin. «Wahrscheinlich nicht.»

Mit sanfter Hand hob sie Schwester Dakers' Kopf und strich das Kissen glatt.

«Und jetzt versuchen Sie, ein wenig Schlaf zu finden. Sie werden sich sehr viel besser fühlen, wenn Sie aufwachen. Und machen Sie sich keine Sorgen mehr.»

Das Gesicht des Mädchens entspannte sich. Sie lächelte die Oberin an, streckte die Hand aus und berührte flüchtig Miss Taylors Wange. Dann kuschelte sie sich in die Bettdecke und schien willens zu schlafen. Das war also in Ordnung. Natürlich! Es wirkte immer. Wie leicht und verräterisch befriedigend war es, Trost und Rat auszuteilen, jede Portion eigens nach dem jeweiligen Geschmack gewürzt. Sie hätte die Frau eines viktorianischen Pfarrers sein können, die Suppe an die Armen verteilt. Jedem das, was er brauchte. Im Krankenhaus geschah das jeden Tag. Die fröhliche Berufsstimme einer Stationsschwester. «Da kommt die Oberin, Mrs. Cox. Leider fühlt sich Mrs. Cox heute nicht besonders gut, Frau Oberin.»

Ein müdes, von Schmerzen zerquältes Gesicht auf dem Kissen, das tapfer lächelte, das nach einem Bröckchen Freundlichkeit und Beruhigung hungerte. Die Oberschwestern, die mit ihren Problemen kamen, den ständigen Problemen mit der Arbeit und mit unverträglichen Menschen.

«Fühlen Sie sich jetzt besser, Oberschwester?»

«Ja, danke, Frau Oberin. Sehr viel besser.»

Der Personalleiter, der verzweifelt mit seiner eigenen Unzulänglichkeit kämpfte.

«Mir wäre wohler, Frau Oberin, wenn wir uns über dieses Problem kurz unterhalten könnten.» Natürlich wäre ihm dann wohler! Alle wollten sie sich kurz über ein Problem unterhalten. Alle gingen sie dann weg und fühlten sich besser. Hört, was für tröstliche Worte unsere Oberin weiß. Ihr ganzes Arbeitsleben schien eine blasphemische Liturgie der Beruhigung und Absolution zu sein. Und wieviel leichter zu geben und anzunehmen war diese süße Milch menschlicher Freundlichkeit als die bittere Säure der Wahrheit. Sie konnte sich das fassungslose Unverständnis, den Groll ausmalen, mit dem ihre wirkliche persönliche Überzeugung begrüßt worden wäre.

«Ich habe nichts anzubieten. Hier gibt es keine Hilfe. Wir sind alle allein, wir alle, vom Augenblick unserer Geburt bis zum Tod. Unsere Vergangenheit ist unsere Gegenwart und Zukunft. Wir müssen mit uns leben, bis die Zeit abgelaufen ist. Wenn du Hilfe brauchst, verlasse dich auf dich selbst. Du hast niemanden sonst, auf den du dich verlassen kannst.»

Sie blieb noch einen Augenblick sitzen und ging dann leise hinaus. Schwester Dakers lächelte zum Abschied. Als sie auf den Gang hinaustrat, sah sie Oberschwester Brumfett und Mr. Courtney-Briggs aus dem Zimmer seines Patienten kommen. Oberschwester Brumfett eilte auf sie zu.

«Entschuldigen Sie, Frau Oberin. Ich wußte nicht, daß Sie auf der Station sind.»

Sie gebrauchte immer den offiziellen Titel. Mochten sie ihre gesamte Freizeit zusammen mit Autofahren und Golfspielen verbringen, mochten sie einmal im Monat mit der traulichen langweiligen Regelmäßigkeit eines alten Ehepaares eine Londoner Veranstaltung besuchen oder die erste Tasse Tee am Morgen und die letzte heiße Milch am Abend in unzertrennlicher Zweisamkeit trinken – im Krankenhaus redete Oberschwester Brumfett sie nur mit Frau Oberin an. Die scharfen Augen suchten die ihren.

«Sie haben den neuen Detektiv gesprochen, den Mann von Scotland Yard?»

«Nur flüchtig. Ich bin mit ihm verabredet, sobald ich wieder drüben bin.»

Mr. Courtney-Briggs sagte: «Ich kenne ihn, um die Wahrheit zu sagen, nicht gut, aber wir haben uns jedenfalls kennengelernt. Sie werden sehen, er ist vernünftig und intelligent. Er ist freilich auch eine ziemliche Berühmtheit. Angeblich arbeitet er sehr schnell. Was mich betrifft, ist das eine wichtige Eigenschaft. Das Krankenhaus verträgt keine Störung. Er wird mich sprechen wollen, nehme ich an, aber da wird er warten müssen. Frau Oberin, sagen Sie ihm doch bitte, daß ich auf einen Sprung ins Nightingale-Haus rüberkomme, wenn ich meine Runde hier gemacht habe.»

«Ich werde es ihm sagen, wenn er mich fragt», erwiderte Miss Taylor ruhig. Sie wandte sich an Oberschwester Brumfett.

«Schwester Dakers ist jetzt ruhiger, aber ich meine, sie sollte trotzdem nicht durch Besuche gestört werden. Wahrscheinlich wird sie jetzt etwas schlafen können. Ich schicke ein paar Zeitschriften und frische Blumen rüber. Wann kommt Dr. Snelling zu ihr?»

«Er sagte, er wolle vorm Mittagessen nach ihr sehen, Frau Oberin.»

«Vielleicht sagen Sie ihm, ich würde mich gern kurz mit ihm unterhalten. Ich bin den ganzen Tag im Krankenhaus.»

Oberschwester Brumfett sagte: «Ich nehme an, daß der Mann von Scotland Yard mich auch sehen will. Ich hoffe, er wird es kurz machen. Ich habe einen schwerkranken Patienten hier.»

Die Oberin hoffte, die Brum würde sich nicht gar zu eigensinnig anstellen. Es wäre nicht besonders glücklich, wenn sie meinte, sie könne einen Kriminalrat von der Londoner Polizei wie einen unfolgsamen Hauschirurgen behandeln. Mr. Courtney-Briggs würde bestimmt arrogant wie immer auftreten, aber sie hatte das Gefühl, daß Kriminalrat Dalgliesh mit ihm fertig werden könnte.

Sie gingen zusammen bis zum Ausgang der Station. Miss Taylor beschäftigte sich in Gedanken bereits mit neuen Problemen. Mit Schwester Dakers' Mutter mußte etwas geschehen. Es würde noch ein paar Jahre dauern, bis die Tochter eine fertige Gemeindeschwester wäre. Es wäre wohl ganz nützlich, mit Raymund Grout zu sprechen. Vielleicht gab es irgendeine Büroarbeit im Krankenhaus, die für sie geeignet wäre. Aber wäre das gerecht? Man durfte nicht dem eigenen Drang zu helfen nachgeben, wenn das auf Kosten eines anderen ging. Welche personellen Probleme es auch immer für die Krankenhäuser in London geben mochte, Grout hatte hier jedenfalls keine Schwierigkeiten, seine Bürostellen zu besetzen. Er hatte das Recht, an die Tüchtigkeit zu denken, und die Mrs. Dakers' dieser Welt, die von ihren Unzulänglichkeiten ebenso wie von Mißgeschikken verfolgt wurden, konnten diese nur selten bieten. Sie würde die Frau wohl anrufen müssen; ebenso die Eltern der anderen Schülerinnen. Wichtig war, daß die Mädchen nicht im Nightingale-Haus blieben. Der Lehrplan durfte nicht unterbrochen werden; er war ohnehin gedrängt genug. Am besten würde sie mit dem Hausmeister die Möglichkeit besprechen, sie im Schwesternwohnheim unterzubringen. Dort müßte genug Platz sein, wo so viele Schwestern krank waren. Sie könnten dann jeden Tag herüberkommen und die Bibliothek als Unterrichtsraum benutzen. Und dann mußte sie sich mit dem stellvertretenden Vorsitzenden des Verwaltungskomitees besprechen und sich um die Presse kümmern, bei der Leichenschau dabeisein und sich mit dem Begräbnis befassen. Ständig würde jemand mit ihr zu sprechen wünschen. Aber zuerst und vor allem mußte sie für Kriminalrat Dalgliesh dasein.

Fragen und Antworten

1

Die Oberin und die Oberschwestern hatten ihre Wohnräume im dritten Stock des Nightingale-Hauses. Als Dalgliesh oben an der Treppe ankam, sah er, daß der Südwestflügel durch eine eigens eingebaute Wand aus weißgestrichenem Holz vom Korridor abgetrennt war. Auf der Tür, die im Gegensatz zu der hohen Decke und den Eichenholzwänden klein und unauffällig wirkte, stand «Wohnung der Oberin». Bevor er auf den Klingelknopf drückte, erkundete er kurz den Korridor. Er sah so ähnlich aus, wie im darunterliegenden Stockwerk, nur lag hier ein roter Teppich, der dem ansonsten leeren Raum, obgleich verblaßt und abgenützt, einen Anflug von Behaglichkeit gab.

Dalgliesh ging leise von Tür zu Tür. An jeder steckte ein handgeschriebenes Namensschild in der Messinghalterung. Oberschwester Brumfett bewohnte das unmittelbar an die Wohnung der Oberin anstoßende Zimmer. Dann kam ein Badezimmer, das zweckmäßig in drei kleine Zellen, jeweils mit Badewanne und Waschbecken, aufgeteilt war. Das Kärtchen auf der nächsten Tür trug Oberschwester Gearings Namen; die beiden folgenden Zimmer standen leer. Oberschwester Rolfe wohnte an der Nordseite des Korridors, direkt neben der Küche und der Abstellkammer. Dalgliesh war nicht befugt, eines der Zimmer zu betreten, aber er drückte versuchshalber die Klinken an allen Türen. Wie erwartet, waren sie verschlossen.

Die Oberin öffnete ihm, kaum daß er geklingelt hatte, und er folgte ihr in das Wohnzimmer. Seine Größe und Einrichtung verschlug ihm die Sprache. Es nahm den ganzen südwestlichen Turm ein, ein weiträumiges, weißgetünchtes Zimmer mit einer golden und hellblau gemusterten Decke und zwei hohen Fenstern, die auf das Krankenhaus gingen. An der einen Wand standen weiße Bücherregale bis unter die Decke. Dalgliesh hatte Lust, einen beiläufigen Blick auf die Bücherwand zu werfen, um vielleicht von ihrem literarischen Geschmack auf Miss Taylors Persönlichkeit schließen zu können, aber aus Höflichkeit hielt er sich zurück. Aber von da, wo er stand, konnte er sehen, daß Lehrbücher, amtliche Berichte und Aktenordner fehlten. Das hier war ein Wohnzimmer, kein Büro.

Ein offenes Feuer brannte im Kamin. Es war gerade angezündet worden, und das Holz knackte noch. Es hatte die Luft im Zimmer noch nicht erwärmen können. Die Oberin trug ein scharlachrotes Cape über ihrem grauen Kleid. Sie hatte ihre Haube abgenommen, und der dicke Knoten aus blonden Haaren lag schwer auf ihrem schlanken weißen Nacken.

Sie hatte Glück, dachte er, in einer Zeit geboren zu sein, welche die individuelle Note von Gesichtszügen zu schätzen wußte, die vor allem vom Knochenbau her bestimmt waren und denen die weichen Nuancen der Weiblichkeit fehlten. Vor hundert Jahren hätte man sie als häßlich oder sogar lächerlich bezeichnet. Aber heutzutage würden die meisten Männer sie wohl interessant finden, manche sie vielleicht sogar schön nennen. Für Dalgliesh war sie eine der schönsten Frauen, denen er jemals begegnet war.

Genau zwischen den beiden Fenstern stand ein massiver Eichentisch, der ein großes schwarz-weißes Teleskop trug. Dalgliesh erkannte auf den ersten Blick, daß dies kein Spielzeug eines Amateurs war, sondern ein teures und kompliziertes Instrument. Es beherrschte das Zimmer. Die Oberin sah seinen Blick darauf ruhen und fragte:

«Interessieren Sie sich für Astronomie?»

«Nicht besonders.»

Sie lächelte. «*Le silence éternel de ces espaces infinis m'affraie*?»

«Beunruhigt mich eher, als daß sie mich erschreckt. Das kommt vermutlich von meiner Eitelkeit. Ich kann mich nicht für etwas interessieren, das ich nicht nur nicht verstehe, sondern von dem ich auch weiß, daß ich es nie verstehen werde.»

«Das macht es für mich gerade reizvoll. Es ist eine Form von Eskapismus, nehme ich an, vielleicht sogar von Voyeurismus – dieses Eintauchen in ein unpersönliches Universum, das ich weder beeinflussen noch kontrollieren kann und, das ist noch wichtiger, wo das auch niemand von mir erwartet. Es ist ein Verzicht auf Verantwortung. Es rückt persönliche Probleme wieder in die richtige Größenordnung.»

Sie bedeutete Dalgliesh, auf dem schwarzen Ledersofa vor dem Feuer Platz zu nehmen. Auf einem niedrigen Tisch davor stand ein Tablett mit einer Kaffeemaschine, heißer Milch, Zucker und zwei Tassen.

Während er sich setzte, sagte er lächelnd: «Wenn ich der Bescheidenheit frönen und über das Unfaßbare meditieren will, ziehe ich es vor, eine Schlüsselblume zu betrachten. Das kostet nichts, die Freude ist unmittelbar und die Moral genauso gültig.»

Der ausdrucksvolle Mund verspottete ihn.

«Und zumindest beschränken Sie Ihre Schwelgerei in diesen gefährlichen philosophischen Spekulationen auf ein paar kurze Frühlingswochen.»

Diese Unterhaltung ist eine Pavane in Worten, dachte er. Wenn ich nicht aufpasse, fange ich noch an, Gefallen daran zu finden. Ich bin gespannt, wann sie zur Sache kommt. Oder erwartet sie, daß ich den ersten Schritt tue? Und warum eigentlich nicht? Ich bin der Bittsteller, der Eindringling.

Als hätte sie seine Gedanken gelesen, sagte sie unvermittelt: «Es ist merkwürdig, daß beide so einsame Mädchen waren, beide Waisen. Das macht meine Aufgabe weniger schwierig. Es gibt keine verzweifelten Eltern, die getröstet werden müssen, Gott sei Dank! Schwester Pearce hatte nur die Großeltern, die sie aufgezogen haben. Er war früher Bergarbeiter, und sie leben ziemlich eingeschränkt in einem Häuschen außerhalb von Nottingham. Sie gehören einer sehr puritanischen Sekte an, und als einzige Reaktion auf den Tod des Kindes sagten sie: ‹Gottes Wille geschehe.› Eine seltsame Antwort auf einen Unglücksfall, der offenbar der Wille eines Menschen war.»

«Dann glauben Sie also, der Tod von Schwester Pearce war Mord?»

«Nicht unbedingt. Aber ich beschuldige den lieben Gott nicht, an der Magensonde herumgebastelt zu haben.»

«Und Schwester Fallons Verwandte?»

«Sie hat keine, soviel ich weiß. Sie wurde nach ihren nächsten Angehörigen gefragt, als sie bei uns anfing, und sagte, sie sei Vollwaise und habe keine Blutsverwandten. Es bestand kein Grund, dem nachzugehen. Es entsprach vermutlich der Wahrheit. Aber ihr Tod wird morgen in der Zeitung stehen, und falls es Verwandte oder Freunde gibt, werden wir bestimmt von ihnen hören. Sie haben vermutlich schon mit den Schülerinnen gesprochen?»

«Ich hatte gerade ein erstes Gespräch mit ihnen als Gruppe. Ich bestellte sie in den Übungsraum. Das hat mir geholfen, dem Fall den richtigen Hintergrund zu geben. Sie waren alle damit einverstanden, sich die Fingerabdrücke abnehmen zu lassen, und das passiert im Augenblick. Ich brauche die Abdrücke von allen, die sich letzte

Nacht und heute morgen im Nightingale-Haus befanden, und sei es nur, um schon einige auszuscheiden. Ich werde natürlich alle einzeln verhören müssen. Aber bin froh über die Gelegenheit, zuerst mit Ihnen zu sprechen. Schließlich waren Sie in Amsterdam, als Schwester Fallon starb. Das bedeutet für mich, daß ich mich um eine Verdächtige weniger kümmern muß.»

Zu seiner Überraschung sah er, daß ihre Knöchel um den Griff der Kaffeekanne weiß wurden und sie errötete. Sie schloß die Augen, und er glaubte, einen Seufzer zu hören. Er betrachtete sie leicht verwirrt. Was er gesagt hatte, mußte einer Frau von ihrer Intelligenz ohnehin klar sein. Er wußte nicht einmal recht, warum er es überhaupt erwähnt hatte. Falls dieser zweite Todesfall Mord war, dann war jeder, der ein lückenloses Alibi für den gestrigen Abend und die Nacht hatte, frei von Verdacht. Als hätte sie sein Erstaunen gespürt, sagte sie: «Es tut mir leid. Ich muß Ihnen dumm vorkommen. Ich weiß, es ist töricht, sich so erleichtert zu fühlen, daß man nicht unter Verdacht steht, wenn man ohnehin weiß, daß man unschuldig ist. Vielleicht, weil niemand im echten Sinne unschuldig ist. Ein Psychologe könnte das gewiß erklären. Aber dürfen Sie Ihrer Sache wirklich so sicher sein? Könnte das Gift – falls es sich um Gift handelte – nicht jederzeit, nachdem Schwester Fallon den Whisky gekauft hatte, in die Flasche gegeben worden sein? Könnte nicht eine vergiftete Flasche mit der, die sie kaufte, vertauscht worden sein? Das hätte geschehen können, bevor ich Dienstagabend nach Amsterdam flog.»

«Ich fürchte, Sie müssen sich mit Ihrer Schuldlosigkeit abfinden. Miss Fallon kaufte diese spezielle Flasche gestern nachmittag bei Scunthorpe in der High Street und trank ihr erstes und einziges Glas davon in der Nacht, in der sie starb. Die Flasche ist noch fast voll, der Whisky darin ist, soweit wir wissen, völlig in Ordnung, und die einzigen Fingerabdrücke auf der Flasche gehören Miss Fallon.»

«Sie arbeiten sehr schnell. Also wurde das Gift entweder in das Glas gegeben, nachdem sie sich ihren heißen Drink eingegossen hatte, oder in den Zucker.»

«Falls sie vergiftet wurde. Wir können nichts mit Sicherheit voraussetzen, bevor wir den Obduktionsbefund vorliegen haben, und vielleicht nicht einmal dann. Der Zucker wird ebenfalls untersucht, aber das ist eine reine Formsache. Die meisten Schülerinnen haben sich aus derselben Zuckerdose bedient, als sie sich heute morgen den ersten Tee bereiteten, und wenigstens zwei der Mädchen haben ihn auch getrunken. Also bleibt nur das Whiskyglas. Miss Fallon machte es einem Mörder sehr leicht. Offenbar wußte das ganze Nightingale-Haus, daß sie, wenn sie nicht abends ausging, bis zum Programmschluß vor dem Fernseher saß. Sie kam mit wenig Schlaf aus und ging folglich nie früh zu Bett. Wenn das Fernsehprogramm zu Ende war, ging sie auf ihr Zimmer und kleidete sich aus. Dann ging sie in Hausschuhen und Morgenrock in die kleine Küche im zweiten Stock und mischte sich ihren Nachttrunk. Sie bewahrte den Whisky in ihrem Zimmer auf, aber dort konnte sie sich keinen Drink mischen, weil es kein Wasser gab und auch keine Möglichkeit, welches heiß zu machen. Also war es ihre Gewohnheit, den Whisky einzugießen, das Glas mit in die Küche zu nehmen und dort die heiße Zitrone dazuzugeben. Einen kleinen Vorrat an Zitronen hob sie im Küchenschrank neben dem Kakao und Kaffee, der Schokolade und den anderen Dingen auf, aus denen sich die Schwestern ihre allabendlichen Getränke bereiten. Dann brachte sie das Glas zurück in ihr Zimmer und ließ es auf dem Nachttisch stehen, während sie ihr Bad nahm. Sie beeilte sich immer beim Baden und ging am liebsten sofort danach zu Bett, solange sie noch die Wärme spürte. Vermutlich bereitete sie sich deshalb ihren Drink, bevor sie ins Bad ging. Bis sie dann im Bett lag, hatte der Whisky gerade die richtige Temperatur. Und anscheinend wich sie nie von dieser Routine ab.»

Die Oberin sagte: «Es ist erschreckend, wieviel die Menschen in so einer kleinen Gemeinschaft wie dieser hier von den Gewohnheiten eines jeden anderen mitbekommen. Aber das ist natürlich nicht zu vermeiden. Es gibt kein richtiges Privatleben. Wie könnte es auch! Ich wußte natürlich über den Whisky Bescheid, aber es ging mich eigentlich nichts an. Das Mädchen war bestimmt keine angehende Alkoholikerin, und sie verleitete keine jüngeren Schülerinnen. In ihrem Alter hatte sie das Recht, zu trinken, was sie wollte.»

Dalgliesh fragte, woher die Oberin von dem Whisky wußte.

«Schwester Pearce sagte es mir. Sie bat um eine Unterredung und gab mir die Information nach der Art von ‹Ich möchte ja nichts sagen, aber ich meine, Sie sollten es wissen.› Trinken und der Teufel waren ein und dasselbe für Schwester Pearce. Dabei hat Miss Fallon, meine ich, gar kein Geheimnis aus ihrem Whisky gemacht. Das hätte sie auch gar nicht gekonnt. Ich sagte ja schon, wir kennen die Gewohnheiten eines jeden. Aber natürlich gibt es auch ein paar Dinge, von denen wir nichts wissen. Josephine Fallon war eine sehr verschlossene Person. Ich kann Ihnen nichts über ihr Leben außerhalb des Krankenhauses sagen, und ich habe meine Zweifel, ob sonst jemand hier im Haus das kann.»

«Mit wem war sie hier befreundet? Sie hatte doch sicher jemanden, dem sie vertraute. Braucht das nicht jede Frau in dieser Art von geschlossener Gesellschaft?»

Sie sah ihn ein wenig sonderbar an.

«Ja, wir alle brauchen jemanden. Aber ich glaube, Schwester Fallon hatte eine Freundin nicht so nötig wie die meisten anderen. Sie war ziemlich wenig auf fremde Hilfe angewiesen. Wenn sie überhaupt einer näherstand, dann dürfte das Madeleine Goodale gewesen sein.»

«Die Unscheinbare mit dem runden Gesicht und der großen Brille?»

Dalgliesh erinnerte sich an sie. Es war kein unattraktives Gesicht, hauptsächlich dank der schönen Haut und der Klugheit jener großen grauen Augen hinter der dicken Hornbrille. Schwester Goodale würde immer unscheinbar bleiben. Er glaubte, ihre Zukunft vor sich zu sehen: die gern ertragenen Jahre der Ausbildung; Erfolg bei den Prüfungen; die nach und nach wachsende Verantwortung, bis sie am Ende selbst Oberin wäre. Für ein solches Mädchen war es nicht ungewöhnlich, sich mit einer attraktiven Frau anzufreunden. Das war eine Möglichkeit, zumindest einen nachempfundenen Anteil an einem romantischeren und weniger aufopfernden Leben zu haben.

Als habe sie seine Gedanken erraten, sagte Miss Taylor: «Miss Goodale ist eine unserer besten Schwestern. Ich hatte eigentlich die Hoffnung, daß sie nach ihrer Ausbildung hier eine Stelle annehmen würde. Aber das ist mehr als unwahrscheinlich. Sie ist mit einem Pfarrer von hier verlobt, und sie wollen nach Ostern heiraten.»

Sie warf einen etwas hämischen Blick auf Dalgliesh.

«Man hält ihn allgemein für einen sehr akzeptablen jungen Mann. Sie scheinen überrascht, Herr Kriminalrat.»

Dalgliesh lachte: «Nach mehr als zwanzig Jahren bei der Polizei müßte ich eigentlich gelernt haben, keine oberflächlichen Urteile abzugeben. Ich meine, ich sollte Schwester Goodale als erste sprechen. Ich habe gehört, das Zimmer, das Sie mir zur Verfügung stellen wollen, ist noch nicht fertig. Wir können den Übungsraum wohl weiter benutzen. Oder brauchen Sie ihn vielleicht?»

«Mir wäre es lieber, wenn Sie die Mädchen woanders verhören würden. Dieser Raum ist für sie mit sehr unglücklichen und aufregenden Erinnerungen verknüpft. Wir benutzen ihn nicht einmal für den Unterricht. Bis das kleine Gästezimmer im ersten Stock fertig ist, gestatte ich Ihnen gern, sie hier zu vernehmen.»

Dalgliesh dankte ihr. Er stellte seine Kaffeetasse auf das Tablett.

Sie zögerte einen Augenblick, dann sagte sie: «Mr. Dalgliesh, da ist noch etwas, was ich sagen möchte. Ich fühle mich – ich bin – *in loco parentis* gegenüber meinen Schülerinnen. Falls eine Frage ... falls Ihnen der Verdacht kommt, eine von ihnen habe mit der Sache zu tun, kann ich mich in diesem Fall darauf verlassen, daß Sie es mich wissen lassen? Sie würden dann Schutz brauchen. Sicher müßte dann ein Anwalt gefunden werden.»

Sie zögerte erneut: «Entschuldigen Sie bitte, ich möchte Sie nicht beleidigen. Unsereins hat so wenig Erfahrung in solchen Dingen. Nur, ich möchte nicht gern, daß sie ...»

«In eine Falle gehen?»

«Daß sie dazu gebracht werden, Dinge zu sagen, die sie selbst oder andere Mitglieder des Personals in falschen Verdacht bringen.»

Gegen seinen Willen ärgerte sich Dalgliesh.

«Es gibt gewisse Regeln, wie Sie wissen», sagte er.

«Ja, Regeln! Ich weiß, es gibt Regeln. Aber ich bin sicher, daß Sie zu erfahren und zu klug sind, um sich zu sehr davon einengen zu lassen. Ich erinnere Sie nur daran, daß diese Mädchen weniger intelligent und in solchen Dingen gänzlich unerfahren sind.»

Dalgliesh kämpfte gegen seinen Ärger an und sagte kühl: «Ich kann Ihnen nur sagen, daß die Regeln existieren und daß es in unserem Interesse ist, sie einzuhalten. Können Sie sich nicht vorstellen, was für ein Geschenk jede Übertretung für den Verteidiger wäre? Ein schutzloses junges Mädchen, eine Schwesternschülerin, drangsaliert von einem Polizisten, der über jahrelange Erfahrung verfügt, wie man die Unbedachten in die Falle lockt. Der Polizei werden in diesem Land genug Schwierigkeiten in den Weg gelegt; wir brauchen nicht freiwillig noch welche hinzuzufügen.»

Sie errötete, und er beobachtete interessiert, wie die Welle von ihrem Hals über die bleiche honigfarbene Haut schlug und ihr vorübergehend das Aussehen gab, als fließe Feuer durch ihre Adern. Ganz schnell war es vorbei. Der Wechsel war so plötzlich, daß er sich nicht sicher sein konnte, ob er diese verräterische Verwandlung tatsächlich gesehen hatte. Sie sagte gelassen: «Wir haben beide unsere Verpflichtungen. Wir können nur hoffen, daß sie nicht in Widerspruch zueinander geraten. Einstweilen müssen Sie sich darauf einstellen, daß ich mich um meine genauso kümmere wie Sie sich um die Ihren. Und das bringt mich auf eine Sache, die ich Ihnen mitteilen muß. Sie betrifft Christine Dakers, das Mädchen, das Schwester Fallons Leiche entdeckt hat.»

Sie beschrieb kurz und prägnant, was sich während ihres Besuchs auf der Privatstation abgespielt hatte. Dalgliesh stellte mit Interesse fest, daß sie keinen Kommentar abgab, keine Meinung anbot und keinen Versuch machte, das Mädchen zu rechtfertigen. Er fragte sie nicht, ob sie die Geschichte glaubte. Sie war eine hochintelligente Frau. Sie mußte wissen, daß das, was sie ihm soeben mitgeteilt hatte, das erste Motiv war. Er fragte, wann er mit Schwester Dakers sprechen könne.

«Jetzt schläft sie. Dr. Snelling, der für die Gesundheit der Krankenschwestern zuständig ist, besucht sie gegen Mittag. Er wird mir dann Bescheid geben. Falls er einverstanden ist, könnten Sie sie heute nachmittag aufsuchen. Und jetzt werde ich Schwester Goodale rufen lassen. Das heißt, falls ich Ihnen nichts mehr sagen kann.»

«Ich benötige noch eine ganze Menge Auskünfte über Alter und Lebenslauf aller Beteiligten, wie lange sie schon am Krankenhaus sind und so weiter. Steht das nicht in ihren Personalbogen? Es wäre mir eine große Hilfe, wenn ich die einsehen könnte.»

Die Oberin dachte nach. Dalgliesh stellte fest, daß ihr Gesicht dabei vollkommen ohne Bewegung war. Nach einer Weile sagte sie: «Über das gesamte Personal werden natürlich Dossiers geführt. Rechtlich gehören diese dem Verwaltungskomitee des Krankenhauses. Der Präsident wird erst morgen abend aus Israel zurückerwartet, aber ich werde seinen Stellvertreter fragen. Vermutlich wird er mich bitten, die Akten durchzusehen und an Sie weiterzugeben, falls sie nichts rein Privates enthalten, das für Ihre Untersuchung ohne Bedeutung ist.»

Dalgliesh beschloß für sich, daß es im Augenblick nicht klug wäre, auf der Frage zu bestehen, wer zu entscheiden habe, was ohne Bedeutung für seine Untersuchung sei.

Er sagte: «Natürlich muß ich persönliche Fragen stellen. Aber es wäre sehr viel bequemer und zeitsparender, wenn ich die Routineinformationen den Akten entnehmen könnte.»

Es war seltsam, daß ihre Stimme so liebenswürdig und dabei so halsstarrig klingen konnte.

«Das wäre gewiß sehr viel bequemer für Sie, und Sie könnten, was man Ihnen erzählt, gleich auf seine Wahrheit hin überprüfen. Aber die Personalbogen können Ihnen nur unter den Bedingungen, die ich gerade nannte, ausgehändigt werden.»

Sie verließ sich also darauf, daß der stellvertretende Vorsitzende akzeptieren und bekräftigen würde, was sie für richtig hielt. Und das würde er zweifellos. Hier hatte er eine starke Frau vor sich. Mit einem verzwickten Problem konfrontiert, hatte sie die Angelegenheit überdacht, war zu einem Entschluß gekommen und hatte ihn bestimmt und ohne Rechtfertigung oder Zaudern vorgetragen. Eine bewundernswerte Frau. Man würde gut mit ihr auskommen, solange alle ihre Entscheidungen so annehmbar wie diese wären.

Er fragte, ob er das Telefon benutzen dürfe, bat Sergeant Masterson, der die Umwandlung des Gästezimmers in ein Büro beaufsichtigte, heraufzukommen und stellte sich auf die langwierigen Einzelverhöre ein.

2

Schwester Goodale wurde telefonisch gerufen und erschien zwei Minuten später; sie sah ruhig und gelassen aus. Miss Taylor schien der Ansicht, daß bei dieser selbstbeherrschten jungen Frau weder Erklärungen noch Ermutigungen nötig seien, und sagte nur: «Setzen Sie sich, Schwester. Kriminalrat Dalgliesh möchte sich mit Ihnen unterhalten.»

Dann nahm sie ihr Cape vom Stuhl, warf es um die Schultern und ging hinaus, ohne noch einen Blick auf die Zurückbleibenden zu werfen. Sergeant Masterson schlug sein Notizbuch auf. Schwester Goodale setzte sich auf einen Stuhl am Tisch, aber als Dalgliesh auf einen Sessel vor dem Kamin wies, zierte sie sich nicht. Sie saß unbeweglich auf der Sesselkante, kerzengerade, die überraschend wohlgeformten schönen Beine sittsam nebeneinander. Aber die Hände lagen ganz unverkrampft im Schoß, und Dalgliesh, der gegenübersaß, blickte in ein Paar verwirrend intelligenter Augen. Er sagte: «Sie standen Miss Fallon wahrscheinlich näher als alle anderen im Krankenhaus. Erzählen Sie mir etwas von ihr.»

Sie zeigte kein Erstaunen über die Form seiner ersten Frage, aber sie zögerte ein paar Sekunden mit der Antwort. Vermutlich überlegte sie sich eine sinnvolle Reihenfolge. Schließlich sagte sie: «Ich konnte sie gut leiden. Sie vertrug sich mit mir besser als mit den meisten anderen Schülerinnen, aber ihre Gefühle für mich, glaube ich, gingen nicht darüber hinaus. Sie war schließlich einunddreißig, und wir müssen ihr alle ziemlich unreif vorgekommen sein. Sie hatte eine recht sarkastische Art zu reden, und das machte es nicht einfacher. Ich glaube, einige Mädchen hatten Angst vor ihr.

Sie sprach zwar selten mit mir über ihre Vergangenheit, aber sie erzählte, daß ihre Eltern 1944 bei einem Luftangriff auf London umkamen. Sie wuchs bei einer ältlichen Tante auf und kam dann in eine dieser Schulen, wo man die Kinder schon sehr klein aufnimmt und wo sie bis zum Abschluß bleiben können. Natürlich vorausgesetzt, daß die Gebühren bezahlt werden, aber ich hatte den Eindruck, daß es in dieser Beziehung nie Probleme gab. Sie hatte schon immer Krankenschwester werden wollen, aber dann bekam sie Tuberkulose, als sie die Schule hinter sich hatte, und verbrachte zwei Jahre in einem Sanatorium. Wo, weiß ich nicht. Danach wurde sie aus gesundheitlichen Gründen von zwei Krankenhäusern abgelehnt und nahm deshalb eine Reihe Gelegenheitsjobs an. Kurz nachdem wir hier angefangen hatten, erzählte sie mir, sie sei schon einmal verlobt gewesen, es sei aber schiefgegangen.»

«Fragten Sie nicht, warum?»

«Ich fragte sie nie etwas. Wenn sie gewollt hätte, hätte sie es mir auch so erzählt.»

«Sagte sie Ihnen, daß sie schwanger war?»

«Ja. Sie sagte es mir zwei Tage, bevor sie krank wurde. Sie muß es schon vorher gewußt haben, aber die Bestätigung erhielt sie erst an jenem Morgen. Ich fragte sie, was sie zu tun gedenke, und sie antwortete mir, sie werde das Kind nicht zur Welt bringen.»

«Haben Sie sie darauf hingewiesen, daß ihr Vorhaben vermutlich illegal sei?»

«Nein. Sie kümmerte sich nicht um Gesetze. Ich sagte ihr, es sei nicht richtig.»

«Aber sie blieb dennoch zu einer Abtreibung entschlossen?»

«Ja, sie sagte, sie kenne einen Arzt, der es machen würde, und es sei kein ernsthaftes Risiko dabei. Ich fragte sie, ob sie Geld brauche, und sie sagte, das sei in Ordnung, Geld sei das letzte ihrer Probleme. Sie sprach nie davon, zu wem sie gehen wolle, und ich fragte nicht danach.»

«Aber Sie waren bereit, ihr mit Geld zu helfen, falls sie welches gebraucht hätte, obwohl Sie gegen die Abtreibung waren?»

«Daß ich dagegen war, hatte nichts zu sagen. Wichtig war nur, daß es nicht richtig war. Aber da sie fest entschlossen war, mußte ich mir überlegen, ob ich ihr helfen sollte. Ich hatte Angst, sie könne an einen unqualifizierten Pfuscher geraten und Leben und Gesundheit aufs Spiel setzen. Ich weiß, daß das Gesetz jetzt anders ist, daß es leichter ist, eine ärztliche Befürwortung zu bekommen, aber ich glaube nicht, daß sie das geschafft hätte. Ich mußte eine moralische Entscheidung treffen. Wenn man die Absicht hat, eine Sünde zu begehen, dann begeht man sie am besten mit Klugheit. Andernfalls beleidigt man Gott nicht nur, sondern man verachtet ihn auch, meinen Sie nicht?»

Dalgliesh sagte ernst: «Das ist ein interessantes theologisches Problem, aber ich bin leider nicht kompetent, darüber zu diskutieren. Erzählte sie Ihnen, wer der Vater des Kindes war?»

«Nicht direkt. Es könnte ein junger Schriftsteller gewesen sein, mit dem sie befreundet war. Ich weiß weder, wie er heißt, noch wo Sie ihn finden können, aber ich weiß sicher, daß Jo letzten Oktober eine Woche mit ihm auf der Isle of Wight verbrachte. Sie hatte noch acht Tage Urlaub und sagte mir, sie wolle mit einem Freund auf der Insel wandern. Ich nehme an, er war dieser Freund. Von hier war es bestimmt niemand. Sie fuhren in der ersten Oktoberwoche, und sie erzählte mir, sie hätten in einem kleinen Gasthaus ungefähr fünf Meilen südlich von Ventnor gewohnt. Das war alles, was sie mir sagte. Könnte sie wohl in dieser Woche schwanger geworden sein?»

Dalgliesh sagte: «Das Datum könnte hinkommen. Und sie vertraute Ihnen nie etwas über den Vater an?»

«Nein. Ich fragte sie, warum sie den Vater nicht heiraten wolle, und sie antwortete, das sei unfair gegenüber dem Kind, es mit so verantwortungslosen Eltern zu belasten. Ich erinnere mich, daß sie sagte: ‹Er wär jedenfalls über diesen Gedanken entsetzt, es sei denn, er verspürte plötzlich Lust zum Vatersein, nur um einmal auszuprobieren, was für ein Gefühl das ist. Und er möchte vielleicht bei der Geburt des Babys zusehen, um eines Tages einen schaurigen Bericht darüber schreiben zu können. Aber in Wirklichkeit ist er sich selbst völlig genug.›»

«Und sie? Hat sie sich viel aus ihm gemacht?»

Das Mädchen ließ sich mit der Antwort Zeit. Schließlich sagte sie: «Ich glaube, ja. Ich meine, das könnte der Grund sein, weshalb sie sich umgebracht hat.»

«Wieso meinen Sie, sie habe sich umgebracht?»

«Vielleicht, weil die andere Möglichkeit noch viel unwahrscheinlicher ist. Ich hatte Jo nie für den Typ gehalten, sich das Leben zu nehmen – falls es diesen Typ gibt. Aber wirklich gekannt habe ich sie nicht. Man kennt einen anderen Menschen niemals richtig. Es ist alles bei jedem möglich. Das habe ich schon immer geglaubt. Und es ist gewiß wahrscheinlicher, daß sie sich umgebracht hat, als daß jemand sie ermordet hätte. Das scheint mir ganz und gar unglaubhaft. Warum hätte das jemand tun sollen?»

«Ich hatte gehofft, Sie könnten mir das sagen.»

«Ich kann es aber nicht. Sie hatte, soviel ich weiß, keine Feinde am

John Carpendar. Sie war nicht beliebt. Sie war zu zurückhaltend, zu einzelgängerisch. Aber niemand hatte etwas gegen sie. Und wenn schon, zu einem Mord gehört mehr als gewöhnliche Abneigung. Es ist doch viel wahrscheinlicher, daß sie zu früh nach ihrer Grippe wieder zu arbeiten anfing und in eine depressive Stimmung geriet. Sie fühlte, sie könne mit der Abtreibung nicht fertig werden, konnte sich aber auch nicht damit abfinden, ein uneheliches Kind zur Welt zu bringen, und handelte schließlich im Affekt.»

«Sie sagten, als ich Sie alle vorhin im Übungsraum befragte, Sie seien vermutlich die letzte gewesen, die sie lebend gesehen hat. Was genau ist passiert, als Sie letzte Nacht mit ihr zusammen waren? Deutete irgend etwas an ihr auf die Möglichkeit eines Selbstmordes hin?»

«Nein. Sonst hätte ich sie wohl kaum allein auf ihr Zimmer gehen lassen. Sie sagte gar nichts. Ich glaube, wir haben nicht mehr als ein halbes Dutzend Worte gewechselt. Ich fragte sie, wie es ihr gehe, und sie sagte, sie fühle sich wohl. Sie hatte offensichtlich keine Lust zu plaudern, und ich drängte mich ihr nicht auf. Ungefähr zwanzig Minuten später ging ich dann schlafen. Ich habe sie nicht mehr gesehen.»

«Und sie sprach auch nicht über ihre Schwangerschaft?»

«Sie sprach über gar nichts. Sie sah müde aus, dachte ich, und ziemlich blaß. Aber andrerseits war Jo immer ziemlich blaß. Der Gedanke ist ziemlich schlimm für mich, daß sie womöglich Hilfe gebraucht hätte und daß ich kein Wort zu ihr sagte, das sie vielleicht gerettet hätte. Aber sie war keine Frau, die zu Vertraulichkeiten einlud. Ich blieb sitzen, als die andern weggingen, weil ich dachte, sie möchte sich vielleicht noch unterhalten. Aber dann war mir klar, daß sie allein sein wollte, und ich ging auch.»

Sie sprach davon, wie schlimm es für sie sei, dachte Dalgliesh, aber man sah es ihr weder an noch klang ihre Stimme danach. Sie machte sich keine Vorwürfe. Warum sollte sie eigentlich auch? Er fragte sich, ob sie besonderen Schmerz fühle. Sie hatte Josephine Fallon nähergestanden als die anderen Schülerinnen. Aber tatsächlich ging es ihr nicht sehr nahe. Gab es jemanden auf der Welt, dem es mehr ausmachte?

«Und der Tod von Schwester Pearce?» fragte er.

«Ich glaube, das war wirklich ein Unfall. Irgend jemand schüttete das Gift in die Milchflasche, aus Spaß oder aus Gehässigkeit, ohne zu bedenken, daß die Folgen tödlich wären.»

«Was bei einer Schwesternschülerin im dritten Jahr merkwürdig wäre. Der Lehrplan sieht sicher die Vermittlung von Grundkenntnissen über ätzende Gifte vor.»

«Ich habe nicht unterstellt, daß es eine Schwester war. Ich weiß nicht, wer es war. Ich glaube auch nicht, daß Sie das jetzt noch herausfinden werden. Aber ich kann mir nicht vorstellen, daß es sich um vorsätzlichen Mord handelte.»

Das war schön und gut, dachte Dalgliesh, aber doch ein wenig unaufrichtig von einem so intelligenten Mädchen wie Schwester Goodale. Es war allerdings die verbreitete Ansicht, fast die offizielle. Sie sprach jeden von dem schlimmsten Verbrechen frei und legte keinem mehr als Gehässigkeit oder Leichtsinn zur Last. Es war eine tröstliche Theorie, und wenn er kein Glück hätte, würde sie nie umgestoßen werden. Aber er glaubte nicht daran, und er ließ sich auch nicht einreden, daß Schwester Goodale daran glaubte. Und noch weniger wollte er gelten lassen, daß er hier ein Mädchen vor sich hatte, das sich mit falschen Theorien tröstete oder vor unschönen Tatsachen die Augen schloß.

Dalgliesh fragte sie dann, was sie am Morgen von Schwester Pearces Tod getan hatte. Er wußte es bereits von Inspektor Baileys Notizen und ihrer früheren Aussage und war nicht überrascht, als Schwester Goodale ohne zu zögern alles bestätigte. Sie war um 6.45 Uhr aufgestanden und hatte mit den anderen in der Teeküche die morgendliche Tasse Tee getrunken. Sie hatte ihnen von Schwester Fallons Grippe erzählt, denn die Fallon war, als sie sich nachts schlecht fühlte, in ihr Zimmer gekommen. Keine der Schülerinnen hatte sich besonders dafür interessiert, aber sie hatten sich gefragt, wie die Übung mit dieser dezimierten Gruppe ablaufen sollte, und hatten, nicht ohne Bosheit, darauf spekuliert, daß Oberschwester Gearing angesichts der Inspektion kneifen würde. Schwester Pearce hatte mit ihnen zusammen Tee getrunken und, wie sich Schwester Goodale zu erinnern glaubte, gesagt: «Wenn die Fallon krank ist, muß ich wohl als Patientin einspringen.» Schwester Goodale konnte sich nicht erinnern, ob jemand eine Bemerkung dazu fallenließ. Es wurde allgemein akzeptiert, daß die nächste Schülerin auf der Liste nachrückte, wenn jemand ausfiel.

Danach hatte Schwester Goodale sich angezogen und war in die Bibliothek gegangen, um zur Vorbereitung auf die erste Stunde noch einmal die Behandlung nach einer Kehlkopfoperation durchzugehen. Es war wichtig, auf alle Fragen sofort eine klare Antwort zu wissen, wenn man gut abschneiden wollte. Sie hatte sich um 7.15 Uhr an die Arbeit gemacht, und Schwester Dakers war bald darauf ebenfalls in der Bibliothek erschienen. Ihr Arbeitseifer, dachte Dalgliesh, war immerhin mit einem Alibi für den größten Teil der Zeit vor dem Frühstück belohnt worden. Sie und Schwester Dakers hatten während der Arbeit nicht weiter miteinander gesprochen, sie hatten gleichzeitig die Bibliothek verlassen und waren gemeinsam zum Frühstück gegangen. Das war etwa zehn Minuten vor acht gewesen. Sie hatte bei der Dakers und den Burts gesessen, war aber vor ihnen vom Tisch aufgestanden, etwa 8.15 Uhr. Sie war noch einmal in ihr Zimmer gegangen, um das Bett zu machen, danach wieder in die Bibliothek und hatte Briefe geschrieben. Anschließend war sie kurz auf der Toilette gewesen und dann in den Übungsraum gegangen. Das war kurz vor 8.45 Uhr. Nur Oberschwester Gearing und die Burts waren schon vor ihr gekommen, aber der Rest der Gruppe hatte sich gleich darauf eingefunden; sie wußte nicht mehr, in welcher Reihenfolge. Sie glaubte, daß die Pearce als letzte erschienen war.

Dalgliesh fragte: «Was für einen Eindruck machte Schwester Pearce?»

«Mir fiel nichts Ungewöhnliches an ihr auf, aber das hätte ich auch nicht anders erwartet. Die Pearce war einfach die Pearce. Sie fiel nicht weiter auf.»

«Sagte sie irgend etwas, bevor die Übung anfing?»

«Ja, das hat sie tatsächlich. Seltsam, daß Sie danach fragen. Ich erwähnte es damals nicht, ich nehme an, weil Inspektor Bailey nicht danach fragte. Aber sie sagte wirklich etwas. Sie sah uns der Reihe nach an – inzwischen waren wir vollzählig versammelt – und fragte, ob jemand etwas aus ihrem Zimmer an sich genommen habe.»

«Hat sie gesagt, was?»

«Nein. Sie stand einfach da, mit diesem anklagenden, ziemlich streitsüchtigen Blick, den sie manchmal an sich hatte, und sagte: ‹Ist heute morgen jemand in meinem Zimmer gewesen und hat etwas weggenommen?› Niemand gab Antwort. Ich glaube, wir schüttelten alle den Kopf. Wir nahmen die Frage nicht besonders ernst. Die Pearce machte oft viel Aufhebens um Kleinigkeiten. Die Zwillinge waren sowieso mit ihren Vorbereitungen beschäftigt, und wir anderen unterhielten uns. Ihre Frage wurde nicht weiter beachtet. Ich weiß nicht einmal, ob alle hingehört hatten.»

«Merkten Sie, wie sie reagierte? War sie beunruhigt oder ärgerlich oder ängstlich?»

«Weder noch. Es war eigentlich merkwürdig. Jetzt fällt es mir wieder ein. Sie sah befriedigt, fast triumphierend aus, als hätte sich etwas, das sie geahnt hatte, bestätigt. Ich weiß nicht, wieso ich das bemerkte, es fiel mir jedenfalls auf. Dann bat Oberschwester Gearing um Ruhe, und die Übung fing an.»

Als sie mit ihrem Bericht fertig war und Dalgliesh nicht gleich etwas darauf sagte, nahm sie an, sie sei entlassen und stand auf. Sie erhob sich von ihrem Sessel mit der gleichen beherrschten Grazie, mit der sie sich gesetzt hatte, strich ihre Schürze mit einer kaum wahrnehmbaren Geste glatt, warf einen letzten fragenden Blick auf Dalgliesh und ging zur Tür. Dort drehte sie sich um, als gebe sie einem plötzlichen Impuls nach.

«Sie fragten mich, ob jemand einen Grund hatte, Jo umzubringen. Ich sagte, ich könnte mir keinen denken. Das ist auch wahr. Aber ich nehme an, ein Motiv vor dem Gesetz ist etwas anderes. Ich sollte Ihnen wohl sagen, daß manche vielleicht meinen, ich hätte ein Motiv.»

Dalgliesh sagte: «Hatten Sie eines?»

«Ich denke, Sie werden es dafür halten. Ich bin Jos Erbin, ich glaube es wenigstens. Sie teilte mir vor etwa drei Monaten mit, sie habe ein Testament aufgesetzt und mir alles, was sie besaß, vermacht. Sie nannte mir Namen und Anschrift ihres Anwalts. Ich kann sie Ihnen geben. Ich habe noch nichts von ihm gehört, aber ich denke, er wird mir demnächst schreiben, das heißt, falls Jo tatsächlich ein Testament hinterlassen hat. Aber sie hat es sicher gemacht. Es war nicht ihre Art, etwas zu versprechen und hinterher nicht zu halten. Möchten Sie jetzt vielleicht gern mit dem Anwalt Verbindung aufnehmen? Diese Dinge kosten viel Zeit, nicht wahr?»

«Sagte sie auch, warum sie Sie als Erbin einsetzte?»

«Sie sagte, irgendeinem müsse sie das Geld ja hinterlassen, und ich würde sicher das Beste daraus machen. Ich nahm die ganze Sache nicht besonders ernst, und ich glaube, sie auch nicht. Schließlich war sie erst einunddreißig. Sie dachte nicht an den Tod. Und sie wies mich darauf hin, sie würde es sich höchstwahrscheinlich wieder anders überlegen, lange bevor sie in einem Alter wäre, daß ich mir ernsthafte Aussichten auf die Erbschaft machen könne. Wahrscheinlich würde sie irgendwann heiraten. Aber sie meinte, sie sollte ein Testament machen, und ich war damals der einzige Mensch, dem sie etwas hätte vermachen wollen. Ich dachte, es sei nicht mehr als eine Formalität. Es wäre mir nie in den Sinn gekommen, sie könne viel hinterlassen. Erst als wir über die Kosten einer Abtreibung sprachen, sagte sie mir, was sie besaß.»

«Und war es – ist es – viel?»

Das Mädchen antwortete gelassen: «Ungefähr sechzehntausend

Ein Testament …

. . . ist eine gefährliche Sache, für den Erblasser, wenn er ungeduldige Erben hat, für den Erben, wenn die Polizei sich für den Erblaßten interessiert.

Geld ist ein handfestes Motiv, wofür auch immer. Treibt es Millionen täglich ins Büro, kann es ein paar auch zu Schlimmerem treiben.

Pfund, glaube ich. Es stammt aus den Versicherungen ihrer Eltern.»

Sie lächelte ein bißchen schief.

«Sie sehen, Herr Kriminalrat, es hätte sich gelohnt. Ich könnte mir denken, daß das ein handfestes Motiv abgibt, nicht wahr? Wir können jetzt im Pfarrhaus Zentralheizung einbauen lassen. Und wenn Sie das Haus meines Verlobten sehen würden – zwölf Zimmer, die fast alle nach Norden und Osten gehen –, würden Sie das sicher für ein gutes Motiv halten.»

3

Oberschwester Rolfe und Oberschwester Gearing warteten mit den Schülerinnen in der Bibliothek. Sie waren aus dem Aufenthaltsraum umgezogen, um die Wartezeit mit Lesen und Wiederholen zu überbrücken. Wieviel die Mädchen wirklich davon hatten, war die Frage, aber es sah wenigstens von außen nach Arbeit und Fleiß aus. Die Schülerinnen hatten sich an die Tische vor dem Fenster gesetzt und beugten, anscheinend in ihre Arbeit vertieft, ihre Köpfe über aufgeschlagene Bücher. Die Oberschwestern hatten sich auf das Sofa vor dem Kamin zurückgezogen und saßen nebeneinander, als wollten sie ihre höhere Stellung und ihre Einmütigkeit hervorheben. Oberschwester Rolfe korrigierte mit grünem Kugelschreiber eine Übungsarbeit des ersten Jahrgangs. Sie nahm die Hefte von einem Stoß auf dem Boden und legte sie, wenn sie damit durch war, auf den wachsenden Stapel auf dem Sofa. Oberschwester Gearing machte sich angeblich Notizen für ihre nächste Stunde, konnte aber anscheinend die Augen nicht von den entschlossenen Hieroglyphen der Kollegin abwenden.

Die Tür ging auf, und Madeleine Goodale kam zurück. Ohne ein Wort ging sie an ihren Tisch, griff zum Füller und fuhr in ihrer begonnenen Arbeit fort.

Oberschwester Gearing flüsterte: «Die Goodale macht einen ganz ruhigen Eindruck. Merkwürdig, wenn man sich vorstellt, daß sie die beste Freundin der Fallon war.»

Oberschwester Rolfe blickte nicht auf. Sie sagte trocken: «Sie hat sich in Wirklichkeit nicht viel aus der Fallon gemacht. Die Goodale verfügt nur über begrenzt emotionale Möglichkeiten, und ich stelle mir vor, daß sie die völlig für diesen unendlich langweiligen Pfarrer verbraucht, den sie heiraten will.»

«Er sieht jedenfalls gut aus. Die Goodale kann froh sein, daß sie den bekommt, wenn Sie mich fragen.»

Aber das Thema war von zweitrangigem Interesse für Oberschwester Gearing, und sie verfolgte es nicht weiter. Nach einer Weile sagte sie schlechtgelaunt: «Warum läßt die Polizei keine mehr holen?»

«Das kommt schon noch.» Oberschwester Rolfe legte ein weiteres, reichlich mit grüner Farbe verziertes Heft auf den Stapel neben sich. «Sie diskutieren wahrscheinlich noch, was die Goodale beizutragen hatte.»

«Sie hätten zuerst uns hören sollen. Schließlich sind wir Oberschwestern. Die Oberin hätte es ihnen klarmachen sollen. Und warum ist die Brumfett nicht hier? Ich sehe nicht ein, warum sie anders behandelt werden sollte als wir.»

«Zuviel zu tun. Anscheinend haben ein paar Schülerinnen im Stationsdienst jetzt die Grippe bekommen. Sie hat über den Pförtner eine Art Bericht an Mr. Dalgliesh geschickt, der vermutlich alle ihre Schritte in der letzten Nacht wiedergibt. Ich traf ihn, als er mit dem Brief unterwegs war. Er fragte mich, wo er den Herrn von Scotland Yard finden könne.»

Oberschwester Gearings Ton wurde noch mißgelaunter. «Das ist alles schön und gut, aber sie sollte trotzdem hiersein. Wir sind ja, weiß Gott, auch beschäftigt! Die Brumfett wohnt im Nightingale-Haus; sie hatte genauso gute Möglichkeiten, die Fallon zu ermorden, wie die anderen.»

Oberschwester Rolfe sagte ruhig: «Sie hatte eine bessere Gelegenheit.»

«Was wollen Sie damit sagen?» Schwester Gearings Stimme zerschnitt die Stille, und einer der Zwillinge sah auf.

«Sie hatte die Fallon zehn Tage lang in der Hand, als sie krank war.»

«Aber Sie wollen doch gewiß nicht sagen ...? Die Brumfett? Niemals!»

«Eben», sagte die Oberschwester kalt. «Warum also die dummen, unverantwortlichen Bemerkungen!»

Darauf war es still. Man hörte nur noch Papiergeraschel und das Zischen des Gasfeuers. Oberschwester Gearing wurde nervös.

«Ich nehme an, die Brumfett wird die Oberin drängen, aus dieser Gruppe ein paar auf die Station zu schicken, wenn schon zwei Schwestern wegen Grippe ausgefallen sind. Sie hat, wie ich weiß, die Burts ins Auge gefaßt.»

«Da wird sie Pech haben. Diese Gruppe hat bereits genug Stunden verloren. Es ist schließlich ihr letzter Blockunterricht vor den Prüfungen. Die Oberin wird da keine Abstriche machen.»

«Ich bin mir da nicht so sicher. Sie müssen daran denken, daß es um die Brumfett geht. Die Oberin schlägt ihr normalerweise keinen Wunsch ab. Allerdings habe ich ein Gerücht gehört, daß sie dieses Jahr nicht zusammen auf Urlaub gehen. Eine der Apothekenhelferinnen hat es von der Sekretärin der Oberin: Dieses Jahr will die Oberin allein mit dem Auto durch Irland fahren.»

Mein Gott, dachte Oberschwester Rolfe. Gibt es denn überhaupt kein Privatleben in diesem Haus? Aber sie sagte nichts, sondern rückte nur ein paar Zentimeter von der nervösen Person neben sich ab. In diesem Augenblick klingelte das Telefon. Oberschwester Gearing sprang auf, um das Gespräch anzunehmen. Dann wandte sie sich den anderen zu und verzog enttäuscht das Gesicht.

«Sergeant Masterson war dran. Kriminalrat Dalgliesh möchte bitte als nächste die Burts sehen. Er ist inzwischen in das Gästezimmer auf diesem Stock umgezogen.»

Wortlos und ohne Anzeichen von Nervosität klappten die Zwillinge ihre Bücher zu und gingen zur Tür.

4

Eine halbe Stunde später war Sergeant Masterson dabei, Kaffee zu kochen. Das Gästezimmer hatte eine Miniküche bekommen. Man hatte einen Spültisch und einen Schrank mit Kunststoffplatte, auf der ein zweiflammiger Gaskocher stand, in die große Nische gestellt. Der Schrank war leer bis auf vier große Becher, eine Blechbüchse mit Zucker und eine mit Tee, eine Dose Kekse, eine große Keramikkanne, ein Sieb und drei durchsichtige, luftdicht verschlossene Päckchen mit frisch gemahlenem Kaffee. Auf dem Spültisch standen zwei Flaschen Milch. Der Sahnerand war deutlich zu sehen, aber Sergeant Masterson machte die Flasche trotzdem vorsichtig auf und schnüffelte mißtrauisch an der Milch, bevor er einen Teil davon im Kochtopf heiß machte. Er wärmte die Kanne mit heißem Wasser aus der Leitung vor, trocknete sie sorgfältig mit dem Geschirrtuch ab, das am Spültisch hing, löffelte großzügig Kaffee hinein und wartete, daß der erste Dampf aus dem Kessel stieg. Er war mit der Einrichtung zufrieden.

Die Polizei hatte nun einmal im Nightingale-Haus zu arbeiten, und da war dieses Zimmer eigentlich ganz angenehm und gemütlich. Der Kaffee war ein unerwarteter zusätzlicher Pluspunkt, den er im Geiste Paul Hudson gutschrieb. Der Hausverwalter schien ein tüchtiger und einfallsreicher Mann zu sein. Seine Arbeit war bestimmt nicht einfach. Der arme Teufel hatte einen schweren Stand. Er wurde zwischen diesen alten Trotteln Kealey und Grout und diesem anmaßenden Weibsstück von Oberin aufgerieben.

Er goß den Kaffee mit besonderer Sorgfalt durch das Sieb und stellte einen Becher vor seinen Chef. Sie saßen einträchtig zusammen, tranken Kaffee und sahen in den sturmzerzausten Garten hinaus. Beide hatten eine ausgeprägte Abneigung gegen mieses Essen und Pulverkaffee, und Masterson war der Ansicht, sie seien einander nie näher, nie sympathischer, als wenn sie zusammen aßen und tranken, sich über das unzulängliche Gasthausessen beklagten oder, wie jetzt, über den guten Kaffee freuten. Dalgliesh legte zufrieden seine Hände um den Becher und dachte, es sei typisch für Mary Taylors Tüchtigkeit und Einfallsreichtum, für richtigen Kaffee zu sorgen. Ihre Arbeit war bestimmt nicht leicht. Dieses unfähige Gespann, Kealey und Grout, war wohl in keiner Hinsicht eine Hilfe, und Paul Hudson war zu jung, um sie richtig zu unterstützen.

Nach ein paar genießerischen Schlucken sagte Masterson: «Das war ein enttäuschendes Gespräch, Sir.»

«Die Zwillinge? Ja, ich muß sagen, ich hatte mir etwas mehr erhofft. Sie standen doch im Mittelpunkt des geheimnisvollen Geschehens; sie verabreichten die tödliche Flüssigkeit; sie erspähten die rätselhafte Schwester Fallon, als sie sich aus dem Nightingale-Haus schlich; sie begegneten auf ihren nächtlichen Wanderungen Oberschwester Brumfett. Aber das wußten wir ja alles schon. Und jetzt wissen wir kein bißchen mehr.»

Dalgliesh dachte über die beiden Mädchen nach. Masterson hatte noch einen Stuhl hereingeholt, als sie kamen, und da hatten sie gesessen, mit den sommersprossigen gefalteten Händen im Schoß, sittsam übereinandergeschlagenen Beinen, jede ein Spiegelbild der Zwillingsschwester. Ihre höflichen, abwechselnd gegebenen Antworten auf seine Fragen waren in der gutturalen Aussprache ihres Dialekts genauso angenehm für das Ohr wie ihre strahlende Gesundheit für das Auge. Er hatte die Zwillinge sehr nett und sympathisch gefunden. Er hätte natürlich auch zwei ausgekochte, gefährliche Komplizen vor sich haben können. Mit Sicherheit hatten sie die beste Gelegenheit gehabt, die Flüssigkeit zu vergiften, und sie hätten sich ebensogut wie jede im Nightingale-Haus um Schwester Fallons

Schlaftrunk kümmern können. Doch sie waren in seiner Gegenwart so gänzlich unbefangen gewesen, vielleicht ein wenig gelangweilt, weil sie den größten Teil ihrer Geschichte zum zweitenmal erzählen mußten, aber weder eingeschüchtert noch besonders nervös. Ab und zu hatten sie einen forschenden, beunruhigten Blick auf ihn geworfen, als sei er ein Patient, dessen Befinden allmählich Anlaß zur Besorgnis gab. Er hatte diesen angespannten und mitleidsvollen Ausdruck auch auf den Gesichtern anderer Schwestern bei der ersten Begegnung im Übungsraum bemerkt und ihn verwirrend gefunden.

«Und Ihnen ist nichts Merkwürdiges an der Milch aufgefallen?»

Sie hatten beinahe gleichzeitig geantwortet. Aus ihrem Tonfall sprach der gesunde Menschenverstand.

«Aber nein! Wir hätten doch wohl bestimmt nicht weitergemacht, wenn uns etwas aufgefallen wäre!»

«Erinnern Sie sich daran, wie Sie den Deckel von der Flasche genommen haben? War er lose?»

Zwei blaue Augenpaare sahen einander an, fast als gäben sie sich ein Zeichen. Dann antwortete Maureen: «Wir können uns nicht erinnern, ob er locker war. Aber selbst wenn es so gewesen wäre, hätten wir sicher nicht den Verdacht geschöpft, es habe sich jemand an der Milch zu schaffen gemacht. Wir hätten uns wahrscheinlich gesagt, daß die Molkerei die Milch bereits so geliefert hätte.»

Dann fuhr Shirley von sich aus fort: «Ich glaube nicht, daß wir überhaupt etwas Ungewöhnliches an der Milch bemerkt hätten. Wissen Sie, wir konzentrierten uns auf die ganze Prozedur und überlegten, ob wir alle Instrumente und das ganze Drum und Dran, das wir brauchten, zur Hand hatten. Miss Beale und die Oberin konnten ja jeden Augenblick erscheinen.»

Das war natürlich eine Erklärung. Man hatte diesen Mädchen beigebracht zu beobachten, aber ihre Beobachtungsgabe war spezifisch und begrenzt. Wenn sie einen Patienten betreuten, würde ihnen kein Anzeichen, kein Symptom entgehen, kein Zucken der Augenlider, keine Schwankung des Pulsschlags; alles, was sonst im Zimmer passierte, mochte es noch so aufregend sein, bliebe wahrscheinlich unbemerkt. Ihre Aufmerksamkeit hatte sich auf die Übung, die Geräte, die Hilfsmittel und die Patienten gerichtet. Die Milchflasche war kein Problem. Das hatten sie vorausgesetzt. Und doch – sie waren Bauerntöchter. Eine von ihnen – Maureen war es gewesen – hatte das Zeug aus der Flasche gegossen. Hatten sie sich wirklich in der Farbe, der Beschaffenheit und dem Geruch von Milch täuschen können?

Als hätte sie seine Gedanken gelesen, sagte Maureen: «Natürlich haben wir das Karbol gerochen. Der ganze Übungsraum stinkt ja nach Desinfektionsmitteln. Miss Collins wirft mit dem Zeug um sich, als wären wir alle Aussätzige.»

Shirley lachte: «Karbol schützt nicht vor Lepra!»

Sie sahen einander an und lachten wie fröhliche Verschwörer.

Und so war das Verhör weitergegangen. Sie konnten keine Theorien vorschlagen und hatten keine Vermutungen. Sie kannten niemanden, der Schwester Pearce oder Schwester Fallon den Tod gewünscht hätte, und doch schienen die beiden Todesfälle, nachdem sie nun geschehen waren, sie nicht sehr zu überraschen. Sie konnten sich an jedes Wort erinnern, das sie in den frühen Morgenstunden mit Oberschwester Brumfett gewechselt hatten, aber die Begegnung hatte anscheinend keinen großen Eindruck auf sie gemacht. Als Dalgliesh sie fragte, ob die Oberschwester ihnen außergewöhnlich ängstlich oder nervös vorgekommen sei, starrten sie ihn beide mit vor Verblüffung gerunzelter Stirn an, bevor sie antworteten, sie sei ganz wie immer gewesen.

Als hätte er den Gedankengängen seines Chefs folgen können, sagte Masterson: «Sie hätten sich nicht viel deutlicher ausdrücken können, wenn Sie sie geradeheraus gefragt hätten, ob Oberschwester Brumfett aussah, als hätte sie gerade die Fallon ermordet. Das Pärchen ist nicht gerade mitteilsam.»

«Wenigstens erinnern sie sich genau an die Zeit. Sie holten die Milch kurz nach sieben Uhr und gingen damit sofort in den Übungsraum. Sie stellten die Flasche ungeöffnet auf den Instrumentenwagen, während sie ihre Vorbereitungen für die Übung trafen. Sie verließen den Übungsraum 7.25 Uhr, um zu frühstücken, und die Flasche stand noch auf dem gleichen Platz, als sie ungefähr zwanzig vor neun zurückkamen und ihre Vorbereitungen beendeten. Dann stellten sie sie, immer noch ungeöffnet, in einen Topf mit heißem Wasser, um sie auf Körpertemperatur zu bringen, und darin blieb sie stehen, bis sie die Milch aus der Flasche in einen Meßbecher umfüllten. Das war etwa zwei Minuten, bevor Miss Beale und die Oberin mit ihrer Begleitung erschienen. Fast alle Verdächtigen waren von acht bis 8.25 Uhr zusammen im Frühstücksraum, so daß das Unheil entweder zwischen 7.25 und acht Uhr oder in der kurzen Zeit zwischen dem Ende des Frühstücks und der Rückkehr der Zwillinge in den Übungsraum angerichtet wurde.»

Masterson sagte: «Mir kommt es immer noch merkwürdig vor, daß ihnen nichts an der Milch auffiel.»

«Sie haben vielleicht mehr bemerkt, als ihnen jetzt bewußt ist. Schließlich haben sie heute zum zigstenmal ihre Geschichte erzählt. In den Wochen seit dem Tod von Schwester Pearce haben sich ihre ersten Aussagen als unumstößliche Wahrheit in ihren Köpfen festgesetzt. Deshalb stellte ich ihnen nicht die entscheidende Frage nach der Milchflasche. Hätten sie mir jetzt die falsche Antwort gegeben, wären sie für immer dabei geblieben. Man muß sie durch einen Schock dazu bringen, sich an absolut alles zu erinnern. Sie sehen nichts, was passiert ist, mit neuen Augen. Mir liegt die Rekonstruktion eines Verbrechens nicht; ich fühle mich dabei immer wie ein Romandetektiv. Aber ich meine, in diesem Fall wäre sie angebracht. Ich muß morgen zeitig in London sein, aber Sie und Greeson können sich darum kümmern. Greeson wird vermutlich seinen Spaß daran haben.»

Er teilte Masterson in wenigen Worten mit, was er sich vorstellte, und schloß: «Die Oberschwestern können Sie auslassen. Die nötige Menge Desinfektionsmittel können Sie sicher von Miss Collins bekommen. Aber geben Sie um Gottes willen auf das Zeug acht und schmeißen Sie es hinterher weg. Wir wollen kein weiteres Unglück.»

Sergeant Masterson trug die zwei Kaffeebecher zur Spüle. Er sagte: «Das Nightingale-Haus scheint vom Pech verfolgt zu sein, aber ich kann mir nicht vorstellen, daß der Mörder es noch einmal probieren wird, solange wir hier sind.»

Das sollte sich als eine höchst unprophetische Bemerkung erweisen.

5

Seit ihrem ersten Zusammentreffen mit Dalgliesh in der Teeküche am Vormittag hatte Oberschwester Rolfe Zeit gehabt, über den Schock hinwegzukommen und ihre Lage zu überdenken. Wie Dalgliesh erwartet hatte, war sie jetzt viel weniger entgegenkommend. Sie hatte bereits gegenüber Inspektor Bailey eine klare und eindeutige Aussage über die Vorbereitungen und die Durchführung der Übung sowie ihre eigenen Schritte an jenem Morgen, an dem Schwester Pearce starb, gemacht. Sie bestätigte die Aussage exakt und ohne Unsicherheit. Sie gab zu, daß sie gewußt hatte, wer die

Rolle der Patientin spielen würde, und wies sarkastisch darauf hin, daß es wenig Sinn habe, ihre Kenntnis zu leugnen, da ja gerade sie von Madeleine Goodale gerufen worden war, als Schwester Fallon damals erkrankte.

Dalgliesh fragte: «Hatten Sie Zweifel an der Echtheit ihrer Krankheit?»

«Damals?»

«Damals oder heute.»

«Ich vermute, Sie unterstellen, Schwester Fallon könnte die Grippe gespielt haben, um sicherzustellen, daß die Pearce für sie einsprang, und habe sich dann vorm Frühstück ins Nightingale-Haus geschlichen, um die Flüssigkeit zu vertauschen? Ich weiß nicht, warum sie zurückkam, aber den Gedanken, sie habe ihre Krankheit vorgetäuscht, können Sie sich aus dem Kopf schlagen. Nicht einmal Schwester Fallon konnte eine Temperatur von 39,9, Schüttelfrost und einen jagenden Puls simulieren. Ihr ging es in jener Nacht tatsächlich sehr schlecht, und sie war zehn Tage lang krank.»

Dalgliesh erklärte, dann sei es aber um so merkwürdiger, daß sie sich kräftig genug gefühlt hatte, am nächsten Morgen den ganzen Weg zum Nightingale-Haus zu schaffen. Oberschwester Rolfe antwortete, das sei sogar so merkwürdig, daß sie sich nur denken könne, Schwester Fallon habe einen zwingenden Grund dafür gehabt. Als er sie nach einem denkbaren Grund fragte, antwortete sie, es sei nicht ihre Aufgabe, Theorien aufzustellen. Dann fügte sie, wie unter Zwang, hinzu: «Aber bestimmt nicht, um die Pearce zu ermorden. Schwester Fallon war sehr intelligent, mit Abstand die intelligenteste ihres Jahrgangs. Falls die Fallon hierhergekommen wäre, um das Ätzmittel in die Flasche zu schütten, hätte sie gewußt, wie leicht sie im Nightingale-Haus gesehen werden könnte, selbst wenn man sie auf der Station nicht vermißt hätte. Sie hätte also bestimmt dafür gesorgt, eine passende Geschichte parat zu haben. Es wäre nicht schwer gewesen, sich etwas einfallen zu lassen. Ich schließe daraus, daß sie es einfach ablehnte, vor Inspektor Bailey eine Erklärung abzugeben.»

«Vielleicht war sie klug genug einzusehen, daß diese ungewöhnliche Verschwiegenheit von einer anderen intelligenten Frau haargenauso ausgelegt würde.»

«Etwa ein doppelter Bluff? Das glaube ich nicht. Das hieße, sich zu sehr auf die Intelligenz der Polizei zu verlassen!»

Sie gab gelassen zu, daß sie für die Zeit von sieben Uhr an, als die Zwillinge die Milchflasche aus der Küche geholt hatten, bis zehn vor neun, als sie sich zur Oberin und Mr. Courtney-Briggs in Miss Taylors Wohnzimmer begeben hatte, um auf Miss Beale zu warten, kein Alibi vorweisen konnte, ausgenommen die kurze Zeit von acht bis 8.25 Uhr: da hatte sie mit Miss Brumfett und Miss Gearing am selben Tisch gefrühstückt. Miss Brumfett war als erste aufgestanden, sie war ihr etwa um 8.25 gefolgt. Sie hatte sich zunächst in ihr Büro neben dem Übungsraum begeben, dort aber Mr. Courtney-Briggs vorgefunden und war sofort auf ihr Zimmer im dritten Stock gegangen.

Auf Dalglieshs Frage, ob Oberschwester Gearing und Oberschwester Brumfett ihr beim Frühstück wie immer vorgekommen seien, antwortete sie trocken, die beiden hätten keine Anzeichen von Mordlust erkennen lassen, falls er das hören wolle. Die Gearing habe den *Daily Mirror* und die Brumfett die *Nursing Times* gelesen, falls das von Bedeutung sei, geredet hätten sie so gut wie nichts miteinander. Sie bedauerte, keine Zeugen für ihre Schritte vor und nach dem Frühstück anführen zu können, aber das sei sicher begreiflich; in den letzten Jahren habe sie es vorgezogen, ins Bad zu gehen, wenn sonst niemand da war. Davon abgesehen, schätze sie die freie Zeit vor der Tagesarbeit und verbringe sie lieber allein.

Dalgliesh fragte: «Waren Sie überrascht, Mr. Courtney-Briggs in Ihrem Büro anzutreffen, als Sie nach dem Frühstück hingingen?»

«Eigentlich nicht. Ich nahm an, daß er die Nacht im Krankenhaus verbracht hatte und heute früh rüber ins Nightingale-Haus gekommen war, um die Frau von der Schwesternaufsicht zu treffen. Vermutlich wollte er irgendwo einen Brief schreiben. Mr. Courtney-Briggs nimmt sich das Recht heraus, jedes Zimmer im John Carpendar als sein Privatbüro zu benutzen, wenn es ihm einfällt.»

Dalgliesh fragte sie, was sie in der vergangenen Nacht getan habe. Sie wiederholte, sie sei allein im Kino gewesen, fügte aber diesmal hinzu, sie habe Julia Pardoe beim Hinausgehen getroffen und sei mit ihr zusammen zurückgekommen. Sie hatten den Eingang an der Winchester Road benutzt, für den sie einen Schlüssel besaß, und waren kurz nach elf Uhr im Nightingale-Haus. Sie war sofort nach oben in ihr Zimmer gegangen und hatte niemand im Treppenhaus getroffen. Schwester Pardoe, nahm sie an, hatte sich entweder ebenfalls sofort schlafen gelegt oder noch kurz zu den anderen Schülerinnen in den Aufenthaltsraum gesetzt.

«Sie haben mir also nichts mitzuteilen, Oberschwester? Nichts, was uns weiterhelfen könnte?»

«Nein.»

«Auch nicht, warum Sie sicher grundlos, gelogen haben, als Sie sagten, Sie seien allein ins Kino gegangen?»

«Nein. Und ich hätte nicht gedacht, daß meine privaten Angelegenheiten Sie etwas angehen.»

Dalgliesh sagte ruhig: «Miss Rolfe, zwei Ihrer Schülerinnen sind tot. Ich bin hier, um herauszubekommen, wie und warum sie starben. Wenn Sie nicht mitarbeiten wollen, brauchen Sie es nur zu sagen. Sie müssen meine Fragen nicht beantworten. Aber versuchen Sie nicht, mir vorzuschreiben, welche Fragen ich Ihnen stelle. Ich habe diese Untersuchung durchzuführen. Ich tue es auf meine Art.»

«So ist das also. Sie stellen die Regeln auf, wie es Ihnen paßt. Wir können nur noch sagen, wann wir nicht mehr mitspielen wollen. Sie spielen ein gefährliches Spiel, Mr. Dalgliesh.»

«Erzählen Sie mir ein wenig von diesen Schülerinnen. Sie sind die Erste Tutorin. Durch Ihre Hände gehen ziemlich viele Mädchen. Ich glaube, Sie können eine Persönlichkeit gut beurteilen. Fangen wir bei Schwester Goodale an.»

Falls sie bei diesem Namen Überraschung oder Erleichterung verspürte, verbarg sie es.

«Madeleine Goodale wird mit Sicherheit die Goldmedaille als beste Schülerin ihres Jahrgangs gewinnen. Sie ist weniger intelligent als Schwester Fallon – als die Fallon war –, aber sie arbeitet sehr fleißig und ganz besonders gewissenhaft. Sie kommt von hier. Ihr Vater ist in der Stadt ein bekannter Mann, ein sehr erfolgreicher Immobilienmakler, der ein alteingesessenes Familienunternehmen geerbt hat. Er ist Mitglied des Stadtrats und war ein paar Jahre im Verwaltungskomitee des Krankenhauses. Madeleine Goodale besuchte die hiesige höhere Schule und kam danach zu uns. Ich glaube, für sie kam nie eine andere Schwesternschule in Frage. Die ganze Familie zeigt eine ausgeprägte Treue zu dieser Stadt. Sie ist mit dem jungen Pfarrer der Dreieinigkeitsgemeinde verlobt, und ich denke, sie werden heiraten, sobald sie ihre Ausbildung hinter sich hat. Wieder eine gute Kraft, die dem Beruf verlorengeht, aber sie wird wissen, was für sie wichtiger ist.»

«Die beiden Burts?»

«Nette, vernünftige, liebenswürdige Mädchen mit mehr Einfühlungsvermögen und Feingefühl, als man ihnen im allgemeinen zutraut. Sie kommen von einem Bauernhof bei Cloucester. Ich weiß nicht genau, warum sie sich gerade dieses Krankenhaus ausgesucht haben. Ich habe so etwas gehört, daß eine Kusine hier war und sich ziemlich wohl gefühlt hat. Sie gehören zu den Menschen, die sich eine Schwesternschule auf Grund solcher familiären Bindungen aussuchen. Sie sind nicht besonders intelligent, aber ganz bestimmt nicht dumm. Wir sind, Gott sei Dank, nicht darauf angewiesen, auch dumme Mädchen aufnehmen zu müssen. Beide haben einen festen Freund, Maureen ist verlobt. Ich glaube, keine von beiden sieht in der Krankenpflege einen Lebensberuf.»

Dalgliesh sagte: «Sie werden in Schwierigkeiten kommen, leitende Kräfte für Ihren Beruf zu finden, wenn dieser automatische Rückzug in die Ehe zur Regel wird.»

Sie sagte trocken: «Wir haben bereits Schwierigkeiten. Für wen interessieren Sie sich noch?»

«Schwester Dakers.»

«Das arme Ding! Sie stammt auch von hier, aber aus einem ganz anderen Milieu als Schwester Goodale. Ihr Vater war ein kleiner Beamter bei der Stadtverwaltung. Er starb an Krebs, als sie zwölf war. Die Mutter hat sich seitdem mit einer kümmerlichen Pension durchgeschlagen. Das Mädchen ging auf dieselbe Schule wie die Goodale, aber soviel ich weiß, waren sie nicht befreundet. Die Dakers ist eine gewissenhafte und sehr fleißige Schülerin mit einer ganz schönen Portion Ehrgeiz. Sie wird ihre Sache ordentlich machen, aber nicht mehr als ordentlich. Sie ermüdet rasch und ist nicht besonders kräftig. Man hält sie hier für ängstlich und überempfindlich, was immer dieser Euphemismus besagen mag. Aber die Dakers ist recht zäh. Vergessen Sie nicht, sie ist in ihrem dritten Jahr. Ein Mädchen hält diese Ausbildung nicht so lange durch, wenn es wirklich schwach ist, sei es physisch oder psychisch.»

«Julia Pardoe?»

Schwester Rolfe hatte sich vollkommen unter Kontrolle. Ihre Stimme blieb unverändert, als sie fortfuhr.

«Das einzige Kind geschiedener Eltern. Ihre Mutter gehört zu jenen hübschen, aber egoistischen Frauen, die es nicht lange bei einem Mann aushalten. Sie hat jetzt den dritten, glaube ich. Ich bin nicht einmal sicher, ob das Mädchen wirklich weiß, wer sein Vater ist. Sie war nicht viel zu Hause. Ihre Mutter hat sie schon mit fünf Jahren in eine Internatsschule gesteckt. Sie hatte eine bewegte Schulzeit und kam direkt aus der sechsten Klasse eines dieser privaten Mädcheninternate hierher, wo man den Mädchen nichts beibringt, sie es aber dennoch schaffen, eine ganze Menge zu lernen. Sie bewarb sich zuerst bei einem Londoner Lehrkrankenhaus, genügte aber, was ihre Herkunft und Schulbildung betraf, nicht ganz den Anforderungen für die Aufnahme. Die Oberin verwies sie an uns weiter. Schulen wie unsere haben solche Abkommen mit den Londoner Krankenhäusern. Dort kommt auf jeden Platz ein Dutzend Bewerberinnen, häufig aus Snobismus oder in der Hoffnung, sich da einen Mann zu angeln. Wir sind in der glücklichen Lage, einige der Abgewiesenen bei uns aufnehmen zu können. Ich halte es für möglich, daß sie häufig bessere Schwestern abgeben als die anderen, die sie annehmen. Schwester Pardoe zum Beispiel ist so eine. Ein ungeschulter, aber kluger Kopf. Eine freundliche und umsichtige Schwester.»

«Sie wissen sehr gut Bescheid über Ihre Schülerinnen.»

«Das habe ich mir zur Aufgabe gemacht. Aber ich setze voraus, daß Sie von mir keine Beurteilung meiner Kolleginnen erwarten.»

«Von Oberschwester Gearing und Oberschwester Brumfett? Nein. Aber ich würde gerne noch Ihre Meinung über Schwester Fallon und Schwester Pearce hören.»

«Ich kann Ihnen nicht viel über die Fallon erzählen. Sie war ein zurückhaltendes, beinahe verschlossenes Mädchen. Intelligent natürlich und reifer als die Mehrzahl der Schülerinnen. Ich habe mich, glaube ich, nur ein einziges Mal über etwas Persönliches mit ihr unterhalten. Das war nach ihrem ersten Jahr. Ich fragte sie nach ihrer Meinung vom Schwesternberuf. Ich wollte wissen, wie unsere Methoden auf ein Mädchen wirken, das so ganz anders ist als der Durchschnitt der Schülerinnen, die direkt von der Schulbank zu uns kommen. Sie sagte, man könne nicht unparteiisch urteilen, solange man noch Anfänger sei und wie ein unterdurchschnittliches Dienstmädchen behandelt werde, aber sie sei immer noch davon überzeugt, daß sie mit der Krankenpflege das Richtige getroffen habe. Ich fragte sie, was sie an diesem Beruf angezogen habe, und sie antwortete, sie wolle sich ein Können aneignen, das sie in der Welt unabhängig mache, eine Qualifikation, die immer und überall gefragt sei. Ich glaube nicht, daß sie besonders ehrgeizig war und in diesem Beruf Karriere machen wollte. Ihre Berufsausbildung war einfach ein Mittel zum Zweck. Aber da mag ich falsch liegen. Wie ich schon sagte, ich kannte sie eigentlich nicht richtig.»

«Sie können also nicht sagen, ob sie Feinde hatte?»

«Ich kann nicht sagen, warum irgend jemand sie hätte umbringen wollen, falls Sie das meinen. Ich hätte die Pearce für ein viel wahrscheinlicheres Opfer gehalten.»

Dalgliesh fragte sie, warum.

«Ich mochte die Pearce nicht. Ich habe sie nicht umgebracht, ich neige allerdings auch nicht dazu, Menschen zu ermorden, bloß weil ich sie nicht leiden kann. Aber sie war ein merkwürdiges Mädchen, scheinheilig und ein Störenfried. Sie brauchen mich nicht zu fragen, woher ich das weiß. Ich habe überhaupt keine Beweise dafür, und falls ich welche hätte, würde ich sie vielleicht für mich behalten.»

«Für Sie war es also keine Überraschung, daß sie ermordet wurde?»

«Natürlich war ich überrascht. Aber ich habe keine Sekunde an Selbstmord oder einen Unfall geglaubt.»

«Und wer, meinen Sie, hat sie umgebracht?»

Schwester Rolfe sah ihn mit einer Art finsterer Genugtuung an. «Sagen Sie mir das, Herr Kriminalrat. Sagen Sie mir das!»

6

«Sie waren also gestern abend allein im Kino?»

«Ja, das habe ich Ihnen doch schon gesagt.»

«Um eine Wiederholung von *L'Avventura* zu sehen. Hatten Sie vielleicht das Gefühl, die Feinheiten Antonionis könnten am besten allein nachempfunden werden? Oder fanden Sie keinen, der mit Ihnen kommen wollte?»

Das konnte sie natürlich nicht auf sich sitzenlassen.

«Es sind genug Leute scharf darauf, mit mir auszugehen, wenn ich es nur will.»

Genug Leute sind scharf darauf. Dalgliesh hätte sich seinerzeit anders ausgedrückt. Aber die Kluft zwischen den Generationen war mehr als eine semantische Angelegenheit, die Entfremdung ging viel weiter. Er verstand sie einfach nicht. Er hatte nicht den leisesten Schimmer von dem, was hinter dieser glatten kindlichen Stirn vor sich ging. Die auffallenden dunkelblauen Augen, die unter geschwungenen Augenbrauen weit auseinander standen, starrten ihn an, wachsam, aber gleichgültig. Das Katzengesicht mit dem kleinen runden Kinn und den breiten Backenknochen drückte nichts als einen vagen Ekel vor dieser Angelegenheit hier aus. Man konnte sich kaum eine hübschere oder ansprechendere Person als Julia Pardoe neben seinem Krankenbett vorstellen, dachte Dalgliesh. Es sei denn, man hätte unerträgliche Schmerzen und wäre wirklich verzweifelt; dann wäre einem die robuste, vernünftige Art der Burts oder Madeleine Goodales ruhige Tüchtigkeit wahrscheinlich um vieles angenehmer. Vielleicht war es ein persönliches Vorurteil, aber er konnte sich keinen Mann vorstellen, der dieser schnippischen, sich selbst genügenden jungen Frau gern seine Schwächen oder körperlichen Schmerzen gezeigt hätte. Und was genau gab ihr der Pflegeberuf? Er konnte es sich nicht denken. Wenn das John Carpendar eine Universitätsklinik gewesen wäre, hätte er es verstanden. Dieser Trick, die Augen beim Sprechen weit aufzumachen, so daß ihr Gegenüber von einem plötzlichen Aufleuchten von Blau getroffen wurde, ihre Art, die feuchten Lippen über den blendenden elfenbeinernen Zähnen leicht zu öffnen, würden bei einer ganzen Schar von Medizinstudenten gut ankommen.

Es hatte auch, wie er bemerkte, seine Wirkung auf Sergeant Masterson.

Aber was hatte Oberschwester Rolfe von ihr gesagt?

«Ein ungeschulter, aber kluger Kopf; eine freundliche und umsichtige Schwester.»

Das mochte zutreffen. Aber Hilda Rolfe war voreingenommen. Und auf seine Art war das Dalgliesh auch.

Er unterdrückte einen Drang zu Spott, zu den billigen Sticheleien der Antipathie, und setzte das Verhör fort.

«Hat Ihnen der Film gefallen?»

«Er war ganz gut.»

«Und Sie kamen wann von diesem ganz guten Film ins Nightingale-Haus zurück?»

«Das weiß ich nicht. Ich denke, so gegen elf. Ich traf Oberschwester Rolfe vor dem Kino, und wir gingen zusammen nach Hause. Ich nehme an, sie hat es Ihnen schon gesagt.»

Sie mußten also seit heute früh miteinander gesprochen haben. Das war ihre Geschichte, und das Mädchen wiederholte sie und tat nicht einmal so, als sei es ihr wichtig, daß man ihr glaubte. Man konnte es selbstverständlich nachprüfen. Das Mädchen an der Kasse erinnerte sich vielleicht, ob sie zusammen gekommen waren. Aber diese Nachforschung war kaum der Mühe wert. Warum sollte es auch wichtig sein, es sei denn, sie hätten sich an diesem Abend nicht nur der Kultur gewidmet, sondern auch einen Mord ausgeheckt. Und falls dem so wäre, hätte er hier einen Komplizen der Schandtat vor sich, der offenbar keineswegs beunruhigt war.

Dalgliesh fragte: «Was passierte, als Sie heimkamen?»

«Nichts. Ich ging in den Aufenthaltsraum. Sie saßen alle vor dem Fernseher, das heißt, sie schalteten ihn gerade ab, als ich hereinkam. Die Zwillinge gingen in die Küche, um Tee zu kochen, und wir tranken ihn in Maureens Zimmer. Die Dakers war noch dabei. Madeleine Goodale blieb mit der Fallon unten. Ich weiß nicht, um wieviel

Uhr sie dann auch nach oben gingen. Ich legte mich gleich schlafen, als ich meine Tasse leer hatte. Ich bin sicher vor zwölf eingeschlafen.»

Das stimmte vielleicht. Aber dieser Mord war sehr einfach zu bewerkstelligen gewesen. Nichts hätte sie daran hindern können zu warten, vielleicht in einer der Badezellen, bis sie hörte, wie die Fallon das Badewasser einließ. Schwester Pardoe wußte, was alle Schülerinnen wußten: sobald die Fallon im Bad war, stand ein Glas mit Whisky und Zitrone auf ihrem Nachttisch. Wie einfach, in ihr Zimmer zu schleichen und etwas in das Glas zu schütten. Aber was? Es war zum Verrücktwerden, im ungewissen zu arbeiten. Unweigerlich griff man in seinen Theorien den Fakten voraus. Solange nicht die Autopsie durchgeführt war und der toxikologische Befund vorlag, konnte er nicht einmal sicher sein, ob er einen Mordfall untersuchte.

Er schlug plötzlich eine andere Richtung ein und kam auf seine frühere Verhörmethode zurück.

«Tut Ihnen der Tod von Schwester Pearce leid?»

Wieder die weit geöffneten Augen, der kleine Schmollmund, während sie überlegte, und die Andeutung, daß das wirklich eine dumme Frage sei.

«Natürlich.» Kleine Pause. «Sie hat mir nie etwas getan.»

«Hat sie einer anderen was getan?»

«Danach sollten Sie lieber die anderen fragen.» Wieder eine Pause. Vielleicht spürte sie, daß sie unvorsichtig dumm und unhöflich gewesen war. «Was hätte die Pearce einem antun können?»

Sie sagte das ohne jeden geringschätzigen Unterton, beinahe gleichgültig, einfach als Feststellung einer Tatsache.

«Irgendwer hat sie umgebracht. Das legt nicht gerade die Vermutung nahe, daß sie harmlos war. Irgendwer muß sie so stark gehaßt haben, sie aus dem Weg haben zu wollen.»

«Sie könnte sich selbst getötet haben. Als sie den Schlauch schluckte, wußte sie genau, was auf sie zukommen würde. Sie hatte Angst. Jeder, der sie beobachtete, konnte das sehen.»

Julia Pardoe war die erste Schülerin, die Schwester Pearces Angst erwähnte. Die einzige andere anwesende Person, die es bemerkt hatte, war die Inspektorin der Schwesternaufsichtsbehörde gewesen, die in ihrer Aussage den besorgten, beinahe leidenden Gesichtsausdruck des Mädchens hervorgehoben hatte. Es war interessant und überraschend, daß Schwester Pardoe so scharfsichtig gewesen sein sollte. Dalgliesh fragte: «Aber glauben Sie wirklich, daß sie selbst ein Ätzmittel in die Lösung gegeben hat?»

Die blauen Augen begegneten seinen. Sie lächelte ihr kleines Lächeln.

«Nein. Die Pearce war immer verängstigt, wenn sie Patientin spielen mußte. Sie haßte es. Sie sagte nie etwas, aber jeder konnte sehen, was sie fühlte. Den Schlauch zu schlucken, muß besonders schlimm für sie gewesen sein. Sie erzählte mir einmal, wie schrecklich ihr der Gedanke an eine Rachenuntersuchung oder -operation sei. Ihr wurden als Kind die Mandeln herausgenommen, und der Arzt – oder es kann auch eine Schwester gewesen sein – ging grob mit ihr um und tat ihr weh. Es war jedenfalls eine scheußliche Erfahrung. Geblieben war diese krankhafte Furcht in bezug auf ihren Hals. Natürlich hätte sie es Oberschwester Gearing erklären können, und eine von uns wäre eingesprungen. Sie hätte die Patientin nicht spielen müssen. Niemand hat sie dazu gezwungen. Aber ich könnte mir denken, die Pearce hielt es für ihre Pflicht, das über sich ergehen zu lassen. In der Pflichterfüllung war sie groß.»

Alle Anwesenden hätten demnach sehen können, wie es Schwester Pearce zumute war. Tatsächlich hatten es aber nur zwei gesehen. Und eine davon war diese anscheinend so gefühllose Frau gewesen.

Dalgliesh war verwirrt, aber eigentlich nicht überrascht, daß Schwester Pearce sich Julia Pardoe anvertraut hatte. Das war ihm schon häufiger begegnet, diese perverse Anziehungskraft, die die Hübschen und Beliebten oft auf die Unscheinbaren und Verschmähten ausübten. Manchmal wurden diese Gefühle sogar erwidert; eine seltsame gegenseitige Faszination, die, wie er vermutete, die Grundlage vieler Freundschaften und Ehen war, die den Außenstehenden unerklärlich schienen. Aber wenn sich Heather Pearce mittels einer rührseligen Geschichte aus ihrer Kindheit um Freundschaft und Sympathie bemüht hatte, war sie nicht sehr erfolgreich gewesen. Julia Pardoe schätzte die Stärke und nicht die Schwäche. Und doch – wer weiß? Die Pearce mochte etwas von ihr bekommen haben. Keine Freundschaft oder Sympathie, nicht einmal Mitleid, aber ein klein wenig Verständnis.

Einer plötzlichen Eingebung folgend sagte er: «Ich glaube, Sie wußten mehr als alle anderen hier über Schwester Pearce, verstanden sie wahrscheinlich besser. Ich glaube nicht an einen Selbstmord, Sie auch nicht. Ich möchte, daß Sie mir alles über sie erzählen, was uns auf ein Motiv bringen könnte.»

Sie antwortete nicht sofort. Bildete er es sich nur ein, oder dachte sie wirklich nach? Dann sagte sie mit ihrer hellen, ausdruckslosen

Stimme: «Ich könnte mir vorstellen, daß sie jemanden erpreßt hat. Sie hat es einmal bei mir versucht.»

«Und wie hat sie das angestellt?»

Sie sah ihn prüfend an, als taxiere sie seine Zuverlässigkeit oder überlege, ob die Geschichte überhaupt wichtig genug sei, berichtet zu werden. Dann verzog sie die Lippen zu einem kleinen erinnernden Lächeln. Sie sagte ruhig: «Mein Freund war vor ungefähr einem Jahr eine Nacht mit mir zusammen. Nicht hier, sondern im eigentlichen Schwesternwohnheim. Ich ließ ihn durch einen der Notausgänge herein. Wir haben es einfach aus Jux gemacht.»

«War es jemand vom John Carpendar?»

«Hm, hm! Ein Krankenpfleger.»

«Und wieso wußte das Heather Pearce?»

«Es war die Nacht vor unserer Vorprüfung – dem ersten staatlichen Examen. Die Pearce bekam vor Prüfungen immer Magenschmerzen. Ich vermute, sie schlich sich durch den Flur aufs Klo und sah, wie ich Nigel einließ. Sie kann auch auf dem Weg in ihr Zimmer gewesen sein und an der Tür gelauscht haben. Vielleicht hat sie uns kichern gehört oder so. Wahrscheinlich hat sie so lange wie möglich gelauscht. Ich möchte wissen, was sie sich dabei dachte. Mit der Pearce hat noch nie jemand schlafen wollen. Deshalb glaube ich, daß es für sie ziemlich aufregend gewesen sein muß, an der Tür einer Mitschülerin zu horchen, die mit einem Mann im Bett lag. Jedenfalls machte sie sich am nächsten Morgen an mich heran und drohte mir, es der Oberin zu melden und mich aus der Schule werfen zu lassen.»

Sie sprach ohne Groll, fast ein wenig amüsiert. Es hatte ihr damals nichts ausgemacht. Es machte ihr heute nichts aus.

Dalgliesh fragte: «Und welchen Preis verlangte sie für ihr Schweigen?»

Er bezweifelte nicht, daß der Preis, wie hoch auch immer, nicht gezahlt worden war.

«Sie sagte, sie sei noch zu keinem Schluß gekommen; sie müsse es sich noch überlegen. Er würde jedenfalls angemessen sein. Sie hätten dabei ihr Gesicht sehen sollen. Es war ganz fleckig und rot wie bei einem wütenden Puter. Ich weiß nicht, wie ich es schaffte, ernst zu bleiben. Ich tat so, als sei ich schrecklich verängstigt und zerknirscht und fragte sie, ob wir abends darüber reden könnten. Damit wollte ich nur Zeit gewinnen, um mich mit Nigel zu treffen. Er wohnte bei seiner verwitweten Mutter außerhalb der Stadt. Sie betet ihn an, und ich wußte, es würde ihr nicht das geringste ausmachen, alle Eide zu schwören, er habe die Nacht zu Hause verbracht. Es würde sie auch nicht stören, daß wir zusammen gewesen sind. Sie glaubt, ihr kostbarer Nigel hat das Recht, sich alles zu nehmen, was er möchte. Aber ich wollte nicht, daß die Pearce redete, bevor wir das arrangiert hatten. Als ich sie an diesem Abend traf, sagte ich ihr, wir würden die ganze Geschichte abstreiten, und Nigel würde ein Alibi beibringen. Sie hatte nicht an seine Mutter gedacht. Und noch etwas hatte sie vergessen. Nigel ist der Neffe von Mr. Courtney-Briggs. Das einzige, was sie mit ihrem Gerede erreicht hätte, wäre gewesen, daß Mr. Courtney-Briggs *sie* rausgeworfen hätte, nicht mich. Die Pearce war ganz schön dumm, wirklich.»

«Sie scheinen das bewundernswert gekonnt und gelassen hinter sich gebracht zu haben. Sie haben demnach nie erfahren, was für eine Strafe Schwester Pearce für Sie vorgesehen hatte?»

«Oh, doch! Ich ließ sie erst einmal reden, bevor ich es ihr sagte. Auf diese Art machte es mehr Spaß. Es ging ihr nicht um eine Strafe, es war eher eine Erpressung. Sie wollte bei uns mitmachen, zu unserer Clique gehören.»

«Zu Ihrer Clique?»

«Ja, das waren Jennifer Blain, Diane Harper und ich. Ich ging damals mit Nigel und Jennifer und Diane mit seinen Freunden. Die Blain haben Sie nicht kennengelernt; sie ist eine der Schülerinnen, die mit Grippe im Bett liegen. Die Pearce wollte, daß wir ihr einen Mann beischafften, so daß wir dann vier Paare gewesen wären.»

«Hat Sie das nicht überrascht? Nach allem, was ich bisher gehört habe, war Heather Pearce nicht gerade der Typ, der sich für Sex interessierte.»

«Jeder interessiert sich für Sex, jeder auf seine Art. Aber die Pearce stellte es natürlich nicht so dar. Sie erklärte, uns dreien sei nicht zu trauen, und wir müßten eine zuverlässige Person dabeihaben, die ein Auge auf uns hätte. Raten Sie mal, wer das sein sollte! Aber ich wußte, was sie in Wirklichkeit wollte: Tom Mannix. Er arbeitete damals in der Kinderklinik. Er war picklig und dazu ein ziemlicher Waschlappen, aber die Pearce konnte ihn gut leiden. Sie gehörten beide zum Christlichen Kreis des Krankenhauses. Tom hatte vor, später Missionar oder so etwas zu werden. Er hätte ganz gut zu der Pearce gepaßt, und ich bin sicher, ich hätte ihn dazu gebracht, ein- oder zweimal mit ihr auszugehen, wenn ich ihn eindringlich genug darum gebeten hätte. Aber das hätte ihr auch nicht viel genützt. Er interessierte sich nicht für die Pearce; er wollte mich. Na ja, Sie wissen ja, wie das ist.»

Dalgliesh wußte es. Das war schließlich die gewöhnlichste, die banalste aller menschlichen Tragödien. Du liebst jemanden. Er liebt dich nicht. Schlimmer noch – seinem eigenen Vorteil zum Hohn und ungeachtet der Zerstörung deines Seelenfriedens liebt er eine andere. Was würden die Dichter und Romanschreiber der halben Welt ohne diese universelle Tragikomödie anfangen? Aber das ließ Julia Pardoe kalt. Wenn in ihrer Stimme nur eine Spur von Mitleid oder wenigstens von Anteilnahme angeklungen hätte, dachte Dalgliesh. Aber Schwester Pearces verzweifeltes Verlangen, ihre Sehnsucht nach Liebe, die sie zu diesem kläglichen Erpressungsversuch getrieben hatte, rief in ihrem Opfer überhaupt nichts hervor, nicht einmal amüsierte Verachtung. Sie dachte auch nicht daran, ihn zu bitten, diese Geschichte für sich zu behalten. Und dann, als hätte sie seine Gedanken erraten, sagte sie ihm, warum:

«Es macht mir nichts aus, daß Sie es jetzt wissen. Warum auch? Schließlich ist die Pearce tot. Die Fallon auch. Ich meine, nach diesen zwei Mordfällen hier im Haus haben die Oberin und das Verwaltungskomitee wichtigere Sorgen, als sich den Kopf darüber zu zerbrechen, daß ich mit Nigel im Bett war. Aber wenn ich an diese Nacht denke! Also wirklich, das war lustig. Das Bett war viel zu schmal und quietschte bedenklich, und Nigel und ich mußten so kichern, daß wir kaum ... Und dann die Vorstellung, daß die Pearce die ganze Zeit am Schlüsselloch hing!»

Und dann lachte sie. Sie lachte schallend vor spontaner und erinnernder Freude, unschuldig und ansteckend. Masterson blickte zu ihr auf, und sein schweres Gesicht verzog sich zu einem breiten nachsichtigen Grinsen. Eine ungewöhnliche Sekunde lang mußten er und Dalgliesh sich zusammenreißen, daß sie nicht auch laut herauslachten.

7

Dalgliesh hatte die kleine Gruppe, die in der Bibliothek wartete, in keiner bestimmten Reihenfolge aufgerufen, und es steckte keine böse Absicht dahinter, daß er Oberschwester Gearing als letzte rief. Aber das lange Warten war ihr nicht gut bekommen. Sie hatte anscheinend im Verlauf des Vormittags Zeit gehabt, sich mit besonderer Sorgfalt ihrem Make-up zu widmen; eine instinktive Vorbereitung zweifellos für jegliches schockierende Ereignis, das der Tag bereithalten mochte. Aber das Make-up hatte sich nicht gut gehalten.

Die Wimperntusche war verlaufen und hatte sich mit dem Lidschatten vermischt, auf der Stirn standen Schweißperlen, und die Kinnfalten zeigten eine Spur von Lippenstift. Vielleicht hatte sie, ohne es zu merken, in ihr Gesicht gefaßt. Jedenfalls konnte sie kaum ihre Hände ruhig halten. Da saß sie, zappelnd vor Nervosität, wickelte ihr Taschentuch um die Finger und kreuzte abwechselnd die Beine. Sie konnte nicht abwarten, bis Dalgliesh zu sprechen anfing, sondern legte sofort mit lautem, hektischem Geschnatter los.

«Sie und Ihr Sergeant wohnen bei den Maycrofts im *Falconer's Arms*, nicht? Ich hoffe, es gefällt Ihnen dort. Sheila kann natürlich eine Nervensäge sein, aber Bob ist in Ordnung, wenn man allein mit ihm zu tun hat.»

Dalgliesh hatte sich sehr wohl gehütet, mit Bob allein zu tun zu bekommen. Er hatte sich für das *Falconer's Arms* entschieden, weil es klein, günstig gelegen und ruhig war und dazu halb leer; man mußte nicht lange da wohnen, um zu begreifen, warum. Oberst Robert Maycroft und Gemahlin ging es mehr darum, mit ihrer vornehmen Herkunft Eindruck bei den Besuchern zu machen, als sich um das Wohl der Gäste zu kümmern, und Dalgliesh hoffte inbrünstig, bis zum Ende der Woche ausgezogen zu sein. In der Zwischenzeit hatte er nicht die Absicht, sich mit Oberschwester Gearing über die Maycrofts zu unterhalten, und brachte sie höflich, aber bestimmt auf wichtigere Themen.

Im Unterschied zu den anderen Verdächtigen hielt sie es für nötig, erst einmal fünf Minuten lang ihr Entsetzen über den Tod der beiden Mädchen zum Ausdruck zu bringen. Es war gar zu schrecklich, tragisch, furchtbar, gräßlich, gemein, unerklärlich, unvergeßlich gewesen.

Die Gefühle, dachte Dalgliesh, waren wenigstens echt, wenn auch ihr Ausdruck verfälscht war. Die Frau war wirklich unglücklich. Er hatte den Verdacht, daß sie außerdem auch Angst hatte.

Er ging mit ihr noch einmal die Ereignisse vom Montag, dem 12. Januar, durch. Sie wußte kaum etwas Neues von Interesse beizutragen, und ihr Bericht stimmte mit dem bereits Gehörten überein. Sie war sehr spät aufgewacht, hatte sich in aller Eile angekleidet und es noch so eben geschafft, um acht Uhr unten im Frühstücksraum zu sein. Dort hatte sie sich an den Tisch ihrer Kolleginnen Brumfett und Rolfe gesetzt. Erst von ihnen hatte sie erfahren, daß Schwester Fallon in der Nacht erkrankt war. Dalgliesh fragte, ob sie sich erinnere, wer von den beiden Oberschwestern ihr die Neuigkeit mitgeteilt hatte.

«Also, das kann ich wirklich nicht mehr genau sagen. Ich glaube, es war Miss Rolfe, aber ich bin mir nicht sicher. Ich war an diesem Morgen aus allen möglichen Gründen ein bißchen aufgeregt. Daß ich verschlafen hatte, machte die Sache auch nicht besser, und ich war natürlich nervös wegen der Inspektion durch die Schwesternaufsichtsbehörde. Ich bin ja keine qualifizierte Tutorin. Ich vertrat nur Oberschwester Manning. Und es ist schon schlimm genug, seine erste Übung abzuhalten, ohne daß die Oberin und die Inspektorin der Schwesternaufsicht, Mr. Courtney-Briggs und Oberschwester Rolfe dabeisitzen und einem auf die Finger sehen. Mir fiel ein, daß ohne die Fallon nur noch sieben Schülerinnen da wären. Na ja, das war mir ganz recht; je weniger, desto besser, sagte ich mir. Ich hoffte nur, daß die Biester mitarbeiten und einigermaßen kluge Antworten geben würden.»

Dalgliesh fragte sie, wer zuerst den Frühstücksraum verlassen hatte.

«Oberschwester Brumfett. Möglichst schnell wieder auf ihre Station, wie immer, denke ich. Dann ging ich. Ich nahm meine Unterlagen und eine Tasse Kaffee mit in den Wintergarten, um noch ein paar Minuten zu lesen. Christine Dakers, Diane Harper und Julia Pardoe saßen auch dort. Die Harper unterhielt sich mit der Pardoe, und die Dakers saß für sich und blätterte in einer Zeitschrift. Ich blieb nicht lange, und sie waren noch da, als ich ging. Ich ging etwa um halb neun nach oben auf mein Zimmer, nahm auf dem Weg meine Post mit, kam dann wieder herunter und ging direkt in den Übungsraum. Das war gegen dreiviertel neun. Die Burts waren schon da und trafen ihre Vorbereitungen. Schwester Goodale kam fast gleichzeitig mit mir, die anderen erschienen etwa zehn vor neun, außer der Pearce, die kam erst in letzter Minute. Die Mädchen standen beieinander, und ich hörte das übliche Durcheinandergerede, bevor wir anfingen, aber ich kann mich an nichts Bestimmtes erinnern. Den Rest kennen Sie.»

Dalgliesh kannte ihn allerdings. Aber obwohl er es für unwahrscheinlich hielt, etwas Neues von Oberschwester Gearing erfahren zu können, ließ er sie noch einmal der Reihe nach die Ereignisse dieser unheilvollen Übung aufzählen. Doch das brachte nichts bisher Unbekanntes an den Tag. Es war alles zu furchtbar, schrecklich, gräßlich, scheußlich, unglaublich gewesen. Sie würde es nie vergessen, solange sie lebte.

Dalgliesh kam dann auf den Tod von Schwester Fallon zu sprechen. Aber hier wartete Schwester Gearing mit einer Überraschung auf. Sie war die erste Verdächtige, die ein Alibi präsentierte – wenigstens hoffte sie, daß es eines sei –, und sie brachte es mit begreiflicher Genugtuung vor. Von acht Uhr bis nach Mitternacht hatte sie einen Freund bei sich auf dem Zimmer gehabt. Sie nannte Dalgliesh mit affektiertem Widerstreben seinen Namen. Es handelte sich um Leonard Morris, den Leiter der Krankenhausapotheke. Sie hatte ihn zum Abendessen eingeladen, hatte ein einfaches Gericht – Spaghetti bolognaise – in der Schwesternküche im dritten Stock zubereitet und es in ihrem Wohnzimmer um acht Uhr, kurz nach seiner Ankunft, aufgetischt. Sie waren die ganzen vier Stunden zusammen gewesen, ausgenommen die paar Minuten, als sie das Abendessen aus der Küche geholt hatte, und noch einmal einige Minuten etwa um Mitternacht, als er auf die Toilette gegangen war, und früher am Abend eine kurze Zeit, als sie ihn zum selben Zweck allein gelassen hatte. Davon abgesehen, hatten sie sich kein einziges Mal aus den Augen gelassen. Sie fügte eifrig hinzu, daß Len – das heißt Mr. Morris – nur zu gern ihre Aussage bestätigen würde. Len würde sich genau an die Zeitangaben erinnern. Als Apotheker sei er präzise und akkurat in Kleinigkeiten. Die einzige Schwierigkeit sei, daß er sich jetzt nicht im Krankenhaus aufhalte. Er hatte kurz vor neun die Apotheke angerufen und mitgeteilt, daß er krank sei. Morgen würde er wieder arbeiten, da war sie sich sicher. Len nahm sich äußerst ungern frei.

Dalgliesh fragte, um wieviel Uhr er das Nightingale-Haus verlassen habe.

«Es kann nicht viel nach Mitternacht gewesen sein. Als meine Uhr schlug, fällt mir ein, sagte Len, es sei nun wirklich Zeit für ihn. Wir gingen ungefähr fünf Minuten später, und zwar über die hintere Treppe, die von der Wohnung der Oberin herunterführt. Ich ließ die Tür offen: Len holte erst sein Fahrrad, wo er es abgestellt hatte, und ich begleitete ihn bis an die nächste Ecke. Eigentlich verlockte die Nacht nicht zu einem Spaziergang, aber wir hatten noch etwas Dienstliches zu besprechen – Len unterrichtet nämlich den zweiten Jahrgang in Arzneimittelkunde –, und ich dachte, ein wenig frische Luft würde mir guttun. Len ließ mich nicht gern allein zurückgehen und kam wieder bis an die Tür mit. Ich schätze, es war ungefähr Viertel nach zwölf, als wir uns endgültig verabschiedeten. Ich kam also durch den Eingang der Oberin herein und schloß hinter mir ab. Ich ging sofort in mein Zimmer, räumte das Geschirr ab und spülte es in der Küche, ging dann ins Bad und war Viertel vor eins im Bett. Ich sah die Fallon den ganzen Abend nicht. Das nächste, was ich weiß, ist, daß Oberschwester Rolfe hereinstürzte und mich mit der

Neuigkeit weckte, daß die Dakers Schwester Fallon tot gefunden hatte.»

«Sie gingen also durch die Wohnung der Oberin hinaus und kehrten auf demselben Weg zurück. Ihre Tür war demnach nicht abgeschlossen?»

«Nein, das war sie nicht. Die Oberin läßt sie gewöhnlich offen, wenn sie wegfährt. Sie weiß, es ist für uns bequemer und weniger öffentlich, ihre Treppe zu benutzen. Schließlich sind wir erwachsene Menschen. Es ist uns nicht ausdrücklich verboten, Bekannte auf unseren Zimmern zu empfangen, aber es ist nicht besonders schön, sie durch den Hauptausgang hinauszulassen, wo jede kleine Schülerin hinter einem herspionieren kann. Das ist furchtbar nett von der Oberin. Ich glaube, sie schließt nicht einmal ihr Wohnzimmer ab, wenn sie nicht im Nightingale-Haus ist. Ich nehme an, damit Oberschwester Brumfett sich dort aufhalten kann, wenn sie Lust hat. Sie ist, falls Sie es noch nicht gehört haben, der Schoßhund der Oberin. Wissen Sie, fast alle Oberinnen haben ihre Hündchen. Mary Taylor hat die Brumfett.»

Dieser bittere, zynische Ton kam so überraschend, daß Masterson unvermittelt von seinem Protokoll aufblickte und Oberschwester Gearing wie einen wenig versprechenden Examenskandidaten anstarrte, der plötzlich unvermutete Fähigkeiten enthüllt. Aber Dalgliesh ging nicht darauf ein. Er fragte: «Benutzte Oberschwester Brumfett letzte Nacht Miss Taylors Wohnung?»

«Um Mitternacht? Die Brumfett bestimmt nicht! Sie geht früh zu Bett, wenn sie nicht mit der Oberin durch die Stadt scharwenzelt. Gewöhnlich trinkt sie ihren letzten Tee kurz nach zehn. Allerdings wurde sie in der vergangenen Nacht geholt. Mr. Courtney-Briggs rief an. Sie mußte sich auf der Privatstation um einen frisch operierten Patienten kümmern. Ich dachte, das hätte sich herumgesprochen. Das war kurz vor zwölf Uhr.»

Dalgliesh fragte, ob Oberschwester Gearing sie gesehen habe.

«Nein, aber mein Freund. Ich meine Len. Er steckte seinen Kopf durch die Tür, um zu prüfen, ob die Luft rein sei und er aufs Klo gehen könne, bevor wir zusammen weggingen, und da sah er die Brumfett, wie sie gerade unten um die Ecke verschwand. Sie war im Mantel und hatte die alte Tasche bei sich, die sie immer herumschleppt. Es war klar, daß sie aus dem Haus ging, und ich dachte mir gleich, daß sie wohl auf ihre Station gerufen worden war. Das passiert der Brumfett ständig. Sehen Sie, es ist zum Teil auch ihr eigener Fehler. Das kommt davon, wenn man zu gewissenhaft ist.»

Das gehörte wahrscheinlich nicht zu Oberschwester Gearings Fehlern, dachte Dalgliesh. Er konnte sich nicht recht vorstellen, daß sie mitten im Winter um Mitternacht durch die Gegend stapfte, wenn irgendein Chirurg, und sei er noch so wichtig, sie überraschend rief. Aber eigentlich tat sie ihm doch eher leid. Sie hatte ihm einen deprimierenden Einblick in den blamablen Mangel an Privatleben und die sich daraus ergebenden kleinen Schliche und Ausflüchte gewährt, mit denen diese in lästiger, enger Nachbarschaft lebenden Menschen versuchten, sich eine Privatsphäre zu schaffen oder in die eines anderen einzudringen. Die Vorstellung, daß ein erwachsener Mann verstohlen um die Ecke lugte, bevor er sich aus der Tür wagte, daß ein erwachsenes Liebespaar heimlich die Treppe hinunterschlich, um nicht gesehen zu werden, war lächerlich und demütigend. Ihm fielen die Worte der Oberin ein. «Wir erfahren hier eben alles; es gibt kein wirkliches Privatleben.» Selbst wann die arme Brumfett ihren Schlaftrunk zu sich nahm und wann sie gewöhnlich zu Bett ging, war allgemein bekannt. Kein Wunder, daß das Nightingale-Haus seine spezielle Sorte von Neurosen erzeugte, kein Wunder, daß Oberschwester Gearing es für nötig hielt, einen Spaziergang mit ihrem Liebhaber im Park des Krankenhauses zu rechtfertigen und den verständlichen Wunsch, das endgültige Gutenachtsagen noch etwas hinauszuschieben, mit dem wenig überzeugenden Geschwätz von wichtigen dienstlichen Gesprächen zu erklären. Er fand das alles zutiefst deprimierend, und es tat ihm nicht leid, als das Gespräch mit ihr beendet war.

8

Dagegen genoß Dalgliesh seine halbe Stunde mit der Haushälterin, Miss Martha Collins. Sie war eine magere Frau, spröde und knorrig wie ein dürrer Zweig. Mit ihrer gegerbten Haut sah sie völlig ausgedörrt aus. Sie schien allmählich, ohne es bemerkt zu haben, in ihren Kleidern zusammengeschrumpft zu sein. Ihre Kittelschürze aus dikker bräunlicher Baumwolle fiel in langen Falten von den schmalen Schultern bis über die Waden und wurde in der Taille von einem blau und rot gestreiften Kindergürtel zusammengerafft. Ihre Strümpfe waren als Ziehharmonika auf die Knöchel gerutscht, und entweder hatte sie eine Vorliebe für Schuhe, die mindestens zwei

Nummern zu groß waren, oder ihre Füße standen in einem merkwürdigen Mißverhältnis zu ihrer Größe. Sie war sofort erschienen, als man sie aufgerufen hatte, hatte sich rittlings auf den Stuhl gegenüber von Dalgliesh gepflanzt, die Füße fest auf den Boden gestemmt und ihn mit voreingenommener Feindseligkeit beäugt, als wolle sie sich ein ganz besonders widerspenstiges Dienstmädchen vorknöpfen. Während des ganzen Verhörs verzog sie kein einziges Mal ihr Gesicht zu einem Lächeln. Zugegeben, in der Situation lag nichts Spaßiges, doch sie schien unfähig, auch nur das knappste Lächeln formaler Höflichkeit zu zeigen. Aber trotz des wenig verheißungsvollen Auftakts war das Verhör nicht schlecht gelaufen. Dalgliesh fragte sich, ob der säuerliche Ton und das unattraktive Äußere nicht Teil einer gewollten und bewußten Rolle waren. Vielleicht hatte sie vor runden vierzig Jahren beschlossen, ein Krankenhausoriginal zu werden, ein liebenswerter Romantyrann, der jeden, von der Oberin bis zum kleinsten Küchenmädchen, mit der gleichen Geringschätzung behandelte, und hatte diese Rolle so erfolgreich und befriedigend gefunden, daß sie sie nicht mehr ablegen konnte. Sie war ewig am Nörgeln, aber sie tat es, ohne böse zu sein, als bloße Formsache. Er hatte den Verdacht, daß ihre Arbeit ihr in Wirklichkeit Spaß machte und sie nicht so unglücklich und unzufrieden war, wie sie sich den Anschein gab. Sie hätte es wohl kaum vierzig Jahre hier ausgehalten, wenn die Stelle tatsächlich so mittelmäßig gewesen wäre, wie sie behauptete.

«Milch! Kommen Sie mir bloß nicht mit der Milch. Die Milch macht in diesem Haus mehr Ärger als die ganze sonstige Verpflegung, und das will was heißen. Acht Liter verbrauchen wir täglich, obwohl das halbe Haus die Grippe hat. Fragen Sie nicht, wo das alles hingeht. Ich übernehme nicht mehr die Verantwortung dafür, und das habe ich auch der Oberin gesagt. Zwei Flaschen gehen jeden Morgen als erstes nach oben zu den Oberschwestern, damit sie sich den ersten Tee selbst kochen können. Zwei Flaschen schicke ich für die drei zusammen rauf. Man sollte meinen, das wäre genug für jede. Die Oberin geht natürlich extra. Sie kriegt ihren halben Liter, und ich gönne ihr jeden Tropfen. Aber was für Scherereien man damit hat! Die Schwester, die sie zuerst erwischt, nimmt sich den ganzen Rahm, glaube ich. Nicht gerade rücksichtsvoll, und das habe ich auch der Oberin gesagt. Sie bekommen sogar Vorzugsmilch. So gut hat es sonst niemand im Haus. Und nichts als Klagen. Oberschwester Gearing, weil sie ihr zu dünn ist, und Oberschwester Brumfett, weil sie nicht nur Vorzugsmilch bekommt, und Oberschwester Rolfe will sie in Viertelliterflaschen, die man überhaupt nicht mehr bekommt, was sie genausogut weiß wie ich. Dann habe ich die Milch für die Schülerinnen, für den Tee oder Kakao oder was für Zeug sie sich abends selbst kochen. Sie sollen es eigentlich aufschreiben, wenn sie eine Flasche aus dem Kühlschrank holen. Jeder gönnt es ihnen, aber das ist halt die Regel. So, und dann gucken Sie mal in das Buch! In neun von zehn Fällen ist ihnen das zuviel. Und dann die leeren Flaschen! Sie sollen sie ausspülen und in die Küche zurückbringen. Das ist wohl nicht zuviel verlangt. Aber was tun sie stattdessen? Sie lassen die Flaschen im ganzen Haus rumliegen, in ihren Zimmern, in den Schränken, im Vorratsraum – natürlich ungespült –, bis es stinkt. Meine Mädchen haben die Nase voll davon, immer hinter den Schülerinnen und ihren leeren Flaschen herzulaufen, und das habe ich auch der Oberin gesagt.

Was soll das heißen, ob ich in der Küche war, als die Zwillinge sich den Liter holten? Das wissen Sie ganz genau. Ich habe es dem anderen Polizisten schon gesagt. Wo sollte ich denn sonst um diese Zeit sein? Ich bin immer spätestens Viertel vor sieben in meiner Küche, und es war schon drei Minuten drüber, als die Zwillinge hereinkamen. Nein, ich habe ihnen die Flasche nicht gegeben. Sie haben sie selbst aus dem Kühlschrank genommen. Es ist nicht mein Amt, die Mädchen hinten und vorne zu bedienen, und das habe ich auch der Oberin gesagt. Aber die Milch war in Ordnung, als ich aus der Küche ging. Sie wurde nicht vor halb sieben gebracht, und ich habe vor dem Frühstück schon genug zu tun, ohne daß ich mir an der Milch zu schaffen mache und Desinfektionsmittel hineinkippe. Außerdem habe ich ein Alibi. Von Viertel vor sieben an war Mrs. Muncie bei mir. Sie ist eine Tageshilfe aus der Stadt, die mich unterstützt, wenn es hier hapert. Sie können sie jederzeit aufsuchen, aber ich glaube, Sie bekommen nicht viel aus ihr heraus. Die arme Seele hat nicht viel Grips. Wenn ich es mir recht überlege, habe ich meine Zweifel, ob sie überhaupt was gemerkt hätte, und wenn ich den ganzen Vormittag lang Milch vergiftet hätte. Jedenfalls war sie mit mir zusammen, wenn das was wert ist. Und ich war mit ihr die ganze Zeit zusammen. Ich renne nicht alle fünf Minuten hinaus aufs Klo oder so, das können Sie mir glauben. So was mache ich alles zur richtigen Zeit.

Das Desinfektionsmittel von der Toilette? Das dachte ich mir, daß Sie danach fragen. Ich bekomme jede Woche aus dem Lager einen großen Eimer geschickt, aus dem fülle ich die Flaschen nach. Eigentlich ist das nicht meine Aufgabe, aber ich lasse das nicht gern von den Mädchen machen. Die sind zu unvorsichtig. Da ginge die Hälfte von dem Zeug daneben. Ich habe die Flasche für das WC unten einen Tag vor dem Tod von Schwester Pearce nachgefüllt. Sie muß also noch fast voll gewesen sein. Ein paar Schülerinnen machen sich die Mühe, ein bißchen davon hinterher in die Kloschüssel zu schütten, aber die meisten tun's nicht. Man sollte meinen, daß Schwesternschülerinnen es mit solchen Kleinigkeiten genauer nehmen würden, aber sie sind kein bißchen anders als die anderen jungen Leute. Das Zeug wird hauptsächlich von den Dienstmädchen verbraucht, wenn sie die Klos putzen. Die Waschräume und Toiletten werden täglich saubergemacht. Da nehme ich es sehr genau. Das WC unten sollte nach dem Mittagessen von Morag Smith geputzt werden, aber Schwester Goodale und Schwester Pardoe merkten, daß die Flasche schon vorher weg war. Ich habe gehört, daß der andere Polizist sie leer im Gebüsch gefunden hat. Ich möchte wissen, wie sie dorthin gekommen ist.

Nein, Sie können Morag Smith nicht sprechen. Hat man Ihnen das nicht gesagt? Ein Glück für sie, daß sie gestern nachmittag weggegangen ist. Der Morag können Sie für die letzte Nacht nicht das geringste anhängen. Nein, ich weiß nicht, ob sie nach Haus gefahren ist. Ich habe sie nicht gefragt. Mir reicht die Verantwortung für die Mädchen, wenn ich sie hier im Nightingale-Haus vor der Nase habe. Ich kümmere mich nicht darum, was sie an ihren freien Tagen machen. Genausowenig wie um manches, was ich höre. Sie kommt höchstwahrscheinlich spät heute nacht zurück, und die Oberin hat die Anweisung gegeben, sie im Wohnheim unterzubringen. Dieses Haus ist jetzt anscheinend zu gefährlich für uns. Aber mich bringt hier keiner weg. Ich weiß zwar nicht, wie ich morgen alles schaffen soll, wenn Morag erst kurz vorm Frühstück auftaucht. Ich kann meine Leute nicht beaufsichtigen, wenn ich sie nicht hier habe, und das habe ich auch der Oberin gesagt. Nicht, daß Morag schwierig wäre. Sie ist genauso stur wie die andern, aber sie ist keine schlechte Kraft, wenn man sie erst einmal auf Trab bringt. Und wenn Ihnen einer erzählen will, daß Morag Smith sich an der Milch vergriffen hat, glauben Sie's bloß nicht. Das Mädchen ist vielleicht ein bißchen beschränkt, aber so verrückt ist sie nicht. Ich will nicht, daß meine Leute ohne Grund angeschwärzt werden.

Und jetzt will ich Ihnen etwas sagen, Herr Detektiv.» Sie reckte ihren mageren Körper vor und fixierte Dalgliesh mit ihren kleinen Augen. Er zwang sich dazu, ihnen ohne zu blinzeln standzuhalten, und sie starrten sich an wie zwei Ringer vor der nächsten Runde.

«Ja, Miss Collins?»

Sie streckte einen dünnen, knotigen Finger vor und stieß ihn heftig an die Brust. Dalgliesh zuckte zurück.

«Keiner hat ein Recht, diese Flasche ohne meine Erlaubnis aus der Toilette zu holen oder sie für einen anderen Zweck als zum Reinigen der Kloschüssel zu benutzen. Keiner!»

Es lag auf der Hand, worin in Miss Collins' Augen die eigentliche Ungeheuerlichkeit des Verbrechens gelegen hatte.

9

Zwanzig Minuten vor eins klopfte Mr. Courtney-Briggs energisch an die Tür, kam herein, ohne die Aufforderung abzuwarten, und sagte kurz angebunden: «Ich kann Ihnen jetzt eine Viertelstunde widmen, Dalgliesh, wenn es genehm ist.»

Sein Ton setzte voraus, daß es genehm sei. Dalgliesh nickte und wies auf einen Stuhl. Der Chirurg warf einen Blick auf Sergeant Masterson, der teilnahmslos dasaß und sein Notizbuch bereithielt, zögerte einen Moment und rückte sich den Stuhl so zurecht, daß er dem Sergeanten den Rücken zukehrte. Dann setzte er sich hin und griff in die Westentasche. Das Zigarettenetui, das er herausholte, war aus feingearbeitetem Gold und so flach, daß es nicht sehr praktisch aussah. Er bot Dalgliesh eine Zigarette an – Masterson allerdings keine – und schien es kaum zu registrieren, als der Kriminalrat ablehnte. Er zündete sich selbst eine an. Die Hände um das Feuerzeug waren groß und kräftig. Es waren nicht die sensiblen Hände, die man bei einem Chirurgen erwartet, sondern starke Tischlerhände, die tadellos gepflegt waren.

Während Dalgliesh sich scheinbar mit seinen Aufzeichnungen befaßte, beobachtete er den Mann. Er war kräftig, aber noch nicht korpulent. Der korrekte Anzug paßte fast zu gut. Er saß auf einem gepflegten, wohlgenährten Körper und verstärkte den Eindruck von verborgener, nur unvollkommen kontrollierter Macht. Mr. Courtney-Briggs konnte immer noch gutaussehend genannt werden. Sein langes, aus der hohen Stirn straff zurückgekämmtes Haar, wies nur eine einzige helle Strähne auf. Dalgliesh fragte sich, ob sie eingefärbt war. Seine Augen waren etwas zu klein für das kräftige, frische Gesicht, aber sie waren schön geschnitten und standen weit auseinander. Sie verrieten nichts.

Wie Dalgliesh wußte, war es hauptsächlich Mr. Courtney-Briggs zuzuschreiben, daß der lokale Polizeichef den Yard hinzugezogen hatte. Aus dem etwas verbitterten Bericht, den Inspektor Bailey bei der Übergabe des Falles gegeben hatte, konnte Dalgliesh schließen, weshalb. Der Chirurg hatte von Anfang an Schwierigkeiten gemacht, und seine Motive, falls sie einer rationellen Erklärung zugänglich waren, ließen interessante Spekulationen zu. Zuerst hatte er steif und fest behauptet, daß Schwester Pearce offensichtlich ermordet worden sei, daß es unvorstellbar sei, jemanden aus dem Krankenhausbereich mit dem Verbrechen in Verbindung zu bringen, und daß die Polizei verpflichtet sei, auf Grund dieser Annahme den Mörder ohne die geringste Verzögerung zu finden und zu verhaften. Als die Untersuchung keine unmittelbaren Ergebnisse brachte, wurde er widerspenstig. Er war gewohnt, Macht auszuüben, und gewiß besaß er einige Macht. Er hatte gute Beziehungen zu hochgestellten Persönlichkeiten in London, die ihm ihr Leben verdankten, und einige von ihnen konnten durchaus Schwierigkeiten machen. Sowohl der örtliche Polizeichef als auch der Yard erhielten Anrufe, teils taktvoll und halb entschuldigend, teils voller unverhüllter Kritik. Als der mit der Untersuchung befaßte Inspektor immer stärker zu der Überzeugung gelangte, Schwester Pearces Tod sei die Folge eines Streiches gewesen, der böse danebengegangen sei, verkündeten Mr. Courtney-Briggs und seine Mitstreiter noch lauter als zuvor, sie sei ermordet worden, und drängten noch stärker darauf, den Fall dem Yard zu übergeben. Und dann war Schwester Fallon tot aufgefunden worden. Es war zu erwarten, daß die örtliche Kriminalpolizei zu verstärkter Aktivität angespornt würde, daß das diffuse Licht über dem ersten Verbrechen nun konzentriert auf den zweiten Todesfall treffen würde. Und in eben diesem Augenblick hatte Mr. Courtney-Briggs beschlossen, den Polizeichef anzurufen und ihm mitzuteilen, es seien keine weiteren Anstrengungen nötig. Denn für ihn stehe fest, daß Schwester Fallon Selbstmord begangen habe, daß der Grund hierfür nur in Gewissensbissen über das schreckliche Resultat des Streiches, der ihre Kollegin tötete, zu suchen sei, und daß es jetzt im Interesse des Krankenhauses liege, den Fall mit möglichst geringem Aufsehen abzuschließen, bevor der Nachschub an Schwesternschülerinnen oder sogar die Zukunft des Krankenhauses gefährdet würde. Der Polizei sind derartige plötzliche Kehrtwendungen nicht fremd, was nicht heißen soll, sie freue sich darüber. Dalgliesh sagte sich allerdings, der hiesige Polizeichef müsse ein beachtliches Maß an Genugtuung verspürt haben, als er beschloß, unter diesen Umständen den Yard herzuholen, um beiden Todesfällen nachzugehen.

In der Woche nach Schwester Pearces Tod hatte Courtney-Briggs sogar Dalgliesh angerufen, der vor drei Jahren sein Patient gewesen war. Es hatte sich um einen unkomplizierten Blinddarm gehandelt, und obwohl Dalglieshs Eitelkeit durch die Kleinheit und Sauberkeit der entstandenen Narbe befriedigt war, meinte er, die Kunstfertigkeit des Chirurgen sei seinerzeit angemessen vergütet worden. Ganz gewiß verspürte er keine Lust, sich für Courtney-Briggs' private Interessen einspannen zu lassen. Der Anruf war peinlich gewesen. Mit Interesse stellte er fest, daß der Chirurg es allem Anschein nach für beide Seiten für ratsam hielt, den Vorfall zu vergessen.

«Ich darf voraussetzen, daß Schwester Fallon Ihrer Ansicht nach Selbstmord begangen hat?»

«Selbstverständlich. Diese Erklärung liegt auf der Hand. Sie wollen doch nicht unterstellen, daß ihr sonst jemand das Zeug in den Whisky geschüttet hat? Warum auch?»

«Bleibt das Problem mit dem fehlenden Behälter, nicht? Das heißt, falls es sich um Gift dreht. Das werden wir erst erfahren, wenn der Autopsiebefund vorliegt.»

«Was für ein Problem? Ich sehe keins. Der Becher war wärmeisoliert und undurchsichtig. Sie könnte das Zeug schon früher als gestern abend hineingegeben haben. Das hätte kein Mensch gemerkt. Oder sie kann ein Pulver in einem Stück Papier bei sich gehabt haben, das sie dann auf der Toilette wegspülte. Der Behälter ist kein Problem. Und es war diesmal kein Ätzmittel. Soviel war mir klar, als ich die Leiche sah.»

«Waren Sie als erster Arzt zur Stelle?»

«Nein. Ich war nicht im Krankenhaus, als sie gefunden wurde. Dr. Snelling war da. Er ist der praktische Arzt, der sich um die Schwestern hier kümmert. Er stellte sofort fest, daß nichts mehr zu machen war. Ich kam herüber, um mir die Leiche anzusehen, sobald ich davon erfuhr. Ich kam kurz vor neun ins Krankenhaus. Da war natürlich die Polizei schon da. Ich meine, die von hier. Ich weiß nicht, warum man sie nicht weiter an dem Fall arbeiten ließ. Ich rief den Polizeichef an und teilte ihm meine Ansicht mit. Übrigens sagte mir Miles Honeyman, daß sie etwa um Mitternacht starb. Ich traf ihn, als er im Weggehen war. Wir haben zusammen studiert.»

«Das habe ich gehört.»

«Sie haben gut daran getan, ihn zuzuziehen. Er wird wohl allgemein als der beste Mann anerkannt.»

Er sprach selbstgefällig – der Erfolgreiche ließ sich herab, den Erfolgreichen anzuerkennen. Seine Kriterien waren nicht sehr tiefgründig, dachte Dalgliesh. Geld, Prestige, öffentliche Anerkennung, Macht. Ja, Courtney-Briggs würde in der Überzeugung, es bezahlen zu können, immer das Beste für sich verlangen.

Dalgliesh sagte: «Sie war schwanger. Wußten Sie das?»

«Honeyman sagte es mir. Nein, ich wußte nichts davon. Das kommt selbst heutzutage vor, wo die Empfängnisverhütung zuverlässig und einfach ist. Aber bei einem Mädchen von ihrer Intelligenz hätte ich erwartet, daß sie die Pille nimmt.»

Dalgliesh fiel der Auftritt in der Bibliothek an diesem Morgen ein, als Mr. Courtney-Briggs auf den Tag genau das Alter des Mädchens angegeben hatte. Er stellte seine nächste Frage:

«Kannten Sie sie gut?»

Der tiefere Sinn war klar, und der Chirurg ließ sich ein wenig Zeit mit der Antwort. Dalgliesh hatte nicht erwartet, daß er aufbrausen oder losschimpfen würde, und er tat auch nichts dergleichen. Dagegen lag gesteigerter Respekt in dem Blick, mit dem er den Fragesteller ansah.

«Eine Zeitlang, ja.» Er machte eine Pause. «Man kann wohl sagen, daß ich sie intim kannte.»

«War sie Ihre Geliebte?»

Courtney-Briggs sah ihn ungerührt an und überlegte. Schließlich sagte er: «Das drückt es ziemlich förmlich aus. Ich habe in den ersten sechs Monaten, die sie hier war, ziemlich regelmäßig mit ihr geschlafen. Haben Sie etwas dagegen?»

«Es steht mir kaum zu, etwas dagegen zu haben, wenn sie einverstanden war. Vermutlich war sie das?»

«Das kann man wohl sagen.»

«Und wann war damit Schluß?»

«Ich dachte, das hätte ich Ihnen gesagt. Es ging bis zum Ende ihres ersten Jahres. Das war vor anderthalb Jahren.»

«Hatten Sie eine Auseinandersetzung?»

«Nein. Sie meinte, sie habe, sagen wir, die Möglichkeiten ausgeschöpft. Manche Frauen lieben die Abwechslung. Ich übrigens auch. Ich hätte mich nicht mit ihr abgegeben, wenn ich sie für den Typ gehalten hätte, der Schwierigkeiten macht. Und verstehen Sie mich nicht falsch. Es ist nicht meine Gewohnheit, mit Schwesternschülerinnen zu schlafen. Ich bin da recht wählerisch.»

«War es schwierig, die Geschichte geheimzuhalten? Es gibt doch kaum ein Privatleben im Krankenhaus.»

«Sie haben romantische Vorstellungen, Herr Kriminalrat. Wir haben nicht in aller Öffentlichkeit geknutscht. Als ich sagte, ich schlief mit ihr, meinte ich genau das. Ich benutze keine beschönigenden Ausdrücke für Sex. Sie kam in meine Wohnung in der Wimpole Street, wenn sie eine Nacht frei hatte, und wir schliefen dort. Ich wohne da allein, mein Haus ist in der Nähe von Selborn. Der Pförtner in der Wimpole Street muß davon gewußt haben, aber er kann den Mund halten. Ein großer Teil der Mieter würde weglaufen, wenn er es nicht könnte. Es war ohne jedes Risiko, vorausgesetzt, sie redete nicht, aber das war nicht ihre Art. Nicht daß es mir besonders viel ausgemacht hätte. Es gibt gewisse Bereiche des persönlichen Verhaltens, da tue ich, wozu ich Lust habe. Sie doch sicher auch.»

«Also war es nicht Ihr Kind?»

«Nein. Ich sehe mich vor. Außerdem war die Geschichte vorbei. Aber auch wenn sie nicht beendet gewesen wäre, hätte ich sie wohl kaum umgebracht. Diese Art der Lösung schafft mehr Schwierigkeiten, als sie abwendet.»

Dalgliesh fragte: «Was hätten Sie unternommen?»

«Das wäre von den Umständen abhängig gewesen. Ich hätte die Sicherheit haben müssen, daß es wirklich mein Kind wäre. Aber dieses spezielle Problem ist nicht ungewöhnlich und nicht unlösbar, wenn die Frau vernünftig ist.»

«Ich habe erfahren, Miss Fallon habe eine Abtreibung geplant. Ist sie deshalb zu Ihnen gekommen?»

«Nein.»

«Sie hätte es vielleicht tun können?»

«Gewiß. Sie hätte. Aber sie hat nicht.»

«Hätten Sie ihr geholfen, wenn sie darum gebeten hätte?»

Der Chirurg sah ihn an.

«Diese Frage liegt kaum in Ihrem Zuständigkeitsbereich, möchte ich meinen.»

Dalgliesh sagte: «Darüber entscheide ich. Das Mädchen war schwanger; sie dachte an eine Abtreibung; sie erzählte einer Freundin, sie wüßte, wer ihr helfen würde. Es wäre natürlich interessant zu wissen, an wen sie dabei dachte.»

«Sie kennen das Gesetz. Ich bin Chirurg und nicht Gynäkologe. Ich halte mich lieber an mein Spezialgebiet und praktiziere es legal.»

«Es gibt auch andere Arten von Hilfe. Man könnte sie zum Beispiel an einen geeigneten Kollegen verweisen oder ihr bei der Bezahlung unter die Arme greifen.»

Für ein Mädchen, das sechzehntausend Pfund zu vererben hatte, war es ziemlich unwahrscheinlich, um Zuschuß für die Abtreibungskosten zu bitten. Doch Miss Goodales Erbschaft war noch nicht bekannt, und Dalgliesh wollte herausbekommen, ob Courtney-Briggs über Schwester Fallons Kapital Bescheid wußte. Aber der Chirurg ließ sich nichts anmerken.

«Nun, sie kam jedenfalls nicht zu mir. Sie mag an mich gedacht haben, aber sie kam nicht. Und wenn sie gekommen wäre, hätte ich ihr nicht geholfen. Ich halte mich daran, für meine eigenen Angelegenheiten die Verantwortung zu übernehmen; aber ich nehme sie anderen Leuten nicht ab. Wenn sie ihre Befriedigung bei einem anderen suchte, konnte sie auch woanders Hilfe suchen. Von mir war sie nicht schwanger. Aber jemand muß es gewesen sein. Der hätte sich doch um sie kümmern können.»

«Wäre das Ihre Antwort gewesen?»

«Ganz sicher. Und mit Recht.»

Aus seiner Stimme klang grausame Genugtuung. Dalgliesh blickte auf und sah, daß sein Gesicht gerötet war. Der Mann hielt seine Gefühle nur mühsam unter Kontrolle. Und Dalgliesh hatte kaum Zweifel, welcher Art diese Gefühle waren. Es war Haß.

Er setzte das Verhör fort.

«Waren Sie letzte Nacht im Krankenhaus?»

«Ja, ich wurde zu einer dringenden Operation gerufen. Einer meiner Patienten erlitt einen Rückfall. Das kam zwar nicht unerwartet, aber es war eine sehr ernste Sache. Die Operation war um Viertel vor zwölf zu Ende. Die Zeit steht im OP-Plan. Dann rief ich im Nightingale-Haus an und bat Oberschwester Brumfett, so nett zu sein und für etwa eine Stunde auf die Station zu kommen. Mein Patient liegt privat. Danach telefonierte ich nach Hause, um zu sagen, daß ich noch käme und nicht hier übernachtete, wie ich es gelegentlich nach späten Operationen tue. Ich verließ das Hauptgebäude kurz nach zwölf. Ich wollte durch die Ausfahrt an der Winchester Road fahren. Ich habe einen eigenen Schlüssel. Aber Sie haben ja wahrscheinlich gemerkt, was für eine stürmische Nacht das war. Ich entdeckte eine Ulme, die quer über der Straße lag. Ich hatte Glück, daß ich gerade noch halten konnte. Ich stieg aus und knotete meinen weißen Seidenschal um einen Ast, um andere zu warnen, die möglicherweise noch in der Nacht diesen Weg nehmen wollten. Das war nicht wahrscheinlich, aber der Baum war tatsächlich eine Gefahr, und es war nicht möglich, ihn in der Dunkelheit beiseite räumen zu lassen. Ich wendete das Auto und fuhr durch den Haupteingang. Beim Hinausfahren machte ich den Pförtner auf den entwurzelten Baum aufmerksam.»

«Haben Sie auf die Zeit geachtet?»

«Nein. Vielleicht der Pförtner. Aber es dürfte so ungefähr Viertel nach zwölf gewesen sein, vielleicht ein bißchen später. Ich verlor etwas Zeit bei dem Baum.»

«Sie mußten doch am Nightingale-Haus vorbeifahren, um zur hinteren Ausfahrt zu kommen. Sie gingen nicht hinein?»

«Ich hatte keine Veranlassung dazu und ging nicht hinein, weder um Schwester Fallon zu vergiften noch aus irgendeinem anderen Grund.»

«Und Sie sahen niemand im Park?»

«Nach Mitternacht und bei diesem Sturm? Nein.»

Dalgliesh brachte das Verhör auf ein anderes Thema.

«Sie sahen natürlich, wie Schwester Pearce starb. Es gab vermutlich von Anfang an keine Möglichkeit, sie zu retten?»

«Ich würde sagen, nein. Ich habe mir alle erdenkliche Mühe gegeben, aber es ist nicht so einfach, wenn man nicht weiß, was man behandeln soll.»

«Aber Sie wußten, daß es sich um Gift drehte?»

«Ziemlich schnell. Aber ich wußte nicht, um was für eines. Allerdings hätte das auch keinen Unterschied gemacht. Sie haben den Obduktionsbericht gelesen. Sie wissen, was das Zeug angerichtet hat.»

Dalgliesh fragte: «Sie waren an dem Morgen, als sie starb, von acht Uhr an im Nightingale-Haus?»

«Sie wissen sehr wohl, daß ich hier war. Ich nehme doch an, Sie haben sich die Mühe gemacht, meine erste Aussage zu lesen. Ich kam kurz nach acht ins Nightingale-Haus. Mein Vertrag lautet auf sechs halbe Tage, und ich bin deshalb Montag, Donnerstag und Freitag den ganzen Tag im Krankenhaus. Aber es ist nicht ungewöhnlich, daß ich außerhalb dieser Zeit zu dringenden Operationen gerufen werde, besonders wenn es sich um Privatpatienten handelt, und ab und zu stehe ich auch am Samstagmorgen im OP, wenn meine Liste zu lang ist. Ich wurde Sonntag nacht kurz vor elf zu einem akuten Blinddarm gerufen – einer meiner Privatpatienten –, und ich fand es bequemer, die Nacht hier im Ärztehaus zu verbringen.»

«Wo liegt das?»

«Das scheußliche neue Gebäude in der Nähe der ambulanten Abteilung. Gefrühstückt wird dort zu einer unmöglichen Zeit – um halb acht.»

«Sie waren ziemlich früh hier. Die Übung sollte erst um neun beginnen.»

«Ich war nicht nur wegen der Übung hier, Herr Kriminalrat. Sie kennen sich nicht besonders gut mit Krankenhäusern aus, was? Der leitende Chirurg kümmert sich normalerweise nicht um die Übungen der Schwesternschülerinnen, es sei denn, er erteilt selbst Unterricht. Ich war am 12. Januar nur anwesend, weil die Dame von der Schwesternaufsicht kommen sollte und ich der stellvertretende Vorsitzende des Ausbildungskomitees bin. Es war eine Aufmerksamkeit gegenüber Miss Beale, sie hier zu begrüßen. Ich kam so früh hierher, weil ich an einigen dienstlichen Berichten arbeiten wollte, die ich nach meiner letzten Unterrichtsstunde in Oberschwester Rolfes Büro gelassen hatte. Ich wollte mich auch vor der Inspektion noch kurz mit der Oberin unterhalten und vor allem rechtzeitig dasein, um Miss Beale in Empfang zu nehmen. Ich ging um 8.35 Uhr hinauf in die Wohnung der Oberin und traf sie noch beim Frühstück an. Und falls Sie meinen, ich hätte das Ätzmittel irgendwann zwischen 8 und 8.35 Uhr in die Milchflasche füllen können, haben Sie völlig recht. Wie es sich allerdings trifft, habe ich es nicht getan.»

Er sah auf die Uhr.

«Und jetzt muß ich zu meinem Mittagessen kommen, falls Sie keine weiteren Fragen haben. Ich habe heute nachmittag noch eine Sprechstunde in der Ambulanz, und die Zeit drängt. Wenn es unbedingt nötig ist, habe ich wahrscheinlich noch ein paar Minuten für Sie Zeit, bevor ich gehe, aber ich hoffe, Sie brauchen mich nicht mehr. Ich habe bereits eine Aussage zum Tod von Schwester Pearce gemacht und habe weder etwas hinzuzufügen noch zu ändern. Ich habe die Fallon gestern nicht gesehen. Ich wußte nicht einmal, daß sie gesundgeschrieben war. Sie war nicht von mir schwanger, und selbst wenn, wäre ich nicht so dumm gewesen, sie umzubringen. Übrigens, was ich Ihnen über unsere frühere Beziehung sagte, war natürlich vertraulich.»

Er warf einen vielsagenden Blick auf Sergeant Masterson.

«Nicht, daß es mir etwas ausmacht, wenn es bekannt wird. Aber schließlich ist das Mädchen tot. Wir können immerhin versuchen, ihren Ruf zu schützen.»

Dalgliesh mochte nicht recht daran glauben, daß Mr. Courtney-Briggs an dem Ruf irgendeiner Person außer an dem seiner eigenen interessiert war. Aber er gab ihm feierlich die diesbezügliche Versicherung. Er sah den Chirurgen ohne Bedauern gehen. Ein egoistischer Schweinehund, der einen geradezu herausforderte, ihn zu provozieren. Aber ein Mörder? Er besaß die Überheblichkeit, die Unverfrorenheit und den Egoismus eines Mörders. Wichtiger noch, er hatte die Gelegenheit gehabt. Und das Motiv? War es ein verschlagener Trick gewesen, so bereitwillig seine Beziehung zu Josephine Fallon einzugestehen? Zugegeben, er hatte sich nicht der Hoffnung hingeben können, daß die Sache geheim bliebe; ein Krankenhaus war nicht gerade die diskreteste Einrichtung. Hatte er aus der Not eine Tugend gemacht, indem er Dalgliesh seine Version der Affäre gab, bevor jenem der unvermeidliche Klatsch zu Ohren käme? Oder war es nur Aufrichtigkeit aus Selbstgefälligkeit gewesen, die sexuelle Eitelkeit eines Mannes, der sicher keine Heldentat verbergen würde, die für seine Anziehungskraft und Männlichkeit sprach?

Als Dalgliesh seine Papiere zusammenpackte, spürte er, daß er hungrig war. Der Tag hatte früh begonnen, und der Vormittag war anstrengend gewesen. Es war für ihn und Masterson Zeit, an das Mittagessen zu denken und Stephen Courtney-Briggs erst einmal zu vergessen.

Tischgespräch

1

Die Oberschwestern, die im Nightingale-Haus wohnten, und die Schülerinnen bekamen nur ihr Frühstück und den Nachmittagstee in der Schule. Zu den Hauptmahlzeiten mittags und abends schlossen sie sich dem übrigen Personal in der Krankenhauskantine an, wo alle außer den Ärzten in institutionalisierter geräuschvoller Nachbarschaft aßen. Das Essen war gleichbleibend nahrhaft, hinreichend schmackhaft zubereitet und so abwechslungsreich, wie es mit der Notwendigkeit zu vereinbaren war, die unterschiedlichen Geschmacksrichtungen von einigen hundert Personen zu befriedigen, ohne ihre religiösen Gefühle und ihre Diätvorschriften zu verletzen und ohne den Verpflegungsetat zu überschreiten. Die Grundsätze, nach denen der Speiseplan zusammengestellt wurde, waren vorgegeben. Leber und Nieren wurden nie an Tagen angeboten, an denen der Urologe operierte, und den Schwestern wurde nie das gleiche Essen vorgesetzt, das sie gerade den Patienten gebracht hatten.

Die Selbstbedienungskantine war gegen den Widerstand sämtlicher Personalgruppen am John-Carpendar-Krankenhaus eingeführt worden. Bis vor acht Jahren hatte es getrennte Speiseräume für die Schwestern und das übrige Pflegepersonal sowie einen für das Verwaltungs- und nichtmedizinische Personal und eine Kantine für die Dienstboten und Handwerker gegeben. Mit dieser Regelung waren alle einverstanden gewesen, da sie die Klassen säuberlich getrennt und außerdem dafür gesorgt hatte, daß jeder in leidlicher Ruhe seine Essenspause verbringen und sich seine Tischgesellschaft aussuchen konnte. Doch jetzt kamen nur noch die Ärzte in den Genuß eines ruhigen und abgeschlossenen Speiseraums. Dieses eifersüchtig verteidigte Privileg war ständigen Angriffen ausgesetzt: von seiten der Rechnungsprüfer des Ministeriums, der Wirtschaftsplaner der Regierung und der Arbeitsstudienexperten, die an Hand ihrer Kostenberechnungsstatistiken leicht die Unwirtschaftlichkeit dieser Regelung beweisen konnten. Aber bis jetzt hatten die Ärzte gewonnen.

Als schlagendstes Argument führten sie an, es sei unbedingt notwendig, ungestört über die Patienten sprechen zu können. Die Behauptung, daß sie nie eine echte Arbeitspause einlegten, nicht einmal zu den Mahlzeiten, wurde mit erheblicher Skepsis aufgenommen, war aber schwer zu widerlegen. Die Notwendigkeit, die Krankengeschichten vertraulich zu behandeln, rührte an die Sphäre der Patient-Arzt-Beziehung, die die Ärzte nur zu gern ausschlachteten. Gegenüber diesem geheimnisumwitterten Verhältnis hatten auch die Leute aus dem Finanzministerium nicht die Macht, sich durchzusetzen. Darüber hinaus konnten sich die Ärzte auf die Oberin berufen. Miss Taylor hatte zu erkennen gegeben, daß sie die Beibehaltung eines gesonderten Speiseraums für das ärztliche Personal für die vernünftigste Lösung hielt. Und Miss Taylors Einfluß auf den Vorsitzenden des Verwaltungskomitees war so offensichtlich und so alt, daß er kaum noch Kritik hervorrief. Sir Marcus Cohen war ein wohlhabender und stattlicher Witwer, und das eigentlich Überraschende war, daß er und die Oberin nicht längst geheiratet hatten. Nach allgemeiner Ansicht konnte es dafür nur zwei Gründe geben: entweder wollte Sir Marcus als bekannter Kopf der jüdischen Gemeinde des Landes keine Glaubensfremde heiraten, oder Miss Taylor wollte sich, da mit ihrem Beruf verheiratet, überhaupt nicht verehelichen.

Aber das Ausmaß von Miss Taylors Einfluß auf den Vorsitzenden und damit auf das Verwaltungskomitee war über jede Spekulation erhaben. Es war bekannt, daß sich namentlich Mr. Courtney-Briggs darüber ärgerte, da dadurch sein eigener Einfluß geschmälert wurde. Was allerdings den Speiseraum der Ärzte betraf, hatte sich die Ansicht der Oberin endgültig durchgesetzt und zu seinen Gunsten ausgewirkt.

Doch wenn auch das übrige Personal die gleiche Luft atmen mußte, war es dennoch nicht zur Vertraulichkeit gezwungen. Der großzügige Raum war in kleinere Bereiche unterteilt worden, die durch Zwischenwände und Pflanzentröge voneinander getrennt waren, und in jeder dieser Nischen war somit die Atmosphäre eines abgeschlossenen Eßzimmers gewährleistet.

Oberschwester Rolfe holte sich an der Theke Scholle und Pommes frites, trug ihr Tablett an den Tisch, den sie seit achten Jahren mit Oberschwester Brumfett und Oberschwester Gearing teilte, und ließ ihren Blick über die Mitbewohner dieser seltsamen Welt schweifen. In der Nische bei der Tür saßen die Laboranten in fleckigen Kitteln und unterhielten sich angeregt und lautstark. Neben ihnen saß der alte Flemming, der Apotheker in der Ambulanz, und drehte mit seinen vom Nikotin verfärbten Fingern sein Brot zu Kügelchen. Den nächsten Tisch belegten vier Sekretärinnen in blauen Arbeitskitteln. Miss Wright, die Chefsekretärin, aß wie immer in verstohlener Eile, um möglichst schnell wieder hinter ihre Schreibmaschine zu kommen. Hinter der angrenzenden Wand saßen an einem Tisch Miss Bunyon, die erste Röntgenassistentin, Mrs. Nethern, Chefin der Sozialarbeiter, und zwei Physiotherapeuten, die ihren Rang gründlich herausstrichen, indem sie gelassene Tüchtigkeit ausstrahlten, völliges Desinteresse am Essen zeigten und einen Tisch gewählt hatten, der so weit wie möglich von dem der jüngeren Angestellten entfernt war.

Und woran dachten sie wohl? Wahrscheinlich an die Fallon. Vom Arzt bis zum Küchenmädchen konnte es nicht einen geben, der nicht inzwischen erfahren hatte, daß eine zweite Schülerin im Nightingale-Haus unter mysteriösen Umständen gestorben war und daß man sich an Scotland Yard gewandt hatte. Jo Fallons Tod war vermutlich an diesem Morgen an den meisten Tischen das Hauptgespräch. Aber das hinderte die Leute nicht daran, ihr Mittagessen zu genießen und mit ihrer Arbeit fortzufahren. Es gab so viel zu tun; es gab so viele andere Probleme; es gab noch so viel anderen Klatsch. Nicht nur, weil das Leben weitergehen mußte; in einem Krankenhaus hatte dieses Klischee eine besondere Bedeutung. Und das Leben ging weiter, gemäß dem zwingenden Gesetz von Geburt und Tod. Vorgemerkte Neuaufnahmen kamen herein; Krankenwagen brachten täglich Notfälle; Operationslisten wurden angeschlagen; die Toten wurden aufgebahrt und die Genesenen entlassen. Der Tod, auch der plötzliche und unerwartete Tod, war diesen jungen munteren Schülerinnen vertrauter als selbst den erfahrensten älteren Kriminalbeamten. Und er konnte nur bis zu einem gewissen Grad schockieren. Man gewöhnte sich entweder während des ersten Jahres an ihn, oder man steckte die Ausbildung zur Krankenschwester auf. Aber Mord? Das war ein Unterschied. Sogar in dieser gewalttätigen Welt behielt ein Mord seine makabre, ursprüngliche Eigenschaft, die Umwelt zu erschüttern. Aber wieviel Leute im Nightingale-Haus glaubten tatsächlich, daß die beiden Mädchen ermordet worden waren? Es gehörte wohl mehr als die Anwesenheit des Wunderknaben von Scotland Yard dazu, um einer derart aus dem Rahmen fallenden Idee Glaubwürdigkeit zu verleihen. Es gab zu viele andere mögliche Erklärungen, und alle waren sie einfacher und glaubhafter als Mord. Dalgliesh mochte glauben, was er wollte; es zu beweisen, stand auf einem anderen Blatt.

Oberschwester Rolfe senkte den Kopf und begann ohne Begeisterung, ihre Scholle zu zerlegen. Sie hatte eigentlich keinen Hunger. Der aufdringliche Essensgeruch, der in der Luft lag, verdarb ihr gründlich den Appetit. Der Lärm im Restaurant drang ihr pausenlos und unausweichlich an die Ohren, ein ununterbrochenes Gemisch aus Mißklängen, aus dem kaum einzelne Töne herauszuhören waren.

Neben ihr saß die Brumfett. Sie hatte ihren Mantel ordentlich über die Stuhllehne gelegt und die unförmige Stofftasche, die sie überall mit sich herumtrug, auf den Boden gestellt. Sie aß gedünsteten Schellfisch und Petersiliensoße mit einer eifrigen Angriffslust, als ärgere sie sich über die Notwendigkeit zu essen und lasse ihren Zorn an dem Menü aus. Oberschwester Brumfett aß nie etwas anderes als gedünsteten Fisch, und Oberschwester Rolfe hatte plötzlich das Gefühl, daß sie es keine Mittagspause länger mit ansehen könnte, wie die Brumfett vor ihrem gedünsteten Fisch saß.

Sie überlegte sich, daß es eigentlich keinen Grund gab, warum sie sich das zumutete. Nichts hielt sie davon ab, sich woanders hinzusetzen, nichts außer dieser Versteinerung des Willens, die den einfachen Vorgang, ihr Tablett die paar Schritte zu einem anderen Tisch zu tragen, unausführbar, umwälzend und unwiderruflich erscheinen ließ. Links von ihr spielte Oberschwester Gearing an ihrem Schmorbraten herum und zerschnitt die Kohlblätter in saubere Quadrate. Wenn sie dann tatsächlich anfing zu essen, schob sie sich die Bissen gewöhnlich hastig wie ein gieriges Schulmädchen ein. Aber immer wieder mußte man sich diese gezierten Vorbereitungen ansehen. Oberschwester Rolfe fragte sich, wie oft sie dem Drang widerstanden hatte, zu sagen: «Um Gottes willen, Miss Gearing, hören Sie doch mit dem Gemansche auf, und essen Sie!» Eines Tages, ganz sicher, würde sie es sagen. Und wieder einmal würde man von einer unbeliebten Schwester in mittleren Jahren behaupten, sie werde «allmählich ziemlich schwierig. Na ja, das sind die Jahre.»

Sie hatte daran gedacht, sich außerhalb des Krankenhauses eine Wohnung zu nehmen. Das war zulässig, und sie konnte es sich leisten. Der Kauf einer Wohnung oder eines kleinen Hauses wäre die beste Kapitalanlage für später. Aber mit ein paar negativen Bemerkungen, die wie Eiskristalle auf ihre Pläne fielen, hatte Julia Pardoe diese Vorstellung zerstört.

«Draußen wohnen! Warum möchtest du das nur? Wir sollen uns wohl nicht mehr so oft treffen.»

«Doch, Julia, das wollen wir. Aber ganz für uns und ohne Risiko, ohne diese Heimlichtuerei. Es soll ein gemütliches, hübsches kleines Haus sein, das dir gefallen wird.»

«Es wäre nicht mehr so bequem. Ich könnte nicht mehr einfach die Treppe nach oben schleichen und dich besuchen, wenn mir danach zumute ist.»

Wenn ihr danach zumute war? Wonach? Oberschwester Rolfe wehrte sich mit aller Kraft gegen die Frage, die sie sich nie zu stellen wagte.

Sie wußte, worin ihre Schwierigkeit lag. Allerdings stand sie da nicht allein. In jeder Beziehung gab es einen Partner, der liebte, und einen, der es zuließ, daß man ihn liebte. Sie stellte lediglich die brutale Organisation des Verlangens fest; von jedem, gemäß seinen Fähigkeiten, für jeden, gemäß seinen Bedürfnissen. War es egoistisch oder anmaßend zu hoffen, daß der nehmende Teil den Wert des Geschenks erkannte? Daß sie ihre Liebe nicht an ein flatterhaftes, treuloses Geschöpf verschwendete, das zugriff, wo immer es sein Vergnügen fand? Sie hatte gesagt: «Du könntest sicher zwei-, dreimal die Woche kommen, vielleicht häufiger. Ich würde mir etwas in der Nähe suchen.»

«Ja, aber ich weiß nicht, wie ich das hinkriegen soll. Ich sehe nicht ein, warum du dir die Arbeit und Mühe mit einem Haus aufhalsen willst. Es geht dir doch hier gut.»

Oberschwester Rolfe dachte: Das ist es ja gerade. Es geht mir hier nicht gut. Diese Umgebung macht mich kaputt. Nicht nur die Dauerpatienten werden zur Institution. Mir geht es genauso. Ich habe für die meisten Menschen, mit denen ich zusammenarbeiten muß, nur Widerwillen und Verachtung übrig. Selbst die Arbeit gibt mir nicht mehr den richtigen Halt. Die Schülerinnen werden mit jedem Jahrgang dümmer und ungebildeter. Ich bin mir nicht einmal mehr sicher, ob meine Arbeit überhaupt einen Sinn hat.

Bei der Theke krachte etwas auf den Boden. Ein Mädchen hatte ein Tablett mit schmutzigem Geschirr fallen lassen. Oberschwester Rolfe hob mechanisch den Kopf und sah, daß der Kriminalrat gerade hereingekommen war und sich mit einem Tablett hinten angestellt hatte. Sie beobachtete den großen Mann, wie er, unbeachtet von den plaudernden Schwestern um ihn herum, langsam zwischen einem Mann im weißen Kittel und einer Hebammenschülerin in der Schlange aufrückte, sich ein Brötchen und Butter nahm und darauf wartete, daß das Mädchen ihm das Hauptgericht ausgab. Sie war überrascht, ihn hier zu sehen. Ihr wäre nie der Gedanke gekommen, daß er allein käme und hier in der Kantine sein Essen zu sich nähme.

Ihre Augen folgten ihm, bis er die Spitze der Schlange erreichte, seine Essensmarke abgab und sich nach einem freien Platz umsah. Er schien sich sehr wohl zu fühlen und die fremde Umgebung kaum wahrzunehmen. Sie dachte, er müsse ein Mann sein, der sich nicht vorstellen konnte, jemals im Nachteil zu sein, ganz gleich, in welcher Gesellschaft er sich befand, weil er in seiner privaten Welt gefestigt war und über jenes Maß an Selbstwertgefühl verfügte, das die Grundlage des Glücks ist. Sie überlegte, was das für eine Welt sein mochte, in der er lebte. Dann sah sie wieder auf ihren Teller, erstaunt über das ungewöhnliche Interesse, das er in ihr weckte. Wahrscheinlich wurde er mit seinem schmalen, kantigen Gesicht, das zugleich arrogant und sensibel war, von den meisten Frauen für schön gehalten. Das wirkte sich bei seinem Beruf vermutlich günstig aus, und als Mann würde er sicher das Beste daraus zu machen wissen. Zweifellos war das einer der Gründe, weshalb er mit diesem Fall betraut worden war.

Wenn der stumpfsinnige Bill Bailey nichts herausfinden konnte, mußte der Wunderknabe vom Yard die Sache in die Hand nehmen. Bei einem Haus voller Frauen und drei alten Jungfern als Verdächtige sah er ohne Zweifel gute Möglichkeiten. Na dann, viel Glück!

Doch sie war nicht die einzige am Tisch, die ihn hatte kommen sehen. Sie spürte eher, als daß sie es sah, wie Oberschwester Gearing sich aufrichtete, und hörte sie einen Augenblick später sagen: «Sieh da! Der schöne Detektiv! Er sollte besser mit uns essen, als sich unter die Gänse zu mischen. Man hätte ihm sagen müssen, wie das hier funktioniert.»

Und jetzt, dachte Oberschwester Rolfe, wirft sie ihm gleich ihren einladenden, billigen Verführungsblick zu, und wir haben ihn die ganze Mittagspause über auf dem Hals. Der Blick wurde geworfen und die Einladung nicht zurückgewiesen. Dalgliesh balancierte lässig und anscheinend völlig ungeniert sein Tablett quer durch die Kantine und steuerte auf ihren Tisch zu. Oberschwester Gearing sagte: «Was haben Sie denn mit Ihrem schönen Sergeanten gemacht? Ich dachte, Polizisten gehen immer wie Nonnen zu zweit.»

«Mein schöner Sergeant studiert die Protokolle und nimmt sein Mittagessen aus belegten Broten und Bier im Büro zu sich, während ich die Früchte des höheren Alters hier bei Ihnen genieße. Ist dieser Stuhl frei?»

Oberschwester Gearing rückte mit ihrem Stuhl näher zu Oberschwester Brumfett und strahlte ihn an: «Jetzt nicht mehr.»

2

Dalgliesh nahm Platz. Er war sich darüber im klaren, daß er Oberschwester Gearing willkommen war, daß für Oberschwester Rolfe das Gegenteil der Fall war und daß es Oberschwester Brumfett, die sein Auftauchen mit einem knappen Nicken gewürdigt hatte, völlig gleichgültig war, ob er sich zu ihnen setzte oder nicht. Oberschwester Rolfe warf ihm einen ernsten Blick zu und sagte zu Oberschwester Gearing: «Bilden Sie sich bloß nicht ein, daß Mr. Dalgliesh sich wegen Ihrer schönen Augen an unseren Tisch gesetzt hat. Der Kriminalrat will mit dem Rinderbraten Auskünfte schlucken.»

Oberschwester Gearing kicherte: «Völlig zwecklos, meine Liebe, mich zu warnen! Ich könnte nichts für mich behalten, wenn ein wirklich attraktiver Mann darauf aus wäre, etwas aus mir herauszuholen. Es wäre für mich einfach sinnlos, einen Mord zu begehen. Ich habe gar nicht den Verstand dazu. Und ich glaube auch nicht im geringsten, daß jemand – ich meine, daß jemand gemordet hat. Aber reden wir nicht beim Essen von dem gräßlichen Thema. Ich bin schon ausgequetscht worden, nicht wahr, Herr Kriminalrat?»

Dalgliesh legte das Besteck neben den Teller mit dem Schmorbraten. Um nicht wieder aufstehen zu müssen, lehnte er sich mit dem Stuhl zurück und legte das Tablett auf den Stapel, der in seiner Reichweite war. Er sagte: «Man scheint Schwester Fallons Tod hier ziemlich gelassen hinzunehmen.»

Oberschwester Rolfe zuckte mit den Schultern: «Haben Sie erwartet, daß sie schwarze Armbinden tragen, sich nur flüsternd unterhalten und das Essen stehenlassen? Die Arbeit geht weiter. Außerdem werden nur wenige sie persönlich gekannt haben, und die Pearce kannten noch weniger.»

«Und mochten sie anscheinend auch nicht», sagte Dalgliesh.

«Nein, ich glaube, im großen und ganzen mochten sie sie nicht. Sie war zu selbstgerecht, zu religiös.»

«Falls man das religiös nennen kann», sagte Oberschwester Gearing. «Meine Auffassung von Religion war das nicht. *Nil nisi* und so, aber das Mädchen war ein Moralapostel. Sie kümmerte sich anscheinend zehnmal mehr um die Fehler anderer als um ihre eigenen. Deshalb konnten die anderen Mädchen sie nicht leiden. Sie respektieren eine echte religiöse Überzeugung. Wie die meisten Menschen, meine ich. Aber sie mögen es nicht, wenn ihnen nachspioniert wird.»

«Hat sie das getan?» fragte Dalgliesh.

Oberschwester Gearing schien schon fast zu bedauern, was sie gesagt hatte.

«Das ist vielleicht zuviel gesagt. Aber wenn in der Klasse etwas schiefging, konnte man wetten, daß die Pearce alles darüber wußte. Und sie brachte es gewöhnlich fertig, daß es auch nach oben durchdrang. Nur aus den besten Beweggründen natürlich.»

Oberschwester Rolfe sagte sarkastisch: «Sie hatte die unselige Gewohnheit, sich in die Angelegenheiten anderer Leute zu deren Bestem einzumischen. Das sorgt nicht gerade für Beliebtheit.»

Oberschwester Gearing schob ihren Teller beiseite, zog eine Schale mit Pflaumen und Vanillesoße zu sich und begann sorgfältig, als sei es eine chirurgische Operation, die Steine aus den Früchten zu lösen. Sie sagte: «Sie war trotzdem keine schlechte Schwester. Auf die Pearce war Verlaß. Und die Patienten hatten sie anscheinend gern. Vielleicht fanden sie ihre fromme Haltung beruhigend.»

Oberschwester Brumfett sah von ihrem Teller auf und ergriff zum erstenmal das Wort: «Sie sind nicht in der Lage, sich ein Urteil zu erlauben, ob sie eine gute Schwester war. Miss Rolfe genausowenig. Sie sehen die Mädchen nur im Unterricht. Ich sehe sie auf der Station.»

«Ich sehe sie auch auf der Station. Ich bin die klinische Lehrerin, wohlgemerkt. Es ist meine Aufgabe, sie am Krankenbett anzuleiten.»

Oberschwester Brumfett ließ nicht locker.

«Den Unterricht, der auf meiner Station gegeben wird, erteile ich. Das wissen Sie ganz genau. Andere Stationsschwestern können das ja der klinischen Unterrichtsschwester überlassen, wenn sie wollen. Aber auf der Privatstation unterrichte ich. Und ich bleibe lieber bei meiner Methode, wenn ich sehe, was für ausgefallene Ideen Sie den Mädchen anscheinend zum Teil in den Kopf setzen. Übrigens weiß ich zufällig – das heißt, die Pearce erzählte es mir –, daß Sie auf meiner Station waren und eine Lehrübung geleitet haben, als ich am 7. Januar meinen freien Tag hatte. In Zukunft fragen Sie mich bitte, bevor Sie meine Patienten als Unterrichtsobjekte benutzen.»

Oberschwester Gearing wurde rot. Sie versuchte zu lachen, aber ihre Belustigung klang gekünstelt. Sie schaute Oberschwester Rolfe an, als suche sie bei ihr Unterstützung, aber als Oberschwester Rolfe nur auf ihren Teller starrte und nicht reagierte, sagte sie angriffslustig und fast wie ein Kind, das das letzte Wort behalten will, mit scheinbarer Beiläufigkeit: «Irgendein Vorfall hat die Pearce aufgeregt, als sie auf Ihrer Station war.»

Oberschwester Brumfetts scharfe kleine Augen blitzten sie an.

«Auf meiner Station? Nichts hat sie auf meiner Station aufgeregt!»

Der entschiedene Tonfall deutete unmißverständlich an, daß keine Schwester, die diesen Namen zu Recht trug, von irgendeinem Ereignis auf der Privatstation aus der Fassung gebracht werden konnte; aufregende Dinge waren schlicht und einfach verboten, wenn Oberschwester Brumfett im Dienst war.

Oberschwester Gearing zuckte mit den Schultern. «Jedenfalls regte sie sich über etwas auf. Es kann ja etwas gewesen sein, denke ich, was überhaupt nichts mit dem Krankenhaus zu tun hatte, aber man kann sich nicht recht vorstellen, daß die arme Pearce auch ein Leben außerhalb dieser Mauern hatte. Es war der Mittwoch in der Woche, bevor für diese Gruppe die Unterrichtsperiode begann. Ich ging kurz nach fünf Uhr in die Kapelle, um mich um die Blumen zu kümmern – deshalb weiß ich noch, welcher Tag es war –, und sie saß allein drinnen. Sie war nicht auf den Knien und betete auch nicht, sondern saß einfach da. Ich tat also, was zu tun war, und ging hinaus, ohne sie anzusprechen. Die Kapelle steht ja jedem offen zur Besinnung und Erbauung, und wenn eine Schülerin die Stille sucht, habe ich nichts dagegen. Aber als ich nach fast drei Stunden noch einmal in die Kapelle ging, weil ich meine Schere in der Sakristei vergessen hatte, saß sie immer noch da, völlig reglos auf demselben Platz. Na ja, Besinnung ist ja schön und gut, aber vier Stunden sind ein bißchen übertrieben. Ich glaube, das Kind war nicht einmal zum Abendessen gekommen. Sie sah auch ganz blaß aus. Ich ging also auf sie zu und fragte sie, ob sie sich nicht gut fühle und ob ich etwas für sie tun könne. Sie sah mich nicht einmal an, als sie antwortete. Sie sagte: ‹Nein, danke, Oberschwester. Es gab da etwas, das ich mir gründlich überlegen mußte. Ich kam hierher, um Hilfe zu finden, aber nicht von Ihnen.›»

Zum erstenmal beim Essen klang Oberschwester Rolfes Stimme belustigt, als sie sagte: «Giftiges kleines Biest! Das sollte wohl heißen, sie war da, um eine höhere Macht als die klinische Lehrschwester um Rat zu fragen.»

«Das hieß, kümmern Sie sich um Ihren eigenen Kram. Und das tat ich auch.»

Oberschwester Brumfett meinte anscheinend, die Anwesenheit einer Kollegin in einem Gotteshaus bedürfe einer Erklärung: «Miss Gearing hat viel Geschick mit Blumen. Deshalb hat die Oberin sie gebeten, sich um die Kapelle zu kümmern. Sie stellt jeden Mittwoch und Samstag frische Blumen hin. Und sie macht wunderschöne Arrangements für das Essen am jährlichen Schwesterntag.»

Oberschwester Gearing starrte sie einen Augenblick lang an und lachte dann: «Oh, die kleine Mavis hat mehr als ein hübsches Gesicht. Aber vielen Dank für das Kompliment.»

Darauf trat Schweigen ein. Dalgliesh konzentrierte sich auf den Schmorbraten. Er ließ sich von dem Mangel an Gesprächsstoff nicht beirren und machte keine Anstalten, ihnen zu helfen und ein neues Thema anzuschneiden. Aber Oberschwester Gearing schien die Stille in Anwesenheit eines Fremden ungehörig zu finden. Sie sagte fröhlich: «Ich habe den Sitzungsberichten entnommen, daß sich das Verwaltungskomitee unseres Krankenhauses dafür ausgesprochen hat, die Vorschläge des Salmon-Komitees zu verwirklichen. Besser spät als nie. Das heißt wohl, daß die Oberin den gesamten Krankenpflegebereich aller Krankenhäuser in der Gruppe unter sich haben wird. Chief Nursing Officer! Chefin des gesamten Pflegepersonals! Tolle Sache für sie, aber ich frage mich, wie C B das schlucken wird. Wenn es nach ihm ginge, würde man ihre Autorität beschneiden, statt sie zu erweitern. Sie ist ein ziemlich kräftiger Stachel in seinem Fleisch, wie die Dinge liegen.»

Oberschwester Brumfett sagte: «Es wird höchste Zeit, daß endlich etwas für das psychiatrische Krankenhaus und für die alten Menschen getan wird. Aber ich verstehe nicht, warum sie den Titel ändern wollen. Wenn ‹Oberin› gut genug für Florence Nightingale war, ist es auch gut genug für Mary Taylor. Ich glaube nicht, daß sie gesteigerten Wert darauf legt, Chief Nursing Officer genannt zu werden. Das klingt wie ein militärischer Rang. Lächerlich.»

Oberschwester Rolfe zog die mageren Schultern hoch.

«Denken Sie nur nicht, daß ich glücklich über den Salmon-Report bin. Ich frage mich langsam, was aus unserer Arbeit werden soll. Jeder Bericht und jede Empfehlung scheinen uns weiter vom Krankenbett zu entfernen. Wir haben Ernährungswissenschaftler, die für das Essen zuständig sind,. Heilgymnastiker, die mit den Kranken üben, auf Kranke spezialisierte Sozialarbeiter, die sich ihre Probleme anhören, Hilfsschwestern, die die Betten machen, Laboranten, die Blut entnehmen, Empfangsdamen, die die Blumen hinstellen und die Verwandten befragen, OP-Spezialisten, die dem Chirurgen die Instrumente reichen. Wenn wir nicht aufpassen, dann verkümmert der Schwesternberuf, dann machen wir nur noch das bißchen, was uns die Spezialisten übriglassen. Und jetzt haben wir den Salmon-Report mit seiner abgestuften und durchorganisierten Verwaltung.

Verwaltung wozu? Es gibt zuviel technisches Kauderwelsch. Fragen doch einmal Sie sich selbst, welche Funktion eine Krankenschwester heute hat. Was versuchen wir genaugenommen den Mädchen beizubringen?»

Oberschwester Brumfett sagte: «Befehle stillschweigend zu befolgen und ihren Vorgesetzten ergeben zu sein. Gehorsam und Treue. Lehren Sie die Schülerinnen das, und Sie bekommen gute Schwestern.»

Sie zerschnitt eine Kartoffel mit solchem Grimm, daß das Messer über den Teller kratzte. Oberschwester Gearing lachte.

«Sie sind zwanzig Jahre hinter der Zeit zurück, liebe Brumfett. Das war für unsere Generation noch in Ordnung, aber diese Kinder fragen sich, ob Anordnungen vernünftig sind, bevor sie ihnen Folge leisten, und was ihre Vorgesetzten getan haben, um ihren Respekt zu verdienen. Das ist im großen und ganzen auch gut so. Wie in aller Welt wollen Sie ein Mädchen für die Krankenpflege begeistern, wenn man sie wie eine Schwachsinnige behandelt? Wir sollten sie ermutigen, eingefahrene Handlungsweisen in Frage zu stellen, und sogar gelegentlich darauf Antworten geben.»

Oberschwester Brumfett sah aus, als würde sie zum Beispiel ganz gern auf Intelligenz verzichten, wenn diese sich auf solche unangenehme Art ausdrückte.

«Intelligenz ist nicht das einzig Wichtige. Alle Welt nimmt das zwar an. Aber genau da liegt das Problem.»

Oberschwester Rolfe sagte: «Geben Sie mir ein intelligentes Mädchen, und ich mache eine gute Schwester aus ihr, ob sie sich dazu berufen fühlt oder nicht. Ich überlasse Ihnen die Dummen. Die mögen Ihrem Ego dienlich sein, aber sie werden nie gute Fachkräfte werden.» Sie schaute Oberschwester Brumfett an, als sie das sagte, und der geringschätzige Unterton war nicht zu überhören. Dalgliesh senkte die Augen und widmete sich mit mehr Interesse, als er wirklich verspüren konnte, der säuberlichen Trennung des Fleischstückes von Knorpeln und Fett.

Oberschwester Brumfett reagierte, wie vorauszusehen: «Fachkraft! Wir sprechen von Krankenschwestern. Eine gute Schwester sieht sich vor allen Dingen als Schwester. Natürlich ist sie eine Fachkraft! Ich dachte, da wären wir uns inzwischen einig. Aber heutzutage wird zuviel über den Status nachgedacht und geredet. Das einzig Wichtige ist, daß unsere Arbeit weiterläuft.»

«Aber was für eine Arbeit denn? Das ist doch die Frage!»

«Für Sie vielleicht. Ich bin mit mir und meiner Arbeit völlig im reinen. Im Augenblick heißt das, daß ich mit einem Kranken in einem äußerst kritischen Zustand fertig werden muß.»

Sie schob ihren Teller beiseite, warf sich mit einem flotten Schwung das Cape um die Schultern, verabschiedete sich mit einem Nicken, das gleichzeitig eine Warnung und auf Wiedersehen bedeutete, und stiefelte aus der Kantine, wobei ihr energischer Watschelgang die Stofftasche an ihrer Seite in heftige Schwingungen versetzte. Oberschwester Gearing sah ihr nach und lachte.

«Arme alte Brum! Wenn man sie so reden hört, hat sie dauernd einen Patienten in kritischem Zustand.»

Oberschwester Rolfe sagte trocken: «Hat sie auch.»

3

Sie beendeten ihr Mittagessen, ohne daß noch viel geredet wurde. Oberschwester Gearing murmelte etwas von einer Unterrichtsstunde auf der HNO und verabschiedete sich ebenfalls. Dalgliesh beschloß, Oberschwester Rolfe zum Nightingale-Haus zu begleiten. Sie verließen gemeinsam die Kantine, und er holte seinen Mantel aus der Garderobe. Dann gingen sie durch einen langen Korridor und die ambulante Abteilung. Sie war offenbar erst vor kurzem eröffnet worden, denn die Möbel und das Drumherum sahen noch sauber und neu aus. Der große Warteraum mit den Kunststofftischen und Sesseln, den Blumenkübeln und hübschen Bildern machte einen freundlichen Eindruck, aber Dalgliesh hatte dennoch keine Lust zu verweilen. Wie die meisten gesunden Menschen hatte er einen Widerwillen gegen Krankenhäuser, der teils auf Angst, teils auf Ekel beruhte, und er empfand diese Atmosphäre geplanter Freundlichkeit und vorgetäuschter Normalität als beängstigend und wenig überzeugend. Der Geruch nach Desinfektionsmitteln, der für Miss Beale das Lebenselixier war, rief in ihm trübsinnige Gedanken an die Vergänglichkeit wach. Er glaubte nicht von sich, daß er Angst vor dem Sterben habe. Er war in seinem Beruf ein-, zweimal nahe daran gewesen, und es hatte ihn nicht über Gebühr in Schrecken versetzt. Aber er hatte quälende Angst vor dem Alter, vor Krankheit und Invalidität. Er fürchtete den Verlust der Unabhängigkeit, die Demütigungen des Alters, die Aufgabe des Eigenlebens, das Leiden, den Ausdruck geduldigen Mitgefühls auf den Gesichtern von Freunden, die wußten, daß ihre Hingabe nicht mehr lange beansprucht würde.

Auf diese Dinge würde er sich rechtzeitig vorbereiten müssen, falls ihn der Tod nicht schnell und unerwartet ereilte. Sicher, er würde sich darauf einstellen. Er war nicht so überheblich, sich vor dem Schicksal anderer Menschen in Sicherheit zu wiegen. Aber vorerst war es ihm lieber, nicht daran erinnert zu werden.

Die Ambulanz lag neben dem Eingang der Unfallklinik, und als sie vorbeigingen, wurde eine Bahre hineingerollt. Der Patient war ein ausgemergelter alter Mann; seine feuchten Lippen spuckten Schleim in eine Schale, und die großen Augen rollten verständnislos in dem totenschädelgleichen Kopf. Dalgliesh spürte, daß Oberschwester Rolfe ihn anschaute. Er sah zu ihr hin und fing gerade noch einen nachdenklichen und, wie er meinte, geringschätzigen Blick auf.

«Sie mögen diesen Ort nicht, nicht wahr?» fragte sie.

«Ich fühle mich hier gewiß nicht sehr wohl.»

«Ich zur Zeit auch nicht, aber vermutlich aus ganz anderen Gründen.»

Sie gingen eine Zeitlang schweigend weiter. Dann fragte Dalgliesh, ob Leonard Morris ebenfalls im Restaurant zu Mittag aß, wenn er im Krankenhaus war.

«Nicht oft. Ich glaube, er bringt sich belegte Brote mit und ißt sie in der Apotheke. Er zieht es wohl vor, allein zu sein.»

«Oder bei Oberschwester Gearing.»

Sie lachte verächtlich.

«Oh, so weit sind Sie schon vorangekommen? Ja, natürlich! Sie hatte ihn ja letzte Nacht zu Besuch, wie ich gehört habe. Entweder waren die Speisen oder die anschließenden Aktivitäten mehr, als der kleine Kerl vertragen konnte. Was für gründliche kleine Spürhunde Polizisten sind! Es muß ein sonderbarer Beruf sein, nach dem Bösen herumzuschnüffeln wie Hunde an Bäumen.»

«Ist das Böse nicht ein etwas hartes Wort für die sexuellen Aktivitäten eines Leonard Morris?»

«Natürlich. Das war nur als Spaß gemeint. Aber Sie sollten sich wegen dieser Geschichte keine Gedanken machen. Das zieht sich schon so lange hin, daß es fast schon ehrbar geworden ist. Es gibt nicht einmal mehr Stoff zum Klatschen her. Sie gehört zu den Frauen, die jemanden im Schlepptau haben müssen, und er braucht eine Person, der er alle Plagen mit seiner Familie und die Gemeinheiten des Ärzteteams anvertrauen kann. Sie nehmen ihn, entgegen seiner Selbsteinschätzung, nicht ganz für voll als gleichberechtigten Fachmann. Er hat übrigens vier Kinder. Ich könnte mir vorstellen, daß nichts sie mehr verwirren würde, als wenn seine Frau sich von ihm scheiden ließe und er und die Gearing damit frei wären zu heiraten. Die Gearing hätte bestimmt gern einen Ehemann, aber ich glaube nicht, daß sie den armen kleinen Morris für diese Rolle vorgesehen hat. Viel eher würde sie ...»

Sie unterbrach sich. Dalgliesh fragte: «Sie meinen, sie hat einen geeigneteren Kandidaten im Sinn?»

«Warum probieren Sie's nicht und fragen sie selbst? Sie steht mit mir nicht auf sehr vertrautem Fuß.»

«Aber Sie tragen die Verantwortung für ihre Arbeit? Die klinische Lehrschwester steht doch unter der Ersten Tutorin?»

«Ich bin für ihre Arbeit verantwortlich, nicht für ihre Moral.»

Sie waren an der entgegengesetzten Tür der Unfallklinik angelangt, und als Oberschwester Rolfe die Hand ausstreckte, um die Tür aufzustoßen, rauschte Mr. Courtney-Briggs herein. Eine Handvoll plaudernder Assistenzärzte in weißen Kitteln und mit Stethoskopen um den Hals folgte ihm. Die beiden links und rechts von ihm hörten dem großen Mann mit respektvoller Aufmerksamkeit zu und nickten zustimmend. In Dalglieshs Augen verfügte Mr. Courtney-Briggs über den Eigendünkel, den Anstrich von Gewöhnlichkeit und das leicht plumpe *savoir-faire*, die er mit einem bestimmten Typ des erfolgreichen Geschäftsmanns verband. Miss Rolfe schien seine Gedanken gelesen zu haben, denn sie sagte: «Wissen Sie, sie sind nicht alle so. Nehmen Sie Mr. Molravey, unseren Augenchirurgen. Er erinnert mich an eine Schlafmaus. Jeden Dienstagmorgen kommt er hereingetrippelt und steht fünf Stunden im Operationssaal, ohne ein überflüssiges Wort zu sagen, zwirbelt seinen Schnurrbart und schnipselt mit seinen mäkeligen kleinen Pfoten an einer Reihe Patientenaugen herum. Dann bedankt er sich förmlich bei allen, bis hinunter zur jüngsten OP-Schwester, streift sich die Handschuhe ab und trippelt davon, um mit seiner Schmetterlingssammlung zu spielen.»

«Wirklich ein bescheidener Mann!»

Sie wandte ihm ihr Gesicht zu, und wieder entdeckte er in ihren Augen dieses unangenehme verächtliche Aufflackern.

«O nein! Durchaus nicht bescheiden! Er führt nur ein anderes Stück auf, das ist alles. Mr. Molravey ist ebenso wie Mr. Courtney-Briggs davon überzeugt, daß er ein hervorragender Chirurg ist. Sie sind beide eitel, was ihren Beruf angeht. Eitelkeit, Mr. Dalgliesh, ist die Gewohnheitssünde eines Chirurgen, bei den Krankenschwestern ist es die Unterwürfigkeit. Ich habe bis heute noch keinen erfolgreichen Chirurgen kennengelernt, der nicht überzeugt ist, nur eine

Stufe tiefer als Gott der Allmächtige zu stehen. Sie sind alle mit Hybris infiziert. – Trifft das denn nicht auch auf Mörder zu?»

«Auf einen bestimmten Typ des Mörders. Vergessen Sie nicht, daß Mord ein höchst individuelles Verbrechen ist.»

«Ich hatte eigentlich angenommen, die Motive und Mittel seien Ihnen in ihrer Gleichförmigkeit vertraut. Aber natürlich sind Sie der Experte.»

Dalgliesh sagte: «Sie haben offenbar wenig Respekt vor Männern, Oberschwester.»

«Ziemlich viel Respekt sogar. Ich mag sie nur zufällig nicht. Aber man muß Respekt vor dem Geschlecht haben, das die Selbstsucht zu solcher Vollendung gebracht hat. Daher nämlich nehmen Sie diese Fähigkeit, sich völlig Ihren eigenen Interessen hinzugeben.»

Dalgliesh sagte ein wenig gehässig, er sei überrascht, daß Miss Rolfe nicht eine männlichere Beschäftigung gewählt habe, da ihr die Unterwürfigkeit ihres Berufs offensichtlich so verhaßt sei. Medizin vielleicht. Sie lachte bitter auf.

«Ich wollte Medizin studieren, aber ich hatte einen Vater, der nichts von gebildeten Frauen hielt. Bedenken Sie, ich bin sechsundvierzig. Als ich zur Schule ging, hatten wir noch keine kostenlosen höheren Schulen. Mein Vater verdiente zu gut, als daß ich einen Freiplatz bekommen hätte, also mußte er zahlen. Er stellte die Zahlungen ein, sobald er es anstandshalber konnte, nämlich als ich sechzehn war.»

Dalgliesh fiel keine passende Bemerkung ein. Ihr Vertrauen überraschte ihn. Er hielt sie kaum für die Frau, die jeden persönlichen Kummer vor einem Freund ausbreitete, und er schmeichelte sich nicht, daß sie ihn sympathisch fand. Sie fand wohl keinen Mann sympathisch. Vermutlich war es ein spontaner, befreiender Ausbruch aufgestauter Bitterkeit, ob aber gegen ihren Vater, Männer im allgemeinen oder die Einschränkungen und die Untertänigkeit ihres Berufs, war schwer zu sagen.

Sie hatten jetzt das Krankenhaus hinter sich gelassen und gingen auf dem schmalen Weg, der zum Nightingale-Haus führte. Keiner von beiden sprach mehr ein Wort, bis sie das Haus erreichten. Schwester Rolfe zog das lange Cape enger um sich und setzte die Kapuze auf, als könne sie sich damit vor mehr als nur dem beißenden Wind schützen. Dalgliesh war in seine eigenen Gedanken versunken. Und so marschierten sie, durch die ganze Breite des Wegs voneinander getrennt, schweigend unter den Bäumen.

4

Im Büro tippte Sergeant Masterson ein Protokoll. Dalgliesh sagte: «Unmittelbar bevor der Kurs hier in der Schule anfing, arbeitete Schwester Pearce unter Oberschwester Brumfett auf der Privatstation. Ich möchte wissen, ob dort etwas von Bedeutung passiert ist. Und ich möchte einen detaillierten Bericht über ihre letzte Woche im Dienst und einen gesonderten Bericht über jede einzelne Stunde ihres letzten Tages. Finden Sie heraus, wer die anderen Schwestern des Teams waren, was sie zu tun und wann sie frei hatten, welchen Eindruck ihre Kolleginnen von ihr hatten. Ich möchte die Namen der Patienten, die auf der Station lagen, als sie dort arbeitete, und was mit ihnen passiert ist. Am besten sprechen Sie mit den anderen Schwestern und gehen von den Pflegeberichten aus. Sie sind gehalten, Buch zu führen und es täglich auf den neuesten Stand zu bringen.»

«Bekomme ich das von der Oberin?»

«Nein. Bitten Sie Oberschwester Brumfett darum. Wir verhandeln direkt mit ihr, und seien Sie um Gottes willen taktvoll. Haben Sie die Protokolle schon fertig?»

«Ja, Sir. Wollen Sie sie gleich lesen?»

«Nein. Sagen Sie mir, was ich sofort wissen sollte. Vermutlich werden wir keinen Verdächtigen im Strafregister finden.»

«Falls jemand eine Vorstrafe hat, ist sie nicht in den Personalakten erwähnt, Sir. Überhaupt sind da nur wenige Auskünfte herauszuholen. Julia Pardoe allerdings ist von der Schule geflogen. Sie scheint die einzige Übeltäterin von allen zu sein.»

«Du meine Güte! Weshalb?»

«Darüber steht nichts in ihrer Akte. Offenbar hat sie etwas mit einem Mathematiklehrer gehabt. Ihre Direktorin hielt es für richtig, das in der Referenz zu erwähnen, die sie der Oberin schickte, als das Mädchen hier anfing. Sie geht nicht auf Einzelheiten ein. Sie schreibt, man habe sich mehr an Julia versündigt, als sie gesündigt habe, und sie hoffe, die Klinik werde ihr die Chance geben, den einzigen Beruf zu erlernen, für den sie jemals Interesse und Eignung gezeigt habe.»

«Ein netter zweischneidiger Kommentar. Deshalb wollten die Londoner Lehrkrankenhäuser sie also nicht annehmen. Ich dachte mir schon, daß Oberschwester Rolfe nicht ganz aufrichtig war, was die Gründe betraf. Noch was von den übrigen? Irgendwelche zurückliegenden Verbindungen untereinander?»

«Die Oberin und Oberschwester Brumfett waren als Schwesternschülerinnen zusammen am Königlichen Krankenhaus oben in Nethercastle, machten ihren Hebammenkurs an der dortigen städtischen Entbindungsanstalt und kamen vor fünfzehn Jahren beide als ausgelernte Schwestern hierher. Mr. Courtney-Briggs war 1946/47 in Kairo, Oberschwester Gearing ebenfalls. Er war Arzt im Majorsrang und sie Krankenpflegerin bei der Armee. Es gibt keinen Hinweis darauf, daß sie sich damals kennenlernten.»

«Falls sie sich von dort kennen, dürfte das kaum in ihren Akten stehen. Wahrscheinlich ist es jedenfalls. Kairo war 1946 ein geselliger Ort. Wenigstens sagten das meine Kameraden aus der Armee. Und Miss Taylor? Die Haube, die sie trägt, sieht auch nach Dienst in der Armee aus.»

«Davon steht jedenfalls nichts in ihren Akten, Sir. Das früheste Papier ist ihr Empfehlungsschreiben von der Schwesternschule, von der sie hierherkam. Sie haben in Nethercastle sehr viel von ihr gehalten.»

«Sie halten auch hier sehr viel von ihr. Haben Sie die Aussage von Courtney-Briggs überprüft?»

«Ja, Sir. Der Pförtner notiert jeden Wagen, der nach Mitternacht den Haupteingang passiert. Mr. Courtney-Briggs fuhr um 0.32 Uhr weg.»

«Später, als wir seinen Angaben entnehmen konnten. Ich brauche seinen genauen Zeitplan. Wann die Operation zu Ende war, muß im OP-Kontrollbuch stehen. Sein Assistenzarzt weiß sicher, wann er wegging – so jemand wie Mr. Courtney-Briggs wird wohl zum Auto begleitet. Dann fahren Sie die Strecke ab und stoppen die Zeit. Der Baum wird inzwischen weggeräumt sein, aber man müßte eigentlich noch erkennen, wo er gelegen hat. Es kann ihn höchstens ein paar Minuten gekostet haben, den Schal anzubringen. Bekommen Sie heraus, was aus dem geworden ist. Er wird kaum eine Lüge auftischen, die so leicht zu widerlegen ist, aber er besitzt genug Arroganz, um sich einzubilden, daß er bei allem, einschließlich Mord, ungeschoren davonkommt.»

«Konstabler Greeson kann das überprüfen, Sir. Das liegt genau in seiner Richtung, Tathergänge zu rekonstruieren.»

«Sagen Sie ihm bitte, er möge seinen Drang nach wahrheitsgetreuer Nachzeichnung in Schranken halten. Es ist nicht nötig, daß er einen weißen Kittel anzieht und in den Operationssaal geht. Die würden ihn auch nicht hereinlassen. Haben Sie schon Nachricht von Sir Miles oder dem Labor?»

«Nein, Sir, aber wir haben Namen und Anschrift des Mannes, mit dem Schwester Fallon jene Woche auf Wight verbrachte. Er arbeitet bei der Post als Nachttelefonist und wohnt in North Kensington. Die Wirtsleute erinnerten sich gleich an die beiden. Die Fallon hat es ihnen leichtgemacht. Sie trug sich unter ihrem richtigen Namen ein, und sie hatten zwei Einzelzimmer.»

«Sie war eine Frau, die Wert auf das Alleinsein legte. Sie wird jedoch kaum schwanger geworden sein, indem sie allein in ihrem Zimmer blieb. Ich werde mir den Mann morgen früh vornehmen, wenn ich Miss Fallons Anwalt aufgesucht habe. Wissen Sie, ob Leonard Morris jetzt im Krankenhaus ist?»

«Noch nicht, Sir. Ich erfuhr in der Apotheke, daß er heute früh telefonisch mitteilte, er fühle sich nicht wohl. Er leidet anscheinend an einem Zwölffingerdarmgeschwür. Sie nehmen an, es macht ihm wieder zu schaffen.»

«Es wird ihm noch schlimmer zusetzen, wenn er nicht bald hier auftaucht und das Verhör hinter sich bringt. Ich möchte ihn nicht durch einen Besuch bei sich zu Hause in Verlegenheit bringen, aber wir können nicht unbegrenzt warten, bis uns Oberschwester Gearings Geschichte bestätigt wird. Beide Morde, falls es sich um solche handelt, hängen von dem Problem der exakten Zeitbestimmung ab. Wir müssen die Schritte jedes einzelnen kennen, wenn möglich, auf die Minute. Die Zeit ist der springende Punkt.»

Masterson sagte: «Genau das ist es, was mich bei der vergifteten Flüssigkeit stutzig macht. Die Karbolsäure kann nur mit ganz besonderer Umsicht in die Milchflasche gefüllt worden sein, vor allem, was das Anbringen des Verschlusses angeht. Außerdem mußte dafür gesorgt werden, daß die Konzentration richtig war und die Flüssigkeit die Farbe und Beschaffenheit von Milch hatte. Das kann niemand in aller Eile fertiggebracht haben.»

«Ich bezweifle nicht, daß es mit großer Sorgfalt und viel Zeit getan wurde. Aber ich glaube, ich weiß, wie es ablief.»

Er erläuterte seine Theorie. Sergeant Masterson war sauer auf sich, weil er das Nächstliegende übersehen hatte. Er sagte: «Natürlich. So muß es gelaufen sein.»

«Muß nicht, Sergeant. So war es wahrscheinlich.»

Aber Sergeant Masterson hatte noch einen Haken entdeckt und äußerte seinen Einwand.

Dalgliesh erwiderte: «Aber das würde nicht auf eine Frau zutreffen. Eine Frau konnte es ganz leicht bewerkstelligen, vor allem eine ganz bestimmte. Für einen Mann wäre es schwieriger gewesen.»

«Sie gehen also davon aus, daß die Milch von einer Frau vergiftet wurde?»

«Es besteht die Wahrscheinlichkeit, daß beide Mädchen von einer Frau ermordet wurden. Aber wohlgemerkt – nur die Wahrscheinlichkeit. Haben Sie schon gehört, ob es Schwester Dakers so gutgeht, daß sie verhört werden kann? Dr. Snelling wollte sie doch heute morgen besuchen.»

«Die Oberin rief vor dem Mittagessen an und sagte, das Mädchen schlafe noch, aber vermutlich sei sie wieder soweit in Ordnung, wenn sie aufwache. Gott weiß, wann das sein wird, sie steht nämlich unter einem Beruhigungsmittel. Soll ich bei ihr reinschauen, wenn ich auf der Privatstation bin?»

«Nein. Ich kümmere mich später selbst um sie. Aber Sie könnten der Geschichte, daß die Fallon am Morgen des 12. Januar im Nightingale-Haus war, nachgehen. Vielleicht hat jemand sie weggehen sehen. Und wo waren ihre Kleider, als sie dort lag? Könnte jemand drangekommen sein und sich als Fallon verkleidet haben? Es ist unwahrscheinlich, aber wir sollten die Möglichkeit nicht außer acht lassen.»

«Darum hat sich Inspektor Bailey schon gekümmert, Sir. Niemand hat die Fallon weggehen sehen, aber sie räumen ein, sie könnte ungesehen die Station verlassen haben. Sie waren alle sehr beschäftigt, und sie hatte ein Einzelzimmer. Wenn es leer gewesen wäre, hätte man sicher gedacht, sie sei zur Toilette gegangen. Ihre Kleider hingen im Schrank in ihrem Zimmer. Jeder, der das Recht hatte, sich auf der Station aufzuhalten, hätte die Kleider herausholen können, natürlich unter der Voraussetzung, daß die Fallon schlief oder gerade nicht im Zimmer war. Aber das hält niemand für wahrscheinlich.»

«Ich auch nicht. Ich glaube zu wissen, warum sie zum Nightingale-Haus ging. Schwester Goodale sagte, die Fallon habe das Ergebnis des Schwangerschaftstests erst zwei Tage, bevor sie krank wurde, erhalten. Möglicherweise hat sie es nicht sofort vernichtet. Wenn dem so ist, dann war dies das einzige Stück, das sie nicht gern einer anderen in die Hände fallen lassen wollte. Jedenfalls war nichts dergleichen bei ihren Papieren. Ich vermute, sie ging zurück und holte es aus dem Zimmer, dann zerriß sie es und spülte es auf der Toilette runter.»

«Hätte sie nicht Schwester Goodale anrufen und bitten können, das Papier zu vernichten?»

«Nicht, ohne Verdacht zu erregen. Sie konnte nicht damit rechnen, sofort die Goodale am Apparat zu haben, und sie hätte sicher keine andere gebeten, der Goodale etwas auszurichten. Es hätte recht merkwürdig ausgesehen, wenn sie darauf bestanden hätte, eine ganz bestimmte Schwester zu sprechen und die Hilfe einer anderen abzulehnen. Aber das ist reine Spekulation. Ist die Durchsuchung des Nightingale-Hauses abgeschlossen?»

«Ja, Sir. Sie haben nichts gefunden. Keine Spur von Gift, keinen Behälter. In den meisten Zimmern gibt es Röhrchen mit Aspirin, und Miss Gearing, Miss Brumfett und Miss Taylor haben einen kleinen Vorrat an Schlaftabletten. Aber die Fallon ist bestimmt nicht an Betäubungs- oder Schlafmitteln gestorben.»

«Nein. Dafür ging es zu schnell. Wir müssen uns eben mit Geduld wappnen, bis wir den Laborbericht haben.»

5

Genau um 14.32 Uhr, im größten und luxuriösesten Zimmer der Privatstation, verlor Oberschwester Brumfett einen Patienten. Das war ihre Ansicht vom Tod. Der Patient war verloren; die Schlacht war vorbei; sie, Oberschwester Brumfett, hatte eine persönliche Niederlage erlitten. Die Tatsache, daß so viele ihrer Schlachten von vornherein zum Scheitern verurteilt waren, daß der Feind, auch wenn er im gegenwärtigen Gefecht zurückgeschlagen wurde, am Ende seines Sieges sicher sein konnte, hatte das Gefühl des Mißerfolgs bei ihr nie abgeschwächt. Die Patienten kamen nicht auf Oberschwester Brumfetts Station, um zu sterben; sie kamen, um gesund zu werden, und durch den unbezwingbaren Willen der Schwester, sie zu ermutigen und zu stärken, ging es ihnen gewöhnlich auch besser, oft zu ihrem eigenen Erstaunen und gelegentlich gegen ihren Wunsch.

Sie hatte kaum erwartet, diese besondere Schlacht zu gewinnen, aber erst als Mr. Courtney-Briggs die Hand hob, um die Bluttransfusion abzubrechen, gestand sie sich die Niederlage ein. Der Patient hatte sich gut geschlagen; ein schwieriger Patient, ein anspruchsvoller Patient, aber ein tapferer Kämpfer. Er war ein wohlhabender Geschäftsmann gewesen, dessen Zukunftspläne sicher nicht den Tod im Alter von zweiundvierzig Jahren eingeschlossen hatten. Sie erinnerte sich an den Ausdruck von wütender Überraschung in seinen Augen, beinahe von Zorn, als ihm klarwurde, daß der Tod etwas war, das weder er noch sein Buchhalter wieder hinkriegen konnten. Oberschwester Brumfett hatte genug von der Witwe bei deren täglichen Besuchen gesehen, um anzunehmen, daß sein Tod nicht zuviel Kummer und große Unannehmlichkeiten für sie bringe. Der Patient war der einzige, der wegen des Fehlschlagens von Mr. Courtney-Briggs' heroischen und kostspieligen Anstrengungen, ihn zu retten, außer sich gewesen wäre, und zum Glück für den Chirurgen war der Patient auch die einzige Person, die nicht in der Lage war, Erklärungen oder Entschuldigungen zu verlangen.

Mr. Courtney-Briggs würde die Witwe aufsuchen, ihr in wohlgesetzten Worten wie gewohnt sein Beileid aussprechen und versichern, daß alles Menschenmögliche getan worden sei. In diesem Fall würde auch die Höhe der Rechnung ein Beweis dafür sein. Sie würde auch die unausbleiblichen Schuldgefühle nicht aufkommen lassen, die ein Trauerfall gewöhnlich hervorruft. Courtney-Briggs war wirklich sehr nett zu den Witwen; und – um ihm Gerechtigkeit widerfahren zu lassen – auch die armen spürten seine tröstliche Hand auf ihren Schultern und hörten seine stereotypen Phrasen des Trostes und Bedauerns.

Sie zog das Laken über das plötzlich ausdruckslose Gesicht. Als sie die toten Augen mit geübten Fingern schloß, spürte sie, daß die Augäpfel unter den runzligen Lidern noch warm waren. Sie fühlte weder Schmerz noch Zorn. Da war nur, wie immer, diese quälende Last des Mißerfolgs, die wie ein Gewicht an den müden Muskeln ihrer Glieder zerrte.

Sie wandten sich gleichzeitig vom Bett ab. Oberschwester Brumfett erschrak, als sie sah, wie abgespannt der Chirurg wirkte. Zum erstenmal schien auch er von Mißerfolg und Alter bedroht. Es war gewiß ungewöhnlich, daß er dabei war und zusah, wie ein Patient starb. Noch seltener kam es vor, daß jemand auf dem Operationstisch starb, wenn auch der hastige Transport auf die Station manchmal etwas unwürdig war. Aber anders als Oberschwester Brumfett mußte Mr. Courtney-Briggs nicht bis zum letzten Atemzug über seinen Patienten wachen. Trotzdem glaubte sie nicht, der Tod gerade dieses Menschen habe ihn deprimiert. Er war ja nicht unerwartet eingetreten. Er brauchte sich keine Vorwürfe zu machen, selbst wenn er eine Neigung zur Selbstkritik gehabt hätte. Sie fühlte, daß ein tiefergehender Kummer an ihm nagte, und fragte sich, ob Schwester Fallons Tod damit zu tun haben könnte. Er hatte etwas von seinem Schwung eingebüßt, dachte sie. Er sah plötzlich um zehn Jahre gealtert aus.

Er ging auf dem Weg zu ihrem Büro vor ihr her. Als sie sich der Stationsküche näherten, hörten sie Stimmen. Die Tür stand offen. Die Schwesternschülerin war dabei, die Gedecke für den Nachmittagstee auf einen Teewagen zu stellen. Sergeant Masterson lehnte an der Spüle und sah ihr mit einer Miene zu, als fühle er sich hier völlig zu Hause. Als die Stationsschwester und Mr. Courtney-Briggs vor der Tür auftauchten, wurde das Mädchen rot, stotterte leise ‹Guten Tag, Sir› und schob mit tolpatschiger Eile den Teewagen an ihnen vorbei auf den Flur. Sergeant Masterson blickte ihr nachsichtig und leutselig nach und ließ dann seinen verständnisvollen Blick auf der Stationsschwester ruhen. Mr. Courtney-Briggs schien er nicht zu bemerken.

«Guten Tag, Oberschwester, könnte ich kurz mit Ihnen reden?»

Oberschwester Brumfett war damit die Initiative genommen, und sie sagte gedämpft: «Bitte in meinem Büro, Sergeant. Dort hätten Sie auf mich warten sollen. Es geht nicht an, daß die Leute auf meiner Station ein und aus gehen, wie es ihnen paßt, und die Polizei ist davon nicht ausgenommen.»

Sergeant Masterson beantwortete diese Rede mit einem frechen, leicht belustigten Blick, als habe sie ihm zu seiner Genugtuung etwas bestätigt. Oberschwester Brumfett eilte mit zusammengepreßten Lippen und kampfbereit in ihr Büro. Zu ihrer Überraschung kam Mr. Courtney-Briggs nach.

Sergeant Masterson sagte: «Ich wüßte gern, Oberschwester, ob ich das Stationstagebuch einsehen könnte, und zwar für die Zeit, in der Schwester Pearce auf dieser Station arbeitete. Besonders interessiert mich ihre letzte Woche hier.»

Mr. Courtney-Briggs mischte sich in barschem Ton ein: «Sind das nicht vertrauliche Aufzeichnungen, Oberschwester? Muß die Polizei nicht erst eine gerichtliche Verfügung beantragen, bevor Sie sie herausgeben müssen?»

«Oh, ich denke nicht, Sir.» In Sergeant Mastersons ruhiger, fast zu respektvoller Stimme schwang ein leiser belustigter Unterton mit, der seinem Gegenüber nicht entging. «Die Aufzeichnungen der Schwestern sind sicher nicht medizinisch im eigentlichen Sinn. Ich möchte lediglich wissen, wer in dem betreffenden Zeitraum hier gepflegt wurde und ob irgend etwas vorfiel, das für den Kriminalrat von Interesse sein könnte. Jemand hat angedeutet, es sei etwas geschehen, was Schwester Pearce aufregte, während sie hier ihren Dienst tat. Sie wechselte von hier direkt in die Schule über, wie Sie wissen.»

Oberschwester Brumfett, hochrot und zitternd vor Zorn, so daß sie überhaupt keine Zeit hatte, an Angst zu denken, fand ihre Stimme wieder: «Nichts ist auf meiner Station passiert. Nicht das geringste! Dummes, boshaftes Geschwätz ist das. Wenn eine Schwester ihre Arbeit ordentlich macht und die Anweisungen befolgt, dann hat sie keinen Grund, sich aufzuregen. Der Kriminalrat ist hier, um einen Mord aufzuklären, und nicht, um sich auf meiner Station einzumischen.»

Mr. Courtney-Briggs unterbrach sie höflich.

«Und selbst wenn sie – ‹aufgeregt› ist wohl das Wort, das Sie gebraucht haben, Sergeant –, selbst wenn sie sich aufgeregt hätte, sehe ich nicht ein, welche Bedeutung das wohl für ihren Tod haben könnte.»

Sergeant Masterson lächelte ihn an, als wolle er ein absichtlich widerspenstiges Kind aufheitern.

«Alles, womit Schwester Pearce in der Woche unmittelbar vor ihrem Tod in Berührung kam, kann wichtig sein, Sir. Deshalb bitte ich um die Aufzeichnungen.»

Als weder die Oberschwester noch der Arzt sich rührten, fuhr er fort: «Es geht nur um die Bestätigung von Aussagen, die wir bereits gehört haben. Ich weiß, was sie in jener Woche auf der Station zu tun hatte. Man sagte mir, sie habe ihre volle Arbeitszeit mit der Pflege eines bestimmten Patienten zugebracht. Eines Mr. Martin Dettinger. ‹Spezialpflege› nennen Sie das wohl. Nach meinen Informationen verließ sie kaum sein Zimmer, wenn sie hier während der letzten Woche ihres Lebens im Dienst war.»

Er hat also die Schülerinnen ausgehorcht, dachte Oberschwester Brumfett. Wie könnte es auch anders sein! Das waren die Methoden der Polizei. Sinnlos, ihnen etwas vorenthalten zu wollen. In alles, selbst in die medizinischen Geheimnisse ihrer Station, die Pflege ihrer Patienten, würde dieser dreiste junge Kerl seine Nase stecken und seinem Chef Bericht erstatten. Es gab in dem Buch nichts, was er nicht durch solche Mittel herauslesen konnte, was er entdecken, aufbauschen, mißdeuten und womit er Unheil anrichten konnte. Sprachlos vor Zorn und nahe daran, die Fassung zu verlieren, hörte sie Mr. Courtney-Briggs' sanfte, ermutigende Stimme: «Dann geben Sie ihm eben das Buch, Oberschwester. Wenn die Polizei unbedingt ihre Zeit vergeuden will, brauchen wir sie nicht noch zu ermutigen, auch unsere zu vergeuden.»

Ohne ein Wort ging Oberschwester Brumfett an ihren Schreibtisch, bückte sich, zog die unterste rechte Schublade heraus und entnahm ihr ein dickes, gebundenes Buch. Schweigend und ohne aufzusehen, reichte sie es Sergeant Masterson. Der Sergeant bedankte sich überschwenglich und wandte sich an Mr. Courtney-Briggs: «Und nun, Sir, möchte ich gern mit Mr. Dettinger sprechen, falls Ihr Patient noch hier ist.»

Mr. Courtney-Briggs gab sich keine Mühe, die Genugtuung in seiner Stimme zu unterdrücken.

«Das dürfte selbst bei Ihrem Scharfsinn ein unlösbares Problem sein, Sergeant. Mr. Martin Dettinger starb an demselben Tag, an dem Schwester Pearce diese Station verließ. Falls ich mich recht entsinne, war sie bei ihm, als er starb. Damit sind also beide vor Ihren Fragen sicher. Und jetzt, wenn Sie so nett wären, uns zu entschuldigen, müssen die Oberschwester und ich wieder an die Arbeit.»

Er hielt die Tür auf, und Oberschwester Brumfett marschierte vor ihm hinaus. Sergeant Masterson stand, das Stationsbuch in der Hand, allein da.

«Verdammter Hund», sagte er laut.

Er blieb noch einen Augenblick stehen und dachte nach. Dann machte er sich auf die Suche nach dem Krankenhausarchiv.

6

Zehn Minuten später war er wieder im Büro. Unter seinem Arm hatte er das Stationstagebuch und einen hellgelben Aktenordner, der den Namen des Krankenhauses und die Registrationsnummer Martin Dettingers trug. Darunter stand in großen schwarzen Buchstaben, daß die Akte nicht dem Patienten ausgehändigt werden dürfe. Er legte das Buch auf den Tisch und reichte Dalgliesh den Ordner.

«Danke. Haben Sie ihn ohne Schwierigkeiten bekommen?»

«Ja, Sir», sagte Masterson. Er hielt es für überflüssig, zu erklären, wie er dazu gekommen war. Der Krankenhausarchivar war nicht im Haus gewesen, und er hatte den diensthabenden Angestellten halb überredet, halb gezwungen, den Ordner herauszurücken. Seine Begründung hatte er selbst nicht geglaubt: Er hatte ihm erzählt, die Regeln über die Vertraulichkeit von Krankengeschichten träfen nicht mehr zu, wenn der Patient tot sei, und der Kriminalrat vom Yard sei berechtigt, alles, was er brauche, ohne Umstände und Verzögerung ausgehändigt zu bekommen.

Sie studierten zusammen die Akte. Dalgliesh sagte: «Martin Dettinger. Alter sechsundvierzig Jahre. Gab seinen Londoner Club als Adresse an. Anglikaner. Geschieden. Nächste Verwandte: Mrs. Louise Dettinger, 23 Saville Mansions, Marylebone. Mutter. Sie sollten die Dame aufsuchen, Masterson. Verabreden Sie sich für morgen abend. Ich brauche Sie tagsüber hier, solange ich in London bin. Und geben Sie sich Mühe mit ihr. Sie muß ihren Sohn ziemlich häufig besucht haben, als er im Krankenhaus lag. Schwester Pearce hat sich ausschließlich um ihn gekümmert. Die beiden Frauen sind sich vermutlich oft begegnet. Irgend etwas Aufregendes brachte die Pearce durcheinander, als sie in der letzten Woche, die sie am Leben war, auf der Privatstation arbeitete, und ich möchte wissen, was das war.»

Er kam wieder auf die Krankengeschichte zurück.

«Eine ganze Menge Papier. Der arme Kerl hat anscheinend viel mit Ärzten zu tun gehabt. Er litt seit zehn Jahren an Kolitis, und davor gab es lange Perioden undiagnostizierten schlechten Befindens. Vielleicht kündigte sich damals schon das Leiden an, dem er jetzt erlag. Er war während seines Militärdienstes dreimal längere Zeit im Krankenhaus, darunter 1947 auch zwei Monate in einem Militärkrankenhaus in Kairo. 1952 wurde er als Invalide aus der Armee entlassen und wanderte nach Südafrika aus. Das scheint ihm nicht besonders gut bekommen zu sein. Hier sind auch Berichte von einem Krankenhaus in Johannesburg. Courtney-Briggs hat sie angefordert; er gibt sich schon große Mühe. Seine eigenen Bemerkungen sind recht umfangreich. Er übernahm den Fall vor ein paar Jahren und behandelte Dettinger anscheinend nicht nur als Chirurg, sondern auch als eine Art Hausarzt. Die Kolitis wurde etwa vor einem Monat akut, und Courtney-Briggs mußte einen Teil des Darmtraktes entfernen. Das war am Freitag, dem 2. Januar. Dettinger überstand die Operation trotz seines damals schon ziemlich schlechten Allgemeinbefindens und machte sogar einige Fortschritte, bis er am Montag, dem 5. Januar, einen Rückfall erlitt. Danach erlangte er nur noch für kurze Augenblicke das Bewußtsein, und er starb am Freitag, dem 9. Januar, um 17.30 Uhr.»

Masterson sagte: «Schwester Pearce war bei ihm, als er starb.»

«Und offenbar pflegte sie ihn fast allein während seiner letzten Woche. Ich bin gespannt, was in dem Pflegebericht steht.»

Doch dieser Bericht war weitaus weniger aufschlußreich als die Krankenakte. Schwester Pearce hatte in ihrer ordentlichen Schulmädchenschrift die Schwankungen von Temperatur, Atmung und Puls ihres Patienten eingetragen, seine unruhigen Phasen und die wenigen Stunden Schlaf, seine medikamentöse Behandlung und seine Diät: ein peinlich genauer Bericht von pflegerischer Fürsorge, an dem nichts auszusetzen war. Darüber hinaus brachte er nichts.

Dalgliesh schlug das Buch zu.

«Am besten bringen Sie's wieder auf die Station und den Krankenbericht in die richtige Abteilung. Was wir daraus entnehmen konnten, wissen wir jetzt. Aber ich habe so ein Gefühl, als habe Martin Dettingers Tod etwas mit diesem Fall zu tun.»

Masterson erwiderte nichts. Wie alle Detektive, die mit Dalgliesh gearbeitet hatten, hatte er einen haushohen Respekt vor den Vorahnungen des Alten. So unbequem, launisch und weithergeholt sie aussehen mochten – sie hatten sich doch zu oft als richtig erwiesen, als daß man sie einfach hätte ignorieren können. Und er hatte nichts gegen einen abendlichen Abstecher nach London einzuwenden. Morgen war Freitag. Dem Stundenplan auf dem Schwarzen Brett in der Halle hatte er entnommen, daß der Unterricht freitags früher zu Ende war. Die Schülerinnen hatten schon kurz nach fünf Uhr frei. Er überlegte, ob Julia Pardoe vielleicht Lust auf einen Ausflug in die Stadt hätte. Warum eigentlich nicht? Dalgliesh würde noch nicht wieder zurück sein, wenn er aufbrechen müßte. Es konnte mit etwas Vorsicht eingefädelt werden. Und da gab es einige Verdächtige, bei denen es ein eindeutiges Vergnügen wäre, sie allein zu verhören.

7

Ungeachtet der gesellschaftlichen Gepflogenheiten und entgegen aller Klugheit, trank Dalgliesh um halb fünf mit Oberschwester Gearing Tee auf ihrem Zimmer. Sie war ihm zufällig in der Halle im Erdgeschoß über den Weg gelaufen, als sie mit den Mädchen nach der letzten Unterrichtsstunde aus dem Arbeitsraum kam. Sie hatte ihn spontan und ohne großes Getue eingeladen. Dalgliesh hatte allerdings registriert, daß die Einladung nicht für Sergeant Masterson galt. Er hätte sie aber auch angenommen, wenn er sie auf stark parfümiertem rosa Briefpapier und von himmelschreienden sexuellen Anspielungen begleitet erhalten hätte. Nach den offiziellen Verhören vom Vormittag wollte er gemütlich in einem Sessel sitzen und einen Schwall von arglosem, ehrlichem, vielleicht ein wenig boshaftem Klatsch zuhören, nach außen hin ruhig, unbeteiligt, sogar mit etwas zynischem Vergnügen. Aber in Wirklichkeit war er hellwach und wartete nur darauf, die richtigen Brocken aufzuschnappen. Er hatte aus dem Tischgespräch beim Mittagessen mehr über die Schwestern des Nightingale-Hauses erfahren als bei den förmlichen Verhören, aber er konnte nicht die ganze Zeit dem Pflegepersonal nachlaufen und Bruchstücke ihres Klatsches wie fallen gelassene Taschentücher auflesen. Er fragte sich, ob Oberschwester Gearing etwas mitzuteilen oder zu fragen habe. So oder so glaubte er nicht, daß eine Stunde in ihrer Gesellschaft Zeitverschwendung sei.

Dalgliesh hatte, abgesehen von der Wohnung der Oberin, noch keinen der Räume im dritten Stock betreten und war von der Größe und dem hübschen Zuschnitt von Schwester Gearings Zimmer überrascht. Nicht einmal im Winter konnte man von hier aus das Krankenhaus sehen, und der Raum strahlte eine solche Ruhe aus, daß man den hektischen Betrieb von Stationen und Abteilungen vergessen konnte. Dalgliesh dachte, es müsse im Sommer besonders schön sein, wenn sich der Blick auf die fernen Hügel nur in den Baumkronen fing. Auch jetzt in der Dämmerung, wo die Vorhänge schon zugezogen waren und die Gasheizung gemütlich zischte, war es einladend und warm. Vermutlich war die Schlafcouch in der Ecke mit ihrem Kretonnebezug und den ordentlich drapierten Kissen vom Verwaltungskomitee des Krankenhauses beschafft worden, ebenso die beiden bequemen Sessel in ähnlichem Bezug und das übrige langweilige, aber funktionelle Mobiliar. Aber Schwester Gearing hatte dem Zimmer eine persönliche Note gegeben. Über die ganze Länge der gegenüberliegenden Wand lief ein Bord, auf dem sie eine Puppensammlung in verschiedenen Nationaltrachten aufgebaut hatte. Auf einem kleineren Brett an einer anderen Wand saß ein Sortiment von Porzellankatzen verschiedener Größen und Rassen. Es gab darunter ein besonders scheußliches Exemplar mit blauen Tupfen, Glotzaugen und einer blauen Stoffschleife; und daran lehnte eine Glückwunschkarte. Sie zeigte ein Rotkehlchenweibchen – das Geschlecht wurde durch eine Spitzenschürze und ein geblümtes Hütchen gekennzeichnet –, das auf einem Zweig saß. Zu seinen Füßen buchstabierte das Männchen mit Würmern ‹Viel Glück›. Dalgliesh wandte hastig seine Augen von dieser Scheußlichkeit ab und fuhr mit seiner unauffälligen Prüfung des Zimmers fort.

Der Tisch vor dem Fenster war vermutlich als Schreibtisch gedacht, aber tatsächlich nahm ungefähr ein halbes Dutzend Fotografien in Silberrahmen den größten Teil der Arbeitsfläche ein. In einer Ecke stand ein Plattenspieler mit einem Plattenständer daneben. An die Wand darüber hatte sie ein Poster mit dem neuesten Popidol geheftet. Außerdem gab es noch jede Menge Kissen in allen Größen und Farben, drei nicht besonders schöne Sitzkissen, ein imitiertes Tigerfell aus braun und weiß gestreiftem Nylon und einen Couchtisch, auf den Oberschwester Gearing das Teegeschirr gestellt hatte. Aber der auffallendste Gegenstand im Zimmer war in Dalglieshs Augen eine große Vase mit geschmackvoll zusammengestellten Winterzweigen und Chrysanthemen auf einem kleinen Seitentisch. Oberschwester Gearing konnte, hieß es, gut mit Blumen umgehen, und dieser Strauß war so einfach in Farbe und Form, daß er einem wohltat. Es war seltsam, dachte er, daß eine Frau mit einem solchen Instinkt und Geschmack für Blumen sich in diesem geschmacklosen, vollgestopften Zimmer wohl fühlen konnte. Es kam ihm in den Sinn, daß sie vielleicht eine weniger einfach konstruierte Persönlichkeit hatte, als man zuerst einmal annahm. Auf den ersten Blick war ihr Wesen leicht zu erkennen. Sie war eine alte Jungfer, unangenehm leidenschaftlich, nicht besonders intelligent oder gebildet, die ihre Frustrationen unter einer unechten Heiterkeit verbarg. Aber fünfundzwanzig Jahre bei der Polizei hatten ihn gelehrt, daß keine Persönlichkeit unkompliziert und ohne innere Widersprüche war. Nur junge oder sehr arrogante Menschen bildeten sich ein, es gebe so etwas wie eine Schablone für das menschliche Wesen.

Hier, bei sich zu Hause, gab sich Oberschwester Gearing nicht so kokett wie in Gesellschaft. Zugegeben, sie rekelte sich auf einem großen Kissen zu seinen Füßen, während sie den Tee eingoß, aber er schloß aus der großen Auswahl an Kissen, die im Zimmer herumlagen, daß das eine bequeme Gewohnheit war und keine verspielte Einladung an ihn, es ihr gleichzutun. Der Tee war ausgezeichnet. Er war frisch aufgebrüht und heiß, und dazu gab es dick mit Butter bestrichene Brötchen mit Sardellenpaste. Zum Glück gab es keine süßen, klebrigen Kuchen, und der Tassenhenkel ließ sich bequem halten, ohne daß man sich die Finger verrenkte oder verbrannte. Sie umsorgte ihn tüchtig, aber unaufdringlich. Oberschwester Gearing, dachte Dalgliesh, gehörte zu den Frauen, die es, wenn sie mit einem Mann allein sind, für ihre Pflicht halten, sich völlig auf seine Bequemlichkeit einzustellen und seinem Selbst zu schmeicheln. Darüber würden weniger hingebungsvolle Frauen in Wut geraten, von einem Mann dürften dagegen keine Einwände zu erwarten sein.

Von der Wärme und Gemütlichkeit ihres Zimmers entspannt und vom Tee angeregt, war Oberschwester Gearing offenbar in Redelaune. Dalgliesh ließ sie dahinplaudern und warf nur ab und zu eine Frage ein. Keiner von beiden erwähnte Leonard Morris. Dalgliesh konnte sich keine Hoffnung auf aufrichtige, vertrauliche Mitteilungen machen, wenn er eine verlegene oder reservierte Stimmung aufkommen ließ.

«Natürlich, was mit der armen Pearce geschah, ist einfach schrecklich, wie auch immer es dazu kam. Und dazu die ganze Gruppe, die dabei zusah! Ich bin überrrascht, daß es ihre Arbeit nicht völlig durcheinanderbrachte, aber die jungen Menschen sind heutzutage ziemlich hart im Nehmen. Und sie war bei ihnen ja auch nicht gerade beliebt. Aber ich kann mir einfach nicht vorstellen, daß eine von ihnen das Ätzmittel in die Flasche geschüttet hat. Sie sind doch schon im dritten Jahr. Sie wissen, daß Karbolsäure tödlich ist, wenn sie in dieser Konzentration in den Magen gelangt. Zum Teufel, sie hatten einen Kurs über Gifte in ihrer vorigen Unterrichtsperiode. Deshalb kann es kein lustiger Streich gewesen sein, der danebenging.»

«Das scheint aber trotzdem die allgemeine Absicht zu sein.»

«Na ja, das ist doch normal oder nicht? Keiner will daran glauben, daß ihr Tod Mord war. Und wenn die Mädchen in ihrem ersten Jahr wären, würde ich es vielleicht auch glauben. Da hätte eine Schülerin – möglicherweise in der Meinung, Lysol sei ein Brechmittel – auf den verrückten Gedanken kommen können, die Übung würde weniger langweilig, wenn die Pearce sich vor der Inspektorin von der Schwesternaufsicht hätte übergeben müssen. Das ist zwar ein eigenartiger Humor, aber die jungen Leute können manchmal ganz schön grausam sein. Doch diese Mädchen müssen gewußt haben, was das Zeug im Magen anrichtet.»

«Und was halten Sie von Schwester Fallons Tod?»

«Oh, Selbstmord, würde ich sagen. Das arme Ding war doch schwanger. Sie machte wahrscheinlich eine schlimme Depression durch und sah keinen Sinn mehr im Leben. Drei vergeudete Ausbildungsjahre und keine Familie, an die sie sich wenden konnte! Ich hielt sie eigentlich nicht für den Typ, der Selbstmord begeht, aber wahrscheinlich war es ein ganz spontaner Entschluß. Dr. Snelling – er kümmert sich um die Gesundheit der Schülerinnen – ist mehrfach kritisiert worden, weil er sie so kurz nach ihrer Grippe wieder am Unterricht teilnehmen ließ. Aber sie wollte nichts ausfallen lassen, und es war ja auch etwas anderes als Stationsdienst. Jetzt ist keine günstige Jahreszeit, jemanden auf Erholungsurlaub zu schicken. In der Schule war sie genausogut aufgehoben wie irgendwoanders. Gegen die Grippe war allerdings nichts zu machen. Sie war danach wahrscheinlich ziemlich niedergeschlagen. Diese Epidemie hat einige böse Nachwirkungen. Wenn sie sich nur einem Menschen anvertraut hätte! Für mich ist es ein schrecklicher Gedanke, daß sie ihrem Leben ein Ende machte, während das Haus voller Leute war, die ihr sicher gern geholfen hätten, wenn sie nur etwas davon gewußt hätten. Ich darf Ihnen doch noch eine Tasse einschenken. Und versuchen Sie das Gebäck. Es ist selbstgemacht. Meine verheiratete Schwester schickt es mir ab und zu.»

Dalgliesh nahm ein Stück davon aus der Dose, die sie ihm hinhielt, und äußerte, daß es auch einige gebe, die meinten, Schwester Fallon habe vielleicht außer der Schwangerschaft noch einen anderen Grund zum Selbstmord gehabt. Vielleicht hatte sie das Ätzmittel in die Flasche geschüttet. Mit Sicherheit war sie zum entscheidenden Zeitpunkt im Nightingale-Haus gesehen worden.

Er brachte diese Vermutung beiläufig vor und wartete gespannt auf ihre Reaktion. Der Gedanke konnte keinesfalls neu für sie sein; jedem im Nightingale-Haus mußte er schon einmal gekommen sein. Aber sie war zu einfältig, um erstaunt zu sein, daß ein gestandener Detektiv einen Fall so offen mit ihr diskutierte, und zu dumm, um sich selbst zu fragen, warum er das tat.

Sie tat die Theorie mit einem verächtlichen Schnaufer ab.

«Doch nicht die Fallon! Das wäre ein dummer Streich gewesen, und sie war durchaus nicht dumm. Ich sagte Ihnen ja, jede Schwesternschülerin im dritten Jahr wußte, daß das Zeug tödlich war. Und wenn Sie andeuten, die Fallon hätte die Pearce umbringen wollen – und warum, um Himmels willen, hätte sie? –, dann behaupte ich, sie wäre die letzte gewesen, die von Gewissensbissen geplagt worden wäre. Wenn die Fallon einen Mord beschlossen hätte, dann hätte sie sich danach nicht mit reuigen Gefühlen herumgeschlagen, geschweige denn, sich aus Gewissensnöten umgebracht. Nein, ihr Tod ist leicht genug zu begreifen. Sie hatte eine nachgrippale Depression, und sie fühlte, daß sie es mit dem Kind nicht schaffen würde.»

«Dann glauben Sie also, beide hätten Selbstmord begangen?»

«Bei der Pearce bin ich mir nicht so sicher. Man müßte schon ganz schön verrückt sein, um sich eine so qualvolle Todesart auszusuchen, und die Pearce kam mir recht normal vor. Aber es wäre eine Erklärung, nicht wahr? Und ich kann mir nicht vorstellen, daß Sie etwas anderes beweisen können, wie lange Sie auch hierbleiben.»

Er glaubte, einen überheblichen, selbstgefälligen Ton in ihrer Stimme zu hören, und sah sie unvermittelt an. Aber das schmale Gesicht drückte nur, wie gewöhnlich, eine vage Unzufriedenheit aus. Sie knabberte mit ihren spitzen, sehr weißen Zähnen an einem

Stück Gebäck. Er konnte das schabende Geräusch hören. Sie sagte: «Wenn eine Erklärung unmöglich ist, muß das Unwahrscheinliche als Wahrheit gelten. Irgendwer hat das einmal gesagt. Chesterton vielleicht? Schwestern bringen sich nicht gegenseitig um. Auch keinen sonst, was das betrifft.»

«Nehmen Sie Schwester Waddingham», sagte Dalgliesh.

«Wer war das?»

«Eine reizlose, unangenehme Frau, die eine Patientin, eine gewisse Miss Baguley, mit Morphin vergiftete. Miss Baguley war schlecht beraten gewesen, denn sie hatte Schwester Waddingham ihr Geld und ihren ganzen Besitz vermacht, um dafür bis an ihr Lebensende im Pflegeheim der letzteren behandelt zu werden. Es war ein schlechtes Geschäft. Schwester Waddingham wurde gehängt.»

Schwester Gearing schüttelte sich in gespieltem Abscheu.

«Mit was für schrecklichen Menschen kommen Sie in Berührung! Jedenfalls war sie sicher keine richtige Schwester. Sie können mir nicht erzählen, daß sie bei der Allgemeinen Schwesternaufsichtsbehörde registriert war.»

«Wenn Sie so fragen, glaube ich es auch nicht. Und ich hatte überhaupt nichts damit zu tun. Das spielte sich 1935 ab.»

«Sehen Sie, da haben Sie's», sagte Schwester Gearing, als habe er ihr damit recht gegeben.

Sie beugte sich vor, um ihm eine zweite Tasse Tee einzugießen. Dann rückte sie sich bequemer auf ihrem Kissen zurecht und lehnte sich an seine Sessellehne, so daß ihr Haar sein Knie berührte. Dalgliesh betrachtete aufmerksam und nachsichtig den schmalen Streifen dunkleren Haares beiderseits des Scheitels, wo die Farbe herausgewachsen war. Von oben, in der Verkürzung gesehen, wirkte ihr Gesicht älter, die Nase spitzer. Er sah die Ansätze von Säcken unter den Augenwimpern und die Verästelung geplatzter Äderchen auf den Backenknochen. Die violetten Fädchen waren nur halb vom Make-up überdeckt. Sie war keine junge Frau mehr; das wußte er. Und noch eine ganze Menge mehr, was er sich aus ihrer Personalakte zusammengesucht hatte. Sie war an einem Krankenhaus im Londoner East End ausgebildet worden, nachdem sie eine Reihe wenig erfolgreicher und nicht sehr einträglicher Stellen in Büros ausprobiert hatte. Ihre Laufbahn als Schwester war wechselvoll gewesen, und ihre Referenzen waren verdächtig nichtssagend. Man hatte zum Beispiel seine Zweifel gehabt, ob es klug wäre, sie für eine Weiterbildung zur klinischen Lehrschwester zu empfehlen. Das legte den Gedanken nahe, daß sie nicht so sehr von ihrem Wunsch zu lehren geleitet worden war, sondern eher von der Hoffnung auf eine leichtere Arbeit als die einer Stationsschwester. Er wußte, daß sie Schwierigkeiten mit dem Klimakterium hatte. Er wußte mehr über sie, als sie ahnte, mehr, als sie ihm zu wissen erlaubt hätte. Aber er wußte noch nicht, ob sie eine Mörderin war. Er war so in Gedanken versunken, daß ihm beinahe ihre nächsten Worte entgangen wären.

«Es ist merkwürdig, daß Sie Gedichte schreiben. Die Fallon hatte Ihren letzten Lyrikband in ihrem Bücherregal, nicht wahr? Oberschwester Rolfe hat es erzählt. Ist es nicht schwierig, die Poesie mit dem Polizistenberuf in Einklang zu bringen?»

«Ich habe es nie für notwendig gehalten, die Dichtung und die Polizei in diesem ökumenischen Sinne aufeinander abzustimmen.»

Sie lachte affektiert.

«Sie wissen sehr wohl, was ich meine. Schließlich ist es doch wirklich ein bißchen ungewöhnlich. Man stellt sich Polizisten nicht als Dichter vor.»

Er wußte natürlich, was sie meinte. Aber er hatte nicht vor, dieses Thema auszudiskutieren. «Polizisten sind Individuen wie die Menschen in jedem anderen Beruf. Sie drei Oberschwestern haben doch auch nicht sehr viel miteinander gemein, oder? Man kann sich kaum verschiedenere Persönlichkeiten denken wie Sie und Miss Brumfett. Ich kann mir nicht vorstellen, mich von Miss Brumfett mit Anchovisbrötchen und selbstgebackenem Gebäck füttern zu lassen.»

Sie reagierte sofort, wie er es erwartet hatte.

«Oh, die Brumfett ist in Ordnung, wenn Sie sie richtig kennenlernen. Natürlich ist sie zwanzig Jahre hinter ihrer Zeit zurück. Wie ich beim Mittagessen sagte, haben die Kinder heute keine Lust mehr, sich den ganzen Quatsch von Gehorsam und Pflicht und Berufung anzuhören. Aber sie ist eine prachtvolle Schwester. Ich möchte kein böses Wort über die Brumfett hören. Ich hatte vor ungefähr vier Jahren eine Blinddarmoperation. Es ging nicht ganz glatt, die Wunde brach wieder auf. Dann bekam ich eine Infektion, die resistent gegen Antibiotika war. Die ganze Sache war verpfuscht. Nicht gerade eine der erfolgreichsten Operationen von Mr. Courtney-Briggs. Jedenfalls war ich am Ende. In einer Nacht hatte ich unerträgliche Schmerzen, konnte nicht schlafen und war absolut sicher, daß ich den Morgen nicht erleben würde. Ich fürchtete mich. Es war die nackte Angst. Da redet man von Todesangst! Ich erfuhr in dieser Nacht, was das ist. Dann kam die Brumfett vorbei. Sie kümmerte sich selbst um mich; sie ließ keine Schülerin an mich heran, wenn sie im Dienst war. Ich sagte zu ihr: ‹Ich werde doch nicht sterben?› Sie sah mich an. Sie sagte nicht, ich solle kein dummes Zeug reden, sie kam mir nicht mit den üblichen tröstlichen Lügen. Sie sagte einfach mit ihrer ruppigen Stimme: ‹Wenn ich es verhindern kann, sterben Sie nicht.› Und augenblicklich hörte die Angst auf. Ich wußte, wenn die Brumfett an meiner Seite kämpfte, würde ich durchkommen. Es klingt ein bißchen albern und sentimental, wenn man es so erzählt, aber genau das war's, was ich dachte. So macht sie es bei allen schwerkranken Patienten. Was ist Vertrauen! Die Brumfett gibt Ihnen das Gefühl, daß sie Sie mit bloßer Willenskraft zurückziehen würde, wenn Sie schon mit einem Bein im Grab ständen und sämtliche Teufel in der Hölle Sie nach der anderen Seite zerrten; was sie in meinem Fall sicher taten. Solche Schwestern zieht man sich heute nicht mehr.»

Dalgliesh gab ein entsprechendes zustimmendes Brummen von sich und machte eine kleine Pause, bevor er die Anspielung auf Mr. Courtney-Briggs aufgriff. Er fragte ganz naiv, ob viele seiner Operationen so völlig danebengingen.

Oberschwester Gearing lachte: «Herr im Himmel! Nein. Courtney-Briggs' Operationen verlaufen gewöhnlich so, wie er es will. Das will nicht heißen, daß sie so verlaufen, wie der Patient es sich wünschen würde, wenn er genauer Bescheid wüßte. CB ist das, was man einen heroischen Chirurgen nennt. Ich meine allerdings eher, den meisten Heldenmut müssen die Patienten aufbringen. Aber er leistet tatsächlich ein ungewöhnlich gutes Stück Arbeit. Er ist einer der letzten großen Allgemeinchirurgen, die wir noch haben. Wissen Sie, so von der Art, es mit allem aufzunehmen, je hoffnungsloser, desto lieber. Meiner Meinung nach ist ein Chirurg so ähnlich wie ein Anwalt. Es ist nicht so viel Ruhm zu gewinnen, wenn man einen raushaut, der offensichtlich unschuldig ist. Je größer die Schuld, desto größer der Ruhm.»

«Was für eine Frau ist Mrs. Courtney-Briggs? Ich nehme an, er ist verheiratet. Tritt sie im Krankenhaus in Erscheinung?»

«Nicht sehr häufig, obwohl sie angeblich Mitglied des Freundeskreises ist. Sie teilte letztes Jahr die Preise aus, als die Prinzessin im letzten Augenblick absagte. Blond, sehr elegant. Jünger als CB, aber langsam merkt man ihr doch an, daß sie älter wird. Warum fragen Sie? Sie werden doch Muriel Courtney-Briggs nicht verdächtigen? Sie war in der Nacht, als Schwester Fallon starb, nicht einmal im Krankenhaus. Sie lag wahrscheinlich gemütlich im warmen Bett in ihrer hübschen kleinen Villa bei Selborne. Und sie hatte mit Sicherheit kein Motiv, die arme Pearce zu ermorden.»

Demnach hatte sie ein Motiv, Schwester Fallon zu beseitigen. Mr. Courtney-Briggs' Verhältnis war wohl mehr aufgefallen, als er gemerkt hatte. Dalgliesh war keineswegs erstaunt, daß Oberschwester Gearing davon wußte. Ihre spitze Nase war wohl darauf geeicht, eine Bettgeschichte zu riechen.

Er sagte: «Ich frage mich, ob sie eifersüchtig war.»

Oberschwester Gearing war sich nicht bewußt, was sie gerade gesagt hatte, und redete munter drauflos.

«Ich glaube, sie wußte nichts. Wie die meisten Ehefrauen. Jedenfalls hätte CB sich niemals von ihr getrennt, um die Fallon zu heiraten. Der nicht! Mrs. CB hat einen schönen Batzen eigenes Geld. Sie ist das einzige Kind von Price von der Baufirma Price und Maxwell – und mit CBs Einkommen und Papas unredlichen Gewinnen stehen sie ganz gut da. Ich glaube kaum, daß Muriel sich groß Gedanken macht, was er tut und treibt, solange er sich ihr gegenüber anständig verhält und Geld hereinkommt. Würde ich auch nicht. Außerdem ist unsere gute Muriel, wenn an dem Gerede etwas dran ist, auch kein Moralapostel.»

«Jemand von hier?» fragte Dalgliesh.

«O nein, nichts in der Richtung. Sie verkehrt in der Londoner Schickeria. Ihr Bild taucht in jeder dritten Klatschspalte auf. Und sie verkehren auch viel mit Theaterleuten. CB hatte einen Bruder, der Schauspieler war. Peter Courtney. Er erhängte sich vor drei Jahren. Sie müssen es damals gelesen haben.»

Dalglieshs Beruf ließ ihm wenig Möglichkeit, ein Stück zu sehen, und die Theaterbesuche gehörten zu den Freuden, die er am meisten vermißte. Er hatte Peter Courtney nur einmal auf der Bühne erlebt, aber in einer Vorstellung, die man nicht so leicht vergaß. Er war ein sehr junger Macbeth gewesen – so feinnervig und nach innen gekehrt wie Hamlet –, der einer viel älteren Frau sexuell hörig war und dessen physischer Mut aus Gewalttätigkeit und Hysterie bestand. Eine perverse, aber fesselnde Deutung, und sie war ziemlich schlüssig gewesen. Als er sich jetzt die Aufführung ins Gedächtnis rief, bildete sich Dalgliesh ein, eine Ähnlichkeit zwischen den Brüdern feststellen zu können, vielleicht auf Grund der Augenstellung. Aber Peter mußte wenigstens zwanzig Jahre jünger sein. Er hätte gern gewußt, was die nach Jahren und Begabung so verschiedenen Männer voneinander gehalten hatten.

Unvermittelt wie nebenbei fragte Dalgliesh: «Wie kamen die Pearce und die Fallon miteinander aus?»

«Gar nicht. Die Fallon verachtete die Pearce. Ich meine nicht, daß sie sie haßte oder ihr hätte schaden wollen. Sie verachtete sie einfach.»

«Gab es dafür einen bestimmten Grund?»

«Die Pearce fühlte sich berufen, die Oberin über die nächtlichen Whiskygläschen der Fallon aufzuklären. Dieses selbstgerechte Biest. Ja, ich weiß, sie ist tot, und ich sollte so etwas nicht sagen. Aber die Pearce konnte wirklich unerträglich selbstgerecht sein. Anscheinend hat sich folgendes abgespielt: Diane Harper – sie ist inzwischen aus der Schule ausgeschieden – war stark erkältet, ungefähr vierzehn Tage, bevor der Blockunterricht begann, und die Fallon mixte ihr einen heißen Whisky mit Zitrone. Die Pearce konnte das Zeug durch den halben Flur riechen und schloß, die Fallon sei dabei, ihre jüngeren Kolleginnen zu diesem teuflischen Getränk zu verführen. Sie tauchte also im Morgenmantel in der Teeküche auf – sie wohnten damals natürlich noch im eigentlichen Schwesternwohnheim –, zog wie ein Racheengel die Luft ein und drohte, die Fallon bei der Oberin anzuzeigen, falls sie nicht hoch und heilig verspreche, das Zeug nie wieder anzurühren. Die Fallon sagte ihr, sie solle sich zum Teufel scheren, und gab ihr noch mit auf den Weg, was sie dort tun sollte. Sie konnte sich schön anschaulich und deftig ausdrücken, wenn sie in Rage war, die Fallon. Schwester Dakers brach in Tränen aus, die Harper verlor die Nerven, und die lautstarke Auseinandersetzung rief die aufsichtführende Schwester herbei. Die Pearce hat es dann tatsächlich der Oberin berichtet, aber kein Mensch weiß, mit welchem Erfolg, außer daß die Fallon von da an ihre Whiskyflasche in ihrem Zimmer aufbewahrte. Aber die ganze Sache sorgte für einige Aufregung im dritten Jahrgang. Die Fallon war bei ihrer Gruppe nie besonders beliebt gewesen. Dafür war sie zu zurückhaltend und zynisch. Aber die Pearce hat sich noch um einiges unbeliebter gemacht.»

«Und hatte Schwester Pearce etwas gegen Schwester Fallon?»

«Ach, das ist schwer zu sagen. Die Pearce schien sich nie darum zu kümmern, was die andern von ihr hielten. Sie war ein merkwürdiges Mädchen, auch ziemlich gefühllos. Sie mochte zum Beispiel etwas gegen die Fallon und die Whiskytrinkerei haben, aber das hinderte sie nicht daran, sich deren Leihkarte für die Bibliothek zu borgen.»

«Und wann war das?»

Dalgliesh beugte sich vor und stellte seine Teetasse auf das Tablett. Seine Stimme klang unbeteiligt und drückte nichts aus. Aber wieder spürte er jene plötzliche Erregung und Vorahnung, jenes intuitive Gefühl, daß etwas Wesentliches gesagt worden war. Es war stärker als eine Ahnung; es war, wie immer, eine Gewißheit. Das konnte ihm mehrmals bei einem Fall widerfahren, wenn er Glück hatte, oder auch überhaupt nicht.

Er konnte es nicht willentlich herbeiführen und fürchtete sich, die Wurzeln zu gründlich zu untersuchen, weil er vermutete, dieses Pflänzchen könne unter der Einwirkung von Logik schnell verdorren.

«Kurz bevor der Blockunterricht begann, glaube ich. Es muß in der Woche gewesen sein, bevor die Pearce starb. Der Donnerstag, denke ich. Jedenfalls waren sie noch nicht ins Nightingale-Haus umgezogen. Die Fallon und die Pearce gingen nach dem Abendessen in der Kantine zusammen hinaus, und ich war mit der Goodale direkt hinter ihnen. Da sagte die Fallon zur Pearce: ‹Hier ist die Leihkarte, die ich dir versprochen habe. Ich gebe sie dir lieber schon heute, weil wir uns morgen früh wohl nicht sehen. Nimm am besten auch den Bibliotheksausweis mit, sonst geben sie dir das Buch vielleicht nicht.› Die Pearce brummte irgend etwas und schnappte sich den Ausweis ziemlich ungnädig, wie es mir vorkam, und damit hatte es sich. Aber das ist doch nicht wichtig, oder?»

«Ich wüßte nicht, weshalb», sagte Dalgliesh.

8

Die nächste Stunde saß er musterhaft still da. Oberschwester Gearing hätte nie erraten, daß ihm jede weitere Minute zuviel war, so höflich hörte er ihrem Redefluß zu, so gemächlich trank er seine dritte und letzte Tasse Tee. Als er ausgetrunken hatte, trug er das Tablett in die kleine Küche am Ende des Korridors, während sie ihm an den Fersen klebte und protestierte. Dann sagte er ‹Danke schön› und ließ sie allein.

Er ging ohne Umweg in das zellenartige Zimmer, in dem sich immer noch alle Besitztümer befanden, die Schwester Pearce im John Carpendar ihr eigen genannt hatte. Er mußte eine Zeitlang an dem schweren Bund in seiner Tasche nach dem richtigen Schlüssel suchen. Das Zimmer war seit ihrem Tod verschlossen. Er knipste das Licht an und ging hinein. Das Bett war abgezogen, und der ganze Raum wirkte aufgeräumt und sauber, als sei auch er für das Begräbnis hergerichtet worden. Die Vorhänge waren zurückgezogen, damit man von außen keinen Unterschied zu den anderen Zimmern sah.

Das Fenster stand offen, aber in der Luft lag ein schwacher Anflug von Desinfektionsmitteln, als ob jemand die Erinnerung an den Tod von Schwester Pearce durch eine rituelle Reinigung habe auslöschen wollen.

Er brauchte sein Gedächtnis nicht aufzufrischen. Die Überbleibsel eben dieses Lebens waren erschütternd dürftig. Er ging noch einmal alles durch, drehte und wendete alles mit vorsichtigen Händen, als könne das Berühren von Stoff und Leder ihm irgendwelche Schlüssel geben. Er war schnell fertig. Nichts war seit seiner ersten Untersuchung geändert worden. Der Schrank, der gleiche wie in Schwester Fallons Zimmer, war eher zu groß für die wenigen, phantasielos geschnittenen Wollkleider in langweiligen Farben. Unter seinen prüfenden Händen schaukelten sie an den gepolsterten Bügeln und verbreiteten einen leichten Geruch nach Waschpulver und Mottenkugeln. Der dicke hellbraune Wintermantel war zwar von guter Qualität, aber alt und abgetragen. Er faßte noch einmal in die Taschen. Er fand nur das Taschentuch, das bei der ersten Durchsuchung dagewesen war, ein zusammengeknülltes Baumwolltuch, das nach schlechtem Atem roch.

Er ging zur Kommode. Auch hier war mehr als genügend Platz gewesen. Die zwei oberen Schubladen waren voll mit Unterwäsche, dicken, weichen Unterhemden und Schlüpfern, die sicher in einem englischen Winter angenehm wärmten, aber alles andere als aufregend oder modisch waren. Die Schubladen waren mit Zeitungen ausgelegt. Er hatte das Papier schon einmal herausgenommen, steckte aber dennoch die Hand darunter und fühlte nichts als die rauhe Oberfläche von nacktem unpoliertem Holz. In den restlichen drei Schubladen lagen Röcke, Pullover und Strickwesten; eine Handtasche aus Leder, säuberlich in Seidenpapier gewickelt; ein Paar gute Schuhe in einem Einkaufsnetz; ein besticktes Taschentuchtäschchen mit einem Dutzend ordentlich zusammengelegter Taschentücher; ein Sortiment von Schals; drei gleiche Paar Nylonstrümpfe, die noch verpackt waren.

Er nahm sich noch einmal den Nachttisch und das kleine Bord darüber vor. Auf dem Tischchen standen eine Nachttischlampe, ein Reisewecker im Lederetui, der vor langer Zeit abgelaufen war, ein Päckchen Papiertaschentücher, von denen eins halb herausgezogen und zerknüllt war, und eine leere Wasserkaraffe. Auch eine in Leder gebundene Bibel und eine Schreibmappe lagen darauf. Dalgliesh schlug die Bibel auf und las wieder auf dem Vorsatzblatt die sauber in Kupfer gestochene Widmung. «Heather Pearce für ihre Dienstbereitschaft und Emsigkeit zugeeignet. Sonntagsschule St. Markus.» Emsigkeit. Ein altmodisches, abschreckendes Wort, aber ein Wort, das, wie er fühlte, Schwester Pearce sicher gefallen hatte.

Er klappte die Schreibmappe auf, hatte aber kaum Hoffnung, zu finden, was er suchte. Nichts war anders als bei seiner ersten Untersuchung. Der angefangene Brief an ihre Großmutter war noch da, eine langweilige Aufzählung ihrer täglichen Arbeit, unpersönlich wie ein Berichtsheft, und ein A_4-Umschlag, der am Tag ihres Todes angekommen war und offenbar von jemand, der ihn geöffnet hatte, in die Schreibmappe gelegt worden war, weil er nichts damit anzufangen wußte. Es handelte sich um eine Broschüre über die Arbeit eines Heimes, das während des Krieges Flüchtlinge aus Deutschland betreut hatte. Sie war anscheinend in der Hoffnung auf eine Spende verschickt worden.

Auch die Bücher auf dem Wandbrett hatte er schon einmal angesehen. Jetzt wie damals machten ihn die Durchschnittlichkeit der Auswahl und der kümmerliche Umfang der Bibliothek betroffen. Ein Preis ihrer Schule für Handarbeit. *Erzählungen nach Shakespeare.* Dalgliesh hatte sich nie vorstellen können, daß sie von Kindern gelesen wurden, und man konnte dem Buch auch nicht ansehen, ob Schwester Pearce es gelesen hatte. Zwei Reisebücher standen da: *In den Fußtapfen des Heiligen Paulus* und *In den Fußtapfen des Herrn.* Beide hatte das Mädchen in sauberer Schrift mit ihrem Namen versehen. Daneben ein bekanntes, aber völlig veraltetes Lehrbuch für Krankenschwestern. Nach dem Datum auf dem Vorsatzblatt hatte sie es vor vier Jahren gekauft, vermutlich im Hinblick auf ihre Ausbildung, nur um dann festzustellen, daß seine Ratschläge über das Ansetzen von Blutegeln und die Verwendung von Klistieren nichts mehr nützen. Da gab es ein Exemplar von Palgraves *Golden Treasury*, ebenfalls ein Schulpreis, aber diesmal für gutes Betragen. Auch diesem sah man nicht an, daß es gelesen worden war. Schließlich noch drei Taschenbücher – Romane einer populären Schriftstellerin, jedes als ‹Buch zum Film› angepriesen – und eine erfundene sentimentale Beschreibung von den Wanderungen eines entlaufenen Hundes und einer Katze durch Europa, die vor etwa fünf Jahren, wie Dalgliesh sich erinnerte, ein Bestseller gewesen war. Sie trug die Widmung «Für Heather mit herzlichen Grüßen von Tante Edie. Weihnachten 1964». Die Auswahl sagte ihm über das tote Mädchen nicht mehr, als daß ihre Lektüre genauso beschränkt wie ihr Leben gewesen war. Und nirgends fand er, was er suchte.

In Schwester Fallons Zimmer warf er keinen Blick mehr. Der Spurensicherer hatte jeden Zentimeter untersucht, und er selbst hätte das Zimmer bis in alle Einzelheiten beschreiben und eine vollständige Aufstellung des Inventars geben können. Wo auch immer die Leihkarte und der Bibliotheksausweis sein mochten: dort waren sie nicht, das konnte er mit Sicherheit sagen. Statt dessen sprang er die breite Treppe zum nächsten Stockwerk hinauf, wo ihm ein Wandtelefon aufgefallen war, als er Schwester Gearings Teetablett in die Küche getragen hatte. Ein Verzeichnis der Hausanschlüsse hing daneben. Er überlegte kurz und rief den Aufenthaltsraum der Schülerinnen an. Maureen Burt war am Apparat. Ja, Schwester Goodale war noch da. Sie kam sofort ans Telefon, und Dalgliesh bat sie, ihn im Zimmer von Schwester Pearce aufzusuchen.

Er hatte kaum die Tür erreicht, als er auch schon die selbstbewußte Gestalt in ihrer Tracht oben an der Treppe sah. Er ließ sie zuerst eintreten, und ihr Blick glitt schweigend über das abgezogene Bett, den stehengebliebenen Wecker und die zugeschlagene Bibel. Auf jedem Gegenstand ließ sie ihre Augen mit verhaltenem Interesse ruhen. Dalgliesh ging zum Fenster. Sie standen sich gegenüber und sahen einander wortlos über das Bett hinweg an. Schließlich brach er das Schweigen.

«Ich habe gehört, daß Schwester Fallon in der Woche, bevor Schwester Pearce starb, ihr eine Bibliothekskarte geliehen hat. Sie verließen gerade mit Schwester Gearing die Kantine. Wissen Sie noch, was da vor sich ging?»

Es lag nicht in Schwester Goodales Art, Erstaunen zu zeigen.

«Ja, ich glaube schon. Schwester Fallon hatte mir morgens gesagt, daß die Pearce in eine Londoner Bibliothek gehen wolle und sie um ihren Bibliotheksausweis und die Leihkarte gebeten habe. Jo Fallon war in der Westminster-Bibliothek eingetragen. Es gibt ein paar Zweigstellen in der City, aber normalerweise wohnen oder arbeiten die Mitglieder in Westminster. Jo Fallon hatte eine Wohnung in London, bevor sie hier in der Schwesternschule anfing, und behielt ihren Ausweis. Die Bibliothek ist hervorragend, viel besser als unsere hier, und es ist schön, daß wir auf diese Art dort Bücher leihen können. Soviel ich weiß, ist Oberschwester Rolfe ebenfalls dort Mitglied. Schwester Fallon brachte den Ausweis und die Leihkarte mit zum Mittagessen und gab beides der Pearce, als wir die Kantine verließen.»

«Sagte Schwester Pearce, wozu sie sie brauchte?»

«Zu mir nicht. Vielleicht zu Schwester Fallon. Ich weiß es nicht.

Wir konnten alle den Ausweis bei ihr borgen. Sie fragte nie, was wir ausleihen wollten.»

«Wie sehen denn diese Leihkarten aus?»

«Es sind schmale hellbraune Plastikstreifen mit dem Stadtwappen. Die Bibliothek gibt gewöhnlich vier an jeden Leser aus, und man gibt jedesmal einen ab, wenn man ein Buch ausleiht. Jo hatte allerdings nur drei. Vielleicht hatte sie den vierten verloren. Außerdem hat man noch den besagten Ausweis. Das ist das übliche Pappkärtchen mit Namen, Adresse und Gültigkeitsdauer. Manchmal wollten sie auch den Ausweis sehen, und Jo hat ihn der Pearce wahrscheinlich deshalb zusammen mit der Leihkarte gegeben.»

«Wissen Sie, wo die zwei anderen sind?»

«Ja, in meinem Zimmer. Ich habe sie mir vor zwei Wochen ausgeliehen, als ich mit meinem Verlobten in die Stadt fuhr, um an einem Gottesdienst in der Abbey teilzunehmen. Ich dachte, wir hätten vielleicht Zeit, in die Filiale in der Great Smith Street zu gehen und nach der neuen Iris Murdoch zu fragen. Dann trafen wir aber nach dem Gottesdienst ein paar Freunde aus Marks theologischem Seminar und kamen überhaupt nicht mehr in die Bibliothek. Ich wollte Jo die Leihkarte zurückgeben, aber ich steckte sie in meine Schreibmappe und dachte nicht mehr daran. Sie erinnerte mich auch nicht. Ich kann sie Ihnen zeigen, wenn es Ihnen weiterhilft.»

«Ich denke wohl. Wissen Sie, ob Heather Pearce Gebrauch von der Leihkarte gemacht hat?»

«Ich nehme es an. Ich sah sie auf den Londoner Bus warten. Wir hatten beide unseren freien Nachmittag, es müßte also der Donnerstag gewesen sein. Ich glaube, sie hatte die Absicht, in die Bibliothek zu gehen.» Sie sah ein wenig verwirrt aus. «Irgendwie bin ich ganz sicher, daß sie ein Buch ausgeliehen hat, ich weiß nur nicht, weshalb.»

«Wirklich nicht? Denken Sie bitte nach.»

Schwester Goodale faltete die Hände vor der steifen weißen Schürze wie zum Gebet und rührte sich nicht. Er ließ ihr Zeit. Sie sah starr geradeaus, dann blickte sie auf das Bett. Sie sagte ruhig: «Jetzt weiß ich es. Ich sah sie in einem Bibliotheksbuch lesen. Das war in der Nacht, als Jo krank wurde, die Nacht, bevor Pearce starb. Ich kam kurz nach halb zwölf hier herein und bat sie, rüber zu Jo zu gehen, während ich die Schwester holte. Sie saß aufrecht in ihrem Bett und las. Sie hatte ihr Haar zu zwei Zöpfen geflochten. Jetzt fällt es mir wieder ein. Es war ein großformatiges Buch mit dunklem Einband, dunkelblau, glaube ich, und hatte unten am Rücken eine in

Gold geprägte Bibliotheksnummer. Es sah alt aus und ziemlich schwer. Ich glaube nicht, daß es ein Roman war. Sie hatte es gegen die Knie gestützt, ich sehe es genau vor mit. Als ich hereinkam, klappte sie es schnell zu und steckte es unter ihr Kopfkissen. Das war zwar komisch, aber ich dachte mir damals nichts dabei. Die Pearce tat immer so schrecklich geheimnisvoll. Außerdem machte ich mir Sorgen wegen Jo. Aber jetzt fällt mir alles wieder ein.»

Sie schwieg wieder eine Zeitlang. Dalgliesh wartete ab. Dann fuhr sie fort: «Ich weiß, was Sie beunruhigt. Wo ist das Buch geblieben? Es war nicht bei ihren Sachen, als Oberschwester Rolfe und ich nach ihrem Tod das Zimmer aufräumten und eine Liste von ihren Habseligkeiten aufstellten. Die Polizei war dabei, und wir haben kein Buch oder dergleichen gefunden. Und was ist mit der Leihkarte passiert? Sie war auch nicht bei Schwester Fallons Sachen.»

Dalgliesh fragte: «Was ist in dieser Nacht genau passiert? Sie sagten, Sie wären kurz nach halb zwölf in Schwester Fallons Zimmer gegangen. Ich dachte, sie hätte sich nie vor Mitternacht schlafen gelegt.»

«In dieser Nacht doch. Ich nehme an, weil sie sich nicht wohl fühlte und hoffte, es würde ihr guttun, sich zeitiger als sonst ins Bett zu legen. Jo sagte kein Wort, daß sie krank war. Das war nicht ihre Art. Und ich ging nicht in ihr Zimmer. Sie kam zu mir. Kurz nach halb zwölf weckte sie mich. Sie sah totenblaß aus. Sie hatte offenbar hohes Fieber und konnte sich kaum auf den Beinen halten. Ich führte sie in ihr Zimmer zurück und brachte sie ins Bett, bat dann die Pearce, bei ihr zu bleiben, und rief Oberschwester Rolfe an. Sie ist für uns verantwortlich, wenn wir im Nightingale-Haus sind. Sie sah sich Jo an, telefonierte dann mit der Privatstation und bestellte einen Krankenwagen. Dann rief sie Oberschwester Brumfett an und ließ sie wissen, was passiert war. Oberschwester Brumfett möchte, auch wenn sie nicht im Dienst ist, wissen, was auf ihrer Station vor sich geht. Sie wäre nicht sehr erbaut gewesen, wenn sie am nächsten Morgen ins Krankenhaus gekommen wäre und Jo dort angetroffen hätte, ohne daß man sie davon in Kenntnis gesetzt hätte. Sie kam ebenfalls herunter in Jos Zimmer, fuhr aber nicht im Krankenwagen mit rüber. Das war ja auch nicht nötig.»

«Wer begleitete sie statt dessen?»

«Ich. Oberschwester Rolfe, Oberschwester Brumfett und die Pearce gingen wieder auf ihre Zimmer.»

Also konnte das Buch kaum in dieser Nacht weggekommen sein, dachte Dalgliesh. Schwester Pearce hätte sicher gemerkt, wenn es verschwunden wäre. Selbst wenn sie keine Lust mehr zum Lesen gehabt hätte, wäre sie kaum mit so einem dicken Buch unter dem Kopfkissen schlafen gegangen. Es lag also nahe, daß es jemand nach ihrem Tod an sich genommen hatte. Eins stand jedenfalls fest. Ein bestimmtes Buch hatte sich in der Nacht vor ihrem Tod in ihrem Besitz befunden, war aber nicht in ihrem Zimmer gewesen, als die Polizei, Miss Rolfe und Schwester Goodale es zum erstenmal nach zehn Uhr am nächsten Morgen durchsuchten. Ob nun das Buch aus der Westminster-Bibliothek stammte oder nicht – es blieb verschwunden, und falls es nicht aus der Bibliothek war, wo waren dann der Ausweis und die Leihkarte abgeblieben? Bei ihren Sachen waren sie nicht. Und wenn sie sie doch nicht gebraucht und der Fallon zurückgegeben haben sollte, warum hatte man sie dann nicht unter deren Sachen gefunden?

Er fragte Schwester Goodale, was sich unmittelbar nach Schwester Pearces Tod abgespielt hatte.

«Die Oberin schickte unsere Gruppe hinauf in ihr Wohnzimmer und bat uns, dort zu warten. Oberschwester Gearing kam ungefähr eine halbe Stunde später dazu, und dann wurde Kaffee gebracht. Wir blieben oben, tranken Kaffee und unterhielten uns oder versuchten zu lesen, bis Inspektor Bailey und die Oberin kamen. Das dürfte um elf Uhr gewesen sein, vielleicht ein bißchen früher.»

«Und waren Sie alle die ganze Zeit zusammen?»

«Nicht immer. Ich ging in die Bibliothek und holte mir etwas zu lesen. Ich blieb etwa drei Minuten weg. Schwester Dakers ging auch einmal hinaus. Ich weiß nicht genau warum, aber ich glaube, sie murmelte etwas von Toilette. Sonst blieben wir alle zusammen, soweit ich mich entsinne. Miss Beale, die Frau von der Schwesternaufsicht, war bei uns.»

Sie machte eine Pause.

«Glauben Sie, das verschwundene Bibliotheksbuch hat etwas mit dem Tod von Schwester Pearce zu tun? Sie halten es für wichtig, nicht wahr?»

«Möglicherweise hat es etwas zu bedeuten. Deshalb möchte ich Sie bitten, nichts von diesem Gespräch zu erzählen.»

«Natürlich nicht, wenn Sie Wert darauf legen.» Sie schwieg einen Augenblick.

«Aber könnte ich nicht versuchen, herauszubekommen, wo das Buch geblieben ist? Ich könnte zum Beispiel die andern ganz beiläufig fragen, ob sie die Leihkarte und den Ausweis hätten. Ich könnte so tun, als brauchte ich sie selbst.»

Dalgliesh lächelte: «Überlassen Sie mir die Ermittlungen. Es ist mir sehr viel lieber, wenn Sie nichts sagen.»

Er sah keine Veranlassung, sie darauf hinzuweisen, daß in einer Mordsache zuviel Wissen gefährlich werden kann. Sie war ein einsichtiges Mädchen. Es würde ihr früh genug von allein einfallen. Da er schwieg, hielt sie das Gespräch für beendet und wandte sich zum Gehen. An der Tür zögerte sie und drehte sich noch einmal um: «Herr Kriminalrat, entschuldigen Sie bitte, wenn ich mich einmische. Ich kann nicht glauben, daß die Pearce ermordet wurde. Aber falls es doch so war, kann das Buch jederzeit von fünf vor neun an, als die Pearce in den Übungsraum ging, entwendet worden sein. Der Mörder wußte, daß sie diesen Raum nicht lebend verlassen würde und daß er – oder sie – es unbemerkt wegnehmen könnte. Falls das Buch nach ihrem Tod weggenommen wurde, hätte es jeder – und aus einem völlig harmlosen Grund – nehmen können. Aber wenn es vor ihrem Tod weggenommen wurde, dann war es ihr Mörder. Das träfe auch zu, wenn das Buch an sich nichts mit den Gründen, aus denen sie ermordet wurde, zu tun gehabt hätte. Und ihre Frage an uns alle wegen einer Sache, die aus ihrem Zimmer verschwunden war, weist darauf hin, daß das Buch vor ihrem Tod wegkam. Und warum sollte der Mörder sich die Mühe machen, es verschwinden zu lassen, wenn es nicht auf irgendeine Weise mit dem Verbrechen zu tun hatte?»

«Genau. Sie sind eine kluge junge Frau.»

Zum erstenmal sah Dalgliesh Schwester Goodale verunsichert. Sie errötete und sah plötzlich hübsch und rosig wie eine junge Braut aus. Dann lächelte sie ihm zu, drehte sich um und ging. Diese Verwandlung faszinierte Dalgliesh. Er dachte bei sich, ihr Pfarrer habe viel Einsicht und Scharfblick bewiesen, als er sich für sie entschied. Was der Kirchengemeinderat von ihrem unbestechlichen Verstand halten würde, stand auf einem anderen Blatt. Er hoffte, er würde sie nicht unter Mordverdacht festnehmen lassen müssen, bevor die Gemeinderäte Gelegenheit gehabt hätten, sich eine Meinung über die Frau ihres Pfarrers zu bilden.

Er folgte ihr auf den Flur. Wie üblich war er düster. Die einzige Beleuchtung bestand aus zwei Glühbirnen hoch oben in einer verschnörkelten Messingtraube. Er war schon an der Treppe, als ein plötzlicher Einfall ihn stehenbleiben und noch einmal zurückgehen ließ. Er knipste seine Taschenlampe an, beugte sich hinunter und ließ das Lichtbündel langsam über den Sand in den zwei Feuereimern gleiten. Der Sand im ersten Eimer war zusammengebacken und grau von Staub; er war offenbar nicht mehr angerührt worden, seit man ihn gefüllt hatte. Doch die Oberfläche des zweiten sah frischer aus. Dalgliesh zog seine dünnen Baumwollhandschuhe an, holte aus einer Schublade in Schwester Pearces Zimmer ein Zeitungsblatt, breitete es auf dem Fußboden aus und kippte langsam den Sand aus. Er fand keine versteckte Lesekarte. Aber eine plattgedrückte Büchse mit Schraubverschluß und schmutzigem Etikett rollte heraus. Dalgliesh wischte die Sandkörner ab und legte einen schwarzen Totenschädel und das Wort GIFT in Großbuchstaben frei. Darunter standen die Worte: «Pflanzenspray. Tödlich für Insekten, unschädlich für Pflanzen. Vorsichtig entsprechend der Anleitung anzuwenden.»

Er brauchte die Anleitung nicht erst zu lesen, um zu erfahren, was er gefunden hatte. Dieses Zeug war nahezu reines Nikotin. Er hielt das Gift, das Schwester Fallon getötet hatte, endlich in der Hand.

Am Ende eines langen Tages

1

Fünf Minuten später hatte Dalgliesh den Chef des gerichtsmedizinischen Labors und Sir Miles Honeyman gesprochen und wandte sich an Sergeant Masterson, der ihm mit mürrischem, abweisendem Gesicht gegenübersaß.

«Langsam wird mir klar, warum unsere Behörde auch zivile Kriminaltechniker ausbilden will. Ich habe den Kollegen von der Spurensicherung angewiesen, sich nur um das Zimmer zu kümmern, weil wir uns den Rest des Hauses vornehmen wollten. Ich hatte vorausgesetzt, daß Polizisten Gebrauch von ihren Augen machen können.»

Sergeant Masterson war um so wütender, als er wußte, daß der Tadel berechtigt war, und bewahrte nur mühsam Haltung. Er vertrug jede Art von Kritik nur schwer; kam sie von Dalgliesh, war es fast unmöglich. Er stand stramm wie ein wachhabender alter Soldat, obwohl er wußte, daß diese Förmlichkeit Dalgliesh mehr reizte als beschwichtigte, und brachte es sogar fertig, seiner Stimme einen gekränkten und gleichzeitig zerknirschten Klang zu geben.

«Greeson ist ein guter Spürhund. Mit ist nicht bekannt, daß er jemals etwas übersehen hat. Greeson kann seine Augen schon richtig gebrauchen.»

«Greesons Augen sind ausgezeichnet. Das Problem ist, daß zwischen seinen Augen und seinem Hirn keine Verbindung besteht. Und damit fängt *Ihre* Verantwortung an. Der Schaden ist angerichtet. Es ist überflüssig, daß wir beide jetzt eine Leichenschau veranstalten. Wir wissen nicht, ob diese Büchse in dem Eimer war oder nicht, als Schwester Fallons Leiche heute morgen entdeckt wurde. Aber wir haben sie wenigstens jetzt. Das Labor hat übrigens die inneren Organe. Sie sind schon dabei, das Zeug durch den Gaschromatographen zu leiten. Jetzt, wo sie wissen, wonach sie suchen, dürfte es schneller gehen. Wir sollten ihnen die Büchse so schnell wie möglich zukommen lassen. Aber erst sehen wir sie uns an.»

Er holte das Pulver für Fingerabdrücke, den Einbläser und ein Mikroskop aus seiner Mappe. Die plattgedrückte kleine Büchse wurde unter seinen Händen rußig. Aber es tauchten keine Spuren auf, nur ein paar verwischte Flecke auf dem verblaßten Etikett.

«Gut», sagte er. «Suchen Sie bitte die drei Oberschwestern, Sergeant. Die werden am ehesten wissen, wo diese Büchse herkommt. Sie wohnen hier. Miss Gearing ist in ihrem Zimmer. Die anderen müssen auch irgendwo stecken. Und wenn Oberschwester Brumfett noch auf ihrer Station ist, muß sie trotzdem kommen. Wer innerhalb der nächsten Stunde stirbt, muß es eben ohne ihren Beistand tun.»

«Wollen Sie jede für sich oder alle zusammen sprechen?»

«So oder so. Das spielt keine Rolle. Schaffen Sie sie nur her. Miss Gearing kann uns wahrscheinlich am ehesten weiterhelfen. Sie versorgt die Blumen.»

Oberschwester Gearing erschien als erste. Sie kam munter herein, ihr Gesicht war von dem nachklingenden Hochgefühl der erfolgreichen Gastgeberin gerötet und drückte die pure Neugier aus. Dann fiel ihr Blick auf die Dose. Die Veränderung war so plötzlich und erschreckend, daß es schon fast komisch wirkte. Sie keuchte «Oh, nein!», schlug sich mit der Hand auf den Mund und fiel totenbleich auf den Stuhl gegenüber von Dalgliesh.

«Wo haben Sie ...? Mein Gott! Sie wollen mir doch nicht erzählen, die Fallon hat Nikotin genommen?»

«Genommen oder bekommen. Sie erkennen diese Büchse, Oberschwester?»

Ihre Stimme war kaum zu hören.

«Natürlich. Es ist meine ... ist es nicht die Büchse mit dem Rosenspray? Wo haben Sie die gefunden?»

«Irgendwo hierherum. Wo und wann haben Sie sie zuletzt gesehen?»

«Ich bewahre sie in dem weißen Schrank unter dem Bord im Wintergarten auf, gleich links neben der Tür. Meine ganzen Gartengeräte sind dort. Ich entsinne mich nicht, wann ich sie zum letztenmal gesehen habe.»

Sie war den Tränen nahe; ihre fröhliche Zuversicht hatte sich in nichts aufgelöst.

«Wirklich, es ist einfach zu schrecklich! Es ist entsetzlich! Ich bin völlig am Boden. Wirklich! Aber wie hätte ich ahnen sollen, daß die Fallon wußte, wo das Zeug war, und es nehmen würde? Ich habe ja selbst nicht mehr daran gedacht. Sonst hätte ich nämlich nachgesehen, ob es noch an seinem Platz stand. Gibt es denn bestimmt keine Zweifel mehr? Starb sie sicher an Nikotinvergiftung?»

«Wir haben so lange Zweifel, bis der Bericht der toxikologischen Untersuchung vorliegt. Aber wenn wir es nüchtern betrachten, deutet alles darauf hin, daß dieses Zeug sie getötet hat. Wann haben Sie es gekauft?»

«Ich weiß es wirklich nicht mehr. Irgendwann im letzten Frühsommer, kurz vor der Rosenblüte. Vielleicht erinnert sich eine meiner Kolleginnen. Ich bin für die meisten Pflanzen im Wintergarten verantwortlich. Es ist zwar nie offiziell ausgesprochen worden, aber ich mag Blumen, und sonst kümmert sich niemand darum. Ich tue also, was ich kann. Ich hatte vor, ein kleines Rosenbeet vor der Kantine anzulegen, und dafür brauchte ich das Gift, um die Schädlinge zu vernichten. Ich kaufte es in der Baumschule Bloxham an der Winchester Road. Hier, die Adresse steht auf dem Etikett. Und ich hob es bei den anderen Gärtnersachen auf. Es stand in dem Eckschrank im Wintergarten, bei den Handschuhen und Schnüren und Gießkannen und Pflanzenhölzern.»

«Wissen Sie noch, wann Sie es zum letztenmal gesehen haben?»

«Nicht genau. Aber ich war am letzten Samstagvormittag an dem Schrank, um meine Handschuhe zu holen. Wir hatten am Sonntag einen Sondergottesdienst in unsrer Kapelle, und ich wollte Blumen hinstellen. Ich dachte, ich könnte im Garten vielleicht ein paar hübsche Zweige mit Herbstlaub oder Samenhülsen finden. Ich erinnere mich nicht, die Büchse am Samstag gesehen zu haben, aber ich denke doch, ich hätte es gemerkt, wenn sie tatsächlich gefehlt hätte. Aber sicher bin ich mir nicht. Ich habe sie seit Monaten nicht mehr gebraucht.»

«Wer außer Ihnen wußte, daß sie dort stand?»

«Na ja, eigentlich kommen alle in Frage. Ich meine, der Schrank ist nicht abgeschlossen, und wer Lust dazu hatte, konnte einen Blick hineinwerfen. Wahrscheinlich hätte ich ihn abschließen sollen, aber wer denkt schon daran, daß ... Ich meine, wenn sich jemand umbringen will, dann findet er immer eine Möglichkeit. Ich fühle mich schrecklich niedergeschlagen, aber ich werde mich nicht dafür verantwortlich machen lassen. Nein! Das wäre ungerecht! Sie hätte Gott weiß was nehmen können. Nur das nicht!»

«Wer?»

«Die Fallon natürlich. Falls sie sich selbst umgebracht hat. Oh, ich weiß nicht mehr, was ich rede.»

«Wußte Schwester Fallon von dem Nikotin?»

«Nur, wenn sie im Schrank nachgesehen und es gefunden hat. Die einzigen, von denen ich genau weiß, daß sie den Platz kannten, sind Oberschwester Brumfett und Oberschwester Rolfe. Sie saßen nämlich im Wintergarten, als ich die Büchse in den Schrank stellte. Ich hielt sie hoch und sagte, ich hätte genug Gift in der Hand, um die ganze Gesellschaft umzubringen oder so etwas Dummes, und Oberschwester Brumfett meinte, ich sollte sie wegschließen.»

«Aber das haben Sie nicht getan.»

«Nun, ich stellte sie gleich weg in den Schrank. Der hat kein Schloß, es ging also nicht anders. Das Etikett ist ja auch deutlich genug. Jeder sieht auf den ersten Blick, daß Gift darin ist. Und man rechnet ja nicht damit, daß die Leute sich umbringen. Außerdem, warum ausgerechnet Nikotin? Schwestern haben genug Gelegenheit, an Gift heranzukommen. Es ist nicht gerecht, das mir in die Schuhe zu schieben. Schließlich war das Desinfektionsmittel, das die Pearce getötet hat, genauso gefährlich. Kein Mensch hat sich beschwert, daß es in der Toilette stand. Man kann eine Schwesternschule nicht wie eine psychiatrische Klinik führen. Ich werde mir nicht die Schuld geben lassen. Wir setzen voraus, gesunde Menschen hier zu haben und keine mordenden Irren. Ich lasse mir keine Schuldgefühle einreden. Nein, ich nicht!»

«Wenn Sie das Gift nicht an Schwester Fallon ausprobiert haben, gibt es keinen Grund für Sie, sich schuldig zu fühlen. Hat Oberschwester Rolfe etwas gesagt, als Sie mit der Dose hereinkamen?»

«Ich glaube nicht. Sie sah bloß von ihrem Buch auf. Aber ich weiß es wirklich nicht mehr. Ich kann Ihnen nicht einmal sagen, wann es genau war. Es war jedenfalls ein warmer, sonniger Tag. Daran erinnere ich mich. Ich nehme an, es war Ende Mai oder Anfang Juni. Vielleicht erinnert sich Oberschwester Rolfe, ganz sicher Oberschwester Brumfett.»

«Wir können sie noch fragen. In der Zwischenzeit möchte ich mir gern diesen Schrank ansehen.»

Er bat Masterson, die Büchse zu verpacken und ins Labor zu schikken, sagte ihm, Miss Brumfett und Miss Rolfe sollten in den Wintergarten kommen, und verließ mit Oberschwester Gearing das Zimmer. Sie ging vor ihm die Treppe zum Erdgeschoß hinunter und murmelte dabei immer noch empört vor sich hin. Sie betraten den leeren Frühstücksraum. Die Tatsache, daß die Tür zum Wintergarten verschlossen war, rüttelte sie aus ihrer verschreckten und grollenden Stimmung auf.

«Verdammt! Das hatte ich vergessen. Die Oberin meint, wir sollten nach Einbruch der Dunkelheit lieber abschließen, weil das Glas nicht besonders stabil ist. Wissen Sie, daß bei dem Sturm eine Scheibe herausgefallen ist? Sie fürchtet, es könnte jemand hier hereinkommen. Gewöhnlich schließen wir diese Tür erst zu, wenn wir nachts unseren letzten Rundgang machen. Der Schlüssel hängt im Büro von Oberschwester Rolfe. Bleiben Sie hier. Ich bin im Nu wieder da.»

Sie kam sofort zurück und steckte den großen altmodischen Schlüssel ins Schloß. Sie betraten den warmen, moderig riechenden Wintergarten. Oberschwester Gearing tastete nach dem Lichtschalter, und die zwei langen, von der hohen Decke herabhängenden Lichtröhren flackerten unregelmäßig, leuchteten dann grell auf und ließen das Baumdschungel in seiner vollen Üppigkeit sichtbar werden. Der Wintergarten bot einen bemerkenswerten Anblick. Dalgliesh hatte das schon bei seinem ersten Rundgang durch das Haus gedacht, aber jetzt machte ihn das Glitzern auf Glas und Blättern so benommen, daß er erstaunt blinzelte. Um ihn herum rankte, sproßte, kroch und barst das Grün in bedrohlichem Überfluß, während draußen das blassere Spiegelbild in der abendlichen Luft hing und sich reglos und unwirklich in eine grüne Unendlichkeit ausdehnte.

Einige Pflanzen sahen aus, als wären sie schon seit dem Tag, als der Wintergarten erbaut wurde, hier gediehen. Sie strebten als erwachsene Palmen, wenn auch im Miniaturformat, aus verzierten Gefäßen auf und entfalteten unter dem Glas einen Baldachin aus glitzernden Blättern. Andere, exotischere, trieben Büschel von Laub aus ihren narbigen, gezähnten Stengeln oder streckten wie Riesenkakteen schwammige, obszöne Lippen aus, um die feuchte Luft einzusaugen. Dazwischen bewegten sich die zarten Wedel der Farne im Luftzug von der Tür her und streuten einen grünen Schatten. Ringsherum an den Seiten des großen Raumes liefen weiße Wandbretter, auf denen Töpfe mit vertrauteren, bürgerlicheren Pflanzen standen, die von Oberschwester Gearing betreut wurden – rote, rosa und weiße Chrysanthemen und Usambaraveilchen. Der Wintergarten hätte die sanfte Szenerie viktorianischer Häuslichkeit, fächelnder Fächer und geflüsterter Vertraulichkeiten hinter Palmen hervorrufen können. Aber für Dalgliesh war kein Winkel des Nightingale-Hauses frei von der bedrückenden Atmosphäre des Bösen; selbst die Pflanzen schienen ihr Manna aus einer verpesteten Luft zu saugen.

Mavis Gearing ging direkt auf einen niedrigen, vier Fuß breiten Schrank aus weißgestrichenem Holz zu, der unter dem Wandbrett links von der Tür eingebaut war und von einem Vorhang aus Farnwedeln fast verdeckt wurde. Er hatte eine schlecht schließende Tür mit einem kleinen Griff. Ein Schloß fehlte. Zusammen gingen sie in die Hocke, um hineinsehen zu können. Obwohl die Neonröhren über ihnen ein unangenehm grelles Licht warfen, lagen die Ecken des Schranks im Dunkeln, und ihre eigenen Schatten behinderten die Sicht. Dalgliesh knipste seine Taschenlampe an. Ihr Strahl beleuchtete das gewöhnliche Handwerkszeug eines Gärtners. Er machte im Geist eine Bestandsaufnahme: Rollen mit grünem Bast, zwei Gießkännchen, ein kleiner Zerstäuber, Samenpäckchen, ein paar davon angebrochen und wieder zugefaltet, ein kleiner Plastiksack mit Blumenerde und einer mit Dünger, rund zwei Dutzend Blumentöpfe in verschiedenen Größen, ein kleiner Stapel mit Setzschalen, eine Baumschere, ein Pflanzenheber und eine kleine Harke, ein unordentlicher Stapel von Blumenkatalogen, drei Bücher über Pflanzenzucht mit fleckigen, schmutzigen Leineneinbänden, ein Sortiment Blumenvasen und Bündel von verheddertem Draht.

Mavis Gearing deutete auf ein freies Fleckchen in der einen Ecke.

«Da hat das Rosenspray gestanden. Ich hatte es ganz nach hinten geschoben. Es konnte niemanden in Versuchung führen. Man hätte es nicht einmal bemerkt, wenn man die Tür geöffnet hätte. Es war wirklich gut versteckt. Sehen Sie, das ist die Stelle – Sie können noch sehen, wo es gestanden hat.»

Sie versuchte eindringlich, sich zu rechtfertigen. Sie redete, als könne der freie Platz sie von jeder Verantwortung lossprechen. Dann schlug sie einen anderen Ton an und begann mit belegter Stimme zu flehen wie eine schlechte Schauspielerin in einer Verführungsszene.

«Ich weiß, es sieht schlecht aus. Erst leitete ich die Übung, während die Pearce starb. Und jetzt das. Aber ich habe das Zeug nicht angerührt, seit ich es letzten Sommer brauchte. Das kann ich beschwören! Ich weiß, daß manch eine mir nicht glauben wird. Sie werden froh sein – ja, froh – und erleichtert, wenn der Verdacht auf mich und Len fällt. Dann sind sie draußen. Außerdem sind sie eifersüchtig. Sie sind immer eifersüchtig gewesen. Weil ich einen Mann habe und sie nicht. Aber Sie glauben mir, nicht wahr? Sie müssen mir glauben!»

Es war rührend und gleichzeitig demütigend. Sie drückte ihre Schulter an seine, wie sie da aneinandergedrückt in dieser lächerlichen Gebetshaltung knieten. Er spürte ihren Atem an seiner Wange. Ihre rechte Hand kroch mit nervös zuckenden Fingern am Boden auf seine Hand zu.

Dann schlug ihre Stimmung um. Sie hörte Oberschwester Rolfes kühle Stimme an der Tür.

«Der Sergeant sagte mir, Sie wollten mich hier sprechen. Störe ich?»

Dalgliesh fühlte, wie der Druck an seiner Schulter sofort nachließ, und Miss Gearing rappelte sich ungeschickt auf. Er erhob sich langsamer. Weder war ihm die Situation peinlich, noch sah er so aus, aber es tat ihm nicht leid, daß Oberschwester Rolfe gerade in diesem Augenblick gekommen war.

Oberschwester Gearing redete sofort drauflos: «Das Rosenspray. Da ist Nikotin drin. Die Fallon muß es geschluckt haben. Das ist mir so schrecklich, aber wie hätte ich das wissen sollen? Der Kriminalrat hat die Büchse gefunden.»

«Sie haben nicht gesagt, wo», wandte sie sich an Dalgliesh.

«Nein», sagte Dalgliesh. «Habe ich nicht.» Er sagte zu Miss Rolfe: «Wußten Sie, daß das Gift in diesem Schrank aufbewahrt wurde?»

«Ja, ich sah, wie Schwester Gearing es hineinstellte. Irgendwann im letzten Sommer muß das gewesen sein.»

«Sie erwähnten mit gegenüber nichts davon.»

«Ich dachte bis jetzt nicht daran. Mir wäre nie der Gedanke gekommen, die Fallon könnte Nikotin genommen haben. Und vermutlich wissen wir auch noch gar nicht, ob es so war.»

Dalgliesh sagte: «Nein, solange wir den Untersuchungsbericht noch nicht haben.»

«Und selbst dann, Herr Kriminalrat: können Sie sicher sein, daß das Gift aus dieser Büchse stammt? Es wird im Krankenhaus sicher andere Quellen für Nikotin geben. Das könnte eine falsche Spur sein.»

«Natürlich, aber das halte ich für sehr unwahrscheinlich. Doch darüber kann uns das gerichtsmedizinische Labor Aufschlüsse geben. Das Nikotin ist in einem bestimmten Verhältnis mit anderen Stoffen vermischt. Mit der Gaschromatographie läßt sich das einwandfrei feststellen.»

Sie zuckte mit den Schultern: «Gut, dann wird es sich ja klären.»

Mavis Gearing schrie auf: «Was wollen Sie damit sagen? Andere Bezugsquellen? Auf wen wollen Sie hinaus? Nikotin gibt es nicht in der Apotheke, soviel ich weiß. Und Len hatte das Nightingale-Haus sowieso bereits verlassen, als die Fallon starb.»

«Ich habe Leonard Morris nicht beschuldigt. Aber er war nicht weit, als die beiden starben, vergessen Sie das nicht, und er war hier, als Sie das Nikotin in den Schrank stellten. Er zählt genau wie wir zu den Verdächtigen.»

«War Mr. Morris dabei, als Sie das Nikotin kauften?» fragte Dalgliesh.

«Ja, er war tatsächlich dabei. Ich hatte es ganz vergessen, sonst hätte ich es Ihnen gesagt. Wir waren am Nachmittag zusammen ausgewesen, und er kam zum Tee mit hierher.»

Sie drehte sich ärgerlich zu Oberschwester Rolfe um.

«Hören Sie, mit Len hat das überhaupt nichts zu tun! Er kannte die Pearce oder die Fallon so gut wie nicht. Die Pearce hatte nichts gegen Len in der Hand.»

Hilda Rolfe sagte ruhig: «Mir war nicht bekannt, daß die Pearce gegen irgendwen etwas in der Hand hatte. Ich weiß nicht, ob Sie versuchen, Mr. Dalgliesh auf bestimmte Gedanken zu bringen, aber bei mir haben Sie es schon geschafft.»

Oberschwester Gearings Blick drückte das reine Elend aus. Stöhnend warf sie den Kopf von einer Seite zur anderen, als suche sie verzweifelt Schutz und Hilfe. Ihr Gesicht sah in dem grünen Licht des Wintergartens krank und unwirklich aus.

Schwester Rolfe warf einen strengen Blick auf Dalgliesh, dann ging sie, als sei er Luft, auf ihre Kollegin zu und sagte überraschend freundlich: «Hören Sie, es tut mir leid. Natürlich beschuldige ich weder Sie noch Leonard Morris. Aber die Tatsache, daß er hier war, wäre ohnehin irgendwann herausgekommen. Lassen Sie sich von der Polizei nicht nervös machen. So arbeiten sie eben. Ich glaube, der Kriminalrat schert sich einen Dreck darum, ob Sie oder ich oder die Brumfett die zwei Mädchen umgebracht haben. Die Hauptsache ist, er kann überhaupt jemanden überführen. Lassen Sie ihn weitermachen. Beantworten Sie einfach seine Fragen, und behalten Sie die Ruhe. Warum kümmern Sie sich nicht um Ihre Arbeit und lassen die Polizei sich um ihre kümmern?»

Mavis Gearing wimmerte wie ein Kind, das getröstet werden will: «Aber das ist alles so furchtbar!»

«Sicher ist es das! Aber irgendwann wird es ein Ende haben. Und wenn Sie sich in der Zwischenzeit einem Mann anvertrauen müssen, suchen Sie sich einen Anwalt, einen Psychiater oder Pfarrer. Dann gehen Sie wenigstens sicher, sie auf Ihrer Seite zu haben.»

Mavis Gearings verschreckte Augen wanderten zwischen Dalgliesh und Oberschwester Rolfe hin und her. Sie zögerte, als wisse sie nicht, auf wen sie hören solle. Dann rückten die beiden Frauen unmerklich zusammen und sahen Dalgliesh an: Oberschwester Gearing verwirrt und vorwurfsvoll, Oberschwester Rolfe mit dem verkrampften, aber zufriedenen Lächeln einer Frau, die gerade eine schöne kleine Bosheit zustande gebracht hat.

2

In diesem Augenblick hörte Dalgliesh das Geräusch von näher kommenden Schritten. Jemand ging durch den Frühstücksraum. Er drehte sich nach der Tür um, in der Erwartung, Oberschwester Brumfett erscheine endlich zum Verhör. Die Tür zum Wintergarten wurde geöffnet, aber statt ihrer untersetzten Gestalt sah er einen großen barhäuptigen Mann, der einen Regenmantel trug und einen Gazeverband über dem linken Auge hatte. Mit mürrischer Stimme sagte er von der Tür aus: «Was ist denn hier los? Das sieht ja wie ein Leichenschauhaus aus.»

Bevor jemand antworten konnte, war Miss Gearing auf ihn zugestürzt und hatte ihn am Arm gepackt. Dalgliesh registrierte mit Interesse sein Stirnrunzeln und die unwillkürliche Abwehrbewegung.

«Len, was hast du denn da? Bist du verletzt? Du hast mir gar nichts gesagt! Ich dachte, es wäre wegen deinem Magengeschwür. Du hast nicht gesagt, daß du dich am Kopf verletzt hast.»

«Es war auch der Magen. Und der ist dadurch nicht besser geworden.»

Er wandte sich an Dalgliesh: «Sie müssen Kriminalrat Dalgliesh von New Scotland Yard sein. Miss Gearing sagte, Sie wollten mich sprechen. Ich bin auf dem Weg zu meinem Arzt, aber eine halbe Stunde stehe ich Ihnen gern zur Verfügung.»

Doch Oberschwester Gearing ließ sich nicht von ihren Sorgen ablenken.

«Aber du hast überhaupt nichts von einem Unfall erzählt! Wie ist das passiert? Warum hast du nichts am Telefon gesagt?»

«Weil wir von anderen Dingen zu reden hatten und weil ich dich nicht unnötig aufregen wollte.»

Er schüttelte ihren lästigen Arm ab und setzte sich auf einen Korbstuhl. Die zwei Frauen und Dalgliesh setzten sich zu ihm. Keiner sagte etwas. Dalgliesh revidierte sein vorgefaßtes Urteil über Miss Gearings Liebhaber. Eigentlich sah er lächerlich aus, wie er da in seinem billigen Regenmantel mit dem verbundenen Auge und zerkratztem Gesicht dasaß und mit dieser heiseren sarkastischen

Stimme redete. Aber auf eine seltsame Art war er imponierend. Oberschwester Rolfe hatte irgendwie den Eindruck vermittelt, er sei schmächtig, nervös, schwach und leicht einzuschüchtern. Dieser Mann hatte Kraft. Vielleicht war sie nur ein Hinweis auf angestaute nervöse Energie; vielleicht rührte sie auch aus dem quälenden Haß, der das Ergebnis von Mißerfolg und Unbeliebtheit ist. Aber er war mit Sicherheit keine bequeme Persönlichkeit.

Dalgliesh fragte: «Wann erfuhren Sie, daß Josephine Fallon tot ist?»

«Als ich heute morgen kurz nach halb zehn in der Apotheke anrief, um zu sagen, daß ich nicht kommen könne. Mein Assistent sagte es mir. Ich nehme an, da hatte sich die Neuigkeit schon im ganzen Krankenhaus herumgesprochen.»

«Wie reagierten Sie auf die Nachricht?»

«Reagieren? Überhaupt nicht. Ich kannte das Mädchen kaum. Ich war wohl überrascht. Zwei Todesfälle im selben Haus und so dicht aufeinander; na ja, das ist ungewöhnlich, um es vorsichtig auszudrücken. Es ist tatsächlich schockierend. Man könnte sagen, ich war schockiert.»

Er redete wie ein erfolgreicher Politiker, der sich gegenüber einem jungen unerfahrenen Reporter herabläßt, eine gängige Meinung auszudrücken.»

«Aber Sie haben die Todesfälle nicht miteinander in Verbindung gebracht?»

«Nicht sofort. Mein Assistent sagte, daß wieder eine Nightingale – wir nennen die Schülerinnen Nightingales, wenn sie hier im Haus sind – daß wieder eine Nightingale-Schülerin, Jo Fallon, tot aufgefunden wurde. Ich fragte nach den Umständen, und er erzählte etwas von einem Herzanfall nach einer Grippe. Ich dachte, es handle sich um einen natürlichen Tod. Das hat vermutlich jeder zuerst geglaubt.»

«Wann änderten Sie Ihre Meinung?»

«Wohl als Miss Gearing anrief, etwa eine Stunde danach, und mir sagte, Sie seien hier.»

Schwester Gearing hatte demnach bei ihm zu Hause angerufen. Sie mußte ein dringendes Anliegen gehabt haben, ihn zu erreichen, sonst hätte sie das nicht riskiert. Hatte sie ihn vielleicht warnen oder sich mit ihm abstimmen wollen? Während Dalgliesh sich fragte, welchen Vorwand sie Mrs. Morris genannt hatte, antwortete der Apotheker auf die unausgesprochene Frage.

«Miss Gearing ruft mich normalerweise nicht zu Hause an. Sie weiß, daß ich Beruf und Privatleben total auseinanderhalte. Aber sie machte sich natürlich Sorgen um meine Gesundheit, als sie nach dem Frühstück im Labor anrief und hörte, ich sei nicht da. Ich leide an einem Zwölffingerdarmgeschwür.»

«Ihre Frau konnte sie sicher beruhigen.»

Er antwortete ruhig, aber mit einem strengen Seitenblick auf Oberschwester Rolfe, die sich etwas von der Gruppe entfernt hatte: «Meine Frau besucht jeden Freitag mit den Kindern ihre Mutter.»

Was Mavis Gearing zweifellos bekannt war. Sie hatten also doch Gelegenheit gehabt, sich zu besprechen, sich auf eine Geschichte festzulegen. Aber wenn sie sich ein Alibi zurechtgelegt hatten, warum gerade für die Zeit um Mitternacht? Weil sie, aus welchen Gründen auch immer, wußten, daß die Fallon um diese Stunde gestorben war? Oder weil sie aus der Kenntnis ihrer Gewohnheiten schlossen, Mitternacht sei sehr wahrscheinlich die richtige Zeit? Nur der Mörder, und vielleicht nicht einmal er, konnte genau wissen, wann die Fallon gestorben war. Es konnte vor Mitternacht gewesen sein. Es konnte auch erst um zwei Uhr dreißig gewesen sein. Selbst Miles Honeyman mit seiner dreißigjährigen Erfahrung konnte die Todeszeit allein nach den klinischen Symptomen nicht genau feststellen. Die einzige Gewißheit war, daß Schwester Fallon tot war und daß sie unmittelbar, nachdem sie ihren Whisky getrunken hatte, gestorben war. Aber wann genau war das gewesen? Gewöhnlich braute sie sich ihren letzten Drink, sobald sie nach oben in ihr Zimmer gegangen war. Aber niemand gab zu, sie gesehen zu haben, nachdem sie den Aufenthaltsraum der Schwestern verlassen hatte. Es war gut möglich, daß die Fallon noch am Leben gewesen war, als Oberschwester Brumfett und die Zwillinge das Licht durch das Schlüsselloch hatten scheinen sehen. Und falls sie noch am Leben gewesen war, was hatte sie dann zwischen Mitternacht und zwei Uhr gemacht? Dalgliesh hatte sich auf Personen beschränkt, die Zugang zu der Schule hatten. Aber angenommen, die Fallon hätte das Nightingale-Haus in dieser Nacht verlassen, vielleicht, um sich mit jemandem zu treffen. Oder gesetzt den Fall, sie hätte ihren nächtlichen Whisky auf später verschoben, weil sie Besuch erwartete? Der Haupteingang und die Hintertür waren am Morgen verriegelt gewesen, aber die Fallon konnte ihren Gast jederzeit während der Nacht hinausgelassen und die Tür hinter ihm abgeschlossen haben.

Doch Mavis Gearing war immer noch von dem verletzten Kopf und dem zerkratzten Gesicht ihres Liebhabers in Anspruch genommen.

«Was ist dir passiert, Len? Du mußt es mir erzählen. Bist du mit dem Fahrrad gestürzt?»

Oberschwester Rolfe lachte boshaft auf. Leonard Morris bedachte sie mit einem einschüchternden, geringschätzigen Blick und sah dann Oberschwester Gearing an: «Wenn du es unbedingt wissen willst, Mavis, genauso war's. Es passierte, nachdem ich mich letzte Nacht von dir verabschiedet hatte. Eine von den großen Ulmen lag quer über dem Weg, und ich fuhr genau darauf.»

Oberschwester Rolfe sagte zum erstenmal etwas. «Sie haben doch sicher Licht am Fahrrad?»

«Meine Fahrradlampe, Oberschwester, ist vernünftigerweise so eingestellt, daß sie die Straße beleuchtet. Ich sah den Baumstamm. Was ich nicht rechtzeitig sah, war ein weit herausragender Ast. Ich hatte Glück, daß er mich nicht voll ins Auge traf.»

Oberschwester Gearing stieß, wie vorherzusehen, einen Schrekkensschrei aus.

Dalgliesh fragte: «Wann war das?»

«Ich sagte es bereits. Letzte Nacht, nachdem ich das Nightingale-Haus verlassen hatte. Ach so! Sie fragen nach der genauen Zeit? Zufällig kann ich darauf antworten. Ich stürzte durch den Aufprall vom Fahrrad und befürchtete, meine Armbanduhr sei kaputtgegangen. Zum Glück war sie noch ganz. Die Zeiger standen genau auf zwölf Uhr siebzehn.»

«War nichts zur Warnung an den Ast gebunden? Ein weißer Schal?»

«Natürlich nicht, Herr Kriminalrat. Wenn so etwas dagewesen wäre, hätte ich sicher noch bremsen können.»

«Wenn er ziemlich hoch an dem Ast festgebunden war, haben Sie ihn vielleicht übersehen.»

«Da war nichts zu übersehen. Nachdem ich mein Fahrrad aufgehoben und mich ein wenig von dem Schreck erholt hatte, inspizierte ich den Baum gründlich. Zuerst dachte ich, ich könnte ihn wenigstens ein bißchen auf die Seite zerren und einen Teil des Wegs freimachen. Das ging aber unmöglich. Dazu hätte man einen Traktor und Ketten gebraucht. Aber ein Schal hing um zwölf Uhr siebzehn nirgendwo an dem ganzen Baum.»

«Mr. Morris», sagte Dalgliesh, «ich glaube, wir müssen uns jetzt ein wenig unterhalten.»

Doch vor seinem Büro wartete Oberschwester Brumfett auf ihn. Bevor Dalgliesh den Mund aufmachte, sagte sie vorwurfsvoll: «Ich wurde von Ihnen in dieses Zimmer gerufen. Ich bin auf der Stelle gekommen, obwohl ich auf meiner Station eigentlich unabkömmlich bin. Als ich hier war, hörte ich, daß Sie nicht im Büro sind und daß ich bitte schön in den Wintergarten gehen soll. Ich habe nicht die Absicht, Ihnen durch das ganze Nightingale-Haus nachzulaufen. Wenn Sie mit mir reden wollen, kann ich Ihnen jetzt eine halbe Stunde widmen.»

«Miss Brumfett», sagte Dalgliesh, «Sie scheinen mir durch Ihr Benehmen unbedingt den Eindruck vermitteln zu wollen, daß Sie die beiden Mädchen getötet haben. Möglicherweise haben Sie es getan. Ich werde meine Schlüsse ziehen, sobald ich dazu in der Lage bin. Zügeln Sie bitte inzwischen Ihre Lust, gegen die Polizei zu arbeiten, und warten Sie, bis ich Zeit für Sie habe, das heißt, bis mein Gespräch mit Mr. Morris beendet ist. Sie können hier vor meinem Büro warten oder in Ihrem Zimmer, wie es Ihnen am besten paßt. Aber ich brauche Sie in etwa dreißig Minuten, und ich habe ebenfalls keine Lust, das Haus nach Ihnen abzusuchen.»

Er hatte keine Ahnung, wie sie diese Maßregelung hinnehmen würde. Ihre Reaktion war erstaunlich. Die Augen hinter den dicken Gläsern wurden weicher und blinzelten. Ihr Gesicht verzog sich zu einem kurzen Grinsen, und sie nickte zufrieden, als habe sie es endlich geschafft, einem besonders langweiligen Schüler einen Geistesblitz zu entlocken.

«Ich warte hier.» Sie ließ sich auf den Stuhl vor der Tür zum Büro fallen und machte eine Kopfbewegung in Richtung Morris.

«Und ich würde ihn nicht die ganze Zeit reden lassen, sonst kommen Sie mit Ihrer halben Stunde nicht hin.»

3

Aber das Verhör dauerte keine halbe Stunde. Die ersten paar Minuten brauchte Morris, um es sich bequem zu machen. Er zog seinen schäbigen Regenmantel aus, schüttelte ihn ab und strich die Knitterfalten glatt, als ob er im Nightingale-Haus irgendwie verseucht worden wäre, dann faltete er ihn zusammen und legte ihn mit umständlicher Sorgfalt über die Stuhllehne. Dann nahm er Dalgliesh gegenüber Platz und begann als erster zu reden.

«Bombardieren Sie mich bitte nicht mit Fragen, Herr Kriminalrat. Ich lasse mich nicht gern ausfragen. Ich erzähle meine Geschichte lieber auf meine Art. Sie können ganz beruhigt sein: ich werde nichts auslassen. Ich wäre kaum leitender Apotheker eines wichtigen

Krankenhauses geworden, wenn ich keinen Sinn für das Detail und kein Gedächtnis für Tatsachen hätte.»

Dalgliesh sagte nachsichtig: «Könnte ich dann bitte ein paar Tatsachen hören, angefangen bei Ihren Schritten letzte Nacht?»

Morris schien diese vernünftige Frage überhört zu haben und fuhr fort: «Miss Gearing hat mir seit sechs Jahren die Gunst ihrer Freundschaft gewährt. Zweifellos haben gewisse Leute hier, gewisse Frauen, die im Nightingale-Haus wohnen, sich eine eigene Interpretation dieser Freundschaft zurechtgelegt. Damit muß man rechnen. Wenn man eine Gemeinschaft von unverheirateten Frauen in mittleren Jahren in einem Haus zusammenbringt, kann man von vornherein für Geschlechtsneid garantieren.»

«Mr. Morris», unterbrach ihn Dalgliesh freundlich. «Ich bin nicht hier, um Ihr Verhältnis zu Miss Gearing oder Miss Gearings Beziehung zu ihren Kolleginnen zu untersuchen. Wenn diese Beziehungen etwas mit dem Tod der zwei Mädchen zu tun haben, dann berichten Sie mir darüber. Andernfalls wollen wir die Amateurpsychologie aus dem Spiel lassen und zu den echten Fakten kommen.»

«Meine Beziehung zu Miss Gearing gehört insofern hierher, als sie mich in dieses Haus geführt hat, und zwar jeweils zu etwa dem Zeitpunkt, als Schwester Pearce und Schwester Fallon starben.»

«Nun gut. Dann sagen Sie etwas zu diesen beiden Anlässen!»

«Der erste war an dem Morgen, als Schwester Pearce starb. Sie kennen selbstverständlich die Einzelheiten. Natürlich teilte ich meinen Besuch Inspektor Bailey mit, da er an sämtlichen Schwarzen Brettern im Krankenhaus einen Anschlag hatte aushängen lassen, auf dem er nach den Namen von Personen fragte, die das Nightingale-Haus an dem betreffenden Morgen betreten hatten. Ich habe aber nichts dagegen, meine Aussage zu wiederholen. Ich schaute auf dem Weg in die Apotheke hier herein, um Miss Gearing eine Nachricht zu hinterlassen. Tatsächlich handelte es sich um eine Karte, eine dieser Glückwunschkarten, wie sie unter guten Freunden vor wichtigen Ereignissen üblich sind. Ich wußte, daß Miss Gearing die erste Übung des Tages abhalten mußte, noch dazu ihre erste Übung überhaupt an dieser Schule, weil Oberschwester Manning, das ist Miss Rolfes erste Assistentin, an Grippe erkrankt war. Miss Gearing war natürlich aufgeregt, zumal die Inspektorin von der Schwesternaufsicht erwartet wurde. Dummerweise verpaßte ich die letzte Briefkastenleerung am Abend zuvor. Ich wollte ihr aber unbedingt diese Karte zukommen lassen, bevor sie in den Übungsraum ging, und beschloß deshalb, sie selbst in ihren Briefkasten zu stecken. Ich ging etwas früher als sonst zu Hause weg, war kurz nach acht im Nightingale-Haus und ging gleich wieder weiter. Ich sah niemanden. Vermutlich waren die Lehrkräfte und die Schülerinnen beim Frühstück. Ich betrat garantiert nicht den Übungsraum. Ich hatte kein besonderes Interesse daran, die Aufmerksamkeit auf mich zu lenken. Ich steckte die Karte im Umschlag in Miss Gearings Briefkasten und ging weg. Es war eine ganz lustige Karte. Darauf waren zwei Rotkehlchen. Das Männchen schrieb zu Füßen des Weibchens mit Buchstaben aus Würmern die Worte ‹Viel Glück›. Es ist gut möglich, daß Miss Gearing die Karte aufgehoben hat; sie hat eine Vorliebe für solche netten kleinen Sachen. Sie zeigt sie Ihnen bestimmt, wenn Sie sie darum bitten. Das würde meine Geschichte über die Gründe meiner Anwesenheit im Nightingale-Haus bestätigen.»

Dalgliesh sagte mit ernstem Gesicht: «Ich habe die Karte bereits gesehen. Wußten Sie, worum es bei der Übung gehen sollte?»

«Ich wußte, daß es um künstliche Ernährung gehen sollte, aber ich wußte nicht, daß Schwester Fallon in der Nacht erkrankt war, das heißt, ich wußte überhaupt nicht, wer die Rolle der Patientin übernehmen sollte.»

«Haben Sie eigentlich eine Vorstellung, wie das Ätzmittel in die Flüssigkeit gelangte?»

«Wenn Sie mir nur Zeit lassen wollten! Ich wollte es Ihnen gerade sagen. Ich habe keine Ahnung. Die wahrscheinlichste Erklärung ist, daß es ein dummer Streich sein sollte und der Betreffende nicht wußte, daß die Folgen tödlich sein mußten. Das oder ein Unfall. Das hat es schon gegeben. Vor drei Jahren erst kam ein gerade geborener Säugling in der Entbindungsstation eines Krankenhauses – zum Glück nicht bei uns – ums Leben, weil eine Flasche Desinfektionsmittel für Milch gehalten worden war. Ich kann mir allerdings nicht vorstellen, wie es hier zu einem solchen Unfall hätte kommen können, auch nicht, wer im Nightingale-Haus so dumm sein könnte, es lustig zu finden, wenn man ein Ätzmittel in die Milch schüttet.»

Er hielt ein, als wolle er Dalgliesh auffordern, ihn mit einer neuen Frage zu unterbrechen. Der aber sah ihn nur höflich fragend an, und Morris fuhr fort: «Soviel zu Schwester Pearces Tod. Ich kann Ihnen da nicht weiterhelfen. Ganz anders liegen die Dinge bei Schwester Fallon.»

«Hat es etwas mit letzter Nacht zu tun? Sahen Sie etwas?»

«Er antwortete gereizt: «Mit der letzten Nacht hat das gar nichts zu tun, Herr Kriminalrat, Miss Gearing hat Ihnen doch schon alles über die letzte Nacht erzählt. Wir haben keine Seele gesehen. Wir verließen ihr Zimmer unmittelbar nach Mitternacht und gingen durch Miss Taylors Wohnung die Hintertreppe hinunter. Ich holte mein Fahrrad aus dem Gebüsch hinter dem Haus – ich finde, ich brauche nicht jeder gehässigen Frau hierherum meine Besuche auf die Nase zu binden –, und wir gingen zusammen bis zur ersten Biegung des Weges. Dort blieben wir noch ein Weilchen stehen und unterhielten uns, dann begleitete ich Miss Gearing wieder zum Nightingale-Haus und wartete, bis sie durch die Hintertür hineingegangen war. Sie hatte sie offen gelassen. Schließlich radelte ich los und kam, wie ich schon sagte, um zwölf Uhr siebzehn an die umgestürzte Ulme. Falls jemand nach mir den gleichen Weg ging und einen weißen Schal an diesen Ast band, kann ich dazu nur sagen, ich sah ihn nicht. Wenn er mit dem Auto kam, muß er es auf der anderen Seite des Hauses geparkt haben. Ich sah jedenfalls kein Auto.»

Wieder eine Pause. Dalgliesh rührte sich nicht, aber Sergeant Masterson erlaubte sich einen müden, resignierten Seufzer, während er eine Seite seines Notizblocks umblätterte.

«Nein, Herr Kriminalrat, was ich Ihnen erzählen will, fand im letzten Frühjahr statt, als diese Gruppe, einschließlich Schwester Fallon, im zweiten Jahr war. Wie üblich, hielt ich ihnen einen Vortrag über Gifte. Als ich fertig war, packten alle Schülerinnen ihre Bücher zusammen und gingen, nur Schwester Fallon blieb da. Sie kam zum Pult vor und fragte mich nach einem Gift, das rasch und schmerzlos wirkte und das man sich ohne Umstände beschaffen könnte. Ich fand die Frage zwar ungewöhnlich, sah aber kein Grund, warum ich ihr die Antwort verweigern sollte. Ich dachte keine Sekunde, die Frage könne einen persönlichen Bezug haben, und es handelte sich schließlich auch um eine Auskunft, die sie jedem pharmakologischen oder gerichtsmedizinischen Buch der Krankenhausbibliothek hätte entnehmen können.»

Dalgliesh sagte: «Und was antworteten Sie ihr, Mr. Morris?»

«Ich sagte, daß zum Beispiel Nikotin so ein Gift sei und daß man es in Form von gewöhnlichem Rosenspray kaufen könne.»

Wahr oder gelogen? Wer konnte das sagen? Dalgliesh bildete sich ein, normalerweise zu merken, wann ein Verdächtiger log. Aber bei diesem Verdächtigen haute es nicht hin. Und wie sollte man jemals das Gegenteil beweisen, falls Morris bei dieser Geschichte blieb? Und wenn es eine Lüge war, lag der Zweck auf der Hand – um nahezulegen, Schwester Fallon habe Selbstmord begangen. Und der eindeutige Grund dafür wiederum war, um Schwester Gearing zu schützen. Er liebte sie. Dieser ein wenig lächerliche, pedantische

Mann; diese alberne, gefallsüchtige alternde Frau – sie liebten sich. Und warum nicht? Liebe war kein Vorrecht der Jungen und der Attraktiven. Aber sie komplizierte jede Untersuchung. So bemitleidenswert, tragisch oder absurd eine Beziehung scheinen mochte, unwichtig war sie nie. Inspektor Bailey hatte die Geschichte mit der Grußkarte nie ganz geschluckt, wie er den Protokollen zu dem ersten Verbrechen entnommen hatte. Seiner Meinung nach war diese Geste für einen erwachsenen Mann närrisch und kindisch und paßte besonders bei Morris nicht ins Bild. Deshalb hatte er der Sache nicht getraut. Aber Dalgliesh dachte da anders. Sie lag auf einer Linie mit Morris' einsamen, unromantischen Radtouren, um seine Geliebte zu besuchen; mit dem schmählichen Versteck für das Fahrrad im Gebüsch hinter dem Nightingale-Haus; dem langsamen gemeinsamen Spaziergang durch die eisige Januarnacht, um die letzten kostbaren Minuten zu verlängern; der ungeschickten, doch irgendwie würdevollen Verteidigung der Frau, die er liebte. Aber diese letzte Aussage, sei sie wahr oder unwahr, war störend, um es gelinde auszudrükken. Falls er dabei blieb, würde sie jenen, die lieber an einen Selbstmord von Schwester Fallon glaubten, ein gewichtiges Argument liefern. Und er würde dabei bleiben. Er sah Dalgliesh jetzt mit dem festen exaltierten Blick eines angehenden Märtyrers an, der den Augen seines Feindes standhält und seinen Zweifeln trotzt.

Dalgliesh seufzte: «Nun gut», sagte er. «Wir wollen unsre Zeit nicht mit Spekulationen vergeuden. Gehen wir noch einmal die zeitliche Abfolge Ihrer Schritte während der letzten Nacht durch.»

4

Wie versprochen, wartete Oberschwester Brumfett vor dem Büro, als Masterson die Tür für Leonard Morris öffnete. Aber ihre heitere, fügsame Laune von vorhin war verflogen, und sie nahm kampfbereit gegenüber von Dalgliesh Platz. Unter diesem strengen matriarchalischen Blick spürte er etwas von der Unzulänglichkeit, die eine junge Schwesternschülerin empfinden mußte, wenn sie zum erstenmal auf die Privatstation kam; und noch etwas Stärkeres, unangenehm Vertrautes spürte er. Genauso hatte ihn die Leiterin der Volksschule angesehen und in dem achtjährigen Jungen das gleiche Gefühl der Unzulänglichkeit, die gleiche Angst bewirkt. Und eine Sekunde lang mußte er sich zwingen, ihrem Blick zu begegnen.

Zum erstenmal hatte er Gelegenheit, sie aus der Nähe und ohne Begleitung zu betrachten. Es war ein unattraktives Gesicht und dennoch ein Alltagsgesicht. Die kleinen gescheiten Augen starrten ihn durch eine Stahlbrille an, deren Steg fast in der tiefen fleischigen Mulde über der fleckigen Nase verschwand. Ihr eisengraues Haar war kurzgeschnitten und umrahmte in kleinen Wellen die plumpen Hamsterbacken und das eigensinnige Kinn. Das elegante plissierte Häubchen, das bei Mavis Gearing so zart wie ein Baiser aus gesponnener Spitze aussah und das selbst Hilda Rolfes männlichen Gesichtszügen schmeichelte, saß tief in Schwester Brumfetts Stirn wie eine Pastetengarnierung um eine besonders unappetitliche Kruste. Man brauchte nur dieses Symbol ihrer Autorität gegen einen undefinierbaren Filzhut einzutauschen, die Uniform unter einem formlosen beigen Mantel zu verstecken, und schon hätte man den Prototyp einer mittelalterlichen Hausfrau aus der Vorstadt, die mit einer unförmigen Tasche in der Hand durch den Supermarkt stiefelt und nach den Sonderangeboten der Woche Ausschau hält. Und doch saß hier anscheinend die beste Stationsschwester vor ihm, die das John Carpendar je gehabt hatte. Hier saß, und das war noch erstaunlicher, Miss Taylors beste Freundin.

Bevor er mit dem Verhör beginnen konnte, sagte sie: «Schwester Fallon hat Selbstmord begangen. Erst hat sie die Pearce und dann sich selbst umgebracht. Die Fallon hat die Pearce ermordet. Ich weiß zufällig, daß es so war. Warum lassen Sie also die Oberin nicht in Ruhe, damit die Arbeit des Krankenhauses ungestört weiterlaufen kann? Sie können nichts mehr tun, um den beiden zu helfen. Die zwei sind tot.»

In diesem herrischen und beschwörenden Ton klang diese Behauptung wie ein Befehl. Dalgliesh Erwiderung war übertrieben scharf. Zum Teufel mit der Frau! Er würde sich nicht einschüchtern lassen. «Wenn Sie sich so sicher sind, müssen Sie einen Beweis haben. Und alles, was Sie wissen, sollten Sie uns mitteilen. Ich untersuche einen Mord, Oberschwester, und nicht den Diebstahl einer Bettpfanne. Sie sind verpflichtet, kein Beweismittel zurückzuhalten.»

Sie lachte auf. Es klang wie ein scharfer, höhnischer Schrei, wie das Husten eines Tieres.

«Beweismittel! Beweis würden Sie das nicht nennen. Aber ich weiß es!»

«Sprach Schwester Fallon mit Ihnen, während sie auf Ihrer Station lag? Redete sie im Delirium?»

Das war eine reine Vermutung. Sie schnaubte verächtlich.

«Wenn ja, wäre ich nicht verpflichtet, es Ihnen zu sagen. Was ein Patient im Fieber ausplaudert, wird nicht als Klatsch breitgetreten. Zumindest auf meiner Station nicht. Ich habe auch kein Beweismittel. Akzeptieren Sie einfach, was ich sage, und machen Sie nicht soviel Aufhebens. Die Fallon hat die Pearce umgebracht. Warum, meinen Sie, kam sie an jenem Morgen ins Nightingale-Haus, wo sie doch 39,9 Fieber hatte? Warum, meinen Sie, weigerte sie sich, der Polizei den Grund zu nennen? Die Fallon hat die Pearce ermordet. Ihr Männer neigt dazu, alles zu komplizieren. Dabei ist in Wirklichkeit alles so einfach. Die Fallon hat die Pearce umgebracht, und zweifellos hatte sie ihre Gründe.»

«Es gibt keine gültigen Gründe für Mord. Und selbst wenn Schwester Fallon ihre Mitschülerin ermordete, bezweifle ich, daß sie sich selbst umbrachte. Ich bin sicher, Ihre Kolleginnen haben Ihnen von dem Rosenspray erzählt. Denken Sie daran, daß Schwester Fallon nicht mehr im Nightingale-Haus gewesen ist, seit diese Dose mit Nikotin in den Schrank im Wintergarten gestellt wurde. Ihre Gruppe ist seit dem vorigen Frühjahr nicht mehr hiergewesen, und Oberschwester Gearing hat das Rosenspray im Sommer gekauft. Schwester Fallon erkrankte in der Nacht, bevor diese Unterrichtsperiode begann, und kam bis zu dem Abend vor ihrem Tod nicht ins Nightingale-Haus. Wie erklären Sie sich die Tatsache, daß sie wußte, wo das Nikotin aufbewahrt wurde?»

Oberschwester Brumfett blieb erstaunlich gelassen. Einen Augenblick herrschte Schweigen, dann murmelte sie etwas Unverständliches. Dalgliesh wartete. Schließlich wehrte sie ab: «Ich weiß nicht, wie sie da rangekommen ist. Das müssen Sie herausfinden. Irgendwie muß sie es ja beschafft haben.»

«Wußten Sie, wo das Nikotin stand?»

«Nein, ich habe mit Garten und Wintergarten nichts zu tun. Ich kehre dem Krankenhaus in meiner Freizeit am liebsten den Rücken. Ich spiele häufig Golf mit der Oberin, oder wir fahren ins Grüne. Wir verbringen, wenn irgend möglich, unsere Freizeit zusammen.»

Ihre Stimme klang überheblich. Man hörte die Genugtuung heraus. Er fragte sich, was sie damit andeuten wollte. War dieser Hinweis auf die Oberin ihre Art, ihm mitzuteilen, daß sie Mutters Liebling war und mit Achtung behandelt werden mußte?

Er sagte: «Waren Sie an jenem Abend im letzten Sommer, als Miss Gearing mit dem Zeug hereinkam, nicht im Wintergarten?»

«Ich erinnere mich nicht.»

«Sie sollten lieber versuchen, sich zu erinnern, Oberschwester. Es dürfte nicht so schwer sein. Andere Leute erinnern sich sehr wohl daran.»

«Wenn sie sagen, ich war dort, wird es schon so gewesen sein.»

«Miss Gearing sagt, sie habe Ihnen allen die Flasche gezeigt und die witzige Bemerkung gemacht, sie könne mit ein paar Tropfen die ganze Schule vergiften. Darauf hätten Sie gesagt, sie solle nicht so albern sein, sondern dafür sorgen, daß die Dose weggeschlossen würde. Entsinnen Sie sich jetzt?»

«Das sind so die dummen Bemerkungen, die Mavis Gearing von sich gibt, und ich glaube wohl, daß ich ihr riet, vorsichtig zu sein. Es ist ein Jammer, daß sie nicht auf mich hörte.»

«Sie nehmen diese Todesfälle sehr gelassen hin, Oberschwester.»

«Ich nehme jeden Todesfall gelassen hin. Andernfalls könnte ich meinen Beruf nicht ausüben. Der Tod findet in einem Krankenhaus zu jeder Zeit statt. Wahrscheinlich auch in diesem Augenblick auf meiner Station. Heute nachmittag erst ist einer meiner Patienten gestorben.»

In ihrer Stimme lag plötzlich ein leidenschaftlicher Protest. Sie erstarrte, als sei es ein Frevel, daß der grauenerregende Finger jemanden anrühren könne, für den sie verantwortlich war. Dieser jähe Umschlag ihrer Stimmung verwirrte Dalgliesh. Es schien, als umhülle dieser dickliche unattraktive Körper das leidenschaftliche und irrationale Temperament einer Primadonna. Eben noch waren die Augen, klein und unauffällig hinter den dicken Gläsern, den seinen in dumpfem Haß begegnet, hatte dieser eigensinnige schmale Mund ihren Groll ausgespuckt. Und dann plötzlich diese Verwandlung. Sie funkelte ihn an, ihr Gesicht glühte vor Empörung und wurde auf einmal wild und lebendig. Er bekam einen flüchtigen Einblick in diese inbrünstige einmal besitzergreifende Liebe, mit der sie die umgab, die ihrer Obhut anvertraut waren. Das war eine Frau, äußerlich unbedeutend, die ihr Leben mit unumstößlicher Entschlossenheit einem einzigen Ziel gewidmet hatte. Wie weit würde diese Entschlossenheit sie führen, wenn etwas – oder jemand – sich dem, was sie für wertvoller hielt, in den Weg stellte? Sie schien Dalgliesh eine im Grunde unintelligente Frau zu sein. Aber Mord war häufig die letzte Zuflucht der Unintelligenten. Aber waren denn diese Morde trotz ihrer Kompliziertheit das Werk einer klugen Frau? Eine rasch gegriffene Flasche mit Desinfektionsmitteln; eine leicht zugängliche Dose Nikotin. Sprachen nicht beide Todesfälle für einen plötzlichen, unkontrollierten Impuls, für gedankenloses Vertrauen auf die einfachsten Mittel? Sicher gab es in einem Krankenhaus raffiniertere Methoden, um einen Menschen aus dem Weg zu schaffen.

Die scharfen Augen beobachteten ihn wachsam und haßerfüllt. Diese ganze Ausfragerei empörte sie. Es war hoffnungslos, eine solche Zeugin versöhnlich stimmen zu wollen, und er hatte keine Lust, es auf einen Versuch ankommen zu lassen. Er sagte: «Ich möchte Ihre Schritte an dem Morgen, als Schwester Pearce starb, und in der letzten Nacht durchgehen.»

«Über den Morgen, an dem die Pearce starb, habe ich Inspektor Bailey bereits alles berichtet. Ich habe Ihnen meine Aussage geschickt.»

«Ich weiß. Vielen Dank auch. Nun möchte ich Sie aber persönlich dazu hören.»

Sie protestierte nicht weiter, sondern trug ihre einzelnen Schritte vor, als handle es sich um einen Eisenbahnfahrplan.

Ihr Bericht über den Morgen von Heather Pearces Tod stimmte fast aufs I-Tüpfelchen mit der schriftlichen Aussage überein, die sie Inspektor Bailey gegeben hatte. Sie beschrieb nur, was sie selbst getan hatte, stellte keine Theorien auf, äußerte keine Meinungen. Nach diesem ersten vielsagenden Ausbruch war sie anscheinend entschlossen, sich an die Tatsachen zu halten.

Sie war am Montag, dem 12. Januar, um halb sieben aufgewacht und gleich zur Oberin zum ersten Morgentee gegangen, den sie gewohnheitsgemäß in deren Wohnung zu sich nahmen. Sie hatte die Oberin um Viertel nach sieben allein gelassen, hatte dann gebadet und sich angekleidet. Sie hatte sich bis etwa zehn vor acht in ihrem Zimmer aufgehalten, dann ihre Zeitung in der Halle geholt und war zum Frühstück gegangen. Sie hatte niemand auf der Treppe oder in der Halle gesehen. Sie hatte Oberschwester Gearing und Oberschwester Rolfe im Frühstücksraum getroffen, und sie hatten sich wie immer an einen Tisch gesetzt. Sie war nach dem Frühstück als erste hinausgegangen; wann, konnte sie nicht genau angeben, wahrscheinlich aber nicht später als zwanzig nach acht, war noch einmal kurz auf ihr Zimmer im dritten Stock gegangen und hatte sich dann ins Krankenhaus begeben. Gegen neun Uhr war sie auf ihrer Station. Sie hatte von der Inspektion durch die Aufsichtsbehörde gewußt, da die Oberin mit ihr darüber gesprochen hatte. Sie hatte von der Übung gewußt, weil die Einzelheiten des Ausbildungsprogramms am Schwarzen Brett in der Halle aushingen. Sie hatte über Josephine Fallons Krankheit Bescheid gewußt, da Oberschwester Rolfe sie in der Nacht angerufen hatte. Sie hatte allerdings nicht gewußt, daß Schwester Pearce für die Fallon einspringen würde. Sie gab zu, daß sie das durch einen Blick aufs Schwarze Brett hätte feststellen können, aber sie hatte sich diese Mühe nicht gemacht. Sie hatte keinen Grund gehabt, sich darüber Gedanken zu machen. Sich für das allgemeine Ausbildungsprogramm zu interessieren, war eine Sache; nachzuprüfen, wer als Patient agieren sollte, war eine ganz andere.

Sie hatte nicht gewußt, daß Schwester Fallon an jenem Morgen im Nightingale-Haus gewesen war. Wäre das der Fall gewesen, hätte sie dem Mädchen einen strengen Verweis erteilt. Als sie auf die Station gekommen war, hatte Schwester Fallon im Bett gelegen. Niemand hatte ihre Abwesenheit von der Station bemerkt. Anscheinend hatte die diensttuende Schwester angenommen, sie sei im Bad oder auf der Toilette. Es war leichtsinnig von der Schwester, nicht nachgesehen zu haben, aber auf der Station war damals besonders viel zu tun gewesen. Schließlich erwartet man von Patienten nicht, daß sie sich wie Verrückte benehmen, schon gar nicht von Schwesternschülerinnen. Schwester Fallon war vermutlich nur etwa zwanzig Minuten weggewesen. Der Gang durch den kalten Morgen hatte ihr anscheinend nicht geschadet. Sie hatte sich rasch von der Grippe erholt, es hatte keine Komplikationen gegeben. Sie war nicht besonders niedergeschlagen erschienen, solange sie auf der Station war, und falls ihr etwas Sorgen bereitete, hatte sie es Oberschwester Brumfett nicht anvertraut. Nach Oberschwester Brumfetts Meinung war das Mädchen jedenfalls in der richtigen Verfassung gewesen, um entlassen zu werden und sich der Gruppe im Nightingale-Haus wieder anzuschließen.

Dann berichtete sie über ihre Schritte in der letzten Nacht mit derselben einförmigen, tonlosen Stimme. Die Oberin war bei einer internationalen Konferenz in Amsterdam gewesen, deshalb hatte sie den Abend allein vorm Fernseher verbracht. Sie war um zehn Uhr zu Bett gegangen und war um Viertel vor zwölf durch Mr. Courtney-Briggs' Anruf geweckt worden. Sie war die Abkürzung durch den Park zum Krankenhaus gegangen. Sie hatte der diensttuenden Schwesternschülerin geholfen, das Bett für den Patienten zu richten. Sie war bei ihrem Patienten geblieben, bis sie sicher war, daß das Sauerstoffgerät und die Tropfinfusion richtig eingestellt waren und sein Allgemeinbefinden den Umständen entsprechend gut war. Sie war kurz nach zwei Uhr ins Nightingale-Haus zurückgekommen und hatte auf dem Weg nach oben Maureen Burt von der Toilette kommen sehen. Der andere Zwilling war gleich darauf ebenfalls aufgetaucht, und sie hatte sich kurz mit ihnen unterhalten. Sie hatte deren Angebot, ihr einen Kakao zu kochen, abgelehnt und war direkt in ihr Zimmer gegangen. Ja, durch das Schlüsselloch von Schwester Fallons Zimmer war ein Lichtstrahl gefallen. Sie war nicht in Schwester Fallons Zimmer gegangen und konnte deshalb nicht wissen, ob das Mädchen da noch am Leben gewesen war. Sie hatte gut geschlafen und war nach sieben Uhr aufgewacht, als Oberschwester Rolfe mit der Neuigkeit hereingestürzt war, man habe Schwester Fallon tot aufgefunden. Sie hatte Schwester Fallon nicht gesehen, seit sie am Dienstag nach dem Abendessen von ihrer Station entlassen worden war.

Nach ihrem Bericht trat Stille ein. Schließlich fragte Dalgliesh: «Mochten Sie Schwester Pearce? Oder Schwester Fallon?»

«Nein. Ich hatte auch nichts gegen sie. Ich halte nicht viel von persönlichen Beziehungen zu den Schwesternschülerinnen. Zu- oder Abneigung spielen keine Rolle. Sie sind entweder gute Krankenschwestern, oder sie sind es nicht.»

«Und waren sie gute Krankenschwestern?»

«Die Fallon war besser als die Pearce. Sie war intelligenter und hatte mehr Phantasie. Sie war als Kollegin nicht einfach, aber die Patienten mochten sie. Einige hier hielten sie für gleichgültig, aber von Patienten hat man das nie gehört. Die Pearce war zu bemüht. Sie lief herum wie eine junge Florence Nightingale, wenigstens glaubte sie das. Dachte immer nur an den Eindruck, den sie machte. Im Grunde genommen ein törichtes Mädchen. Aber man konnte sich auf sie verlassen. Was sie machte, war korrekt. Was die Fallon machte, war richtig. Dazu braucht man, ebenso wie die Ausbildung, auch den rechten Instinkt. Warten Sie, bis es ans Sterben geht, mein Herr. Dann werden Sie den Unterschied erkennen.»

Josephine Fallon war also nicht nur intelligent gewesen. Sie hatte auch Phantasie gehabt. Er glaubte es gern. Aber daß Oberschwester Brumfett gerade diese Fähigkeiten loben würde, hätte er zuallerletzt erwartet. Er dachte an das Gespräch beim Mittagessen, wie sie auf dem unbedingten Gehorsam, der nichts in Frage stellte, bestanden hatte. Er fragte vorsichtig: «Ich staune, daß Sie Phantasie unter die Tugenden einer Schwesternschülerin einreihen. Ich dachte, Sie schätzten den absoluten Gehorsam am höchsten ein. Es ist schwierig, die Phantasie, die gewiß individualistisch oder gar bilderstürmend ist, mit der Unterwerfung des guten Untergebenen unter die Autorität in Einklang zu bringen. Es tut mir leid, wenn das anmaßend klingt. Ich weiß, dieses Gespräch hat nicht viel mit meiner Aufgabe hier zu tun. Aber ich bin neugierig.»

Es hatte eine ganze Menge mit seiner Aufgabe hier zu tun; seine Neugierde war nicht ohne Bedeutung. Doch das brauchte sie nicht zu wissen. Sie sagte barsch: «Gehorsam gegenüber einer rechtmäßigen Autorität steht an erster Stelle. Sie arbeiten selbst in einer disziplinierten Behörde; ich brauche Ihnen nichts zu erzählen. Erst wenn der Gehorsam automatisch ist, wenn die Disziplin akzeptiert und sogar begrüßt wird, erfährt man die Einsicht und den Mut, sich ohne Unsicherheit außerhalb der Regeln zu bewegen, wenn der Augenblick es erfordert. Phantasie und Intelligenz sind in der Krankenpflege gefährlich, wenn sie nicht auf Disziplin gründen.»

Also war sie doch nicht so einfach oder so völlig angepaßt, wie sie wirkte oder wie sie sich zumindest vor ihren Kolleginnen gab. Und auch sie verfügte über Phantasie. War dies die Brumfett, fragte er sich, die Mary Taylor kannte und schätzte? Und dennoch blieb er überzeugt, daß sein erster Eindruck nicht falsch gewesen war. Im Grunde war sie keine intelligente Frau. Äußerte sie, selbst in diesem Augenblick, die Theorie, vielleicht sogar mit denselben Worten, einer anderen? «Die Einsicht und der Mut, sich außerhalb der Regeln zu bewegen.» Ja, irgendwer im Nightingale-Haus hatte sich außerhalb davon bewegt, irgendwer hatte den Mut aufgebracht. Sie sahen sich an. Er begann sich zu fragen, ob das Nightingale-Haus irgendeine Art von Zauber über ihn geworfen hatte, ob seine bedrohliche Atmosphäre langsam seine Urteilsfähigkeit angriff. Denn hinter den dicken Gläsern glaubte er eine Veränderung der Augen zu sehen, glaubte, den Drang, sich mitzuteilen, Verständnis zu finden; ja, die Bitte um Hilfe zu entdecken. Und dann war die Illusion vorbei. Er sah wieder die gewöhnlichste, am wenigsten entgegenkommende, unkomplizierteste unter allen Verdächtigen vor sich. Und das Verhör war zu Ende.

5

Inzwischen war es nach neun Uhr, aber Dalgliesh und Masterson saßen immer noch zusammen im Büro. Sie hatten noch ein paar Stunden Arbeit vor sich, bevor sie zu ihrem Hotel aufbrechen konnten, mußten Aussagen prüfen und vergleichen, nach Widersprüchen suchen, den morgigen Tag vorplanen. Dalgliesh beschloß, das Masterson zu überlassen. Er wählte die Nummer der Oberin und fragte, ob sie zwanzig Minuten für ihn erübrigen könne. Höflichkeit und Taktik geboten, sie auf dem laufenden zu halten, aber es gab noch einen anderen Grund, sie zu sehen, bevor er das Nightingale-Haus verließ.

Sie hatte die Wohnungstür für ihn offen gelassen, und er ging durch den Flur direkt zum Wohnzimmer, klopfte an und trat ein. Er fand Frieden und Stille und Licht vor. Und Kälte. Das Zimmer war auffallend frostig. Ein kräftiges Feuer brannte im Kamin, aber seine Wärme drang kaum in die gegenüberliegenden Ecken vor. Als er auf sie zuging, sah er, daß sie entsprechend angezogen war. Ihre langen Beine steckten in braunen Samthosen, darüber trug sie einen hochgeschlossenen hellbraunen Kaschmirpullover, dessen Ärmel sie von den zerbrechlichen Handgelenken zurückgestreift hatte. Um den Hals hatte sie einen Seidenschal in kräftigem Grün geschlungen.

Sie nahmen nebeneinander auf dem Sofa Platz. Dalgliesh sah, daß sie gearbeitet hatte. Eine offene Aktentasche lehnte am Bein des Couchtisches, und auf dem Tisch waren Papiere ausgebreitet. Am Kamin stand eine Kaffeekanne, und der angenehme Duft von warmem Holz und Kaffee erfüllte das Zimmer.

Sie bot ihm Kaffee und Whisky an, nichts sonst. Er entschied sich für Kaffee, und sie stand auf und holte eine zweite Tasse. Als sie zurückkam und den Kaffee einschenkte, sagte er: «Sie haben vermutlich inzwischen gehört, daß wir das Gift gefunden haben.»

«Ja. Oberschwester Gearing und Oberschwester Rolfe suchten mich beide nach dem Verhör auf. Das bedeutet wohl, daß es sich um Mord handelt?»

«Allerdings. Falls Schwester Fallon die Dose nicht selbst versteckt hat. Aber das ist unwahrscheinlich. Vorsätzlich ein Geheimnis aus einem Selbstmord zu machen mit dem Ziel, möglichst große Verwirrung zu stiften, wäre die Tat eines Exhibitionisten oder eines Neurotikers. Dieses Mädchen scheint mir keines von beiden gewesen zu sein, aber ich wollte Ihre Ansicht dazu hören.»

«Ich stimme mit Ihnen überein. Schwester Fallon, würde ich sagen, war eine in hohem Maße rationale Person. Falls sie beschlossen hatte, sich das Leben zu nehmen, dann aus Gründen, die ihr im Augenblick richtig erschienen, und ich bin auch ziemlich sicher, sie hätte eine knappe, aber klare Notiz hinterlassen, die diese Gründe erklärt hätte. Viele Menschen bringen sich um, um ihrer Umgebung Unannehmlichkeiten zu bereiten. Aber Schwester Fallon bestimmt nicht.»

«So hätte ich sie auch eingeschätzt, aber ich wollte jemanden fragen, der sie tatsächlich gekannt hat.»

Sie fragte: «Was sagt Schwester Goodale dazu?»

«Sie meint, ihre Freundin habe sich das Leben genommen; aber das war, bevor wir das Nikotin fanden.»

Er sagte nicht, wo, und sie stellte keine Frage. Er hatte auf keinen Fall vor, jemanden im Nightingale-Haus wissen zu lassen, wo die Dose gefunden worden war. Aber eine Person mußte das Versteck kennen und würde mit etwas Glück vielleicht unabsichtlich ihr schuldbewußtes Wissen preisgeben.

Er fuhr fort: «Da ist noch etwas. Miss Gearing sagte mir, sie habe letzte Nacht einen Freund in ihrem Zimmer empfangen; sie sagte, sie habe ihn durch Ihre Tür hinausgelassen. Überrascht Sie das?»

«Nein. Ich lasse die Wohnung offen, wenn ich nicht hier bin, damit die Schwestern die Hintertreppe benutzen können. Das gibt ihnen wenigstens eine Illusion von Privatsphäre.»

«Allerdings auf Kosten Ihrer eigenen.»

«Oh, ich meine, es versteht sich von selbst, daß sie nicht in meine Wohnung kommen. Ich vertraue meinen Kolleginnen. Selbst wenn dem nicht so wäre – hier gibt es nichts, was sie interessieren könnte. Ich verwahre sämtliche amtlichen Papiere in meinem Büro drüben im Krankenhaus.»

Sie hatte natürlich recht. Hier gab es nichts, was außer ihm jemanden hätte interessieren können. Das Wohnzimmer war trotz der individuellen Note beinahe so schlicht wie seine Wohnung hoch über der Themse in Queenhithe. Vielleicht fühlte er sich aus diesem Grund hier so zu Hause. Es gab hier keine Fotografien, die zu Vermutungen anregten; keinen Schreibtisch, der unter einer Last von Krimskrams beinahe zusammenbrach; keine Bilder, die einen persönlichen Geschmack verrieten; keine Einladungen, die auf die Vielfältigkeit oder nur die Existenz eines gesellschaftlichen Lebens hinwiesen. Er ließ sich seine Wohnung nicht entweihen; der Gedanke, andere Leute könnten nach Belieben ein und aus gehen, wäre ihm unerträglich gewesen. Aber hier war die Zurückhaltung eher noch größer; die Unabhängigkeit einer Frau, die so abgeschlossen lebte, daß nicht einmal ihre persönlichen Dinge etwas verrieten.

Er sagte: «Mr. Courtney-Briggs erzählte mir, er sei eine Zeitlang Josephine Fallons Geliebter gewesen während ihres ersten Jahres. War Ihnen das bekannt?»

«Ja. Ich wußte es, genauso, wie ich weiß, daß Mavis Gearings Gast gestern abend mit ziemlicher Sicherheit Leonard Morris war. In einem Krankenhaus breitet sich der Klatsch durch eine Art Osmose aus. Man kann sich oft nicht mehr erinnern, ob einem der neueste Skandal berichtet wurde; man bekommt ihn einfach mit.»

«Und passiert da viel?»

«Mehr vielleicht als in weniger aufregenden Einrichtungen. Ist das so erstaunlich? Männer und Frauen, die täglich zusehen müssen, was der Körper in Todeskampf und Entwürdigung erdulden kann, haben vermutlich nicht allzu große Skrupel, sich mittels ihres Körpers zu trösten.»

Wann und mit wem, fragte er sich, fand sie Trost? In ihrem Beruf? In der Macht, die dieser Beruf ihr zweifellos gab? In der Astronomie, wenn sie in langen Nächten den Wegen der Sterne nachspürte? Bei der Brumfett? Bei Gott! Sicher nicht bei der Brumfett!

Sie sagte: «Wenn Sie meinen, Stephen Courtney-Briggs habe vielleicht getötet, um seinen Ruf zu retten – nein, also das glaube ich nicht. Ich erfuhr von dieser Affäre. Ebenso das halbe Krankenhaus, da habe ich keine Zweifel. Courtney-Briggs ist nicht gerade diskret. Außerdem würde ein solches Motiv nur auf einen Mann passen, der gegenüber der öffentlichen Meinung empfindlich ist.»

«Jeder ist auf die eine oder andere Art gegenüber der öffentlichen Meinung verletzlich.»

«Gewiß. Zweifelsohne ist Stephen Courtney-Briggs genauso fähig zu töten, um persönlichem Unheil oder öffentlicher Verurteilung vorzubeugen, wie jeder von uns. Aber nicht, glaube ich, um zu verhindern, daß die Leute erfahren, eine attraktive junge Frau sei bereitwillig mit ihm ins Bett gegangen; oder daß er trotz seiner Jahre sich seinen sexuellen Genuß nehmen kann, wo er ihn findet.»

War da eine Spur von Verachtung oder sogar von Haß in ihrer Stimme? Einen kurzen Augenblick glaubte er, Oberschwester Rolfe zu hören.

«Und Hilda Rolfes Freundschaft mit Julia Pardoe?»

Sie lächelte ein wenig bitter. «Sie wissen davon?»

«Freundschaft? Ja, ich weiß es, und ich glaube, ich verstehe es. Aber ich bin nicht sicher, ob Sie das verstehen. Die konventionelle Reaktion wäre, wenn diese Geschichte herauskäme, daß Oberschwester Rolfe die Pardoe verdorben habe. Aber wenn diese junge Frau verdorben worden ist, dann habe ich den Verdacht, daß das geschah, bevor sie ans John Carpendar kam. Ich gedenke nicht, mich da einzumischen. Die Geschichte wird sich von selbst erledigen. Julia Pardoe wird in ein paar Monaten ihre Staatsprüfung in der Tasche haben. Ich weiß zufällig, daß sie schon Zukunftspläne hat. Sie wird mit Sicherheit nicht hierbleiben. Ich fürchte, Oberschwester Rolfe sieht einer unglücklichen Zeit entgegen. Aber damit müssen wir fertig werden, wenn es soweit ist.»

Ihre Stimme sagte ihm, daß sie Bescheid wußte, daß sie beobachtete, daß sie die Situation im Griff hatte. Und daß es da nichts weiter zu diskutieren gab.

Er trank schweigend seinen Kaffee aus und stand auf. Für den Augenblick hatte er keine Fragen mehr, und er fühlte, wie er übersensibel auf jede Nuance ihrer Stimme achtete, auf jedes Schweigen, welches bedeuten mochte, daß seine Anwesenheit lästig war. Daß sie kaum begrüßt werden konnte, war ihm klar. Er war es gewohnt, ein Vorbote zu sein – bestenfalls von schlechten Nachrichten, schlimmstenfalls von Katastrophen. Aber er konnte wenigstens vermeiden, ihr seine Gesellschaft länger als notwendig aufzudrängen.

Als sie sich erhob, um ihn zur Tür zu begleiten, machte er eine beiläufige Bemerkung über die Architektur des Hauses und fragte, wie lange es schon im Besitz des Krankenhauses sei. Sie sagte: «Das ist eine tragische und ziemlich schreckliche Geschichte. Das Haus wurde 1880 von einem Thomas Nightingale gebaut, einem Seilfabrikanten, der sich hinaufgearbeitet hatte und ein seiner gesellschaftlichen Stellung entsprechendes Haus haben wollte. Der Name paßt rein zufällig; er hat weder etwas mit Florence noch mit dem Vogel zu tun. Nightingale wohnte hier mit seiner Frau – Kinder hatten sie nicht – bis 1886. Im Januar jenes Jahres fand man die Leiche eines der Hausmädchen, der neunzehnjährigen Nancy Gorringe, die Mrs. Nightingale aus einem Waisenhaus geholt hatte, an einem Baum in der Nähe des Hauses hängen. Als man sie herunterholte, wurde festgestellt, daß sie über mehrere Monate hin systematisch mißhandelt, geschlagen, gequält worden war. Es war bewußter Sadismus gewesen. Mit am schrecklichsten bei diesem Fall war, daß die anderen Hausangestellten eine Ahnung von den Vorgängen gehabt haben müssen, aber nichts dagegen unternahmen. Sie wurden anscheinend gut behandelt, denn sie priesen Nightingale während der Gerichtsverhandlung auf rührende Weise als gerechten und umsichtigen Herrn. Es muß ähnlich gewesen sein wie heute diese Prozesse wegen Kindesmißhandlung: Ein Familienmitglied wird als Opfer ausgesucht, wird vernachlässigt und gequält, und die andern nehmen die Mißhandlungen ruhig hin. Gefallen am Sadismus eines anderen, nehme ich an, oder einfach die verzweifelte Hoffnung, die eigene Haut zu retten. Und dennoch ist es eigenartig. Kein einziger von ihnen stellte sich gegen Nightingale, nicht einmal, als in den Wochen nach dem Prozeß die Erregung hier ihren Höhepunkt erreichte. Er und seine Frau wurden schuldig gesprochen und saßen viele Jahre im Gefängnis. Ich glaube sogar, daß sie dort starben. Jedenfalls kamen sie nicht mehr ins Nightingale-Haus zurück. Es wurde an einen ehemaligen Schuhfabrikanten verkauft, der die letzten zwölf Jahre seines Lebens hier wohnte und es dem John Carpendar vermachte. Es ist immer irgendwie ein Problem für das Krankenhaus gewesen, weil niemand recht wußte, was man damit anfangen sollte. Es ist eigentlich nicht als Schwesternschule geeignet, aber es ist schwer zu sagen, wofür es sich überhaupt eignet. Es geht die Geschichte, man könne um diese Jahreszeit Nancy Gorringes Geist nach Einbruch der Dunkelheit im Park weinen hören. Ich habe ihn nie gehört, und wir versuchen, die Geschichte von den Schülerinnen fernzuhalten. Aber ein glückliches Haus ist es nie gewesen.»

Und jetzt war es noch weniger glücklich als je zuvor, dachte Dalgliesh, als er zurück ins Büro ging. Jetzt mußte man der Geschichte von Haß und Gewalt zwei Morde zuzählen.

Er ließ Masterson allein nach Hause gehen und setzte sich an seinen Schreibtisch, um ein letztes Mal die Aufzeichnungen durchzugehen. Der Sergeant war kaum gegangen, als das Telefon läutete. Es war der Direktor des gerichtsmedizinischen Labors, der ihm mitteilte, die Untersuchungen seien abgeschlossen. Josephine Fallon sei an Nikotinvergiftung gestorben, und das Nikotin stamme aus der Dose mit dem Rosenspray.

6

Zwei Stunden später schloß er endlich den Nebeneingang des Nightingale-Hauses hinter sich und machte sich auf den Weg zum *Falconer's Arms.*

Die schmale Straße wurde von altmodischen Straßenlaternen beleuchtet, aber die Lampen hingen in so großen Abständen und brannten so schwach, daß er meistens im Dunkeln ging. Er begegnete keiner Menschenseele und konnte sich vorstellen, warum die Schülerinnen nach Einbruch der Dunkelheit nicht gern diesen Weg nahmen. Es regnete nicht mehr, aber dafür kam nun ein Wind auf, der die Tropfen von den verflochtenen Ästen der Ulmen schüttelte. Er spürte, wie sie ihm ins Gesicht spritzten und in den Mantelkragen sickerten, und bedauerte jetzt, morgens das Auto nicht mitgenommen zu haben. Die Bäume standen nahe an den Pfad heran. Dazwischen lag nur ein schmaler Streifen klitschigen Grases. Trotz des zunehmenden Windes war die Nacht mild, und ein bleicher Nebel schwamm zwischen den Bäumen und zog seine Spiralen um die Laternen. Der Weg war ungefähr drei Meter breit. Er mußte einmal eine Hauptauffahrt zum Nightingale-Haus gewesen sein; er schlängelte sich in sinnlosen Windungen durch die Gruppen von Ulmen und Birken, als habe der ursprüngliche Besitzer seine Bedeutung auch durch die Länge der Auffahrt steigern wollen.

Seine Gedanken gingen zu Christine Dakers. Er hatte das Mädchen um Viertel vor vier besucht. Die Privatstation war um diese Zeit sehr ruhig gewesen, und falls Oberschwester Brumfett dort gewesen war, hatte sie sich wohlweislich nicht blicken lassen. Die diensttuende Schwester hatte ihn in Empfang genommen und zu Schwester Dakers Zimmer geführt. Das Mädchen hatte aufrecht mit dem Kissen im Rücken dagesessen, rosig und triumphierend wie eine soeben entbundene Mutter, und hatte ihn begrüßt, als warte sie auf seine Glückwünsche und einen Blumenstrauß. Jemand hatte ihr bereits eine Vase mit Narzissen gebracht, und neben dem Teetablett auf dem Schwenktisch standen zwei Chrysanthementöpfe. Auf der Bettdecke lag ein Wust von Zeitschriften.

Sie hatte versucht, unbeteiligt und zerknirscht zu erscheinen, als sie ihre Geschichte erzählte, aber sie war eine schlechte Schauspielerin gewesen. In Wirklichkeit hatte sie gestrahlt vor Freude und Erleichterung. Und warum nicht? Die Oberin hatte sie besucht. Sie hatte gebeichtet und Verzeihung erhalten. Sie war nun von dem süßen Hochgefühl der erteilten Absolution erfüllt. Was den Kern noch eher traf, dachte er, war, daß die beiden Mädchen, die sie hätten bedrohen können, für immer gegangen waren. Diane Harper hatte das Krankenhaus verlassen. Und Heather Pearce war tot.

Und was genau hatte Schwester Dakers eingestanden? Warum diese auffällige Auferstehung ihrer Lebensgeister? Er hätte es gern gewußt. Aber er war kaum klüger aus ihrem Zimmer gekommen, als er hineingegangen war. Doch sie hatte wenigstens, dachte er, Madeleine Goodales Aussage bestätigt, daß sie zusammen in der Bibliothek gelesen hatten. Wenn es kein abgekartetes Spiel war, was ihm wahrscheinlich vorkam, hatten sie sich gegenseitig ein Alibi für die Zeit vor dem Frühstück geliefert. Und nach dem Frühstück hatte sie ihre letzte Tasse Kaffee mit in den Wintergarten genommen und dort den *Schwesternspiegel* gelesen, bis es Zeit war, in den Übungsraum zu gehen. Schwester Pardoe und Schwester Harper waren bei ihr gewesen. Die drei Mädchen hatten gleichzeitig den Wintergarten verlassen, waren kurz im Bad beziehungsweise in der Toilette im zweiten Stock verschwunden und dann direkt in den Übungsraum gegangen. Es war kaum vorstellbar, wie Christine Dakers die Milch vergiftet haben sollte.

Dalgliesh war noch nicht weit vom Haus entfernt, als er mitten im Schritt erstarrt innehielt. Was er da eine winzige Sekunde lang gehört hatte, hatte wie das Weinen einer Frau geklungen. Er stand völlig reglos und strengte alle Sinne an, um dieser verzweifelten fremden Stimme zu lauschen. Eine Zeitlang blieb es völlig ruhig, selbst der Wind schien sich gelegt zu haben. Dann hörte er es wieder, dieses Mal unmißverständlich. Das war nicht der nächtliche Schrei eines Tieres oder das Produkt eines müden, überreizten Hirns. Irgendwo in dem Baumgewirr zu seiner Linken jammerte eine Frau in ihrem Elend.

Er war nicht abergläubisch, aber er verfügte über die Sensibilität des phantasiebegabten Mannes für Atmosphäre. Allein in der Dunkelheit und mit dieser menschlichen Stimme im Ohr, die in höchsten Tönen mit dem wieder auffrischenden Wind heulte, empfand er einen ehrfürchtigen Schauder. Er spürte flüchtig das Entsetzen und die Hilflosigkeit jenes Hausmädchens aus dem 19. Jahrhundert, als berühre es ihn mit einem eisigen Finger. Eine schreckliche Sekunde lang teilte er ihr Elend und ihre Hoffnungslosigkeit. Die Vergangenheit wurde eins mit der Gegenwart. Das Entsetzen war zeitlos. Der letzte verzweifelte Akt spielte hier und jetzt. Doch dann war es vorbei. Das war eine wirkliche Stimme, eine lebendige Frau. Er knipste die Taschenlampe an, verließ den Weg und drang in die tiefe Dunkelheit zwischen den Bäumen ein.

Etwa zwanzig Schritt vom Wegrand entdeckte er eine Holzhütte, ungefähr drei auf drei Meter, deren einziges schwach erleuchtetes Fenster ein helles Viereck auf den Stamm der nächsten Ulme warf. Seine Schritte waren auf dem aufgeweichten Boden unhörbar. Er ging auf die Tür zu und stieß sie auf. Ein warmer kräftiger Geruch nach Holz und Paraffin schlug ihm entgegen. Und noch etwas mehr. Der Geruch nach menschlichem Leben. Eine Sturmlaterne stand auf einer umgedrehten Kiste, und in einem morschen Korbstuhl kauerte eine Frau.

Der Eindruck von einem im Pferch gefangenen Tier drängte sich ihm auf. Sie starrten sich stumm an. Trotz ihres unbändigen Weinens, das bei seinem Eintritt schlagartig aufgehört hatte, waren ihre Augen klar und funkelten ihn drohend an. Dieses Tier war vielleicht verzweifelt, aber es befand sich auf seinem eigenen Boden, und alle seine Sinne waren auf der Hut. Als sie zu sprechen anfing, klang ihre Stimme düster und angriffslustig, aber ohne jede Spur von Neugier oder Angst.

«Wer sind Sie?»

«Ich bin Adam Dalgliesh. Und Sie?»

«Morag Smith.»

«Man hat mir von Ihnen erzählt, Morag. Sie sind wohl heute abend ins Krankenhaus zurückgekommen?»

«Stimmt. Und ich hab von Miss Collins gehört, ich soll mich im Wohnheim melden. Ich hab gefragt, ob ich nicht ins Ärztehaus gehen darf, wenn ich nicht im Nightingale-Haus bleiben kann. Aber nein! Keine Angst! Hab mich mit den Ärzten zu gut verstanden. Also ab ins Wohnheim. Die machen hier mit dir, was sie wollen. Ich hab mit der Oberin reden wollen, aber Oberschwester Brumfett hat gesagt, die soll nicht gestört werden.»

Sie hielt mit ihrem Jammern ein und machte sich am Docht der Laterne zu schaffen. Die Flamme wurde größer. Sie blinzelte ihn an: «Adam Dalgliesh. Komischer Name. Neu hier, was?»

«Ich bin erst seit heute morgen hier. Sicher haben sie Ihnen von Schwester Fallon erzählt. Ich bin Detektiv. Ich will herausbekommen, wie sie und Schwester Pearce starben.»

Zuerst dachte er, die Neuigkeit würde sie aufs neue in Klagen ausbrechen lassen. Sie riß den Mund auf, besann sich aber eines Besseren, stieß einen kleinen Seufzer aus und klappte den Mund wieder zu. Sie sagte mürrisch: «Hab sie nicht umgebracht.»

«Schwester Pearce? Natürlich nicht. Warum sollten Sie!»

«Das hat der andre aber nicht gedacht.»

«Welcher andere?»

«Der Inspektor, der verdammte Inspektor Bill Bailey. Ich hab genau gemerkt, was der sich gedacht hat. Gefragt und gefragt hat er und dabei die ganze Zeit die Augen nicht von mir gelassen. Was haben Sie gemacht von dem Augenblick an, wo Sie aufgestanden sind? Was zum Teufel denkt der sich, was ich da mach! Arbeiten! Das mach ich. Haben Sie Schwester Pearce gern gehabt? War sie jemals unfreundlich zu Ihnen? Hätt ich mal sehn wollen, wenn sie's probiert hätt. Jedenfalls hab ich sie überhaupt nicht gekannt. Ich bin ja über ne Woche nicht im Nightingale-Haus gewesen. Aber ich hab schon gewußt, wo er drauf aus war. Es ist immer dasselbe. Dem blöden kleinen Küchenmädchen die Schuld ganz in die Schuhe schieben.»

Dalgliesh ging in die Hütte hinein und setzte sich auf eine Bank an der Wand. Er würde Morag Smith ohnehin verhören müssen. Er konnte es genausogut jetzt erledigen. Er sagte: «Wissen Sie, ich glaube, Sie haben nicht recht. Inspektor Bailey hatte Sie nicht in Verdacht. Das hat er mir gesagt.»

Sie schnaufte verächtlich.

«Sie können doch nicht alles glauben, was die Polizei erzählt. Zum Henker, hat Ihnen das Ihr Vater nicht beigebracht? Der hat mich bestimmt verdächtigt. Der krumme Hund, der Bailey. Mein Gott, mein Papa, der könnte Ihnen ein paar Geschichten über die Polizei erzählen.»

Zweifellos könnte die Polizei auch eine ganze Menge über Papa erzählen, dachte er, verwarf aber diese Richtung des Gesprächs, weil vermutlich nichts dabei herauskommen würde. Er beeilte sich, seinen Kollegen zu verteidigen.

«Inspektor Bailey ging nur seiner Arbeit nach. Er wollte Sie nicht aufregen. Ich bin auch Polizist, und ich werde Ihnen Fragen stellen müssen. Das muß sein. Ich komme nicht weiter, wenn Sie mir nicht helfen. Falls Schwester Pearce und Schwester Fallon umgebracht wurden, werde ich den Schuldigen finden. Sie waren jung. Schwester Pearce war etwa in Ihrem Alter. Ich nehme an, sie wollten noch nicht sterben.»

Er wußte nicht, wie Morag auf diesen wohlüberlegten Appell an Gerechtigkeit und Gefühl reagieren würde, aber er konnte sehen, wie die scharfen kleinen Augen das Halbdunkel zu durchdringen suchten.

«Ihnen helfen!» Ihre Stimme war voller Hohn. «Machen Sie sich bloß nicht über mich lustig. Ihr braucht doch keine Hilfe. Sie wissen ganz genau, wie die Milch in die Kokosnuß gekommen ist.»

Dalgliesh dachte über diese aufregende Metapher nach und beschloß, sie mangels gegenteiliger Beweise als Kompliment zu nehmen. Er stellte seine Taschenlampe so auf die Bank, daß sie einen hellen Lichtkreis an das Dach warf, rückte ein bißchen näher zur Wand und lehnte seinen Kopf an ein dickes Bund Bast, das an einem Nagel über ihm hing. Er saß erstaunlich bequem. Er fragte beiläufig: «Kommen Sie oft hierher?»

«Nur wenn ich durcheinander bin.» Ihr Ton deutete an, daß dies ein mögliches Ereignis sei, für das jede vernünftige Frau Vorsorge treffen müsse.

«Einsam ist's hier.» Sie fügte angriffslustig hinzu: «Jedenfalls bis jetzt gewesen.»

Dalgliesh hörte den Vorwurf.

«Es tut mir leid. Ich komme nicht mehr her.»

«Oh, Sie machen mir nichts aus. Kommen Sie nur wieder, wenn Sie Lust haben.»

Die Stimme klang zwar ungnädig, aber das Kompliment war unmißverständlich. Eine Weile redete sie nicht, aber die Stimmung war fast kameradschaftlich.

Die massiven Wände der Hütte schlossen sie ein und isolierten sie in einer unnatürlichen Stille vom Ächzen des Windes. Hier drinnen war die Luft kalt, aber muffig. Es roch aufdringlich nach Holz, Paraffin und Erde. Dalgliesh sah sich die Umgebung etwas näher an. Es war nicht ungemütlich. In der Ecke lag ein Strohballen, ein zweiter Korbstuhl, ähnlich dem, in dem sich Morag zusammenrollte, stand da, außerdem eine umgedrehte Kiste mit einer Wachstuchdecke, die als Tisch diente. Darauf entdeckte er in dem düsteren Licht so etwas wie einen Primuskocher. Auf einem Wandbrett standen eine weiße Teekanne aus Email und ein paar Becher. Er dachte sich, der Gärtner habe die Hütte früher als gemütlichen Schlupfwinkel nach der anstrengenden Arbeit und als Geräteschuppen benutzt, vielleicht auch, um sich zwischendurch etwas zu kochen. Im Frühling und Sommer mußte sie in dieser Stille unter den Bäumen, wo man nur die Vögel singen hörte, ein herrliches Versteck sein, stellte Dalgliesh sich vor. Aber jetzt war es mitten im Winter. Er sagte: «Entschuldigen Sie, wenn ich frage, aber wäre es nicht bequemer, im eigenen Zimmer durcheinander zu sein? Und einsamer?»

«Drüben im Nightingale-Haus ist's nicht gemütlich. Und im Wohnheim auch nicht. Mir gefällt's hier. Es riecht wie der Schuppen im Schrebergarten von meinem Vater. Und kein Mensch kommt hier vorbei, wenn's dunkel ist. Die haben alle Angst vor Gespenstern.»

«Sie nicht?»

«Ich glaube nicht an Gespenster.»

Das war die grundlegende Rechtfertigung eines unbeirrbaren Skeptizismus, dachte Dalgliesh. Man glaubte nicht an eine Sache, deshalb existierte sie nicht. Unbehelligt von der Phantasie, konnte man den Lohn der eigenen Gewißheit genießen, selbst wenn es sich nur um den unstreitigen Besitz einer Gartenhütte handelte, wenn man durcheinander war. Er fand das bewundernswert. Er überlegte, ob er nach dem Grund ihres Kummers fragen und vielleicht vorschlagen solle, sich vertrauensvoll an die Oberin zu wenden. Hatte dieses haltlose Weinen wirklich keinen anderen Grund als die so überaus verhaßten Aufmerksamkeiten Bill Baileys? Bailey war ein guter Detektiv, aber er ging nicht besonders zartfühlend mit den

Leuten um. Man konnte es sich einfach nicht leisten, immer so genau abzuwägen. Jeder Detektiv, auch der tüchtigste, hatte schon einmal erfahren, was es bedeutete, wenn man sich unabsichtlich einen Zeugen zum Feind machte. Wenn das erst einmal passiert war, dann konnte man aus ihr – gewöhnlich handelte es sich in diesem Fall um eine Frau – ums Verplatzen nichts mehr herausbekommen, selbst wenn die Antipathie unbewußt war. Erfolg bei einer Morduntersuchung hing weitgehend davon ab, ob man die Zeugen dazu brachte, einem zu helfen, ob man sie zum Reden brachte. Bill Bailey hatte bei Morag Smith einen einmaligen Schiffbruch erlitten. Auch Adam Dalgliesh hatte das schon erlebt.

Er erinnerte sich, was Inspektor Bailey ihm in der knappen Stunde, als er den Fall übergeben hatte, von den beiden Dienstmädchen erzählt hatte.

«Die beiden sind draußen. Die Alte, Miss Martha Collins, ist seit vierzig Jahren am Krankenhaus, und wenn sie Mordgelüste hätte, wären sie schon früher zutage getreten. Sie regt sich hauptsächlich über den Diebstahl des Desinfektionsmittels aus der Toilette auf. Scheint es als persönliche Beleidigung aufzufassen. Ist vermutlich der Ansicht, daß die Toilette in ihre Verantwortung fällt und der Mord nicht. Das junge Mädchen, diese Morag Smith, ist leicht übergeschnappt, wenn Sie mich fragen, und störrisch wie ein Esel. Sie könnte es natürlich getan haben, aber ich kann mir um alles in der Welt nicht vorstellen, warum. Heather Pearce hat, soviel ich weiß, nichts getan, um sie aus dem Gleichgewicht zu bringen. Und sie hatte auf jeden Fall kaum Zeit dazu. Morag war erst einen Tag, bevor die Pearce starb, aus dem Ärztehaus ins Nightingale-Haus umgezogen. Ich habe gehört, daß sie von dieser Veränderung nicht gerade erbaut war, aber das ist ja noch kein Motiv, die Schwesternschülerinnen um die Ecke zu bringen. Außerdem hat das Mädchen keine Angst. Eigensinnig ist sie, aber Angst hat sie gewiß nicht. Wenn sie es getan hat, bezweifle ich, ob Sie es je beweisen können.»

Sie saßen immer noch schweigend zusammen. Er war nicht unbedingt darauf aus, ihren Kummer zu erfahren. Er hatte eher den Verdacht, sie habe nur dem irrationalen Bedürfnis nachgegeben, sich einmal gehörig auszuweinen. Dafür hatte sie das Versteck ausgesucht, und sie hatte ein Recht auf ihre geheimen Gefühle, auch wenn ein Außenstehender in ihre heimliche Behausung eingedrungen war. Er war selbst zu zurückhaltend, um das Gefühlsleben anderer auszuspionieren, wie das so vielen Menschen die tröstliche Illusion teilnehmender Sorge gab. Er machte sich selten solche Sorgen. Die

Menschen hatten ihn immer interessiert, und er war in seinem Beruf so vielen begegnet, daß ihn nichts mehr überraschen konnte. Aber er ließ sich in nichts hineinziehen. Er war nicht erstaunt, daß sie diesen Schuppen liebte, der so nach zu Hause roch.

Ein verworrenes Gemurmel drang in sein Bewußtsein. Sie hatte wieder mit der Aufzählung ihrer Klagen begonnen.

«Hat mich die ganze Zeit angesehen. Und denselben kalten Kaffee immer wieder gefragt. Aufgeblasen hat er sich. Das hat man sehen können, wie der sich selbst gefallen hat.»

Plötzlich sah sie Dalgliesh an.

«Haben Sie Lust?»

Dalgliesh nahm die Frage ganz ernst.

«Nein, ich bin zu alt, um Lust zu haben, wenn ich friere und müde bin. In meinem Alter braucht man die materiellen Annehmlichkeiten des Lebens, wenn man es mit etwas Genuß für den Partner und Glauben an sich selbst machen will.»

Sie warf ihm einen halb ungläubigen, halb mitleidigen Blick zu.

«So alt sind Sie nun auch nicht. Danke fürs Taschentuch.»

Sie schneuzte sich noch einmal kräftig, bevor sie es zurückgab. Dalgliesh stopfte es schnell in seine Hosentasche, obwohl er es am liebsten unauffällig hinter die Bank hätte fallen lassen. Er streckte seine Beine, um aufzustehen, und hörte nur mit halbem Ohr hin.

«Was haben Sie gesagt?» fragte er und gab sich Mühe, nicht lauter zu werden und sich keine Neugier anmerken zu lassen.

Sie antwortete mürrisch.

«Ich hab gesagt, daß er nie herausgekriegt hat, daß ich die Milch getrunken hab, der Blödmann. Ich hab ihm nichts gesagt.»

«War das die Milch, die für die Übung gebraucht wurde? Wann haben Sie die getrunken?»

Er versuchte, beiläufig zu bleiben und kein besonderes Interesse durchblicken zu lassen. Aber er war sich der Stille in der Hütte und der zwei scharfen Augen, die ihn anstarrten, überdeutlich bewußt. War es möglich, daß sie nicht merkte, was sie ihm da erzählte?

«Acht Uhr war's, vielleicht ne Minute davor. Ich bin in den Übungsraum gegangen, ob ich meine Möbelpolitur dort vergessen habe. Und da hat die Milchflasche auf dem Wagen gestanden, und ich hab was getrunken. Bloß 'n bißchen oben weg.»

«Gleich aus der Flasche?»

«Na ja, war ja keine Tasse da. Ich hab Durst gehabt und hab da die Milch gesehen, und da hab ich halt Lust drauf gekriegt. Da hab ich 'n Schluck getrunken.»

Er stellte die entscheidende Frage.
«Sie tranken nur die Sahne oben ab?»
«Die hat keine Sahne gehabt. War ne andre Sorte Milch.»
Sein Herz machte einen Sprung.
«Und was haben Sie dann gemacht?»
«Nichts. Was soll ich denn gemacht haben?»
«Hatten Sie keine Angst, die Schwester könnte merken, daß die Flasche nicht mehr voll war?»
«Die Flasche war ja voll. Ich hab sie mit Leitungswasser aufgefüllt. Ich hab ja sowieso nur ein paar Schluck getrunken.»
«Und die Kappe wieder auf die Flasche gesetzt?»
«Genau. Und ganz vorsichtig, daß sie nichts merken.»
«Und Sie haben es niemandem erzählt?»
«Hat mich auch keiner gefragt. Der Inspektor hat mich gefragt, ob ich im Übungsraum gewesen bin, und ich hab gesagt, ich war nur vor sieben Uhr drin und hab kurz durchgewischt. Dem hätt ich doch nichts erzählt. War ja nicht seine Milch; der hat sie doch nicht bezahlt.»
«Morag, wissen Sie ganz genau, wie spät es war?»
«Acht. Wenigstens auf der Uhr im Übungsraum. Ich hab draufgeguckt, weil ich eigentlich das Frühstück mit ausgeben soll. Die Serviermädchen haben nämlich alle die Grippe gehabt. Da gibt's Leute, die meinen, daß man an drei Stellen gleichzeitig sein kann. Ich bin auf jeden Fall in den Frühstücksraum gegangen, da haben die Schwestern und die Mädchen alle schon mit dem Frühstück angefangen gehabt. Dann hat mich Miss Collins so scharf angeguckt. Wieder mal zu spät, Morag! Also muß es acht gewesen sein. Die Mädchen fangen immer um acht mit dem Frühstück an.»
«Und waren alle da?»
«Klar waren alle da! Hab ich doch gesagt! Die waren alle beim Frühstück.»
Aber er wußte ja, daß alle dagewesen waren. Die fünfundzwanzig Minuten von acht Uhr bis fünf vor halb neun waren die einzige Zeit, in der sämtliche weiblichen Verdächtigen zusammen gewesen waren, unter den Augen von Miss Collins gefrühstückt und sich gegenseitig im Blickfeld gehabt hatten.
Falls Morags Geschichte wahr war, und er zweifelte keine Sekunde daran, dann war die Zahl der Infragekommenden dramatisch zusammengeschrumpft. Es gab nur sechs Personen, die kein festes Alibi für den gesamten Zeitraum zwischen acht Uhr und acht Uhr vierzig, als sich die Klasse zusammenfand, vorzuweisen hatten. Er wür-

de die Aussage natürlich überprüfen, aber er wußte bereits, was er finden würde. Er war darauf geeicht, gerade diese Art von Information sich nach Belieben ins Gedächtnis zu rufen, und die Namen kamen ihm von allein in den Sinn. Oberschwester Rolfe, Oberschwester Gearing, Oberschwester Brumfett, Madeleine Goodale, Leonard Morris und Stephen Courtney-Briggs.

Er zog das Mädchen sanft aus dem Sessel.

«Kommen Sie, Morag, ich begleite Sie zum Wohnheim. Sie sind eine sehr wichtige Zeugin, und ich möchte nicht, daß Sie sich eine Lungenentzündung holen, bevor ich Ihre Aussage aufschreiben kann.»

«Ich will nichts aufschreiben. Ich bin nicht mehr in der Schule.»

«Jemand wird es für Sie aufschreiben. Sie müssen nur Ihre Unterschrift daruntersetzen.»

«Dagegen hab ich nichts. Ich bin nicht dumm. Ich kann wohl meinen Namen schreiben.»

Und er mußte dabeisein, damit sie es auch tat. Er ahnte, daß Sergeant Masterson im Umgang mit Morag nicht erfolgreicher als Inspektor Bailey sein würde. Es war auf jeden Fall sicherer, die Aussage selbst aufzunehmen, auch wenn er dann erst später als geplant nach London fahren könnte.

Aber die Zeit wäre sinnvoll verbracht. Als er sich umdrehte, um die Tür der Hütte fest zuzuziehen – sie hatte kein Schloß –, fühlte er sich wohler als die ganze Zeit, seit er das Nikotin gefunden hatte. Endlich machte er Fortschritte. Alles in allem war es kein allzu schlechter Tag gewesen.

Danse macabre

1

Es war fünf Minuten vor sieben am nächsten Morgen. Masterson und Greeson saßen im Nightingale-Haus bei Miss Collins und Mrs. Muncie in der Küche. Masterson kam es vor wie mitten in der Nacht, dunkel und kalt. Die Küche roch anheimelnd nach frischem Brot, ein ländlicher Geruch, wehmütig und tröstlich zugleich. Aber Miss Collins war nicht das Urbild der drallen, fröhlichen Köchin. Sie beobachtete Greeson mit zusammengekniffenen Lippen, die Arme in die Seite gestemmt, wie er eine volle Milchflasche vorn in das mittlere Fach des Kühlschranks stellte, und sagte: «Welche sollen sie rausholen?»

«Die erste Flasche, die sie erwischen. Haben sie das nicht damals so gemacht?»

«Das haben sie gesagt. Ich hatte Besseres zu tun als dazusitzen und zuzuschauen. Und jetzt habe ich auch was Besseres zu tun.»

«Ist schon recht. Wir passen auf.»

Vier Minuten später kamen die Zwillinge zusammen herein. Keiner sagte etwas. Shirley öffnete die Kühlschranktür, und Maureen nahm die vorderste Flasche heraus. Mit Masterson und Greeson im Schlepptau gingen die Zwillinge über den stillen, widerhallenden Korridor in den Übungsraum. Der Raum war leer, die Vorhänge waren zugezogen. Die zwei Neonröhren warfen ihr grelles Licht auf einen Halbkreis leerer Stühle und auf das schmale, hohe Bett, wo eine groteske Puppe mit rundem Mund und Nasenlöchern wie zwei klaffende schwarze Öffnungen an die Kissen gelehnt war. Die Zwillinge begannen schweigend mit ihren Vorbereitungen. Maureen stellte die Flasche auf den Wagen und schob die Aufhängevorrichtung für die Tropfinfusion neben das Bett. Shirley suchte Instrumente und Schalen aus den verschiedenen Schränken zusammen und baute alles auf dem Wagen auf. Die beiden Polizisten sahen zu. Nach zwanzig Minuten sagte Maureen: «So weit kamen wir vor dem Frühstück. Wir verließen das Zimmer genauso, wie es jetzt aussieht.»

Masterson sagte: «Okay. Dann stellen wir unsere Uhren auf acht Uhr vierzig vor. Da kamen Sie doch zurück. Es hat keinen Sinn, die Zeit hier totzuschlagen. Wir könnten die anderen Schülerinnen jetzt hereinrufen.»

Folgsam stellten die Zwillinge ihre Armbanduhren, während Greeson in der Bibliothek anrief, wo die Mädchen warteten. Sie erschienen sofort, in derselben Reihenfolge wie damals. Zuerst Madeleine Goodale, hinter ihr Julia Pardoe und Christine Dakers, die zusammen hereinkamen. Keine machte Anstalten zu reden. Sie nahmen in dem Halbrund Platz und fröstelten ein wenig, als sei es im Zimmer kalt. Masterson fiel auf, daß sie es vermieden, einen Blick auf die groteske Puppe auf dem Bett zu werfen. Als sie sich gesetzt hatten, sagte Masterson: «So, Schwester. Sie können jetzt mit der Vorführung fortfahren. Machen Sie die Milch warm.»

Maureen sah ihn verwirrt an.

«Die Milch? Aber niemand hat Gelegenheit gehabt, sie ...» Ihre Stimme wurde unhörbar.

Masterson sagte: «Niemand hat Gelegenheit gehabt, sie zu vergiften? Das spielt keine Rolle. Machen Sie nur weiter. Ich möchte, daß Sie haargenau das tun, was Sie an jenem Montag getan haben.»

Sie ließ eine große Kanne am Wasserhahn voll heißes Wasser laufen und stellte die ungeöffnete Flasche hinein, um die Milch kurz anzuwärmen. Als Masterson sie mit einem ungeduldigen Nicken aufforderte fortzufahren, riß sie die Kappe von der Flasche und goß die Flüssigkeit in einen gläsernen Meßbecher. Dann nahm sie ein Thermometer vom Instrumentenwagen und prüfte die Temperatur der Milch. Die Klasse sah fasziniert und mäuschenstill zu. Maureen warf einen Blick auf Masterson. Als der ihr kein Zeichen gab, nahm sie den Speiseröhrenschlauch und führte ihn in den starren Mund der Puppe ein. Ihre Hand war völlig ruhig. Schließlich hob sie einen Glastrichter hoch über den Kopf und hielt inne.

Masterson sagte: «Machen Sie nur weiter, Schwester. Es wird der Puppe nicht schaden, wenn sie ein bißchen feucht wird. Dafür ist sie ja da. Ein paar Schluck warme Milch tun ihrem Bauch nichts.»

Maureen goß die Milch in den Trichter. Jetzt konnte man die Flüssigkeit sehen, und alle Augenpaare hingen an dem gewundenen weißen Rinnsal. Plötzlich zögerte das Mädchen und blieb reglos stehen, mit immer noch erhobenem Arm wie ein Modell in einer linkischen Pose.

«Nun», sagte Masterson. «Ja oder nein?»

Maureen hielt den Meßbecher unter die Nase und reichte ihn

dann wortlos ihrer Zwillingsschwester. Shirley schnupperte und sah Masterson an.

«Das ist keine Milch, nicht? Das ist ein Desinfektionsmittel. Sie wollten ausprobieren, ob wir den Unterschied merken würden!»

Maureen sagte: «Wollen Sie behaupten, daß es das letzte Mal auch ein Desinfektionsmittel war? Daß die Milch vergiftet wurde, bevor wir die Flasche aus dem Kühlschrank holten?»

«Nein, damals war die Milch in Ordnung, als Sie sie aus dem Kühlschrank nahmen. Was machten Sie mit der Flasche, nachdem Sie die Milch in den Meßbecher umgefüllt hatten?»

Shirley sagte: «Ich ging an das Waschbecken in der Ecke und spülte sie aus. Entschuldigen Sie, das habe ich vergessen. Ich hätte es vorher tun sollen.»

«Macht nichts. Holen Sie's jetzt nach.»

Maureen hatte die leere Flasche auf den Tisch neben das Waschbecken gestellt. Der zerknüllte Deckel lag daneben. Shirley nahm ihn in die Hand und blieb stehen. Masterson sagte sehr ruhig: «Nun?»

Das Mädchen warf ihm einen verwirrten Blick zu.

«Irgendwas ist anders, irgendwas stimmt nicht. Es war nicht so.»

«Wirklich nicht? Dann denken Sie nach. Werden Sie nicht nervös. Entspannen Sie sich. Überlegen Sie einfach ganz ruhig.»

Im Übungsraum war es übernatürlich still. Plötzlich drehte sich Shirley nach ihrer Schwester um.

«Jetzt hab ich's, Maureen! Der Verschluß. Das letzte Mal haben wir eine von den homogenisierten Flaschen aus dem Kühlschrank genommen, von denen mit den silbernen Kappen. Aber als wir nach dem Frühstück in den Übungsraum kamen, war es eine andere. Weißt du nicht mehr? Die Kappe war golden. Es war Vorzugsmilch.»

Schwester Goodale sagte leise von ihrem Stuhl aus: «Ja. Mir fällt es auch wieder ein. Ich habe nur eine Flasche mit einem goldenen Verschluß gesehen.»

Maureen sah Masterson fragend an.

«Dann hat also jemand den Deckel vertauscht?»

Bevor er Gelegenheit hatte zu antworten, hörten sie Madeleine Goodales ruhige Stimme.

«Nicht unbedingt den Deckel. Irgendwer hat die ganze Flasche ausgewechselt.»

Masterson gab keine Antwort. Der Alte hatte also recht gehabt! Die Lösung mit dem Desinfektionsmittel war sorgfältig und in aller

Ruhe vorbereitet worden. Dann hatte jemand die todbringende Flasche mit der anderen, aus der Morag Smith getrunken hatte, vertauscht. Und was war aus der ursprünglichen Flasche geworden? Man durfte fast sicher sein, daß sie nach oben in die kleine Küche der Stationsschwestern gebracht worden war. Hatte Oberschwester Gearing sich nicht bei Miss Collins beschwert, die Milch sei verwässert gewesen?

2

Dalgliesh hatte sein Vorhaben beim Yard schnell erledigt und war um elf Uhr in North Kensington.

Millington Square Nr. 49 war ein Haus im italienischen Stil, ziemlich verwahrlost, stellenweise war der Verputz abgeblättert. Es hatte nichts Auffälliges. Von der Art gab es Hunderte von Häusern in diesem Teil Londons. Es war anscheinend in Einzimmerwohnungen aufgeteilt worden, denn an jedem Fenster hing ein anderes Paar Vorhänge oder auch überhaupt nichts, und es strahlte jene anonyme Überbelegung aus, die den ganzen Stadtteil bestimmte. Dalgliesh vermißte Klingeln am Portal und eine ordentliche Tafel mit den Namen der Mieter. Die Eingangstür war offen. Er stieß die Glastür auf, die in die Halle führte, und sogleich überfiel ihn ein abgestandener Geruch nach Küche, Bohnerwachs und ungewaschenen Kleidern. Die Wände in der Halle waren einmal mit einer dicken, rauhen Tapete verkleidet gewesen, die jetzt dunkelbraun überpinselt war und glänzte, als schwitze sie Feuchtigkeit und Fett aus. Boden und Treppe waren mit gemustertem Linoleum ausgelegt, mit Flicken in einem neueren, helleren Muster, wo die Bruchstellen gefährlich gewesen wären, ansonsten aber war es rissig und ramponiert. Die Wände waren mit dem langweiligen Grün gestrichen, das man bei Behörden findet. Nichts rührte sich, aber er spürte die Gegenwart von Leben hinter den verschlossenen numerierten Türen, als er unbehelligt die Treppen hinaufstieg.

Nummer 14 lag im obersten Stock und ging nach hinten hinaus. Als er sich der Tür näherte, hörte er das abgehackte Geklapper einer Schreibmaschine. Er klopfte laut, und das Geräusch hörte auf. Er mußte länger als eine Minute warten, bis sich die Tür einen Spalt öffnete und er sich einem mißtrauischen, unfreundlichen Augenpaar gegenübersah.

«Wer sind Sie? Ich bin beschäftigt. Meine Freunde wissen, daß ich
morgens keinen Besuch brauchen kann.»

«Ich bin auch kein Freund. Darf ich reinkommen?»

«Bitte sehr. Aber ich habe nicht viel Zeit für Sie. Und ich glaube,
Sie vertun hier Ihre Zeit. Ich werde nirgendwo beitreten; ich habe
nicht genug Zeit. Und ich will nichts kaufen, weil ich nicht genug
Geld habe. Ich habe jedenfalls alles, was ich brauche.» Dalgliesh
zeigte seine Karte.

«Ich kaufe nichts und verkaufe auch nichts, nicht einmal Aus-
künfte. Deswegen bin ich allerdings hier. Es geht um Josephine Fal-
lon. Ich bin Kriminalbeamter und untersuche ihren Tod. Sie sind al-
so Arnold Dowson?»

Die Tür wurde nun ganz aufgemacht.

«Kommen Sie bitte herein.» Kein Zeichen von Angst, aber viel-
leicht eine gewisse Vorsicht in den grauen Augen.

Es war ein ungewöhnliches Zimmer, eine kleine Dachstube mit
schrägen Wänden und einem Dachfenster, fast ausschließlich mit
rohen, unbemalten Holzkisten möbliert, auf denen zum Teil noch
der Name des Obst- oder Weinhändlers stand. Sie waren mit Ge-
schick neben- und übereinander gestapelt, ungleichmäßig in Größe
und Form, so daß die Wände vom Boden bis unter die Decke wie
Bienenwaben mit hellen hölzernen Zellen aussahen. Sie enthielten
all die Kleinigkeiten des täglichen Bedarfs. Einige waren vollgestopft
mit gebundenen Büchern; in anderen standen orangefarbene Ta-
schenbücher. Eine Kiste umrahmte einen elektrischen Ofen mit zwei
Brennstäben, genau das Richtige, um so ein kleines Zimmer zu hei-
zen. In einer anderen Kiste lag ein ordentlicher Stapel sauberer, aber
ungebügelter Kleidungsstücke. Dann eine mit blaugestreiften Hen-
kelbechern und anderem Geschirr und eine mit ein paar Fundstük-
ken, Muscheln, einem Porzellanhund, einem kleinen Marmelade-
töpfchen und Vogelfedern. Das mit einer Wolldecke zugedeckte Bett
stand unter dem Fenster. Eine weitere umgestülpte Kiste diente als
Tisch und Schreibtisch. Die beiden einzigen Sitzgelegenheiten wa-
ren zwei Klappstühle aus Segeltuch, wie man sie zum Picknick ver-
wendet. Dalgliesh fiel ein Artikel ein, den er einmal in einer bunten
Sonntagsbeilage gesehen hatte: Wie richte ich eine Einzimmerwoh-
nung für weniger als fünfzig Pfund ein. Arnold Dowson war wahr-
scheinlich mit der Hälfte ausgekommen. Aber das Zimmer war nicht
unfreundlich. Alles war einfach und praktisch. Für den Geschmack
mancher Leute lag vielleicht alles zu offen da. Die peinliche Sauber-
keit hatte etwas Zwanghaftes, und die Art, wie jeder Zoll bis zum

letzten ausgenutzt war, machte es nicht möglich, das Zimmer wirklich gemütlich zu finden. Es war die Wohnung eines von sich überzeugten, gut organisierten Mannes, der, wie er Dalgliesh gesagt hatte, eben alles besaß, was er für sich brauchte.

Der Bewohner paßte in seine Umgebung. Er sah beinahe übertrieben reinlich aus. Er war noch ziemlich jung, wahrscheinlich nicht viel über zwanzig, dachte Dalgliesh. Sein brauner Pullover war sauber; die beiden Bündchen hatte er exakt um das gleiche Stück umgeschlagen, und am Hals sah man die Kragenkante eines tadellos weißen Hemdes. Seine abgeblichenen, aber fleckenlosen Bluejeans waren gewaschen und sorgfältig gebügelt. In der Mitte jedes Hosenbeins lief eine scharfe Bügelfalte, und die Enden waren aufgeschlagen und säuberlich mit ein paar Stichen festgenäht. Das stand in einem seltsamen Widerspruch zu diesem zwanglosen Kleidungsstück. Er trug Ledersandalen mit Schnallenverschluß, wie man sie gewöhnlich bei Kindern sieht, und keine Socken. Sein Haar war sehr blond und zu einem Helm frisiert, der sein Gesicht wie das eines Pagen aus dem Mittelalter umrahmte. Das Gesicht unter dem gepflegten Pony war kantig und sensibel, die Nase gebogen und vielleicht etwas zu groß, der Mund klein und gut geschnitten, vielleicht ein wenig launisch. Aber das auffälligste an ihm waren die Ohren. Dalgliesh hatte nie zuvor solche kleinen Ohren bei einem Mann gesehen, dazu hatten sie keine Farbe, nicht einmal am Ohrläppchen. Sie waren wie aus Wachs gemacht. Wie er da auf der umgedrehten Apfelsinenkiste saß, die Hände locker zwischen den Knien hängen ließ und Dalgliesh mit wachsamen Augen betrachtete, sah er wie der Mittelpunkt eines surrealistischen Gemäldes aus, klar umrissen und einmalig vor dem vielzelligen Hintergrund.

Dalgliesh zog eine Kiste vor und setzte sich gegenüber von dem Jungen hin. Er sagte: «Sie wußten natürlich, daß sie tot ist?»

«Ja. Ich habe es heute morgen in der Zeitung gelesen.»

«Wußten Sie, daß sie schwanger war?»

Das zumindest bewirkte eine Gefühlsregung. Sein Gesicht verkrampfte sich und wurde blaß. Er warf den Kopf zurück und starrte Dalgliesh einen Augenblick stumm an, bevor er antwortete: «Nein. Das wußte ich nicht. Davon hat sie mir nichts gesagt.»

«Sie war seit fast drei Monaten schwanger. Könnte es Ihr Kind gewesen sein?»

Dowson senkte den Kopf und betrachtete seine Hände.

«Könnte sein. Ich benutzte keine Verhütungsmittel, wenn Sie das meinen. Sie sagte mir, ich brauchte nicht aufzupassen, darauf würde sie schon achten. Schließlich war sie Krankenschwester. Ich dachte, sie wüßte, wie sie sich vorzusehen habe.»

«Das hat sie, glaube ich, nie richtig gewußt. Würden Sie mir nicht besser die ganze Geschichte erzählen?»

«Muß ich das?»

«Nein. Sie müssen gar nichts. Sie können sich erst einen Anwalt nehmen. Sie können jede Menge Umstände und Schwierigkeiten machen und die ganze Sache in Verzug bringen. Aber ist das denn sinnvoll? Niemand legt Ihnen einen Mord zur Last. Aber einer hat sie ermordet. Sie kannten sie und hatten sie wahrscheinlich gern. Eine Zeitlang jedenfalls. Wenn Sie mir helfen wollen, können Sie das am besten dadurch, daß Sie mir alles berichten, was Sie von ihr wissen.»

Dowson erhob sich zögernd. Er bewegte sich plötzlich so langsam und schwerfällig wie ein alter Mann. Er sah sich um, als befände er sich in einem fremden Zimmer. Schließlich sagte er: «Ich koche uns einen Tee.»

Er schlurfte durchs Zimmer zu dem zweiflammigen Gaskocher, den er rechts neben dem armseligen, unbenutzten Kamin installiert hatte, hob den Kessel an, um zu prüfen, ob genügend Wasser darin sei, und zündete das Gas an. Er holte zwei Becher aus einer der Kisten und stellte sie auf eine andere Kiste, die er zwischen sich und Dalgliesh schob. Sie enthielt ein paar Zeitungen, die ordentlich gefaltet waren, als seien sie noch ungelesen. Er breitete eine davon über die Kiste und stellte die blauen Henkelbecher und eine Milchflasche so förmlich hin, als hätten sie vor, Tee aus Crown Derby zu trinken. Er sagte nichts mehr, bis er den Tee aufgebrüht und eingeschenkt hatte. Dann begann er: «Ich war nicht ihr einziger Liebhaber.»

«Sprach sie mit Ihnen über die anderen?»

«Nein, aber ich glaube, einer war Arzt. Vielleicht auch mehrere. Das wäre unter diesen Umständen nicht verwunderlich. Wir unterhielten uns einmal über Sex, und sie sagte, im Bett verrieten sich Wesen und Charakter eines Mannes. Wenn er egoistisch oder unsensibel oder brutal sei, könne er das im Bett nicht verbergen, was auch immer er angezogen darstellen möge. Dann sagte sie, sie habe einmal mit einem Chirurgen geschlafen, und es sei nur zu klar gewesen, daß alle Körper, mit denen er in Berührung gekommen sei, zuerst narkotisiert wurden. Er habe soviel zu tun gehabt, seine eigene Technik zu bewundern, daß er völlig vergessen habe, mit einer Frau im Bett zu liegen, die bei Bewußtsein war. Sie lachte darüber.

Ich glaube, sie hat sich nicht viel daraus gemacht. Sie konnte überhaupt über eine ganze Menge lachen.»

«Aber Sie glauben nicht, daß sie glücklich war?»

Er schien nachzudenken. Dalgliesh dachte: Und antworte um Gottes willen nicht: Wer ist das schon!

«Nein, richtig glücklich nicht. Meistens nicht. Aber sie wußte, wie man das Glück auskosten kann. Das war das Wesentliche.»

«Wie haben Sie sich kennengelernt?»

«Ich versuche mich als Schriftsteller. Ich habe nie etwas anderes gewollt. Ich muß mir meinen Lebensunterhalt verdienen, bis mein erster Roman geschrieben und gedruckt ist, deshalb arbeite ich nachts in der Telefonvermittlung für Auslandsgespräche. Mein Französisch reicht dafür gerade aus. Der Verdienst ist ganz gut. Ich habe nicht viele Freunde, weil ich zuwenig Zeit habe, und ich war nie mit einer Frau im Bett, bis ich Jo kennenlernte. Frauen haben anscheinend nicht viel für mich übrig. Ich traf sie letzten Sommer im St.-James-Park. Sie hatte ihren freien Tag, und ich beobachtete die Enten und sah mich im Park um. Eine Szene in meinem Buch sollte im Juli im St.-James-Park spielen, und deshalb ging ich hin, um mir ein paar Eindrücke zu holen und Notizen zu machen. Sie lag auf dem Rücken im Gras und starrte in den Himmel. Sie war allein. Eine Seite von meinem Notizblock löste sich und flog über ihr Gesicht. Ich wollte sie holen, entschuldigte mich bei ihr, und wir liefen zusammen hinter dem Papierfetzen her.»

Er hielt den Becher in der Hand und starrte auf den Tee, als blicke er wieder über den sommerlichen See.

«Es war ein irrer Tag – sehr heiß, keine Sonne und sehr windig. Der Wind kam in schwülen Böen. Der See sah zäh wie Öl aus.»

Er schwieg einen Augenblick, aber als Dalgliesh nichts sagte, fuhr er fort: «So trafen wir uns und kamen miteinander ins Gespräch, und ich lud sie zu mir zum Tee ein. Ich weiß nicht, was ich mir eigentlich vorgestellt hatte. Nach dem Tee blieben wir zusammen und unterhielten uns. Sie verführte mich. Wochen später erzählte sie mir, sie habe das eigentlich gar nicht gewollt, als sie mit zu mir kam – aber ich weiß nicht. Ich weiß nicht einmal, warum sie mitkam. Vielleicht aus Langeweile.»

«Hatten Sie die Absicht?»

«Das weiß ich auch nicht. Ich weiß, daß ich mit einer Frau schlafen wollte. Ich wollte wissen, wie das ist. Das ist eine Erfahrung, über die man nicht schreiben kann, wenn man sie nicht selbst gemacht hat.»

«Und manchmal nicht einmal dann. Und wie lange fuhr sie fort, Sie mit Stoff zu versorgen?»

Der Junge schien die Ironie nicht zu merken. Er sagte: «Sie kam gewöhnlich alle vierzehn Tage hierher, an ihrem freien Tag. Wir gingen nie zusammen aus, höchstens mal auf ein Bier. Sie brachte meistens etwas zu essen mit und kochte für uns, und dann redeten wir miteinander und gingen ins Bett.»

«Worüber haben Sie sich unterhalten?»

«Ich glaube, meistens habe ich geredet. Sie erzählte nicht viel von sich, nur daß ihre Eltern ums Leben kamen, als sie noch klein war, und daß sie bei einer ältlichen Tante in Cumberland aufgewachsen ist. Die Tante lebt nicht mehr. Ich glaube, Jo hatte keine glückliche Kindheit. Sie hatte schon immer Krankenschwester werden wollen, aber dann bekam sie eine Tb, als sie siebzehn war. Es war nicht sehr schlimm. Sie verbrachte achtzehn Monate in einem Sanatorium in der Schweiz und wurde wieder gesund. Aber die Ärzte rieten ihr vom Schwesternberuf ab. Deshalb hat sie alle möglichen anderen Berufe ausprobiert. Sie hat sich als Schauspielerin versucht, drei Jahre war sie an einem Theater, aber sie war nicht besonders erfolgreich. Dann jobbte sie eine Zeitlang als Bedienung und als Verkäuferin. Dann verlobte sie sich, aber das ging auch in die Brüche. Sie löste die Verlobung.»

«Sagte sie, warum?»

«Nein, außer daß sie etwas über diesen Mann herausbekam, was eine Heirat unmöglich machte.»

«Sagte sie, was das war oder wer der Mann war?»

«Nein, ich fragte auch nicht danach. Aber ich vermute, daß er sexuell vielleicht nicht normal veranlagt war.»

Als er Dalglieshs Gesicht sah, fügte er schnell hinzu: «Ich weiß es wirklich nicht. Sie sprach nie davon. Fast alles, was ich über Jo weiß, erwähnte sie rein zufällig im Gespräch. Sie redete nie lange von sich selbst. Das war nur so ein Gedanke von mir. Es klang irgendwie bitter und hoffnungslos, wenn sie von ihrer Verlobung sprach.»

«Und danach?»

«Na ja, anscheinend besann sie sich wieder auf ihre ursprünglichen Pläne, Krankenschwester zu werden. Sie meinte, mit etwas Glück könne sie die Prüfung schaffen. Sie entschied sich für das John-Carpendar-Krankenhaus, weil sie in der Nähe von London bleiben wollte, aber nicht direkt in der Stadt, und glaubte, an einem kleinen Krankenhaus sei es weniger anstrengend. Sie wollte ihre Gesundheit nicht aufs Spiel setzen, nehme ich an.»

«Erzählte sie Ihnen vom Krankenhaus?»

«Nicht viel. Sie scheint sich dort einigermaßen wohl gefühlt zu haben. Aber sie ersparte mir die näheren Einzelheiten ihrer Runden mit der Bettschüssel.»

«Wissen Sie, ob sie Feinde hatte?»

«Muß sie ja wohl gehabt haben, wenn jemand sie umbrachte, oder nicht? Aber davon erzählte sie mir nichts. Vielleicht wußte sie es selbst nicht.»

«Sagen Ihnen diese Namen etwas?»

Er zählte die Namen von allen Personen auf von den Schülerinnen bis zum Apotheker, die sich in der Nacht, als Josephine Fallon starb, im Nightingale-Haus aufgehalten hatten.

«Ich glaube, sie erwähnte Madeleine Goodale. Sie waren wohl Freundinnen, hatte ich den Eindruck. Und Courtney-Briggs kommt mir bekannt vor. Aber ich kann mich an keinen bestimmten Zusammenhang erinnern.»

«Wann haben Sie sich zum letztenmal getroffen?»

«Vor ungefähr drei Wochen. Sie kam an ihrem freien Abend her und kochte uns ein Essen.»

«Welchen Eindruck machte sie damals?»

«Sie war nervös und wollte unbedingt mit mir schlafen. Ja, und dann, als sie im Gehen war, sagte sie, sie würde mich nicht mehr besuchen. Ein paar Tage später bekam ich einen Brief. Sie schrieb nur, ‹Es war mein voller Ernst. Versuche bitte nicht, die Verbindung aufrechtzuerhalten. Es hat nichts mit Dir zu tun, mach Dir also keine Gedanken. Leb wohl und vielen Dank. Jo.›»

Dalgliesh fragte, ob er den Brief aufgehoben habe.

«Nein. Ich hebe nur wichtige Papiere auf. Ich meine, ich habe keinen Platz hier, um Briefe zu sammeln.»

«Und haben Sie versucht, die Verbindung wiederaufzunehmen?»

«Nein. Sie hatte mich gebeten, das nicht zu tun, und ich sah auch keinen Sinn darin. Ich meine, ich hätte es vielleicht versucht, wenn ich von dem Kind gewußt hätte. Aber da bin ich mir auch nicht sicher. Ich hätte doch nichts tun können. Ich hätte hier kein Kind gebrauchen können. Das sehen Sie ja selbst. Was hätte ich denn tun sollen? Sie hätte mich nicht heiraten wollen, und ich dachte auch nie daran, sie zu heiraten. Ich möchte überhaupt nicht heiraten. Aber ich glaube nicht, daß sie sich wegen des Kindes umgebracht hat. Jo sicher nicht.»

«Also gut. Sie glauben nicht an einen Selbstmord. Und warum nicht?»

«Sie war nicht der Typ.»

«Nun kommen Sie aber! Ein bißchen besser können Sie sich doch ausdrücken.»

Der Junge sagte aggressiv: «Jedenfalls stimmt das. Ich bin bisher zwei Menschen begegnet, die Selbstmord begangen haben. Einer war ein Junge in meiner Klasse. Das war, als wir uns auf die Abschlußprüfung vorbereiteten. Der andere war der Geschäftsführer einer chemischen Reinigung, in der ich arbeitete. Ich fuhr den Lieferwagen. Und in beiden Fällen sagte jeder das Übliche – wie schrecklich das sei und wie unerwartet. Aber ich war eigentlich nicht überrascht. Ich meine, ich hatte etwas in der Richtung nicht direkt erwartet. Ich war nur einfach nicht überrascht. Wenn ich über diese beiden Todesfälle nachdachte, konnte ich mir vorstellen, daß sie es tatsächlich getan hatten.»

«Sie kennen nicht genug Beispiele.»

«Jo hätte sich nicht umgebracht. Warum sollte sie!»

«Ich wüßte ein paar Gründe. Sie hatte soweit noch nicht viel erreicht in ihrem Leben. Sie hatte keine Verwandten, die sich um sie kümmerten, und sehr wenige Freunde. Sie hatte keinen guten Schlaf, sie war eigentlich nicht glücklich. Schließlich hatte sie die Aufnahme in die Schwesternschule geschafft und stand wenige Monate vor der Abschlußprüfung. Und dann merkt sie, daß sie schwanger ist. Sie weiß, daß ihr Freund das Kind nicht haben will, daß es keinen Zweck hat, von ihm Trost und Hilfe zu erwarten.»

Dowson protestierte heftig.

«Sie erwartete von niemand Trost oder Unterstützung! Das will ich Ihnen ja die ganze Zeit erklären! Sie schlief mit mir, weil sie Lust dazu hatte. Ich bin nicht für sie verantwortlich. Ich bin für keinen Menschen verantwortlich. Für keinen! Ich bin nur für mich selbst verantwortlich. Sie wußte, was sie tat. Es war ja nicht so, daß sie ein junges unerfahrenes Mädchen war, das Zärtlichkeit und Schutz brauchte.»

«Wenn Sie der Meinung sind, nur die Jungen und Unschuldigen haben Trost und Schutz nötig, dann denken Sie in Klischees. Und wenn Sie erst einmal in Klischees denken, dann schreiben Sie die schließlich auch.»

Der Junge sagte mürrisch: «Kann sein. Jedenfalls glaube ich, was ich sage.»

Plötzlich stand er auf und ging zu seiner Kistenwand. Als er sich umdrehte, sah Dalgliesh einen großen, glatten Stein in seiner Hand. Er war eiförmig, hellgrau und gesprenkelt wie ein Vogelei und paßte genau in seine hohle Hand. Dowson ließ ihn auf den Tisch fallen, wo er hin und her tanzte, bis er langsam zur Ruhe kam. Der Junge setzte sich wieder hin und beugte sich vor, den Kopf in die Hände gestützt. Gemeinsam betrachteten sie den Stein. Dalgliesh schwieg. Plötzlich sagte Dowson: «Sie hat ihn mir geschenkt. Wir fanden ihn zusammen am Strand von Ventnor auf der Insel Wight. Wir waren im vergangenen Oktober zusammen dort. Aber das wissen Sie natürlich. Dadurch haben Sie mich wohl aufgespürt. Heben Sie ihn mal auf. Er ist erstaunlich schwer.»

Dalgliesh nahm den Stein in die Hand. Er fühlte sich angenehm glatt und kühl an. Ihm gefiel diese von der See geschaffene Vollkommenheit der Form, die harte, unnachgiebige Rundung, die sich dennoch so weich in seine Handfläche einpaßte.

«Ich bin als Kind in den Ferien nie an der See gewesen. Mein Vater starb, als ich noch keine sechs war, und meine Mutter hatte zu wenig Geld. Deshalb hatte ich immer Sehnsucht nach dem Meer. Jo meinte, es sei eine prima Idee, gemeinsam hinzufahren. Es war sehr warm im letzten Oktober. Wissen Sie noch? Wir nahmen die Fähre von Portsmouth, und außer uns war nur noch ein halbes Dutzend Leute darauf. Die Insel war auch schon leer. Wir konnten von Ventnor bis zum Leuchtturm von St. Catherine laufen, ohne einer Menschenseele zu begegnen. Es war warm genug, auch einsam genug, um nackt zu baden. Jo fand diesen Stein. Sie dachte, es wäre ein hübscher Briefbeschwerer. Ich wollte mir mit seinem Gewicht nicht die Hosentasche ausreißen, aber sie nahm ihn mit. Dann, als wir wieder hier waren, gab sie ihn mir als Andenken. Ich wollte, daß sie ihn behielt, aber sie sagte, ich würde den Urlaub viel schneller als sie vergessen. Verstehen Sie? Sie konnte das Glück genießen. Ich weiß nicht, ob ich das kann. Aber Jo wußte, wie man das macht. Wenn man so ist, bringt man sich nicht um. Nicht, wenn man weiß, wie wunderschön das Leben sein kann. Colette wußte das. Sie schrieb über eine ‹unwiderstehlich heftige und geheime Beziehung zur Erde und zu allem, was aus ihren Brüsten strömt›.» Er sah Dalgliesh an. «Colette war eine französische Schriftstellerin.»

«Ich weiß. Und Sie glauben, Josephine Fallon konnte so fühlen?»

«Ich weiß es genau. Nicht oft. Und es hielt nicht lange vor. Aber wenn sie glücklich war, war sie wunderbar. Wenn man diese Art von Glücklichsein einmal erfahren hat, bringt man sich nicht um. Solange man lebt, bleibt einem die Hoffnung, daß es sich wiederholen kann.

Dalgliesh sagte: «Man löst sich auch von allem Elend. Das könnte einem wichtiger erscheinen. Aber ich meine, Sie haben recht. Ich glaube nicht, daß Josephine Fallon Selbstmord beging. Ich glaube, daß sie ermordet wurde. Deshalb frage ich, ob Sie mir noch etwas mehr erzählen können.»

«Nein. Ich hatte in der Nacht, als sie starb, Dienst in der Telefonzentrale. Ich gebe Ihnen am besten die Adresse. Vermutlich wollen Sie das überprüfen.»

«Aus verschiedenen Gründen ist es höchst unwahrscheinlich, daß es jemand war, der mit den Gegebenheiten des Nightingale-Hauses nicht vertraut war. Aber wir werden es nachprüfen.»

«Bitte, hier ist die Adresse.»

Er riß eine Ecke von der Zeitung ab, die auf dem Tisch lag, zog einen Bleistift aus der Hosentasche und kritzelte die Adresse hin, wobei sein Kopf fast das Papier berührte. Dann faltete er den Fetzen säuberlich zusammen, als handle es sich um eine geheime Botschaft, und schob ihn über den Tisch.

«Nehmen Sie auch den Stein. Ich möchte ihn Ihnen schenken. Nein, nehmen Sie nur. Bitte nehmen Sie ihn mit. Sie denken, ich sei herzlos, ich fühle keine Trauer um sie. Aber das stimmt nicht. Ich will, daß Sie den finden, der sie ermordet hat. Das wird weder ihr noch dem Mann nützen, aber ich möchte, daß Sie es herausbekommen. Und es tut mir sehr leid. Ich kann mir nur einfach nicht zu viele Gefühle leisten. Ich darf mich in nichts zu tief hineinziehen lassen. Sie verstehen?»

Dalgliesh nahm den Stein in die Hand und stand auf.

«Ja», sagte er. «Ich verstehe.»

3

Mr. Henry Urquhart von Messrs. Urquhart, Wimbush und Portway war Josephine Fallons Rechtsanwalt. Dalgliesh war mit ihm für zwölf Uhr fünfundzwanzig verabredet, eine absichtlich unpassend gewählte Zeit, dachte er, mit der ihm der Anwalt zu verstehen geben wollte, wie kostbar jede Minute für ihn sei und daß er der Polizei nicht mehr als die halbe Stunde vor dem Mittagessen zugestehen wollte. Dalgliesh wurde sofort hineingebeten. Er bezweifelte, ob ein Sergeant ebenfalls so prompt empfangen worden wäre. Das war wenigstens ein kleiner Lohn für seine Leidenschaft, sich selbst um alles zu kümmern, anstatt eine Untersuchung von seinem Büro aus mit einem kleinen Heer von Konstablern, Kriminaltechnikern, Fotografen, Fingerabdruckexperten und Wissenschaftlern zu kontrollieren, die zwar seiner Selbstgefälligkeit dienlich waren, ihm aber in Wirklichkeit nur die Hauptfiguren des Verbrechens überließen. Er wußte, daß er in dem Ruf stand, seine Fälle sehr schnell zu lösen, aber er knauserte nie mit seiner Zeit, wenn es um bestimmte Aufgaben ging, die viele seiner Kollegen geeigneter für einen Konstabler hielten. Dafür erfuhr er manchmal Dinge, die einem weniger erfahrenen Fragesteller entgehen würden. Bei Mr. Henry Urquhart erwartete er diesen Glückstreffer kaum. Dieses Gespräch würde wahrscheinlich nicht viel mehr als einen förmlichen und pedantischen Austausch wichtiger Fakten ergeben. Aber sein Besuch in London war notwendig gewesen. Er hatte sowieso einiges beim Yard zu erledigen gehabt, und es war ihm immer ein Vergnügen, zu Fuß und im launenhaften Sonnenlicht eines Wintermorgens diese abgelegenen Winkel der City aufzusuchen.

Messrs. Urquhart, Wimbush und Portway gehörte zu den angesehensten und erfolgreichsten Anwaltsfirmen der City. Dalgliesh hatte das Gefühl, daß nur wenige Klienten von Mr. Urquhart in eine Morduntersuchung verwickelt gewesen sein konnten. Sie hatten vielleicht ab und zu ihre kleinen Schwierigkeiten mit dem Staatsanwalt; sie strengten vielleicht gegen besseren Rat unüberlegte Prozesse an oder beharrten eigensinnig darauf, unkluge Testamente zu hinterlassen; sie brauchten vielleicht die Dienste ihres Anwalts, um sich einen Trick zur Verteidigung auszudenken, wenn es um Alkohol am Steuer ging; es war vielleicht tatsächlich nötig, sie aus allen denkbaren Torheiten und Dummheiten herauszureißen. Aber wenn sie töteten, würde es legal geschehen.

Das Zimmer, in das er geführt wurde, hätte ein exemplarisches Bühnenbild für das Büro eines erfolgreichen Anwalts abgeben können. Ein kräftiges Kohlenfeuer brannte im Kamin. Über dem Sims hing das Porträt des Firmengründers, der anerkennend auf seinen Urenkel herunterblickte. Der Schreibtisch, an dem der Urenkel saß, stammte aus derselben Zeit wie das Gemälde und drückte dieselben Qualitäten aus: Beständigkeit, Eignung für die vorliegenden Aufgaben, massiven Reichtum, der eben noch vor der Protzerei haltmachte. An der anderen Wand hing ein kleines Ölgemälde. Dalgliesh hielt es für einen Jan Steen. Es verkündete der Welt, daß die Firma wußte, was ein gutes Bild war, und daß sie es sich leisten konnte, es hier an die Wand zu hängen.

Mr. Urquhart, groß, asketisch, leicht angegraut an den Schläfen und mit der Miene eines zurückhaltenden Schulmeisters, war eine gute Besetzung für die Rolle des erfolgreichen Anwalts. Er trug einen auffallend gut geschnittenen Anzug, allerdings aus Tweed, als sei ihm bewußt, daß der orthodoxere Nadelstreifen schon an die Karikatur gegrenzt hätte. Er empfing Dalgliesh ohne sichtbare Neugier oder Besorgnis, aber der Kriminalrat bemerkte mit Interesse, daß Miss Fallons Akte bereits vor ihm auf dem Tisch lag. Dalgliesh legte in wenigen Worten dar, worum es ihm ging, und schloß: «Können Sie irgend etwas von ihr erzählen? Bei einer Morduntersuchung ist alles hilfreich, was wir über die Vergangenheit und die Persönlichkeit des Opfers in Erfahrung bringen können.»

«Und Sie sind inzwischen zu der Überzeugung gelangt, daß es sich um Mord handelt?»

«Sie starb an Nikotin, das sie mit ihrem Gutenachtglas Whisky zu sich nahm. Soweit uns bekannt ist, hatte sie keine Ahnung, daß die Büchse mit dem Rosenspray im Schrank im Wintergarten stand, und falls sie es doch gewußt hätte und auf die Idee gekommen wäre, es einzunehmen, kann ich mir schlecht vorstellen, daß sie den Behälter anschließend versteckt hätte.»

«Aha! Und Sie vermuten außerdem, das Gift, das dem ersten Opfer – Heather Pearce war das, nicht? – verabreicht wurde, sei für meine Klientin bestimmt gewesen?»

Mr. Urquhart saß einen Augenblick still, mit gefalteten Händen und leicht gesenktem Kopf, als befrage er sein Unterbewußtsein oder ein höheres Wesen oder den Geist seiner ehemaligen Klientin, bevor er sein Wissen enthüllte. Dalgliesh dachte, die Zeit hätte er sich sparen können. Urquhart war ein Mann, der haargenau wußte, wie weit er gehen konnte, sei es in seinem Beruf, sei es sonstwo. Die Pantomime überzeugte nicht. Und seine Geschichte, mit der er endlich herausrückte, trug nicht dazu bei, die mageren Daten aus Josephine Fallons Vergangenheit mit Leben zu erfüllen. Die Fakten lagen vor. Er konsultierte die Papiere vor sich und referierte deutlich, folgerichtig und ohne Emotionen. Datum und Ort ihrer Geburt; die Umstände des Todes ihrer Eltern; die anschließende Erziehung durch eine ältere Tante, die gemeinsam mit ihm bis zu Miss Fallons Volljährigkeit Treuhänderin gewesen war; Datum und Umstände des Todes jener Tante, die an Gebärmutterkrebs gestorben war; das Geld, das Josephine Fallon zugefallen war, und wie es im einzelnen angelegt worden war; die verschiedenen Stationen des Mädchens nach dem einundzwanzigsten Geburtstag, insoweit sie, wie er sarkastisch bemerkte, sich der Mühe unterzogen hatte, ihn davon in Kenntnis zu setzen.

Dalgliesh sagte: «Sie war schwanger. Wußten Sie das?»

Es war schwer zu sagen, ob diese Neuigkeit den Anwalt verwirrte, obwohl sein Gesicht den gequälten Ausdruck eines Mannes annahm, der sich nie ganz mit der Unordnung in der Welt abfinden konnte.

«Nein. Davon sagte sie nichts. Allerdings hätte ich diese Art von Mitteilung auch nicht von ihr erwartet, es sei denn, sie hätte daran gedacht, eine Adoption in die Wege zu leiten. Ich nehme an, das stand nicht zur Debatte.»

«Sie erzählte ihrer Freundin Madeleine Goodale, sie denke an eine Abtreibung.»

«Ach wirklich! Eine teure und, meiner Meinung nach, trotz der vor kurzem erfolgten Legalisierung zweifelhafte Sache. Ich spreche natürlich vom moralischen, nicht vom rechtlichen Standpunkt aus. Die Legalisierung ...»

Dalgliesh sagte: «Ich weiß über die vor kurzem erfolgte Legalisierung Bescheid. Sonst können Sie mir also nichts erzählen?»

In der Stimme des Anwalts klang ein leiser Tadel an.

«Ich habe Ihnen bereits eine ganze Menge über ihre Herkunft und finanzielle Situation mitgeteilt, soweit meine Kenntnis geht. Ich fürchte, ich kann keine weiteren Informationen jüngeren Datums oder vertraulicher Art beisteuern. Miss Fallon konsultierte mich selten. Tatsächlich hatte sie keine Veranlassung dazu. Das letzte Mal ging es um ihr Testament. Sie sind, glaube ich, bereits mit seinen Bestimmungen vertraut. Miss Madeleine Goodale ist die Alleinerbin. Das Vermögen dürfte sich schätzungsweise auf zwanzigtausend Pfund belaufen.»

«Existierte vorher schon ein Testament?»

Bildete Dalgliesh es sich nur ein, oder war da tatsächlich ein leichtes Anspannen der Gesichtsmuskulatur, ein kaum wahrnehmbares Stirnrunzeln als Antwort auf eine unwillkommene Frage?

«Es gab zwei frühere, aber das zweite wurde nie unterschrieben. Das erste wurde kurz nach Erreichen der Volljährigkeit abgefaßt. Es vermachte alles medizinischen Stiftungen, unter anderem der Krebsforschung. Das zweite wollte sie anläßlich ihrer Eheschließung ausfertigen. Ich habe den Brief hier.»

Er reichte ihn Dalgliesh. Er war aus einer Wohnung in Westminster abgesandt und in einer selbstsicheren geraden und unweiblichen Handschrift geschrieben.

«Sehr geehrter Herr Urquhart, hiermit lasse ich Sie wissen, daß ich mich am 14. März in St. Marylebone standesamtlich trauen lasse. Er heißt Peter Courtney und ist Schauspieler; vielleicht haben Sie von ihm gehört. Ich bitte Sie, ein Testament für mich aufzusetzen, das ich am genannten Datum unterzeichnen werde. Ich möchte alles meinem Mann hinterlassen. Sein voller Name ist übrigens Peter Albert Courtney Briggs. Ohne Bindestrich. Ich nehme an, das müssen Sie wissen, um das Testament abfassen zu können. Wir werden unter seiner jetzigen Adresse wohnen.

Außerdem brauche ich etwas Geld. Könnten Sie wohl Warranders bitten, zweitausend Pfund bis zum Monatsende für mich flüssigzumachen? Vielen Dank. Ich hoffe, Sie und Mr. Surtees sind wohlauf. Mit herzlichem Gruß, Josephine Fallon.»

Ein kühler Brief, dachte Dalgliesh. Keine Erklärungen. Keine Rechtfertigung. Keine Andeutung von Glück oder Hoffnung. Und zu guter Letzt keine Einladung zur Hochzeit.

Henry Urquhart sagte: «Warranders waren ihre Börsenmakler. Sie verkehrte mit ihnen immer durch uns, und wir verwahrten hier alle diesbezüglichen Papiere. Sie wollte lieber, daß wir uns damit befaßten. Sie sagte, sie wolle lieber unbelastet reisen.»

Er wiederholte den Satz und lächelte selbstgefällig, als fände er ihn irgendwie bemerkenswert. Er warf einen Blick auf Dalgliesh, als erwarte er einen Kommentar und fuhr fort: «Surtees ist mein Sekretär. Sie erkundigte sich immer nach ihm.» Er schien diese Tatsache verwirrender zu finden als den Inhalt des Briefes selbst.

Dalgliesh sagte: «Und Peter Courtney erhängte sich anschließend.»

«So ist es. Drei Tage vor der Hochzeit. Er hinterließ eine Nachricht für den Untersuchungsrichter. Sie wurde vor Gericht nicht verlesen, und ich bin dankbar dafür. Sie war recht ausführlich. Courtney schrieb, er habe die Heirat geplant, um sich von gewissen finanziellen und persönlichen Schwierigkeiten zu befreien, sei aber im letzten Augenblick zu der Überzeugung gelangt, er könne das nicht meistern. Er war offenbar ein notorischer Spieler. Ich habe mir sagen lassen, daß unkontrolliertes Spielen tatsächlich eine dem Alkoholismus verwandte Krankheit ist. Ich weiß wenig von den Symptomen, kann mir aber vorstellen, wie tragisch die Folgen sein können, besonders für einen Schauspieler, dessen Einkünfte, selbst wenn sie groß sind, doch nicht regelmäßig fließen. Peter Courtney steckte tief in Schulden und war gänzlich unfähig, sich selbst von einem Zwang zu befreien, der seine Schulden von Tag zu Tag vergrößerte.»

«Und die persönlichen Schwierigkeiten? Ich glaube, er war homosexuell. Es wurde damals allerhand darüber gemunkelt. Wissen Sie, ob das Ihrer Klientin bekannt war?»

«Ich bin nicht im Bilde. Es ist wohl unwahrscheinlich, daß sie nichts davon gewußt haben sollte, da sie sich auf eine Verlobung einließ. Sie mag natürlich so optimistisch oder so unklug gewesen sein, anzunehmen, sie könne zu seiner Heilung beitragen. Ich hätte von der Heirat abgeraten, wenn sie mich um Rat gebeten hätte, aber wie ich schon sagte, fragte sie mich nicht.»

Und kurze Zeit später, dachte Dalgliesh, nach ein paar Monaten nur, hatte sie mit ihrer Ausbildung am John Carpendar begonnen und ging mit Peter Courtneys Bruder ins Bett. Warum? Einsamkeit? Langeweile? Ein verzweifeltes Bedürfnis, zu vergessen? Entgelt für geleistete Dienste? Was für Dienste? Einfache sexuelle Hinneigung, falls körperliche Bedürfnisse je einfach genannt werden konnten, zu einem Mann, der äußerlich eine gröbere Ausgabe des verlorenen Verlobten war? Das Bedürfnis, sich zu vergewissern, daß sie heterosexuelles Verlangen erregen konnte? Courtney-Briggs hatte selbst angedeutet, daß sie die Initiative ergriffen hatte. Und mit Sicherheit war sie es gewesen, die der Affäre ein Ende gesetzt hatte. Der Groll des Chirurgen war unüberhörbar gewesen, der Groll auf eine Frau, die die Verwegenheit besessen hatte, ihn abzuweisen, bevor er beschlossen hatte, sie fallenzulassen.

Während er zum Gehen aufstand, sagte Dalgliesh: «Peter Courtneys Bruder ist leitender Chirurg am John-Carpendar-Krankenhaus. Aber das wußten Sie vielleicht?»

Henry Urquhart zeigte ein verkrampftes Lächeln.

«O ja, ich weiß. Stephen Courtney-Briggs ist mein Klient. Im Unterschied zu seinem Bruder hat er einen Bindestrich für seinen Namen und einen beständigeren Erfolg erreicht.» Beiläufig fügte er hinzu: «Er machte auf der Jacht eines Freundes Ferien im Mittelmeer, als sein Bruder sich das Leben nahm. Er kam umgehend nach Hause. Es war natürlich ein großer Schock und dazu auch ziemlich peinlich.»

Wie hätte es anders sein können, dachte Dalgliesh. Aber der tote Peter war entschieden weniger peinlich als der lebendige Peter. Es hätte Stephen Courtney-Briggs zweifellos gepaßt, einen bekannten Schauspieler in der Familie zu haben, einen jüngeren Bruder, der, ohne auf dem eigenen Gebiet eine Konkurrenz zu sein, seinen Glanz der Patina des Erfolgs hinzugefügt und Courtney-Briggs eine Eintrittskarte in die extravagante, egozentrische Welt der Bühne gegeben hätte. Aber aus dem Haben war ein Soll geworden, der Held Gegenstand von Verachtung oder bestenfalls von Mitleid.

Fünf Minuten später verabschiedete sich Dalgliesh von Urquhart. Als er durch die Halle ging, drehte sich die Telefonistin bei seinen Schritten um, wurde rot und hielt, den Hörer in der Hand, verwirrt inne. Sie war gut eingeübt, aber doch nicht gut genug. Da er sie nicht noch mehr in Verlegenheit bringen wollte, lächelte Dalgliesh ihr freundlich zu und ging schnell hinaus. Er war sicher, daß sie auf Henry Urquharts Anweisung hin Stephen Courtney-Briggs anrufen würde.

4

Saville Mansions war ein Häuserblock mit spätviktorianischen Mietswohnungen nicht weit von der Marylebone Road, solide, wohlhabend, aber weder auffällig noch prunkvoll. Masterson hatte wie erwartet Mühe, eine Parklücke für seinen Wagen zu finden, und es war bereits nach halb acht, als er das Gebäude betrat. Ein reich verziertes schmiedeeisernes Aufzugsgehäuse und ein Empfangspult mit einem uniformierten Portier dahinter beherrschten die Eingangshalle. Masterson hatte nicht die Absicht, sein Vorhaben zu erläutern. Er nickte dem Portier nur beiläufig zu und sprang leichtfüßig die Treppe hinauf. Nummer 23 lag im zweiten Stock. Er drückte auf die Klingel und stellte sich darauf ein, ein Weilchen warten zu müssen.

Aber die Tür ging sofort auf, und er fand sich beinahe in den Armen einer außergewöhnlichen Erscheinung, die wie die Karikatur einer Bühnenhure angemalt war und ein kurzes Abendkleid aus feuerrotem Chiffon trug, das schon bei einer nur halb so alten Frau unpassend gewirkt hätte. Der Ausschnitt war so tief, daß er die Falte zwischen den hoch in die Büstenhalterschalen gepreßten Hängebrüsten ahnte und sehen konnte, wo die Puderpakete in den Rissen der trockenen gelben Haut lagen. Auf die Wimpern hatte sie dick die Tusche gekleistert; das brüchige, unwahrscheinlich blond gefärbte Haar war in glänzigen Schwaden um das angemalte Gesicht frisiert; der karminrote Mund stand vor Schreck offen. Die Überraschung war gegenseitig. Sie starrten sich an, als könnten sie ihren Augen nicht trauen. Der Übergang in ihrem Gesicht von Erleichterung zu Enttäuschung war fast komisch.

Masterson erholte sich als erster und stellte sich vor: «Sie erinnern sich», sagte er, «an meinen Anruf heute früh und unsere Verabredung?»

«Ich kann Sie jetzt nicht empfangen. Ich mache mich gerade für den Abend fertig. Ich dachte, Sie seien mein Tanzpartner. Sie sagten, Sie wollten am frühen Abend kommen.»

Eine schrille, meckernde Stimme, die durch die Enttäuschung noch schärfer wurde. Sie sah aus, als würde sie ihm gleich die Tür vor der Nase zuschlagen. Sicherheitshalber schob er einen Fuß über die Schwelle.

«Ich wurde aus zwingenden Gründen aufgehalten. Es tut mir leid.»

Aus zwingenden Gründen aufgehalten. Das stimmte allerdings. Das verrückte, aber letzten Endes befriedigende Zwischenspiel auf dem Rücksitz des Wagens hatte mehr Zeit gekostet, als er eingeplant hatte. Es hatte auch länger gedauert, ein ausreichend abgelegenes Fleckchen zu finden, selbst an diesem dunklen Winterabend. Von der Guildford Road hatte es nur wenige vielversprechende Abzweigungen ins Grüne mit der Aussicht auf grasbewachsene Böschungen und einsame Feldwege gegeben. Jedesmal, wenn er an einer geeigneten Stelle mit der Geschwindigkeit heruntergegangen war, hatte er ihr leises «Nicht hier!» gehört. Er hatte sie erspäht, als sie gerade auf den Fußgängerüberweg trat, der auf den Eingang zum Bahnhof zuführte. Er hatte abgebremst, aber anstatt ihr ein Zeichen zum Weitergehen zu geben, hatte er sich hinübergelehnt und die Tür geöffnet. Sie hatte nur eine Sekunde gezögert. Dann war sie mit wippendem Mantel über kniehohen Stiefeln herübergekommen und hatte sich ohne ein Wort oder einen Blick auf den Beifahrersitz gesetzt. Er hatte gesagt: «Geht's in die Stadt?»

Sie hatte genickt und heimlichtuerisch gelächelt und dabei die Augen nicht von der Windschutzscheibe abgewandt. So einfach war das alles gewesen. Sie hatten während der ganzen Fahrt kaum ein Dutzend Worte gewechselt. Die zaghaften, dann offeneren Annäherungsversuche, die seiner Meinung nach zum Spiel gehörten, waren nicht erwidert worden. Er hätte genausogut ein Chauffeur sein können, mit dem sie in unwillkommener Nachbarschaft fahren mußte. Schließlich hatte er sich verärgert und gedemütigt zu fragen begonnen, ob er sich womöglich geirrt hätte. Aber dieses konzentrierte Schweigen hatte ihm die Gewißheit gegeben, diese Augen, die manchmal für Minuten mit blauer Intensität beobachtet hatten, wie seine Hände das Steuerrad streichelten oder mit den Gängen hantierten. Sie hatte es jedenfalls gewollt. Sie hatte es genauso wie er gewollt. Aber man konnte kaum von leichtem Spiel sprechen. Eines hatte sie zu seiner Überraschung erzählt. Sie wollte sich in der Stadt mit Hilda Rolfe treffen; sie hatten vor, zeitig zu Abend zu essen und ins Theater zu gehen. Nun gut, dann würden sie eben das Abendessen auslassen oder den ersten Akt verpassen; anscheinend machte ihr weder das eine noch das andere etwas aus.

Aus Spaß und ein klein wenig neugierig hatte er gefragt: «Wie werden Sie Schwester Rolfe die Verspätung erklären? Oder ist es Ihnen egal, erst jetzt aufzukreuzen?»

Sie hatte mit den Schultern gezuckt.

«Ich sage ihr die Wahrheit. Das tut ihr vielleicht gut.» Als sie sah, daß er plötzlich die Stirn runzelte, fügte sie geringschätzig hinzu: «Da machen Sie sich mal keine Gedanken! Sie wird es nicht bei Mr. Dalgliesh petzen. Das ist nicht Hildas Art.»

Masterson hoffte, daß sie recht behalten würde. Das gehörte zu den Dingen, die Dalgliesh nicht verzieh.

«Was wird sie tun?» hatte er gefragt.

«Wie soll ich das wissen? Alles hinschmeißen, könnte ich mir denken; vom John Carpendar weggehen. Sie hat sowieso die Nase voll. Sie bleibt nur meinetwegen.»

Er riß sich von der Erinnerung an diese hohe schonungslose Stimme los und zwang sich, an die Gegenwart zu denken. Er quälte sich ein Lächeln ab für diese so ganz andere Frau, die er vor sich hatte, und sagte in versöhnlichem Ton: «Wissen Sie, der Verkehr ... Ich mußte von Hampshire rüberkommen. Aber ich will Sie nicht lange aufhalten.»

Er zeigte ihr seinen Dienstausweis mit der etwas hinterhältigen Miene, die untrennbar zu dieser Geste gehörte, und drängte sich in die Wohnung. Sie versuchte nicht, ihn aufzuhalten. Aber ihre Augen waren ohne Ausdruck, ihre Gedanken offenbar woanders. Als sie die Tür schloß, klingelte das Telefon. Ohne ein Wort der Entschuldigung ließ sie ihn in der Diele stehen und lief in das Zimmer links. Er hörte, wie ihre Stimme vor Erregung lauter wurde. Sie schien zuerst zu protestieren, dann zu flehen. Danach wurde es still. Er ging leise durch den Flur und spitzte die Ohren. Er meinte, die Wählscheibe klicken zu hören. Dann sprach sie wieder. Er verstand kein Wort. Diesmal war das Gespräch nach wenigen Sekunden beendet. Wieder hörte er die Wählscheibe. Und wieder das Geflenne. Insgesamt wählte sie vier Nummern, bevor sie wieder im Flur erschien.

«Ist etwas nicht in Ordnung?» fragte er. «Kann ich Ihnen behilflich sein?»

Sie hob die Augen und sah ihn einen Augenblick aufmerksam an wie eine Hausfrau, die Qualität und Preis eines Stücks Rindfleisch taxiert. Ihre Antwort schließlich war erstaunlich, ihr Tonfall ließ keinen Widerspruch zu.

«Können Sie tanzen?»

«Ich habe drei Jahre hintereinander die Meisterschaft der Londoner Polizei gewonnen», log er. Die Polizei veranstaltete selbstverständlich keine Tanzmeisterschaften, aber er hielt es nicht für wahrscheinlich, daß sie das merkte, und die Lüge ging ihm wie meist leicht und spontan von den Lippen.

Wieder dieser abschätzende feste Blick.

«Sie brauchen einen Smoking. Ich habe Martins Sachen noch da. Ich will sie verkaufen, aber der Mann ist noch nicht dagewesen. Er versprach, heute nachmittag zu kommen, aber er ließ mich im Stich. Man kann sich heutzutage auf keinen Menschen verlassen. Sie dürften ungefähr die gleiche Größe haben. Er war ziemlich kräftig vor seiner Krankheit.»

Masterson hielt mühsam ein lautes Lachen zurück. Er sagte ernst: «Ich möchte Ihnen gern helfen, wenn Sie Schwierigkeiten haben. Aber ich bin Polizist. Ich bin hier, um Ihnen ein paar Fragen zu stellen, nicht um eine Nacht zu durchtanzen.»

«Es handelt sich nicht um die ganze Nacht. Der Ball ist um halb zwölf zu Ende. Es geht um die Delaroux-Medaille im Ballsaal des Athenäums in der Nähe vom *Strand*. Wir könnten uns dort unterhalten.»

«Hier ginge es leichter.»

Ihr grämliches Gesicht wurde hartnäckig. «Ich möchte mich nicht hier unterhalten.»

Sie redete mit der dickköpfigen Ausdauer eines quengeligen Kindes. Dann wurde ihre Stimme hart, und sie stellte das Ultimatum.

«Entweder auf dem Ball oder überhaupt nicht.»

Sie sahen einander schweigend an. Masterson dachte nach. Die Idee war natürlich grotesk, aber wenn er nicht nachgab, würde er heute abend nichts aus ihr herausbekommen. Dalgliesh hatte ihn zu einem Verhör nach London geschickt, und sein Stolz ließ es nicht zu, mit leeren Händen zum Nightingale-Haus zurückzufahren. Aber würde sein Stolz ihm erlauben, für den Rest des Abends diesem angepinselten Gespenst öffentlich Gesellschaft zu leisten? Mit dem Tanzen gab es keine Probleme. Das war eine der Fähigkeiten, wenn auch nicht die wichtigste, die Sylvia ihm beigebracht hatte. Sie war eine aufreizende Blondine gewesen, zehn Jahre älter als er, mit einem langweiligen Bankdirektor verheiratet. Es war geradezu ein Muß für sie gewesen, ihm Hörner aufzusetzen. Sylvia war verrückt aufs Tanzen gewesen, und sie waren zusammen durch eine Reihe von Wettbewerben um Bronze-, Silber- und Goldmedaillen getanzt, bis der Gatte unangenehm lästig geworden war, Sylvia von Scheidung zu reden begonnen hatte und Masterson klugerweise klargeworden war, daß die Beziehung ihre Nützlichkeit überdauert hatte, um nicht zu sagen, seine Fähigkeit zu häuslichen Pflichtübungen, und daß der Polizeidienst eine annehmbare Karriere für einen ehrgeizigen Mann bot, der einen Vorwand für eine Zeit relativer Geradlinigkeit suchte. Inzwischen hatte sich sein Geschmack für Frauen und Tanzen geändert, und für beides hatte er weniger Zeit. Doch Sylvia hatte ihre Vorteile gehabt. Wie man auf der Polizeischule erfuhr, war bei diesem Beruf keine Fähigkeit umsonst erworben.

Nein, das Tanzen würde keine Schwierigkeiten bereiten. Ob sie eine ebensolche Könnerin war, stand auf einem anderen Blatt. Der Abend würde vermutlich ein Fiasko werden, und ob er mitginge oder nicht, irgendwann würde sie vermutlich doch auspacken. Aber wann? Dalgliesh war für flinkes Arbeiten. Hier handelte es sich um einen jener Fälle, bei denen die Zahl der Verdächtigen sich auf einen kleinen, geschlossenen Kreis beschränkte, und normalerweise rechnete er nicht damit, sich länger als eine Woche mit einem solchen Fall zu befassen. Er würde seinem Untergebenen nicht eben danken für einen vertanen Abend. Und dazu müßte die Zeit im Auto irgendwie begründet werden. Es wäre nicht ratsam, mit leeren Händen zurückzukommen. Und zum Teufel noch mal! Es gäbe eine tolle Geschichte für die Jungs ab. Und wenn der Abend wirklich unmöglich wurde, konnte er sie immer noch sitzenlassen. Jedenfalls würde er für den Fall, daß er sich schnell aus dem Staub machen müßte, seine eigenen Kleider im Auto mitnehmen.

«Einverstanden», sagte er. «Aber es muß sich für mich lohnen.»

«Das wird's.»

Martin Dettingers Smoking paßte besser, als er gedacht hatte. Es war ein eigenartiges Gefühl, dieses Ritual, sich mit den Kleidern eines anderen Mannes herauszuputzen. Er durchsuchte unbewußt die Taschen, als könnten auch sie einen Schlüssel enthalten. Aber er fand nichts. Die Schuhe waren zu klein, und er versuchte nicht, seine Füße hineinzuzwängen. Zum Glück trug er schwarze Schuhe mit Ledersohlen. Sie waren zu schwer zum Tanzen und paßten nicht zum Smoking, aber sie mußten dafür gut genug sein. Er packte seinen Anzug in eine Pappschachtel, die Mrs. Dettinger ihm widerwillig gab, und sie brachen auf.

Er wußte, daß er kaum einen Parkplatz in der Nähe des Athenäums finden würde, und fuhr deshalb über die Themse und parkte in der Nähe der County Hall. Dann gingen sie zu Fuß zur Waterloo Station und nahmen ein Taxi. Bis jetzt war der Abend nicht gar so schlimm. Sie hatte sich in einen fülligen altmodischen Pelzmantel geworfen, der scharf und penetrant roch, als wäre er mit einer Katze in Berührung gekommen, aber immerhin verhüllte er ihre Figur. Auf der ganzen Fahrt wechselten sie kein Wort.

Der Ball hatte schon begonnen, als sie kurz nach acht Uhr ankamen, und der große Saal war brechend voll. Sie drängelten sich durch das Gewühl zu einem der wenigen noch freien Tische unter der Empore. Masterson bemerkte, daß die Herren sich eine rote Nelke angesteckt hatten; die Damen trugen weiße. Um ihn herum wurden nach allen Seiten Küßchen verteilt, wurden Schultern und Arme betätschelt. Ein Herr kam auf Mrs. Dettinger zugetrippelt, begrüßte sie mit meckernder Stimme und machte ihr nichtssagende Komplimente.

«Sie sehen phantastisch aus, Mrs. D. Tut mir leid, daß Tony krank ist. Aber ich freue mich, daß Sie einen Partner gefunden haben.»

Er musterte Masterson neugierig. Mrs. Dettinger erwiderte diese Begrüßung mit einem plumpen Nicken und einem befriedigten Seitenblick. Sie machte keine Anstalten, Masterson vorzustellen.

Sie ließen die beiden ersten Tänze aus, und Masterson sah sich im Ballsaal um. Die ganze Atmosphäre war langweilig konventionell. Eine dicke Wolke von Luftballons hing unter der Decke. Zweifellos sollte sie zu irgendeinem orgiastischen Höhepunkt der Festivität herunterschweben. Die Musiker trugen rote Jacketts mit goldenen Epauletten und hatten den finsteren resignierten Gesichtsausdruck von Männern, die das alles schon mehr als einmal gesehen haben. Masterson freute sich auf einen Abend als zynischer Außenstehender, auf die Befriedigung, diese Narren zu beobachten, auf das hinterhältige Vergnügen des heimlichen Ekels. Ihm fiel die Beschreibung eines französischen Diplomaten von den Engländern ein, wenn sie tanzten «avec les visages si tristes, les derrières si gais». Hier waren die Hinterteile absolut seriös, aber die Gesichter waren zu Grimassen angeregten Entzückens erstarrt, so unnatürlich, daß er sich fragte, ob die Tanzschule mit den korrekten Schritten auch den bewährten Gesichtsausdruck lehrte. Am Rande der Tanzfläche sahen die Frauen ängstlich aus, wobei die Skala von leichter Besorgnis bis zu fast panischer Angst reichte. Sie waren bei weitem in der Überzahl, und einige tanzten miteinander. Die Mehrzahl war in mittleren Jahren oder darüber, der Stil ihrer Kleider war einheitlich altmodisch mit engen, ausgeschnittenen Oberteilen und weiten paillettenbesetzten Röcken.

Der dritte Tanz war ein Quickstep. Sie sagte unvermittelt: «Den tanzen wir.» Widerspruchslos führte er sie auf die Tanzfläche und umfaßte mit dem linken Arm fest ihren steifen Körper. Er machte sich auf einen langen und erschöpfenden Abend gefaßt. Wenn dieses alte Reff irgend etwas Brauchbares zu erzählen hatte – und der Chef schien das zu glauben –, dann würde sie es, bei Gott, erzählen, und wenn er sie über diesen verdammten Tanzboden jagen müßte, bis sie umfiele. Der Gedanke machte ihm Spaß, und er malte ihn sich weiter aus. Er konnte sie sich vorstellen, wie sie, aus den Fugen geraten wie eine von ihren Schnüren gelöste Marionette, die zerbrechlichen Beine von sich streckte und sich mit den Armen in die letzte Erschöpfung wedelte. Es sei denn, er fiele als erster um. Jene halbe Stunde mit Julia Pardoe war nicht die allerbeste Vorbereitung auf einen Abend auf dem Tanzboden gewesen. Aber die alte Hexe hatte noch genügend Lebensgeister in sich. Er fühlte und schmeckte die Schweißtropfen, die seine Mundwinkel kitzelten. Sie dagegen atmete kaum rascher, und ihre Hände waren kühl und trocken. Das Gesicht nahe dem seinen war angespannt, die Augen starrten glasig, die Unterlippe hing herunter. Es kam ihm vor wie ein Tanz mit einem aufgezogenen Sack voll Knochen.

Die Musik steigerte sich zu voller Lautstärke und brach ab. Der Dirigent schwang sich herum und blitzte sein unechtes Lächeln in den Saal. Die Musiker entspannten sich und ließen sich zu einem knappen Lächeln herab. Das Kaleidoskop aus Farbe zerschmolz in der Mitte der Tanzfläche, zerfloß dann in neue Muster, als die Tänzer sich voneinander lösten und zu ihren Tischen drängten. Ein Kellner wartete auf Bestellungen. Masterson winkte ihn an den Tisch.

«Was wollen Sie?»

Er klang so ungnädig wie ein Geizkragen, der eine Runde ausgeben muß. Sie verlangte einen Gin tonic, und als er gebracht wurde, nahm sie ihn ohne Dank und ohne sichtbare Befriedigung. Er entschied sich für einen doppelten Whisky. Es sollte der erste von vielen sein. Sie breitete den flammenroten Rock um den Stuhl aus und begann, den Saal mit diesem ihm allmählich so wohlbekannten, widerlich intensiven Blick zu begutachten. Er hätte genausogut nicht hier zu sitzen brauchen. Aufpassen, sagte er sich, nicht ungeduldig werden. Sie will dich hier haben. Sei's drum.

«Erzählen Sie mir von Ihrem Sohn», sagte er leise, bemüht, seine Stimme normal und uninteressiert klingen zu lassen.

«Nicht jetzt. Ein andermal. Das hat keine Eile.»

Beinahe hätte er sie vor Ärger angeschrien. Meinte sie wirklich, er habe die Absicht, sie ein zweites Mal zu sehen? Erwartete sie etwa, er werde für das halbe Versprechen auf ein paar kleine Auskünfte bis in alle Ewigkeit mit ihr tanzen? Er malte sich aus, wie sie mit grotesken Bocksprüngen durch die Jahre hüpften, unfreiwillige Beteiligte einer surrealistischen Scharade. Er stellte sein Glas ab.

«Ein anderes Mal wird es nicht geben. Nicht, wenn Sie mir nicht helfen können. Der Kriminalrat ist nicht gerade dafür, öffentliche Gelder auszugeben, ohne etwas in Erfahrung zu bringen. Ich muß ihm über jede einzelne Minute Rechenschaft ablegen.»

Er legte die richtigen Nuancen von Groll und Selbstgefälligkeit in seine Stimme. Zum erstenmal, seit sie sich an den Tisch gsetzt hatten, blickte sie ihn an.

«Vielleicht gibt es etwas in Erfahrung zu bringen. Ich habe nie das Gegenteil behauptet. Wie steht es mit den Getränken?»

«Den Getränken?» Er war einen Augenblick in Verlegenheit.

«Wer zahlt die Getränke?»

«Ach so, die gehen gewöhnlich auf Spesen. Aber wenn ich mit Freunden ausgehe, wie heute abend zum Beispiel, zahle ich selbstverständlich selbst.»

Das Lügen fiel ihm leicht. Das war eines seiner Talente, das ihm, wie er meinte, am besten in seinem Beruf zugute kam.

Sie nickte befriedigt. Aber sie redete nicht. Er überlegte, ob er es noch einmal versuchen sollte, aber da legte die Band mit einem Cha-cha-cha los. Ohne ein Wort stand sie auf und sah ihn an. Sie gingen wieder auf die Tanzfläche.

Auf den Cha-cha-cha folgte ein Mambo, auf den Mambo ein Walzer, auf den Walzer ein langsamer Foxtrott. Und er hatte immer noch nichts gehört. Danach war ein neuer Programmpunkt an der Reihe. Die Beleuchtung wurde plötzlich zu einem Schummerlicht heruntergedreht, und ein geschniegelter Mann, der von Kopf bis Fuß glänzte, als habe er in Haaröl gebadet, tauchte am Mikrophon auf und stellte es auf seine Höhe ein. In seiner Begleitung war eine träge Blondine, die ihr Haar zu einer kunstvollen Frisur aufgebaut hatte, die schon seit fünf Jahren aus der Mode war. Der Scheinwerfer strahlte sie an. Sie schlenkerte mit der rechten Hand nachlässig ein Chiffontuch und überblickte mit anmaßender Miene die sich leerende Tanzfläche. Eine erwartungsvolle Stille breitete sich im Saal aus. Der Mann sah auf das Blatt in seiner Hand.

«Und jetzt, meine Damen und Herren, ist der Augenblick da, auf den wir alle gewartet haben. Die Schautänze. Unsere Medaillengewinner des Jahres führen zu unserer Freude die Tänze vor, mit denen sie ihre Preise gewonnen haben. Wir beginnen mit der Gewinnerin der Silbermedaille, mit Mrs. Dettinger. Sie tanzt» – er blickte auf sein Papier – «sie tanzt den Tango.»

Er beschrieb mit seiner molligen Hand einen Kreis um die Tanzfläche. Die Band spielte einen mißtönenden Tusch. Mrs. Dettinger erhob sich und zerrte Masterson hinter sich her. Ihre Klaue lag wie ein Schraubstock um sein Handgelenk. Der Scheinwerfer schwenkte herum und strahlte sie an. Ein paar Leute klatschten. Der geschniegelte Mann fuhr fort:

«Mrs. Dettinger tanzt mit – dürften wir den Namen Ihres neuen Partners erfahren, Mrs. Dettinger?» Masterson rief laut:

«Mr. Edward Heath.»

Der geschniegelte Mann stutzte und entschied dann, es für bare Münze zu nehmen. Mit falscher Begeisterung in der Stimme verkündete er:

«Mrs. Dettinger, Gewinnerin der Silbermedaille, tanzt den Tango mit Mr. Edward Heath.»

Die Becken klirrten, und erneut kam Beifall auf. Masterson führte seine Partnerin mit übertriebener Höflichkeit auf die Tanzfläche. Er spürte den Alkohol und war froh dafür. Er würde sich amüsieren. Er drückte seine Hand auf ihr Kreuz und gab seinem Gesicht einen Ausdruck wollüstiger Erwartung. Damit erntete er auch gleich Gekicher vom nächstgelegenen Tisch. Sie runzelte die Stirn, und er beobachtete, wie ihr eine unschöne Röte ins Gesicht stieg. Er stellte vergnügt fest, daß sie äußerst nervös war, daß diese klägliche Scharade ihr tatsächlich viel bedeutete. Für diesen Augenblick hatte sie sich so sorgfältig gekleidet und ihr Gesicht so auffällig geschminkt. Der Delaroux-Preistanz. Der Schautango. Und dann hatte ihr Partner sie sitzenlassen. Hatte wahrscheinlich den Mut verloren, der arme Einfaltspinsel. Aber dann hatte das Schicksal ihr einen Ersatzmann ins Haus geschickt, der gut aussah und tanzen konnte. Das mußte ihr wie ein Wunder vorgekommen sein. Für diese Minute war er in den Saal des Athenäums gelockt worden und hatte Stunde um Stunde bis zur Erschöpfung tanzen müssen. Der Gedanke war erheiternd. Bei

Gott, jetzt hatte er sie in der Hand. Das sollte ihr großer Augenblick sein. Er wollte dafür sorgen, daß sie ihn nicht so bald vergäße.

Der langsame Rhythmus begann. Er ärgerte sich, daß es dieselbe Melodie war, die sie fast den ganzen Abend zu diesem Tanz gespielt hatten. Er summte ihr die Worte ins Ohr. Sie flüsterte: «Wir sollen den Delaroux-Tango tanzen.»

«Wir tanzen den Charles-Masterson-Tango, Schätzchen.»

Er nahm sie fest in den Griff und schob sie aggressiv in einer gespreizten Parodie auf den Tango über das Parkett, warf sie so heftig herum, daß ihr gelacktes Haar beinahe den Boden aufkehrte und er ihre Knochen knacken hörte, und hielt sie in dieser Pose, während er der Gesellschaft am nächsten Tisch überrascht und voller Genugtuung zulächelte. Das Gekicher wurde lauter, hielt länger an. Als er sie wieder hochriß und auf den nächsten Einsatz wartete, zischte sie: «Was wollen Sie wissen?»

«Er erkannte jemanden, nicht wahr? Ihr Sohn. Als er im John-Carpendar-Krankenhaus lag. Er sah jemanden, den er kannte!»

«Werden Sie sich anständig benehmen und ordentlich tanzen?»

«Vielleicht.»

Sie wiegten sich wieder in einem konventionellen Tango. Er spürte, wie sie sich in seinen Armen etwas entspannte, aber er lockerte seinen festen Griff nicht.

«Es war eine der Stationsschwestern. Er hatte sie schon einmal gesehen.»

«Welche Schwester?»

«Das weiß ich nicht. Das sagte er mir nicht.»

«Was sagte er Ihnen dann?»

«Nach dem Tanz.»

«Sagen Sie es auf der Stelle, wenn Sie nicht auf dem Parkett landen wollen. Wo hatte er sie schon gesehen?»

«In Deutschland. Sie saß auf der Anklagebank. In einem Prozeß gegen Kriegsverbrecher. Sie wurde freigesprochen, aber jeder wußte, daß sie schuldig war.»

«Und wo in Deutschland?»

Er sprach mit gepreßter Stimme, durch Lippen, die er zu dem einfältigen Lächeln eines berufsmäßigen Tanzpartners verzogen hatte.

«Felsenheim. Felsenheim hieß der Ort.»

«Sagen Sie das noch einmal. Sagen Sie den Namen noch einmal!»

«Felsenheim.»

Der Name sagte ihm nichts, aber er war sicher, er würde ihn behalten. Mit etwas Glück würde er die Einzelheiten später erfahren, aber die wichtigsten Fakten mußte er jetzt aus ihr herausholen, solange er sie in der Gewalt hatte. Natürlich mußte nichts daran sein. Vielleicht war nichts davon wahr. Und falls doch, war es vielleicht überhaupt nicht wichtig. Aber wegen dieser Auskünfte war er hergeschickt worden. Er fühlte sich zuversichtlich und gut gelaunt. Er war sogar nahe daran, den Tanz zu genießen. Er hielt es für angebracht, etwas Aufsehenerregendes zu bieten, und führte sie in eine komplizierte Figur, die mit einer Fortschreitenden Kette begann und mit einer Geschlossenen Promenade endete, die sie diagonal durch den ganzen Saal brachte. Sie war einwandfrei ausgeführt, und der einsetzende Applaus kam laut und anhaltend. Er fragte: «Wie hieß sie?»

«Irmgard Grobel. Sie war damals natürlich noch ein junges Ding. Deshalb sei sie freigesprochen worden, sagte Martin. Er zweifelte keinen Augenblick an ihrer Schuld.»

«Entsinnen Sie sich genau, daß er Ihnen nicht sagte, welche Schwester es war?»

«Ganz sicher. Er war schwer krank. Er hatte mir von dem Prozeß erzählt, als er aus Deutschland kam, deshalb wußte ich sofort Bescheid. Aber er war im Krankenhaus fast die ganze Zeit bewußtlos. Und wenn er bei Besinnung war, phantasierte er meistens.»

Er könnte sich also geirrt haben, dachte Masterson. Die Geschichte klang reichlich unwahrscheinlich. Und es mußte doch sehr schwierig sein, ein Gesicht nach mehr als fünfundzwanzig Jahren wiederzuerkennen; es sei denn, er hätte eben dieses spezielle Gesicht während des ganzen Prozesses mit faszinierter Spannung beobachtet. Es mußte auf den jungen und vermutlich sensiblen Mann einen starken Eindruck gemacht haben. Stark genug vielleicht, um im Delirium wieder lebendig zu werden und ihm vorzugaukeln, eines der Gesichter, die sich in jenen wenigen bewußten und klaren Augenblicken über ihn gebeugt hatten, sei das Gesicht von Irmgard Grobel gewesen. Aber angenommen, nur einmal angenommen, er hätte recht gehabt. Wenn er es seiner Mutter erzählt hatte, mochte er es ebensogut seiner Privatpflegerin gesagt oder im Delirium ausgeplaudert haben. Und welchen Gebrauch hatte Heather Pearce von ihrem Wissen gemacht?

Er flüsterte ihr zärtlich ins Ohr: «Wem haben Sie das noch erzählt?»

«Keiner Seele. Ich habe es keinem Menschen gesagt. Warum sollte ich?»

Noch ein Wiegeschritt. Und eine Drehung. Sehr hübsch. Stärkerer Beifall. Er drückte sie fester an sich und gab seiner Stimme einen heiseren, drohenden Klang unter dem maskenhaften Lächeln.

«Wem sonst? Sie müssen es jemandem erzählt haben.»

«Warum sollte ich denn?»

«Weil Sie eine Frau sind.»

Die Antwort saß. Der störrische, eigensinnige Ausdruck auf ihrem Gesicht wurde weicher. Sie sah kurz zu ihm auf, dann klapperte sie mit ihren spärlichen, von Wimperntusche schweren Lidern. Die Karikatur eines Flirts. Du liebe Güte, dachte er, jetzt wird sie auch noch kokett.

«Nun ja ... vielleicht habe ich es einer einzigen Person erzählt.»

«Da bin ich verdammt sicher. Ich will wissen, wem.»

Wieder der demütige Blick, das süße Schmollmündchen. Sie hatte beschlossen, an diesem tyrannischen Mann Gefallen zu finden. Aus irgendeinem Grund – vielleicht der Gin, vielleicht die Euphorie des Tanzens – war ihr Widerstand zusammengebrochen. Von jetzt an würde es wie am Schnürchen laufen.

«Ich sprach davon mit Mr. Courtney-Briggs, Martins Chirurgen. Ich hielt es einfach für richtig.»

«Wann?»

«Letzten Mittwoch. Mittwoch in der vergangenen Woche, meine ich. In seiner Praxis in der Wimpole Street. Er hatte an dem Freitag, an dem Martin starb, gerade das Krankenhaus verlassen, deshalb konnte ich ihn damals nicht sprechen. Er ist nur montags, donnerstags und freitags dort.»

«Bat er Sie, ihn aufzusuchen?»

«Aber nein! Die Schwester, die die Stationsschwester vertrat, sagte, er würde sich gern mit mir unterhalten, falls ich das Gefühl hätte, es würde mir guttun, und ich könne jederzeit in der Wimpole Street anrufen und einen Termin ausmachen. Ich unternahm damals nichts. Wozu auch! Martin war tot. Aber dann kam seine Rechnung. Nicht besonders nett, dachte ich, kaum daß Martin unter der Erde war. Zweihundert Pfund! Ich fand das ungeheuerlich. Schließlich hat er Martin ja nicht helfen können. Also sagte ich mir, ich sehe mal in der Wimpole Street vorbei und erwähne, was ich weiß. Das war nicht in Ordnung, daß das Krankenhaus so eine Frau beschäftigt. Eine Mörderin! Und dann so viel Geld zu verlangen. Dann kam ja noch die andere Rechnung, die vom Krankenhaus, für die Pflege. Aber die blieb einiges unter Mr. Courtney-Briggs' zweihundert Pfund.»

Die Sätze kamen abgehackt. Sie sprach sie nahe an seinem Ohr, wenn sich die Gelegenheit bot. Sie hatte genug Kraft, gleichzeitig zu tanzen und zu reden. Masterson dagegen spürte die Anstrengung. Noch eine Fortschreitende Kette, die wieder mit einer Geschlossenen Promenade endete. Sie machte keinen falschen Schritt. Das alte Mädchen war gelehrig gewesen, nur Charme und Elan hatten sie ihr nicht beigebracht.

«Sie sind also zu ihm marschiert, um ihm zu erzählen, was Sie wußten, und ihm nahezulegen, auf einen Teil seines Honorars zu verzichten?»

«Er glaubte mir nicht. Er sagte, Martin sei im Delirium gewesen und habe sich geirrt. Er könne sich für alle Stationsschwestern verbürgen. Aber er ging fünfzig Pfund von seiner Rechnung runter.»

Sie sagte das mit Genugtuung. Masterson war verblüfft. Auch wenn Courtney-Briggs die Geschichte geglaubt hatte, gab es keinen Grund, warum er eine nicht unbeträchtliche Summe von der Rechnung abziehen sollte. Er war für die Auswahl und Anstellung des Pflegepersonals nicht verantwortlich. Er hatte nichts zu befürchten. Masterson fragte sich, ob er die Geschichte geglaubt hatte. Er hatte jedenfalls nicht davon gesprochen, weder mit dem Vorsitzenden des Verwaltungskomitees noch mit der Oberin. Vielleicht stimmte es, daß er persönlich für alle Schwestern einstehen konnte, und die fünfzig Pfund Ermäßigung waren nur eine Geste gewesen, um sich eine lästige Frau vom Hals zu schaffen. Aber Courtney-Briggs war Masterson nicht wie ein Mann vorgekommen, der sich erpressen ließe oder auch nur auf einen einzigen Penny verzichtete, den zu verlangen er für sein gutes Recht hielt.

In diesem Augenblick brach die Musik ab. Masterson lächelte Mrs. Dettinger liebevoll an und führte sie an ihren Tisch. Der Beifall hielt an, bis sie ihren Platz erreicht hatten, und hörte abrupt auf, als der geschniegelte Mann den nächsten Tanz ankündigte. Masterson sah sich nach dem Kellner um und winkte ihn herbei. «Ich muß sagen», wandte er sich an seine Partnerin, «das war gar nicht so schlecht, wie? Wenn Sie für den Rest des Abends weiter so brav sind, bringe ich Sie vielleicht sogar nach Hause.»

Er brachte sie wirklich nach Hause. Sie brachen zeitig auf, aber es war dann doch nach Mitternacht, bis er die Wohnung in der Baker Street verließ. Inzwischen war er sicher, daß er alles, was sie wußte, aus ihr herausgeholt hatte. Zu Hause war sie rührselig geworden, eine Folge, meinte er, des Triumphs und des Gins. Mit letzterem hatte er sie weiterhin versorgt, nicht mit so viel, daß sie unkontrollierbar betrunken gewesen wäre, aber in ausreichender Quantität, damit sie redselig und gefügig blieb. Aber die Rückfahrt war ein Alptraum gewesen und nicht gerade dadurch erträglicher geworden, daß der Taxifahrer sie auf der Fahrt vom Ballsaal zu ihrem Parkplatz bei der County Hall halb amüsiert, halb geringschätzig fixiert hatte, auch nicht durch die verächtliche Herablassung des Portiers, der ihnen die Tür der Saville Mansions öffnete. In der Wohnung hatte er ihr geschmeichelt, hatte sie getröstet und bei Kräften gehalten, indem er in der unglaublich verwahrlosten Küche – der Küche einer alten Schlampe, dachte er, froh für diesen weiteren Grund, sie zu verachten – einen schwarzen Kaffee gekocht und mit dem Versprechen gereicht hatte, sie selbstverständlich nicht zu verlassen, sie am kommenden Samstag wieder zu besuchen, ihr ständiger Tanzpartner zu bleiben. Bis Mitternacht hatt er alles herausbekommen, was er über Martin Dettingers Leben und seinen Aufenthalt im John-Carpender-Krankenhaus wissen wollte. Über das Krankenhaus wußte sie nicht viel zu berichten. Sie hatte ihn während dieser einen Woche nicht täglich besucht. Wozu hätte das auch gut sein sollen? Sie hätte nichts für ihn tun können. Er war bis auf ganz kurze Unterbrechungen bewußtlos gewesen, und wenn er aufgewacht war, hatte er sie nicht wirklich erkannt. Bis auf jenes eine Mal, natürlich. Sie hatte auf ein tröstliches oder dankbares Wort gehofft, aber das einzige, was sie zu hören bekommen hatte, war dieses sonderbare Lachen und das Gerede von Irmgard Grobel. Er hatte ihr diese Geschichte schon vor Jahren erzählt. Sie wollte sie einfach nicht mehr hören. Ein Junge sollte an seine Mutter denken, wenn er im Sterben lag. Es war wahnsinnig anstrengend gewesen, einfach dazusitzen und zuzusehen. Sie war eine sensible Frau. Krankenhäuser brachten sie aus der Fassung. Der verstorbene Mr. Dettinger hatte nie verstanden, wie sensibel sie war.

Anscheinend gab es ziemlich viel, was der verstorbene Mr. Dettinger nicht verstanden hatte, darunter die sexuellen Bedürfnisse seiner Frau. Masterson hörte der Geschichte ihrer Ehe ohne Interesse zu. Es war die übliche Geschichte von einer unbefriedigten Frau, einem unter dem Pantoffel stehenden Mann und einem sensiblen, unglücklichen Kind. Masterson empfand kein Mitleid. Er interessierte sich nicht besonders für seine Mitmenschen. Er teilte sie in zwei große Gruppen ein, in brave Bürger und in Schurken, und der ununterbrochene Krieg, den er gegen letztere führte, erfüllte, wie ihm bewußt war, irgendein unausgesprochenes Bedürfnis seiner eigenen Person. Aber er interessierte sich für Tatsachen. Er wußte, daß jeder, der am Ort eines Verbrechens auftauchte, entweder ein

Beweisstück hinterließ oder eines entfernte. Dieses Beweisstück zu finden, war die Aufgabe des Detektivs. Er wußte, daß Fingerabdrükke, soweit bekannt, noch nie gelogen hatten, daß Menschen das hingegen häufig taten, irrational, ob unschuldig oder schuldig. Er wußte, daß Tatsachen vor Gericht einfach da waren und Menschen einen im Stich ließen. Er wußte, daß die Beweggründe nicht voraussagbar waren, obwohl er ehrlich genug war, seine eigenen Motive manchmal zu erkennen. In eben dem Augenblick, als er in Julia Pardoe eindrang, hatte ihn der Gedanke durchzuckt, daß diese Handlung, mit ihrem Zorn und ihrer Verzückung, irgendwie gegen Dalgliesh gerichtet war. Aber es kam ihm nicht in den Sinn, nach dem Warum zu fragen. Das wäre ihm als nutzlose Spekulation erschienen. Er fragte sich auch nicht, ob es für das Mädchen vielleicht ebenso ein Akt der Bosheit und privaten Rache gewesen war.

«Man sollte meinen, ein Junge, der im Sterben liegt, möchte seine Mutter bei sich haben. Es war furchtbar, dazusitzen und dieses schreckliche Keuchen zu hören, zuerst leise, dann entsetzlich laut. Natürlich hatte er ein Privatzimmer. Deshalb konnte das Krankenhaus eine Rechnung schicken. Er war nicht pflichtversichert. Aber die anderen Patienten müssen die Geräusche auf der ganzen Station gehört haben.»

«Cheyne-Stokes-Atmung», sagte Masterson. «Die kommt vor dem Todesröcheln.»

«Sie hätten irgend etwas dagegen tun müssen. Es brachte mich völlig durcheinander. Seine Privatschwester hätte etwas dagegen tun müssen. Die unscheinbare. Vermutlich tat sie ihre Pflicht, aber sie dachte nicht ein einziges Mal an mich. Schließlich muß man Rücksicht auf die Lebenden nehmen. Für Martin konnten sie sowieso nichts mehr tun.»

«Das war Schwester Pearce. Die, die gestorben ist.»

«Ja, ich erinnere mich, Sie sagten es. Sie ist also auch tot. Ich höre nur noch vom Tod. Überall um mich herum. Wie nannten Sie dieses Atmen?»

«Cheyne-Stokes. Es bedeutet, daß der Tod bald eintritt.»

«Sie hätten irgend etwas dagegen tun müssen. Keuchte sie auch so vor ihrem Tod?»

«Nein, sie schrie. Jemand hatte ihr ein Ätzmittel eingeflößt, das ihr den Magen ausbrannte.»

«Ich will davon nichts hören! Ich will nichts mehr davon hören! Unterhalten wir uns über den Ball. Sie kommen doch nächsten Samstag wieder?»

Und so war es weitergegangen. Es war ermüdend und anstrengend gewesen und am Ende beinahe beängstigend. Das Triumphgefühl, bekommen zu haben, was er wollte, war vor Mitternacht geschwunden, und er empfand nur noch Haß und Ekel. Während er ihrem Geplapper zuhörte, spielte er in Gedanken mit dem Verbrechen. Es war so leicht nachzuempfinden, wie so etwas ablief. Ein Schürhaken in Reichweite. Das lächerliche Gesicht zu Brei schlagen. Hieb auf Hieb auf Hieb. Die Knochen zersplittern. Ein Schwall von Blut. Ein Orgasmus von Haß. Während dieser Film vor ihm ablief, fand er es schwer, gleichmäßig zu atmen. Er griff zärtlich nach ihrer Hand.

«Ja», sagte er. «Ja, ich komme wieder. Ja. Ja.»

Das Fleisch fühlte sich jetzt trocken und heiß an. Sie hätte Fieber haben können. Der Nagellack war rissig. Auf dem Handrücken traten die Adern wie violette Schnüre hervor. Er fuhr mit einem Finger zart über die braunen Altersflecken.

Kurz nach Mitternacht ging ihre Stimme in Lallen über, ihr Kopf sank auf die Brust, und er sah, daß sie eingeschlafen war. Er wartete ein wenig ab, machte dann seine Hand los und ging auf Zehenspitzen ins Schlafzimmer. Er brauchte nur ein paar Minuten, um sich umzuziehen. Dann ging er so leise wie möglich ins Bad und wusch sein Gesicht und die Hand, mit der er ihre berührt hatte, wusch sie immer und immer wieder. Schließlich verließ er die Wohnung, zog die Tür leise hinter sich zu, als habe er Angst, sie könne aufwachen, und trat hinaus in die Nacht.

5

Eine Viertelstunde später fuhr Masterson an der Wohnung vorbei, in der Miss Beale und Miss Burrows in ihren Morgenröcken gemütlich vor dem verlöschenden Feuer saßen und ihre letzte Tasse Kakao tranken. Sie hörten sein Auto als ein kurzes An- und Abschwellen in dem spärlichen Verkehrsfluß und unterbrachen ihren Plausch, um mit ziellosem Interesse zu rätseln, was die Leute wohl nach Mitternacht noch draußen zu suchen hätten. Es entsprach ganz und gar nicht ihrer Gewohnheit, um diese späte Stunde noch aufzusein, aber der nächste Tag war Samstag, und sie konnten ihrer Leidenschaft für nächtliche Gespräche in der tröstlichen Gewißheit frönen, am Morgen länger schlafen zu dürfen.

Sie hatten den Besuch besprochen, den Kriminalrat Dalgliesh ihnen am Nachmittag abgestattet hatte. Es war wirklich ein Erfolg gewesen, wie sie sich gegenseitig versicherten, fast ein Vergnügen. Er hatte die Teestunde anscheinend genossen. Da hatte er gesessen, gemütlich in ihrem bequemsten Sessel, und sie hatten sich zu dritt unterhalten, als sei er so harmlos und so altbekannt wie der Gemeindepfarrer.

Er hatte zu Miss Beale gesagt: «Ich möchte den Tod von Schwester Pearce durch Ihre Augen sehen. Berichten Sie mir bitte davon. Sagen Sie mir alles, was Sie von dem Augenblick an, als Sie durch das Krankenhaustor fuhren, sahen und fühlten.»

Und Miss Beale hatte erzählt, hatte sich verschämt an dieser halben Stunde, die sie im Mittelpunkt des Interesses stand, und an der offensichtlichen Anerkennung gefreut, daß sie so gründlich beobachtet hatte und alles so klar beschreiben konnte. Er war ein guter Zuhörer, räumten beide ein. Nun, das gehörte zu seinem Beruf. Er konnte die Leute geschickt zum Reden bringen. Selbst Angela, die fast die ganze Zeit nur zugehört und geschwiegen hatte, konnte sich nicht erklären, was sie dazu bewogen hatte, ihre Begegnung mit Oberschwester Rolfe in der Westminsterbibliothek zu erwähnen. Und seine Augen hatten geflackert vor Interesse, einem Interesse, das der Enttäuschung Platz machte, als sie den Tag nannte.

Die Freundinnen waren sich einig. Sie konnten sich nicht geirrt haben. Er war enttäuscht gewesen. Oberschwester Rolfe war am falschen Tag in der Bibliothek gesehen worden.

6

Es war nach elf Uhr, als Dalgliesh den Schlüssel in seiner Schreibtischschublade umdrehte, das Büro hinter sich abschloß und das Nightingale-Haus durch den Nebeneingang verließ, um in das *Falconer's Arms* zu gehen. Wo der Weg abbog und schmäler wurde, bevor er sich in den Schatten der Bäume verlor, drehte sich der Kriminalrat noch einmal nach dem unheimlichen Gebäude um, das riesig und düster vor ihm lag und seine vier Türme schwarz in den Nachthimmel reckte. Das Haus lag, bis auf ein einziges erleuchtetes Fenster, in völliger Dunkelheit. Er brauchte eine Weile, bis er es identifiziert hatte. Mary Taylor war also in ihrem Schlafzimmer, schlief aber noch nicht. Es war nur ein schwacher Schein, wahrscheinlich von einer Nachttischlampe, und während er noch hinsah, wurde auch dieses letzte Fenster dunkel.

Er ging in Richtung Winchester Road weiter. Die Bäume rückten hier nahe an den Weg heran. Ihre schwarzen Äste schlossen sich über ihm und schoben sich vor das schwache Licht der nächsten Lampe. Ungefähr fünfzig Meter marschierte er in völliger Dunkelheit mit raschen, auf dem Teppich aus Laub fast lautlosen Schritten. Er befand sich in jenem Zustand physischer Ermattung, in dem Geist und Körper voneinander gelöst scheinen, in dem der an die Wirklichkeit gewöhnte Körper sich fast unbewußt durch die vertraute, faßbare Welt bewegt, während der befreite Geist sich in den ungreifbaren Raum aufschwingt, wo Phantasie und Wirklichkeit gleichermaßen verschwommen sind. Dalgliesh wunderte sich, daß er so müde war. Seine Aufgabe hier war nicht anstrengender als jede beliebige andere. Natürlich machte er Überstunden, aber ein Sechzehnstundentag war normal, wenn er einen Fall bearbeitete. Und diese ungewöhnliche Müdigkeit war keine Erschöpfung aus Frustration oder Mißerfolg.

Der Fall würde sich morgen früh entscheiden. In der Nacht würde Masterson mit einem weiteren Mosaiksteinchen zurückkommen, das das Bild komplett machte. In spätestens zwei Tagen läge das Nightingale-Haus hinter ihm. In zwei Tagen würde er zum letztenmal jenes goldne und weiße Zimmer im Südwestturm gesehen haben.

Er bewegte sich wie ein Automat und hörte zu spät den gedämpften Schritt hinter sich. Instinktiv warf er sich herum, um seinen Gegner zu sehen, und spürte den Schlag von seiner linken Schläfe auf die Schulter abgleiten. Er fühlte keinen Schmerz, nur ein Knakken, als sei der ganze Schädel zersplittert, ein taubes Gefühl im linken Arm, und nach einer Sekunde, die wie eine Ewigkeit schien, die fast tröstliche Wärme von Blut. Er stöhnte auf und brach zusammen. Aber er war noch bei Bewußtsein. Obwohl ihn das Blut blind machte und er gegen eine Übelkeit ankämpfen mußte, versuchte er aufzustehen, tastete mit beiden Händen den Boden ab, wollte sich zwingen, auf die Beine zu kommen und zu kämpfen. Aber seine Füße scharrten fruchtlos in der aufgeweichten Erde, und in seinen Armen war keine Kraft. Der stickige Geruch von feuchtem Erdreich legte sich schwer und beißend wie ein Betäubungsmittel auf die Nase. Er lag da, mühte sich hilflos ab, machte mit der kleinsten Bewegung den Schmerz nur schlimmer und wartete in wütender Ohnmacht auf den letzten vernichtenden Schlag.

Doch es geschah nichts. Sein Widerstand erlahmte, und er verlor das Bewußtsein. Ein paar Sekunden später wurde er von einer Hand, die ihn sanft an der Schulter schüttelte, wieder in die Wirklichkeit zurückgeholt. Jemand beugte sich über ihn. Er hörte die Stimme einer Frau.

«Ich bin's. Was ist passiert? Was übern Kopf gekriegt?»

Es war Morag Smith. Er versuchte zu antworten, ihr zu sagen, möglichst schnell zu verschwinden. Sie beide wären einem entschlossenen Mörder nicht gewachsen. Aber sein Mund war unfähig, Worte zu bilden. Er hörte ganz in der Nähe einen Mann stöhnen, dann merkte er bitter, daß die Stimme seine eigene war. Er schien keine Kontrolle über sie zu haben. Er spürte Hände, die seinen Kopf abtasteten. Dann schreckte sie zurück wie ein Kind.

«Ii! Sie sind ja ganz voll Blut!»

Wieder versuchte er zu sprechen. Sie beugte sich tiefer über ihn. Er sah die dunklen Haarsträhnen und das weiße Gesicht vor sich schweben. Er bemühte sich aufzustehen, und diesmal schaffte er es, auf die Knie zu kommen.

«Haben Sie ihn gesehen?»

«Nicht genau – hat mich kommen gehört. Aufs Nightingale-Haus zu isser abgehauen. Verdammt, Sie sind ja ganz blutverschmiert. Hier, stützen Sie sich.»

«Nein. Gehen Sie besser Hilfe holen. Er kommt vielleicht zurück.»

«Der nicht. Jedenfalls bleiben wir besser zusammen. Ich will nicht allein gehen. Gespenster machen nichts, aber so ein verfluchter Mörder is was andres. Kommen Sie, ich geb Ihnen die Hand.»

Er fühlte die spitzen Knochen ihrer mageren Schultern, aber der schmale Körper schien erstaunlich zäh, und sie hielt sein Gewicht gut aus. Er kam auf die Füße und stand schwankend da.

Er fragte: «Mann oder Frau?»

«Hab ich nicht gesehen. Kann beides gewesen sein. Denken Sie nicht dran. Meinen Sie, Sie schaffen's bis zum Nightingale-Haus? Das ist das nächste.»

Dalgliesh fühlte sich schon viel besser, als er wieder auf den Beinen stand. Er konnte kaum den Weg erkennen, aber machte ein paar tastende Schritte vorwärts und stützte sich dabei auf ihre Schultern.

«Es wird wohl gehen. Die Hintertür ist am nächsten. Es kann nicht weiter als fünfzig Schritt sein. Klingeln Sie bei der Oberin. Ich weiß, daß sie zu Hause ist.»

Zusammen schlurften sie langsam über den Weg und verwischten dabei, wie Dalgliesh schmerzlich bewußt war, alle Fußspuren, die er sonst vielleicht am nächsten Morgen hätte finden können. Allerdings hätten diese glitschigen Blätter ohnehin nicht viel erkennen lassen. Er fragte sich, was mit der Waffe passiert war. Aber das Rätselraten war sinnlos. Er konnte nichts tun, bevor es hell wurde. Er fühlte eine Welle von Zuneigung und Dankbarkeit für diese robuste kleine Person, deren zerbrechlicher Arm kaum spürbar wie der eines Kindes um seine Hüfte lag. Sie mußten ein seltsames Bild abgeben, ging ihm durch den Kopf. Er sagte: «Vermutlich haben Sie mir das Leben gerettet, Morag. Er rannte weg, weil er Sie gehört hat.»

Er, oder war es eine Sie gewesen? Wenn Morag doch nur rechtzeitig dagewesen wäre, um zu erkennen, ob es sich um einen Mann oder eine Frau gehandelt hatte. Er konnte ihre Erwiderung kaum verstehen.

«Reden Sie keinen Blödsinn.»

Er hörte, ohne überrascht zu sein, daß sie weinte. Sie versuchte nicht, ihr Schluchzen zu unterdrücken oder zu dämpfen, und es hielt sie nicht im Gehen auf. Vielleicht war Weinen für Morag genauso natürlich wie Laufen. Er gab sich keine Mühe, sie zu trösten, außer daß er ein wenig ihre Schultern drückte. Sie faßte das als Bitte auf, ihn stärker zu stützen, und legte ihren Arm fester um seine Hüfte, lehnte sich an ihn und half ihm weiter. Und so schleppte das ungleiche Paar sich durch den Schatten der Bäume.

7

Das Licht im Übungsraum war grell, zu grell. Es drang sogar durch seine verklebten Augenlider, und er bewegte seinen Kopf ruhelos hin und her, um dem stechenden Schmerz auszuweichen. Dann hielten kühle Hände seinen Kopf ruhig. Mary Taylors Hände. Er hörte sie zu sich sprechen, sagen, daß Mr. Courtney-Briggs im Krankenhaus sei. Sie habe ihn rufen lassen. Dann lösten dieselben Hände seine Krawatte, knöpften sein Hemd auf, zogen seine Arme geschickt aus den Jackettärmeln.

«Was ist passiert?»

Es war Courtney-Briggs' harte, männliche Stimme. Der Chirurg war also da. Was hatte er im Krankenhaus gemacht? Wieder eine unaufschiebbare Operation? Courtney-Briggs' Patienten schienen eine sonderbare Veranlagung zu Rückfällen zu haben. Was für ein Alibi hatte er wohl für die letzte halbe Stunde? Dalgliesh sagte: Jemand hat mir aufgelauert. Ich muß feststellen, wer sich im Nightingale-Haus befindet.»

Er spürte einen festen Griff um seinen Arm. Courtney-Briggs drückte ihn auf den Stuhl zurück. Zwei schwankende graue Kugeln schwebten vor ihm. Wieder ihre Stimme.

«Nicht jetzt. Sie können kaum stehen. Einer von uns wird das erledigen.»

«Gehen Sie sofort.»

«Gleich. Wir haben alle Türen abgeschlossen. Wir merken, wenn irgendwer zurückkommt. Verlassen Sie sich auf uns. Entspannen Sie sich erst einmal.»

Wie vernünftig. Verlassen Sie sich auf uns. Entspannen Sie sich. Er umklammerte die metallenen Armlehnen des Stuhls, suchte Halt an der Wirklichkeit.

«Ich möchte es selbst überprüfen.»

Vom Blut halb blind, ahnte er ihre besorgten Blicke mehr, als daß er sie sah. Er wußte, daß er sich wie ein launisches Kind anhörte, das trotzig gegen die unerbittliche Ruhe der Erwachsenen ankämpft. Wütend über seine Machtlosigkeit versuchte er, vom Stuhl hochzukommen. Aber der Boden entfernte sich beängstigend von ihm, kam dann durch einen Wirbel schreiender Farben auf ihn zu. Es ging nicht. Er konnte nicht stehen.

«Meine Augen», sagte er.

Courtney-Briggs' Stimme, zum Verrücktwerden vernünftig: «Einen Augenblick. Ich muß mir Ihren Kopf ansehen.»

«Aber ich will sehen!»

Seine Blindheit machte ihn rasend. Machten sie das absichtlich? Er hob eine Hand und begann, an den zusammengebackenen Augenlidern zu kratzen. Er hörte sie miteinander sprechen, mit leiser Stimme in dem undeutlichen Idiom ihres Handwerks, von dem er, der Patient, ausgeschlossen war. Er bemerkte neue Geräusche, das Zischen eines Sterilisierapparates, das Klirren des Bestecks, das Zuklappen eines Metalldeckels. Dann wurde der Geruch nach Desinfektionsmittel schärfer. Jetzt reinigte sie seine Augen. Ein köstlich kühler Wattebausch wurde über beide Lider gewischt. Er schlug sie blinzelnd auf und sah nun deutlicher den Schimmer ihres Morgenmantels und den langen Zopf, der über ihre linke Schulter fiel. Er sagte zu ihr: «Ich muß wissen, wer im Nightingale-Haus ist. Können Sie das bitte sofort überprüfen?»

Wortlos und ohne Courtney-Briggs anzusehen, huschte sie aus dem Raum. Sobald die Tür sich hinter ihr geschlossen hatte, sagte Dalgliesh: «Sie haben mir nicht gesagt, daß Ihr Bruder damals mit Josephine Fallon verlobt war.»

«Sie haben nicht danach gefragt.»

Die Stimme des Chirurgen klang ruhig, gleichgültig, es war die Antwort eines Mannes, der seine Gedanken ganz auf sein Tun konzentriert. Dalgliesh hörte eine Schere klappern und spürte ein kurzes Kältegefühl, als der Stahl seine Kopfhaut berührte. Der Chirurg schnitt ihm das Haar im Bereich der Wunde ab.

«Es muß Ihnen klar gewesen sein, daß ich mich dafür interessierte.»

«Aber ja! Natürlich interessierten Sie sich dafür. Ihre Gattung hat ein unbegrenztes Aufnahmevermögen für die Angelegenheiten anderer Leute. Ich beschränkte mich jedoch darauf, Ihre Neugier nur soweit zu befriedigen, als sie den Tod der beiden Mädchen betraf. Sie können sich nicht beklagen, ich habe nichts von Bedeutung für mich behalten. Peters Tod ist hier nicht wichtig – eine rein persönliche Tragödie.»

Weniger eine persönliche Tragödie, dachte Dalgliesh, als ein öffentliches Ärgernis. Peter Courtney hatte gegen das oberste Prinzip seines Bruders verstoßen, gegen die Notwendigkeit, Erfolg zu haben. Dalgliesh sagte: «Er erhängte sich.»

«Sie haben recht, er erhängte sich. Kein sehr würdevoller oder angenehmer Abgang, aber der arme Junge verfügte nicht über meine Möglichkeiten. An dem Tag, an dem man mir meine letzte Diagnose stellt, werde ich geeignetere Mittel zur Hand haben, als mir das Ende eines Stricks um den Hals zu legen.»

Sein Egoismus war umwerfend, dachte Dalgliesh. Sogar der Tod seines Bruders mußte in Beziehung zu ihm gesehen werden. Er stand selbstgefällig sicher im Mittelpunkt seiner privaten Welt, während andere Menschen – Bruder, Frau, Patient – sich um diese zentrale Sonne drehten, dank ihrer Wärme und ihres Lichts existierten und ihrer Anziehungskraft gehorchten. Aber sahen sich nicht die meisten Menschen so? War Mary Taylor weniger in sich selbst vertieft? Und er selbst? Leisteten sie und er ihrem unentbehrlichen Egoismus nur auf subtilere Weise Vorschub?

Der Chirurg ging an seinen schwarzen Besteckkasten und nahm ein Metallband mit einem daraufsitzenden Spiegel heraus, das er sich um den Kopf legte. Er kam mit dem Augenspiegel in der Hand wieder zu Dalgliesh und setzte sich seinem Patienten gegenüber auf einen Stuhl. Sie saßen Auge in Auge da. Ihre Köpfe berührten sich fast. Dalgliesh spürte das Metall des Spiegels an seinem rechten Auge. Courtney-Briggs kommandierte: «Sehen Sie geradeaus.»

Dalgliesh starrte gehorsam auf den Lichtpunkt. Er sagte: «Sie verließen das Hauptgebäude des Krankenhauses etwa um Mitternacht. Sie sprachen mit dem Pförtner an der Haupteinfahrt um null Uhr zweiunddreißig. Wo waren Sie in der Zwischenzeit?»

«Das wissen Sie doch bereits. Diese umgestürzte Ulme blockierte den Weg. Ich sah mich ein paar Minuten dort um und sorgte dafür, daß dort niemand verunglücken würde.»

«Genau das ist aber einem Mann passiert. Das war um null Uhr siebzehn. Zu dieser Zeit war kein warnender weißer Schal um einen Ast gebunden.»

Der Augenspiegel rückte vor das andere Auge. Der Chirurg atmete völlig gleichmäßig.

«Er irrte sich.»

«Er behauptet, nein.»

«Und daraus schließen Sie, ich sei später als null Uhr siebzehn bei dem umgestürzten Baum gewesen. Da ich mir kein Alibi ausdachte, sah ich nicht alle zwei Minuten auf die Uhr.»

«Aber Sie unterstellen nicht, es habe Sie mehr als siebzehn Minuten gekostet, um vom Hauptgebäude zu diesem bestimmten Platz zu fahren.»

«Ach, wissen Sie, ich könnte schon einen Grund für eine Verzögerung finden. Ich könnte behaupten, daß ich, um in Ihrem kläglichen Polizistenjargon zu bleiben, einem natürlichen Drang gehorchen mußte und aus dem Auto ausstieg, um unter den Bäumen zu meditieren.»

«Und war es so?»

«Vielleicht. Wenn ich mit Ihrem Kopf fertig bin, werde ich darüber nachdenken. Sie werden entschuldigen, wenn ich mich jetzt auf meine Arbeit konzentriere.»

Die Oberin war leise zurückgekommen. Sie bezog wie ein Meßdiener, der auf Weisungen wartet, neben Courtney-Briggs Stellung. Ihr Gesicht war sehr blaß. Ohne auf eine Erklärung zu warten, reichte der Chirurg ihr den Augenspiegel. Sie sagte: «Alle, die im Nightingale-Haus sein sollten, sind auf ihren Zimmern.»

Courtney-Briggs tastete Dalglieshs linke Schulter ab und rief mit jedem Druck der kräftigen prüfenden Finger einen stechenden Schmerz hervor. Er sagte: «Das Schlüsselbein ist anscheinend in Ordnung. Schlimm gequetscht, aber nicht gebrochen. Es muß eine sehr große Frau gewesen sein, die Sie angegriffen hat. Sie sind ja selbst über einsachtzig.»

«Wenn es eine Frau war. Sie kann natürlich auch eine lange Waffe gehabt haben, vielleicht einen Golfschläger.»

«Ein Golfschläger. Oberin, Sie haben doch Golfschläger. Wo haben Sie die stehen?»

Sie antwortete zögernd: «Im Flur, unten an meiner Treppe. Ich stelle den Sack meistens gleich neben der Tür ab.»

«Dann sollten Sie sofort nachsehen.»

Sie ging hinaus, und sie warteten schweigend. Nach weniger als zwei Minuten war sie wieder da und sagte zu Dalgliesh: «Ein Schläger fehlt.»

Diese Neuigkeit schien Courtney-Briggs aufzumuntern. Er sagte ziemlich aufgeräumt: «Na, da haben Sie ja Ihre Waffe! Aber es hat wenig Sinn, heute nacht noch danach zu suchen. Sie wird irgendwo im Gelände liegen. Ihre Leute können sie morgen suchen und das Nötige veranlassen, auf Fingerabdrücke prüfen, auf Blut und Haar untersuchen, die üblichen Spielchen. Sie sind jedenfalls nicht in der Lage, sich jetzt noch darum zu kümmern. Wir müssen die Wunde nähen. Ich lasse Sie in den OP in der Ambulanz bringen. Sie brauchen eine Narkose.»

«Ich will keine Narkose.»

«Dann betäube ich nur lokal. Das sind dann nur ein paar Spritzen rings um die Wunde. Wir können das hier machen, Oberin.»

«Ich will überhaupt keine Betäubung. Nähen Sie es einfach zu.»

Courtney-Briggs erklärte geduldig, als habe er ein Kind vor sich: «Die Wunde ist sehr tief und muß genäht werden. Es wird äußerst schmerzhaft sein, wenn Sie eine Betäubung ablehnen.»

«Ich sage doch, ich will keine. Ich will auch keine prophylaktische Penicillin- oder Tetanusspritze. Ich will es nur genäht haben.»

Er merkte, wie sie einander ansahen. Er wußte, daß er sich eigensinnig und unvernünftig verhielt, aber es war ihm egal. Warum konnten sie nicht endlich anfangen? Schließlich sagte Courtney-Briggs auf eine komisch förmliche Weise: «Wenn Sie lieber einen anderen Chirurgen ...»

«Nein, ich will nur, daß Sie endlich anfangen.»

Einen Augenblick schwiegen alle, dann sagte der Chirurg: «Nun gut. Ich mache es, so schnell ich kann.»

Er spürte, daß Mary Taylor sich hinter seinen Stuhl gestellt hatte. Sie zog seinen Kopf an ihre Brust und hielt ihn mit ihren kühlen, festen Händen. Er schloß die Augen wie ein Kind. Die Nadel fühlte sich riesig an, ein Eisenstab, der gleichzeitig eisig kalt und glühend heiß war und immer wieder in seinen Schädel eindrang. Er hatte wahnsinnige Schmerzen, die er nur ertragen konnte, weil er wütend war und eigensinnig entschlossen, keine Schwäche zu zeigen. Er zuckte nicht mit der Wimper. Aber es machte ihn rasend, daß unwillkürlich Tränen unter seinen Augenlidern hervorquollen.

Nach einer Ewigkeit wurde ihm bewußt, daß es vorbei war. Er hörte sich sagen: «Danke. Und jetzt möchte ich in mein Büro gehen. Ich habe Sergeant Masterson angewiesen, hierherzukommen, wenn er mich nicht im Hotel antrifft. Er kann mich dann nach Hause fahren.»

Mary Taylor legte den Verband an. Sie sprach nichts dabei. Courtney-Briggs sagte: «Mir wäre es lieber, wenn Sie sofort zu Bett gingen. Wir können Ihnen im Ärztehaus ein Bett richten lassen. Ich werde morgen früh als erstes zusehen, daß Sie geröntgt werden. Dann möchte ich Sie noch einmal bei mir sehen.»

«Morgen früh können Sie mit mir machen, was Sie wollen. Jetzt möchte ich nichts, als allein gelassen werden.»

Er stand auf. Sie nahm seinen Arm in die Hand und stützte ihn. Aber er mußte unwillkürlich eine Bewegung gemacht haben, denn sie ließ seinen Arm los. Er fühlte sich erstaunlich leicht auf den Beinen. Es war seltsam, daß ein so unwirklicher Körper das Gewicht eines so schweren Kopfes aushielt. Er griff mit der Hand nach oben und fühlte die rauhe Bandage. Sie schien unglaublich weit von seinem Kopf entfernt zu sein. Dann ging er, mit sorgsam geradeaus gerichteten Augen, ungehindert durch das Zimmer auf die Tür zu. Als er sie öffnete, hörte er Courtney-Briggs' Stimme.

«Sie wollen sicher wissen, wo ich mich aufhielt, als Sie überfallen wurden. Ich war in meinem Zimmer im Ärztehaus. Ich bleibe heute nacht hier, weil ich morgen früh ein paar Operationen vor mir habe. Ich kann Ihnen leider kein Alibi beibringen. Ich kann nur hoffen, Ihnen ist klar, daß ich, um jemanden aus dem Weg zu räumen, feinere Methoden zur Verfügung habe als einen Golfschläger.»

Dalgliesh antwortete nicht. Ohne sich umzudrehen und ohne ein weiteres Wort ließ er sie allein und schloß die Tür des Übungsraums leise hinter sich. Die Treppe sah gefährlich aus, und zuerst fürchtete er, er würde es nicht schaffen. Doch packte er entschlossen das Treppengeländer, ging mit kleinen vorsichtigen Schritten in sein Büro und setzte sich hinter den Schreibtisch, um auf Masterson zu warten.

Ein Kreis verbrannter Erde

1

Gegen zwei Uhr früh ließ der Pförtner Masterson durch die Haupteinfahrt des Krankenhauses ein. Der Wind blies immer kräftiger, als er durch das Spalier der sich biegenden Bäume den gewundenen Weg zum Nightingale-Haus fuhr. Das Haus lag düster vor ihm. Nur das Fenster, hinter dem Dalgliesh noch arbeitete, war erleuchtet. Masterson sah mißmutig hinüber. Es hatte ihn geärgert und etwas beunruhigt, als er entdeckte, daß Dalgliesh noch im Nightingale-Haus war. Er rechnete damit, gleich über das Ergebnis seiner Aktivitäten berichten zu müssen. Diese Aussicht war nicht unangenehm, weil der Erfolg ihm den Rücken stärkte, aber der Tag war lang gewesen. Er hoffte, es würde nicht eine jener Rund-um-die-Uhr-Sitzungen des Kriminalrats werden.

Masterson betrat das Haus durch den Nebeneingang und drehte hinter sich den Schlüssel zweimal um. Die Stille des hohen, weiten Flurs empfing ihn unheimlich und unheilträchtig. Das Haus schien den Atem anzuhalten. Er hatte wieder diesen unangenehmen, fast bedrohlichen Geruch in der Nase, diese fremde, doch inzwischen vertraute Mischung aus Desinfektionsmitteln und Bohnerwachs. Als fürchte er, das schlafende, halb leere Haus zu stören, schaltete er kein Licht an, sondern fand den Weg über den Flur mit dem Strahl seiner Taschenlampe. Die weiß schimmernden Anschläge am Schwarzen Brett erinnerten ihn an die Trauerkarten in der Vorhalle irgendeiner ausländischen Kathedrale. Aus deiner Barmherzigkeit bitte für Josephine Fallon. Unbewußt ging er auf Zehenspitzen die Treppe hinauf, als fürchte er, die Tote zu wecken.

Im Büro im ersten Stock saß Dalgliesh an seinem Schreibtisch vor der aufgeschlagenen Akte. Masterson blieb stocksteif in der Tür stehen und versuchte, seine Überraschung zu verbergen. Das Gesicht des Kriminalrats war verzerrt und grau unter dem großen Turban aus weißem Verbandsstoff. Er saß kerzengerade, die Unterarme ruhten auf dem Tisch, die Handflächen lagen leicht nach außen gekehrt zu beiden Seiten des Blattes. Die Pose war vertraut. Masterson sinnierte, nicht zum erstenmal, daß der Kriminalrat auffallend schöne Hände hatte und dazu wußte, wie er sie vorteilhaft zur Geltung bringen konnte. Er war schon lange zu dem Schluß gekommen, daß Dalgliesh einer der eingebildetsten Menschen war, die er kannte. Sein wirklicher Hochmut war zu sorgsam gehütet, um allgemein erkannt zu werden, aber Masterson genoß es, ihn bei einer der kleineren Eitelkeiten zu ertappen. Dalgliesh blickte auf, ohne eine Miene zu verziehen.

«Ich erwartete Sie schon vor zwei Stunden, Sergeant. Was haben Sie getrieben?»

«Mit unüblichen Mitteln Auskünfte eingeholt, Sir.»

«Sie sehen aus, als seien die unüblichen Mittel auf Sie angewandt worden.»

Masterson verkniff sich die auf der Hand liegende Retourkutsche. Wenn der Alte um seine Verletzung ein Geheimnis machen wollte, würde er ihm nicht die Freude machen, Neugier zu zeigen.

«Ich habe bis gegen Mitternacht getanzt, Sir.»

«In Ihrem Alter dürfte einen das nicht so arg mitnehmen. Erzählen Sie von der Dame. Sie scheint Eindruck auf Sie gemacht zu haben. Der Abend war angenehm?»

Masterson hätte mit gutem Recht antworten können, der Abend sei die Hölle gewesen. Er gab sich mit einer Darstellung dessen zufrieden, was er in Erfahrung gebracht hatte. Den Schautango ließ er klugerweise unter den Tisch fallen. Sein Instinkt sagte ihm, Dalgliesh würde das vielleicht weder lustig noch vernünftig finden. Davon abgesehen, gab er einen genauen Bericht des Abends. Er versuchte, bei den Tatsachen zu bleiben und Gefühle aus dem Spiel zu lassen, merkte aber, daß die Wiedergabe ihm teilweise Spaß machte. Seine Schilderung von Mrs. Dettinger war präzise, doch sarkastisch. Schließlich gab er sich kaum noch Mühe, seine Verachtung und seinen Ekel zu verbergen. Er glaubte, daß er es ganz ordentlich brachte.

Dalgliesh hörte schweigend zu. Sein bandagierter Kopf war immer noch über die Akte gebeugt, und Masterson konnte nicht erraten, was er dachte. Am Ende des Vortrags sah Dalgliesh auf: «Macht Ihnen Ihre Arbeit Spaß?»

«Ja, Sir, meistens.»

«Diese Antwort habe ich erwartet.»

«Sollte die Frage ein Tadel sein, Sir?»

Masterson war sich darüber im klaren, daß er sich auf gefährlichen Boden begab, aber er konnte sich diesen ersten zaghaften Schritt nicht verkneifen.

Dalgliesh gab keine Antwort auf die Frage. Statt dessen sagte er: «Ich halte es für ausgeschlossen, Detektiv zu sein und immer nett und freundlich zu bleiben. Sollten Sie aber jemals meinen, daß Grausamkeit als solche Vergnügen bereitet, dann ist es vermutlich höchste Zeit, den Beruf zu wechseln.»

Masterson wurde rot und schwieg. Das ausgerechnet von Dalgliesh! Dalgliesh, der sich so wenig um das Privatleben seiner Untergebenen kümmerte, als sei er sich nicht bewußt, daß sie überhaupt eines hatten; dessen sarkastischer Witz so vernichtend sein konnte wie der Knüppel eines anderen. Und wie freundlich war denn er? Wie viele seiner denkwürdigen Erfolge hatte er mit Freundlichkeit erreicht? Natürlich würde er nie rücksichtslos handeln. Er war zu hochmütig, zu wählerisch, zu kontrolliert, in Wirklichkeit viel zuwenig menschlich für etwas so Verständliches wie eine gewöhnliche kleine Rücksichtslosigkeit. Auf das Böse reagierte er mit einem Kräuseln der Nase, er stampfte nicht mit dem Fuß auf. Aber Freundlichkeit! Das kann er einem andern erzählen, dachte Masterson.

Dalgliesh redete weiter, als habe er nichts Besonderes gesagt.

«Wir müssen uns Mrs. Dettinger natürlich noch einmal vornehmen. Und wir brauchen eine ordentliche Aussage. Hatten Sie das Gefühl, daß sie die Wahrheit sagte?»

«Schwer zu sagen. Ich wüßte eigentlich nicht, warum sie lügen sollte. Aber sie ist eine sonderbare Frau, und sie war von meinem Auftritt zuerst nicht gerade begeistert. Es könnte ihr möglicherweise eine boshafte Befriedigung verschaffen, uns auf die falsche Spur zu hetzen. Sie könnte zum Beispiel den Namen Grobel mit einem anderen Angeklagten in Verbindung gebracht haben.»

«So daß die Person, die ihr Sohn auf der Station erkannte, eine beliebige andere Angeklagte im Felsenheimprozeß gewesen sein könnte, eine von denen, die noch leben und nicht verurteilt wurden. Was hat ihr Sohn ihr wörtlich gesagt?»

«Da liegt die Schwierigkeit, Sir. Anscheinend hat er ihr gegenüber angedeutet, daß diese Deutsche, Irmgard Grobel, am John Carpendar angestellt ist, aber sie kann sich nicht genau an seine Worte erinnern. Sie meint, er habe gesagt: ‹Das ist ein komisches Krankenhaus, Ma, die Grobel arbeitet hier, die ist eine von den Schwestern.›»

Dalgliesh sagte: «Das weist darauf hin, daß nicht die Schwester gemeint war, die ihn tatsächlich pflegte, sonst hätte er sich vermutlich anders ausgedrückt. Natürlich nicht, wenn er fast ständig bewußtlos war und Oberschwester Brumfett vorher nicht gesehen oder bemerkt hatte, daß ihr die Station unterstand. Er war sicher nicht in der Lage, die Feinheiten der Krankenhaushierarchie zu erkennen. Nach seiner Krankengeschichte delirierte er fast ohne Unterbrechung oder war bewußtlos, was sein Zeugnis auch fragwürdig hätte erscheinen lassen, wenn er nicht unpassenderweise gestorben wäre. Auf jeden Fall scheint seine Mutter die Geschichte anfangs nicht besonders ernstgenommen zu haben. Hat sie im Krankenhaus irgendeine Andeutung gemacht? Vielleicht gegenüber Schwester Pearce?»

«Sie sagt, nein. Ich glaube, ihre Hauptsorge war damals, die Habseligkeiten ihres Sohnes und den Totenschein abzuholen und sich die Versicherung auszahlen zu lassen.»

«Verbittert, Sergeant?»

«Na ja, sie zahlt an die zweitausend Pfund im Jahr für Tanzstunden, und ihr Kapital neigte sich dem Ende zu. Bei Delaroux legt man Wert auf Vorauszahlung. Sie breitete ihre finanziellen Verhältnisse in aller Ausführlichkeit vor mir aus, als ich sie nach Hause fuhr. Mrs. Dettinger wollte keine Schwierigkeiten machen. Als sie dann aber Mr. Courtney-Briggs' Rechnung erhielt, kam ihr die Idee, sie könnte mit der Geschichte ihres Sohnes vielleicht etwas herunterhandeln. Und sie schaffte es. Fünfzig Scheinchen.»

«Was bedeutet, daß Mr. Courtney-Briggs ein größeres Herz hat, als wir annahmen, oder dachte, diese Auskunft sei das Geld wert. Hat er es sofort überwiesen?»

«Sie sagt, nein. Sie suchte ihn zuerst am Mittwoch, dem 21. Januar, in seiner Praxis in der Wimpole Street auf. Bei dieser Gelegenheit erreichte sie nichts, deshalb rief sie ihn letzten Samstagmorgen an. Seine Sekretärin sagte ihr, Mr. Courtney-Briggs sei im Ausland. Sie hatte vor, am Montag noch einmal anzurufen, doch mit der ersten Post kam der Scheck über fünfzig Pfund. Es lag kein Brief dabei, keine Erklärung, nur sein Kontrollabschnitt. Aber sie wußte Bescheid.»

«Er war also letzten Samstag im Ausland. Wo, ist die Frage. In Deutschland? Jedenfalls sollten wir dem nachgehen.»

Masterson sagte: «Das klingt alles so an den Haaren herbeigezogen, Sir. Und es paßt eigentlich nicht ins Bild.»

«Nein. Wir sind uns ziemlich sicher, wer die beiden Mädchen umgebracht hat. Die Fakten deuten folgerichtig auf eine Person hin. Und diese neue Erkenntnis paßt tatsächlich nicht in das Bild. Es ist verwirrend, wenn man auf der Suche nach einem fehlenden Stück des Puzzlespiels Schmutz aufrührt und hinterher merkt, daß er zu einem anderen Stück gehört.»

«Sie halten es also nicht für wichtig, Sir? Ich wäre nicht sehr erbaut, wenn meine abendlichen Anstrengungen mit Mrs. Dettinger umsonst gewesen wären.»

«Oh, es ist wichtig. Es ist sogar außerordentlich wichtig. Und wir haben eine Bestätigung gefunden. Wir haben herausbekommen, was es mit dem gelichenen Buch auf sich hatte. Die Westminster-City-Bibliothek war sehr entgegenkommend. Miss Pearce ging an ihrem freien Tag, am Donnerstag, dem 8. Januar, nachmittags in die Zweigstelle Marylebone und fragte nach einem Buch über die deutschen Kriegsverbrecherprozesse. Sie sagte, sie interessiere sich besonders für einen Prozeß in Felsenheim im November 1945. Sie fanden dazu nichts in ihrem Katalog, wollten es aber in anderen Londoner Bibliotheken versuchen und schlugen ihr vor, in ein, zwei Tagen wieder vorbeizukommen oder telefonisch anzufragen. Sie rief am Samstagmorgen an. Sie teilten ihr mit, sie hätten ein Buch gefunden, das unter anderen auch den Felsenheimer Prozeß behandelte, und sie ging noch am selben Tag hin. Jedesmal gab sie ihren Namen mit Josephine Fallon an und legte deren Ausweis und den blauen Leihschein vor. Normalerweise notieren sie natürlich nicht den Namen und die Adresse. In diesem Fall taten sie es, weil das Buch aus einer anderen Bibliothek besorgt werden mußte.»

«Und wurde es zurückgegeben, Sir?»

«Ja, aber nicht namentlich, und sie können nicht genau sagen, wann. Wahrscheinlich an dem Mittwoch nach dem Tod der Pearce. Jemand legte es auf den Wagen für Fachliteratur. Als die Angestellte die eben zurückgebrachten Bücher auf den Wagen legen wollte, fand sie es und brachte es an den Rückgabeschalter. Dort wurde es als zurückgegeben gebucht und auf die Seite gelegt, um wieder in die betreffende Bibliothek geschickt zu werden. Niemand hat gesehen, wer es zurückbrachte. Die Bibliothek hat sehr viel Betrieb, und die Leute können beliebig ein und aus gehen. Nicht jeder hat ein Buch am Schalter abzugeben oder abzuholen. Auf jeden Fall ist es ganz einfach, ein Buch in einem Korb oder einer Tasche mitzubringen und es zwischen die anderen auf dem Wagen zu stecken. Die Angestellte, die es schließlich entdeckte, hatte fast den ganzen Vor- und Nachmittag Schalterdienst, und eine jüngere Kollegin packte die Bücher auf den Wagen und brachte sie ins Magazin. Das Mädchen war mit seiner Arbeit nicht nachgekommen, und sie wollte ihr deshalb helfen. Sie bemerkte das Buch sofort. Das war ungefähr um vier Uhr dreißig. Aber es hätte natürlich auch schon viel früher hingelegt werden können.»

«Und die Fingerabdrücke?»

«Die bringen uns nicht weiter. Ein paar verschmierte Stellen. Es war durch die Hände einiger Bibliotheksangestellter und Gott weiß wie vieler Entleiher gegangen. Warum auch nicht? Sie konnten schließlich nicht wissen, daß es Beweisstück in einer Morduntersuchung war. Aber es ist eine interessante Sache. Sehen Sie es sich selbst einmal an.»

Er zog eine Schreibtischschublade auf und holte ein dickes, in dunkelblaues Leinen gebundenes Buch mit einer auf dem Rücken eingeprägten Katalognummer heraus. Masterson nahm es und legte es vor sich auf den Tisch. Er setzte sich zurecht und schlug es vorsichtig auf. Es war eine Darstellung verschiedener Kriegsverbrecherprozesse, die in Deutschland 1945 und in den folgenden Jahren stattgefunden hatten. Sie waren offensichtlich gründlich dokumentiert und nüchtern behandelt. Der Verfasser war ein Kronanwalt, der damals ein Mitarbeiter des Chefs des Militärpolizeiwesens gewesen war. Es enthielt nur wenige Abbildungen, von denen zwei den Prozeß in Felsenheim betrafen. Eines zeigte eine Gesamtansicht des Gerichtssaals, auf dem der Arzt auf der Anklagebank nur undeutlich zu erkennen war, das andere war eine Fotografie des Lagerkommandanten. Dalgliesh sagte: «Martin Dettinger wird nur nebenbei erwähnt. Er diente im Krieg bei der leichten Infanterie – King's Wiltshire – und wurde im November 1945 zum Mitglied eines Militärgerichtshofs in Westdeutschland bestellt, der gegen vier Männer und eine Frau, denen Kriegsverbrechen zur Last gelegt wurden, ermitteln sollte. Diese Gerichte wurden auf Grund einer Verfügung vom Juni 1945 errichtet, und dieses bestimmte bestand aus einem Präsidenten, der Brigadegeneral der Grenadiergarde war, vier Offizieren des Heeres, darunter Dettinger, und einem Kriegsgerichtsrat, der von dem Chef der Militärpolizei ernannt wurde. Wie ich bereits sagte, sollten sie über vier Personen verhandeln, die man beschuldigte – Sie finden die Anklage auf Seite 127 –, ‹gemeinsam und in Verfolgung eines gemeinsamen Zieles für und im Namen des damaligen Deutschen Reiches gehandelt und am oder um den 3. September 1944 vorsätzlich, bewußt und ungesetzlich der Ermordung von 31 Menschen polnischer und russischer Nationalität Vorschub und Beihilfe geleistet und daran teilgenommen zu haben›.»

Masterson staunte kein bißchen, daß Dalgliesh die Anklage im Wortlaut zitieren konnte. Die Fähigkeit, auswendig lernen und Fakten exakt und zutreffend wiedergeben zu können, gehörte zu den Tricks eines Chefs. Dalgliesh beherrschte es besser als die meisten, und wenn er sein Können vorzeigen wollte, schickte es sich kaum für seinen Sergeanten, ihn dabei zu unterbrechen. Er sagte nichts. Er bemerkte, daß der Kriminalrat einen großen, eiförmigen grauen Stein aufgehoben hatte und ihn langsam auf der Hand hin und her rollen ließ. Vermutlich war sein Blick im Park daraufgefallen, und er hatte ihn mitgenommen, um ihn als Briefbeschwerer zu benutzen. Ganz sicher hatte er am Morgen noch nicht auf dem Schreibtisch gelegen. Die müde, überanstrengte Stimme fuhr fort.

«Diese einunddreißig Männer, Frauen und Kinder waren Juden, zur Zwangsarbeit in Deutschland. Sie sollen an Tuberkulose erkrankt gewesen sein. Sie wurden in eine Anstalt in Westdeutschland gebracht, die ursprünglich für Geisteskranke bestimmt gewesen war, in der aber seit dem Sommer 1944 nicht mehr geheilt, sondern getötet wurde. Es existieren keine Anhaltspunkte, wie viele Geisteskranke deutscher Nationalität dort umgebracht wurden. Das Personal war auf Geheimhaltung vereidigt worden, aber in der Umgebung der Anstalt liefen Gerüchte um über das, was hinter den Mauern vor sich ging. Am 3. September kam ein Transport von Polen und Russen in der Anstalt an. Man hatte ihnen gesagt, sie sollten wegen ihrer Tuberkulose behandelt werden. In der Nacht wurden ihnen tödliche Injektionen gegeben – den Männern, Frauen und Kindern –, und bis zum Morgen waren sie tot und begraben. Wegen dieses Verbrechens, nicht wegen der Morde an den Deutschen, standen die vier Angeklagten vor Gericht. Einer war der Chefarzt Max Klein, einer ein junger Apotheker, Ernst Gumbmann, einer der Oberpfleger, Adolf Straub, und dann eine junge ungelernte Schwester, achtzehn Jahre alt, mit Namen Irmgard Grobel. Der Chefarzt und der Oberpfleger wurden für schuldig befunden. Der Arzt wurde zum Tode verurteilt, der Oberpfleger zu dreiundzwanzig Jahren Gefängnis. Der Apotheker und die Frau wurden freigesprochen. Sie finden die Begründung auf Seite 140. Am besten lesen Sie sie vor.»

Erstaunt, aber ohne Kommentar nahm Masterson das Buch und schlug die Seite 140 auf. Er begann zu lesen. Seine Stimme klang unnatürlich laut.

«Dieses Gericht ermittelt gegen die Beklagte Irmgard Grobel nicht wegen ihrer Beteiligung am Tod von deutschen Staatsangehörigen. Wir wissen heute, was in der Anstalt in Steinhoff vor sich ging. Wir wissen ebenfalls, daß es gemäß dem von Adolf Hitler proklamierten deutschen Recht geschah. In Übereinstimmung mit den Weisungen der obersten Autorität wurden viele tausend geisteskranke Deutsche von 1940 an auf völlig gesetzeskonformem Weg umgebracht. Vom moralischen Standpunkt aus kann man dieses Tun beurteilen, wie man mag. Die Frage kann nicht sein, ob das Personal in Steinhoff es für falsch oder für barmherzig hielt. Die Frage ist, ob sie es für gesetzlich hielten. Es wurde von Zeugen bestätigt, daß ein solches Gesetz existierte. Irmgard Grobel handelte, soweit sie mit dem Tod dieser Menschen zu tun hatte, im Rahmen dieses Gesetzes.

Aber wir befassen uns nicht mit den Geisteskranken. Im Juli 1944 wurde eben dieses Gesetz auf die unheilbar an Tuberkulose erkrankten Fremdarbeiter ausgedehnt. Man könnte darüber diskutieren, ob die Angeklagte keine Zweifel an der Legalität dieser Tötungen hatte, nachdem sie gesehen hatte, daß deutsche Staatsangehörige im Interesse des Staates von ihrem Elend befreit worden waren. Aber das ist kein Streitpunkt für mich. Wir sind nicht in der Lage, die Gedanken der Angeklagten zu beurteilen. Sie war in die einzigen Tötungen, mit denen sich dieses Gericht zu befassen hat, nicht verwickelt. Der Transport mit den Russen und Polen kam am 3. September 1944 um achtzehn Uhr dreißig in Steinhoff an. An diesem Tag kam Irmgard Grobel aus dem Urlaub zurück. Das Gericht hat gehört, daß sie um neunzehn Uhr dreißig den Schwesterntrakt betrat und sich umkleidete. Ihr Dienst begann um neun Uhr. Zwischen ihrer Ankunft in der Anstalt und dem Betreten des Schwesterndienstzimmers in Block E sprach sie nur mit zwei anderen Schwestern, den Zeugen Willig und Rohde. Beide Frauen haben bezeugt, daß sie gegenüber Fräulein Grobel nichts von der Ankunft des Transports erwähnten. Fräulein Grobel betritt also das Dienstzimmer. Sie hat eine beschwerliche Reise hinter sich und ist müde und fühlt sich krank. Sie überlegt noch, ob sie um Befreiung vom Dienst ersuchen soll oder nicht. In diesem Augenblick läutet das Telefon. Doktor Klein ist am anderen Ende. Das Gericht hat Zeugen dieses Gesprächs gehört. Klein bittet Fräulein Grobel nachzusehen, wieviel Evipan und Phenol vorrätig ist. Das Evipan wurde in Kartons mit je 25 Injektionen geliefert. Eine Injektion bestand aus einer Kapsel Evipan in Pulverform und einem Behältnis mit sterilem Wasser. Das Evipan und das Phenol wurden zusammen mit anderen gefährlichen Drogen im Dienstzimmer der Schwestern aufbewahrt. Fräulein Grobel überprüft die Vorräte und meldet Klein, daß zwei Kartons Evipan und rund 150 cm^3 flüssiges Phenol vorrätig sind. Klein trägt ihr auf, alles verfügbare Evipan und Phenol bereitzustellen und Oberpfleger Straub zu übergeben, der es abholen kommt. Außerdem soll sie ihm ein Dutzend 10-cm^3-Injektionsspritzen und eine Anzahl starker Nadeln aushändigen. Die Angeklagte behauptete, er habe kein einziges Mal den Zweck erwähnt, zu dem er diese Dinge brauchte, und Sie haben von dem Angeklagten Straub gehört, daß er sie ebenfalls nicht aufklärte.

Irmgard Grobel blieb im Dienstzimmer, bis sie um einundzwanzig Uhr zwanzig in ihr Zimmer getragen wurde. Das Gericht hat gehört, daß Schwester Rohde verspätet zum Dienst erschien und sie ohnmächtig am Boden liegend antraf. Sie war darauf fünf Tage wegen Brechreiz und Fieber ans Bett gefesselt. Sie sah nicht, wie die Russen und Polen Block E betraten, sie sah nicht, wie ihre Leichen in den frühen Morgenstunden des 4. September hinausgetragen wurden. Als sie wieder zum Dienst erschien, waren die Toten begraben.

Herr Präsident, dieses Gericht hat die Zeugen gehört, die Irmgard Grobels liebenswürdiges Wesen, ihre Freundlichkeit gegenüber kranken Kindern, ihre Begabung als Schwester bestätigt haben. Ich möchte dem Gericht vor Augen führen, daß sie jung ist, beinahe selbst noch ein Kind. Aber ich plädiere nicht auf Grund ihrer Jugend, auch nicht ihres Geschlechts, für Freispruch, sondern weil sie – als einzige der Angeklagten – erwiesenermaßen unschuldig ist in diesem Anklagepunkt. Sie hatte mit dem Tod dieser 31 Russen und Polen nichts zu tun. Sie wußte nicht einmal von deren Existenz. Die Verteidigung hat dem nichts hinzuzufügen.»

Dalglieshs bittere Stimme brach das Schweigen.

«Sie sehen, Sergeant, die übliche teutonische Berufung auf die Legalität. Sie erledigten das Morden ganz schön schnell, nicht wahr? Um halb sieben angekommen und um neun die Spritzen. Und warum Evipan? Sie konnten nur sicher sein, daß der Tod sofort einträte, wenn sie eine starke Dosis injizierten. Ich glaube nicht, daß weniger als 20 cm^3 sofort zum Tod führen. Nicht, daß sie das gestört hätte. Was die Grobel gerettet hat, war ihr Urlaub bis spät an diesem Abend. Die Verteidigung behauptete, sie habe nie erfahren, daß diese ausländischen Gefangenen eingeliefert worden waren, daß niemand vor dem Morgen des 4. September davon wußte. Der gleiche Einwand führte zum Freispruch des Apothekers. So gesehen waren beide unschuldig, falls man dieses Wort auf irgendeinen, der in Steinhoff gearbeitet hat, anwenden kann.»

Masterson schwieg. Das lag alles so lange zurück. Die Grobel war ein junges Mädchen gewesen. Zehn Jahre jünger, als er jetzt war. Der Krieg war alte Geschichte. Er spielte in seinem Leben keine größere Rolle als die Rosenkriege, eher eine noch geringere, da er nicht einmal diesen leicht romantischen und ritterlichen Anstrich der Geschichte hatte, die ihm als Junge beigebracht worden war. Er hatte keine bestimmten Gefühle in bezug auf die Deutschen oder irgendein anderes Volk, abgesehen von einigen wenigen, die er kulturell und intellektuell niedriger einstufte. Zu denen zählte er die Deutschen nicht. Deutschland verband er mit sauberen Hotels und guten Straßen, Rippchen zum Wein der Gegend in einer gemütlichen Weinstube, dem Rhein, der sich wie ein Silberband unter ihm schlängelte, dem ausgezeichneten Campingplatz bei Koblenz. Und falls einer der Angeklagten des Felsenheimprozesses noch am Leben wäre, hätte er inzwischen längst die mittleren Jahre erreicht. Irmgard Grobel wäre jetzt dreiundvierzig. Es waren uralte Geschichten. Nur, weil sie in diesen Fall hineinspielten, waren sie wichtig. Er sagte: «Das ist alles so lange her. Ist ein Geheimnis wie dieses wert, daß man mordet, um es zu wahren? Wer kümmert sich denn heute noch darum? Besagt die offizielle Politik nicht, zu vergeben und zu vergessen?»

«Die Stärke von uns Engländern ist, unseren Feinden zu vergeben; das entbindet uns von der Verpflichtung, unsere Freunde zu lieben. Sehen Sie sich dieses Buch an, Masterson. Fällt Ihnen etwas auf?»

Masterson ließ die Seiten auseinanderfallen, schüttelte sie leicht, hob das Buch in Augenhöhe und untersuchte den Einband. Dann legte er es wieder auf den Tisch und drückte die mittleren Seiten auseinander. Im Falz steckten ein paar Sandkörner.

Dalgliesh sagte: «Wir haben eine Probe zur Analyse ins Labor geschickt, aber ich bin mir über das Resultat schon ziemlich im klaren. Der Sand stammt mit großer Wahrscheinlichkeit aus einem Feuereimer im Nightingale-Haus.»

«Da war es demnach versteckt, bis er oder sie es in die Bibliothek zurückbringen konnte. Ein und dieselbe Person versteckte das Buch und die Dose Rosenspray. Es hängt alles sehr hübsch zusammen, Sir.»

«Ein wenig zu hübsch, nicht wahr?» sagte Dalgliesh.

Aber Sergeant Masterson war etwas anderes eingefallen. «Diese Broschüre, die wir im Zimmer der Pearce fanden! Handelte sie nicht von der Arbeit eines Heims in Suffolk für Opfer des Faschismus? Angenommen, die Pearce hat sie sich kommen lassen. Ist das ein weiterer Grund für ein Verbrechen?»

«Ich denke, ja. Wir setzen uns mit dieser Stelle morgen in Verbindung und versuchen herauszubekommen, was sie denen versprochen hat. Und wir unterhalten uns noch einmal mit Courtney-Briggs. Er hielt sich etwa um die Zeit, als Schwester Fallon starb, im Nightingale-Haus auf. Wenn wir erfahren, wen er aufsuchte und warum, sind wir der Lösung dieses Falles nahe. Aber das muß alles bis morgen warten.»

Masterson unterdrückte ein Gähnen. Er sagte: «Wir haben schon seit fast drei Stunden morgen, Sir.»

2

Falls der Nachtportier des *Falconer's Arms* überrascht war, die Gäste erst in den frühen Morgenstunden zurückkommen zu sehen, noch dazu den einen schwer angeschlagen mit einem auffälligen Verband um den Kopf, hatte er genug Übung, sich nichts anmerken zu lassen. Seine Frage, ob er etwas für die Herren tun könne, war rein mechanisch – und Mastersons Antwort nicht eben höflich. Sie stiegen die drei Treppen zu ihren Zimmern hinauf, weil der altmodische Aufzug unberechenbar und laut war. Dalgliesh wollte dem Sergeanten gegenüber um keinen Preis seine Schwäche zeigen und nahm Stufe um Stufe, ohne sich am Geländer festzuhalten. Er wußte, wie töricht diese Eitelkeit war, und als er endlich in seinem Zimmer war, mußte er dafür büßen. Er war so ermattet, daß er sich erst einen Moment gegen die verschlossene Tür lehnen mußte, bevor er schwankend den kurzen Weg zum Waschbecken schaffte. Er hielt sich am Wasserhahn fest und legte die Stirn auf die Unterarme. Sein Magen krampfte sich zusammen, er würgte schmerzhaft, aber ohne Erfolg. Ohne den Kopf zu heben, drehte er den rechten Hahn auf. Ein Schwall eiskalten Wassers schoß heraus. Er spülte sein Gesicht ab und trank ein paar gierige Schlucke aus den hohlen Händen. Sofort fühlte er sich besser.

Er schlief unruhig. Es war nicht einfach, den verpackten Kopf einigermaßen bequem auf das Kissen zu legen, und der Blutverlust schien zu bewirken, daß sein Geist unnatürlich aktiv und klar war und sich gegen den Schlaf wehrte. Wenn er einnickte, dann nur, um zu träumen. Er ging mit Mavis Gearing auf dem Krankenhausgelände spazieren. Sie sprang wie ein junges Mädchen unter den Bäumen herum, schwenkte ihre Gartenschere und rief neckisch: «Es ist wunderbar, was man für tolle Sachen selbst in dieser toten Jahreszeit finden kann.»

Er fand es ganz in Ordnung, daß sie von den abgestorbenen Zweigen voll aufgeblühte rote Rosen schnitt und daß keiner von beiden eine Bemerkung über die Leiche von Mary Taylor machte, die mit einem Henkerstrick um den weißen Hals an einem Ast hing.

Gegen Morgen wurde sein Schlaf tiefer. Trotzdem war er, als das Telefon schrill und anhaltend läutete, sofort hellwach. Das leuchtende Zifferblatt seines Reiseweckers zeigte 5.49 Uhr. Er hob mühsam den Kopf vom Kissen und tastete nach dem Hörer. Er erkannte die Stimme sofort. Aber diese Stimme hätte er auch von der jeder anderen Frau auf der Welt unterscheiden können.

«Mr. Dalgliesh? Hier ist Mary Taylor. Es tut mir leid, Sie aufzuwecken, aber ich dachte, es wäre Ihnen lieber, wenn ich anrufe. Wir haben ein Feuer hier. Nicht gefährlich, nur im Park. Es scheint von einer unbenutzten Gartenhütte in der Nähe des Nightingale-Hauses ausgegangen zu sein. Das Haus ist nicht in Gefahr, aber das Feuer hat sich schnell zwischen den Bäumen ausgebreitet.»

Er staunte über sich selbst, wie klar er denken konnte. Seine Wunde schmerzte nicht mehr. Er fühlte sich buchstäblich leicht im Kopf und mußte erst nach dem rauhen Material des Verbands tasten, um sich zu vergewissern, daß es noch da sei. Er sagte: «Morag Smith. Was ist mit ihr? Sie verkroch sich gelegentlich in dieser Hütte.»

«Ich weiß. Sie erzählte es mir gestern abend, als Sie sie hierher brachten. Ich habe ihr für heute nacht ein Bett bei uns gegeben. Morag ist in Sicherheit. Da habe ich zuallererst nachgesehen.»

«Und die andern im Haus?»

Am anderen Ende der Leitung war es still. Dann kam ihre Stimme etwas schärfer: «Das überprüfe ich jetzt. Es wäre mir nie in den Sinn ...»

«Natürlich nicht. Warum auch? Ich komme gleich rüber.»

«Muß das unbedingt sein? Mr. Courtney-Briggs bestand darauf, daß Sie sich erst einmal ausruhen. Die Feuerwehr hat den Brand unter Kontrolle. Sie dachten zuerst, das Nightingale-Haus sei in Gefahr, aber sie haben ein paar Bäume in unmittelbarer Nähe des Hauses gefällt. In einer halben Stunde dürfte das Feuer gelöscht sein. Können Sie nicht warten, bis es hell ist?»

«Ich komme sofort», erwiderte er.

Masterson lag flach auf dem Rücken. Er schlief wie betäubt, sein schweres Gesicht sah leer aus, und der Mund stand halb offen. Dalgliesh brauchte fast eine Minute, um ihn aufzuwecken. Er hätte ihn lieber in seinem Tiefschlaf liegen lassen, aber er hielt es in seinem augenblicklichen geschwächten Zustand nicht für ratsam, sich hinter das Steuer zu setzen. Masterson war schließlich zu sich gekommen und hörte den Anweisungen des Kriminalrats kommentarlos zu. Dann schlüpfte er unter vorwurfsvollem Schweigen in seine Kleider. Er war klug genug, Dalgliеshs Entschluß, zum Nightingale-Haus zu fahren, nicht in Frage zu stellen. Aber sein mürrisches Gesicht zeigte deutlich, daß er den Ausflug für überflüssig hielt, und er sprach während der kurzen Fahrt zum Krankenhaus kein Wort.

Lange bevor sie beim Krankenhaus waren, sahen sie das Feuer als roten Schein am nächtlichen Himmel, und als sie durch das offene Tor an der Winchester Road fuhren, hörten sie das stakkatohafte Knacken der brennenden Bäume und rochen den kräftigen Duft des schwelenden Holzes, der schwer und süß in der kalten Luft hing. Die düstere Stimmung glitt an Masterson ab. Er atmete den Duft geräuschvoll und genießerisch ein und sagte mit fröhlicher Offenheit: «Ich mag diesen Geruch, Sir. Vermutlich weil er mich an meine Kindheit erinnert. Sommerlager bei den Pfadfindern. Unter einer Wolldecke am Feuer kauern und zusehen, wie die Funken in die Nacht sprühen. Dufte Sache, wenn man dreizehn ist. Und Spähtruppführer zu sein, bedeutet wahrscheinlich mehr Macht und Ehre, als man in seinem ganzen Leben wieder erlebt. Sie verstehen, Sir.»

Dalgliesh verstand nicht. Seine einsame Kindheit war bar solcher Gemeinschaftserlebnisse gewesen. Aber es war ein interessanter und seltsam rührender Einblick in Mastersons Wesen. Spähtruppführer bei den Pfadfindern! Gut, warum nicht? Mit einem anderen Hintergrund oder nur einer anderen Laune des Schicksals hätte er der Anführer einer Bande werden können, wären der ihm eigene Ehrgeiz und seine Skrupellosigkeit in weniger gewöhnliche Bahnen geleitet worden.

Masterson stellte den Wagen in sicherer Entfernung unter den Bäumen ab, und sie gingen auf das Feuer zu. Als sei es abgesprochen gewesen, blieben sie gleichzeitig im schützenden Schatten stehen und sahen dem Geschehen schweigend zu. Niemand schien sie zu bemerken, und niemand kam auf sie zu. Die Feuerwehrmänner waren beschäftigt. Es gab nur ein Gerät. Den Schlauch hatten sie anscheinend im Nightingale-Haus angeschlossen. Das Feuer war inzwischen unter Kontrolle, aber es sah immer noch eindrucksvoll aus. Der Schuppen war gänzlich verschwunden, und nur noch ein Kreis schwarzer Erde zeigte, wo er gestanden hatte. Die Bäume drumherum waren geschwärzte Galgen, verkrüppelt und verzerrt, als hätten sie sich gegen den Flammentod zur Wehr gesetzt. Am Rande brannten noch ein paar Schößlinge lichterloh, knisterten und zischten unter dem Wasserstrahl aus dem Feuerwehrschlauch. Eine einzelne Flamme züngelte hoch und flackerte in dem kräftigen Wind, hüpfte von Baumspitze zu Baumspitze und brannte dort oben wie eine klare, strahlende Kerze, bis ein gezielter Wasserstrahl sie löschte. Vor ihren Augen fing plötzlich eine Tanne Feuer und zerbarst in einem Funkenregen von goldnen Nadeln. Dalgliesh hörte ein leises begeistertes ‹Ah!› und sah, daß die kleine Gruppe von Schülerinnen, die in ihren schwarzen Umhängen von weitem zugesehen hatten, näher an das Feuer vorgerückt war.

Ein kurzer Schein fiel auf ihre Gesichter, und er glaubte, Madeleine Goodale und Julia Pardoe zu erkennen. Dann sah er die unverkennbare hohe Gestalt der Oberin auf sie zugehen. Sie sagte etwas zu ihnen, und das Grüppchen machte kehrt und zog sich widerstrebend zurück. In diesem Augenblick entdeckte sie Dalgliesh. Sie blieb wie angewurzelt stehen. In ihrem langen schwarzen Umhang stand sie vor einem einzelnen brennenden Bäumchen wie ein Opfer am Marterpfahl. Die tanzenden Flammen hinter ihr gossen einen rötlichen Schein über ihre blasse Haut. Dann kam sie langsam auf ihn zu. Er sah jetzt, daß ihr Gesicht sehr weiß war. Sie sagte: «Sie hatten recht. Sie war nicht in ihrem Zimmer. Sie hat einen Brief für mich hinterlassen.»

Dalgliesh erwiderte nichts. Seine Gedanken waren so klar, daß sie sich unabhängig von seinem Willen zu bewegen schienen, daß sie nicht nur alle Schlüssel zu dem Verbrechen kannten, sondern es gleichsam von einer großen Höhe aus betrachteten. Eine schattenlose Landschaft weitete sich unter ihm, greifbar, vertraut und unzweideutig. Er wußte jetzt alles. Nicht nur, wie die beiden Mädchen ermordet worden waren; nicht nur, wann und warum; nicht nur, von wem. Er wußte um die eigentliche Wahrheit des ganzen Verbrechens, denn es war ein einziges Verbrechen. Vielleicht würde er es nie beweisen können; aber er wußte alles.

Eine halbe Stunde später war das Feuer gelöscht. Die Schläuche krochen und polterten über die geschwärzte Erde, als sie aufgewunden wurden, und wirbelten dabei ätzend riechende Aschewölkchen auf. Die letzten Zuschauer hatten sich verzogen, und die Mißklänge von Feuer und Wind waren einem untermalenden Zischen gewichen, das nur von den Befehlen des Feuerwehrhauptmanns und den undeutlichen Stimmen seiner Männer gestört wurde. Selbst der Wind war etwas abgeflaut und wehte sanft und mild, von der rauchenden Erde erwärmt, über Dalgliesh Gesicht. Überall hing der

Geruch von verkohltem Holz. Die Scheinwerfer des Löschautos strahlten den qualmenden Kreis an, wo die Hütte gestanden hatte. Eingerahmt von Masterson und Mary Taylor, ging Dalgliesh darauf zu. Er spürte die Hitze unangenehm durch die Schuhsohlen. Es war nicht mehr viel zu sehen: ein bizarr gebogenes Stück Metall, das vielleicht einmal zu einem Ofen gehört hatte; ein verkohlter Teekessel – ein Fußtritt würde ihn zur Unkenntlichkeit zerbröckeln lassen. Und noch etwas lag da, eine Gestalt, der Umriß einer Gestalt nur, die aber selbst in der Entweihung des Todes noch erschreckend menschlich aussah. Sie blieben stehen und blickten schweigend auf den Boden. Es dauerte ein paar Minuten, die noch kenntlichen Einzelheiten zu identifizieren: den Beckenring, der, vom Muskel- und Fleischpolster entblößt, lächerlich klein schien; die nach oben gekehrte Hirnschale, harmlos wie ein Trinkgefäß; den Flecken, wo das Gehirn geborsten war.

Dalgliesh sagte: «Lassen Sie das hier absperren und sorgen Sie dafür, daß es bewacht wird. Und rufen Sie Sir Miles Honeyman an.»

Masterson sagte: «Mit der Identifizierung wird er ganz schön was zu tun haben, Sir.»

«Ja», erwiderte Dalgliesh, «wenn wir nicht schon wüßten, wer es war.»

3

Sie gingen in stummem Einverständnis, ohne ein einziges Wort zu wechseln, durch das stille Haus zur Wohnung der Oberin. Kein Mensch war zu sehen. Als sie das Wohnzimmer betraten, schlug die Standuhr auf dem Kaminsims halb sieben. Es war noch völlig dunkel, und im Gegensatz zu der vom Feuer erhitzten Luft draußen war es im Zimmer bitter kalt. Die Vorhänge waren zurückgezogen, und ein Fensterflügel stand offen. Die Oberin ging schnell hinüber und schloß ihn, zog die Vorhänge mit einem raschen, entschlossenen Schwung zu, drehte sich nach Dalgliesh um und sah ihn fest und mitfühlend an, als sähe sie ihn zum erstenmal.

«Sie sehen furchtbar müde und verfroren aus. Setzen Sie sich doch hier ans Feuer.»

Er ging durchs Zimmer und lehnte sich an den Kamin, weil er Angst hatte, er würde nie mehr aufstehen können, wenn er sich erst einmal gesetzt hätte. Aber der Sims fühlte sich unsicher an, der Marmor schlüpfrig wie Eis. Er ließ sich in einen Sessel fallen und sah zu, wie sie auf der Matte vor dem Kamin kniete und ein paar Stück Anmachholz auf die vom letzten Abend noch warme Asche legte. Das Holz flackerte auf. Sie schüttete noch ein paar Kohlen darauf und hielt ihre Hände über die Flamme. Dann griff sie, ohne ihre Stellung zu verändern, in die Manteltasche und reichte ihm einen Brief.

Ein hellblauer Umschlag, nicht zugeklebt, mit einer runden, kindlichen Handschrift adressiert: «An alle, die es angeht.» Er nahm den Brief heraus. Billiges blaues Papier, nichts Besonderes, unliniiert, aber mit so geraden Linien beschrieben, daß sie ein Linienblatt untergelegt haben mußte.

«Ich habe Heather Pearce und Josephine Fallon getötet. Sie hatten etwas über meine Vergangenheit herausbekommen, etwas, das sie nichts anging, und drohten mich zu erpressen. Als Oberschwester Gearing anrief und mir sagte, Schwester Fallon sei erkrankt, wußte ich, daß Schwester Pearce an ihrer Stelle als Patientin einspringen würde. Ich holte die Flasche mit dem Desinfektionsmittel sehr früh am Morgen und füllte sie in eine leere Milchflasche in der Teeküche um. Ich setzte sorgfältig die Kappe darauf und nahm die Flasche in meiner Stofftasche mit zum Frühstück. Ich mußte nach dem Frühstück nur noch rasch in den Übungsraum gehen und die Flasche mit dem Gift mit der Milchflasche auf dem Wagen vertauschen. Wenn jemand dagewesen wäre, hätte ich eine Ausrede gewußt und es ein anderes Mal und auf andere Art versucht. Aber der Raum war leer. Ich nahm die Milchflasche mit nach oben in die Küche und warf die leere Flasche mit dem Desinfektionsmittel aus einem Toilettenfenster.

Ich war im Wintergarten, als Oberschwester Gearing das Rosenspray brachte, und es fiel mir wieder ein, als ich plante, Schwester Fallon zu töten. Ich wußte, wo der Schlüssel zum Wintergarten hing. Ich trug Handschuhe, um keine Fingerabdrücke zu hinterlassen. Es war ein leichtes, das Gift in den Whiskybecher zu schütten, während Schwester Fallon im Bad war und der Drink auf dem Nachttisch abkühlte. Sie wich nie von ihren nächtlichen Gewohnheiten ab. Ich hatte vor, die Dose zunächst zu behalten und später in der Nacht auf ihren Nachttisch zu stellen, damit es den Anschein hätte, sie habe Selbstmord begangen. Ich wußte, wie wichtig es wäre, ihre Fingerabdrücke auf der Dose zu haben, aber ich sah darin keine Schwierigkeit. Ich mußte meine Pläne ändern, weil Mr. Courtney-Briggs mich kurz vor zwölf anrief und auf die Station holte. Ich konnte die Dose nicht mit mir herumtragen, weil ich auf der Station meine Tasche nicht ständig bei mir haben konnte, und ich dachte, es wäre zu gewagt, sie in meinem Zimmer zu lassen. Deshalb versteckte ich sie in dem Feuereimer gegenüber von Schwester Fallons Zimmer. Ich wollte sie später holen und auf ihren Nachttisch stellen. Aber als ich ins Nightingale-Haus zurückkam, erwies sich auch das als unmöglich. Als ich oben an der Treppe stand, kamen die Zwillinge aus ihren Zimmern. Es fiel Licht durch Schwester Fallons Schlüsselloch, und sie beschlossen, ihr einen Kakao hineinzubringen. Ich war darauf gefaßt, daß die Leiche noch in der Nacht entdeckt würde. Aber ich konnte nichts tun, als nach oben zu gehen und mich schlafen zu legen. Ich lag in meinem Bett und wartete jede Minute darauf, daß Alarm geschlagen würde. Ich fragte mich, ob die Zwillinge ihre Absicht geändert hatten oder ob Schwester Fallon eingeschlafen war, bevor sie ihren Whisky getrunken hatte. Aber ich wagte nicht, hinunterzugehen und nachzusehen. Wenn ich die Möglichkeit gehabt hätte, die Dose mit dem Nikotin an Schwester Fallons Bett zu stellen, wäre kein Mensch auf die Idee gekommen, sie sei ermordet worden, und ich hätte zwei vollkommene Verbrechen begangen.

Dem ist nichts mehr hinzuzufügen, außer daß niemand wußte, was ich damit erreichen wollte, und daß keiner mir half.

Ethel Brumfett.»

Mary Taylor sagte: «Es ist tatsächlich ihre Handschrift. Ich fand den Brief auf dem Kaminsims, als ich mit Ihnen telefoniert hatte und nachsehen wollte, ob alle im Haus wären. Aber ist es denn die Wahrheit?»

«O ja, es ist die Wahrheit. Sie tötete beide. Nur die Mörderin hatte wissen können, wo die Dose mit dem Nikotin versteckt war. Es war klar, daß der zweite Todesfall nach Selbstmord aussehen sollte. Warum stand dann die Dose nicht auf dem Nachttisch? Das konnte nur bedeuten, daß der Mörder bei der Ausführung seines Plans unterbrochen wurde. Oberschwester Brumfett war die einzige Person im Nightingale-Haus, die in der Nacht ins Krankenhaus gerufen wurde. Nach ihrer Rückkehr wurde sie daran gehindert, in Schwester Fallons Zimmer zu gehen. Aber sie war von Anfang an die Verdächtige Nummer eins. Die Flasche mit dem Gift mußte in aller Ruhe und von jemand, der Zugang zu Milchflaschen und Desinfektionsmitteln hatte, präpariert worden sein, und dieser Jemand mußte die tödliche Flasche unauffällig mit sich herumtragen können. Oberschwester Brumfett machte keinen Schritt ohne diese große Stofftasche. Es war Pech für sie, daß sie zufällig eine Flasche mit einem Deckel in der falschen Farbe erwischte. Ich frage mich, ob sie es überhaupt merkte. Und selbst wenn, hätte sie keine Zeit mehr gehabt, diesen Fehler zu korrigieren. Ihr ganzer Plan beruhte auf einer Vertauschung, die nur eine Sekunde in Anspruch nehmen würde. Sie mußte sich darauf verlassen, daß es niemandem auffallen würde. Und in der Tat, es blieb unbemerkt. Aber es gibt noch einen Punkt, in dem sie sich von allen anderen Verdächtigen unterschied. Sie war die einzige, die in beiden Fällen zum Zeitpunkt des Todes nicht im Haus war. Sie konnte der Fallon nichts antun, als sie auf ihrer Station lag. Das wäre ein Ding der Unmöglichkeit gewesen. Und sie zog es vor, bei beiden Morden nicht zuzusehen. Jemand müßte schon ein psychopathischer Mörder oder aber ein Profi sein, um freiwillig seinem Opfer beim Sterben zuzusehen.»

Sie sagte: «Wir wissen, daß Heather Pearce eine potentielle Erpresserin war. Ich möchte bloß wissen, was für ein klägliches Ereignis sie in dem langweiligen Vorleben der armen Brumfett ausgegraben hat, um sich daran hochzuziehen.»

«Ich denke doch, Sie wissen das genausogut wie ich. Heather Pearce hatte die Geschichte mit Felsenheim herausbekommen.»

Sie schien zu erstarren. Sie kauerte zu seinen Füßen neben dem Sessel. Er konnte ihr Gesicht nicht sehen. Nach einer Weile wandte sie sich um und blickte ihn an.

«Sie war doch unschuldig. Die Brumfett paßte sich an, sie war autoritätsgläubig, hatte gelernt, kritiklosen Gehorsam für die erste Schwesternpflicht zu halten. Aber sie brachte keine Patienten um. Das Urteil des Richters in Felsenheim war gerecht. Und selbst wenn es das nicht gewesen wäre, es war das Urteil eines ordentlichen Gerichtshofes. Sie war offiziell unschuldig.»

Dalgliesh sagte: «Ich bin nicht hier, um das Urteil von Felsenheim in Frage zu stellen.»

Anscheinend hatte sie überhaupt nicht hingehört, denn sie fuhr eifrig fort, als wolle sie ihn zwingen, ihr zu glauben.

«Sie erzählte mir davon, als wir zusammen auf der Schwesternschule in Nethercastle waren. Sie verbrachte den größten Teil ihrer Kindheit in Deutschland, aber ihre Großmutter war Engländerin. Nach dem Urteil wurde sie natürlich auf freien Fuß gesetzt und heiratete schließlich 1946 einen englischen Sergeanten, Ernest Brumfett. Sie hatte etwas Geld, und es handelte sich nur um eine Vernunftehe, eine Möglichkeit, aus Deutschland herauszukommen und nach England zu gehen. Ihre Großmutter war inzwischen gestorben, aber sie hatte dennoch Bindungen an dieses Land. Sie kam als Schwesternhelferin nach Nethercastle, stellte sich aber so gut an, daß es nach achtzehn Monaten kein Problem war, von der Oberin die Aufnahme in die Schwesternschule zu erreichen. Das Krankenhaus war eine gute Wahl gewesen. Es war nicht sehr wahrscheinlich, daß sie dort gründliche Nachforschungen über die Vergangenheit einer Person anstellen würden, besonders nicht bei einer Frau, die sich bereits bewährt hatte. Das Krankenhaus ist ein großer viktorianischer Komplex, immer voll belegt, mit chronischem Personalmangel. Die Brumfett und ich schlossen unsere Ausbildung zusammen ab, gingen zusammen an das dortige Entbindungsheim, um die ergänzende Hebammenausbildung zu bekommen, kamen dann zusammen hierher in den Süden an das John Carpendar. Ich kenne Ethel Brumfett seit fast zwanzig Jahren. Ich habe gesehen, wie sie immer wieder für alles, was in der Anstalt in Steinhoff geschah, bezahlt hat. Sie war damals jung. Wir können nicht feststellen, was ihr in jenen Jahren in Deutschland widerfuhr. Wir wissen nur, was sie als Erwachsene für dieses Krankenhaus und für die Patienten geleistet hat. Die Vergangenheit ist nicht mehr wichtig.»

Dalgliesh sagte: «Bis schließlich das eintrat, was sie im Unterbewußtsein immer befürchtet haben mußte. Bis jemand aus dieser Vergangenheit sie erkannte.»

Sie sagte: «Dann hätten sich all diese Jahre voller Arbeit und Einsatz in nichts aufgelöst. Ich kann verstehen, daß es ihr notwendig erschien, Schwester Pearce umzubringen. Aber warum auch Schwester Fallon?»

«Aus vier Gründen. Schwester Pearce suchte zunächst einen Beweis für Martin Dettingers Geschichte, bevor sie Schwester Brumfett darauf ansprach. Die beste Möglichkeit schien ihr zu sein, in den Gerichtsprotokollen nachzulesen. Deshalb bat sie Schwester Fallon um die Leihkarte. Sie ging am Donnerstag in die Westminster-Bibliothek und noch einmal am Samstag, wo das Buch inzwischen für sie bereitlag. Sie muß es Oberschwester Brumfett gezeigt haben, muß ihr gesagt haben, woher sie die Leihkarte hatte. Früher oder später hätte Schwester Fallon die Karte zurückverlangt. Es war unbedingt notwendig zu verhindern, daß jemals der Titel des Buches oder der Zweck, zu dem Schwester Pearce es gebraucht hatte, herauskäme. Das ist einer von mehreren Fakten, die Oberschwester Brumfett in ihrem Geständnis ausgelassen hat. Nachdem sie die Flasche mit dem Gift und die Milchflasche vertauscht hatte, ging sie nach oben, holte das Buch aus Schwester Pearces Zimmer und verbarg es in einem Feuereimer, bis sie Gelegenheit hatte, es unbemerkt in die Bibliothek zurückzubringen. Sie wußte nur zu gut, daß die Pearce den Übungsraum nicht lebend verlassen würde. Es war typisch für sie, später dasselbe Versteck für die Dose Nikotin zu wählen. Sie war keine einfallsreiche Frau.

Aber das Problem mit dem entliehenen Buch war nicht der Hauptgrund, Schwester Fallon zu ermorden. Es gab noch drei andere. Sie wollte die möglichen Motive durcheinanderbringen. Es sollte so aussehen, als habe die Fallon das Opfer sein sollen. Wenn die Fallon auch starb, blieb die Möglichkeit bestehen, daß die Pearce aus Versehen getötet worden war. Schwester Fallon wäre am Tag der Inspektion als Patientin an der Reihe gewesen. Sie hätte man sich eher als Opfer vorstellen können. Sie war schwanger; das allein hätte schon ein Motiv ergeben können. Oberschwester Brumfett hatte sie im Krankenhaus versorgt und dürfte von der Schwangerschaft gewußt oder sie zumindest vermutet haben. Ich glaube, es gab nicht viele Symptome, die Oberschwester Brumfett bei ihren Patienten übersehen hätte. Dann bestand auch noch die Möglichkeit, Schwester Fallon für den Mord an der Pearce verantwortlich zu machen, hatte sie doch zugegeben, am Morgen der Tat im Nightingale-Haus gewesen zu sein und sich geweigert, dafür einen plausiblen Grund zu nennen. Sie hätte das Gift in die Flasche füllen können, wäre später vielleicht von Gewissensbissen geplagt worden und hätte sich deshalb das Leben genommen. Diese Deutung hätte sehr hübsch beide Rätsel gelöst. Eine verlockende Theorie vom Standpunkt des Krankenhauses aus, und ziemlich viele haben sie denn auch geschluckt.»

«Und der letzte Grund? Sie sprachen von vier. Sie wollte Nachforschungen nach der Leihkarte verhindern; sie wollte den Schluß nahelegen, Schwester Fallon sei das Ziel des ersten Anschlags gewesen; wahlweise dazu wollte sie die Fallon mit dem Tod der Pearce in Verbindung bringen. Und das vierte Motiv?»

«Sie wollte Sie schützen. Das hat sie immer gewollt. Bei dem ersten Mord war es nicht leicht. Sie waren im Nightingale-Haus, Sie hatten ebenso wie alle anderen Gelegenheit, sich an der Flasche zu schaffen zu machen. Aber wenigstens den Tod von Schwester Fallon plante sie so, daß Sie ein Alibi hatten. Sie waren in Amsterdam. Sie konnten unmöglich das zweite Opfer getötet haben. Warum sollten Sie also mit dem ersten belastet werden? Von Anfang an bin ich bei dieser Untersuchung davon ausgegangen, daß die beiden Morde in Zusammenhang stehen. Es wäre ein allzu großer Zufall gewesen, wenn es im selben Haus gleichzeitig zwei Mörder gegeben hätte. Und deshalb schieden Sie aus dem Kreis der Verdächtigen aus.»

«Aber wieso sollte mich jemand verdächtigen, mit den Morden zu tun zu haben?»

«Weil die Motive, die wir Ethel Brumfett zugeschrieben haben, keinen Sinn ergeben. Denken Sie einmal nach. Ein todkranker Mann erlangte vorübergehend das Bewußtsein und sah ein Gesicht, das sich über ihn beugte. Er öffnete die Augen und erkannte durch seine Qualen und sein Delirium eine Frau. Oberschwester Brumfett? Würden Sie Ethel Brumfetts Gesicht nach fünfundzwanzig Jahren wiedererkennen? Es gibt in einer Million nur eine Frau, die ein so schönes und so besonderes Gesicht hat, daß man sich selbst bei einem flüchtigen Blick nach fünfundzwanzig Jahren noch erinnert. Ihr Gesicht. Sie, nicht Oberschwester Brumfett, waren Irmgard Grobel.»

Sie sagte leise: «Irmgard Grobel ist tot.»

Er sprach weiter, als habe sie nichts gesagt.

«Es überrascht nicht, daß Schwester Pearce niemals den Namen Grobel mit Ihnen in Verbindung gebracht hat. Sie sind die Oberin und als solche durch eine fast religiöse Ehrfurcht vor dem Makel menschlicher Schwächen, ganz zu schweigen von menschlicher Sünde, geschützt. Und dazu kamen die Worte Martin Dettingers. Er sagte, es sei eine der Schwestern gewesen. Ich kann mir denken, warum er diesen Fehler machte. Sie besuchen einmal täglich jede Station des Krankenhauses und sprechen mit fast allen Patienten. Das Gesicht, das er über sich gebeugt sah, war nicht nur eindeutig das Gesicht von Irmgard Grobel. Er sah eine Frau in einer Uniform, die für ihn die Schwesterntracht war, die kurze Pelerine und die breite dreieckige Haube der Schwestern in der Heereskrankenpflege. Für seinen benebelten Kopf war das die Uniform einer Schwester. Das würde jedem so gehen, der einmal in einem Armeekrankenhaus gelegen hat, und bei ihm waren es viele Monate.»

Sie sagte noch einmal leise: «Irmgard Grobel ist tot.»

«Er erzählte also Schwester Pearce in etwa dasselbe, was er seiner Mutter gesagt hatte. Mrs. Dettinger fand das zunächst nicht besonders interessant. Warum auch? Bis sie die Rechnung erhielt und dachte, sie könne mit ihrem Wissen vielleicht ein paar Pfund herunterhandeln. Wäre Mr. Courtney-Briggs nicht so geldgierig gewesen, hätte sie, wie ich meine, die Sache auf sich beruhen lassen. Aber sie tat es nicht, und Mr. Courtney-Briggs erhielt eine interessante Teilinformation, die er immerhin für so wichtig hielt, daß er einige Zeit und Mühe darauf verwandte, ihre Richtigkeit zu überprüfen. Wir können erraten, was in Heather Pearce vorging. Sie muß ungefähr das gleiche Gefühl der Macht und den gleichen Triumph verspürt haben wie damals, als sie sah, wie Schwester Dakers sich bückte und die Pfundnoten aufhob, die ihr vor die Füße geflattert waren. Nur hatte sie diesmal eine viel wichtigere und interessantere Person in ihrer Macht als eine Mitschülerin. Aber sie wußte, daß sie noch einen zusätzlichen Beweis brauchte. Zumindest mußte sie sich vergewissern, ob Dettinger, der ja im Sterben lag, nicht halluziniert oder sich einfach getäuscht hatte. Also ging sie an jenem Donnerstag in die Westminster-Bibliothek und fragte nach einem Buch über den Prozeß in Felsenheim. Es mußte für sie aus einer anderen Filiale besorgt werden, und sie holte es am Samstag ab. Sie hat wohl in diesem Buch genug gefunden, um sich zu überzeugen, daß Martin Dettinger wußte, wovon er sprach. Ich nehme an, sie redete am Samstag abend mit Oberschwester Brumfett, und die Schwester stellte nichts in Abrede. Ich frage mich nur, welchen Preis die Pearce verlangte. Sie forderte nicht das Übliche oder Verständliche für ihr Schweigen. Nein, Geldzahlungen an sie hätte sie verwerflich gefunden. Die Pearce übte gerne Macht aus, aber noch mehr genoß sie es, in Rechtschaffenheit und Moral zu schwelgen. Es muß am Sonntag morgen gewesen sein, daß sie an das Sekretariat der Liga zur Unterstützung der Opfer des Faschismus schrieb. Oberschwester Brumfett hätte zahlen müssen, aber das Geld wäre in regelmäßigen Abständen der Liga zugeflossen. Die Pearce war groß darin, für ein Verbrechen die passende Bestrafung zu finden.»

Diesmal sagte sie nichts. Sie hatte die Hände lose gefaltet im Schoß liegen und blickte ausdruckslos in irgendeine unergründliche Vergangenheit. Er sagte freundlich: «Es kann natürlich alles überprüft werden. Von ihrem Körper ist nicht viel übriggeblieben, aber das macht nichts, da wir ja Ihr Gesicht haben. Wir werden die Verhandlungsprotokolle und Fotografien und Ihren Trauschein mit Sergeant Taylor erhalten.»

Sie sprach so leise, daß er sich vorbeugen mußte, um sie zu verstehen.

«Er machte seine Augen ganz weit auf und sah mich an. Er sagte nichts. Etwas Wildes, Verzweifeltes lag in seinem Blick. Ich dachte, er finge an zu phantasieren oder habe vielleicht Angst. Ich glaube, er wußte in diesem Augenblick, daß er sterben würde. Ich sagte ein paar Worte zu ihm, und er schloß die Augen wieder. Ich erkannte ihn nicht. Wie hätte ich auch können?

Ich bin nicht dieselbe Person wie dieses Kind in Steinhoff. Ich will damit nicht sagen, ich denke an Steinhoff, als sei es einer anderen widerfahren. Es widerfuhr tatsächlich einer anderen. Ich kann mich nicht einmal in diesem Augenblick erinnern, was sich in diesem Gerichtshof in Felsenheim tatsächlich abspielte; ich entsinne mich an kein einziges Gesicht.»

Aber sie hatte es loswerden müssen. Das mußte ein Teil dieser Verwandlung in eine andere Person, der Verdrängung des Namens Steinhoff aus ihren Gedanken gewesen sein. Also hatte sie es Ethel Brumfett erzählt. Beide waren sie junge Schwesternschülerinnen in Nethercastle gewesen, und Dalgliesh vermutete, die Brumfett habe so etwas wie Güte, Zuverlässigkeit, Ergebenheit für sie verkörpert. Warum sonst ausgerechnet die Brumfett? Warum um alle Welt hätte sie sie sonst zu ihrer Vertrauten machen sollen? Er mußte diese Worte laut gesagt haben, denn sie sagte eifrig, als sei es wichtig, daß er sie verstehe: «Ich sagte es ihr, weil sie so gewöhnlich war. Ihre Gewöhnlichkeit strahlte so etwas wie Sicherheit aus. Ich fühlte, daß alles Geschehene letzten Endes nicht so schrecklich sein konnte, wenn die Brumfett mir zuhören und glauben und mich dennoch mögen würde. Das können Sie wohl nicht verstehen.»

Doch er verstand. In der Grundschule hatte er einen Mitschüler gehabt, der so ähnlich gewesen war, so gewöhnlich, so zuverlässig, daß er eine Art Talisman gegen Tod und Unheil war. Dalgliesh erinnerte sich an diesen Jungen. Komisch, seit mehr als dreißig Jahren hatte er nicht mehr an ihn gedacht. Sproat Minor mit seinem runden, freundlichen, bebrillten Gesicht, seiner gewöhnlichen bürgerlichen Familie, seinem unauffälligen Lebenslauf, seiner gesegneten Durchschnittlichkeit. Sproat Minor, vor den Schrecknissen der Welt geschützt durch Mittelmäßigkeit und Unempfindlichkeit. Das Leben konnte doch nicht ganz so beängstigend sein, solange es einen Sproat Minor gab. Dalgliesh hätte gern gewußt, was aus ihm geworden war.

Er sagte: «Und Oberschwester Brumfett ging von da an mit Ihnen durch dick und dünn. Als Sie hierherkamen, folgte sie Ihnen. Dieser Drang, sich mitzuteilen, der Wunsch, wenigstens eine Freundin zu haben, die alles über Sie wußte, brachte Sie in ihre Gewalt. Brumfett, die Beschützerin, die Ratgeberin, die Vertraute. Theaterbesuche mit der Brumfett, morgendliche Golfpartien mit der Brumfett, Ferien mit der Brumfett, Ausflüge mit der Brumfett, die erste Tasse Tee am Morgen und der letzte Drink am Abend mit der Brumfett. Ihre Anhänglichkeit muß echt gewesen sein. Schließlich war sie bereit, für Sie zu morden. Aber es war dennoch Erpressung. Ein gewöhnlicher Erpresser, der nur ein regelmäßiges steuerfreies Einkommen verlangt, wäre der unerträglichen Anhänglichkeit einer Brumfett zehnmal vorzuziehen gewesen.»

Sie sagte traurig: «Es ist wahr. Es ist alles wahr. Wie können Sie das nur wissen?»

«Weil sie im Grunde eine dumme, stumpfsinnige Frau war, und das sind Sie nicht.»

Er hätte hinzufügen können: «Weil ich mich selbst kenne.»

Sie widersprach laut und heftig.

«Und wer bin denn ich, Dummheit und Stumpfsinn zu verachten? Was für ein Recht hatte ich, mich als etwas Besonderes zu fühlen? O nein, sie war nicht klug! Sie konnte nicht einmal für mich morden, ohne alles zu verpfuschen. Sie war nicht klug genug, um Adam Dalgliesh zu täuschen, aber seit wann ist das ein Kriterium für Intelligenz? Haben Sie sie jemals bei ihrer Arbeit beobachtet? Sie bei einem sterbenden Patienten oder einem kranken Kind gesehen? Haben Sie dieser dummen und stumpfsinnigen Frau, deren Anhänglichkeit und Gesellschaft ich anscheinend verachten sollte, jemals zugesehen, wie sie rund um die Uhr arbeitete, um ein Menschenleben zu retten?»

«Ich habe die Leiche eines ihrer Opfer gesehen und den Autopsiebericht über das andere gelesen. Was ihre Freundlichkeit gegenüber Kindern betrifft, muß ich mich an Ihre Worte halten.»

«Das waren nicht ihre Opfer. Das waren meine.»

«O nein», sagte er. «Im Nightingale-Haus geht nur ein Opfer auf Ihre Rechnung, und das war Ethel Brumfett.»

Sie erhob sich mit einer einzigen raschen Bewegung und sah ihn an, jene unwahrscheinlich grünen, jene rätselhaften und beharrlichen Augen starrten in seine. Ein Winkel in seinem Kopf wußte, daß es bestimmte Worte gab, die er jetzt eigentlich aussprechen sollte. Wo waren sie nur, diese allzu vertrauten Sätze der gesetzlich vorgeschriebenen Warnung, das in Fleisch und Blut übergegangene Geschwätz, das im Augenblick der Konfrontation fast von selbst über die Lippen kam? Sie waren, eine sinnlose Belanglosigkeit, in einen abgelegenen Winkel seines Gehirns entwischt. Ihm war bewußt, daß er krank war, immer noch vom Blutverlust geschwächt, und daß er Schluß machen sollte, daß er Masterson die Untersuchung übergeben und zu Bett gehen sollte. Er, der pedantischste Detektiv, hatte bereits gesprochen, als sei keine der Regeln formuliert worden, als sehe er sich einem persönlichen Feind gegenüber. Aber er mußte weitermachen. Selbst wenn er es nie würde beweisen können – er mußte hören, daß sie zugab, was er als die Wahrheit erkannt hatte. Als sei es die natürlichste Frage der Welt, sagte er leise:

«War sie tot, als Sie sie ins Feuer stießen?»

4

In diesem Augenblick läutete es an der Flurtür. Wortlos warf sie ihren Umhang über die Schultern und ging hinaus. Dalgliesh hörte leise Stimmen im Flur, dann kam Stephen Courtney-Briggs hinter ihr ins Wohnzimmer. Dalgliesh sah auf die Uhr. Die Zeiger standen auf 7.24 Uhr. Der Arbeitstag hatte schon fast begonnen.

Courtney-Briggs war bereits zur Arbeit angekleidet. Er ließ weder Überraschung über Dalglieshs Anwesenheit noch besondere Sorge wegen seiner augenfälligen Schwäche erkennen. Er redete unbefangen mit ihnen.

«Gerade habe ich gehört, daß es heute nacht hier gebrannt hat. Ich habe keine Feuerwehr gehört.»

Mary Taylors Gesicht war so weiß, daß Dalgliesh dachte, sie sei nahe daran, ohnmächtig zu werden. Sie sagte ruhig: «Sie fuhren ohne Sirenen durch die Einfahrt an der Winchester Road, um die Patienten nicht zu wecken.»

«Und was hat es mit dem Gerücht auf sich, man habe in der Asche der Gartenhütte eine verkohlte Leiche gefunden? Was für eine Leiche?»

Dalgliesh sagte: «Oberschwester Brumfett. Sie hinterließ einen Brief, in dem sie die Morde an Schwester Pearce und Schwester Fallon gesteht.»

«Die Brumfett hat sie umgebracht! Die Brumfett!»

Courtney-Briggs sah Dalgliesh feindselig an. Sein Gesicht drückte Verwirrung und Zweifel aus.

«Schrieb sie, warum? War die Frau verrückt?»

Mary Taylor sagte: «Oberschwester Brumfett war nicht verrückt. Zweifellos glaubte sie, ein Motiv zu haben.»

«Aber wie soll meine Station heute laufen? Ich fange um neun Uhr an zu operieren. Das wissen Sie doch, Oberin. Und ich habe eine lange Liste. Die beiden Schwestern fehlen wegen Grippe. Ich kann Patienten in kritischem Zustand doch nicht in den Händen von Schülerinnen im ersten oder zweiten Jahr lassen.»

Die Oberin sagte ruhig: «Ich kümmere mich sofort darum. Die Tagesschwestern werden inzwischen aufgestanden sein. Es wird sich nicht leicht Ersatz finden lassen, aber notfalls können wir eine aus der Schule abzweigen.»

Sie wandte sich an Dalgliesh: «Ich telefoniere lieber von einem anderen Zimmer aus. Aber machen Sie sich keine Sorgen. Ich bin mir über die Bedeutung unseres Gesprächs im klaren. Ich komme zurück und führe es zu Ende.»

Die zwei Männer sahen ihr nach, als sie hinausging und die Tür leise hinter sich schloß. Jetzt erst schien Courtney-Briggs Dalgliesh wahrzunehmen. Er sagte in barschem Ton: «Vergessen Sie nicht, in die Röntgenabteilung zu gehen und Ihren Kopf durchleuchten zu lassen. Von Rechts wegen müßten Sie im Bett liegen. Ich sehe mir die Wunde an, wenn ich meine Operationen hinter mir habe.» Es klang, als spräche er von einer unangenehmen Hausaufgabe, für die er unter Umständen Zeit finden würde.

Dalgliesh fragte: «Wen wollten Sie in der Nacht, in der Josephine Fallon ermordet wurde, im Nightingale-Haus besuchen?»

«Das sagte ich bereits. Niemanden. Ich habe das Nightingale-Haus überhaupt nicht betreten.»

«Es gibt in Ihrer Aussage eine Lücke von zehn Minuten, zehn Minuten, in denen die Hintertür, die zur Wohnung der Oberin führt, nicht abgeschlossen war. Oberschwester Gearing hatte ihren Freund über die Hintertreppe hinausgelassen und ging mit ihm im Park spazieren. Deshalb dachten Sie, die Oberin sei zu Hause, obwohl Sie kein Licht sahen, und stiegen die Treppe zu ihrer Wohnung hinauf. Sie müssen eine Zeitlang oben geblieben sein. Und warum? Aus Neugier? Oder suchten Sie etwas?»

«Warum hätte ich die Oberin aufsuchen sollen? Sie war nicht da. Mary Taylor war in dieser Nacht in Amsterdam.»

«Aber das wußten Sie doch damals nicht. Miss Taylor nahm gewöhnlich nicht an internationalen Konferenzen teil. Aus Gründen, die wir uns denken können, lag ihr nicht daran, einen zu großen Personenkreis mit ihrem Gesicht vertraut zu machen. Diese Abneigung, öffentlichen Verpflichtungen nachzukommen, deutete man bei einer so tüchtigen und intelligenten Frau als einen angenehm bescheidenen Zug. Sie wurde erst am Dienstag abend gebeten, den Vorsitzenden des Bezirkskomitees für die Schwesternausbildung in Amsterdam zu vertreten. Sie operieren montags, donnerstags und freitags. Dann mußten Sie Mittwoch nacht außer der Reihe einen Privatpatienten operieren. Ich kann mir nicht vorstellen, daß Ihre

OP-Mannschaft, die alle Hände voll zu tun hatte, daran dachte zu erwähnen, daß die Oberin nicht im Krankenhaus sei. Warum auch?» Er schwieg.

Courtney-Briggs sagte: «Und warum soll ich geplant haben, der Oberin um Mitternacht einen Besuch abzustatten? Nehmen Sie etwa an, ich wäre ein willkommener Gast gewesen? Sie unterstellen doch nicht, sie habe mich erwartet?»

«Sie wollten Irmgard Grobel aufsuchen.»

Einen Augenblick lang war es vollkommen still im Zimmer. Dann sagte Courtney-Briggs: «Woher wissen Sie von Irmgard Grobel?»

«Von derselben Person, die es Ihnen erzählte, von Mrs. Dettinger.»

Wiederum Stille. Schließlich sagte er mit der störrischen Entschiedenheit eines Mannes, der weiß, daß man ihm nicht glauben wird: «Irmgard Grobel ist tot.»

«Wirklich?» fragte Dalgliesh. «Dachten Sie nicht, sie in der Wohnung der Oberin zu finden? War dies nicht Ihre erste Gelegenheit, sie mit Ihrem neuen Wissen zu konfrontieren? Und Sie müssen sich darauf gefreut haben. Es ist immer wohltuend, Macht ausüben zu können, nicht wahr?»

Courtney-Briggs sagte darauf ruhig: «Das müssen Sie ja selber wissen.»

Sie sahen einander schweigend an. Dalgliesh fragte: «Was hatten Sie vor?»

«Nichts. Ich stellte keine Verbindung zwischen dem Tod der beiden Mädchen und der Grobel her. Und wenn ich einen Zusammenhang gesehen hätte, hätte ich wahrscheinlich nicht davon gesprochen. Dieses Krankenhaus braucht Mary Taylor. Soweit es mich angeht, existiert keine Irmgard Grobel. Sie war einmal angeklagt und wurde freigesprochen. Das genügte mir. Ich bin Chirurg. Ich bin kein Moraltheologe. Ich hätte ihr Geheimnis gewahrt.»

Ganz gewiß, dachte Dalgliesh. Wäre die Wahrheit erst einmal bekannt, hätte die Geschichte ihren Wert für ihn verloren. Das war eine ganz besondere, eine äußerst wichtige Information, die ihn etwas gekostet hatte. Er würde seinen Nutzen aus ihr zu ziehen wissen. Sie lieferte ihm Mary Taylor für alle Zeiten aus. Die Oberin, die ihm so häufig und aufreizend widersprach; deren Macht ständig zunahm; die vor ihrer Ernennung zur Leiterin der Krankenpflegedienste aller Krankenhäuser des Bezirks stand; die den Vorsitzenden des Verwaltungskomitees gegen ihn beeinflußte. Sir Marcus Cohen. Wieviel Einfluß würde sie bei diesem gläubigen Juden behalten, wenn er von der Anstalt in Steinhoff erführe? Es war in Mode gekommen, diese Dinge zu vergessen. Aber würde Sir Marcus Cohen vergessen?

Er dachte an Mary Taylors Worte. Es gibt verschiedene Arten der Erpressung. Heather Pearce und Ethel Brumfett hatten das gewußt. Und vielleicht war die Erpressung, die keine finanziellen Forderungen stellte, sondern das geheime Wissen unter dem Mantel von Großzügigkeit, Freundlichkeit, Mitwisserschaft oder moralischer Überheblichkeit auskostete, die raffinierteste und reizvollste. Oberschwester Brumfett hatte denn auch nicht viel verlangt: nur ein Zimmer nahe ihrem Idol, das Prestige, als Freundin der Oberin zu gelten, eine Gefährtin für ihre freien Stunden. Die arme dumme Pearce hatte nur ein paar Shilling die Woche und ein, zwei Bibelverse gefordert. Doch wie mußten sie ihre Macht genossen haben. Und wie ungeheuer befriedigend hätte Courtney-Briggs erst seine empfunden. Kein Wunder, daß er entschlossen gewesen war, das Geheimnis für sich zu behalten, kein Wunder, daß es ihm nicht gepaßt hatte, als der Yard begann, sich mit dem Nightingale-Haus zu befassen.

Dalgliesh sagte: «Wir können beweisen, daß Sie am letzten Freitagabend nach Deutschland flogen. Und ich glaube, ich kann erraten, warum. Auf diesem Weg erhielten Sie Ihre Auskünfte schneller und sicherer, als wenn Sie das Kriegsgericht belästigt hätten. Wahrscheinlich sahen Sie die alten Zeitungen und das Gerichtsprotokoll durch. So wäre ich vorgegangen. Und sicher haben Sie nützliche Beziehungen. Aber wir können leicht herausfinden, wohin Sie gingen und was Sie unternahmen. So einfach kann man nämlich nicht inkognito aus- und einreisen.»

Courtney-Briggs sagte: «Ich gebe zu, daß ich es wußte. Ich gebe ebenfalls zu, daß ich in der Nacht, in der Schwester Fallon starb, ins Nightingale-Haus kam, um Mary Taylor aufzusuchen. Aber ich habe nichts Gesetzwidriges getan, nichts, was mich in eine zwielichtige Lage bringen könnte.»

«Das glaube ich Ihnen!»

«Auch wenn ich früher geredet hätte, wäre es zu spät gewesen, um das Leben von Schwester Pearce zu retten. Sie war bereits tot, als Mrs. Dettinger mich aufsuchte. Ich habe mir nichts vorzuwerfen.»

Er begann sich zu verteidigen – so ungeschickt wie ein Schuljunge. Da hörten sie leise Schritte und drehten sich um. Mary Taylor war zurückgekommen. Sie wandte sich an den Chirurgen.

«Ich kann Ihnen die zwei Burts geben. Ich fürchte, damit platzt diese Unterrichtsgruppe, aber ich wüßte keine andere Lösung. Sie werden wieder auf ihre Stationen zurückkehren müssen.»

Courtney-Briggs sagte mürrisch: «Die beiden sind in Ordnung. Zwei kluge Mädchen. Aber wie wäre es mit einer Stationsschwester?»

«Ich dachte, Oberschwester Rolfe könnte vorübergehend einspringen. Aber ich fürchte, das ist nicht mehr möglich. Sie verläßt das John Carpendar.»

«Was! Aber das geht doch nicht!»

«Ich wüßte nicht, wie ich sie davon abhalten könnte. Aber vermutlich wird man mir auch gar keine Gelegenheit geben, es zu versuchen.»

«Aber warum geht sie weg? Was ist denn passiert?»

«Darüber will sie nicht reden. Ich nehme an, daß irgend etwas im Zusammenhang mit der Untersuchung sie so aufgeregt hat.»

Courtney-Briggs stürzte sich fast auf Dalgliesh.

«Da haben Sie's! Mr. Dalgliesh, mir ist klar, daß Sie nur Ihre Arbeit tun, daß Sie hierhergeschickt wurden, um die beiden Todesfälle aufzuklären. Aber kommt es Ihnen denn niemals in den Sinn, daß Ihre Einmischung alles nur noch schlimmer macht?»

«Gewiß», sagte Dalgliesh. «Und in Ihrem Beruf? Kommt es Ihnen jemals in den Sinn?»

5

Sie begleitete Courtney-Briggs an die Flurtür. Sie hielten sich nicht auf. Sie war sofort wieder da, ging energisch auf den Kamin zu, ließ den Umhang von den Schultern gleiten und legte ihn ordentlich über die Sofalehne. Dann kniete sie sich hin, nahm eine Messingzange und machte sich am Feuer zu schaffen. Sorgfältig schichtete sie die Kohlen übereinander, und die Flammen züngelten nach den glänzenden Brocken. Ohne zu Dalgliesh aufzusehen, sagte sie: «Unser Gespräch wurde unterbrochen, Herr Kriminalrat. Sie beschuldigten mich des Mordes. Ich stand schon einmal unter dieser Anklage, aber das Gericht in Felsenheim konnte wenigstens Beweise beibringen. Was für Beweismittel haben Sie?»

«Keine.»

«Noch werden Sie je welche finden.»

In ihrer Stimme lag weder Zorn noch Selbstgefälligkeit, aber eine Intensität, eine stille Entschlossenheit, die nichts mit Schuldlosigkeit zu tun hatte. Dalgliesh sah hinunter auf den vom Feuerschein übergossenen Kopf und sagte: «Aber Sie haben es nicht geleugnet. Sie haben mich noch nicht belogen, und ich nehme nicht an, daß Sie es jetzt noch versuchen werden. Warum sollte sie sich auf diese Art umgebracht haben. Sie liebte ihre Gemütlichkeit. Warum also so ein ungemütlicher Tod? Selbstmorde sind das selten, es sei denn, es handle sich um Psychopathen, denen das gleichgültig ist. Sie hatte Zugang zu allen möglichen Schmerztabletten. Warum nahm sie nicht so etwas? Warum sollte sie sich in einen dunklen, kalten Gartenschuppen verkriechen, um sich in einsamem Todeskampf zu opfern? Wo nicht einmal die Genugtuung, ein Publikum zu haben, ihr Mut machen konnte?»

«Es gab solche Fälle.»

«In diesem Land nicht viele.»

«Vielleicht war sie eine Psychopathin.»

«So wird man es natürlich auslegen.»

«Ihr mag klar gewesen sein, wie wichtig es wäre, keinen identifizierbaren Körper zu hinterlassen, wenn sie Sie überzeugen wollte, daß es sich um die Grobel handelte. Warum sollten Sie sich weiter mit diesem Fall abgeben, wenn Sie ein schriftliches Geständnis und einen Haufen verkohlter Knochen gefunden hätten? Ihr Selbstmord, um mich zu decken, wäre sinnlos gewesen, wenn Sie mühelos ihre wahre Identität hätten feststellen können.»

«Eine kluge und weitsichtige Frau könnte so argumentieren. Sie war weder das eine noch das andere. Aber auf Sie trifft beides zu. Es muß Ihnen einen Versuch wert gewesen sein. Und selbst wenn wir nie etwas über Irmgard Grobel und Felsenheim herausgefunden hätten, war es wichtig geworden, die Brumfett loszuwerden. Wie Sie selbst sagten, konnte sie nicht einmal töten, ohne alles zu verpfuschen. Sie hatte bereits einmal in Panik gehandelt, als sie versuchte, mich umzubringen. Sie hätte leicht ein zweites Mal in Panik geraten können. Sie war Ihnen jahrelang eine Last gewesen; nun war sie Ihnen auch noch eine lästige Verpflichtung geworden. Sie hatten sie nicht gebeten, für Sie zu morden. Mit den Drohungen der Pearce wären Sie fertiggeworden, wenn Oberschwester Brumfett nicht den Kopf verloren hätte, sondern diese Sache mit Ihnen besprochen hätte. Aber sie mußte ihre Anhänglichkeit in der aufsehenerregendsten Art und Weise demonstrieren, die ihr einfiel. Sie mordete, um Sie zu schützen. Und diese beiden Morde ketteten Sie für den Rest Ihres Lebens zusammen. Wie hätten Sie jemals frei sein und sich sicher fühlen können, solange die Brumfett am Leben war?»

«Werden Sie mir auch noch erzählen, wie ich es tat?»

Sie hätten, dachte Dalgliesh, zwei Kollegen sein können, die gemeinsam einen Fall besprachen. Trotz seines geschwächten Zustands war ihm bewußt, daß sich dieses seltsame Gespräch bedenklich außerhalb des Gewohnten bewegte, daß die zu seinen Füßen kniende Frau ein Gegner war, daß diese Intelligenz, die sich gegen ihn richtete, ungebrochen war. Sie hatte keine Hoffnung mehr, ihren Ruf zu retten, aber sie kämpfte um ihre Freiheit, vielleicht sogar um ihr Leben. Er sagte: «Ich kann Ihnen erzählen, wie ich es getan hätte. Es war nicht schwierig. Ihr Zimmer liegt direkt neben Ihrer Wohnung. Ich nehme an, sie bat um dieses Zimmer, und nichts, was Ethel Brumfett wünschte, durfte ihr vorenthalten werden. Weil sie über die Anstalt in Steinhoff Bescheid wußte? Weil sie Sie in der Hand hatte? Oder nur, weil sie Ihnen die Last ihrer Anhänglichkeit aufgeladen hatte und Sie nicht skrupellos genug waren, sich von ihr loszureißen? Also schlief sie in Ihrer Nähe.

Ich weiß nicht, auf welche Art sie starb. Vielleicht eine Tablette, eine Spritze, irgend etwas, das Sie ihr unter dem Vorwand gaben, es würde ihr zu ein wenig Schlaf verhelfen. Sie hatte – auf Ihre Bitte – bereits das Geständnis niedergeschrieben. Ich frage mich, wie Sie sie wohl dazu gebracht haben. Ich glaube nicht, daß sie auch nur eine Sekunde dachte, es könne benutzt werden. Ich stelle mir vor, Sie sagten ihr, es sei für den Fall, daß Ihnen oder ihr etwas zustieße, gut, etwas Schriftliches zu haben. Und es sei notwendig, irgendwann einmal einen Bericht zu haben, was tatsächlich geschehen sei, einen Beweis, um Sie zu schützen. Sie schrieb also diesen klaren Brief, vermutlich nach Ihrem Diktat. Er ist so offen und unmißverständlich, daß er, wie ich meine, wenig mit Oberschwester Brumfett zu tun hat. Sie stirbt also. Sie müssen die Leiche nur zwei Schritte schleppen, dann sind Sie hinter Ihrer Tür in Sicherheit. Trotzdem ist das der risikoreichste Teil Ihres Plans. Angenommen, Oberschwester Gearing oder Oberschwester Rolfe tauchten auf? Also lehnen Sie Oberschwester Brumfetts Tür und Ihre Flurtür an und lauschen eine Weile, ob auf dem Flur die Luft rein ist. Dann nehmen Sie die Leiche auf Ihre Schulter und schleppen sie rasch in Ihre Wohnung. Sie legen die Tote auf das Bett, gehen noch einmal zurück, um ihre Zimmertür zuzumachen, dann schließen Sie Ihre Wohnungstür ab. Sie war eine mollige, dabei aber kleine Frau. Sie sind groß und kräftig und daran gewöhnt, hilflose Patienten zu heben. Dieser Teil war nicht so schwer.

Doch jetzt müssen Sie sie in Ihr Auto schaffen. Sie haben einen bequemen Zugang zur Garage von der Diele im Erdgeschoß, und Sie haben Ihre private Treppe. Wenn die Außen- und Innentür verschlossen sind, können Sie in Ruhe arbeiten, ohne eine Störung befürchten zu müssen. Sie legen die Leiche auf den Rücksitz Ihres Wagens und decken sie mit einer Reisedecke zu. Dann fahren Sie rückwärts zwischen den Bäumen hindurch so nahe wie möglich an die Gartenhütte heran. Sie lassen den Motor laufen. Es ist besonders wichtig, schnell loszufahren und in der Wohnung zu sein, bevor das Feuer entdeckt wird. Dieser Teil des Plans ist etwas riskant, aber der Weg zur Winchester Road wird bei Dunkelheit selten benutzt. Dafür sorgt der Geist von Nancy Gorringe. Es wäre unangenehm, aber keine Katastrophe, wenn Sie gesehen würden. Schließlich sind Sie die Oberin, und nichts kann Sie daran hindern, eine nächtliche Ausfahrt zu machen. Sollte jemand vorbeikommen, würden Sie weiterfahren und eine andere Stelle oder einen späteren Zeitpunkt wählen. Aber es geht niemand vorbei. Das Auto steht tief unter den Bäumen, die Scheinwerfer sind ausgeschaltet. Sie tragen die Leiche in die Hütte. Dann machen Sie den gleichen Weg noch einmal mit einem Kanister Benzin. Und jetzt müssen Sie nur noch die Leiche, die Möbelstücke und die Holzstapel mit dem Benzin übergießen und ein brennendes Streichholz durch die offene Tür werfen.

Es dauert nur einen Augenblick, in das Auto zu springen und auf dem kürzesten Weg in die Garage zu fahren. Wenn sich ihr Tor hinter Ihnen schließt, haben Sie es geschafft. Sicher wissen Sie, daß das Feuer schnell um sich greifen wird und gleich danach entdeckt werden kann. Aber bis dahin sind Sie wieder in Ihrer Wohnung und bereit, den Anruf entgegenzunehmen, daß die Feuerwehr auf dem Weg ist, bereit, mich anzurufen. Und Ethel Brumfetts Brief, den sie Ihnen, vielleicht in der Meinung, er würde nie gebraucht werden, zur Aufbewahrung überlassen hat, lag für mich bereit.»

Sie fragte leise: «Und wie werden Sie das beweisen?»

«Wahrscheinlich nie. Aber ich weiß, daß es so ablief.»

Sie sagte: «Aber Sie werden versuchen, es zu beweisen, nicht wahr? Ein Mißerfolg wäre schließlich auch unerträglich für Adam Dalgliesh. Sie werden versuchen, es zu beweisen, ganz gleich, was es Sie oder andere kosten wird. Und Sie haben ja auch eine Chance. Sie werden natürlich kaum auf Reifenspuren unter den Bäumen hoffen können. Das Feuer, die Räder des Löschwagens, die Fußspuren der Feuerwehrmänner werden alle Spuren verwischt haben. Aber Sie werden sicher mein Auto gründlich untersuchen, besonders die Reisedecke. Vergessen Sie die Decke nicht, Herr Kriminalrat. Vielleicht finden Sie ein paar Stoffasern oder sogar Haare darauf. Das wäre allerdings nicht überraschend. Miss Brumfett fuhr oft mit mir. Tatsächlich gehört ihr die Decke sogar; sie dürfte voller Haare sein. Aber wie steht es mit Hinweisen in meiner Wohnung? Wenn ich ihre Leiche die enge Hintertreppe hinuntergetragen habe, haben ihre Schuhe sicher Schrammen an der Wand hinterlassen. Es sei denn, die Mörderin der Brumfett wäre geistesgegenwärtig genug gewesen, ihrem Opfer die Schuhe auszuziehen und sie sich vielleicht mit verknoteten Schnürsenkeln um den Hals zu hängen. Sie konnten nicht hier oben stehenbleiben. Vielleicht zählen Sie ihre Schuhe nach. Irgend jemand im Nightingale-Haus kann Ihnen sicher sagen, wieviel Paar sie besessen hat. Wir haben hier so wenige Geheimnisse voreinander. Und keine Frau würde barfuß durch den Wald ihrem Tod entgegengehen.

Und andere Spuren in der Wohnung? Wenn ich sie umgebracht hätte, müßte da nicht eine Spritze oder ein Tablettenröhrchen zu finden sein, irgend etwas, das darauf hinweist, wie ich es getan habe? Ihr Arzneischränkchen und mein eigenes enthalten beide einen kleinen Vorrat an Aspirin und Schlaftabletten. Angenommen, ich hätte ihr davon etwas gegeben? Oder sie einfach nur betäubt und erwürgt? Jede Methode wäre gut gewesen, vorausgesetzt, sie hinterließe keine Spuren. Wie wollen Sie mit einiger Sicherheit beweisen, wie sie starb, wenn alles, was Sie für eine Autopsie haben, ein paar verkohlte Knochen sind? Und Sie haben ihren Hinweis auf Selbstmord, einen Brief in ihrer Handschrift, der Fakten enthält, die nur der Mörder der Pearce und der Fallon wissen konnte. Wovon auch immer Sie überzeugt sein mögen, Herr Kriminalrat – wollen Sie mir etwa erzählen, dem Untersuchungsrichter würde es nicht genügen, daß Ethel Brumfetts Brief als Geständnis gedacht gewesen sei, bevor sie in den Flammen den Tod suchte?»

Dalgliesh spürte, daß er sich nicht mehr länger auf den Beinen würde halten können. In seinem geschwächten Zustand mußte er nun auch noch gegen Übelkeit ankämpfen. Seine Hand, die an dem Kaminsims Halt suchte, war kälter als der Marmor und schlüpfrig vor Schweiß, und der Marmor fühlte sich weich und nachgiebig wie Kitt an. Seine Wunde begann schmerzhaft zu klopfen, und der dumpfe Kopfschmerz, der bis jetzt nicht viel mehr als ein verschwommenes Unbehagen gewesen war, wurde stärker und konzentrierte sich als schmerzendes Stechen hinter seinem linken Auge. Ihr in diesem Augenblick ohnmächtig vor die Füße zu fallen, wäre eine nicht wieder gutzumachende Demütigung gewesen. Er streckte tastend seinen Arm aus und fand eine Lehne. Dann ließ er sich langsam in den Sessel sinken. Ihre Stimme schien von weither zu kommen, aber er konnte wenigstens ihre Worte verstehen und wußte, daß er seine Stimme noch in der Gewalt hatte.

Sie sagte: «Angenommen, ich erzählte Ihnen, ich könnte Stephen Courtney-Briggs so weit bringen, daß außer uns dreien niemals jemand etwas über Felsenheim erführe? Wären Sie in diesem Fall bereit, meine Vergangenheit aus Ihrem Bericht herauszuhalten, so daß die beiden Mädchen wenigstens nicht ganz umsonst den Tod gefunden hätten? Für dieses Krankenhaus ist es wichtig, daß ich ihm als Oberin erhalten bleibe. Ich bitte Sie nicht um Gnade. Um mich mache ich mir keine Sorgen. Sie werden niemals beweisen, daß ich Ethel Brumfett ermordet habe. Werden Sie sich nicht möglicherweise lächerlich machen, wenn Sie es versuchen? Wäre es nicht mutiger und vernünftiger zu vergessen, daß dieses Gespräch jemals stattgefunden hat, Oberschwester Brumfetts Geständnis als die Wahrheit, die es ist, zu akzeptieren und den Fall abzuschließen?»

Er sagte: «Das ist nicht möglich. Ihre Vergangenheit ist ein Teil der Beweisführung. Ich kann weder Zeugnisse unterschlagen noch wichtige Tatsachen in meinem Bericht auslassen, weil sie mir nicht angenehm sind. Wenn ich das jemals täte, müßte ich meinen Beruf an den Nagel hängen. Nicht nur diesen speziellen Fall, sondern meinen Beruf. Und zwar für immer.»

«Und das können Sie natürlich nicht tun. Was wäre ein Mann wie Sie ohne seinen Beruf, ohne gerade diesen bestimmten Beruf? Verletzlich wie wir alle. Sie müßten vielleicht sogar anfangen, wie ein Mensch zu leben und zu fühlen.»

«Auf diese Art können Sie mich nicht rühren. Warum erniedrigen Sie sich, indem Sie es versuchen? Es gibt Vorschriften, Befehle und einen Eid. Ohne sie könnte niemand sicher seiner Arbeit als Polizist nachgehen. Ohne sie wäre Ethel Brumfett nicht sicher, wären Sie nicht sicher, wäre eine Irmgard Grobel nicht sicher.»

«Und deshalb werden Sie mir nicht helfen?»

«Nicht ganz. Ich ziehe es vor, Ihnen nicht zu helfen.»

Sie sagte traurig: «Sie sind jedenfalls ehrlich. Und Sie haben überhaupt keine Zweifel?»

«Doch, natürlich. Ich bin nicht so arrogant. Zweifel gibt es immer.» Ja, er hatte Zweifel. Aber es waren Zweifel intellektueller und philosophischer Natur, die ihn nicht beunruhigten, sich nicht festsetzten. Es war viele Jahre her, daß sie ihn nachts wachgehalten hatten.

«Aber es gibt Vorschriften, nicht wahr? Und Befehle. Sogar einen Eid. Sie sind ein willkommener Schutzschild, hinter dem man sich verbergen kann, wenn die Zweifel lästig werden. Ich weiß. Ich suchte selbst einmal hinter ihnen Schutz. Sie und ich sind letzten Endes gar nicht so verschieden, Adam Dalgliesh.»

Sie nahm ihren Umhang von der Sessellehne und warf ihn über die Schulter. Sie kam auf ihn zu und blieb lächelnd vor ihm stehen. Dann sah sie, wie geschwächt er war, reichte ihm beide Hände und half ihm auf die Beine. Sie sahen einander in die Augen. Da läutete es an der Flurtür, und fast gleichzeitig schnarrte das Telefon aufdringlich. Für beide hatte der Tag begonnen.

Sommerlicher Epilog

1

Es war kurz nach neun Uhr, als das Telefongespräch durchgestellt wurde. Dalgliesh verließ den Yard und ging über die Victoria Street. Der morgendliche Dunstschleier kündigte einen weiteren heißen Augusttag an. Er fand die Adresse ohne Schwierigkeiten. Es war ein großes rotes Backsteingebäude zwischen der Victoria Street und der Horseferry Road, nicht direkt schmutzig, aber bedrückend öde, ein langgestreckter Kasten, dessen Vorderfront ziemlich kleine, gleichmäßig verteilte Fenster aufwies. Da es keinen Aufzug gab, stieg er, ohne jemandem zu begegnen, die drei linoleumbelegten Treppen zum obersten Stock hinauf.

Der Flur roch nach abgestandenem Schweiß. Vor der Wohnung machte eine unvorstellbar dicke ältere Frau in geblümter Schürze dem anwesenden Konstabler mit näselnder, weinerlicher Stimme Vorhaltungen. Als Dalgliesh auftauchte, wandte sie sich ihm zu und überschüttete ihn mit einer Flut von Protesten und Beschuldigungen. Was würde Mr. Goldstein sagen? Sie durfte eigentlich keine Untermieter haben. Sie hatte es aus purer Freundlichkeit für die Dame getan. Und dann das. Die Menschen nahmen einfach keine Rücksicht.

Er ließ sie stehen und ging wortlos in das Zimmer. Es roch muffig und nach Möbelpolitur und war vollgestopft mit den schweren Prestigesymbolen einer vergangenen Zeit. Das Fenster stand offen, der Spitzenvorhang war zurückgezogen, aber man bekam kaum Luft. Der Polizeiarzt und der Konstabler schienen den ganzen Sauerstoff verbraucht zu haben.

Eine Leiche mehr zu besichtigen; nur – diese hier fiel nicht in seine Verantwortung. Er mußte nur, gleichsam um eine Erinnerung aufzufrischen, einen flüchtigen Blick auf den erstarrenden Körper auf dem Bett werfen. Mit kühlem Interesse registrierte er den linken Arm, der locker über die Bettkante hing, die langen gekrümmten Finger und die subkutane Spritze, die noch im Unterarm steckte –

ein metallenes Insekt, das seinen Stachel tief in das weiche Fleisch gestoßen hatte. Der Tod hatte sie nicht ihrer Persönlichkeit beraubt, noch nicht jedenfalls. Das würde schnell genug kommen, mit all den grotesken Demütigungen des Verfalls.

Der Polizeiarzt, hemdsärmelig und schwitzend, rechtfertigte sich, als mache er sich Sorgen, er habe vielleicht etwas Falsches getan. Als Dalgliesh sich vom Bett abwandte, wurde ihm erst bewußt, daß der Arzt mit ihm sprach: «Und da New Scotland Yard ganz in der Nähe liegt und der zweite Brief an Sie persönlich gerichtet ist ...» Verunsichert unterbrach er sich.

«Sie spritzte sich Evipan. Der erste Brief ist ganz eindeutig. Es handelt sich eindeutig um Selbstmord. Deshalb wollte der Konstabler Sie nicht anrufen. Er hielt es nicht für nötig, Sie zu bemühen. Es gibt tatsächlich nichts von Interesse hier in diesem Zimmer.»

Dalgliesh sagte: «Ich bin froh, daß Sie angerufen haben. Und es macht mir nicht die geringste Mühe.»

Zwei weiße Umschläge lagen da, einer zugeklebt und an ihn adressiert; der andere offen mit der Aufschrift «An alle, die es angeht.» Er fragte sich, ob sie gelächelt hatte, als sie diesen Satz schrieb. Vor den Augen des Polizeiarztes und des Konstablers öffnete Dalgliesh den an ihn gerichteten Brief. Er war mit schwarzer Tinte in einer steilen Schrift von einer völlig ruhigen Hand geschrieben. Mit einer Art Schrecken wurde ihm bewußt, daß er zum erstenmal ihre Handschrift sah.

«Man wird Ihnen nicht glauben, aber Sie hatten recht. Ich habe Ethel Brumfett ermordet. Ich habe zum erstenmal in meinem Leben getötet; es scheint mir wichtig, daß Sie das erfahren. Ich injizierte ihr Evipan, das gleiche, was ich nachher tun werde. Sie dachte, ich gäbe ihr ein Beruhigungsmittel. Die arme vertrauensselige Brumfett! Sie hätte von meiner Hand jederzeit auch Nikotin genommen, und es wäre ihr genauso recht gewesen.

Ich dachte, es sei möglich, mein Leben sinnvoll zu gestalten. Es ist mir nicht geglückt, und mein Charakter erlaubt mir nicht, mit einem Mißerfolg zu leben. Ich bedaure nicht, was ich tat. Es war das beste für das Krankenhaus, das beste für sie, das beste für mich. Es war nicht zu erwarten, daß ich mich davon abhalten ließe, weil Adam Dalgliesh seinen Beruf als die Verkörperung des moralischen Gesetzes sieht.»

Sie hatte nicht recht, dachte er. Man hatte an seinen Ansichten nicht gezweifelt, man hatte nur, was verständlich genug war, verlangt, daß er Beweise fände. Er hatte keinen gefunden, weder damals noch später, obwohl er den Fall verfolgt hatte, als handelte es sich um eine persönliche Rache, als haßte er sie und sich selbst. Und sie hatte nichts zugegeben; in keinem einzigen Augenblick war sie in Gefahr gewesen, sich zu verraten.

In der wiederaufgenommenen Untersuchung über Heather Pearce und in der Untersuchung über Josephine Fallon und Ethel Brumfett war so gut wie nichts offengeblieben. Vielleicht hatte der Untersuchungsrichter das Gefühl gehabt, es habe genug an Gerüchten und Vermutungen gegeben. Er hatte keinen Versuch gemacht, Fragen der Geschworenen an die Zeugen zu verhindern oder auch nur in das Verfahren einzugreifen. Die Geschichte der Irmgard Grobel und der Anstalt in Steinhoff war herausgekommen, und Sir Marcus Cohen, der mit Dalgliesh in der letzten Reihe gesessen hatte, hatte mit vor Schmerz erstarrtem Gesicht zugehört. Nach der Untersuchung war Mary Taylor durch den Saal auf ihn zugegangen, hatte ihm ihr Kündigungsschreiben überreicht und war ohne ein Wort weggegangen. Sie hatte das Krankenhaus noch am selben Tag verlassen. Und das war, was das John Carpendar betraf, das Ende gewesen. Weiter war nichts mehr an den Tag gekommen. Mary Taylor war freigesprochen worden; frei, dieses Zimmer zu finden, diesen Tod.

Dalgliesh ging hinüber zum Kamin. In dem kleinen, aus häßlichen grünen Steinen gemauerten Feuerplatz lagen ein staubiges Gebläse und ein Gefäß mit getrockneten Blättern. Sorgfältig räumte er beides beiseite. Ihm war bewußt, daß der Polizeiarzt und der Konstabler ihn mit ausdruckslosen Gesichtern beobachteten. Was dachten sie, was er vorhabe? Beweismittel zu verbrennen? Warum sollten sie sich Gedanken machen? Sie hatten ihr Stück Papier, das registriert, als Beweisstück vorgelegt, abgeheftet und der Vergessenheit überlassen würde. Das hier ging nur ihn an.

Er hielt den Brief unter den Rauchabzug, zündete ein Streichholz an und hielt es an eine Ecke. Aber der Kamin hatte keinen Zug, und das Papier war zäh. Er mußte es festhalten und hin und her bewegen, bis die Flammen seine Fingerspitzen erreichten. Dann erst löste sich das geschwärzte Papier von seiner Hand, verschwand in der Dunkelheit des Schornsteins und wurde in den Sommerhimmel emporgetragen.

2

Zehn Minuten später am selben Tag fuhr Miss Beale durch den Haupteingang des John-Carpendar-Krankenhauses und hielt vor dem Pförtnerhäuschen. Ein unbekanntes Gesicht begrüßte sie, ein neuer, noch ziemlich junger Pförtner, hemdsärmelig in seiner Sommeruniform.

«Die Inspektorin von der Schwesternaufsicht? Guten Morgen, Miss. Dieser Eingang liegt leider etwas ungünstig zu der neuen Schwesternschule. Wir haben zur Zeit nur ein provisorisches Gebäude, Miss, auf dem freien Gelände, wo das Feuer war. Es liegt ganz nah bei der alten Schule. Wenn Sie gleich hier abbiegen ...»

«Schon gut, danke», sagte Miss Beale. «Ich kenne den Weg.»

Vor dem Eingang der Unfallabteilung stand ein Krankenwagen. Als Miss Beale langsam vorbeifuhr, kam Schwester Dakers – mit dem Spitzenhäubchen und blauen Gürtel der fertigen Krankenschwester – aus dem Haus, sprach kurz mit den Wärtern und überwachte den Transport des Kranken. Sie schien in Miss Beales Augen gewachsen zu sein und Autorität gewonnen zu haben. An dieser selbstsicheren Gestalt war keine Spur mehr von der verschreckten Schwesternschülerin. Also hatte sich Schwester Dakers bewährt. Das war auch zu erwarten gewesen. Vermutlich arbeiteten auch die beiden Burts, ebenso erwachsen geworden, irgendwo im Krankenhaus. Doch es hatte sich manches verändert. Schwester Goodale hatte geheiratet; Miss Beale hatte die Anzeige in der überregionalen Presse gesehen. Und Hilda Rolfe arbeitete, wie Angela berichtet hatte, irgendwo in Afrika als Schwester. Heute würde sie einer neuen Ersten Tutorin und einer neuen Oberin begegnen. Miss Beale dachte kurz an Mary Taylor. Vermutlich hatte sie irgendwo ihr gutes Auskommen, wenn auch nicht in der Krankenpflege. Die Mary Taylors dieser Welt würden sich nicht unterkriegen lassen.

Sie fuhr den vertrauten Weg zwischen versengten sommerlichen Wiesen, Blumenbeeten und verblühten Rosen und bog in den grünen Tunnel der Bäume ein. Die Luft stand still und war warm, auf dem schmalen Weg zeichneten die ersten Sonnenstrahlen des Tages ein helles Muster. Und hier war die letzte Biegung, an die sie sich erinnerte. Das Nightingale-Haus, oder was davon geblieben war, lag vor ihr.

Wie damals hielt sie das Auto an und staunte. Das Haus sah aus, als sei es von einer Riesenaxt ungeschickt in zwei Teile gespalten worden, wie ein mutwillig verstümmeltes Lebewesen, das in seiner

Schmach und Nacktheit jedem Blick ausgesetzt war. Eine halb zerhackte Treppe ohne Geländer ragte ins Nichts; auf dem zweiten Treppenabsatz hing eine zierliche Lampe an einem Leitungsdraht vor der zersprungenen Täfelung; die Bogenfenster im Erdgeschoß sahen ohne Glas wie elegante Arkaden aus behauenem Stein aus, die den Blick auf verblichene Tapeten freigaben, auf denen hellere Flekken erkennen ließen, wo früher Bilder und Spiegel gehangen hatten. Aus den noch übriggebliebenen Decken wuchsen nackte Drähte wie Borsten einer Bürste heraus. An einem Baum vor dem Haus lehnte eine bunte Sammlung von Kamineinfassungen und Stücke geschnitzter Wandtäfelung, die offenbar aufgehoben werden sollten. Auf dem noch vorhandenen Teil der rückwärtigen Mauer hob sich die Gestalt eines Mannes vom Himmel ab, der scheinbar planlos auf die Ziegelsteine einschlug. Sie fielen einer nach dem andern auf den Schutthaufen im Innern des Hauses und wirbelten kleine Staubwolken auf.

Vor dem Haus bediente ein anderer Arbeiter, nackt bis zur Taille und braungebrannt, einen Traktor mit einem Kran, von dem eine Kette mit einer großen Eisenkugel hing. Miss Beales Hände umklammerten das Steuerrad, wie um sich gegen einen in ihr aufsteigenden instinktiven Protest zu stemmen, als sie zusah, wie die Kugel vorschwang und gegen die Überreste der vorderen Mauer prallte. Dann neigte sich die Wand sacht und fiel unter dem Gepolter von herabstürzenden Steinen und Mörtel nach innen. Eine riesige gelbe Staubwolke stieg auf, durch die sich die einsame Gestalt auf der Rückwand wie ein dämonischer Aufseher verschwommen abhob.

Miss Beale wartete noch einen Augenblick, dann ließ sie langsam die Kupplung kommen und steuerte ihren Wagen nach rechts, wo sie die niedrigen, funktionalen, glatten Linien der neuen provisorischen Schule durch die Bäume schimmern sah. Hier war Normalität, Gesundheit, eine Welt, die sie kannte und anerkannte. Dieses verdächtig an Bedauern grenzende Gefühl, das sie verspürt hatte, als sie der gewaltsamen Zerstörung des Nightingale-Hauses zusah, war tatsächlich lachhaft. Sie kämpfte entschlossen dagegen an. Es war ein schauerliches Haus gewesen, ein unheilvolles Haus. Es hätte schon fünfzig Jahre früher abgerissen werden sollen. Und es war nie auch nur im entferntesten für eine Schwesternschule geeignet gewesen.